从房间
走向荒野

—— "自然写作" 2021-2024年精选集

主编 阿霞

天津出版传媒集团

百花文艺出版社

图书在版编目（ＣＩＰ）数据

从房间走向荒野："自然写作"2021—2024年精选集 / 阿霞主编. -- 天津：百花文艺出版社，2025. 6.
ISBN 978-7-5306-9114-4

Ⅰ. I267

中国国家版本馆 CIP 数据核字第 2025UE7532号

从房间走向荒野——"自然写作"2021—2024年精选集
CONG FANGJIAN ZOUXIANG HUANGYE ZIRAN XIEZUO 2021—2024 NIAN JINGXUANJI
阿霞　主编

出 版 人：薛印胜
责任编辑：王　燕　徐　姗
封面设计：彭　泽
出版发行：百花文艺出版社
地址：天津市和平区西康路 35 号　　邮编：300051
电话传真：+86-22-23332651（发行部）
　　　　　　+86-22-23332656（总编室）
　　　　　　+86-22-23332478（邮购部）

网址：http://www.baihuawenyi.com
印刷：山东临沂新华印刷物流集团有限责任公司
开本：787 毫米×1092 毫米　1/16
字数：400 千字
印张：31.75
版次：2025 年 6 月第 1 版
印次：2025 年 6 月第 1 次印刷
定价：68.00元

如有印装质量问题，请与山东临沂新华印刷物流集团有限责任公司
联系调换
地址：山东省临沂市高新技术产业开发区新华路 1 号
电话：(0539)2925886　邮编：276017

《从房间走向荒野》编委会名单

编 委 会 （按姓氏拼音排序）

阿 来　艾 平　鲍尔吉·原野　　丁 帆

冀晓青　贾翠霞　李林荣　李青松　梁鸿鹰

龙其林　陆 梅　施战军　汪惠仁　王 燕

兴 安　陈应松　叶 梅　张 炜　赵筱彬

主 编 阿 霞

副 主 编 赵筱彬

特约编辑 杨 瑛　陈欣冉　闫 瑾

自然写作:构建一个人与自然的
生命共同体

　　在二十一世纪的第二十一年的伊始,我们重新倡导一种写作——"自然写作"。

　　诚然,"自然写作",并不是一个全新的概念或新的写作方式。它源自英文 Nature Writing,国内有人称之为"自然文学"。它是最早出现于十七至十九世纪的英美,以吉尔伯特·怀特、爱默生、梭罗为代表的写作方法和思潮,比如吉尔伯特·怀特的《赛尔伯恩博物志》、爱默生的《论自然》、梭罗的《瓦尔登湖》便是"自然写作"的开山之作。这些作品预见了工业文明与自然之间的矛盾,提出了"只有在荒野中才能保护这个世界""在丛林中重新找回理智与信仰"的观点。二十世纪,随着工业社会对自然界的侵占和破坏,环境污染、土地流失、气候变暖等等,一些作家开始自觉地从生态的角度,思考人与自然的关系。卡森的《寂静的春天》、利奥波德的《沙乡年鉴》、巴勒斯的《醒来的森林》、奥尔森的《低吟的荒野》等,还有以普里什文的《林中水滴》等为代表的俄罗斯"自然写作"。这些作品以随笔、报告和哲学思辨的形式,摒弃了传统文学中通常以人为中心的理念,提出了一系列关于生态保护、科学与自然的关系、"土地伦理"等命题,开始从心灵出发,以"荒野"为依托,感受人与自然的交融,体验古朴、雄浑、和谐、宁静的野性之美,并在其中寻求精神的慰藉和安宁。

　　中国的传统文化中早有"自然写作"的元素,庄子有言:"山林与,皋壤与,使我欣欣然而乐与。"(《庄子·知北游》)"独与天地精神往来,而不敖倪于万物。"(《庄子·天下》)这些都可看作是最早的中国人认识与感悟人与自然和谐平等关系的表述。二十世纪三十年代前后,周作人、冯至等现代作家也有对"自然写作"的涉猎。而真正进入所谓现代"自然写作",大约是二十世纪九十年代,一批作家开始自觉地关注自然以及人与自然的关系,其中有徐刚、张炜、阿来、梁衡、姜戎、李青松、苇岸、沙青、鲍尔吉·原野、陈应松、刘亮程、胡冬林、格日勒其木格·黑鹤、傅菲等等。他们从不同的角度,不同的体裁,表达了对自然的关切与敬畏,以及对生态环境与人类生存境况的反思和忧虑。从徐刚的《守望家园》到张炜的《融入野地》,从阿来的《蘑菇圈》到梁衡的《树梢上的中国》,从苇岸的《大地上的事情》到胡冬林的《山林笔记》,从姜戎的《狼图腾》到李青松的《万物笔记》,还有近期陈应松的长篇小说《森林沉默》以及鲍尔吉·原野、刘亮程、格日勒其木格·黑鹤、傅菲的一系列作品,形成了当代文学中"自然写作"的强大的文脉和潮流。另一方面,关于"自然写作"的理论和批评无疑也对这一创作方式的发展起到了推动作用。但是与创作实践相比,理论相对滞后,缺乏更有力量的理论家和评论家的介入。这便是我们重新倡导"自然写作"的一个缘由。

《草原》杂志作为一个边疆的文学园地,作为以草原文化为中心的多民族的文学载体,希望肩负起这个责任,以期引发文坛和作家们的关注和回应。

我们知道,建设生态文明,是关系人民福祉、关乎民族未来的长远大计,也是我们国家"十四五"规划的战略决策。今天,我们倡导"自然写作"正是对这一宏伟蓝图的响应与期待,以生态文明为导向,以"自然写作"为旗帜,为建设美丽中国,实现中华民族永续发展而做出努力。

书中的《我行走,我感动》是张炜有关"自然写作"的重要阐述。他说:"关于人和自然的关系、关于大自然题材的写作,我们所面临的一个重要任务,就是粉碎大词和概念,回到个人的沉默思悟中,在沉浸中与表述对象有一番心灵的共振。由此,进入个人的生命体验。"这或许预示了当下"自然写作"的一个重要方向。

十九世纪,诗人惠特曼在《草叶集》的前言中要求美国诗人,应该用文字赋予美国的地理、自然生活、河流与湖泊以具体的形象。今天,我们呼吁中国的作家们，走出书斋，放开眼界，投身于美妙神奇的大自然中，深入这片滋养我们，并给我们自信和力量的祖国的山川草木，以我们文学的良知，遵循自然伦理，构建一个人与自然的生命共同体。同时也希望我们带着一种感恩的情怀去亲近自然，守护大地，以保护人类共同的生存根基和家园。

《草原》编辑部

目 录 | Contents

2021 年

我行走 我感动　张　炜　003

大兴安岭笔记　李青松　010

杭盖诺亥　格日勒其木格·黑鹤　021

驮着魂灵的马　娜仁高娃　043

森林迷境　陈应松　053

五十年前的河套日记　梁　衡　063

滴水，即世界　王　蕾　072

在那个湿漉漉的平原上　庞余亮　086

从森林到草原只差一条公路　周蓬桦　100

大树来途　皮　皮　105

耕织记　王建中　115

陪花再坐一会儿　周华诚　123

隐居在大自然里的中世纪小村　棉　棉　132

谁是谁的树　王　松　139

星星上的盐　鲍尔吉·原野　152

昆虫八宝宴　东　珠　160

孤猴　傅　菲　169

草原上的事物　海勒根那　176

夜夜夜夜夜　谢春卉　184

雨　安　宁　196

2022 年

向荒野　苏沧桑　209

我的自然生活　北　村　222

瞧,这些人邻　晓　角　228

海洋金字塔　徐　刚　237

林深处的育儿室　阿　娜　244

小自然　蒋　韵　257

巴丹吉林个人地理　杨献平　265

森林中有许多酒　古清生　275

五棵树　江　子　279

故乡的召唤　盛可以　291

风的样子　苏　莉　297

我把爪子当作脚　叶　弥　305

2023 年

从房间走向自然有多远　海　男　315

彷徨在城市与自然风景的十字路口　丁　帆　321

高地风景　沉　洲　326

樟子松随想　艾　平　332

盐道　刘惠春　345

珊瑚堂四帖　王祥夫　359

碧螺春月令　叶　梓　365

一只鸟儿的名字　龙仁青　372

巫山大雨时　叶　梅　383

沙漠兽　王　族　390

2024 年

时代的转弯处　任林举　403

风在静静吹　李治本　413

后套的沙枣树　秀英奶奶　420

夏日森林手记　邹　弗　425

扯云话　乔　叶　431

松林往上　吉布鹰升　440

太阳花　邓文静　446

只要我在拉依亚提坎　杨永康　463

"自然写作"的探索与展望｜后记　　阿霞　　471

附录

有关"自然写作"的讨论

人与自然的互相发明及"中国深度"

　　——生态文学简论　　　　　　　　　陈福民　　473

"自然文学"，就是面对现实的文学　　　　孟繁华　　481

"自然写作"：一种文学与生存的建设性选择　兴　安　　483

从博物到非虚构：自然生态写作的一条路径　项　静　　490

2021年

我行走　我感动

◎ 张　炜

　　文学与自然的关系是提及频率最高的一个话题，就写作而言，也有描述不尽阐释不尽的丰富资源。但可能也正是因为如此，有人既专注于表达这个主题、这种题材和领域，同时又非常警惕。一方面肯定其凸显的价值，另一方面又会自我设问：我们能够做些什么？已经做了什么？未来还应该做些什么？

　　在文学的创作与记录中，歌颂自然、表达人类对大自然的爱，具有崇高的意义。就世界自然环境来看，呼吁人类保护自然尤为紧迫和必要。无论是审美取向，还是社会层面的倡导，似乎都是正确无误的。但真正意义上的文学写作，也会从中感受所潜伏的危机。因为如果一个作家的文学表达不能够超越公文、新闻式写作，不能超越这些层面的意蕴及呈现方式，彰显自己的不同和异质，就容易走入另一种表面化和概念化，流为一般意义上的社会性言说。这就成为泛泛的非文学的文字连缀，甚至是更平面化的重复和衍生，无益无害或多少有害。

　　当代文学特别需要表述人类与自然的关系，我们所处的时代环境，也特别需要那些呼吁保护自然的文学，这里不是嫌其多而是嫌其少，不是嫌其呼喊的分贝太高，而是希望进一步提高声音。然而如果从更高的艺术的诗性的要求，就会发现专门化和类型化的文学写作，在这样的领域里会更容易呈现普遍化的状态。就诗性的探究过程看，无论类型化的表现多么的生动强烈，甚至看上去那么诚恳感人，也还是会隐藏了流于平庸的遗憾。题材本身就成了一个标签，它具有极高的辨识度，但这一切并不能够替代文学的审美价值，正如同仅仅是拥有好的价值观也仍然不能够替代审美一样。正确是一种美,诗性的美却不止于正确,它还需要包含更复杂的元素和特质。这二者之间有关系,但不可以混淆。所以社会上有一种批评话语,其中传递着长长的流脉,就是以一般意义上的社会或道德观念来代替审美。"自然文学"的创作就现在的情势看,必须回到个人、细节、审美,如果不能回到这个层面,就是可以被忽略的文字。因为这一类篇什实在是太多了。

　　无论是历史还是现实中,呼唤人类爱护自然的人与文多到数不胜数。如果只是一味慷慨激昂地呼号、言说和痛陈,也就成为千人一面、千篇一律,就会使阅读者产生一种疲怠感,而且所获单一。不是丝毫未能触及心灵,而是这种触及的性质是直接和单薄的,是没有其他余地和略显笼统的、非个人化的群声。这时留下的记忆或者震动只是一时的,是统一归置过的内容和情绪的记忆,缺少永远不忘的形象和心灵,没有相应的诉说和回告。所以关于人和自然的关系、关于大自然题材的写作,我们所面临的一个重要任务,就是粉碎大词和概念,回到个人的沉默思悟中,在沉浸中与表述对象有一番心灵的共振,由此进入个人的生命体验。我们仔细回顾就会发现,古今中外所有扣人心弦的景物描写,都是人类面对大自然这个最大的生命背景而产生的个人的感动、心弦的叩响,这种响与动是一次性的,与生命本体不可剥离,更无法取代和被他人重复。

　　谈到对大自然的描摹和抒发,我们首先会想到横跨欧亚大陆的俄罗斯,那里所诞生的一些伟大作家,像契诃夫、屠格涅夫、托尔斯泰、肖洛霍夫、阿斯塔菲耶夫等,还有欧美的雨果、哈代、普鲁斯特、马克·吐温、福克纳和海明威等后古典主义和现代主义作家。他们作品中充满了描写大自然的华美片段,这些令人始终难以忘怀的文字可以记忆、背诵,然后融入自己语言艺术的血液中,不自觉地流淌在个人的脉管中。这样动人心魄的所谓的"景物描写",实在是太难以学习和模仿了,它们出自灵思一闪,出于物我交融之境。现在的文章练习中,许多人可能认为没有比景物描写更容易的事了,只需将河流山川、鸟兽虫鱼、绿树云朵的色彩、情状来一番花拳绣腿的赞叹即可,然后也就成功了。这种自初级训练开始酿成的文学病毒会一直侵害下去。

一种简单化程式化的认知，最容易操作的技巧和技艺，往往掩藏着最大的危险。那些大量肤浅的关于"景物"的渲染已经让人受够了。表面化，无关痛痒，成了写作中可有可无的调味品。那些廉价而庸俗的比喻与象征，也腐蚀了文学的品格与情操，不仅浪费纸张，还浪费我们的情感和时间。我们需要呼唤对自然的热爱，表现它无可比拟的美，但是廉价的敷衍和声嘶力竭的大言实在是太多了。

我主张行走和实勘，虽然未能一直坚持下来。《你在高原》的写作花费了二十二年的时间，它伴随着我对山东半岛（特别是胶莱河以东）的行走和寻找。那是一次次重复的访问和探究，它让我对这片老齐国的故地一再地投入心力、体力和情感。主人公宁伽是一个地质工作者，也是一位地理学家，他从地质与地理的角度，忠实地考察和记录了那个半岛的地形地貌、山川草木，而且是把个人经验、民间称谓与学术表达结合起来。在自己的心里，我给这片山川大地画上了等高线，尽管这是旷日持久的劳作。比如说它几乎写尽了半岛上特有的植物品类和山川形貌，特别是关于植物的记述，都是拉丁文转译的学术命名。这种客观基础性的展现和实录很容易流于程式，成为再现而不是表现，所以这其中就埋藏了陷阱。主人公是一位地质工作者，他的身份需要学术层面的再现。行走、描述、记载，一切属于人，人的体温和情感个性，他的爱和趣和恨和其他。

这是一个大自然的工程，一首关于它的诗篇。这种认识存在于整个写作中，完成得如何是一回事，建构这样一个框架拥有这样一种理念是必须的。生命与其生存的大背景要有一种关系，即个人的关系。人、故事、社会事物，都是山川大地所包容和赋予的，是由它孕育和塑造的。它是人类活动的基础和前提，而不是一个点缀，更不是以人为中心的外涉之物。人与自然相依相存和血脉贯通讲得太多，人在其间的渺小讲得还不够。

有大量的自然描述是很冒险的，因为特别容易与一些纪实文字混淆。二者各有不同，在质地上不能统一。这就像一个内涵丰富的生命，往那里一站自有不同。从群体里发现个体，是因为个体的特异。写作即追求特异性，朴素的差异。苏东坡有一句常被引述的名言——"腹有诗书气自华"，说的就是现在人们喜欢讲的"自带光芒"。人可以这样，大自然更是如此。山川大地才是自带光芒的，说到底，文学写作不过是让其显露出这样的光芒，如此而已。我们再现自然景观，让每一块岩石、每一道山梁、每一条河流、每一株植物，都能闪烁自己，这就非常困难了。我当年有一个小小的野心、一个目标，就是让这部长达四百五十多万字的行走之书、大地之书，它所涉及的所有动物、植物、河流、山脉，一概呈现出自身的光芒，这闪耀须来自它们自己，来自主观对于自然万物的极其精准的认定和注视。

我一直忘不了阅读托尔斯泰的短篇小说《袭击》的感受，那是一种神奇的精神经历、一次怦然心动的领悟。它写的是作家年轻时候在高加索山区当兵的经历，那一段不凡的岁月。托尔斯泰极其精微地描写了这片山地特有的风物，高山、岩岭、植物、河流和晚霞，细腻地描绘出月光下大山的轮廓，让人觉得每一笔触都精准确切、简洁而直接，这来自特异敏感的眼睛，更有捕捉微妙的心灵。这片山地有灵魂，有气度，有尊严，有不怒自威的强大震慑力，有拒绝和冷静。这时，高加索自然风光的魂魄统摄了一切，让人产生一种不可替代的感动和敬畏。在文学写作中，客观准确地摹写山形水色相对容易，然而以极少文字且无点染无夸张地写出它的神采，却是难而又难。山川的严整气概、浑然沉默，与人的不成比例的对视和对峙，写来一丝，都是很难的。这所有的，在《袭击》中让我们全部感知了，并有一种说不出的余绪缠绕心头。

托尔斯泰在那个时刻的主观观察、感受，除了准确再无其他。那个时候他笔下的山地，也就是平时人们所说的大自然，的确是自带光芒的，这光芒照亮了许多年之后的我们。这部伟大的自然诗篇，具有所有美好的关于大自然的写作的典范意义。我们能记住那"光芒"，即记住了一切妙处，并可以寻找它的根源。这当然来自彼时彼刻的托尔斯泰，他的天才的慧目冲破了俗障的屏蔽，粉碎了平庸的大词。文学创作呼唤的其实不过是这样一种力量，它把人拉出普遍性的人云亦云，防止流入廉价的倡导和呐喊。一定要回到心的深处，回到生命情态和细节中。

专门书写大自然的篇什已经太多，它们要陈旧起来是很快的，因为它们是这样的难以出乎意料,这样的正确和积极。它们独享一种安全和太平,所以格调也就不可避免地下来了。它们不得不安于现状,而文学却又天生是不安的、躁动的。一些忠厚的好心人会帮助我们,和我们一起倾吐自己所看到的大自然被伤害的哀痛,可是他们说出来的,仍然与写作者诉求的诗,有一大段距离。语言艺术是在日常生活的细节里,在司空见惯的人与人、人与社会的关系中,当然包括人与自然的关系中,绽放和生发出来的异样笑容,诡谲、温暖、灿烂、陌生。我们不认识这笑容,不,我们经常见到这样的笑容。这神色有时候不给我们舒服和安慰感,有时还有刺伤的痛。但这笑容的深刻善意,会留在更长久的时光中,让我们一直记住,常忆常新。

这是我对自己的期待,也是在那些榜样的启发之下,对当代文学如何表现大自然、热爱大自然的一个期待。

附录·问题讨论

抬手便可触及 / 吉兆

如今数字时代的人很容易陷入盲目自大,以自我为中心,强调人的无所不能,强调人的主体位置。所谓"人定胜天"的说法虽然被一次次质疑,但它在这个时代也许真的开始有了市场。越是在这种时候,环境问题就变得越是迫切和严重,"自然文学"在表述上的难度也就越大。写的人太多了,出类拔萃就难了。古今中外还有多少大事等着人去写?别人写过了未必就不可以写,只是要做得比他人好,或者稍稍与众不同。如果只是换成一种现代汉语或者现代表述方式而不停地重复,这样的文字是没有价值的。目前这种重复太多了,我们偶尔也会看到一些不错的作品,但是其中非文学部分的陈词滥调仍然很多,容易让人产生一种麻痹心理,同时也麻痹作者自己。自以为是有意义的,其实是停留在非常肤浅的层面上,不用费力就能抵达,作品的主题和思想的高度一抬手便可触及,这有什么意义?

自然文学看起来容易写，不容易犯错，实际上非常困难，陷阱处处。要达到相应的高度，比如一般的赞扬和批判都难以抵达的高度，这样的写作才是个人的、独特的和不可取代的。关于这方面，当代作家能做的很多，只是很难，它不是一条宽路，而是一条窄路。以为"环保文学"大有可为，道路宽广并蜂拥而上，这是一种误解。这条路已经太过拥挤，这种情况不是今天才开始的，而是一直如此。

我刚才说的"粉碎大词""粉碎概念"，是指将词汇和表述压缩到最小、最细微的单位，这样才有可能找到自己的方式和途径。不能动不动就高声呼唤，就痛苦和号召，这不是文学表达，这只是一般的社会性呼吁。社会呼吁离文学写作是比较远的，一旦含纳也有些危险，因为它能杀伤文学白红细胞。从概念和大词出发的认识，不需要作家去做，秘书去做就可以了。那些现成的词汇，它的要求是清晰无误的，所以可以遵循。而文学是用以感动人和陶冶人的，而不是让人遵循的。如果能够意识到这点起码的区别，也就会多少释然，不会因为放弃大词而遗憾。

我们未来的"自然文学"，不是一般意义上的文学，它要完成的任务，也许多少有些诡异，既不再是直通通的呼号，也不是类似的痛和叫。它有一种如花似玉的美丽或可怕的阴郁，它是让人在阵阵惊讶中、不安中，直到最后一刻才得到快感和满足的什么东西。这是所有文学，即语言艺术，固有的怪癖。它甚至不太积极，不拥护，不赞叹，不颂扬；不，它也许比所有的赞叹加起来还要激越，它像疯迷一般歌唱咏叹，只是有些内容实在太晦涩了。它提倡的部分和贬损的部分有时一点都不明显，结果很容易就被反面的力量所利用，它甚至一点都不像"环保文学"。我们要赞扬这种文学找不到理由，要批判却又抓不到要害。这是一种高不成低不就的文学，是找不到对等话语的一场游戏和迷藏。一言以蔽之，竭尽平生所学也无法与之对话，这是不属于我们的一种文学。如果任其泛滥，我们的那种良好的文学，关于大自然的气势如虹的大文，全都没人看了。这样又会怎样？这是吉兆吗？

没有地平线的生活 / 孤单

在互联网时代，年轻人一代，实际上也包括我们这一代，都不同程度地生活在虚拟的环境里。我们不自觉地把虚拟当作现实，思考、创造；不是根据客观事实，而是根据虚拟，甚至走得更远，超越了虚拟。这当然很荒谬。当然就文学写作来说，也不排除会产生一种特殊的审美效果，生产出一种极为古怪的东西，因为文学道路千万条，哪一条都可能走得通。但总的来说，以虚拟作前提和依据，产生的文学判断也会是危险的。

大家都抱怨在当代文学作品里看不到"大自然"了，抬头所见皆是高楼大厦、空中立交和为数不多的绿化带，过着没有地平线的生活。无论是现实地理的意义，还是精神层面的意义，这都是一个不小的问题，所以我们一再强调要有新的自然的视野。精神的地平线意味着思想开阔，阅读丰富，超越一般的意识与俗见，能有一些形而上的思索。总之，就是要从自然环境方面入手，改造我们的日常生活。

在现代阅读中会发现，有时候一部很厚的书，里面竟然看不到一棵树，听不见一声动物的躁动，这种干瘪和枯燥，非常畸形，很不正常。当然也不能完全否定现代城市生活的表达，那里原本就没有什么动物和太多的树。艺术之古怪，在于有时候一个钟头的故事也可以写成一部长篇；而有时候一片无边的广漠只能被写成一个小小的短篇。一个十平方米的屋子里，发生的故事惊天动地；而一个巨大的广场上，却只有婆婆妈妈们在跳舞。写个案，写特异，这是现代主义越来越擅长的事情。不过无论是书中还是生活中，没有树也没有其他动物生灵，我们会多么孤单啊。这种孤单的生存，无论如何也不是长久之计。

大兴安岭笔记

◎ 李青松

蘑菇圈

布封说："所谓文明，就是人类创造的保护自己的围栏。"

然而，悖谬的是，人——现代社会的人——时刻都梦想着冲破这道围栏。

置身大兴安岭林区，我们常常忘掉那道围栏。在这里，布封所说的围栏也许根本就不存在。抑或存在，但已经长成有故事的蘑菇了。

绰尔林业局河中林场，正是采蘑菇的季节。今年蘑菇巨多，林子里净是蘑菇圈。轰隆隆——！轰隆隆——！几声闷雷响过，蘑菇就醒了。花脸蘑、榛蘑、松蘑、龙须菇、草菇、牛肝菌及各种菌类就争先拱出地面，愣愣地打量着世界，头上还带着乱蓬蓬的草叶、苔藓。其实，蘑菇是有眼睛、有耳朵的，虽然我们看不到，但能感觉到。眼睛忽闪忽闪地眨着，就有鸟语从空中震落下来。长长的耳朵，三百六十度探听着，捕获到的岂止是森林深处的声音呢？

通过对蘑菇的细心观察，也许能完全改变我们对世界的看法。

在森林里，只要向下看，就会不断地有意外和惊喜出现。并非所有蘑菇都是能吃的——有的能食用，有的不能食用。能食用的，就是山珍异宝；不能食用的，就是有害的毒物。绰尔的朋友于霄辉告诉我，越是漂亮的蘑菇，可能毒性越大。千万不能被蘑菇漂亮的外表欺骗了。剧毒的蘑菇食用后，能要人的命。据说，早年间，林区的夏季，误食蘑菇中毒致死的事情经常发生。

蘑菇非草非木，它是另外一种有趣的生命形态——菌类。地球上有五百万种以上的菌类，我们能够知晓的仅仅是数量很少的一部分。蘑菇在土壤、腐殖层、枯木、落叶上生长，它的使命和功能就是消化和分解死去的植被。在一定意义上，也可以说，蘑菇是在腐败生物体上创造出的传奇。它把所有养分回收至土壤中，滋养生命。

在森林里，草木、动物与菌类是一种共生共存的关系。森林绝对不仅仅是我们看到的那些树——它是一个群落——即便看起来结构相对简单的森林，可能也有成千上万种生物。森林的自我修复能力是强大的，但这种强大很大程度上取决于蘑菇及其真菌的分解力和创造力。当腐败之物行将瓦解的时候，蘑菇将一切消极的能量迅速转化，靠自身的内聚和吐纳，建立起生态系统中新的法则、新的秩序。

因为蘑菇，森林里的腐败之物获得了新生。

蘑菇，并非意味着生命的残局，恰恰是倒木、枯木、病木等存在于森林中的价值和意义所在。在阴暗的角落，它昂扬勃发，脆弱中似乎有着更为强烈的东西要冲破一切。蘑菇提醒我们，森林里从来没有剩余物，从来没有所谓多余的荒凉——每一个孤独的灵魂，都可以在孤独处找到自己活下去的理由。

苇岸说，世界上的事物在速度上，衰落胜于崛起。对此我要说不，蘑菇改写了这样的说法——崛起终将取代衰落。蘑菇的生物体结构至今无法破译，即便用计算机进行大数据分析也是徒然的。它与森林里其他生物体的联系超出我们的想象。一位生态学家说："如果你不知道森林里有什么，你就无法知道什么叫森林生态系统。"然而，我们对森林的了解如此之少，甚至连哪些蘑菇有毒、哪些蘑菇无毒都没有完全搞清。没有蘑菇及其他菌类，森林中倒下的枯树就会层层堆起。没有蘑菇及其他菌类，森林里的生命链条就会断掉，那张我们看不见的"生命之网"就会脱落。

认识蘑菇的同时，也让我们认识到了生命万物的复杂性。

午餐是在河中林场场部吃的。

当地作家何康红把从森林里采来的一袋子蘑菇交给厨房的师傅烹饪，不一会儿，那些蘑菇就成了餐桌上的一道美味。当然，桌子上的菜都是当地特色菜，每道菜都野性十足。除了蘑菇，还有柳蒿芽、蕨菜、野韭菜、野芹菜、黄花菜等等，或凉拌，或蘸酱，或素炒，均风味独特。"硬菜"是不会缺席的——酱烧嘎鱼，杠香杠香的。呀，咸鸭蛋是双黄蛋，一切两瓣儿，实在是诱人:蛋白晶莹剔透如美玉,蛋黄红心两颗透着喜兴。主食呢,煮玉米,烀地瓜,还有芸豆水饭。

用林区人的话说:"可劲儿造吧! 管够!"

信步河中林场街头,只见家家户户屋檐下都晾晒着蘑菇。有的摊在笸箩里,有的摊在草席上。时不时用手翻一翻,阳光便一点一点地把蘑菇上的水汽吸去了。那水汽就成了天上的云。唉! 难怪天上的云朵都像蘑菇呢!

也有很张扬的人家,干脆把蘑菇穿成一个一个的长串,一嘟噜一嘟噜悬挂在架杆上晾晒,在微风中,荡荡悠悠,悠悠荡荡。偶尔有鸟光顾,四下里望望,然后飞快地啄几口晾晒着的蘑菇,就又振翅飞往别处了。

河中林场,甚至连空气中也弥漫着蘑菇的气味。于霄辉说:"今年雨水好,响雷稠,蘑菇比往年多。嗯,年景差不了!"

我不解的是,蘑菇为何就喜欢听雷声呢? 没有雷声的季节,它是怎样蛰伏在大地里? 怎样积累自己的能量? 蚯蚓是它的同伴吗?

我们的欲望和念头太多,总是企图按照我们的想法改变一切,控制一切,却忽略了自然,忽略了一些微小的事物。其实,布封所说的文明大厦的围栏根本不堪一击,一朵蘑菇就可使其坍塌。

也许,毁灭与创造之间只隔着一朵蘑菇。

人在地球上所做的改变与文明无法分割地交织在一起,如果说控制自然就是文明的话,那么对于自然来说,也许它不需要这样的文明。我们是不是应该重新认识文明了——文明关注的到底是人和社会,还是自然和地球呢?

敖尼尔

傍晚,我们来到敖尼尔林场场部。我们将在民宿的房子里过夜。有些兴奋,迟迟没有睡意。民宿房间里的床、桌子和椅子都是用当地松木制作的,有一股我特别喜欢闻的浓浓的木头的芳香味道。那是一种久违了的味道。

敖尼尔,鄂温克语,意思为兴旺发达的土地。

这里距绰尔河仅有二十余米的距离。入夜,敖尼尔静极了,除了一两声狗吠,没有一点声音。睡下了,又豁然而醒。隔窗望月,浮想联翩。望够了,便又酣然睡去。森林、河流、峡谷、花朵、明月,以及连日来经历的美好事物,一一入梦。

林场职工过去都是伐木工人,大禁伐后,成了护林人。除了日常的巡山护林外,家家户户搞起了民俗旅游和林间养殖,收入相当可观。

民宿的房子统一起了一个很是具有浪漫意味的名字——河湾人家。家家统一编号,一个蓝色的门牌挂在院门的上方。如:"河湾人家—002 号—苑承国"。来旅游的人,多半一住就是十天半月,白天出去摄影,晚上回来歇息。这里有拍摄绰尔河转弯的最佳地点——拍河上的晨雾,拍河水翻卷浪花的瞬间,拍野鸭戏水的场面,等等,只要你运气好,美景轻而易举就能拍到。

次日清晨,我们早早起床,漫步到绰尔河河边尽情地深呼吸。哇——神清气爽!顿时,个个昂着首,挺着胸,像赢了什么一样。

从河边向敖尼尔遥望,"河湾人家"的民宿房子很有林区特色。墙是白墙,房顶红瓦,门窗涂着绿漆,是那么朴实自然,又是那么富有诗意。何不去林场职工的家里看看呢?何康红带着我们走进林场职工苗亚娟的家里。哈,好宽敞的院落呀!院落的两侧是菜园,种着白菜、豆角、西红柿、小葱、青椒。苗亚娟正忙着做早餐。桌上摆着一屉馒头、一盆小米粥、一碟咸鸭蛋、一碟咸菜丝,还有一盘子手撕烧鸡。她女儿正在拿着烧鸡鸡腿啃呢。我笑了,说:"哈,早餐就有烧鸡吃啊!"何康红说:"林区人干活儿体力消耗大,早餐必须吃饱吃好!"

苗亚娟一家三口人,丈夫到林子里巡护去了。苗亚娟家养了二十头牛,在林间草地散放,一头牛年底能卖一万三千元,二十头牛一年能收入多少,算一算就知道了。

苗亚娟是个快言快语的人。她告诉我们,这几年,随着森林生态系统的逐渐恢复,林子里的野生动物越来越多,黑熊吃牛犊子的事件每年都有发生。

"你家的牛犊子被吃过吗?"

"吃过,去年一年就有五头牛犊子被黑熊咬伤。黑熊是国家保护野生动物,牛犊子是我们私有的活物,也应该受法律保护呀!"

"找林场理论了吗?"

"找了也白找。场长说，林子里是黑熊的地界，不是牛犊子的地界，牛犊子闯进黑熊地界吃草，本身就侵权了，被黑熊吃了也是白吃！"说完，苗亚娟自己也哈哈地乐了。

举目满眼绿，移步全是景。敖尼尔的村街两边摆满了花坛，花坛里是盛开的菊花和鸡冠花。从那一张张笑脸上，我们能感觉到，林区人是快乐和幸福的。

森林，是林区人的一切。

在这里，自然看起来遵循着丰富、繁茂和多样的原则，就像我们在森林群落中所观察到的那样——森林并未被限制在单一的结构中。森林，几乎没有空白之处，如果有的话也会很快被填满。——比如，牛。虽然，牛犊子有被黑熊吃掉的危险。

于霄辉绘声绘色地讲述道，在敖尼尔，也有野生动物混入牛群的情况发生。马鹿、狍子常跟牛群相伴相随，或者夹杂在牛群中悠然地吃草。有一年春天，林场一位职工家的母猪莫名其妙地丢了，到处找也找不到。次年七月的一天，那头母猪居然自己回来了——还带回了十二头花腰小野猪崽呢。

受此启发，后来林场职工每到母猪发情期，就干脆把母猪赶进山林，任其自由恋爱；只是在林间空地撒些黄豆和盐粒，供母猪与野猪交欢后享用，补充体能。如此这般，母猪欢喜，野猪欢喜。人呢？——人也欢喜呀！

我忽然想起一段话。

那段话是这样说的："美德叠加美德，美德就会增长和延伸。美德也能把极端向着中间的方向和缓、冲淡、减弱。美德从观察自然——而且只从自然——开始。"

归因于道德因素的东西，往往也都有自然因素的结果。

是的，生态涵养美德，美德亦能涵养自然，使其焕发无限生机。

阿尔山

头一次来阿尔山的人很容易蒙圈。怎么回事呢？

因为阿尔山有两个意思。一是阿尔山林业局，二是阿尔山市。正因如此,到阿尔山办事一定要搞清楚,是去阿尔山林区,还是去阿尔山市里。二者虽然都有"阿尔山"这三个字,却是两回事。一个是林区概念,一个是行政区概念。

阿尔山林业局跟阿尔山市林业局也不是同一个机构。阿尔山林业局局机关所在地不在阿尔山,而是在哈拉哈河岸边的伊尔施。阿尔山林业局隶属内蒙古大兴安岭林管局,是实实在在的一个正处级单位,又是一个国有林业企业。一九九六年才有阿尔山市的行政设置,而阿尔山市林业局是阿尔山市人民政府的组成部门,是一个正科级行政机构,而不是林业企业。

在行政版图上,阿尔山市就是阿尔山市;而阿尔山林业局就有点复杂了——它地跨阿尔山市、扎兰屯市和鄂温克族自治旗。其管理和经营的森林面积达 5000 平方公里,森林总蓄积量达 4775 万立方米。此外,另有人工造林面积 124 万亩。站在高处远望,好家伙,林海茫茫,云雾缥缈,一望无际啊!

在地理上,阿尔山是一座山吗?可以肯定地回答——不是。阿尔山有山,比如,三角山、玫瑰峰、特尔美峰,但阿尔山不是山,也不是峰。阿尔山是什么呢?——阿尔山是热的圣水,或曰热的圣泉。这不是我说的。——阿尔山是蒙古语,翻译过来就是这个意思。在阿尔山通行两种语言文字,一则蒙古文,一则汉文。何也?这是宪法上的规定,阿尔山属于内蒙古民族自治地区。

水就是水,泉就是泉,何谓圣水?何谓圣泉?

在中国古代文字中,"圣"字可不是随便用的,它有特别的含义、特别的讲究。跟"圣"字有关系的事物,一定是超凡脱俗的。从等级来说,"圣"为最受尊崇的等级,就是最高等级了。再往上没有了,封顶了。所以,孔丘被称为孔圣人,帝王被称为圣上。按照这样的思路和逻辑,阿尔山的圣泉圣水,在水中是怎样的地位和等级,就不用我说了吧。

可是,阿尔山的圣泉圣水是从哪里来的呢?地下!——往大里说,是从地球母腹中咕嘟咕嘟往外冒出来的。时光倒转,几百万年,几千万年,几万万年,那热气腾腾的泉嘴,总是欢歌酣畅,日夜不舍,喷涌不歇。

然而,地下的事情从来都是跟地上的事情相连的,即便圣水也不例外。水润万物而不争,但是这并不意味着水流是永不枯竭的。阿尔山之圣水,需要地球母腹不断创造,也需要大兴安岭森林持续涵养。

如此,阿尔山林业局的存在,就被赋予了特别的使命和特别的意义了。阿尔山林业局成立于一九四六年,比中华人民共和国成立还要早三年。

阿尔山林区及其在生态系统中的地位有多重要呢?看看地图就清楚了——阿尔山林区位于大兴安岭主脉西南麓,其与蒙古国接壤的国境线有八十三公里,是呼伦贝尔草原、锡林郭勒草原、科尔沁草原和蒙古草原这四大草原的交会处。这里分布着松叶湖、杜鹃湖、石兔湖、鹿鸣湖、松鼠湖、眼镜湖和乌苏浪子湖等天然湖泊。同时,阿尔山林区还是哈拉哈河、伊敏河、柴河等上百条河流的源头,广袤的森林涵养着饱满的水脉,从这里发源的河流汩汩滔滔,奔流不息。

缪尔说:"森林是河流的源泉,也是生命的源泉。"

在草原与森林的边缘究竟藏着怎样的秘密呢?

森林与人类是一种什么样的关系呢?

——当你看到在森林与森林之间,那些童话般的晒着太阳的草卷儿;当你看到落叶松、蒙古栎投映在哈拉哈河中清晰的倒影,答案便会一一呈现。

森铁

"火车一响,黄金万两。"——这是曲波写的小说《林海雪原》中对森林小火车的一句描述。

在"大木头"年代,林区人是多么牛气和豪迈啊!森林小火车运木头,一节台车只能载三两根。多了装不下呀!没办法,木头太粗了。可以毫不夸张地说,早年间,林区吃的喝的用的都是小火车运木头从山外换回来的。是呀,当年林区的辉煌和荣耀是与森铁紧紧联系在一起的。

然而,可以肯定,曲波写的小火车不是阿尔山林区的小火车。因为,曲波当年随部队剿匪没有到过阿尔山。

一九五三年,阿尔山林区有了大兴安岭头一条自己的森林铁路:伊尔施至大黑山,首站伊尔施,尾站大黑山;中间设有七个车站,分别是安全站、苏河站、新站、四十九站、天池站、大黑沟站和兴安站(又称阿尔山站)。此森林铁路线路全长73公里(后来主线、支线及侧线又延伸了600公里)。阿尔山林业局成立了森铁处,森铁处下设调度室、总务股、财务股等部门。当时,森铁拥有干部职工472人,有段长、站长、值班员、调车员、扳道工、巡道工等等。

说起森铁,林区朋友张金河兴致颇浓。从小就在扎兰屯长大的张金河说:"我小时候就熟悉森铁,当年的机车都是老式外燃蒸汽机车,蒸汽产生动力,机车才能行驶。蒸汽机车看起来很笨,但力气大,装上一座山也能运走。"

张金河也是一位林区摄影家,收藏了许多老照片。张金河说,森铁机车一般是自重28吨的"大脑壳"蒸汽机车,最高时速达35公里,常速25公里。机车内一般有正副司机各一人、司炉两人。司机叫"大车",副司机叫"大副",司炉叫"小烧"。一年四季,"大车""大副"和"小烧"都穿着油渍麻花且乌黑发亮的衣服,俗称"油包"。"油包"一般都是战利品,许多都是苏联红军留下的,用的饭盒和水壶都是日本投降时落下的东西。

张金河告诉我,二〇一九年十月,九十五岁的兰文华老人回到了阿尔山林业局。林业局请老人专门做了一场报告——忆森铁话当年。兰文华高声大嗓,声音洪亮,讲述的故事生动感人。听完报告后,听众全体起立,为他送去热烈的掌声。兰文华是阿尔山林区的第一代森铁人。一九五三年,在森铁当修理工期间,他利用废料改造台车,改变连接器,提高了生产效率。一九五四年四月,他还带领徒弟成功研制出28吨"大脑壳"蒸汽机车,开了森铁自行研制机车的先河。兰文华曾经被授予"全国劳动模范"称号,还作为林区青年代表参加了中国青年代表团,到苏联莫斯科访问。

当然,森铁人也还是喜欢喝白酒的,"白酒一碗舒筋血"嘛。在东北林区,白酒属于劳动保护用品。某森铁司机出车回来,在一家小酒馆喝了不少酒。半夜回家,却找不到自家院门,便跳木障子进院,不想,腰间皮带被木障子挂住了,醉意袭来,那老兄便被挂在木障子上呼呼睡去。次日凌晨醒来睁眼一看,自己被小咬(学名蠓)和蚊子叮得周身都是红眼包,木障子底下却醉死一层小咬和蚊子。早年间,森铁时常发生事故,事故原因多与司机饮酒误事不能及时瞭望有关。

往台车上装木头是个力气活儿，体力消耗非常大。抬木头用的是卡钩。八八的，六六的，那时的木头那个粗那个大呀。八八的就是左边八个人、右边八个人才能抬起来的木头。现在呢，现在的木头一个人扛起来就走。那会儿的木头都是上等的落叶松和蒙古栎，大部分都是军需用材，做枪托、炮弹箱、枕木和坑木什么的。

那时候，森铁通讯设施很落后，每个车站值班室只有一台老式手摇电话。这台电话通到森铁的调度室。在铁路运行过程中，小火车上的司机与车站的联络方式非常原始，通过的车辆进站时，值班人员手里举着一个直径80厘米左右的铁圈，铁圈上挂有一个很小的皮包。值班人员把调度传来的指令写在纸条上装进皮包里。纸条上的内容，无非是在哪里停，在哪里会车，某某岔路往左还是往右，哪一站要加挂"摩斯嘎"，等等。"大副"站在右车门的踏板上，左手抓着扶手，右臂前伸，呼啸间，小火车通过站台时，铁圈就套在他的右臂上了。

林区的另一位朋友王凤琦说："那个年代，能在森林小火车上工作是很风光的事情。因为森铁人毕竟是挣工资的，还有劳保待遇。地方上的人都愿意跟森铁人攀亲戚，姑娘找对象也愿意找森铁人。"停顿了一下，王凤琦不无遗憾地说，"可惜，我参加工作时，森林小火车就停运了。唉——！"

吃苦耐劳的森林小火车，每日吭哧吭哧地跑着，不停地把采伐的木材运出山外，为国家建设立下了汗马功劳。

森铁是窄轨铁路，比普通铁路的铁轨窄许多。铁轨宽762毫米，每根铁轨长10米，每公里有200根铁轨，每米有3根枕木。巡道工寂寞时，就数枕木，一、二、三、四、五、六、七……数着数着，突然有一只狍子横穿铁路而过，一闪，就在森林里消失了。数到哪儿啦？乱了，自己也不知道数到哪里了，便哈哈一乐，重新数。一、二、三、四、五、六、七……数着数着，日头就压树梢了，接着，啪嗒一声就坠到林子里了。

森林里便一片火红。很快，又漆黑一片了。

渐渐地，巡道工的身影被黑暗吞噬了。

因功能和用途不同,森林小火车分为几种,有运输木材的台车,有森铁人出工时乘坐的"摩斯嘎",还有绿皮的森铁客车。

二十世纪九十年代,我去大兴安岭林区出差,常坐绿皮森林小火车。绿皮的森铁客车没有卧铺,一律是硬板座,坐起来颠颠簸簸,不是很舒服,但是窗外的景致却极美。浓郁凝重、无边无际的绿,汹涌澎湃地涌过来,呼地一闪,又汹涌澎湃地涌过去了。

著名作家叶圣陶先生来大兴安岭林区时曾坐过森林小火车。他在《林区二日记》里写道:"早餐过后,我们上了小火车。小铁路是林业管理局所修,主要为运木材,也便利工人上班下班。我们所乘坐的小火车,构造与大小与哈尔滨儿童铁路的客车相仿,双人座椅坐两个人,左右四个人,中间走道挺宽舒。车开得相当慢,慢却好,使眷恋两旁景色的人感到心满意足。"

森林小火车上有车长、乘警、广播员、检车员、列车员。当然,最神气的是列车长。他的腋下总是夹着两面旗,一红一绿。他一挥绿旗,车就开了;他一挥红旗,车就停了。有时,车长将一个帆布袋子交给车站上的人,那是邮袋。里面装着山外寄来的报纸杂志、信件、包裹。林场的人,一听见小火车的吼声,就往车站跑,看看有没有自己盼望的亲人的来信。当然,列车员都是漂亮的女生,眼睛忽闪忽闪的,脸白白的,手绵绵的。从身边走过,扑鼻的雪花膏香味,甚是好闻呀。

如今,在阿尔山林区,喷着蒸汽白雾,吭哧吭哧喘着粗气的森林小火车已经退出了林区人的视线。实际上,这正昭示着辉煌的伐木时代的终结,取而代之的是一个全新的资源培育时代的开始。

我相信,那些关于森铁的记忆,已成为阿尔山林区人生命中最温暖的一部分。

林中小语

林区告别了伐木时代,正在掀开绿与美的崭新篇章。

什么是森林?什么是生态?在即将告别大兴安岭林区的那个晚上,我一遍遍反复问自己,却理不出一个清晰的头绪。——答案或许就在绿水青山之间。置身大兴安岭广袤的林海,倾听着那阵阵松涛之声,这——还是问题吗?

森林,需要空间的分布,也需要时间的积累。

一个声音说:自然中,生物的多重物种,永远好于某一物种内部有多重个体。自然界有自己的秩序。它不必是一个数学的秩序,也不必是一个几何秩序,而是一个超越了数学、超越了几何的活生生的秩序。差异和不平等对于秩序来说,是完全必要的。事物的多样性决定了事物的差异性。如此,才能形成一个具有复杂层级和复杂形态的稳定的生态系统。

此言,说的不就是大兴安岭森林吗?

杭盖诺亥

◎ 格日勒其木格·黑鹤

在游牧人的世界里，也许是因为远古时期的恐惧遗存和对经历漫长岁月形成的伟大传统的尊重，在日常生活中很少直接称呼狼的名字，一般将狼隐讳地称为"腾格里诺亥"或者"杭盖诺亥"，即天狗或者旷野之犬。

狼不会知道，我一直在隐秘地守护着它们。

当然，这是人类世界的事，它们也没有必要知道。

第一次意识到它们的存在，是我骑马带着自己的三头蒙古猎犬在傍晚出行的时候。

刚刚结束的这个冬天，我的马群一直可以得到充足的牧草。去年入秋之后，我就从大青山那边购买了最好的碱草。去年夏天，我所在的这片草原雨下得晚，直到初秋才开始落雨，所以牧草也来不及生长就到了打草的季节。秋雨仍然连绵不绝，也就打不了什么草了。

因为牧草储备充足，大雪落下之后，我的马群无须像附近几家牧民的马群那样每天用蹄子刨开结了硬壳的厚厚积雪，在雪下寻找所剩无几的牧草。

所以，整个冬天我的马匹都腰身肥壮，跟附近几家牧民马群中消瘦得露出肋骨轮廓、蹄腕处因为刨雪而滴血的马匹相比，它们的生活确实显得太容易了。

附近营地的通古勒嘎大叔一再跟我说，冬天不能将马喂得太肥，否则到了春天马会受罪。

在此时，大叔的话终于应验了。

毕竟我已经有一个冬天没有骑乘我的马披肩了。它过于肥胖，我骑着它上山刚到一半的时候，它已经大汗淋漓、气喘吁吁了。它太胖了，肚腹里积满了肥油，显然，它有些力不从心。

现在看来，披肩——我的鹰膀骏马，更像是一个休假太久的拳手，无论是力量还是体能，都因为悠闲的生活而大打折扣。

尽管我没有催促它快跑，仅仅是驮着我，对于它来说也是一个巨大的负担。显然我也确实有些重。

我还是下了马，给它松开肚带，牵着它爬上山顶。

在小山顶上可以俯瞰平坦的莫日格勒河夏营地。这段时间，我的马群就在莫日格勒河边的柳树丛间游荡，在山顶上可以比较清楚地看到它们躲在哪个避风温暖的地方。

我从鞍袋里取出望远镜，巡视着积雪刚刚融化后一片昏黄的无边草场。

我带着的三只猎犬登上山顶后非常兴奋，它们习惯性地在我身边往复奔走逡巡。它们在寻找上一次来到这个山顶时留下的气味，也在辨识在这段时间是不是有陌生的牧羊犬试图覆盖它们留下的带有标示性意义的味道。它们用自己的尿液覆盖那些气息，以此向视野中所有可见的草场上的牧羊犬极其强势地宣示，这里是由它们实质控制的领地。

它们总是盲目而快乐。

犬就是这样，只要主人在身边，有足够的食物，那么显然它们是永远活在当下的，傻呵呵地享受美好生活中的一切。

因为气温很低，它们伸出舌头兴奋地喘息，呼出的白色热气环绕着它们，让我恍然感觉站在那里的是三个玩得忘乎所以摘下帽子满头大汗的孩子。

但是，这些只是表象。

突然间，如同时间瞬间停滞，它们凝立不动。

它们的身体发生了变化。

周围突然安静下来。

我想，是一瞬间的气氛发生了变化，它们不再那样放肆地大声喘息，它们收回了为了散热而耷拉出来的舌头，闭紧了自己的嘴。只是一瞬间，刚才那种自如的惬意就消失了。

它们向一个方向望去。

它们是蒙古猎犬，一种古老的中国原生视猎犬。它们此时的表现是在漫长的培育过程中不断被巩固的本能的力量，它们被选育的目的就是及时地发现并追逐地平线上突然出现的高速移动的动物，然后将它们捕获。

这就是它们的本能。

它们的身体绷紧，可以清晰地看到腿部的肌肉轮廓已经从皮下显现出来。尽管经过一个冬天它们也胖了一些，但是终究不会掩盖它们作为猎犬的优美体态。

它们一动不动地望向那个方向，倾注全部的注意力。而它们颈部的鬣毛也缓慢地耸起，这是动物源于遥远年代的祖先的本能吧？通过这种方式，它们可以让自己的身躯显得更加庞大而富于威慑力。

它们是血统古老的猎犬，追猎是它们的本能，那是一种无法控制的杀戮的渴望。

我不狩猎杀生，所以每一次带它们出来奔跑，都要承受很大的压力。

我高居于马背之上，理论上应该比我的猎犬看得更远。所以，经常的情况是，我比我的猎犬更加积极地扫视地平线，为了在第一时间发现突然出现的什么动物。

只要视野中刚有移动的黑点儿出现，我总是提前调转马头，跑向相向的方向，一边打出响亮的呼哨吸引它们的注意力。

在遥远的地平线上仅仅是若隐若现不甚清晰的影像——当然一般情况下我根本不给它们发现的机会——终究不如主人的呼唤更有诱惑力。

我必须拥有更广阔的视野和非凡的视力，赶在我的猎犬之前发现那些地平线上的动物。

风是从它们注视的那个方向吹过来的，我想也许有什么气味吸引了它们的注意力。

可能是一只过路的狐狸。

总之,这些血统古老的猎犬对视野之中出现的一切除了人类之外的活动的生命都会感兴趣,它们在看到的一刻,内心的火瞬间被燃起,然后开始追逐,绝不会让它们逃出自己的视线。

追溯它们的起源,最初它们只是皇家猎犬,慢慢地开始流落到民间,能够一直留存下来也并不容易。

我的视力足够好,看到在大概三公里远的莫日格勒河的河岸有两个黑点儿一闪,然后就隐没在河边茂密的柳树丛中了。

我观察了一下,三头猎犬中只有乌提目不转睛地盯着那个地方,一动不动,显然它是真正地发现了那转瞬即逝的身影。

乌提是在我的营地出生的第二代猎犬,是这一代中的佼佼者,浑身漂亮的金黄色皮毛,腹下颜色略浅,毛色完美过渡,几乎让人难以察觉。它的样子跟清代宫廷画家郎世宁所作《十骏犬图》中的工部左侍郎纳喇·三和进献的猎犬一模一样。

它的身上还保留着第一代猎犬的机敏和警惕。

而另外两只猎犬,一只是第三代,黑色,白腹白尾白爪尖,名字叫乌。另一只是朋友送的银灰色雄犬,尚不满一岁。就像我给它取的名字——古勒克,就是狗崽之意。

那黑点儿显然是两头狼。长久地居住在草原上,我可以在几公里外只是凭步态就可轻松地分辨出自己看到的是什么野生动物。

我想,它们在我发现它们的同时,也发现了我和我的猎犬。我们高高居于小山之上,一人一马三犬,实在是太醒目了。它们出于本能,立刻隐匿了自己的形迹。

眨眼之间,乌提低吼一声冲下山去,另外两只猎犬尽管不知道发生了什么,却仍然像刚才一样,也模仿得惟妙惟肖,颇像那么回事,跟随乌提而去。

这是一个学习的过程。

我不希望它们去追逐那两头狼。一旦它们追上,狼和犬都有可能受伤,这是我最不愿意看到的。

我猛地给披肩紧了肚带，跳上马背，然后从另一个方向驰下高坡，同时从口中发出催促的呼哨声。

虽然猎犬已经发现在河岸上游移的黑点儿，但是，那两头狼迅速地消失了，在它的视野里不再有刺激它继续追逐的影像。毕竟距离过于遥远，我对它们仍然有足够的号召力。

它们最初在被培育时，还有一种能力也是被不断巩固的，那就是在未曾开始捕猎时，要紧紧跟随在主人所骑的马匹旁边。

我只是第一下让披肩做出一个奔跑冲刺的动作，随后我就勒紧缰绳，让它放慢速度。毕竟这是下坡，一旦它失蹄跌倒，是相当危险的。第一下那个动作是做给正要远去的猎犬看的，为了吸引它们回来。

我慢慢下坡，不断勒马盘旋回身查看，最先跟过来的果然是乌和古勒克。

过了一会儿，乌提的身影才在坡顶浮现。

它极为踌躇，本能促使它听从我的呼唤飞驰而来，但它的脑海中，刚才河岸那一闪即逝的黑影仍然挥之不去。

最后它还是做出了选择，向山那边留恋地望了一眼，然后跟了上来。

看到它们都跟了过来，我怕它们反悔，马靴跟轻磕披肩的肚腹，它会意地立刻加速。

终于平安到达山下，我已经像披肩一样满身大汗。

此时，三头猎犬似乎已经忘记了刚才的事，重新恢复到正常跟马随行的速度，快意的奔跑能够让它们迅速忘记一切。猎犬，一种执着于当下的犬，不能同时想太多的事。

回营地的路上，我让披肩小步慢颠。

我可以感受到马蹄踏开了土地冻硬的表皮，下面的泥土已经呈现松软的质地，那是整个冬天被冻彻的大地向春天的温暖阳光必须做出的妥协。

但是，此时草原上夜晚的气温依然在零摄氏度以下，大地还要重新封冻，如此反复数次，游牧人才能迎来真正的春天。

在我骑马带着我的三只猎犬回到营地之前，夜幕就已经降临了。

在草原上才能够感受到这春季随黑暗而来的砭骨的寒冷,这是独属于北方草原春日的荒寒。

我起得很早,刚刚五点。

我背着装有望远镜的鞍袋走出房间时,外面迎面而来的清冽的空气与室内那种火炉燃烧了整个晚上后温暖却让人有些憋闷的感觉完全不同,我几乎立刻就从尚未完全消散的睡梦中清醒过来,而且醒得非常透彻。

尽管青草已经悄然在地上的枯黄间露头,早晨却还是冷得让人心虚。为了应对草原上的春寒,我在蒙古族棉袍里面又穿了一件薄羽绒服。

我哆嗦着用刮马汗板刮去马背上白色的霜花,然后才将马鞍放在马背上。昨天晚上我就将披肩拴了起来,为的是今天早晨可以早早地出发。

看到我给马备鞍,犬舍里的猎犬都兴奋地开始清晨的第一轮吠叫,它们以为我是要领着它们骑马出行。

今天不能带着它们了。

刚刚出了营地,我就感到可怕的寒意,还好穿着厚重的羊毛里马靴,上身羽绒服外面套着棉袍,只是棉马裤有些薄了,我感到两腿发凉。不过,我相信只要骑在马上跑一会儿,就会暖和起来。

当我骑马登上三天前发现狼的那个山顶的时候,身上已经开始暖和了。

但是山顶风很大,裹挟着春日特有的寒意。我骑着马刚刚在山顶露头,风立刻从我的领口灌入,几乎让我在一瞬间就立刻失温。我不得不扯紧了蒙古袍的领子,后悔自己没有再戴一条厚实的围巾。

因为在马上风会更大一些,我立刻下了马。刚刚离开马鞍,我就感觉自己的屁股和两条腿一片冰凉。刚才骑在马上用蒙古袍包着腿,下了马袍襟散开,寒气立刻乘虚而入。

我也顾不了这些了,牵着马又往下走了几步,这里是背风的一侧。

我从鞍袋里取出望远镜。

这才是我来这里的目的,已经两天了,我每天都会在这个时间挣扎着起床,然后骑马爬上山顶,认真地搜索当时发现狼的那片区域。

我相信自己一定可以再次看到那天消失在柳树丛中的狼。

平坦的夏营地上,隔着一定的距离,在我的视野范围内有两个马群。

这是第三天了,每天早晨,我都会耐心地在这里守上一个小时的样子。今天我一边用望远镜搜索,一边意识到如果明天再来可以随身带一个装满热茶的水壶,那样就会让我在凛冽的清晨观察狼显得不那么难挨。

今天早晨我没有撑到一个小时,刚刚四十多分钟已经被冻得浑身僵硬、脸颊麻木,我准备收工回营地。

命运就是这样眷顾我,就在我要上马的时候,我终于看到了它。这也算对得起我这三天的早起。

那头狼从地平线上而来,口中叼着一只野兔。它目不斜视,跑得十分轻快,不紧不慢。

它应该是在更早些的时候,惊起了这只沉睡的野兔,然后迅速完成了这次捕猎。

它应该是从地平线上的柳树丛中出现的,然后穿越平坦的莫日格勒河谷。一般情况下,狼这种动物穿越空旷的空间都会非常紧张,但这头狼显得极其自信。

两个马群的儿马几乎同时发现了这头狼,但是它们的反应并没有我想象的那么强烈。

想来,两个马群已经在河谷里的柳树丛深处寻找到那些尚存的牧草,这里也足够温暖避风,昨天晚上它们睡得不错。两个马群保持着安全距离,大概有一百五十米到两百米左右,它们互不侵犯。

其中一个马群是附近通古勒嘎大叔家的,儿马是红色的。另一个马群,不知道是谁家的,可能是从附近的哪个嘎查跑过来的。

狼很聪明,它选择从两个马群正中间的草场穿越。

两匹儿马第一时间发现了狼,立刻从马群中闪出来。其实,即使不是专业的牧人,也可以很容易地分辨出马群中的儿马,那一般是最高大强悍的种公马,而一旦有危险出现,它总会第一时间冲出马群,挺身而出保护自己的马群。

两匹儿马都警惕地慢慢颠跑到距离自己的马群十几米远的地方,盯着狼从它们的中间地带目不斜视地跑过。狼似乎根本无视这两匹强悍的儿马。

而儿马也没有进一步上前挑衅的意思。马作为食草动物，在遇到食肉野兽时第一个选择就是逃跑。显然两匹儿马也意识到，这是一头并没有对马群中任何一匹马驹或者体弱的骒马有企图的狼，它仅仅是借道过路而已。

当然，蒙古马跟其他的马种不一样，草原有很多蒙古儿马杀死袭击马群的狼的事例。这是真的，我看过照片，也核实过。

我突然意识到，很显然这些马并不是第一次见到这头狼，它们已经习惯了它的出现。

狼在这片草原上捕食野生动物，但它们一直与马群保持距离。

最近我也没有听说附近有哪个牧民家的羊群有羊丢失。正如牧民们一直在传说的，如果狼在谁家的草场上生崽，是绝对不会触碰这家的牲畜的，它会走很远的路外出捕猎。

这头狼非常自信地穿越在泛着白霜的明亮草原，然后消失在莫日格勒河边的柳树丛里。我已经非常确定，狼的洞穴应该就在那儿附近。

今天，实在是没有让我失望。

我的鼻涕都被冻出来了，直到流到唇边我才发现。我一边擦着鼻子一边将望远镜重新放回到鞍袋里，然后打算牵着马先往山下走一走，到平缓些的地方再上马。

我现在被冻得头脑都有些麻木了，只想快点儿回到温暖的室内。理论上我的被窝应该还是暖和的，我可以钻进去再补一个回笼觉。

我牵着马刚绕着山顶之字形地走了半圈，竟然与也牵着马的通古勒嘎大叔不期而遇，他正将自己的望远镜掖进怀里，准备上马。

他的鼻子被冻得通红，我想自己的样子也跟他差不多吧。

显然，大叔也是早起上山顶来查看自己的马群的。

牧马人总是起得很早，然后找个高处观察马群的情况。养马的好处就是不需要像羊群一样天天看护，但是仍然需要隔几天爬到山顶上看看。马群由儿马自己管理，但是马的移动速度很快。如果马跑得太远，就需要把它们赶回来。

我跟大叔简单地寒暄之后就不再多说一句话,毕竟张嘴也是会消耗热量的。

我们一起上马下山。

大叔让我跟他一起回家吃早饭。

远远地,可以看到大叔家毡包上的烟筒已经开始冒烟了。大妈清晨起得更早,此时应该正在用早晨刚刚挤的牛奶熬制奶茶。

奶茶,整个欧亚草原上独属于游牧人的最接近真理的食物。在这样寒冷的早晨,只需要一碗滚烫的奶茶就足以拯救我冰冷的灵魂。

这是不能拒绝的邀请。

当然,接受邀请也是一种礼貌。

因为饲养的奶牛多,奶制品充足,大妈熬制的奶茶里面的内容极其丰富。奶茶里面总会放上大量的奶皮子,倒进碗里泛起一层黄亮的乳脂。将手把羊肉切下几块泡入茶碗里,再加上几块油果,就是一顿完美的早餐了。

这种高热量的奶茶确实是寒冷草原牧区必备的食物,可以迅速地为牧人补充热量。

我的整个身心都沉浸在奶茶中,就这样喝了一碗又一碗,直到太阳升起。

我谢过大叔和大妈的丰盛早饭,浑身暖洋洋地回我的营地去了。这顿早饭的热量可以让我一天都不会感到饥饿。

在喝奶茶时我和大叔都没有谈起那头狼。

我知道,他一定也看到了。但是出于对伟大传统和禁忌的尊重,我们不会直接谈到狼。如果确实有必要,那么也会用"腾格里诺亥(天犬)""西拉诺亥(黄犬)"或是"好日因诺亥(野犬)"这样隐讳的词语。

不过,我和大叔心照不宣地认为没有必要提起那头狼,毕竟狼并没有伤害大叔家的牲畜。让大叔做出了正确的判断,正像这片草原上千年前的牧人所做的一样:只要狼不侵害自己的牲畜,那么游牧人从来都可以与它们共享这片直达天边的广阔草原。

那之后过了大概一个月的时间,我终于还是没有控制住自己的好奇心,骑马过河,去寻找狼洞。

当然，我不是带着猎犬去捕杀狼，而是为了丰富自己关于草原狼的知识储备，我希望了解这种与人类的营地距离如此接近的狼洞的具体布局。

我选了中午的时间，无论狼是不是在洞里，这个时间总感觉会比较安全一些。

过河之后，我就在从山上俯瞰的那片柳树丛附近的区域寻找。

并没有太费力，很快我就看到柳树丛中有一条已经被狼踩踏出来的小径。这应该也是附近的野兔、山鸡曾经走过的小路，现在，应该是完全属于狼了。

我在小径上看到狼最近留下的新鲜爪印，这更加印证了我的判断是正确的，狼洞应该就在那片柳树丛里。

小径是从盘根错节的柳树根部向里延伸，别说骑着马，就是徒步，不弯腰也进不去。

我下了马，将披肩拴在一棵小树上。

披肩表现得还算正常，甚至低头开始寻找牧草。看来，至少狼没有在附近现身，否则披肩一定会有所反应。想到这一点，我又将披肩拴到了一棵更粗壮的树上。毕竟万一它受惊逃跑，我会变得非常狼狈。

我弯下身体钻进了这个洞口一样的树丛的缺口。

在我蹲下身的一刹那，我就明白了为什么狼会选择这样的地方作为自己的洞穴。

我的头顶完全被刚刚冒出绿芽的枝条覆盖，这里如此隐秘而安静。

这些年我见过不少狼洞，都巧妙地利用周边的环境，非常隐蔽，有的时候走到跟前也难以发现。更多的时候，狼会选择石山上的缝隙。狼可以在这里很好地隐蔽自己的形迹，柳树丛中还有大量的小动物可以捕获，而此处距离莫日格勒河很近，饮水方便，甚至可以在柳树丛中穿行，直达水源。

我还在这样想着，前面突然豁然开朗。那是一片林间空地，应该也是因为莫日格勒河改道而被废弃的一小段河道，但是因为大概已经干涸多年，仅仅勉强可以看得出是河道的样子。

狼洞竟然就在我对面不到十几米远的干河岸的土壁上。洞口不大，洞口边也没有太多浮土，应该是一个使用了多年的洞穴。倒不是说狼年年在这儿哺育幼崽，应该是一个被獾废弃的洞穴。

我又向前挪了几步，更加确认那是狼的洞穴，因为洞口还散落着禽类的翅膀和一些白色的小骨头，想来是野鸡、野兔之类的小动物的。

就在此时，我听到从那洞口中传出的声音。

我太了解这种声音了，也确认这是这个世界上最美妙的声音。那是类似还在哺乳期的小狗发出的声音，呢喃声、被踩到爪子的哀鸣。

噢，被踩到爪子。

那一定是被大狼踩到了爪子。

我立刻后退，却又没有勇气转身，生怕真有大狼从我身后扑向我。

我就这样紧张地一路倒行着退出了柳树丛。

终于抬起头时，我已经出了一身大汗。

披肩尽管戴着马嚼子，却仍然能够巧妙地吃草。听到我出来，它一边嚼着草一边抬头看我。

到了外面我就放松下来，刚才在狭窄的柳树丛中确实有些紧张。这还是源于人类对狼恒久的恐惧吧。

我知道狼洞的位置就可以了。

之后大概一个半月左右的时间，我再没有靠近过那里。如果带着猎犬出行，我会刻意远远地绕开这片区域。

我本来以为，狼会就此完成自己哺育幼崽的整个过程，不会受到任何打扰。

我想得太天真了，它们只是不会受到我的打扰罢了。

修筑公路的工程队来了。

噢，不是来了。他们只是又回来了。去年春天、夏天和秋天他们一直在这里修路。

他们的工作并不是要在草原上修建一条新的道路，而是修补原有的道路。

不长的道路被分包成几个路段,无法用大型机械进行修筑,所以工期漫长。

修路的过程确实缓慢,他们用一个月的时间刨开原来使用数年已经坑坑洼洼的路面,然后再用一个月的时间等待卡车运来填充路面的材料,之后再用一个月的时间把这些材料摊平。当雨季到来的时候,所有的车辆只能在旁边草原上的临时自然道路上行驶。一场暴雨过后,被不断碾压的道路泥泞不堪,最多一天有数十辆车挤在一起。

那段时间外出,连我的吉普车对这种不断左右侧滑的路面也有些抗拒不了。有一天有急事要回城,我不得不骑着马穿越草原,然后让城里的朋友开车在公路上等我。

我给马卸掉鞍子和嚼子,让它自己回营地去,然后将鞍子搬上朋友的汽车回城办事。即使在这个时代,显然,在草原上马仍然是不可替代的。

我根据他们闲适的施工速度推测,这条道路能够真正投入使用,至少需要三年。

负责我营地附近大概两公里左右施工段的筑路队,去年春天就借住在通古勒嘎大叔家的草场上。他们拉来带轮子的板房,支起帐篷,借用大叔家的水电。

他们显然是第一次在草原地区施工,并不了解游牧人的生活方式和禁忌。

一天,我骑着马从他们的生活区旁边路过,发现他们竟然在附近开了一个小菜园,而且种了蔬菜。他们不明白草原上是绝对不允许动土的,当然这里也不适合进行农业耕作。但是,那站在菜园里正给蔬菜浇水的系着白围裙的厨师脸上带着期待的天真微笑,大概在憧憬瓜果满园的景色吧。

他显然并不了解草原上牲畜的破坏能力。草原上的"草库伦"以结实的三角铁为桩,钢丝为网,有时候也抵挡不住它们冲撞和践踏。而他们的菜园只是用几块胶合板和木棍歪歪扭扭地围起来的。

在某一个晚上,附近的牲畜踏破了这形同虚设的围栏,将这些整齐而美味的蔬菜一扫而空。对于草原上的牛马来说,也许与更富含蛋白质的碱草相比,这些蔬菜称得上是一次新奇的美食体验。

所有的蔬菜被吃得干干净净,精神上受到重创的筑路队的厨师不再进行这种尝试。

但是,这一小片被损毁的草原却并未生长出新的牧草。草原的表层一旦被破坏,立刻会被巨大的蒿草侵占,它们茂盛得像一片突然萌生的森林。这看似繁茂的绿色却是草原退化的标志,人类的侵袭破坏了草原表层稀薄的土壤和脆弱的生态平衡。

这些蒿草没有任何意义,牲畜从来不会食用。消灭这种蒿草却要用几年的时间。在每年打籽之前将它们放倒,至少三年才会重新有牧草生长。这小小的尝试就对草原造成了一次不小的破坏。

他们还带来了自己的宠物,是十来只鸡。

看到草原上有鸡在跑来跑去,让人有一种很奇妙的感觉。

草原上的猎隼立刻发现了这缺少飞翔能力的禽类,天天前来捕杀。我在自己的营地里经常听到筑工队的厨师敲打破铁盆驱赶猎隼的当当声。不到半个月的时间,这些鸡就被这种中型猛禽捕猎走一半。

一天晚上,不知道是什么野生动物进入了鸡笼,咬死了所有剩下的鸡。

这是厨师的又一次失败。

他大概已经意识到,在驻地草原上生产蔬菜和蛋类的想法显然是行不通的,每天按时到附近的镇子上采购食物才是最好的办法。

但是,他们带来的宠物不仅仅是鸡。

第一次看到那只细瘦的猎犬是在一个黄昏,我从城里开车回来。

一个人骑着摩托带着这只白色的猎犬在草原上奔跑,它确实跑得很快。那是一种惊人的速度。摩托几近全速,当然要考虑到草原上不时出现的小坑的颠簸,但这只猎犬却几乎是轻松地超越了这内燃机驱动的机械。

显然,速度是这只猎犬的天赋,而且它的身材几乎就是为奔跑而生的。它身上几乎无一处欠缺,似乎没有一丝脂肪,皮下就是肌肉,流线型的身体形如猎豹。这种猎犬在选育的时候，就要放弃更多的东西，所有的一切都为了奔跑。考虑到风阻，甚至它们的毛都要更加稀薄而光滑，以这样的短毛在冬天的草原上是生活不了的。不过，我想这种犬也不需要在草原上生活，毕竟，它是宠物。

后来我认出那摩托车上的人，是施工队的一个经理，这只灵缇犬就是他的宠物。

看到这白净如雪的猎犬在绿色的草原上奔跑如风，让人感到心情愉悦。

但这只是我的错觉，它只是远远地看起来比较赏心悦目罢了。

但这场景也勾起我内心回忆时的伤感，我的第一代蒙古猎犬中就有一只白色的雌犬——宝络。这只漂亮的猎犬已经老去数年，目前我营地里的猎犬基本上都是它的后代。

第二天，这只漂亮得晶莹剔透的灵缇犬就证明了自己的与众不同。

清晨，我的犬舍中突然发出如同滚烫的油锅中泼进冷水般的爆响，把我从睡梦中惊醒。

我了解我的狗，根据它们的叫声我就可以判断出引起它们吠叫的原因。陌生人还是动物进入营地的安全界限之内，它们的吠叫声是完全不同的。

这么早，犬舍里的犬发出这样整齐划一的愤怒咆哮，显然是因为有动物而不是人类在附近出现。

人类不会让它们那么兴奋。

我因为头一天晚上润色一个刚刚完成的中篇小说，直到凌晨三点才睡下。我没有完全睡醒，跌跌撞撞地开门出去。

竟然是那只白色的灵缇犬，它已经进入了营地草库伦的范围。在我打开门的一刻，它还冲着我开始咆哮。这只打乱了我珍贵清晨睡眠的狗，也就不再那么可爱了。

我高声呵斥，它不但不退去，竟然站在我营地的草库伦外面发出一种令我头晕的尖厉的无休止的嚎叫。它的逗引让犬舍中的犬愤怒无比，它们高声地咆哮，冲撞围栏。总之一片喧嚣混乱。最后，我不得不骑马把它赶走。

第二天早晨，这只白色的幽灵仍然如法炮制。这一次真的把我惹怒了。

第三天早晨,当那我已经熟悉的叫声再一次把我惊醒时,我再也无法忍受,直接从犬舍里放出两只猎犬。那是两只当年的雌犬,它们的攻击力比较弱,我怕过于强悍的猎犬会直接将这只灵缇一撕两半、血溅当场。

两只猎犬呼啸着冲出去的时候,鼻尖冲天尖叫的灵缇犬还没有意识到发生了什么。当它明白两只猎犬是决绝地冲向它的时候,才开始转身奔跑。

灵缇犬毫无疑问是世界上奔跑速度最快的犬种,但是刚刚放出的猎犬身上蕴藏着无限的活力,而且两只猎犬配合默契,灵缇犬只跑出了不到一百米就被两只猎犬咬翻在地。

那是结结实实的几口撕咬。

随后我打出呼哨,两只已经发泄完毕的猎犬直接抽身返回。

我看到那只一溜烟儿飞跑而去的灵缇犬身上有淡淡的红晕,显然是受伤了。不过,不会是什么重伤,只是一些表皮伤罢了。为了草原每一个清晨的安宁,必须对它进行这种震慑的教育。就算是清场了。

之后,这只灵缇犬再不敢涉足距离我的营地一公里之内的范围,只要看到我骑着马出现,无论我的身边是不是有猎犬相伴,都会一溜烟儿地跑回到施工队的生活区那边。我让自己的猎犬给它上了一课,让它明白必须与我的营地保持距离,对我和我的猎犬必须心存敬畏。

这只犬显然从来没有机会学习,它的主人没有教过它。那么,由我来给它补上这一课。恰到好处的教训,带有痛感的惩罚,让它回到自己的隐蔽处一边舔舐伤口一边回味,这是足够的震慑。否则,如果它不小心误入哪片牧民的草场,那里的牧羊犬可没有我的猎犬这么温柔。

又过了大概一个星期。

那天下午,我在半山坡上注意到那混乱的一幕。

河边的草原上人群兴奋地呼喝呐喊,似乎是原始人在进行一次无序的围猎。他们围在莫日格勒河边的那片柳树丛边,而那只白色的灵缇犬绕着那片柳树丛兴奋地左冲右突,它白色的毛实在是太显眼了。

他们围住的那片柳树丛正是母狼筑巢的地方。

我心里一惊，从山坡上打马冲下。

那天我骑的是一匹红白相间的蒙古马，蹄腿极为有力，所以下坡时我已经几乎让我的马跑到了极致。

我骑马安然无恙地冲下了山坡，然后借助惯性并未让它减速，一口气冲向那混乱的人群。

当我骑马驰近的时候，已经看清了是筑路队的工人，他们十几个人几乎全部出动。

他们的脸上带着醉意，高声呼喊着给那只围着柳树丛奔跑的灵缇犬助威。

他们带着轰赶的气势，那只漂亮的灵缇犬在他们的蛊惑下围着柳树丛左奔右突，看起来也在给自己鼓劲儿，准备钻进柳树丛。

灵缇犬远远地看到我骑着马狂奔而来，立刻停下了自己在众人的煽动下有些疯狂的行为，足足退出二十多米。

原来筑路队今天休息，他们聚餐喝了太多的酒。然后有人提议到河边来洗澡，就在此时，有人发现有动物钻进了那片柳树丛。

他们七嘴八舌地在我身边形容，那是一头牛犊般大小的野兽。

谢天谢地，他们并没有看清那野兽到底是什么，但我心里明白，他们是看到了正在哺育幼崽的狼。

我很奇怪，狼一直都很谨慎，不应该被这样的人群看到。也许是因为这只在周围跑来跑去的灵缇犬惊动了母狼，它出来驱赶的时候被工人们发现了。

他们确实有些喝多了。

有人认为自己看到的是熊，还有人说那是一种猫科动物，天真地问我会不会是老虎。有些人没有喝太多，他们鄙视同伴们这种张冠李戴的行为，认为大概也就是狐狸之类的动物。

"獾。"

我非常确定地大声给出不容反驳的定论。

怕他们听不明白，我又用了更为通俗的叫法——獾子。

"你看……我就说是獾子……"有人立刻向周围的伙伴炫耀自己的眼神和判断能力。但是刚才我不记得在他们猜测的动物品种中有獾。

无论如何,我选择了一种并不会令他们产生太大兴趣的呆板的动物。

立刻有人开始回忆自己幼年的时候被烧伤,就是用了提炼的獾油治好了自己的烧伤。他举起自己的手臂,在那手臂上留有如同绞缠在一起的蚯蚓般的伤痕,众人发出由衷的感叹。也许是他们喝得太多了,这感叹显然毫无意义,看来屠杀獾获得的油脂并没有抹去伤痕。

总之,我打消了他们的好奇心。毕竟,那仅仅是一头笨头笨脑的獾而已。

其实,这附近确实有一头老獾,但是在两年前就已经死去了。它没有熬过那个寒冷的冬天。

然后,我让他们放弃在河里洗澡的想法,告诉他们这个春天,就在莫日格勒河的冰面上,一头牛冻毙而亡,后来就沉入水中,此时应该正在慢慢腐烂。

总之,我编造了一系列的谎言,善意的谎言。

无论如何不能让他们将这只隐入树丛的野兽跟狼联系在一起。

酒后的人类更接近原始人,他们本来就是希望通过追捕获得什么。如果说在过去的岁月里狩猎是因为饥饿,那么现在他们的追捕似乎是一种本能,追逐一切出现在他们视野里的活的生命——除了人类。

而狼,是带有荒野象征意义的野兽,会激起他们无限的好奇心。

显然,只是跟他们说追捕狼是不对,也没有任何意义。告诉他们,狼现在在哺乳期,小狼需要哺育,也没有任何意义。

最好的办法,就是严守这个秘密,不让他们知晓狼的存在。

他们浩浩荡荡地回驻地去了,心满意足。

那只白色的灵缇犬跟在工人们的身边,一边走还一边心有余悸地回头看看我。看来我的猎犬对它进行的震慑教育相当有成效。

这只灵缇犬的运气不错,如果它真的在众人的鼓动下钻进了柳树丛,就再也没有机会出来了。狼终究是狼,灵缇犬只是适合追捕像野兔那样的小动物,最多是狐狸,狼的强悍它并不了解的。哺乳期的狼,拥有可怕的力量和勇气。两头成年狼杀死一只灵缇犬,真的是轻而易举的事。

以我对狼的了解,受到惊扰的狼一定会转移自己的幼崽。

我没有离开太远,骑马来到大概一百多米远的一棵孤独的老榆树下,下马将马拴好,然后拿着望远镜坐在树前等待。

我必须守护这个秘密,如果再有工人经过,我还要想办法将他们劝离。

母狼在太阳还没有完全落山的时候就出现了,显然,它已经没有耐心等到天完全黑下来。我用肉眼已经可以看到它口中叼着的是一只幼狼。

它在树丛中穿行,看它的行进方向我猜测它是想将自己的幼崽转移到大概两公里外,莫日格勒河一个巨大转弯处茂密的柳树丛里。那里的柳树丛面积更大,也更为繁茂;主要是远离人类,在那里不易受到骚扰。

它叼着小狼往那边奔跑。我不知道它的伴侣是不是还在附近,而且显然狼洞不会只有一只幼崽。这是一个艰巨的工程。

我骑上马,不远不近地跟随着它,或者说与它并行。

它走得坚决而稳健,身影不时在稀疏的柳树丛中闪现。我猜测它已经发现了我,并且在观察我。我与它保持着一个安全的距离,我遵循一个最基本的界限,保持不会让它感到紧张的距离。

我可以看到它若隐若现叼着小狼疾行的身影,而它会认为我仅仅是骑着马在远处闲逛的牧人。毕竟,我骑着马的形象它已经比较熟悉了——这个骑着马的高大的人类是安全而无害的。我庆幸今天自己没有带着猎犬。

这需要对狼的行为有足够的了解。

它明白我和我的马是不会对它造成威胁的,这源自它每次看到我的时候我的表现,或者说对我的理解和信任。

突然,我看不到它了。

再看到它,它从一片小树丛的后面闪现出来,还是奔跑。但是,似乎有什么问题。

它跟刚才不太一样了。也许是它头颈的弧度,或者是它行进的速度。总之,就是有些不同。

然后我意识到它叼在口中的小狼的颜色变了。小狼的毛色变浅了,即使隔得这么远,我也立刻就能够判别出来。大概就是它消失的那十几秒的时间里,母狼口中叼着的小狼变成了白色的。

然后我突然明白了为什么感觉它的身形也有变化,它叼的东西似乎比刚才的小狼要重一些,所以它的头坠得更低一些,跑起来似乎比刚才略显笨重。

我下了马,拿出望远镜,慢慢地让正在疾行的狼出现在望远镜的视野里。此时,它叼在口中的狼崽已经变成白色的,是那种干净的白。然后我意识到,它叼的已经不是狼崽了,但这么远,无法辨别具体是什么。

刚才我还记得它叼小狼的方式。其实它不是真的叼住小狼的颈部,而是将小狼的头颈部含在自己的嘴里。虚虚地含住,既不让小狼掉落,又不会让小狼感到窒息。刚才我非常确定,那只被它叼在口中的小狼,半弯着身体,像是一只巨大的蛴螬。

现在绝对不是小狼了,而是一个没有生命的白色的物体,看起来像是一个白色橄榄球形状的东西。

难道这头母狼会变魔术不成?

这让我非常好奇。

于是,我将望远镜收进鞍袋,然后骑着马慢慢地往刚才母狼短暂消失的小树丛那边走去。

我走得很缓慢。

在我向那里靠近的时候,我注意到行进中的母狼停了下来,开始回头注视着我。随后,只是几秒的停顿,它就消失在旁边的柳树丛中了。

草原葱绿平坦,因为这段时间几个上千只的大羊群已经在附近放牧了几天,牧草被羊啃食得很干净,已经没有太高的牧草,草原一目了然,几乎藏不住什么东西。

我骑着马绕着这片小树丛走了两圈儿,也没有找到小狼的踪迹。

我将视线投向一棵柳树的根部。

我的两头白骆驼喜欢这边的柳树,每食用几天牧草,它们就会来这里补充新鲜的柳树枝。柳树低垂的枝条被啃食得很干净。

我仔细地查看树根处的地面。

噢。

我看到树根处地面上那个微小的突起。

可爱的小东西，它就藏在那里。

它并没有躲藏，只是趴在那里，像是地面上一个隆起的微不足道的土块。

我又驱马向前走了两步，它还是一动不动地趴在那里。这是动物幼崽自我保护的方式，当母兽不在身边的时候，最好的办法就是纹丝不动，让自己融入周围的环境，等待妈妈回来。

此时，我感到母狼就在附近。

即使我看不到它，我也知道它的距离已经太近了。我的马披肩不安地打着响鼻，以蹄子刨动地面，那是它极度烦躁的反应。

一瞬间我也被披肩的情绪所感染，右手条件反射地摘下了挂在马鞍鞘绳上的马棒。

我慢慢地打马离开了。

太阳已经沉入地平线，天就快黑了，母狼完全能够在夜色的掩护下完成这次转移任务。

第二天早晨，我又去那里查看。

小狼当然已经不见了。在小狼趴着的地方，地上有一块骨头，是已经在草原上风化多年的马的完整头骨。

聪明的母狼。这是狼惯用的一种声东击西的方式。

叼着小狼的母狼一般用这种方法摆脱紧紧跟随的猎人。母狼叼着小狼在前面奔逃，趁猎人没有注意的时候将小狼隐藏起来，然后随便叼着一块捡起来的骨头或者木头继续奔逃，将猎人引开。当猎人与小狼的距离越来越远，母狼就会扔掉骨头摆脱猎人，然后绕回去寻找自己的小狼。

一种狸猫换太子的战术。

头一天夜里，母狼已经完成了自己的工作。

我松了一口气，轻轻拍打着胯下的披肩，它肩胛上已经被汗打湿了。这几天它显然有些累了，明天我就可以换一匹新的马了。

它明白，这是可以调头回营地的信号，于是打了个响鼻，转身回返。

它的速度越来越快，我不得不控制着它，让它不要跑得太快。

我在暮夏时节又见过它们一次。

那是草原的黄昏，我去夏营地深处看自己的马群，回来的路上我骑着马沿着莫日格勒河的南岸行进。

河边的柳树丛因为雨水的滋养生长得异常繁茂。春天通古勒嘎大叔家的母牛在生产前进入这片柳树丛中，过了几天也没有回来，应该是将小牛生在柳树丛里了。我跟着大叔骑着马在里面找了一天也一无所获。树丛实在是太茂密了，很多地方骑着马根本过不去，不得不下马牵行。实在没有办法，第二天我自己带了两只猎犬又来寻找。

猎犬永远有存在的意义。它们无师自通，义无反顾地奔向指给它们的方向，在如绊索般纵横的柳树丛中穿行自如。很快它们就在一片柳树丛中将母牛和它的牛犊轰起，是两只黑白花色的漂亮小牛犊。双胞胎。

看来，在这样的环境里，猎犬永远拥有比人类更大的优势。

无意中，我向对岸瞥去。

在繁茂得如同墙壁般的河边柳树丛中有一个不大不小的缺口，在那里竟然蹲着几只小狗，是五只。随后我意识到，那是小狼，刚出窝不久的小狼。

它们在那里翻滚打闹，我刚刚进入它们的视野，它们那并不出众的视力还是让它们看到了骑在马上的我。这也许是它们第一次见到人类吧？它们整齐划一地在河岸上站成一溜儿盯着我。但是在此时，在它们身边站起一头大狼，我想应该是那头母狼，也许是因为夏天它身上的绒毛都已经脱落，显得瘦削一些。

在母狼站起来的一刹那，我看到柳树丛后面的阴暗处还有一头体型更大的狼，应该是雄狼，这是我第一次真正看到它。

这是狼的一家。

我的马也在此刻发现了河对岸的狼。它惊惧地打着响鼻，我勒紧缰绳。

我再向河对岸看过去时，所有的狼——大狼和小狼——都消失了，就像根本没有存在过一样。

秋天的时候我曾经路过那个狼洞，洞口不知道是被牛还是马踩踏过，已经塌陷。

我不知道明年春天这对狼还会不会再到这里繁育后代。一般来说，狼会长久地使用同一个洞穴。

是否再来，就取决于它们对这片草原上人类的信任程度了。

这是信任与选择。

我期待在明年春天，在莫日格勒河的河岸上还会看到它们的身影。

驮着魂灵的马

◎ 娜仁高娃

它不该就这么死去，死得太随意了：前一秒还在张嘴嘘嘘地喘气，咩叫，后一秒却吐出舌头，面条似的软了下去。看，它的眼睛还盯着我。我想，它是死了，眼睛仍活着。那活着的眼睛一定是在等我怎么用小匕首剥去它的皮。是的，我正想用匕首剥去它的皮，然后造一件皮袄。它这身黑白花色毛皮正合我意。在寒冷中，我将它披在身上，寒冷便被我抵御了。这么说，面对突然的死亡，我是留有一手的。饥饿来了，我用食物来抵御；疾病来了，我用药物来抵御。除了老去，我可以抵御一切。而它呢？一场痢疾便要了它的命。炉火正旺，我浑身舒服，而它在哆嗦中死掉。我该将它丢到屋外。可它的眼睛仍在盯着我，嘴角还不断吐出泡沫。我想，此刻它一定恨我，恨我这个愚蠢的主人，恨我在它最痛苦的时刻，一遍遍灌毫无疗效的药水，一遍遍唤起它对生命的热望，又一遍遍地让这热望幻灭。它一定厌倦了这种徒劳无用的折腾。碗底还有一口酱液似的药。我把那药喝掉了，苦苦的。它可真是一只可怜的羔羊。它的母亲，那只脾气暴躁的乳羊早已抛弃了它，不但不给它喂奶吃，见了它还装作不认识。如果要剥皮，是该剥它母亲的皮，而不是它的。然而，那只乳羊明年还会给我下羔。到那时，我恐怕早已忘了它。

我坐到木凳上，心里想着抽屉里的匕首，剥它的皮其实不会耽搁我什么。晚茶已经吃过。炉膛内的火苗烤得炉壁透出橘色光晕。屋外大雪正在飘。四野寂静，八荒亦然。我只需脱去外套、皮裤，便能酣睡。我很疲乏。雪下了三天，几乎要吞掉我的屋子、羊圈、柴垛。午后我花去很长时间一直在刨雪，我可不能让一场雪结束了我的生活。

屋内越来越暗，我没有起灯，灯光一亮，它或许还会眨巴眼。就让死亡在这昏暗里静悄悄地隐退。终于,等到给它嘴里塞一口酥油时,发现它的身子发僵了,眼皮也垂下来了。

我想,我才活了四十七八年,却制造了三四个四十七八年的死亡。远的不讲,只提四个月前在小镇赛马场我制造的一次离奇而令人悲伤的死亡。那天,我坐在观众席上,顶着酷日,混入人群中,兴高采烈地等着一场马术表演。哦,那可真是一场精彩的表演。年轻的骑手们,当腰缠条红绸缎,在马的疾驰中做各种惊险动作。我和周围的人不断发出惊呼,我还大声笑,好似在我整个四十多年的生涯中,从未见过如此赏心悦目的瞬间。我还夸张地嗷嗷叫,因为我想让周围的人发现我内心的秘密——那匹浑身黑缎子似的马其实就是我出售给马术表演队的。它在三四岁时被我调教过,那是一匹脾气温顺而总将头颅高高昂起的骏马。我很少到小镇去。那一次去其实就是想去看看它。它在我身边时,我给它取的名字叫"哈日·巴特尔"。毋庸置疑,它是一匹难得的良马。曾经有很多次,我躺在它脊背上,像是躺在一处山坡上,眺望星空。这点我可没有撒谎。为了不让我滑下它的脊背,它走路时几乎不晃动腰背,虽然它深知扭动腰背会让它舒服。也许你会问我:既然这么好,为何当初还将它出售给马术队呢?哦,实话告诉你,我需要钱。还有,沙窝地不需要马了。我有了一辆破旧的皮卡车,还有一辆破旧的摩托车。还有,沙窝地纵横交错的围栏,早已不适合它疾驰。它在那里只是一匹没用的牲畜。而且,它需要我精心照料。然而,我可没那么多时间耗费在它身上。我需要在最短时间内到小镇,然后在最短时间内回到沙窝地,我的日子很匆忙。而马的日子需要缓慢而放松的节奏。到了冬季,它得耗去我很多夜晚给它吊膘;春季得给它修理马厩,准备饲料;夏季得给它饮冰凉的井水;秋夜里,得牵着它到很远的草地——好让它坐油膘。总之,只要它在我身边,等于我在伺候着一个不会说话的王子。

就这样,我的王子,在各种我自认为毫无反驳理由的情况下被出售给了马术队。如果有人问我想不想它,我不会讲真话。其实,我很思念它,每时每刻都在思念。但我是一个中年男人,我不会轻易表露我的伤感。所以,那天,当它出现在我眼前时,我大呼着,狂笑着,以此来表示我很坚强。它还是那样的美丽，一身油亮的毛发，四肢健硕，脖颈颀长，鬃毛修剪得整整齐齐。它的骑手是一个很年轻的男孩，即便不看他的脸庞，也能看出他眼眸间的勇猛。他们才是天生的一对儿，很好的安达——就从他俩表演时的默契来判断，他们彼此很信任。

然而，就在我喊得嗓子冒烟，兴奋得近乎喝醉了似的感到一阵阵晕眩时，意外发生了。它从西侧一座人造山头那边冲出来，对面的人造山那边也冲出来一匹马，它们的速度是那样的快，而且它们的骑手又是紧紧伏在它们的脊背上，像极了战场上决一死战的战士。战士挥动着臂膀，风驰电掣般地冲向彼此。它们本该在相遇那一瞬，风一样避开对方，然后折过来，绕着圈追逐彼此。可是，那两个年轻的战士（他们是愚蠢的、傲慢的，还有很多责怪的言语埋伏在我心底）错误地判断了整个速度与方向，就在它俩相遇的那一秒，将马缰绳微微向同一个方向一扯，它俩便撞到一起。

哇，精彩！

坐在我旁边的一个陌生的男人大声喊道，并站起来鼓掌。而就在这一刻，我看见了它——我的哈日·巴特尔。它已躺倒，四蹄乱蹬，战栗着。它的骑手也扑在地上。过了一会儿，他站起来，抖抖身子，走过去踢了它一脚，那一脚落在它脑袋上。我知道发生了什么。我冲下台阶跳过栅栏——应该是跳过，我也回想不起来，总之我很快到了它身边。我先是冲着骑手那张很年轻的脸给了一拳。他被我这么突如其来的一拳打得仰躺到地上。我扑在它身上。它身上还很热，脖颈上湿漉漉的，嘴大张，眼睁着。它早已死了。只是眼睛还活着，蒙着一层泪水似的液体，正毫无怨恨地盯着我，或者盯着所有围拢过来的人。另一匹马也死了。鼻孔、眼角不断淌出鲜血。

毫无疑问，它们的死亡是我制造的。

我走到屋外。雪还在继续下，抖抖擞擞地落到眉梢、腮帮上，瞬间变成一星水，透着冰凉。我拎着它——那只可怜的羔羊。我得将它丢到柴垛上，任鸟或者狐狸、野狗来吃了它。至于它的皮，还是算了吧。不要披到我身上，我是一个刽子手。它的魂灵会嘲笑我的。

柴垛已成雪包。鼓鼓囊囊的，看着比往常矮了许多，像是要缩入地表下。午后刨出的一角也没了痕迹。将它丢过去,它沉沉地陷在雪里。它可死得透彻。我站了片刻,心里什么都不想,只是看了看它。然后,我向林子那边走去。

说是林子,其实占地面积只有四百余亩。有沙枣树、旱柳、槐树,都是我亲自种的。种树不是为了别的,只为夏夜睡在林子里。我想我这不算一种癖好,只是一种避开夏夜炎热的方式。然而,很多人是不看好我这样的。我那女人也是,熬不过我这习惯,在给我生了三个孩子后,年纪轻轻就走了。她一走,我那两个闺女、一个儿子,也离巢的鸟似的离去了。他们一走,单留下一小片林子、一大片野地,还有一个别人眼中的"酒民"。哦,酒,我终于将自己从雪地中的行走扯到"酒"身上。对,在这样寂静的雪夜里,就该喝酒。我张大嘴,任寒气溜进腹腔内,搅得五脏六腑发颤。四野早已隐去原来的模样。沙包、土坡扯出弧线,远远近近地悬在半空。草木的腿脚也没到雪下,唯留半截身子在雪中苦撑。除了脚底踩出的嘎巴响外,偶尔传来树枝嘎嘣断裂的脆响。

回头望去,白茫茫间,我那小屋早已隐匿在飘雪中,不见影。我的这片小林子,有七十五棵沙枣树、八十一棵旱柳。我那女人的坟包就在那棵挂着胛骨的旱柳下面。那是我给她选的。我那夏夜里睡的土台在那棵歪脖子沙枣树下。整个林子里它是最老的一棵。有人以为我睡林子是因为我在思念我那女人,其实不是那一回事。我只是习惯看到,在林子里熟睡后,突然醒来时,在混沌中,一片郁郁葱葱的"天"俯瞰着我。而也就是在那一刻,我觉得昨天和前天早已不存在。每一次的醒来都是陌生的。有人要我到小镇里当个歌手,要我撇开这一切活出个模样来。啥叫活出个模样来?我那安达前几年离开沙窝地,在小镇当歌手,把日子过舒坦了。说是歌手,其实就是在各种饭店里给宴饮的人们唱民歌。好几次我见他身穿缎面蒙古袍、脚踩牛皮长靴,一手端银碗一手端酒壶,给人家唱歌;人家欢喜,他更是喜笑颜开。

不,我过不了那种日子。我正在老去。与年轻时不一样,我不再为一些看着欢愉的事情发出大声的笑。相反,我发现我制造了很多悲欢离合,而且从未停止过。我深感这是一种自我剥离。就像我用匕首剥去羔羊的皮毛,使它粉红的躯体在我手里一览无余。那是一种令人窒息的瞬间。

不见风，雪却不断地从树枝上落下来，大概是树枝撑不住雪的重量了。如果不是彻骨的寒冷，此刻，我还真想在雪地上睡个囫囵觉。土台虽被埋在雪里，但我能找到它的位置：就在那棵歪脖子沙枣树下。那个模模糊糊的雪丘就是土台。我在那里已经过了三十多载夏夜。土台高两尺，宽三尺，六尺长，俨然是我在野地间的一盘土炕，而且是单属于我的。我那女人在的时候，偶尔蹙起眉头咒骂一句："到你那墓地里睡去吧。"我想，世间所有的土炕都是酿造一切悲欢离合故事的源头。而我这个野地的炕头，却是蕴藏我所有欢喜的角落。到了夏夜，一手端酒壶，一手端酒杯，在蚊虫的侵扰中，大大地灌下几口酒，然后仰面躺着，我便毫无察觉地进入一种空旷与寂静中。在那种寂静与空旷中，我会听到只有在山头才会听到的风声。我也会听到不知从何而来的一种器乐声。有时候，我也会唱起歌来。当我唱歌的时候，整片林子顿时变得静悄悄的。我满足于那种歌声将我带走并剥离开"我"的感觉。也许我的歌声过于绵长，或者近乎一种哀鸣，起初我那女人会过来看看我，不过到了后来，见我除了唱歌就是胡言乱语，便也不管了。有时候清晨醒来，发现露水褪尽，身上潮乎乎的，我又怀疑自己是不是在夜里疯跑了好久。

当然，我的哈日·巴特尔也曾陪着我过了很多夏夜。有时候，在一种醉酒后的蒙眬视线里，它的模样会变成一个黑脸男人，正用一种安静而清澈的眼神与我交谈。如果它没有一双那样蒙着一层泪液似的眼睛，我想，无论它的嘶鸣多么的悠长、多么的清脆，它都不会令我怀念。它大概也懂这一点，不然，它死去后，不会用那样的眼神盯着我。

哦，我制造了太多死亡。一个牧羊人，杀掉牲畜过活，是为了生存。这是苍天赐予我的"使命"，我很多次这样想着。有人说，那些可怜的羊和牛，眼看着匕首插进胸膛里，也不得挣脱，那是因为它们的命数里就该那样——它们是通过被杀戮换来轮回的。也有人说，一个有罪的人会在轮回中变成牲畜。看来，我杀戮的不是它们，而是我们自己。那么，我的哈日·巴特尔的死亡，也是因为它需要尽快投胎，结束它罪孽的一生？循着轮回，迎接它命里的下一个驿站？

过了林子，我继续向东走去。我得到七斤家。我俩有十天没见面了。这是我俩这么多年交情中从未发生的事。如果不是路口被防控疫情的人守着，他准是早早骑着摩托车来找我了。他的脚后跟做过手术，走路走不远，所以每次来都骑着摩托车。我是很少到他家的。他那女人脾气倒是像只绵羊，但哭起来没完没了。见了我更是。有时候还会讥笑一句："你俩难道忘了老了？求你们了，别再喝酒了。"女人容易犯傻，尤其是在"喝酒"这个问题上。她们以为哀求男人别喝酒，男人就会戒酒。其实，女人早该明白，男人和女人向来都是活在两个相互封闭的宇宙间。求男人不要喝酒，好比是求女人不要哭泣一样。

雪还在飘，丝毫没有停歇的迹象。我开始感到些许的冷。没有围巾，雪水便从耳后根下巴处不停地往胸口滑。衣服褶皱上也落满了雪。腮帮子也有些隐隐作痛。不用回头看，林子早已被我抛得很远了。我大概走了十里地。再有五六里地，便能到七斤家。如果不是封路了，我可以到小镇买酒。疫情延续了四十多天，春节三个孩子也没回来看我。对于酒，我可以独自一人喝，也可以邀来七斤，还有秃头子、三哥……很久以前，我们三个便在林子里连续三四天地喝酒。白天也不回去。我那女人便让孩子们给我们送来饭。三个孩子送来饭时，见了我们像是见了野人似的一言不发。甚至走路都不出声。悄悄地将饭放到土台一侧，转身逃去。

有人说，疫情只在城市泛滥。其实近几年沙窝地也遭受着威胁。春季，有人送来老鼠药，并嘱托我将那药填进老鼠洞。我有些不情愿，那人说是鼠疫正悄然降临。还说，杀掉一百只老鼠，便有五百元的奖励。于是，我和秃子便整个春夏季掏坑逮耗子。不过，我俩最终也没能逮足一百只。我俩只是以逮耗子的名义喝了很多酒。我俩也探讨过万一得了鼠疫该如何的问题。秃子没娶过妻，所以也没什么儿女，他不担心死掉，也不担心死去后没有人给他供冥钱。用他的话来讲，活着时都不稀罕钱，死了更不会需要钱。在那个地方，吸口气就能逍遥自在。他还嘲讽我，说为了几个钱将哈日·巴特尔出售给了马术团。我听了不以为然，反驳他不懂钱对一个中年男人意味着什么。

意味着什么？意味着活着。眼下，我觉得这句话是个正确的答案。

突然，脚底一趔趄，我像是被谁猛力一推似的扑到雪坑里。我那羔羊皮做的帽子不由自主地滚落在一旁。靴肚子里也滑进雪，只觉刺骨的冰凉从脚脖子处扩散。

我匆匆站起身。我得当心。腊月的极寒，加上雪，一定会将我变成一具尸体。爬出雪坑，我向四周望去。按理，循着地形我能辨别判断出我的位置。然而，四周阒然，什么都看不清。雪很厚。天空也降了一大截，就在我头顶不远，卧着足足有百米高的云雪。那云雪没有形状，徒然的一大片灰白。雪花密密麻麻地，像个永不停歇的沙漏，遮去了一切。我只能瞅见几十米远的地方。

天谴哟，我迷路了。我已经走了很久，跨过好几道围栏，却还没走到七斤家。他家的围栏木桩我可都认识。我恐怕已经走出了我的故土。站了许久，我试着判断风向，然后保持着一个方向直直地走。我相信，只要不丢失方向感，我便能走到某一个牧人家。毕竟，我就在我的家乡，在自己的家乡迷路，听起来多像是一场笑话。

没有风，没有任何声响，只有雪花悄无声息地落下来。靴子里的雪已变成一层水。很快脚底生疼，我知道我的脚要冻僵了。过了一会儿痛觉消失，那说明脚已经麻木，血管里的血液速度放慢，最后，凝固。我真的会变成一具尸体。死神在大雪纷飞的夜里，将它的网，正慢慢地在我上空铺开。我深感恐惧。我想没有一个人会不怕死神的降临。

我大吼几声。我希望，我的吼声能传到很远的地方，传到七斤的耳朵里。然后他给我一个回音，让我顺着传声，逃离雪地。然而，我驻足在那里等了许久，也没等来任何回音。我很沮丧。我早该知道，不该在这样的夜里，出来寻一场酒。我嘲笑我自己竟然熬不过十多天寂寞的日子。我也恨自己没早早地备一些酒存在家里，好让我在这种寂寞的夜里独饮。我想，小羊羔死去的瞬间也会感到过如此的恐慌，不然它不会拼尽所有的力气冲着我咩叫一声。

喂——有人吗——喂,我迷路了——

我爬上一道坡,向着白茫茫的黑夜呼喊。就在我张嘴大声呼喊时,雪花逗我似的溜进口腔。我不由一阵寒战。我的脸早已麻木,感觉肌肤成了一层厚厚的树皮,当我呼喊时,需要用力撕开一道口。

我不由想起了我的王子,我的哈日·巴特尔。是的,如果它在,只要听到我的呼唤声,即便是在马厩里无法挣脱马缰绳,它也会发出很响亮的嘶鸣。如果它在野地里,它一定会一路疾驰到我跟前,然后驮着我回家。没有一匹马找不到家。

也许是走了太多的路,我深感疲乏。一阵阵睡意不断侵袭着我。只要将眼皮放下来停顿三五秒,我便会倒在雪地里浑然入睡。然而,我知道只要我睡过去,我便将再也醒不过来。我就会在冻僵与昏睡中离开这一切。厚厚的雪将我掩埋。待到很多天过去了,雪花慢慢融化,大地变得斑斑驳驳时,才会有人发现我。然后,他们会将我埋在我躺倒的地方。哦,我想明白了,我不是怕死,我是怕死后随便躺在某个地方。我要回到故土。回到我那片林子里。躺在那棵歪脖子树下。躺在我那女人的身边。也许,我的三个孩子会将我埋在那里。可是,谁知道这场疫情会不会在春季来临时结束。

无论如何,我得回到那片林子里,然后躺在土台上,像一个视死如归的英雄安详地离去。我不能像一个胆小鬼,在野地里,四肢胡乱抓雪,张着嘴,发出最后的呼声。

匆匆下了坡地,我想我得顺着我的足印走回去,可是,雪已经掩盖了足印。那么深的足印,消失得无影无踪。

天怎么还不亮?也许天早已亮了,只是雪还没有停止。

喂——古瑞古瑞——哈日·巴特尔——

我叫唤着,并且唱起那首古如歌来。我想,它一定会听到我的歌。在沙窝地有一个传说,说是只要唱起那首《驮着魂灵的马》,便会出现一匹黑马。我的哈日·巴特尔,应该就是我需要的那匹黑骏马。

阿拉泰山峰是你的故乡,我的神骏——

安吉拉神泉是你的摇篮,我的神骏——

我不确定歌声真的能唤来一匹黑骏马。我也不确定,我真的将这首歌唱了起来。我几乎走不动了。我的靴子早已成了一坨雪球,每迈一步都很吃力。我也听不见脚底踩雪时发出的嘎吱声。所以,我不确定我真的在踱步。我的眼前一片模糊。我想那是雪花落在睫毛上,然后结成一个个小小的冰坨,它们合力要将眼皮压下来,压实,要我立刻昏睡。我也早已看不清口腔里喷出的热气。我甚至都感觉不到空气的存在。唯有虚虚实实的雪花在飘落。一切都是灰白、苍茫。突然,在无尽的灰白间,一堵很高的黑墙屹立在眼前并不断靠近我,几乎要撞倒我。我摇晃着向一侧躲避,几乎就要跌倒,那黑黑的墙却将我托住。这下我看清了。是它,我的哈日·巴特尔,它喘着粗气,睁着它那双满是液体的透明的眼睛,盯着我。我笑了,我确定我笑了。我将脸凑过去,埋在它脖子下。那里有一股温热,使我些许地缓过神来。于是,我拍了拍它的脖子,要它弯下脊背,和过去每次我醉酒后都要它弯身将我驮到脊背上一样。它温顺地弯下身。哦,它的毛发依然光滑而洁净。

　　在我七八岁时的一个春天,家里来了十多个人。他们要给我家马打印。我们将马圈进马厩,然后十多人分成两组守在马厩门口两侧。我骑着父亲的马负责从马厩里赶马,等马从马厩口冲出去,守在外面的大人就扔过去套绳。其实大人们完全可以进马厩,然后在很小的范围内套马,之所以一定要从马厩把马一匹一匹地赶出来,完全是他们的一种游戏,纯属男人们的游戏。寒风里,他们每个人额头都沁着汗粒。每套上一匹马,他们便会嗷嗷叫,大声笑。就在大人们得意地笑着的时候,突然有五六匹马一同冲出马厩。有人抛去套马绳,只套上一匹,剩余的几匹撒欢儿地向野地逃去。我什么都没想,自作主张地去追。那天天气很冷。我也没来得及将棉帽的扣子扣实,刚追出一点儿距离,帽子便飞走了。我的马明白我的意图,一路毫不松懈地追着那几匹刚满三四岁、浑身是劲儿的马。虽然已是春天了,地里的雪还没有化尽,加上春阳晒烤过后雪已经成了冰碴儿,而它们的四蹄刚好将那冰碴儿抛到我脸上。如果谁在马背上疾驰过,一定能想象我当时的情景。我仿佛在一片斑驳的、灰色的海面上冲刺。我什么都听不见,除了呜呜响的风声。我的眼角大概有泪水在溢出,一阵阵的冰凉。那个时候沙窝地没有围栏,马群顺着一个方向跑,只要不遇见河崖、树林,它们便会一直向前。

——此刻,哈日·巴特尔就在那种久违的疾驰中,带着我划开雪花,向更稠密的雪花间冲刺。

古瑞古瑞——我的哈日·巴特尔,那天,你在我们千万人的笑声中,奋不顾身地向前冲。你只是想给我们展示你的风采,想给我们看一匹马的疾驰有多美丽。然而,我们只是把你的疾驰当作一种娱乐、一种观赏,而没有看清你黑缎子似的皮囊下一匹马的生命。我们早已忘记,你是有生命的,而不仅仅是一匹马,一头供我们娱乐的牲口。

前方那一片红红的、刺眼的是什么?

哦,它向我撞过来了。

森林迷境

◎ 陈应松

　　香溪河的喧嚣声，像没完没了的杀戮，满河的水和石头都是愤怒。那些河水下滩的声音，我往生命的激情上想，它们同样是伟大的。在这里，所有的生命都非常强势，显示着它们的能量，攒足劲儿生长。高旷的星空在窗外像奔腾而来的钻石，寒冷却有着它的执拗劲儿。巨大的山峰和黑暗的森林，拱抬着沉重的、宝石累累的天空，不让它坍塌下来。在这里，可以看到宇宙的真相，在没有星空的那些城市，人们并不知道山体和森林付出了多大的代价，才能让天空如此高远，迷蒙的星星才没有坠落下来。

　　山很安静，有时候，忽略掉香溪河的声音后，在没有下雨的时候，香溪河的声音比较像轻言细语，又仿佛是个疲弱的人在赶路，有赶不完的路。那种旷世的安静就像是人飞升到天空，周围没有任何障碍，整个肉体世界和精神世界一马平川。但是高寒山区的风横扫森林和群山的时候，会发出呜呜的吼声，像一个女人惊悚的尖叫声。每天夜里，你若是倾听，都会听到群山发出的一阵阵怒吼，这是荒野的吟唱，是它们狂热、单调的语言。一座山会如此深沉，那些过往岁月的回忆会如此雄壮，经受过煎熬和痛苦，但它只是在半夜发出类似巨人的呓语般的吼叫，然后，它会睡去，仿佛盖着厚厚的毡子，温顺、蜷伏。生命如此善良，愈是久远的生命愈是善良，而且有着耐心，漫山遍野、年复一年地活着。

　　天亮大约是在六点的时候，竟没有一点延迟，一寸一寸地到来。那种从黑夜到白昼的神奇变化，悄悄来临而无形。灯光下，没有黑夜。只有山冈和荒野，因沉默才如此敏锐和真实，像命运一样让人挺住，才能够对付岁月。让人在心上磨着，对白昼的渴望会成为偏执的想法，荒村的鸡叫不是白昼的开始,那是更折磨人的一段时间。

　　鸟的叫声开始时就是天亮的真正开始,鸡叫的时候天还是漆黑一团。只要鸟开始叫,山里就会有醒来的鸟兽人声,白昼的力量非常强大。深夜也偶有枭和猫头鹰的叫声,但天亮时,最早叫开的是一种小鸟,叫柳莺,像报到的小学生。白颊噪鹛的"咝咝"声呈丝絮状,拉扯不断似的,像一个孩童误吃了辣椒。有一种鸟,我还没弄清它是什么鸟,发出"哆哟哆哟"的叫声,一声一声,不紧不慢,不卑不亢,在稀落的晨光里,就那么一寸寸叫着,泅进白昼。有一种鸟叫着"溜溜圆,溜溜圆"。有一种鸟叫着"乖乖,乖乖",它叫谁乖乖呢? 但每一种鸟都不急于发声,像很懒散的,宿酒未醒的,叫的是神农架山区的方言,没有汉字可以对应,大致如此。有一种鸟叫"酒呀,酒呀",另一种鸟叫的是"酒上没,酒上没",这两种鸟都是酒鬼转世。有一种鸟虽然急迫,发出"嘀嘀嘀嘀"的声音,但歌声婉转,有几个弯儿,转得缠绵,细细的喉咙里有千山万水。连鸡的叫声也受到感染和熏陶,比平原的鸡叫得好听,夹杂在那么多鸟的叫声里,鸡们也叫得清脆、清亮、雄壮、悠扬,像游龙一样,一下子冲上了山巅……

　　雨下了两天,天终于晴了,推开窗,东山红了,是红雾。云雾浮在早晨的山间,一动不动,山和草木也一动不动,它们有着难以想象的定力,这是它们千万年修炼成的。

　　将清晨从山后和河边采来的野花插到那些空瓶(有酒瓶和佐料瓶)。黄色的千里光的花朵像伞状,这是神农架山区的几百种菊科植物中的一种。萝卜花是十字花科,紫色的花朵坚挺。白色的是马兰花,就是咕噜山区的美味野菜马兰头。但更多的是神农香菊,有一股逼人的清香,满坡都是,路边一簇簇全是;晒干后做枕头胆,可以治失眠。

　　天晴后,云在山顶形成孤云,仿佛故事结束了。雨水在溪沟中奋力奔流,发出的响声是对这几日暴雨的总结,声音真诚瓦亮。那些秋天的野花赶紧开,空气中传来浆果羞怯的甜味和落叶绝望枯萎的气味。但森林里的常绿植物很多,高大的巴山冷杉和秦岭冷杉总是绿的,黑沉沉的绿,从来不肯枯萎和凋谢,一百年一千年来都是如此。只有一两棵经受不住光阴的折磨,死了。死了还是站着的，孤零零地、枯黄地、干瘦地站在石头上，没有针叶，只剩下发黑干枯的顶端，但这丝毫不影响那些冷杉林的雄壮和伟大，不会让人太过伤感。大量的常绿树在悬崖上，在深切的河谷间，白楠、红楠、青冈栎、丝栲、橡树、木姜子、荚蒾、水丝梨、马醉木。还有那些油亮的灌木，黄杨、羊母奶、老鼠刺、悬钩子、水马桑、忍冬、醉鱼草。

那些藤本植物有勾儿茶、串果藤、大血藤、钻地风、青风藤。老鸦枕头果、猫儿屎、松果都有它们的清香，猫儿屎和八月炸、五味子我都吃了。在山里，有晚熟的各种果实，红色的苦糖果，紫色的忍冬果，红色的海棠、火棘和南赤爬……

森林里果实掉落的嚓嚓声，像是有一个隐形的人在收拾着林子里的东西，准备回家过冬。你也许会有一种由浅入深的孤独感和警惕感袭来，但这很美妙。

那些红叶，有一天，我对这片森林带着一些信任注视的时候，发现树叶红了。先是一些黄色，再是一些浅橙色，峡谷吹来的风往身体里灌的时候，对季节的转换心里会咯噔一下。还有水，寒凉如冰。在夏天，这儿的水因为是从山缝里钻出来的，会格外砭骨。这儿的水是冷血动物，但囤积在水桶里以后，会温和一点儿。水是可以直接喝的，我试过多次，没有让肚子坏掉。无论在任何时候，水都丰沛如初，充满激情。森林涵养了太多的水，加之这里雨水充足，几乎每天下午都会下一场雨，雨不大，只一阵，把空气滋润了，又会停住。然后云雾就腾上来了，雨水唤上了大量的白雾，峡谷和森林里永远像一个大锅炉。云往一个方向飘动，或者凝滞在山谷里一动不动，就像用筷子打松的豆花，仿佛这里是神仙们住的地方，是仙境。我没有看到过仙境，我认为这里就是仙境。任何人都好像很难到达这里，只有鸟、猴子和不多的在此隐居的山民，稀稀落落的几个人，守护着这座大山。那些山上的箭竹，一丛一丛，间隔是那么均匀，仿佛是人工种植的，但这是谁种植并侍弄的呢？神仙。

我看见一只小小的林麝，当我与它相遇时，它正站在一块石头上啃食苔藓。它有着乌黑发亮的皮毛，警惕的大眼睛，直竖张开的大耳朵，黑油油的嘴。后来它受到了什么惊吓，从高高的树上跃下，跳到一块大石头上，又越过了一个高堑，就像飞起来一样。人们说"麂跳八尺，獐跳一丈"。它们善于跳跃，只在清晨和黄昏出现。它们生性胆小，它们经过时，因为惊慌，会留下香得令人打喷嚏的麝香味。它会爬树，站在树丫上。它的眼睛、动作，都那么洁净，皮毛闪着黑黝黝的缎子一样的光，像真正的诗歌一样，像盖瑞·斯耐德的诗句，充满质感而又皮毛松软，富有弹性。"烟雾漫下山谷……冷杉果上，树脂闪光/越过岩石和草地/新生的飞蝇麇集……""饮着锡杯中冷冽的雪水/穿过高旷宁静的空气/俯瞰千里。"喝一杯雪水就可以俯瞰千里，是一种什么样的胸襟啊！雪水会让你高瞻远瞩。

"在蓝色的夜里/霜雾，天空因月亮/而发光/松树冠弯向雪蓝，淡淡地/融入天空，霜，星光/靴子的嘎吱声/兔迹，鹿迹/我们知晓什么。"

森林里的东西，我们真的什么也不知道，那是我们祖先远古的家当。那些草木、山川、河流，远离了我们。一些生活在这儿的遗民，与它们融为一体，看守着我们祖先的财产，却不知道它们的珍贵和秘密。那些来自上帝对大地生命的悸动，苍穹下沉默的群山，是静止的神祇，它们因静默而庄严优雅。竹鼠在竹根下噬咬，鹰在峡谷盘旋，鼯鼠在林中滑翔，鸣禽在大喊大叫，松鼠在树上神经质地转圈儿……这一切，对我们究竟意味着什么？

美丽的旷野、山冈、峡谷和森林，到处是断裂的石峰，隐藏的树林，飞泉流溅，矿脉闪耀，蒸汽弥漫，没有什么像一座山和一片森林那样更充溢着生命的激情了。它流水丰沛，源源不断，它的生命深邃、绵延，永远有着大自然赋予的青春。

露水在每一片针叶上凝结，在针叶和阔叶上闪耀。花开得如此千姿百态，它们凭着自己的坚守和创造，点亮自己，不屈不挠。

你注视着一只松鼠。落叶丛中放置着一挂黑色的果实，那是时间的结晶。也是祭奠。天开了。树枝渐渐撩开天空的窗帘。雪鹰从远处飞来。在死去的树蔸中，蕨类植物水淋淋地披满了凹进去的地方，生长着一丛水苎麻。一丛更大的蘑菇，带着斑点，伞檐是一圈白色，好像可以吃。在一棵树的腐朽的虫洞里，金色的蘑菇伸出来，就像金子。它们长得像牛仔帽一样潇洒多姿,俏皮好玩。它们的性格就是好玩。另外一些红色的菌子像是蛤蜊爬在树上,上面缀着大叶藓、地钱等苔藓植物。石蕊地衣和卷梢地衣在栓皮栎上恣肆狂欢。两棵白色的伞菌姿态最优雅,如知识女性。但谁都不敢走近,连苍蝇也不敢;它们是有毒的。一棵橙黄色的大蘑菇像男人雄起的器官,那么巨大,从腐殖质中冲出来,傲然挺立。森林绝不是阴柔的,一定有雄性激素,一定有英雄主义,有莽汉,有男人的魂。那些死去的种子和精子,会变成植物再次出现在这静静的森林中,这沉默的世界里。

一棵木耳像一只透明的耳朵,聆听着这森林中的动静。它靠在树干上,它透亮,就像是一个健康人的耳朵。树根像巨龙从倾圮的老墙里爬出来,开始向前游走。它们毫无忌讳,从前面的大门围着墙壁爬到后门,像一条大蛇,一条半扎进土里的蛇,它让人恐惧。它不想钻进土里,它就是要扶着断墙,一步步将这个老房子抱住,用根,用令人胆寒的根。人退出这里后,它们变得骄横,从土石里拱出来,这是荒野给它的力量。树根是属于荒野和废墟的。一些黑鸟在虬枝盘曲的柿子树上乱飞。它们的屎落满屋顶。重要的是,它们占领了这儿的天空,它们的存在感比太阳更强烈,加深了这儿的荒凉,是为这个屋场唱哀歌的。它属于怀念和回忆。回忆之翼是黑色的,就像这些黑鸟,盘旋在旧屋之上,栖息,飞翔,歌唱。

秋雨像回到了又一个四月,青苔依然在裸露的树根上生长。响泉中的石头上,青苔也跨过去了。在这人迹罕至的地方,它们膘肥体壮地生长着,走到水中,爬到树上。有一棵树,快倒伏了,病病歪歪的,却依然未死。它的身上全是苔藓和蕨类植物,看不出是什么树,它以为自己就是苔藓和蕨。生命活成了异类,融化在所有植物中。

天晴时,抬头一看,整个群山都在红色、黄色和金色中。群山和时间的炼金术,让这样的秋天展现在极少数人的面前,让他们享受着这大山的气势。这漫山遍野的活色生香的红叶,这一树树如火如荼的灶膛。阳光已经泄露出来了,树叶少了,天空显得开阔深邃。

我们在森林里、山坡上到处跑,大把大把地采来香菊、千里光、白酒凤毛菊、黄鹌菜花、打破碗花花、火绒草花。山崖上还有好多紫色的风铃草花、黄色的空心柴胡花、迎风招展的一串串玉簪、大火草，还有白色的四瓣地雷根花、龙爪花、忍冬花、结骨草和藿香草花。地上的那些落叶，通红的鸡爪槭、乌桕叶、黄栌叶、红枫叶，都被我们捡拾起来。

山上，还有许多野菌，鸡油菌、重阳菌、马鹿菌。马鹿菌极像马鹿的角。重阳菌在砍伐过的树蔸上，又多又好吃。我们也叫它雁鹅菌，即雁鹅飞来时，这种菌就生出了，浅黄色的，加腊肉一锅炖，香满一个坡。还有晶莹剔透的鸦巴果，有酸酸甜甜、一身虎纹的酸叶秆。

雀鹰在上空盘旋，大铁坚杉的树根从土里拱出来，像一条恐怖的大蛇。花朵和果实毫无忌讳地拼命生长，从不炫耀。在漫长的岁月里，它们像山里的人一样美丽结实地活着，等待人类幡然醒悟，回到它们的襁褓中。

雨雾在山谷里沸腾，白色的云烟飘到山腰，沉入谷底，又从另一个地方浮起来。云很轻，很白，好像还会有雨，因为雨云在聚集，向上冲，要冲到天上，再落下来时就是雨。这是一个雨与云彩互相搏斗的混乱山谷，像大河奔流，气势磅礴。山谷显得格外诡异，格外阴森，格外深邃。岩上的巴山冷杉像在天上，一棵巨大的冷杉斜刺进黛青色的天空，就有如一个英雄手持长矛与天作战。有潮湿的菌类气味和浆果气味在空气中流淌，很重。

哦，看，山像切割的条状腊肉，山民们腌制了一整个山冈。山峰如锯，犬牙交错，在阳光下像一尊尊怪物，站在森林里。云在远方翻腾，永远是这样。山像一个火山口，腾出永不止息的烟雾。我不能不在这仙境里。

山与森林保持了天地初创时期的那种羞怯、简洁和坚贞，从地衣苔藓到每一根根须，它们在石头上开疆拓土长成一片森林的漫长过程，是严酷岁月的见证。那些冰凉的石头深处，刻着寒冷岁月敲骨吸髓的记忆。古老的时光与我们的呼吸节律是一致的，我们的心跳就是森林的心跳，这让我们与天地保持着平衡。

一夜风声如吼。银河倒悬，万山蒙蒙，松涛呜咽，天地相应。想起东坡《前赤壁赋》："寄蜉蝣于天地，渺沧海之一粟。哀吾生之须臾，羡长江之无穷。挟飞仙以遨游，抱明月而长终。知不可乎骤得，托遗响于悲风。"东坡定夜夜枕星空，瞰长江，感叹人何渺小，心何飘忽。

这些山上的植物被大雨洗过,全都干干净净,安安静静,一声不吭。仿佛在说,再也没有比我们更干净的了,它们露出了最销魂的沉睡姿态。睡吧,睡吧,这初冬兜头的一场雨。白雾白得像刀子刮过的骨头,陡峭地上升,毫无规则地飘动,像懒狗的魂魄。此刻你在山中,刚经受了一阵雷暴,溪河猛涨,飞泉咆哮,宁静的山冈像玛瑙一样发亮。如此盛大庄严的淋浴,不信洗不净人间所有的撕裂和屈辱。

云彩闲静得快昏过去。一个打草人的背篓被遗忘在山中。石头上的大树靠什么站立和扎根?苔藓越来越干,雨季过去了。有云像偷牛贼爬上了山脊,它们在窥伺着,准备行动。水声在远处,在峡谷深处激荡。有鸟的叫声往山那边移去,那叫声像无形的云,滑下山谷。

山中何事?松花酿酒,春水煎茶。皓月凌空,星汉倒悬,枕石漱流,醉卧花影。我热爱山中所有事物,毫无悲秋,没有感伤。

强脚树莺是森林里的饶舌妇,每天清早就在你窗口查户口:"你是谁,你是谁?"森林里充满了这样的闹剧。强脚树莺全身褐色,隐藏在杜仲树上,跳来跳去,仿佛身体里有一个小小的马达。黄腹的棕背伯劳发出嘹亮的斥骂声,像个"愤青",并发出极漂亮的颤音。白鹡鸰的叫声生硬干脆,像未见过世面的愣头青。长有两根长眉的黄喉鹀像森林里的长老,但秀丽过人,仿佛活了一千岁。霞光金箭一样地射下来,从云层里飞出的鹰,坐在气流上,潇洒浪荡。森林缄默,山冈静止,只有光流在天空飞舞。

湿漉漉的太阳突然跃上了山巅,峡谷里突然明亮,风若有若无,几棵高大的柿子树上挂满了红彤彤的野柿子,像一个个小气球。架在一起的苞谷秆堆在田垄下,东一堆,西一堆,给单调的山坡增添了戏剧情节。峡谷边有几株被阳光刷得黄绿黄绿的八角苗和土椰树,而其他的一概覆上了白霜,是霜,不是雪,雪还没有到来。中午的太阳一样会暖人,人们的心里有阳光,像苔藓一样淌着清澈的水。

有一条蜿蜒的山路,从那个梁子下来,亮得像玻璃,看久了会无缘无故地眼湿。早晨,鸡在咕咕地叫,一棵大叶泡桐挑着黄色的树籽。一根青桐则苍劲着,甩掉了树叶和枯枝,显示着与冬天对峙的力量。寒冷的牛栏被太阳抚摸,可怜的牛看到了阳光,连反刍也充满着感激。家狗在夜里是紧张的,许多野兽下山,它会狂吠,但无力出击。现在,在早晨的阳光里,它终于放松了警惕,将守卫的事交给醒后的人。它安详而又舒服地睡在草垛下,把鼻子伸出草缝,晾在阳光中,鼾声如雷。如果有生人,如果有盗贼,它也不会醒来吠叫,它信任白天。早晨非常松弛,像老化的皮筋。到深秋,一切都是懒洋洋的。快进入冬天了,有一种树倒猢狲散的氛围,仿佛那些大树都会因为瞌睡而摔倒。

响泉从山崖跌入更深的香溪河。白茅在老,秋花正艳。这里的石头上印满了远古海洋生物的花纹,但现在,树在石头上生长,也有人在石头上磨刀。在生命爆炸的白垩纪、侏罗纪,海洋汹涌澎湃,现在一切都结束了,新的生命正在诞生……

在森林里,树叶掉落时的沙沙声,如此美妙。它们的叶脉,就像乳房上蓝色的静脉。一只蚂蚁拖着割断的一块绿叶。水从苔藓上往下滴。一只蜜蜂衔着一颗亮晶晶的水珠,赶回去喂养它的同类。一群群的香菊像一个个金色的旋涡……我从来没有对季节如此敏感过,我第一次沉浸在季节里,大自然的季节原来如此绚丽,让人肝肠寸断,心涌爱意。我爱一切,我无恨……

在森林里,在荒野中与山雀对话的人,他属于自然。他回归了自然,像一根草。

在我的身体里,许多过去看似有用的东西在崩溃,而又有许多东西在悄悄重建,这是森林的法则。在这里,语言几乎等于行骗。或者,你在这里生活过后,再也不愿意对谁表白和发声……

我听到了田坡上传来的歌声,那是劳作的女人在向山冈表白:哥在山上放早牛,妹到园中梳早头。哥在山上招一招手啊,我的哥哥啊,妹在园中点一点头啊……哦喂。斑鸠无窝满天飞,好久没有在一堆,说不完的知心话呀,我的哥哥啊,流不完的眼泪水。铜盆淘米用手搓,难为我的情哥哥。有心留哥吃一顿饭啊我的哥哥啊,筛子关门眼睛多……

晚霞像一堵金色的墙打在山壁上,彩虹像弯曲的门廊,在渐渐发蓝的天空颤动,带着古老的欣喜降临在这里。晚霞胜利了,它掠夺了整个天空。

青色的云团完全烧红了,像是熔化的铁水倾泻下来。

河流宛似一汪散黄的鸡蛋在峡谷里流淌。

蔚蓝色的冬夜,星空寂寥高旷,遥远神秘。我想起庞培的那句诗:星空像古老的刑具。可它钳制的是秩序,群山的秩序,这是需要的,没有,河水就会倒悬。山峦像蓬松的鸟羽,冰封的河水已经无声。一切无声,狂风偃息,月牙在那儿亮晶晶地挂着,像神仙丢弃的半圈戒指。冻得发硬的青苔的气味从后山漫来。

一个金色满山的初冬,在许多峡谷里,生长着郁郁葱葱的常绿大树,虎皮楠、马醉木、青冈栎、丝栗栲高齐云天,而红桦、槭树、黄栌金黄耀眼。在森林深处,还可见荚蒾和红光闪闪的火漆果,裤裆果、哑巴果、权权果有时也挂在枝头。胡枝子紫色的花串还很热烈,那色彩刺得人眼睛无法睁开。它们的花瓣高扬,自由,俯仰,坐卧,那么娇艳。一串串的甘葛龙,高高擎起它们花的火炬。瞿麦粉红的花丝散开,像女子的头发。它叫抚子花,它就是那些女子的刘海。黄色的败酱草花是最泛滥成灾的花,开得如平原上的油菜花海。野牵牛花小小的喇叭像紫色的精灵,单薄柔韧,矜持沉静,它们在对抗冬天的到来。

我们采苦糖果,去酿制香喷喷的果酒。我们捡金樱子,用手搓掉毛刺,剥开来吃,也采了不少与苦糖果一起回去酿酒。

火棘通红,一树一树,坚硬的果实像是玛瑙雕成。南酸枣我们叫鼻涕果,也是采了去酿果酒。红毛丹只有猴子爱吃,它就叫猴喜欢。

乌桕的果实白瘆瘆的,很坚实。苦丁茶的果实藏在油亮的绿叶下不肯出来。卫茅小小的红果像流星锤一样。蓝色的山矾很漂亮,还有紫珠,就是生长的紫玉,结实,铁一般的,不会坏掉。它们那么有骨气,那么坚硬,它们的结局那么美好。还有金钩钩,就是悬钩子,还有枸骨果……野火棘果实的味道有点儿像苹果也有点儿像山楂……

蛇在树上晒太阳,积蓄热量准备冬眠。两只麂子在交配,红腹锦鸡将长长的尾翎拖在地上,在草丛里追逐母锦鸡,叫着"茶哥,茶哥"。

中午,太阳变得明亮暖热,怂恿万物尽快圆满自己的生命。浓密的植物散发出丝丝热气,像狗的身子。火星一般洒落的阳光,在草丛里吱吱地响。我们在满坡的胡枝子、满坡的抚子花和败酱草中间,手举着一串一串的果实,怀抱鲜花。山色艳丽,峡谷的风掠过山壁,从一棵棵果实上滑下,这晶莹饱满的世界。

五十年前的河套日记

◎ 梁　衡

一九七二年八月十日

　　今天到磴口。这里盛产河套蜜瓜，皮硬而黄，香甜如蜜，每年八月成熟，远销区内外，今年第一次向国外出口。到瓜熟时节，田头堆积如山，各家都备瓜待客。我们一来到这里，主人就以瓜盛情款待。因有是作：

　　　　不用烟和茶，客至敬以瓜，

　　　　蜜汁溢唇齿，寒香盈两颊。

一九七二年八月十二日

　　今天从磴口县来到乌拉特前旗的乌梁素海采访。真是"才吃磴口瓜，又食乌海鱼"。

　　民谚"黄河百害，唯富一套"。黄河自宁夏西来，从磴口县进入内蒙古河套地区，自流灌溉，滋润了八百里农田后，退入乌梁素海，又向东流入山西，于是巴彦淖尔的西、东两端便出现两个奇迹。最西边的磴口紧靠乌兰布和沙漠，是"早穿皮袄午穿纱"的气候，特别适宜种瓜果。而最东边的乌梁素海，竟有六百多平方公里的水面，是一个塞外的"江南水乡"。这是我无论如何没有想到的。我一直生活在内陆地区，乌梁素海是我平生见过的最大的"海"。

　　当天下午，通讯组的同志就领我到"海"上去打鱼，而那些鱼不时地跳出水面，有一条竟跳到我们的小船上。最多的是鲤鱼，还有长着两根长胡子的鲇鱼。船工是二十世纪五十年代从河北白洋淀支援到这里的。过去当地人不吃鱼,也不会打鱼,现在开始吃了,但鱼太多,很便宜,五分钱一斤。他说,冬天破冰捕鱼,一网能打十万斤呢。船不时穿过青翠的芦苇荡,水鸟多得叫不上名字。这种景色我只有在电影上看到过。

一九七三年六月十日

沙枣是农田与沙漠交错地带特有的树种,研究河套生态、气候,不能不研究沙枣。我注意观察沙枣已有好几年,但由观察而仔细思考还是近来的事。

一九六八年冬,我大学毕业后分配到临河县,头一年在小召公社光明大队劳动锻炼。我们住的房子旁是一条公路,路边长着两排很密的灌木丛,也不知道叫什么名字。第二年春天,柳树开始透出了绿色,接着杨树也发出了新叶,但这两排灌木丛却没有一点儿表示。我想大概早已干死了,也不去管它。

后来不知不觉中这灌木丛发绿了,叶很小,灰绿色,较厚,有刺,并不显眼,我想大概它就是这么一种树吧,也并不十分注意,只是在每天上井台担水时,注意别让它的刺钩着自己。

六月初,我们劳动回来,天气很热,大家就在门前空场上吃饭。隐隐约约飘来一种花香,我一下就想起在香山脚下夹道的丁香,一种清香醉人的感受。但我知道这里是没有丁香树的。当时也很不解其因。

第二天傍晚我又去担水,我照旧注意别让树刺剐到胳膊,啊,原来香味是从这里发出的。真想不到这么不起眼的树丛却有这种醉人的香味。这时我开始注意沙枣。

认识的深化还是去年春天。四月下旬我到杭锦后旗参加了一期盟里举办的党校学习班。党校院子里有很大的一片沙枣林,房前屋后也都是沙枣树。学习到六月九日结束。这段时间正是沙枣发芽抽叶、开花吐香的时期。我有幸仔细地观察了它。

沙枣,首先是它的外表极不惹人注意,虽绿但不是葱绿,而是灰绿;其花黄,但不是深黄、金黄,而是淡黄,很小,连一般菊花的一个花瓣大都没有。它的幼枝在冬天时是灰色,发干,春天呈灰绿色,其粗干却无论冬夏都是古铜色。总之,色彩是极不鲜艳喜人的,它却有这么浓的香味。当时我一下想到鲁迅说的话，牛吃进去的是草，挤出来的是奶，它就这样悄悄地为人送着暗香。我写了一首小词记录自己的感受：

> 干枝有刺，
> 叶小花开迟。
> 沙埋根，风打枝，
> 却将暗香袭人急。

去年秋天，我到杭后太阳庙公社的太荣大队去采访，又一次看到了壮观的沙枣。

这个大队紧靠乌兰布和大沙漠，为了防止风沙侵蚀，大队专门成立了一个林业队造林围沙。十几年来，他们沿着沙漠边缘造起了一条二十多里长的沙枣林带，在这条沙枣林带的后面又是柳、杨、榆等其他树的林带，再后才是果木和农田。我去时已是秋后，阴历十月了。沙枣已经开始干叶，只有那些没有被风刮落的果实还稀疏地缀在树上，有的鲜红鲜红，有的发青，形状也有滚圆的和椭圆的两种。我们摘着吃了一些，面而涩，倒也有它自己独特的风味。当地的小孩子是不会放过它的，也可收来当饲料喂猪。在这里，我才第一次感觉到了它的实用价值。

长长的林带锁住了咆哮的黄沙。浩瀚的沙海波峰起伏，但到沙枣林带前却停滞不前了。沙浪先是凶猛地冲到树前，打在树干上，它立即被撞个粉碎，又被风头带着退回几尺，这样在树带下就形成了几尺宽的无沙通道，像有一个无形的磁场挡着似的，沙总是不能越过，而高大的沙枣树带着一种威慑力巍然屹立在沙海边上，迎着风发出豪壮的呼叫。沙枣能防风治沙，这便是我了解到的它最大的用处。

沙枣能防风治沙是因为它有顽强的生命力。一是它能抗旱。无论怎样干旱，只要插下苗子，它就会茁壮生长，虽不水嫩可爱，但顽强不死，直到长大。二是它能自卫。它的枝条上长着尖尖的刺，动物不能伤它，人也不能随便攀折它。正因为这点，沙枣林还常被用来在房前屋后当墙围，栽在院子里护院,在地边护田。三是它能抗碱。它的根扎在白色的碱土中,但枝却那样红,叶却那样绿,我想大概正是从地下吸入白色的碱变成了红色的枝和绿色的叶吧。就是因为有这些优点,它在严酷的环境下照样能茁壮生长。

过去我以为沙枣是灌木。在这里我才发现沙枣是乔木,它可以长得很高大。你看那沙海前的林带,就像一个个巨人挽手站成的行列,那古铜色的粗干多么像人体健康的臂膀。

前几天是端午节,我又到临河县城附近的永丰大队去采访。在这里我又看到了沙枣的另一种奇观。这个地方几乎家家房前屋后都是沙枣簇拥。而且,在这里我又有了一个新的认识。原来我以为沙枣总是临沙傍碱而居,其叶总是小而灰,色调是暗淡的。在这里,沙枣依水而长,一片葱绿,最大一片叶子居然有一指之长,这是我过去看到的三倍之大了。清风摇曳,碧光闪烁,居然也不亚于婀娜的杨柳,加上它特有的香味,使人心旷神怡。沙枣,原来也是很秀气的。它也能给人以美的享受,能上能下,能文能武,能防沙,能抗暴,也能依水梳妆,绕檐护荫,遮天蔽日,迎风送香。美哉,沙枣!

今年,又是在初夏时节,而我在去冬已移居到临河县中学来住。这个校园其实就是一个沙枣园。一进大门,大道两旁便是密密的沙枣林。每天上下班,特别是晚饭后、黄昏时,或皓月初升的时候,那沁人的香味便四处腾起,八方袭来,飘飘漫漫,流溢不绝,让人陶醉。这时,我就感到初夏的一切景色便都融化在这股清香中,充盈于宇宙。我在沙枣香中嗅到了花的香甜,看到了糖菜的绿色,望见了麦田的碧波,听到了那潺潺的流水声和田野里的朗朗笑声。

宋人咏梅有一名句:"暗香浮动月黄昏。"其实,这句移来写沙枣何尝不可? 这浮动着的暗香是整个初夏河套平原的标志。沙枣的香过几天就要消失,但不久它会变为仲夏的麦香、初秋的菜香、仲秋的玉米香、晚秋糖菜的甜香。

一九七三年七月二十九日

巴盟地区去冬少雪,今春少雨,入夏以来却连降暴雨、冰雹。这对乌拉特中后联合旗、潮格旗两个边境旗(县)是一件好事,旱象已基本解除,去年一年没有发绿的草场也开始长出新草,但这对农区却是一场灾难。本来今春少雨,土地很少泛碱,小麦出苗全,夏熟作物长势很好,是个丰收的年景。但突来的大雨、冰雹造成山前地区的山洪暴发,潮格旗山前的农区今年原希望小麦上"纲要"的,一场雨后,平地淤泥二尺深,庄稼都泡在泥糊里。

七月十七日那天我正在杭锦后旗召庙公社采访。下午五时回来的路上狂风大作,人推着自行车都站立不住,沙土、石子从地上卷起打在脸上、臂上生疼。瞬间天昏地暗,乌云滚滚,雨疾如箭,穿人肉骨。眼前雨水如瀑如幕,三尺外不辨人、物,就如突然掉进海底。我们同行三人背向风雨,仍喘不上气,像有一只巨手强往你的嘴里灌水,觉得马上就要被呛死。自行车轮早成两个泥磨盘,丝毫不能动,我们急弃车,钻到公路下的排水涵管里。幸亏只有五六分钟,若这风雨再延长十分钟,或伴有冰雹,我们不被呛死、砸死,也会被突发的洪水冲进涵管里淹死。第二天返城时,才知有几个社员昨日在地里淋雨,冷气相逼,一晚上都说不出话来。

七月二十三日到五原县采访,这里雹灾严重。灾情较重的银定图公社有五个大队四次遭到冰雹袭击。有的地段冰雹连降四十分钟,平地积冰六寸,雹子砸过后的地里坑密如麻,一个碗大的冬瓜上竟数出八十多个坑痕;丰收的小麦被平扫去半个穗头,每亩减产约四十斤左右。我说起十七日在杭锦后旗遭遇的大雨,他们说那天五原县下了雹子,小者如蚕豆,大者如鸡蛋,银定图公社还降有一尺大的冰块。全县被冰雹砸死了一百多只羊,八人受伤。

一九七四年六月一日

五月二十日至五月二十七日在乌拉特前旗采访,先后去了苏独仑、长胜、树林子等公社。这里的风景以乌梁素海的水乡美和乌拉山的林区美最为著名。乌梁素海我是常去的,乌拉山深处的牧区因交通不便却难得一去,最近终于抓住一个机会。

进山

五月二十五日上午,我们在公庙子下了汽车,先到乌拉山口前的空军某部联系,他们定于明日进山拉练,我们随行采访。下午我和老李二人先行进山。

山,我是见过不少的,见过家乡的黄土山,见过江西的红土山,见过广东地区满是苍翠的绿山,这里的山却有点特殊,全是石头,有点像北京郊区房山的那种山。

我们沿着一条军用公路进到呼和不浪山口。路边有用水泥砌的一尺宽的水沟,泉水从山上下来,欢快地流着,立即有一种清凉的感觉涌上心头。往前走,山越深,路越窄,头上的岩石简直要夹着脑袋了,脚下已没有路,只有山洪冲过的河道,左转右折。我们已数不清过了几个山坳,山上的柏树、山榆也渐渐多起来了。我只顾四处观望,一转头,见眼前不远的一块大石头上又平放着一块圆滚滚的大石,这就是常说的"飞来石",不可思议。正这样想着,石后"扑棱"一声飞起一只鸟,接着我们的头上、脚下又飞出一大群。同行的老李说这是石鸡,他身上还装着一盒子弹,只可惜没有带枪,我们只好看着它们不慌不忙地在山腰上转悠几圈,然后又从容地落在石头上,静静地看着这两个不速之客。

路在乱石堆中时有时无地冒出地面,又走了一程,看见了远处的山脚下木栅围着的羊圈和石头房子。由于山高,这些房子小得就像玩具积木似的。到了,我们今晚就在这里过夜。

做客

大队长六十三热情地欢迎我们到来,今晚就住在他家。他的名字很有意思,其实他是个才二十岁的小伙子,膀宽腰圆,一个结实的牧民。我知道河套地区的人给孩子起奶名时,常喜欢用孩子爷爷的年龄来定名,往往就这样沿用不改而成为他长大后的正式名字,我想这位队长一定也是这样而得名的。

六十三的妻子见来了客人,就提着奶桶到屋前不远的羊圈里去挤奶,回来后在炉子上煮了奶茶。主人在大土炕上摆好炕桌,端上奶茶,然后又端上炒米、奶油、白糖。他教我们把这三样东西拌在一起成糊状吃,香甜可口。我这是第一次吃奶食,却不觉得有什么膻味,他们也很为我能适应牧区生活而高兴。看来我还真是走南闯北当记者的命。主人夫妇直劝我们多吃点,他们说蒙古人最好客,来到这里就不要有一点儿客气。

这里牧民的生活水平很高。队长说他家六口人,去年杀了一头牛、一只骆驼、九只羊,现在干肉还未吃完。第二天早晨吃早点时他拿出一块干牛肉,用刀子削下一块,放在碗里,再放些炒米,冲进奶茶,这就是他们每天的早点。他说,这样吃一天也不会饿。主人怕我们不习惯,特意又给我们炸了羊油饼。

他们一家放着两百只羊,每年国家只征购羊和皮毛,奶子不征购,因此奶食品根本吃不完。每有客人来时,妇女、孩子就提上小桶到羊圈里现挤,煮新鲜的奶茶,做新鲜奶食,这真是近水楼台,再高级的招待所、宾馆恐怕也没有这种享受。

我问了一下生产队的情况。这个队共有二十九户,其中三户汉族,其余是蒙古族。有四千多只羊、一百多只大牲畜分布在方圆三十里的东西两条沟里。每年每个工可分红一元多。放牧工作很简单,早晨把羊圈门打开,羊就自己出去吃草,晚上自己回来。每年只是下羔子季节需要人跟羊群放牧几十天,其余时间便不用去管。队里只在每年六月底那一天清点一次羊数。第二年六月底,如羊数如前,下羔百分之百,则正常记工分,如少一只羊扣四元钱。他们做饭取暖烧的是山里取之不尽的树枝,吃的是羊肉、奶食和少量的面食、炒米。

柏树

从一进山我便注意到这山上的柏树,第二天清晨我就爬起来登上屋后的山头,开始仔细地观察这些树。

首先是这里的山很奇特。山是多而深的,一座一座,一层一层。来时,过了一座又一座,转过一沟又一沟,真是山重水复,有时你觉得只要过去这一座山就不会再有了吧,但过去后横在面前的又是一座;有时你感到只要爬上这个山顶便能看到山外的景色,但爬上去一看,前面还是山。无数的山就这样组成自己的阵容,气势磅礴,确实壮观。

山上是以石为阵,以树为兵。进山几十里,几乎是清一色的柏树。树木并不密集,一棵与一棵之间有一点儿距离,远远看去,像士兵在操练,黑压压的一片,有一种杀气,不觉联想起淝水之战中的"草木皆兵"来,确实有这种效果。这样广阔的山区,峰峦如海,起伏不断,树也就连绵不绝。

后来,我攀着石崖,到树下仔细地观察每一棵柏树。这树长得并不高大,也不挺拔,很坚强。山上几乎没有一点儿土,全是石头,被雨水冲刷得溜光,树根就插在石缝里。我顿时对这树肃然起敬,倒觉得生命不是从石缝里往外长,而是上天降下的一股生命之水溅在石上,又顺着四面八方的石缝细细地渗到各处。树根刚出石缝时,只有胳膊粗,它把石头挤开成两半,越长越粗,等到树干有水桶粗时,树就有一座房子大了,而树根密密麻麻,奔走东西,攀缘上下,已不辨多少。可以想见这树根早已遍及地下,吃透了整座山,吸收着石下一点一滴的水分,然后送到地面滋润这棵绿树。长年的风吹雨打,树除叶子是绿的外,树干已变成褐色,而根或黑或黄,和石头几乎无法分辨。大自然选择了这样坚强的树,树也顽强地保护了这座山。

深山

第二天,我们继续往更深处走了四十里,景色又大不一样。山更深了,显得要与世隔绝了。除柏树外,有松树、野杏树、榆树、桦木,还杂以许多不知名的灌木、花草。我们下到山底的深谷里,见崖下还结着一层厚厚的冰,山泉在潺潺地流,而杏树已结出指头大的杏子。我伸手摘了几个,酸酸的,别有味道。遍野都是白色、红色、黄色的花朵,耀人眼目。这种"冬夏并存"的景色真是难得。微风徐来,林木上下一起哗动,一种清新愉快的感觉遍及全身。最有趣的是泉水,有时在我们脚下流,潺潺的,胶底鞋踩在上面又湿又凉;有时水在石板上薄薄地滑过来,轻软得如一条丝绸;有时它就在我们的头上,漫不经心地飘落下来;有时又突然不见了,不知过多久才冒出了地面。随着水流的变化，它的声音也时而缠绵，时而叮咚，甚是喜人。

一九七四年八月二十九日

这几日在乌拉特中后联合旗参加那达慕大会。

二十三日下午三时，我们从临河出发。车子是新出厂的天津620小轿车，轻软舒适，才跑了两千来公里。

车子出临河，过新华、塔尔湖，穿乌不浪到中后联合旗。这是过去采访常走的路，很亲切。新华为河套大镇，古柳参天；塔尔湖是过去的夜江县所在地，街道也很整齐。车子经过新华公社永乐大队，也是我采访过的地方。

车子沿着阴山南麓疾驰，像是贴着一堵围墙寻找一个缺口。这个缺口就是乌不浪口，曾是一个要塞，抗日战争时期歼灭过很多日本鬼子。穿过乌不浪后景色大不一样，不像在山前河套平原那样有各种线条和色调，有村庄、田野、道路，地里有各种作物，而眼前只有一望无际的草原，绿绿的，像一层绒毯；向上看只有蓝蓝的天。天地间不时能发现一群羊，白白的，低头吃着草，慢慢地向前移动，特别是对着天际的地平线时，你根本无法分清那是天上的白云还是地上的羊群。一出山口，草原的广阔令人心旷神怡，好像过去的一切都忘掉了，刚才还在脑子里思索的问题，一些麻烦、困难，通通不存在了。仿佛眼前是一张白纸，一切都可以从头开始，一切都是这样美好。草原上是没有路也不需要路的，车子可以任意飞奔，走到哪里，哪里就碾出车辙。司机挥手说："你看，这里有多少条路啊。"放眼望去，道路一条一条，就像织布机上的经线，数不清多少条，黄黄地镶在绿毯上。司机彻底自由了，像个骑手一样打马撒欢儿。

一九七四年十二月十五日，我离开临河，调往山西工作。

滴水，即世界

◎ 王　蕾

天地间最单纯的色彩是什么？

山水中最简单的风景是什么？

现在的人已不习惯这样既"虚"又"无"的问题。我独对面前这汪平静的蓝色，时间拉长了思维的波动，这两个问题就轻巧地从我盛满俗事的头脑中飘浮起来。

这里是云南大理白族自治州鹤庆县的草海保护区。草海非海，没有海的波澜壮阔，但一沙一世界，它的精彩不见得输于一整个大洋。

走进这片"海"，开始一段旅行，首先要遨向那个万物的起始……

从前有片海

云南人习惯将湖泊叫作"海"，这里确实曾经是一片汪洋大海。

万物混沌，在前古生代与古生代的漫长地质年代中，这里是古地中海的组成部分。地壳的升降、断裂和岩浆活动，青藏云贵高原板块经历了几次剧烈的板块抬升，这里终成陆地。大自然造就沧海桑田，人类只能依靠不多的资料去想象曾经的图景，一部鸿篇巨制被删到只剩几行字，且皆属谜团。

地质学家推测，金沙江、澜沧江、怒江这三条滇西北大河在远古时期并非同如今一样独立流淌，而是汇在一起，聚成磅礴的古红河。后来水系分流，漫长的水域变迁使得这片大地至今拥有丰富的水资源。今日的鹤庆草海属于这水系巨变的众多遗产之一。

鹤庆坝子轮廓清晰，西有马耳山脉，东有石宝山山脉，南边有金敦乡的南山阻拦，两侧山脉在南北两边骤然收紧。山形聚拢，如合十的佛手，鹤庆坝子被拢在里面。坝子里水系发达，最大的漾弓江从鹤庆坝子北入，从南部流出，属于金沙江的支流。错综复杂的水系汇集出一片温和的水域，这就是草海。

在"佛手心"的这片大地旅行，如同行在一条绵延的山水长卷中。摩托车不断发出吼声，似是一匹快乐得要哼出声的小马。我坐在摩托车后座上，前座上带着我在这片大地上穿行的是草海保护区巡护队寸玉周队长。和一个头脑中装满故事的当地人一起旅行，四周的山和水便都活了起来。

"西山住着一个神，东山也住着个山神，两个神住得太近就总打架。西山的山神急了就冲着东山扔石头，东山的山神也要反击，不过他可够傻的，扔过来的全是树，时间一长，西山树多，东山就全是石头……"

民间的智慧总倾向于把大自然解释得像有了生命，一来二去，大自然的一山一水、一草一木不仅有了思想、情感，更有了各自的秉性，有善有恶，还会发脾气，简直就是人类社会的"神仙版本"。在这样的解释系统中，大自然不是只提供自然资源的客体，大自然和人类之间还建立了天然的情感链接。

而鹤庆的传说中，水免不了要做故事的主角。传说中，过去的鹤庆坝子是一片汪洋泽国，湖泊中蝌蚪龙兴风作浪，只有几户贫困人家居住在山上。南诏时期，从印度来了位法力无边的僧人赞陀崛多，他在石宝山中面壁苦修，终有一天修成破壁，猛地一把将佛珠掷出，108 颗佛珠立时砸出 108 个龙潭洞，蝌蚪龙也被降服，鹤庆坝子从此成为鱼米之乡，人民终于安居乐业。108 个龙潭洞泉水涌出，流到一起汇成草海。

巡护队寸队长用摩托车载着我，就是去寻找被赞陀崛多的佛珠砸出的这 108 个龙潭洞。摩托车轻易超过了一群群认真走路的白族妇女，她们身穿白族服装，后背竹篓里装满干木屑、纸叠的金银元宝，又被早起的太阳照出一路的光芒。见到来祭祀龙王的妇女们就知道龙潭不远了。草海周围叫得出名字的大龙潭有十几个：白龙潭、黑龙潭、青龙潭、黄龙潭……每个龙潭边必建一座龙王庙，香火旺盛。草海滋润了周围五个自然村，每年村民都会举行舞龙祭祀活动，老年人组织，年轻人出力，扎出来的龙带着各自的标志性色彩，由人举着热热闹闹绕村一周，提醒村民们水的恩德。

龙潭都分布在西山，就是传说中扔出去的是石头，收回的却是大批树木的山神所在地。这一带树木果然多，还盛产水。沿着山形，水眼齐齐钻出，水旺期密如怒放的繁花，水眼绝不止108个。鹤庆人把所有马耳山的水眼都恭恭敬敬地叫成"龙潭"，叫了世世代代。当地老百姓坚信：这些龙潭在地下连接成一个庞大水系，一荣俱荣，一损俱损。地质探测证实了民间知识：马耳山地质上被定为喀斯特水溶洞，如果可以掀开"山盖头"，就可见到密密麻麻的地下水脉。

鹤庆人说：鹤庆水多，但很难酿成洪灾。众多龙潭构成川流不息的水资源，中心则是草海。草海如同海绵，涵养着水源，却又不会反过来造成洪水。即使某一年的水太大了，那些洞穴——南山有许多被当地人称为"落水洞"的石洞，每个都咧开大嘴，随时准备吞下多余的水。水从西山龙潭源源不绝地"出"，一旦溢满，坝子还能有地方"进"，张弛有致。用水之道，大自然早已给出了最佳方案。

有了水，什么都会有

"我们这儿，有点儿水就有鱼。"说话的是个六十八岁的老人。草海人活到五十多岁就开始计划自己悠闲的晚年生活了，草海丰富的物产让这些按国际标准尚属中年的人们任性地提早退休，他们自小在湖边走上一圈就可以随意拎回几斤泥鳅、螺蛳，不习惯对未来心存忧愁。在草海人的眼中，水就是观音宝瓶中的圣水，只需点上一滴，鱼、虾、泥鳅……万物生长，拦都拦不住。

承了水的好处，也要感谢水的赐予，首先要拜的就是水源头。水眼处被封为"龙潭"，草海人来取这心中最干净的水，先要恭敬地给龙王磕三个头，再双手奉上香火钱，一切做完之后才取水。敬香的人们还会直接把供品献到水潭边，插上粉粉的香，摆上点艳绿艳粉的吃食。给龙王爷的贡品经常被神出鬼没的野生动物吃掉，上香的人会把这看成绝好的征兆。

上香的时候还会细心地观察龙潭的水面。一条细细的水线，引领的是个小小的身躯，细看是条小蛇。蛇喜好环境清洁的地方，龙潭和河流的上游就成了蛇最爱的场所。在鹤庆人眼中，蛇是来送财宝的，上香的时候如能见到一条灵异的小蛇相当于抽到上上签。一条手指粗细的小蛇游过来,一路都将脑袋挺出水面,嘴里含着一条同样袖珍的小鱼,不慌不忙地游到岸边,爬上岩石,不疾不缓地吞下,任由肚子鼓出一块,慢慢消化,反正来龙潭的人没有胆量冒犯蛇。

在中国农耕文化中,蛇很神异,鱼代表富足,鸟和人关系亲近,而蛙天然会得到人类的好感。草海有一种奇怪的蛙,当地人称为"气蛙",小孩子见到了就赶紧找根棍子轻轻去拍,拍得不停,蛙的身体就会一直一直地鼓起来,直到涨得要炸开。这种蛙是两栖纲姬蛙科中的多疣狭口蛙,一言不合就把自己气胖,用的是三十六计中的"树上开花",虚张声势,吓退敌人,计策不灵也至少防止天敌把自己一口吞下。

水从泉眼中冒出,流进了各样的河道,穿过村庄流进农田,又流进草海。水一路滋润灌溉,也带走污浊和废渣。鹤庆坝子水网密集,根根都是这片土地的血管。水道再浅再窄也能长出鱼,如泥鳅、鳝鱼,像草一样,割完转身又长出一茬。

水的颜色也在变。龙潭的水面总透出一种魅人的幽蓝;河流中的水则畅快欢乐,偶尔翻滚出白色的浪花;到了草海,水面骤然宽广,秘境一般的幽蓝换成广纳百川的深蓝。

这汪蓝色真好像什么都能装得进去。鹤庆草海属于高海拔湿地,海拔2100米,处在滇西北中国西部横断山候鸟迁飞路线上,冬天从高纬度迁来越冬的鸟多,夏天由低纬度来避暑的鸟也多。草海这片约100公顷的水域中目前已记录鸟类42科97属175种,冬季时鸟的数量最多,水面上能装下近万只鸟。夏候鸟飞来大多带着繁殖重任,这时的水面看来很平静,不会看到大批大批成群结队的鸟,其实它们都躲到植物掩映中去过自己的小日子了,繁殖任务要求它们隐蔽在危险系数小的地方。

还有一些候鸟或者单纯过境的旅鸟,渐渐变成留鸟,到了草海就不再飞走。比如骨顶鸡,这种属于鹤形目秧鸡科的鸟类,浑身黑色,脑门上直直顶了面白色旗,非常容易识别。二〇一三年的夏季,白骨顶有4对留在草海繁殖后代,三年之后的夏季便增加到至少20对。白骨顶在世界除了中、南美洲都广泛分布,如果说它在草海成为留鸟,体现的是自身对环境的适应能力,以及逐渐趋好的草海自然环境,那灰雁的故事就带了点伤感。

到了莺飞草长的时节,冬候鸟的心也被春风撩得毛糙糙的,纷纷结伴列队,声势浩大地走,正如之前声势浩大地来,但有五只灰雁被剩下了。灰雁极善飞行,双翼有力,振翅频率高,来草海过冬的灰雁按红外线追踪记录,它们最北的栖息地是中蒙边界处的居延海。那个在古代历史中颇具神秘气息的荒野大漠,如果不是这群灰雁,怎能让人相信和这片滇西草海有了联系。时间拖得越久,这五只飞行高手越烦躁,其中三只实在熬不住,恋恋不舍地也飞走了,剩下两只。"一只灰雁的翅膀受伤了",谜底终于揭晓,望远镜放大了受伤的细节……实现飞行,鸟类经历了一个极为漫长和复杂的演变过程。它们的身体也演化为可以持续适应高空生活的形态:没有牙齿而靠砂囊研磨食物;特殊的消化和排泄系统让身体不存储多余的重量;还有羽毛,这个鸟类最独特的武器。飞鸟的翅膀由一系列羽毛有规律地组合,飞羽的羽干很厚,以承受扇翅的压力,"一只鸟身上数以千计的羽毛中,仅有少数翼羽和尾羽才具有真正的机翼那样的不对称结构,每一只鸟的翅膀和尾部都有一排排如小翅膀一样的羽毛分层堆叠,这些羽毛不仅每一片都能独立发挥作用,还能相互配合,给鸟的飞行提供无与伦比的精细调控",美国科普畅销书作家托尔·汉森对羽毛充满热情,以至于写了一本书,书名就为《羽毛》。飞行也促使骨骼演化得越来越轻,中空、多孔,骨骼被气囊填满,这样的骨骼可以让鸟类成为绝佳的飞行器,却也为眼前这只灰雁带来了灾难,轻而多孔的骨头也意味着脆弱和恢复能力差,这只灰雁受伤的部位正是翅膀处的骨头。

尽管每天两次巡逻,还是有个别人在芦苇丛中下了鸟夹子,这只灰雁死里逃生却落下终身残疾。草海保护区的工作人员尽职尽责,以最大限度地保障鸟类安全。在其他地方,偷猎分子在候鸟经过的鸟道上找一块空地,拉张大网,候鸟就会一群群主动准确地投身魔掌。世界上很多鸟类曾因它们美丽的羽毛而遭灭顶之灾,但世界鸟类羽毛贸易市场的衰落已近百年,在今日中国,大规模非法捕鸟的原因只是为了那口少得可怜的肉。

留下的两只灰雁总躲在芦苇丛中,一为隐蔽,二要避开炎热。它们本应去度夏的中蒙边界平均气温10摄氏度出头,鹤庆的夏天却能热过30摄氏度。巡护队员叹口气说:"它们日子不好过。"而他们判断这两只灰雁"一只有伤走不了,一只能走却不走",原因呢?大家的想象力和编故事的愿望都被刺激起来,各种八卦故事火热出炉:才子佳人,兄弟情深,忠贞不渝,母子相依……现在,所有保护区的人都窥视了它们一年的私生活,两只灰雁还没有生出一只半只的小雁来给故事画个句号。

从灰雁的伤情判断,它们也许要终老于此,迁徙是候鸟的天性,无法飞行的候鸟只能做流亡他乡的难民。两只灰雁选择的栖息地在草海北部,这片水域的深浅差异大,带来多样的植物类型,鸟的种类也多。草海中部水面宽阔,经常会看到成群的鸭类,密密麻麻地停了一水面。而草海南部由于有几个孤立的小岛,被鹭类鸟飞速占据,成了鹭岛。

这只是一份粗糙的草海解读图,可以看到水才是理解草海生命的根基。生命的多元与丰富,源自水的多元与丰富。成就草海的最大功臣就是水域的异质性。

围着草海步行一圈儿不过两个多小时,尽管经历过渔场和农田改造的浩劫,但鸟类还是会以它们天生的敏感辨认出这里的珍贵。

黑水鸡和紫水鸡与附近的其他湿地比起来数量并不多,但数量并不是评价鸟类生态的唯一标准。紫水鸡在草海有个特殊的朋友:亚洲钳嘴鹳。著名的鸟类专家韩联宪观察过一个颇有意思的场景:紫水鸡亦步亦趋地尾随在亚洲钳嘴鹳身后,亚洲钳嘴鹳威武高大,远看有武林高手般的紧实肌肉,而紫水鸡一贯以毛色呈绚烂的蓝紫色著称,很多摄影师甘愿为它一等就是一整天。但紫水鸡跟在亚洲钳嘴鹳后边,还是显出矮、肥的身材劣势。亚洲钳嘴鹳鸟如其名,鸟喙长而坚,能钳子般轻巧地打开蚌类的外壳,取出蚌肉,紫水鸡甘愿做个"跟班"是去捡食遗留下来的蚌类残渣。

亚洲钳嘴鹳过去的分布仅局限于泰国中部湄南河平原的南部,近年在中国南部及毗邻的东南亚国家频频传出发现新记录。两年前开始,它似乎和草海有了份约定,每年冬季必来。鸟类专家对这个珍稀新物种很是关注,研究出的迁徙原因却让人大跌眼镜：亚洲钳嘴鹳是循着福寿螺的踪迹而来的。福寿螺是近年在云南蔓延开来的外来入侵物种，螺体大、繁殖能力极强。如果你在河岸滩涂边缘见过一群粉色的圆点，肯定会被那种绚丽的粉色所吸引；如果你有密集恐惧症，福寿螺幼虫强大的生殖能力肯定会让你心跳不已。

福寿螺被定义为外来入侵物种，是指它能给当地的生态系统或景观造成明显损害或影响。从这个角度来看，亚洲钳嘴鹳虽然没有对当地的自然生态带来危害，但它分明也是外来物种，人类对它的出现却送上鲜花和赞誉。当每一个地方发现了新的物种，人们都会首先欢喜地认定此地的环境已变得越来越好，也许大自然的真实情况远比我们的臆想要更加复杂。

"跟班"的紫水鸡平时很少吃小蟹、蝌蚪、鱼卵、软体动物，它们的食物以植物为主。紫水鸡很少飞行，偶尔飞一次距离也不会太长，通常笨拙地刚刚助跑起飞，还没滑行，两只红色的长腿就急着"降落"了。紫水鸡的大红长腿让人过目不忘，如果忽视它矮墩墩的身材，只是盯住那双凌波微步般出没于水面的细长红腿，真会觉得那是水上最性感的鸟类。紫水鸡的脚和喙是一对配合完美的吃食工具，鸟喙粗壮，可以大段大段从水中拔出植物，用爪子帮忙，再把水生植物的根茎或啃或啄成很多段，只吃最嫩的部分。第一次看紫水鸡进食的人往往都会很惊讶——鸟抓取食物也可以这么灵活。

食物和交配的需要是动物进化的两大最重要动力。紫水鸡进化出用爪子抓食的优秀本领，鸟类专家韩联宪曾形容它"灵活得像灵长类"，而其他鸟类却很少有机会按照这个方向进化。紫水鸡的爪子虽然便于抓食，但也牺牲了善于飞行这条进化之路。

喙是鸟类进食的主要工具。同属雁鸭类的鸟，其喙的差别也导致了进食方式及食物的极大区别。

鸭类也许是对气候要求最不严格的鸟类了，只要水面不结冰就可以活得自在。全中国有一千二百多种鸭类，云南占据九十多种，而草海就有三十种：鸳鸯、花脸鸭、罗纹鸭、白眉鸭、赤膀鸭、针尾鸭、扁嘴鸭……

凤头䴙䴘和小䴙䴘以鱼类为主食，食物要求它们成为潜水高手，在水下可以潜游长达一分钟。扑通一声，鸊鷉轻巧地钻进水中，当你还举着望远镜四处寻觅的时候，它们已经悠然出现在水面的另一边了。

扁嘴鸭，鸭如其名，嘴巴像是被压瘪，吃食的时候会把大张的嘴巴放到水里，水面的浮游生物直接"过滤"进肚。

雁鸭类中许多鸟以植物为食，食物丰富时专挑植物最嫩的部分。芦苇的根部常常受到青睐，两米高的芦苇也经常惨遭毒"嘴"地被连根拔起。灰雁的喙力气最大、效率高，两三只灰雁会在一小时之内拔完一整片芦苇。

野菱角也深受鸟类青睐，不过野菱角肉少，刺却又尖又粗，被草海人形象地称为"戳天戳地"，只要放进嘴里就会被戳得千疮百孔。人不喜欢吃它，鸟却有各种各样吃的办法。灰雁吃起菱角来声势大，一整只菱角放进嘴巴，然后嘴就变成了快速压榨的机器，"吧、吧、吧、吧"，上下两片连压带拍，菱角很快就能入口了。其他鸟类没有如此强大的喙，吃起菱角全靠啄，听到哒、哒、哒、哒的声音，就知道哪只鸟又嘴馋了。鸟喙可以像钳子、弯针、直针……是鸟自带的工具。

鸟喙的区别不仅指向了不同事物的选择，更是揭示了残酷的生存法则。美国生物学家曾在加拉帕戈斯岛上跟踪研究了几十年的达尔文雀。有一年岛上发生了百年一遇的大旱火，达尔文雀的鸟喙在巨大的生存压力下发生了质的演变，而这样的变化发生在一个自然年份上，而并非之前学术界认为的是几万年甚至更长的时间。仅凭现有资料无法去想象草海的鸟类经过了什么饥荒与自然灾害的洗礼与改变，但仅仅是鸟喙，故事已很精彩。

一只单独的水鸟轻轻掠过，爪子留痕，水面回应出一条淡淡的纹图。而鸟类一集群，就像人结成了社会，聒噪、竞争与是非接踵而至。绿翅鸭常结成大群，机警畏人，受惊时迅速从水面起飞；白骨顶游泳时头部一探一缩，仿佛身体虚弱到了需要头部牵引，但这样的身体到了求偶期便会变身"武功高手"，翅膀扫出虎拳，下面踏出连环脚，还配着各种虚张声势的喊声。

鸭子在水面的游荡不可能永远自由自在，瞧，天上悬停着一只猛禽……

黑翅鸢一年四季都生活在草海，是典型的农田系统猛禽。要想寻找它的巢穴，只需要抬头寻找最高区域。高度对于黑翅鸢意味着安全，草海地区最高的树木为桉树,黑翅鸢在草海的窝就只搭在桉树上,毫不顾及桉树永远散发着一股浓烈的气味。普通鸳、大鸳、白腹鹞是冬季跟着迁徙的鸟而来的猛禽,春季跟着它们的食物迁徙离开。

此刻,一只大鸳在空中悬停,正在等待一个捕捉的最好时机。猛禽的视力极好,它飞羽前缘呈锯齿状,以减少噪声,在空中可以悬停很长时间,一旦决定进攻就化身飞梭,快速而无声,等到猎物发现,通常已是猛禽的餐食。物种的进化可以简单到一片羽毛,鸟类身上最轻的部分也能决定生与死。

如果没有深入这些生存法则,人类只会看到水天一色、万鸟齐飞的美景,而忽视了生存的残酷和生命的活力是硬币的两面。

鹤庆白族人没有现代人矫情的作风,早期的"白族密宗"只是尊重大自然中的万物。被称为"白族密宗"的阿吒力教源于鹤庆,其开山鼻祖正是那个砸出 108 个龙潭的僧人赞陀崛多。该教派在元代衰落,清代时彻底没落,至今只有边地山区还有少许人传承。

水不仅仅是人类需要利用的资源,更是要上升到宗教意识形态的人类崇拜的对象,人类要尊重水,就像尊敬天、地、神、太阳、月亮与星辰。

鸟叫的声音,轻轻开始,永无终止……

有鹤来庆,什么鹤?

鹤庆这个老镇,有文字的记载可以追溯到西汉。

时间的车轮转到元宪宗三年(1253),此地称为"鹤州"。第一次,这方土地和"鹤"有了联系。

约 300 年后,明代,鹤庆中心立起一座"云鹤楼",取意"云中白鹤"。茶马古道的马蹄声似还回响在耳边,火灾以及战乱却已把这个镇子毁了几番,早已物非人亦非,只有这座云鹤楼,历史的蹂躏好像对这座建筑全无效应,鹤庆人谋足了财力和心力,一次次重建。楼立得也是气势十足,跨南北主路,横东西要冲,"民安物阜,文通武达"。

"云中白鹤"承载着汉文化中的优雅祝愿和表达。传说鹤庆坝子开辟之时,天空中飞来无数只白鹤,白鹤"云中寄锦书",这是最大的祥兆。如果说此地最初与鹤相联系，只是出于人和大自然的联系和感应，之后鹤庆人在生活细节上的种种强调就成了一种有文化觉识的自我身份设定了：女性的衣服是"鹤衣"，传统食物"八大碗"要用鹤碗来盛，房子要画"白鹤登枝"，节庆时不仅舞龙还要舞鹤……"鹤"如此深深地与地域文化连根了。

从元代算到今日，768年，此地的名字一直与"鹤"紧紧联结在一起，鹤庆人相信这是一片有着深厚福泽之地，当然要紧紧保留着"鹤"。

但这个鹤，是哪种鹤？

鹤属于动物界脊索动物门，鸟纲，鹤形目，鹤科。鹤在全世界有十五种，中国有九种：丹顶鹤、黑颈鹤、白鹤……使鹤庆得名的是哪一种鹤？

草海保护站巡护人员从小在"海边"居住，看了一辈子的鸟，他们确定小时候见过的鹤是黑颈鹤，说到高兴处还会一下子弹起来，挥动胳膊，抻长脖子，发出一串高亢的叫声，"它们就这样跳着叫着，可喜欢我们这个地方了"。

大自然保护协会（TNC）在二〇一四年把鹤庆草海确立为工作地后，曾经组织过巡护队集体到黑颈鹤冬季栖息地之一的云南昭通大山包学习，巡护队员至今聊起来都难掩激动。黑颈鹤已经在草海消失了几十年，老草海人早把黑颈鹤封存在童年记忆深处。而那时中国的环境教育普及程度还很低，在草海越冬的繁多鸟类大多只有白族话的土名，当地人根本不知道它们的学名，更别提保护，然后，鹤就再也没有光临过草海。

大山包之旅让他们燃起一个梦想——鹤的重归。他们相信，只要生态环境越变越好，就一定能迎回云中飞来的鹤群。二〇一六年，鹤真的回来了！那一天，大地盖着冬季特有的灰蒙，巡护队进行日常巡护，突然见到远远的几个身影。"黑颈鹤！"寸队长判断。他马上激动起来，顺手要拿望远镜来确认，但不巧，专业望远镜没在手边，他赶紧打电话给保护站。望远镜送到了，鸟儿却已飞走。"肯定是黑颈鹤，二十多只呢。"寸队长认定黑颈鹤确实已重新归来，哪怕只是短暂的几分钟。

鸟的迁徙是一套人类至今无法完全了解的生物系统，鸟类的迁徙路线比任何一个人类的旅游指南都要靠谱。几万公里的迁徙靠的是什么？老鸟带小鸟一次次加深记忆？鸟类视觉中别有洞天的一幅山川地形图？日月星辰的天体导航？对地球磁场的微妙感应？没有定论。因为没有一个人类可以钻进鸟的肌肤，得到鸟的感知。"子非鱼，焉知鱼之乐"，生物学的争论遇到中国古老的哲学，都会被尴尬地问得毫无意义。哲学家动动嘴皮，生物学家还是要实实在在地"建楼"——人们给黑颈鹤佩戴上卫星传感系统，至少摸清了它们的迁徙路线。黑颈鹤有三条迁徙路线：

东部路线：从四川若尔盖县、甘肃玛曲县到云南大山包、贵州威宁草海保护区。

中部路线：从青海隆宝滩保护区到云南香格里拉。

西部路线：在西藏越冬、繁殖，以拉萨河谷为主要迁徙地。

如果黑颈鹤出现在草海，选择的只能是上述中部迁徙路线。从青海隆宝滩到云南纳帕海之间，如果有一张纵横千里的图，可以清晰地看到由北向南的这条迁徙带，顺着长江水系的通天河、金沙江的干热或湿热河谷，还有在大地南北走出一个斜线的横断山脉。不要小看这条斜线，中国的山脉大多东西走向，大自然画出这一条与众不同的斜线使横断山脉成为整个中国西南山地物种迁徙的最重要路线，在这条生物迁徙的走廊，候鸟凭借气流完成一次次遥远的迁徙。隆宝滩、碧塔海、纳帕海等高原湿地都是黑颈鹤流动的家园，如果把这条迁徙路再延长一点儿，便是鹤庆草海……

鸟在天地间的纵横来去被中国古人赋予了阴阳变化的意义。鸿雁掠过大地，不仅仅是季节转换，也象征一个阴和阳、暗与明的转换过程。

有着丰富农耕经验的藏族地区的人们早就把候鸟迁来徙去的季节规律与田间农耕联系在一起。黑颈鹤是藏族文化中最吉祥的鸟，著名的仓央嘉措就曾写过："天上的仙鹤啊，借我一双洁白的翅膀，我不会远走高飞，飞到理塘就返回。"每到开春时节，藏族人对黑颈鹤依依不舍地唱起一首歌曲，请求它们离去：虽然不舍也要把你们送走，吉祥的鸟儿啊，我们的种子就要植到田中了，这里已经没有你们的食物了，收割之后欢迎你们一定再来……

出现在草海的这群（尚无法确定）黑颈鹤只是惊鸿一瞥。它们是来先期探路，还是在迁徙过程中迷路了？

有些鸟类专家却认为不必只在黑颈鹤一种鸟类上做文章,此"鹤"非彼"鹤"。大理大学东喜马拉雅研究所的鸟类专家张淑霞老师认为,鹤庆的"鹤"是"鹭","古代人把苍鹭都叫作鹤,飞起来很飘逸,苍鹭和鹤类都属于涉禽,在浅水区活动"。

按张淑霞的判断,鹤庆的"鹤"原来一直都在,而且也没有否定黑颈鹤曾在鹤庆草海存在过,但鹤庆草海人以及草海保护区的保护者们显然不满足苍鹭即是"鹤"的源头,他们仍然热切盼望黑颈鹤可以再次"来庆"。

无论从稀有程度抑或保护等级来看,苍鹭都远远低于黑颈鹤。事实上,对于一个保护区,每一个新物种的发现都是对内部极大的激励。二〇一六年小天鹅来了,二〇一七年黑鹳来了,都能证明草海的生态系统和自然环境正向积极的方向迈进。

为了准备这篇文章,我一次次地去看鹭和鹤的图片,在一个没有受过严格科学培训的文科生看来,两者外形确实有点像。著名的《松鹤延年图》:鹤站在松树上,但这显然不合生物法则:任何鹤类都不可能抓握树枝,它们的后趾都不发达。

鹤庆的风景可以长看,最有魅力的就是天上的云与地上的水之间无穷的呼应变幻,如果,云水间掠过一只白色精灵……有谁会去舍得追问,这是黑颈鹤,还是苍鹭?

苍鹭又称灰鹭,鹭科鹭属,是欧亚大陆和非洲大陆的湿地上极为常见的水鸟。在草海,灰鹭和大白鹭、小白鹭、牛背鹭、夜鹭聚居一处,几种鹭类分享一个岛屿、一棵大树,却相安无事,很少会争夺地盘。远看它们的白色羽翼轻盈挥动,如同绿树飘出的白花。

草海以前并没有如此多的鹭类,那时的绝对主人是紫水鸡,水陆交界处的茂密水生植物就是它们的天然欢场。但建鱼塘时挖了不少水底淤泥,泥堆成了人工湖心岛。紫水鸡走了,鹭类和鸬鹚却来了。不仅栖身之所有了,食物也来了。鹭喜欢吃外来入侵物种牛蛙的蝌蚪,近来牛蛙在草海多了,鹭类的繁殖也跟着提起速度。

没有亲眼见到牛蛙的蝌蚪,绝对无法想象这个外来物种对环境的破坏力有多大。坐着环保巡逻队的船在草海上荡来荡去,我那双习惯了岸上风物的眼睛跳到水面上,马上变成"死眼"。巡逻队下水是为了搜寻藏在水下偷捕的"天罗地网",往往在我被水晃得对焦不清时,他们早已顺着蛛丝马迹捞出了罪证。缴获的几个网里面,鱼儿悉数放掉,剩下了数量可观且能大如整个手掌的黄色软体动物,这就是牛蛙的蝌蚪。这样的蝌蚪吃鱼籽,长成了牛蛙会吃鱼、吃蛇,也会同类相残。

鹭类旺盛的繁殖能力是自然界发展出来的牵制牛蛙的力量。借着下水的机缘,我有幸靠近那个完全属于鹭类的鸟岛。正是繁殖的季节,有的窝里只有蛋,四枚,不多不少;有的窝里则探出毛茸茸的小脑袋。刚孵化出来的雏鸟极其瘦小,它们的羽毛未出,只有细嫩的绒毛点缀着身体的个别部位。如果去除羽毛,一只鸟实际的体形瘦小得让人吃惊,羽毛既是鸟儿的温度调节层,也掩盖着它们真实的"体形"。待羽毛发育完全,小鹭会充气般丰厚起来,飞行的能力也陡然降临,成为一只真正意义的鸟。成年的鹭类此时已陆续换上了繁殖羽:白鹭在繁殖季节会在背、胸部位长出飘逸的蓑羽,池鹭的繁殖羽有点大动干戈,头、颈及胸部都长出崭新的深栗色羽毛。长出新的羽毛对鸟类来说极其消耗能量,身体健康的雄鸟才可以在短短的繁殖季长出显眼的羽毛。繁殖羽全为了迎合雌鸟的审美,大多数鸟类是天生的视觉动物,繁殖羽使得一只成年的雄鸟在一堆幼鸟中可以被雌鸟一眼认出。

草海的几个鸟岛相隔不远,四个岛均被鹭类占据,另一个小岛植物不丰盈,遮蔽性差,白鹭们只把它当作临时休憩点。还有一个岛全是鸬鹚。鸬鹚铺天盖地的白色粪便早就把岛上的植物闷死了,死去的树干枯而不倒,退为整个小岛的悲壮背景。地上地下的苍白让这几只灰黑硕大的鸬鹚成为绝对的岛主,它们也是一副毫不客气的样子,懒懒地晒太阳,翅膀完全铺展开。鸬鹚每次下水后都需要把羽毛晒干,它算是水鸟中的异类了,绝大多数水鸟频繁地潜水,羽毛也进化出水无法渗入的"雨衣"功能。一代又一代的鸟类专家把防水归功于鸟类的尾脂腺油,认为鸟类在每次梳理羽毛的时候,会趁机把尾巴上的尾腺分泌出来的油脂均匀涂抹到身体其他部位的羽毛上。最新的研究,放大羽毛最微小的结构,羽毛触点的密度形成对抗水的天然表面张力，单单一层羽毛不需要涂抹什么就是一层生物防水层。而鸬鹚羽毛外层的一圈却天生松散，不仅不防水，还会像宣纸一样很快浸透。鸬鹚需要飞快钻入水中捕食，迅速打湿的羽毛可以减少它入水时的压力，让它迅速变身一粒水滴。捕食迅捷的代价便是每次出水都要长时间地晾晒羽毛。迅速，抑或多产，这在自然界是一道无法两全的选择题。

在那个湿漉漉的平原上

◎ 庞余亮

早春的盐巴草

比起漫长的夏天,漫长的冬天才是这个湿漉漉平原的真相。比如那些破冰而行的捕鱼人,把竹篙从水里拔上来,瞬间就结满了滑溜溜的冰。

四面环水的村庄的冬天的确难熬,但比人更艰辛的是那些畜生们。鸡好办,它们会去寻找灰堆扒食。狗也好办,因为它鼻子好使。

猪是最难受的了,它饭量大,偏偏饲料总是满足不了它。人都吃两顿了,泔水还能有多少?好久不去机米了,米糠眼见着往下少。稻草轧出的草糠是非常难下咽的。母亲就和上几勺子沤好的芋头梃(父亲深秋时节连夜用铡刀铡出的芋头梃泡出来的特殊饲料)。芋头梃的味道肯定也是不好的,但猪还是吃下去了。

沤泡在瓦缸里的芋头梃也少了许多。村庄里除了公鸡的打鸣声,就是猪们在拼命喊饿的声音。本来可以年前卖掉,可太瘦了,卖掉很不划算。要是在夏天,我可以去拾猪草,一筐又一筐,往猪圈里背。一半被猪吃掉了,一半被猪踩成了肥料。

田野里没有绿茵茵的猪草。父亲却要求我们去捡拾那些枯在灌溉渠边的盐巴草。灌溉渠有浅浅的水,盐巴草长得好。

那是一个特别寒冷的早春天,别人家过年走亲戚,我们一家却在破冰,摇船去田里扯盐巴草。父亲说,猪瘦了,但盐巴草里有葡萄糖!不信,你们可以嚼盐巴草,最后嘴巴里是甜的!

的确有点甜……可又是谁,告诉了文盲的父亲盐巴草里有葡萄糖?也许是父亲猜的,因为我们村庄里的人都迷信葡萄糖。

村庄是满的,田野是空旷的。田野里没有人,那寒风吹得更为猖狂。扯盐巴草的手指都冻僵了,根本用不上力——熬过了冬天的盐巴草的力气比我们还要大!

那一天,我们从荒野中扯了很多盐巴草。好像我们战胜了它们,但到了夏天,还会有许多盐巴草会蔓延出来。

盐巴草,多像穷日子里的那些顽强。

有很多年,我一直想把盐巴草的学名找出来,但一直没找到,后来我终于在乱山似的书房里找到了盐巴草的学名。盐巴草只是它在我们那里的小名,在其他地方它并不叫这名字。它的标准学名叫狗牙根。

有的地方叫它爬根草,云南人则把它叫作铁线草。

铁线草,我喜欢这个名字,像铁线一样,扯不断也得用力扯的铁线草哦。只要一想起来,它们就像地球上的经纬线爬满了那片湿漉漉的平原。

最先醒来的虫子

惊蛰时节,在这片湿漉漉的平原上,最先醒过来的是哪个虫子?

有人说"蛰"字下面的"虫"是"长虫",即蛇同学。也有不同意见,为什么不是蜈蚣同学呢?蚯蚓同学?青蛙同学?或者,蚂蚁同学?要知道,这些睡懒觉的同学都在等待雷公校长的鼓声哦。

比如蛇同学,越冬常常因陋就简,随便将就。在那个湿漉漉的平原上,我竟在土墙缝里摸到一排蛇蛋。如子弹样的椭圆形的白壳蛇蛋并排贴在一起。我记得是四枚,我在众伙伴的怂恿下打开了蛇蛋,有蛋清也有蛋黄,蛋黄里已有小蚯蚓一样的幼蛇。这是冬眠前的蛇生下来的。

相比蛇同学的粗心,蜈蚣同学准备更充分。蜈蚣会钻洞,钻得很深很深,钻到寒冷无法侵入的深度,有时候能钻到 1 米深的地方,不吃,不喝,不动。如此沉睡的时候,蜈蚣最怕的是公鸡。公鸡是蜈蚣的天敌,它们的利爪总是在旷野里扒拉。如果蜈蚣冬眠的地点太浅,正好成了公鸡的食物。蜈蚣为五毒之一,为什么公鸡不惧怕蜈蚣?父亲说,蜈蚣和公鸡是死仇。

为什么?

父亲说不出原因,就像他说不清为什么他如此辛苦劳作,却依旧喂不饱他饥饿的子女们。

蚯蚓同学与蜈蚣同学类似,它们的冬眠常常会遭遇钓鱼人的暴力拆迁。很多钓鱼人,在那么寒冷的冬天,将浮到水面上晒太阳的鱼钓上来,总觉得有乘人之危的味道。

作为歌唱家和捕虫专家的青蛙和癞蛤蟆,它们冬眠时会异常安静。在石头台阶下,我发现过扁成一张纸的癞蛤蟆,真成了张薄薄的癞蛤蟆纸!它们把喉咙里的歌声也压扁了吗?它们的骨头呢?它们的内脏呢?后来学到"蛰伏"这个词,我一下想到了这扁成纸的癞蛤蟆:最低的生活标准,最艰难的坚持,还有沉默中的苦熬!

有精品房的蚂蚁们越冬准备超过了人类。在入冬之前,它们先运草种,再搬运蚜虫、灰蝶幼虫等这些客人,请这些客人到蚁巢内过冬。但它们的友情不是无私的,而是实用的,蚂蚁们将这些客人的排泄物作为越冬的食物。等到贮藏的食物吃得差不多了,雷公校长的鼓声就该响了。

但如此精心如此努力的蚂蚁们,如果遇到我们手中的樟脑丸,如果碰上了我们淘气的一泡尿,它们会立即被淘汰,没有惊呼,也没有叹息,连一声悼念都没有。

生存不易,梦想更不易,都得好好惜生。春雷响了,正好九九,久违的温暖总会让这片湿漉漉的平原上的众生感慨不已。

父亲说:没有闲时了。

是啊,九尽杨花开,农活一齐来。到了这个时节,就没有闲时忧伤了,也没有闲时快乐了,季节不等人,一刻值千金。

恍惚之间,这世间最忙碌的虫子,是在这片湿漉漉平原上过日子的人。

浩荡的春风吹遍

过了慢悠悠的正月,就是快步奔跑的农历二月了。拿冬天爱睡懒觉的太阳来说,到了春天,太阳这家伙像是和我们比赛似的。每次起床,都不好意思伸懒腰了。才七点钟啊,平原上的太阳就升得老高老高的了。一大把,又一大把的暖阳泼在我们的身上。

春风来了。

春天，就是风一阵一阵地刮过来的。我们在减衣服，而我们的视线所及之处，柳树们多了绿辫子，而苹果树桃树们还长出了花衣裳。在这些绿辫子花衣服之间，最灿烂的就属金黄金黄的油菜花了——向阳坡上的油菜花们率先开始了金黄的合唱。

那些还没合唱的油菜们，则一个个像长颈鹿。那些长颈鹿，就说的是美味的菜薹。打猪草的我，总是饥饿的我，常常掐一段菜薹，撕去外皮，汁液饱满的油菜薹，比萝卜好吃。相比纯绿色的菜薹，比较有味的是暗红皮的菜薹。这样的菜薹，往往有股野性的甜。有时候我嚼着菜薹，有几只野蜂会出现在我的身边，发出嗡嗡嗡的抗议声，抗议我们吃掉了它们未来的蜜源。

但谁怕谁呢？

我怕的是父亲的巴掌：浪费这些菜薹，会响雷打头的！

我还是喜欢风，浩浩荡荡的春风，还给我们带来了去年的老朋友燕子。

呢喃的燕子们并不怕这春风，回到故乡的它们斜着身子在春风里飞，把自己变成了一把把紫剪刀。这些紫剪刀在田野和我们的堂屋里来回地穿梭，它们比我们在田野里忙碌不停的父母亲还要忙。

母亲说，燕子们只在好人家垒窝。

说到好人，我总是不好意思看在我家飞进飞出的燕子。我感觉自己够不上母亲所说的好人，我不仅偷吃过菜薹，还拔过公鸡的翎羽，捣毁过野蜜蜂藏在屋檐下芦管里的蜂蜜。

春风依旧在吹，我们家新燕子窝垒好了。

小燕子们就要孵出来了，春风还在吹，浩浩荡荡的风声中，我还听到了野兔们的笑声。为什么一定是野兔？我没跟母亲说。我怕母亲笑话我：你什么时候听见兔子在笑？

我真的听见了。

有一个晚上，浩浩荡荡的春风把我们家的一个草垛给刮没了。

一根草都没有了。

它们都飞到哪里去了呢?

仅仅剩下草垛的底部,去年的稻草们遗留下的稻粒们已发了芽,像是长出了一簇绿头发。绿头发丛中,遍布句号一样的黑色野兔粪便。

我真的没听错,春分那天,浩浩荡荡的风吹遍了这个湿漉漉的平原,带走了我们家的草垛,还带走了那些跳跃在麦田深处的野兔们的笑声。

暮春的平原是最佳的掩体

暮春的平原是最适合躲藏和掩护的。

长高的麦子,结了籽荚的油菜,都是天生的掩体,只要愿意,怎么躲藏,都是不会被发现的。

不会被发现,就会被寻找的玩伴所遗忘。

更多的,并不是遗忘,而是被家长叫走了,打棉花钵,需要下手。

有一次,我就被玩伴彻底遗忘了。本来听到玩伴焦虑的呼唤声,我还紧张、兴奋。再后来,玩伴的呼唤声越来越远了。

先是寂静捆住了我,再后来是不安,我后背的汗渐渐收干了,四周全是长大了的陌生的庄稼,它们什么时候变成巨人了?

好在我看到了正在长大的蚕豆,还有攀缘得好高的豌豆。

那个我被玩伴遗忘的下午和黄昏,我吃下了平生最多的蚕豆和豌豆。我得出一个结论:嫩豌豆甜,而蚕豆再嫩,也有一股青草的味道,留在我们的舌根处,挥之不去。

有个这样的遗忘,我开始迷恋如此的遗忘。幸亏蚕豆和豌豆们长得很快,几天工夫就咬不动它们了。

于是我开始寻找更多的食源,我尝过类似豌豆的"荞荞儿",又叫野豌豆。野豌豆实在不好吃。我还吃过油菜荚里的籽,那小小的籽还是青绿的,又小,就放弃了。

——饥饿年代的胃啊,有着令人惊诧的消化能力。

蚕豆和豌豆其实都是外来物种。"荞荞儿"或者野豌豆,倒是我们祖先常吃的,叫作"薇"。古人们常常"采薇"救荒。"采薇"最好的时节就是暮春。

但我们也忘记了，就像我们把那个在平原深处玩捉迷藏的孩子给忘记了。

石碌上的男孩儿

油菜几乎是一个上午黄掉的。

麦子们的麦芒在太阳下闪闪发光，像是刚刚理了新头发。

新蚕豆。新大蒜。全是新的。

父亲给我的感觉也是新的。他一改过去的严肃，突然将我抱起，然后扛到肩膀上。路在我的视线下快速地向后退去。我不知道父亲要将我抱到哪里，也不知道我究竟犯了什么错。我听到我的小小的心，在瘦弱的胸膛里，来回地晃荡。

转过一条巷子，是屠夫的家。很多人围在那里，似乎在杀猪。但听不到猪的叫声。

父亲挤过人群，忽然将我扔下。在向下坠落的过程中，我无奈地闭上了眼睛。在众人的哄笑声中，我睁开了眼睛。原来我被父亲扔到了盛稻麦的笆斗里。

哄笑的大人们说我连苗猪都不是，最多算作小青蛙。

父亲叫抬着笆斗的人报出我的毛重。

我的体重实在太丢人了。父亲说："说你是狗，你不是狗。说你像猫，你比猫的嘴还叼。从今天起，不允许坐门口，必须每天三碗饭。"

我坐门槛的次数其实不多的。还有，我实在吃不下每天三碗饭，但我肯定超过田鸡的重量。大人们的哄笑声令我记下了对青蛙的仇恨。

但青蛙们总是在育秧苗的水田里高声合唱，仿佛是在嘲笑我的瘦小。我想去捉住它们，但又不能去育秧苗的水田。有时候，扔一块土坷垃过去，青蛙停止了合唱。也仅仅是下课十分钟的时间，那些青蛙又开始合唱，嘲笑我的声音几乎令全村人都知道了。

我把所有的仇恨都放在了蝼蛄的身上。蝼蛄和青蛙有相似之处，丑陋，叫声难听。更重要的是，蝼蛄是害虫，无论怎么消灭，都不会引起父亲的反感。

蝼蛄被我几乎消灭光了，立夏节气到来了。

好玩的斗蛋开始了。

尖者为头，圆者为尾。蛋头斗蛋头，蛋尾击蛋尾。虽然我的个子最小，我的蛋常常是斗蛋的常胜将军。

我没有斗成蛋。我再次被父亲捉过去，带到空旷的打谷场上。打谷场上，除了去年的草垛，就是硕大的石磙了。这石磙，又叫石磙将军。

父亲说："你给我脱光了。"

我脱光了衣服，真的像一只又瘦又小的青蛙。

父亲说："你给我坐到石磙将军身上，你将来的力气要比石磙将军还要大。"

于是，光着身子的我坐到了石磙上，石磙给我的感觉相当怪异，我坐立不安。但有一只蜘蛛拯救了我，它快速从我的身体上攀缘过去，还用蛛丝努力将我绑住。

我没被这只有野心的蜘蛛绑住，但我的力气依旧很小，更不可能达到石磙将军的力气。那个湿漉漉的平原上，坐在石磙上的我，似乎是蜘蛛做过的一个梦。

一线灯光穿越平原

> 诗人，你无力偿还
> 麦地和光芒的情义
> 一种愿望
> 一种善良
> 你无力偿还

面对无边无际的麦地，在月光下磨得锃亮的镰刀是无法偿还的，割了一大片，抬头看看，依旧是无边无际的麦浪向你涌来。腰疼是无法偿还的，即使彻夜未眠，听到布谷鸟在喊"麦黄草枯"，最疼的腰也必须弯下去，俯身向前。一万吨的汗水也是无法偿还的，那衣服上白花花的盐渍就是"芒种"

必须要拓展开的版图。

无法偿还的还有在田埂上孤零摇曳的铃铛麦。这顽强的铃铛麦,他们叫它杂草,但它却是这个寂寞田野上的铃铛,上学的铃铛,下课的铃铛。它的麦芒在阳光下逆时针旋转,扭曲,如果给它一滴汗水,这扭曲的麦芒就会顺时针旋转,开始旋转得飞快,后来越来越慢,直至一动不动。

在这汗水浇灌的芒种时节里,收和种,几乎是同一个时空。而人,则如勤奋的工蚁,在大地上搬运,将每棵麦子颗粒归仓,又连夜耕耘,抽水机抽来的水浸漫了那已经疲倦了但还必须重打起精神的土地母亲。土地母亲还要接受嗷嗷待哺的秧苗们,还要和汗水一起供养它们,直至稻秧长大。这样的轮回几乎又是我们母亲的命运,芒种时节里的母亲浑身遍布灰尘,她和我们的父亲并肩割麦,脱粒,平田,拔秧,栽秧。那遍布水田的蚂蟥就趁机咬在了母亲的小腿肚上,母亲上了田埂之后,当着惊呼的我们,她很平静地一一扯断了那些饱食了的蚂蟥。

——我们也是剥削母亲的蚂蟥吗?

我们为避免成为"小剥削者",我们自觉地成为小农民,但如此稚嫩,又如此笨拙,被镰刀割了脚,被麦芒刺了眼,栽下的秧苗东倒西歪……

沉默的父亲用一根扁担将想做学徒的我们打上田埂。

于是我们决定去捉黄鳝。芒种时节里,黄鳝们把刚刚栽好秧苗的水田当成了它们的"太平洋",在冬眠的洞穴里委屈了一个冬天,它们需要一个自由泳的赛场。

捉黄鳝有好几种方法。最豪华的是竹篾做的黄鳝笼,这样的投资是我们不能企及的。与这种豪华版相反的,是用柴油做火把,用灯光"罩"住"仰泳"在夜晚水田里的黄鳝们。这样的捕捉我干过一次,后来我把这个经历写成了一个短篇《蛙在什么地方鸣》。

但柴油照亮的芒种之夜是很珍贵的。因为柴油被生产队里的黑脸机工管着,像我们这样的普通人是无法搞到的。

但我们还是有办法的,搞到了最简易的捕黄鳝的办法,去代销店买五根用于玻璃煤油灯和小马灯的扁灯芯和小盒大头针,然后小心地拆开这扁灯芯,每根扁灯芯可拆出 20 根短线。将大头针折成鱼钩状,用线系好再系到一尺长的芦苇秆上,在鱼钩上穿上红色的蚯蚓(必须是红蚯蚓,而不是土蚯蚓)。

我们总是在黄昏时分走向田野,将 100 个简易黄鳝捕捉器均匀放到我们看中的秧田中(必须偏僻,否则会被人偷走),做好记号,在第二天天亮时分,去将这 100 个简易黄鳝捕捉器收上来。一般而言,100 个简易捕捉器每天可以捕到 10 条以上的黄鳝。

但是有一天,我的 100 个简易捕捉器仅仅收获了一条黄鳝。看到失望的我,母亲说:"你是不是鼻子堵了?有没有闻到农药味?那块田刚刚打过农药呢。"

这么多年过去了,每次路过金黄的麦地,我就会想到我的简易黄鳝捕捉器,后来它们去什么地方了? 我已想不起来了。大头针、扁灯芯的价格也记不起来了。我去网上查了一下,与此有关的怀旧的复古的东西竟然还有。玻璃煤油灯价格是 26.5 元。复古的小马灯 10 元一盏。小马灯的扁灯芯 5 元钱1 米。价格不算贵,交易的人也不多,就像那秧田里的黄鳝,已越来越少了。

每到芒种,我还总是看到有一线灯光倔强地穿过那忙碌而疲惫的平原之夜。

那只害羞的南瓜

掐了一朵南瓜花,向怀了瓜妞的花蕊间套去。这是种南瓜的好方法,也是穷人们获得丰收的锦囊妙计。

父亲教过我这样给南瓜套花。南瓜如果自然授粉,花粉量会不足。"套花"是为了增加花粉量,让南瓜长得更大。其实这是生物学的知识。在那个曙光初现露水满地的清晨,父亲突然教我给南瓜"套花",将雄花外面的花撕掉,仅仅留下雄花的花蕊,带着花蒂套进雌花中。

当时我刚十二岁,父亲没有讲道理,但我突然就明白了其中的意思。父亲没有看到我脸红,继续让我做套花的事情,但我的脸在发烫,身体在悸动。

自从给南瓜套花之后,我常常去看我套过的花,希望那些南瓜拼命长大。很奇怪的是，我套过的南瓜，最后仅长大了一只，宛如一个地球，结在宇宙藤蔓上的地球，在平原的某处，秘密地长大。

沉默平原的轮廓

立秋之后，虽然还很热，但早晨起了变化，尤其倒在搪瓷脸盆里的水，到了清晨，比前一天晚上凉了许多。

夜晚的变化就更明显了。黄昏的云比立秋前的云多了一份妩媚，多了一份妖娆。母亲信誓旦旦地说："那是仙女们在银河晾洗她们的漂亮衣服呢。"

真的吗？

晚上乘凉时，母亲又指着渐渐明朗的银河说："你看看，那是天上的银河。你看，东岸有个人，他叫灯草星，他的肩头有根扁担，他挑的是很轻很轻的灯草。"

扁担在哪里？

顺着母亲手指的方向，我们看到了三颗星星。中间的一颗有点红，像一个小伙子由于用力涨红的脸。

母亲又说："西岸有个石头星，他挑的是石头，但他过了河。"

母亲接着就讲了灯草星和石头星这一对同父异母兄弟的故事。晚娘偏心，让自己的亲儿子挑很轻很轻的灯草，让继子挑很重很重的石头。偏偏银河的风太大了，挑灯草的儿子反而没能过了河。

听了故事，我们都沉默了很久。我们都长了一张和母亲一模一样的脸，根本不可能是母亲的继子。母亲话中有话，意思是叫我们不要嫌她分配给我们的活儿重。如果挑了灯草，那就过不了银河了。

大人的名字应该通通叫"常有理"。比如，只要我们跟他们闹点儿别扭，他们总是说"冬瓜有毛，茄子有刺"，真是各人有各人的脾气。

谁也不想做冬瓜，谁也不想做茄子。银河里的仙女们可不想见到如冬瓜一般或者如茄子一般的我们。七月初七的晚上，躺到茄子地里可以去银河里见洗衣服的仙女，更可以去摸金元宝呢。

七月初七的晚上，弯月如钩，流萤遍地，我们都在田野上转悠，谁也不会真的去躺到茄子地里去。抵近处暑节气的田野变了许多。原先密不透风，如今稀疏了许多。刀豆架上的刀豆越来越像一把削铅笔的小刀。没人感兴趣的黄瓜独自黄着。冬瓜们在奄拉的瓜叶间露出了多毛的白肚皮。还有南瓜，它们的藤爬得太随意了，结果也太随意了，如果不注意的话，很多时候会被它们藏在草丛中的沉沉的瓜拌个大跟头。

最令人惊奇的，是母亲种下的矮个子的盘香豇。它是豇豆中最特殊的一种，个子矮小，结出的豇豆不是笔直的一条，而是自然弯曲成一个圆形，就像人们所燃的香中的那种盘香。盘香豇产量不高，但比笔直如尺的豇豆好吃。为什么它是这样的豇豆？田野上，其实还有想不通的东西。比如灌溉渠边的半枝莲，为什么只开半边花？半枝莲是常见的，盘香豇不常见，过了处暑，母亲就不让摘了，她要留种。

到了处暑，盘香豇枝头的豇豆渐渐干枯，与盘香越来越有了差异，因为每一粒果实在枯瘦的豆荚下露出了自己的轮廓。

是的，很多事情都现出了各自的轮廓。远处的稻田，稻田隔壁的棉花地，棉花地后面的高粱地，高粱地隔壁的向日葵地，它们快生长了一个轮回，马上要转场了。

坟地边的草都结满了草籽，它们纷纷低伏下去。

就这样，一个夏天被草丛覆盖的坟地也有了自己的轮廓。

稻捆与稻捆相依为命

平原上的秋收到了总决战的时候。

总决战的标志是父亲磨刀，他俯身在磨刀砖上磨镰刀。

磨刀砖是块砌城墙的砖——是父亲去县城护城河里罱泥罱到的。父亲一边磨着，一边往镰刀的刃口洒了几滴水。不一会儿，磨出的泥浆慢慢爬到了置放磨刀砖的凳子上。

磨刀的父亲非常专注，有只苍蝇盯在他的后脖子上，他也没空儿理睬，每磨一会儿，他就用大拇指试着镰刀的刃口。父亲的手上也沾了泥浆。

砌城墙的砖头质量太好了，磨了好多年了，城墙砖仅仅磨出了一个好看的凹面。

一把,两把,三把,父亲会一口气磨好三把镰刀。三把镰刀并不代表明天有三个人收割,其中有一把是父亲的备用镰刀。

磨好了镰刀,父亲嘱咐全家人早点儿睡。父亲的口头禅是:没钱打肉吃,睡觉养精神。多睡会儿,就有力气干活儿了。

睡觉之前,我又看了搁在院子里的镰刀,镰刀很亮,更亮的是头顶上的月亮。秋天越深,月亮越白,天庭上的月亮比大队部的汽油灯还亮。

我也不知道自己是什么时候睡着的,但醒来的时候,月亮还在西天上,还是很亮。我怀疑父亲都没有睡觉。我再看母亲,母亲煮了两大锅饭,一锅饭早上吃,一锅饭带到田里,充当午饭和晚饭。

早上吃饭是很少见的,我吃得太快,竟然被噎住了。父亲有经验,用筷子猛然抽打我的头。我丢下碗筷,双手护头,竟好了。

吃了早饭就上船去田里割稻,离开村庄的时候,整个村庄还没醒来,有雄鸡在长啼,但我们已快到我们家稻田了。

月亮是在我们上了岸后不见的。天暗了下来,但东边已有了鱼肚白。田埂上全是露水,冰凉冰凉的,我打了几个冷战,上牙磕打着下牙,好在肚子吃饱了。

父亲的镰刀飞舞,待在稻田里的蚂蚱们到处乱跳,有的撞到了父亲的脸上,有的还逃到了我的嘴巴里。父亲顾不上它们,我也顾不上它们。父亲母亲割稻,我要负责捡他们割漏下的稻。

东边的天色渐渐亮了起来,我们家稻田的稻子已被割掉了一小部分。不远处,也有人家来割稻了。

田野里,整天弥漫着好闻的青草味——这是稻根被割后的味道,是天下最好闻的味道。

用来捆稻的腰是父亲割的稗子棵,一分为二,两头打个结。那些稗子长得很高,也很有韧劲。父亲用镰刀搂起一群稻子,像哄孩子那样,把它们聚拢在一起,然后用稗子腰将稻子们快速扎起。

多少年过去了,我还记得父亲捆稻的样子,还有父亲挑稻捆上船的样子。他先用木叉叉住两捆稻,接着就用权柄一头插到前面一捆稻的腰中,一次三捆,虎虎生风地向我们家船上走去。

稻捆一捆又一捆地上了船,船的吃水线一再下沉。

在我们家木船的吃水线快要到极限时,一天的总决战结束了。

此时,月亮又升起来了。因为稻捆堆得很高,母亲在船头导航,父亲使用一根长长的竹篙撑船。

咚——哗啦——咚——哗啦——

"咚"是竹篙下水的声音。"哗啦"是竹篙出水的声音。

河水已很凉了,月光也很凉,我的光脚丫更凉,我决定把自己的脚伸到稻捆中间。

——那稻捆里,很暖和很暖和。

平原上没有一个忧伤的农民

稻子被割走了,麦子还没来得及种上,大地无比辽阔,就像父亲那宽阔的额头。

霜,就落在父亲的鬓角上。

霜,也落在还在篱笆上坚持着的扁豆藤和丝瓜藤上。

被霜打过的丝瓜和扁豆还坚持着结果,但不能吃了,苦涩苦涩的,就像我们村庄上那些遭受厄运的乡亲们,他们的话音中全是苦涩。

父亲会把这些劳苦了一个季节的丝瓜藤和扁豆藤扯掉,晒干了,使其成为燃料——由于奉献了一个季节,这些燃料并不受欢迎,它们的火力已很小很小了。

最空旷的大地上也有葱茏之处,比如萝卜地。

那些萝卜已非常葱茏,非常茂盛了。这样的萝卜,霜对它们是无可奈何的,就像倔强的父亲。他不会服老,人家用的是挖墒机,而他坚持用大洋锹,硬是在空旷的稻田中,为下一季的麦子挖出一条又一条笔直的墒沟。

该到拔萝卜的季节了。在拔之前,人们根本不知道藏在地底下的萝卜有多大。有句俗话是这样说的:"拔出萝卜带出泥。"能带出泥的萝卜是非常好吃的,最好立即就吃,将泥在裤腿上擦一擦,就可以放到嘴巴里了。它的比梨还鲜嫩的味道只有我们的舌头知道。如果被太阳一晒,那味道就打了五折,寡了味。

稻子颗粒归仓,麦子快要种下,有了萝卜,在萝卜之后还有越冬的大白菜,心里有数得很呢。

"有数",是自信,也是旺盛的生命力的体现。

霜在一点点往下降,降到大地上,降到我们的鬓角上,也降到我们几多伤感的心上。

但是,再漫长的寂静,我们也有萝卜来抵抗,在那个湿漉漉的平原上,没有一个忧伤的农民。

从森林到草原只差一条公路

◎ 周蓬桦

游猎者的黄昏

阵雨过后，林中的空气一度凝固了，像置身于一个大蒸笼里。暑气从树根部向上升腾，抱成一团弥漫四周，弄得整个森林都湿漉漉的，分不清是雨水还是露水。拨开丛丛灌木，我的短袖衫和头发被氤氲的气息洇湿，黏在身上有些不舒服，索性脱了下来拎在手中。光线渐暗，在短短的瞬间，我的眼前一片模糊，像罩了一张蛛网，树丛中的小路有些泥泞，金花鼠在脚下不停穿梭。我急于寻找一片空地透口气，就朝天空明亮的地方行走，像一头黑熊那样跌跌撞撞，沾了一头花粉。

走出幽暗的迷宫，一阵光线袭来，我睁大眼睛，顿时因为眼前的景象愣住了——平坦的草地上，一幢木板房出现在一片白桦树下，有点儿像传说中结构简陋的"木刻楞"。木屋外摆放着几只木桶，还有烧水炉、晾衣绳、劈柴样等生活用品，我还听到了一阵叽叽咕咕的人语伴随着扑哧的水声。目光穿越白桦林，我看到了白汪汪的一片水在晃。这样的水域，密密麻麻地分布在白山一带，面积大的像小湖泊，小的像我故乡平原上的池塘，当地人将其称为"水泡子"，它们多半是百年前遗留下来的火山坑，是大地肌肤上烫起的一个个"燎泡"。这时，我看到几个戴草帽的人正在岸边忙碌，有一个脸形瘦削的年轻人缓缓拉动渔网，很快把一团毛线似的渔网拉到岸上，只见从网里漏出几条活蹦乱跳的白鱼。

我意识到自己冒失地闯入了游猎者的幽闭领地，心里顿时泛起一阵不安。繁衍在白山一带的捕鱼人，尽管不属于什么秘密范畴，但我听说这些捕鱼者大多是早年狩猎民族的后裔，身体里还流淌着游牧民族野性的血液。

他们的祖先曾经浪迹在高高的兴安岭,肩扛猎枪,大碗喝酒,大块吃肉,有过自己的骄傲,豪迈的笑声震荡山林,吓跑豺狼虎豹。如果在过去,他们都应该是一名"莫日根"(好猎手)。自从二十世纪九十年代全面禁猎后,后辈们的生活天地便越发窄小,流落四周,躲在低矮的草屋唉声叹气。族群里最后一位老猎人早已死去,那个在漫漫冬夜里喋喋不休地讲述从前的人没有了——他的坟墓就在林荫深处。

当走近捕鱼人的生活,才知道无论捕鱼还是狩猎都是十分艰辛甚至危险的劳作。那一天,当我打着赤膊出现在捕鱼人面前时,他们居然没有丝毫惊讶。瘦削的小伙子只是瞟了我一眼,就继续去忙活白天里下在水沟里的地笼子。见他们对我没抱戒心和敌意,我放松了许多,便产生了探究一番的想法。我跟在瘦小伙儿身后,来到一条狭长的水沟旁边,主动帮助他起地笼子,一边套近乎攀谈起来。他果然是鄂伦春人的后裔,名叫白依图,早年他的祖先以猎野猪和驯鹿为营生,到了他这一辈,就只能捕点儿鱼了。白依图告诉我,他的家族中有三人死于棕熊之口,其中有一位是他的小姑奶奶。鄂伦春习俗讲究辈分,将父亲称阿玛,母亲叫额尼阿,姑奶奶则称祖姑母。当时的祖姑母还没成年,整天在森林里玩耍。她在采蘑菇回家的路上迷了路,被一头迎面走来的棕熊扑倒,一篮子野蘑菇撒在地上。族人们连她的尸体都没有去找,因为不可能找到。在森林里,这样的血腥事件随时都会发生,猎人一生的全部荣耀,是从捕杀动物的惨叫声中换来的,那是命与命的较量。

"那是一朵娇嫩的花儿呀。"白依图感慨他早夭的姑奶奶。我也跟着唏嘘了一番。

"大鱼越来越少了啊,时常忙活一天没捕几条鱼。"白依图的思维是跳跃式的,直接从一百年前拉回现实。

"现在鱼是少了,连下雪天也少了。"我附和道,顺便安慰他,"我听青岛的渔民们说,大海里的鱼都少多了呢!"我告诉白依图,我来自青岛,那是一座海滨城市——我是一名来白山体验生活的作家。

"而且,"白依图表情凝重,吸了吸鼻子,对我的话似乎没听见,也没对我这个外地人感觉好奇，"小鱼小虾就直接放生了，不值得捕捞。"我猜测，这口吻应该和朝着屯子里的人说话一样。

我们就这样前言不搭后语地唠着，一边把地笼子里的几条鱼倒出来。是几条鲫鱼，个头儿不算大。我试图劝他转型做点儿别的营生，比如去城里开一家餐馆。白依图似乎不为所动，嘴里咕哝了一句："晚了。"一边说着，一边从怀里掏出一把贼亮的尖刀，麻利地豁开一条鱼的肚子，霎时，鱼腥气向四周弥漫。

时隔不久，我听说白依图成亲了，找了个来白山打工的外乡姑娘。族人们依照鄂伦春民族的传统方式，给他办了个热热闹闹的婚礼。婚礼过后，白依图终于离开了绵延起伏的白山，一路向北，加入了乌苏里江的捕捞队。

芒草里藏着野兔的家

没想到，我向巴音老人说了第二天去草原上捉野兔的想法，竟然被一口回绝。巴音老人说："不如到水泡子去划船吧，桦木舟你没见过吧？"我摇摇头，突然间感觉和蔼的巴音老人有点儿古怪。

我急忙在脑海里翻检词条，找到"桦木舟"，浮现出某部外国渔猎纪录片，知道桦木舟长约两米，能载四五个人，由于吃水浅，因此可以顺利通过沼泽滩涂地带——我想起昨天，无意间在草原上发现一个大水泡子，四周长满了灌木，以柽柳为主，其余的都是芒草。

要命的是，水泡子那个清澈啊，清澈到不忍心用手去碰，害怕把一幅俄罗斯油画碰碎。这时候，如果将一只桦木舟放进去，无论游玩还是撒网捞鱼，都有点儿煞风景。在我看来，这么清澈的水在大地上太难找了，可惜水珠不能做成项链。

我知道从前不是这样。从前的乌拉盖草原，一到秋天就开始打猎，牧人们走出蒙古包，用枪瞄准鸟、狍子、狼、黄羊、野猪、白唇鹿等等，当然主要是野兔，因为野兔太多，比较好猎获。枪声四起，砰砰砰，砰砰砰，猎物扑通倒地，浓郁的火药味在宽阔的大草原上扩散。

节气进入九月，草开始变黄，繁殖了几个季节的野兔无处藏身，极容易暴露行踪。秋冬两季是野兔种群的灾难，眼瞅着它们像撒落在草原上的甜点，被天上的鹰叼走，被猎狗咬死，更多的被枪击中，变成了牧民们的下酒菜。

应该忏悔的是，我曾经品尝过野兔子肉。十几年前，我担任山东电视台纪录片《飞越齐鲁》的撰稿人，去东营黄河三角洲采访。那里有大片自然保护区，满眼尽是开花的芦苇荡。那天中午的招待饭，即上了一盆野兔子肉。见我下箸迟疑，站长急忙解释，说野兔泛滥成灾了，上级允许捕猎一些，以维持生态平衡云云。正因为有了这一通貌似合理的说辞，人们放下心大肆猎食野物，终于吃出了问题。

野兔胆子小，性情温和。平日里只吃青草，其肉质鲜美，散发着一股草味儿。老天在造物时偏心眼儿，把这个物种造出来，好像刻意供强悍者食用。但我知道，它们并不情愿。

"从前，每一株芒草下，都是野兔的家。"在去水泡子划船的路上，巴音老人对我说，"但现在你翻遍草原也难找到那么多野兔了。"到了秋天，许多草被割掉，堆在草场上变成一堆堆干草垛，很快招来黄鼠狼、狳猁、刺猬和野獾，但野兔像是成了精，愣是不进人类设下的各种圈套。

较之家兔，野兔的智商要高出数倍，堪称草原上的小精灵，生存危机意识甚重，好像生来就有。它们身体轻盈，动作敏捷，跑起来连猫科动物都撵不上。人类依照自己的游戏，将其编排讥讽，虚构出一个《龟兔赛跑》的故事。事实上，千百年来，野兔都对自然的天敌和人类保持高度警惕——在繁殖期，母兔和公兔分工明确，它们早早做窝，巧设伪装机关，在夜晚产下一窝兔崽，即便你一脚踩中了它们的洞穴，也很难发现这里埋藏的秘密，因为眼前的一切都天衣无缝，像一块完美的织锦。这时候，忙碌的公兔和母兔在洞外觅食回来，先是潜伏在洞穴四周观察，如果嗅到一股陌生的气味，它们会果断掉头离开洞穴，宁肯抛弃七八个嗷嗷待哺的兔崽，也要义无反顾地奔向远处——听起来很残酷，但这就是大自然坚硬似铁的法则。

巴音老人对我说，这不是最残酷的——草原上的湖水里有一种鱼，会在遇到危险逃生时为了减轻负担，将身体的一部分内脏抛给追赶的天敌，以此迷惑对手。然后，它会悄悄躲藏到安全的地方，经过一段时间疗伤，再长出一副新的内脏。

　　我听后大为震撼，自此知道，无论多弱小的动物，哪怕生命长度以分秒计算，也想多活一些时间。

大树来途

◎ 皮 皮

大树来途是一棵很老的大橡树，在西拉花园的东南角。

我们是西拉花园的住户，我们觉得西拉花园是我们的。但这棵老橡树好像是哈尔太太的，因为她给这棵橡树取了"来途"这个名字。哈尔太太是一个永远在行动中的人，她通过行动让我们知道并渐渐认可了大橡树叫"来途"。

西拉花园是一个没有花只有树的小花园，可以在地图上找到它的名字，但它没有汽车可以通行的道路。西拉花园是由我们的房子围起来的，有南北两个大门。在两个大门之间有两条稍微弯曲像括号的小路，有大人走过孩子跑过；有些骑车经过的人也下车，一边推车走一边欣赏西拉花园的安宁。花园中除了那棵老橡树来途，还有栎树、栗子树、榉树等等，围在它们周围的是低矮厚实的冬青树。

我们的房子是米色的五层建筑，两幢都是一样的颜色。它们的阳台要么朝东要么朝西，彼此对视，遥遥相望。这两幢楼建于二十世纪三十年代，第一批搬入的居民瓦格纳夫人还活着。她住在阳台朝东的三楼，是观看大橡树和总在橡树身边的哈尔太太的最佳位置。瓦格纳夫人喜欢那棵橡树，也许她小时候总爬到它的身上睡午觉。没人知道大橡树来途准确的树龄，它粗大的树身和繁茂的树冠，像一座温馨的树房子。

从对面阳台看去，眯眼晒太阳的瓦格纳太太就像一只慈祥的小鸟；从花园长椅上看去，坐在橡树树根上的哈尔太太，像一个可爱的疯子，在跟兔子说话；在哈尔太太的眼里，花园里四处蹦跳的兔子又像什么？低头的橡树看我们又像什么……

有一天,我照看过的一个小男孩儿查克把我对他说过的这些话,用他的童言转告给哈尔太太,哈尔太太便跑来敲我的门。

"楼上有一个老太太像鸟儿,橡树来途的树下有个老太太是疯子,花园里的兔子是朋友,房子里的大人是坏蛋!这是你教给孩子的?"

哈尔太太长得像一只成功减肥的长颈鹿,皮肤松弛的脖子看上去能折叠好几层。她脸上的眉梢是尖的,鼻尖更尖,最尖的是下巴。一张脸像几把匕首组合的漫画,但看到的人不敢笑,还会立即移开目光,担心迟一点儿会被划伤。

"你为什么要这样跟孩子说话?"

"我就是想启发他观察的兴趣。"

"哼!我看这么启发挺好。"她说着掏出一把橡子问我,"你吃这个吗?"

"没吃过。"

"我还以为你们都吃呢!"

"我们是谁?"

"中国人!"

"你不喜欢中国人?"

"我什么人都不喜欢!"

"你为什么给橡树取了来途这个名字?"

"因为我要把这个好名字从坏人那里救出来!"

"它是谁的名字?"

"它曾经是布莱希特一个什么女朋友的名字,我不喜欢他们!"

"你们过去不都是东德人吗?"

哈尔太太狠狠地瞪着我,她完全收到了我的反击。

"哼!人都一样,没好的!"

"要是跟大树比,我同意你的看法。"

我对着哈尔太太的背影补了一句,她停住,慢慢转身……我完全想不到接下来会发生什么。哈尔太太脸上的皮肤像开败的花朵再度松懈,皱纹落到原位时,一个迟缓的微笑隐隐地浮现。她也许好久没笑过了,滞缓生疏的微笑脱离了礼貌,无力而由衷……我忍住不让自己的感情外露,忍住不关门。哈尔太太随后潇洒地甩给我一个响指,轻快地转身离开。

哈尔太太总是形单影只,在橡树下一站就是很久。有人说她跟橡树说话;查克说,她也跟兔子说话,她懂兔子的心思。西拉花园有很多野兔,最多时达到两三百只。经过花园的大人小孩儿都很喜欢它们,总是停下脚步对兔子说几句欢喜的话。兔子蹦来蹦去,孩子们以为兔子听懂了他们的话,更加高兴,也更加兴奋,更加大声朝兔子喊。

"兔子不喜欢我们!更不喜欢有人跟它们大喊大叫,好像它们是聋子!"哈尔太太有时会故意扫他们的兴。

"你看它们蹦得更欢了,它们高兴。"

"只有人才不高兴呢!兔子本来就是高兴的。你要是不喊,它们更高兴!"

大人们总是息事宁人地把孩子领走,走出西拉花园后再小声告诉他们的孩子别理疯子。对此,估计兔子有另外的见解,作为欢快的动物,它们也许不太喜欢忧郁的哈尔太太,但肯定不会觉得她疯了。

一天下午,临近黄昏,哈尔太太背着一个白色布袋子,露出的部分显然是枪管。她在我的眼皮底下走到花园的长椅坐下,从袋子里拿出一杆猎枪,然后又拿出软布开始擦拭。这个时间经过花园的行人一般都是脚步匆匆抄近路的,一个骑车的男人扭头看摆弄枪支的哈尔太太差点儿摔下来。两个男孩儿像从天而降,我没看见他们是从哪个方向走过来的,他们已经坐到哈尔太太身旁。我下楼凑近他们的时候,哈尔太太已经允许他们抚摸她的枪,稍有些不耐烦地回答他们的提问,好像这些关于枪的常识每个男孩儿早就应该知道。

"伯莱塔,意大利的!"

"这是银的吗?"一个男孩儿抚摸着枪身上镂刻着小鸟的金属部分,枪托好看的木纹反射着夕阳的金光。

"有子弹吗？"提问的男孩儿没有得到上一个问题的回答，又提出第二个了。

"你妈给你做好的汤已经快凉了，宝贝儿，赶快回家吧。"哈尔太太调侃着男孩儿，男孩儿咕哝着说她妈不会做汤，他们家晚饭光吃面包和香肠。

"赶紧回家去！把座位让给这位女士。外国人优先！"

孩子们走了，我在哈尔太太身边坐下。我对她说，把枪拿到院子里就是让它们吹吹风吧。

"你自己先吹吹风吧！"

哈尔太太继续擦枪，她的话似乎说服了我。初夏的风迎面吹来，柔和地触碰我的皮肤，仿佛正在送来大树的轻声问候。风和缓地拂过脸庞，拂过耳旁……我闭上眼睛更深地去体会它们，完全忘记了哈尔太太的存在。这是同样的风吗？刚才我在阳台上抽烟感觉到的风和眼前掠过我的风，难道不是同样的风吗？为什么刚才我没接收到它们的轻柔！我好像被风一层层覆盖着，疲惫的生活、焦虑的思绪都被妥妥地覆盖了。我好像睡着了，更像醉在风中。

这是风刚刚给我的体会，我给了风什么？

我的时间、我的沉浸、我的臣服……也许这是第一次，我的意识和自然的交换。

哈尔太太触碰我的手臂，我才沉沉"醒"来。

橡树来途的树荫下，站着三个男人，哈尔太太正朝他们走过去。我跟了过去，扭头瞥一眼瓦格纳太太的方向。她果然坐在阳台上，身上披着一条暗红色的毛毯。她的邻居——一位我看着面熟却不知名字的中年妇女，站在她身边。

"你们为什么要驱赶这些兔子？"

"您有持枪证吗，女士？"

"你有驱逐令吗？"

"抱歉，我们是物业请来的，这里的兔子繁殖太快，会影响建筑安全，这里都是国家保护建筑，我们……"

"这些楼这么老了,塌了就塌了呗!"

"这很危险……"

"兔子太多了,就杀死它们;现在人也不少啊,你们怎么办?"

"您为什么带枪来?您想干什么呢?"

"我听说你们要放老鹰来吃兔子,我口袋里还有子弹呢!"

"我想您应该去看看您的医生。"

"他好得不能再好了,不用我去看他。"

…………

黄昏被夜色缓慢地涂抹掉,三个要消灭兔子的男人接着又和哈尔太太理论几句,我转而去看依旧欢快蹦跳的兔子,它们知道正在发生的事情吗?它们会因此忧虑吗?它们会感谢哈尔太太对它们的保护吗?我们各自散去,各回各家。我带着这些没有答案的问题回到家里,心情更加灰暗。我站在阳台上抽烟,哈尔太太二楼阳台上的小繁星灯点亮了。这些装饰小灯圣诞节前后会出现在很多人家的阳台上,但它们一年四季一直都在哈尔太太的阳台上。

我回到房间,关上阳台门,开始播放上我喜欢的那张肖邦钢琴奏鸣曲,快进到第四小节,然后调大音量……激昂的钢琴声刺激着我的血管,呆滞的鲜血开始奔流,仿佛一点点带回了我的生命。我知道马上就要听到敲墙的声音,假如我不理睬,三分钟后就是门铃连续的吼叫。随便吧,不计后果让我这样豪迈,听肖邦吧,像打麦子那样扬起他的痛苦,再落到我的脸上,落进我的血液。

直到音乐结束,没发生任何事。我待在静默中,在心里致歉,然后致谢。

几天后,西拉花园的草地上出现了五六个一尺高的稻草人,它们穿着鲜艳的衣服,一只手上绑着一根加长的火柴棍儿,那是点雪茄或者烟斗的专用火柴。一张 A4 纸打印的字条贴在橡树来途身上,上面写着:兔子快跑,他们要杀你们!经过的路人有的用手机拍照,幼儿园的孩子们隔着冬青树墙,招呼那些稻草人。他们说:"哈喽,你好,稻草人,你快过来……"

"哈喽,稻草人,你叫什么?"

"哈喽,稻草人,你好吗?你饿吗?我们要去坐公交车……"

不知道为什么,孩子们的这些话让我想哭……

我们似乎没发现有人对兔子做了什么,连哈尔太太也没发现任何蛛丝马迹,但我感觉兔子少了。我无法清点兔子的数量,因为原来我也不知道它们有多少。计算蹦蹦跳跳兔子们的快乐几乎是很难完成的事情,计算兔子的数量也同样不容易。我把自己的感觉压在心底,对哈尔太太,对橡树来途,对兔子,对查克,对谁都没说,好像也没对我自己说。

很喜欢雨中的西拉花园,人消遁在别处,园中的土壤平静地接着雨水,像一个无止境的胸怀,从容迎接着天上飘落下来的客人。大自然对我来说就像一个生活和谐的君子,像一个坦然而坦荡的榜样。冬天花园被雪覆盖时,是另一种无须言说的安然、纯净、博大。秋天遍地落叶的伤感,经年累月与我内心的忧伤共鸣着,这也许是我喜欢秋天的原因。可我也为春天拱出土壤的小苗欣喜,希望和绝望一直煎熬着我,像煎一块古老的牛排。在西拉花园的阳台上,春夏秋冬更迭的景象变成了我思索的课表,从树到土地,高度在降低,境界却在提升。

一个烈日炎炎的午后,西照的日头把阳台的墙体晒得滚烫,我把被子搭到阳台上晒。好久没晒被子了。小时候,天气好的秋日里,妈妈总要晒被子,盖那样的被子就会睡得很香甜。我把被子搭在阳台上还没到三刻钟,哈尔太太就站到我的门前。她对我的热情邀请一点儿反应没有,冷冷地说:"你应该把你的被子放到它应该在的地方!"

"那是哪里呢?"我想开开玩笑缓解一下紧张的气氛,但哈尔太太并不买账。

"在德国,被子永远在床上,而不是在大家都能看到的阳台上。"

"多可惜啊,那你们就无法享受晒进被子的太阳的味道。"

"你觉得我们德国人躺在太阳里,是为了闻熏肉的味道?"

"说得对!我忘了你们的日光浴。我马上收回我刚才的话,你们的方法更直接,直接晒肉!"

"你收回去之前,可以敲打敲打。"

"哈哈哈,好! 同时我也敲敲自己的脑袋。"

"瓦格纳太太快要过九十九岁生日了。"

哈尔太太说完这句话,我们彼此对望了一眼,之后她离开了。此番对话留在我心里的感觉之后偶尔还会浮现,随着时间的推移,韵味起起伏伏,人与人的相同和不同总还是相通的。

一个晚秋的下午,我拿着一本书坐在橡树来途的树根上睡着了。哈尔太太经过时向我打了一个响亮的招呼惊醒了我。她微笑地看着我,微笑里有些许嘲弄,好像我坐在了不该坐的地方。我对哈尔太太还以微笑,她转身离开。我看着她的背影,看见她走到楼门前被站在门口的布兹先生拦住了。

布兹先生把半罐头瓶的烟蒂递向哈尔太太。哈尔太太看着一动不动。

"你什么意思? 你为什么把烟头儿放到我家门口?"布兹先生很严厉地责问。

"你要是不把烟蒂弹到灌木丛里,我也不会把它们放到你家门口。你不知道烟蒂秋天很容易引发火灾吗?"哈尔太太更加严厉地指责。

"我还从没听说熄灭的烟蒂能引起火灾! 你管好自己的事情之前,没资格管别人的事!"

哈尔太太和布兹先生的争吵惊动了周围的人。布兹太太把自己的丈夫拉回家,结束了这次争吵。最后,住在一楼的布兹太太打开窗户对哈尔太太说:"从灌木丛里拣出来二十七个烟头儿,你真了不起! 你要是把这个劲头儿用到别的方面,说不定能成大人物呢!"

哈尔太太反常地沉默着,她看着布兹太太"砰砰"关窗,站在原地。当我走到她身边时,听见布兹太太大声对她丈夫说,哈尔太太应该找个丈夫。女人没有丈夫容易变疯。我护送哈尔太太走进她的楼门,她既没谢我也没说别的话。

"你做的事情很快就会见到结果——布兹先生肯定不会再弹烟头了!"

在那以后,布兹先生窗前的灌木丛里再也没有发现过烟蒂。但是哈尔太太的情绪并没因此更加稳定。不久她又与修剪树木的外籍工人吵起来了。她认为他们修剪树墙和灌木丛的次数太频繁，而且每次修剪得太狠，这对植物没好处。外籍工人有很多来自东欧，他们的德语水平不高，但男子汉性格彰显，完全没受到所谓文化的软化。面对一个女人的指责，他们懒得去辨别对错，仅用蔑视打发。

"我们是按照规定做的。"

哈尔太太并没因此停止她的指责，她继续用语速很快的德语对那些很可能没听懂的工人说着。这时一个中年男人走近哈尔太太，像抱起一团棉花一样抱起瘦削的哈尔太太，把她放到西拉花园的北门外。我看见对面阳台上瓦格纳太太哈哈大笑，对那些男人竖起大拇指。受到鼓励的男人们也哈哈大笑起来，回头继续修剪灌木丛。过了一刻钟，在轰鸣的机器声中，警察和哈尔太太回到了西拉花园。警察站在那个男人和哈尔太太中间，分别对他们说了什么，然后离开了。哈尔太太没有回家，再次从北门走出去……

有时候，在一个地方住久了，最后能记住的是年头儿……我在错误大街住了八年，我在马丁路德大街住了三十三年……但我记不住这些年的春夏秋冬，除非发生了令人难忘的事情。我搬离西拉花园前三年的那个秋天，有我无法从记忆中抹去的一段记忆：因为我的母亲去世了。我一个人回到德国后发现，我最想倾诉的对象是西拉花园和大橡树来途。一个午夜，我穿着厚厚的羽绒大衣，再次坐到橡树来途的脚下，看着月光下安静的兔子。

月光异常的柔和，像一张透明的脸俯视着我们。我没有看见但似乎感觉到了月亮的笑意。兔子安静地蹲在不远处，左右看看，顺便也看看我；有的兔子偶尔蹦跳一下，又静静地蹲在开始泛黄的枯草上。我靠着来途，任凭眼泪默默流，心里却十分平静。夜里土地的味道很浓，那味道似乎有安神的作用。我擦干眼泪，感觉天穹在向我们弯拢……兔子，隐在某处的鸟们，我能叫出名字的北斗七星，还有另外一些我不认识的星星，我们共同拥有了一个存在。花园小路上幽暗的灯光默默地亮着，像在沉睡，又像等待。我被夜深深地融化了，我的痛苦连同我的存在全部消遁到我的感觉之外。在那个亲切的夜里，睡意一点一点地覆盖了我，像母亲为我盖上一床被子。我挣扎着不睡,担心兔子会啃我的脚踝,把它当成一个树根吃掉……

我就那样安然地仰望着碧蓝的夜空,星星闪烁变幻,既像在原地又像在移动,仿佛向我展示着永恒的景象。我把一只手搭到大树来途的身上,闭上眼睛想象自己正在沉入大树的根茎和土壤。大树来途的每个根须都像一条美丽的岔路,吸引着沉醉的灵魂去发现……在大树来途的怀抱里,天地仿佛缩成一个可以安身的家园。世间万物,充满万物的世间,淹没了我的悲痛。在树下,在天上,我仿佛看到无数条与母亲相遇的路径。

我把耳朵贴近树干,想象中似乎听见了大树里面的暗涌,它的汁液亦如我的血液,它的静默亦如我的哀怨,它的安住照见了我的不在……在午夜青蓝透彻的清冷中,我满心羞愧,理解了哈尔太太对大树来途的钟情。我站起来,与来途面对面站着,我好像看见了它的微笑,感到了它的抚慰,它的高远和低回……大树来途让我又一次泪流满面。

羞愧,宛如一味方剂。

瓦格纳太太九十九岁生日那天,我带着一束雪白的玫瑰和一盒精美的比利时巧克力参加了她的生日聚会。她的两居室整洁而空旷,只有一般德国家庭三分之一的家具。到场的人并不都是彼此相识的,他们的脸上挂着持久不衰的微笑。大家手里都端着一个小盘子,小小的香槟酒杯放在盘子上。我只给自己倒了一杯香槟,走向坐在沙发上的瓦格纳太太。我向她介绍了自己,她边听边摇头。她说,我不用介绍自己,我们都是大橡树的朋友。

"哈尔太太好吗?"瓦格纳太太用调皮的语调问我。

"她很好,有大树照看她。"

"你说得对,她也是大橡树的朋友。"

"你知道大橡树叫来途吗?"

"它不叫来途!"

"它叫丽莎。"

"哈哈哈,大树丽莎!"

瓦格纳太太由衷地笑了,她示意我凑近她。她在我耳边说:"我每天都等着丽莎把我带到它家去,我早就准备好了。"

一周后,瓦格纳太太在睡梦中走进了橡树丽莎的家。哈尔太太和我参加了她的葬礼,因为我们没有被邀请,墓园的安葬仪式结束后,我们就离开瓦格纳太太的家人回到西拉花园。哈尔太太从包里拿出两瓶小香槟,我们靠着大树来途一边喝一边聊着。

哈尔太太问我,中国是怎样的国家,中国人是怎样的人。我打趣说,所有人都一样吧,就像所有的大树都一样。一半优点,一半缺点。

"大树没有缺点!"

我们碰碰酒瓶,为大树干杯。为没有缺点的大树来途、丽莎干杯!

之后哈尔太太要去购物,我一个人走到西拉花园外面的大花园,沿着种满鲜花的小径,迎着阳光向西走去。当我把一个滚近的皮球扔给那个男孩儿时,心里无比坚信——在这偌大的世界中,有无数看不见的线,把一切连接起来。大树和西拉花园的太太们,我和故去的母亲,北斗七星和喜马拉雅山上的积雪,太平洋的巨浪和落基山脉的岩石⋯⋯还有那些即将相识的人们,还有那些正在走向崭新自己的灵魂!

于是,我在心里十分郑重地给大橡树取了与我有关的名字——大橡树皮皮。

耕织记

◎ 王建中

耕

　　春风拂过脸庞时，春光也袭上了茅屋，青鸠急切地呼唤着雨水的洗涤，耕牛犁田时长长的哞声唤醒了沉睡的村落，鸡一声狗一声，乡村的早晨次第展开。田里的人们都忙碌起来，老人扶着手杖再次出现在田头，年轻人都争先恐后地向老人讨教着种田的经验，一时间老人还有些应接不暇。等到太阳升得很高时，田野上似乎蒸腾着袅袅的青烟，仿佛能听得见种子发芽时所发出的热烈的轰响，阳光在草木上行走时留下了青青的径脉。休憩的人群围着老人，年景丰歉、物候田产、深耕细作，这些都成了他们争相谈论的话题。正逢花朝节，花儿事不关己的样子，惹恼了性急的村姑，她们把红红绿绿的彩条系满了枝头，"悬春"也就完成了。名义上是打扮花儿草儿，其实打扮的是她们的心情。穿过田埂上弯曲的小路，那些放纸鸢的孩童，也闹闹嚷嚷挤到她们中间。着彩的纸鸢飘过薄烟淡雾的枝头时，与那些花花绿绿的彩条，一同将田圃上的春天点燃了。春天像一挂爆竹，阳光噼噼啪啪的声响一路撵过来。远远望过去，耕牛歇在塘边的田埂上，正悠闲地吃着草，牧童则用柳条将一池白云搅乱了。几个浣纱的少妇从田埂上走过时，古老的歌谣响起，整个大地清亮而多彩。此时，草木疏朗，一头小青驴驮着一顶斗笠远去了。田园的尽头，一棵高大的皂角树，如同一个放大的毛笔字。遥望三十里明亮的乡间，雨季正沿着田畴上每一条青草茂盛的野径如期来临……

耖

　　春风欲上时，和煦的阳光暖暖照了过来，一畦归拢，百亩收耕，整理好秒把时,耕牛也歇好了。平畴沃野,耕牛蓄了一个冬天的力气就要爆发了。跨过一片水塘时,牛蹄溅落的泥水,将一畦塘色激活了。此刻,田野上蝶舞花影,刚刚从南方归来的燕子正忙着衔泥筑巢,野蜂也追逐着渐渐浓郁的草香聚拢过来,黄鹂低回在烟柳葱茏的长堤上。村里的狗莫名其妙地忽然散开,惊得一地鼹鼠四散奔逃。田里的农人甚至没有工夫去擦一把落下来的汗。四野回声,众妙毕集,各舒灵趣,是谁在演奏这大自然的交响?是谁又在指挥这春天的绝唱? 秒时少闲人,耙间无歇刻,农人们去喝水时,顺便会观观天象。草偎花岸,清明天色,好风好雨,好儿好女,便不多想,忙碌自是忙碌,过了秒闲之时,仿佛一个仪式结束了,而又一个仪式也开始了。往事如烟,一个个仪式如同飘散的烟缕,而日子却是一个接着一个,并不曾结束。蚕妇也并不清闲,谷雨打头时,蚕子也抬头,桑叶正奋力展开浓绿的叶子。采桑的忙碌并没有掩住期春的脚步,总有一些蚕女蚕妇踏着田埂找寻过来。一地白水,半塘白云。蚕月里的耕牛很乏,会和农人一同"睡蚕",这时塘里的浮萍就会是他们最好的歇处。鱼儿被他们惊扰了,一池塘水也便纷纷攘攘起来。

插秧

　　节令正当芒种,是农家插秧的忙期。不一会儿,插下的秧苗分出整整齐齐的行列,伫立远望,只见一片茂盛的景象。听到歌声响起,大家齐心合力干活儿。听到鼓声前,田里已插满了秧苗。秧鼓鸣春,是很久的风俗了。将一地的秧苗拾掇净了,男人也没看女人,冷不丁就抛来一缕秧苗,女人仿佛身后长了眼睛,款款接了。长子拔秧仲子插,一家人全在田里。田翁戴斗笠,着蓑衣,雨水从头上一直滑落到肩胛,头发被雨淋湿了。小女儿走得款款的,来唤田翁吃早茶。田翁热情地邀请耕农们到家中,耕农礼貌地婉谢了。晨雨如油,抢种忙了一个早上,已接近尾声了。雨似乎没有要停的样子,大家都歇下来,谁也没顾上说话,便风卷残云般将一瓦罐饭囫囵吞枣倒进肚里。秧苗终还是有一些没有入田。下落到田里的秧苗根并未扎牢,还需加固,以防鹅和鸭子忽然闯进来。雨使树丛下的花更红了,像一簇火。田畴上桃红柳绿,春满枝头,花儿像是岁月中的第一道布景。往年总有些人从远处聚集到这里,依山傍水居住些日子,饮酒、喝茶、谈论,甚至作画倾酒、赋诗唱和。屋舍安安静静、整整齐齐,桃花汹涌之时,总有人三三两两地来此聚拢,以诗接续,全然不顾村人的惊愕。有时,也会有人偶尔走下田埂,甚至下到塘田,兴之所至,插上几秧,也总是惹来邻田人们的奚落,然后蹭一裤管烂泥、两手污水地上岸。插秧的日子也是看花的日子,成群结队的姑娘会将田园装扮成一幅画。画里画外浸染了春风春色,竟然不敌她们的春光春意,难怪农人们看着她们有时连秧都忘了插。

登场

阳光储存在稻穗里,清香弥漫在天地间,四野田畴,香动衣襟。百里秋风中,村村纳新谷,户户扬新稻,十里相庆,开轩面场,鼓腹歌讴。新酿的米酒开启了,酒香浸入稻香,稻香笼了酒香。乡场上,祭神的锣鼓提前敲响。禾院里,稻谷堆积如山,若落地的白云。碌碡如流莺飞转,清气环绕,连牵动它的骒马都瘦了。新积的草垛箍在村舍周围,层层排开,叠叠推远,稚儿惹闲忙,只恼无情人。板桥渡泉声,茅檐日午时,鸡鸣狗吠,炊烟袅袅。焙茶的烟暗下来,天晴晒谷,枷落镰收。植谷入醇时,呼儿唤女。斜阳压山,霞表天域,待老牛归栏时,犄角绾了红花,长长的影子投在田埂上……而桑事还尚在繁复中,蚕妇蚕姑多在登场时就备足了蚕食,择尽良莠,这些并非易事。舍南舍北皆秋水茫茫,但见群鸦日日来觅,野径上亦有食犬闲过。蓬门新启,始为仓储。樽酒轩窗,旧醅新食,盘飧村廓,蓬荜生辉,余味犹甘。又挽来田翁,携来稚子,对影成行;饮罢秋风,再宴霜声。连枷动碌碡,篱外夕阳,栅上霞光,采一缕秋云,剪一簇新韭,西山望白尘,东岭闻马嘶,窗含秋水,门盈巷阙。一日尝新,金盘玉筋,易稻易粱,转蓬而去。新风正起,旧俗又兴,白云悠悠,许多年就这样过来了。

春碓

霜降寒日,满地霜声中,枷声碓声连成一片。户户春杵驰臼、白米盈筐时,杵槌也生了香气。邻家小女稚声稚气的田歌,惹来一片和声。遍地菽麦,满村黍稷,柴门小院中,尽是捣练声。邻里相催,宰鸡备酒,频告家翁,祀谢祭神丝毫不曾懈怠。一臼一臼的新米,装入箩筐,罗裙染了米尘,眉宇染浸雪粉,数日沉杵,只得片刻偷闲,晴川对酒,烟绵秋黄,曲岸翠暮中,已然黄昏。春声再起时,篝火阑珊,碓舂的日子再欣慰不过了。便歌,便舞,便酒,载酒行邻舍,开碓酬千里,看扬花落尽,听子规盈溪,将心寄予明月,随风云流泉漫开。花开又一年,又是碓声来。望过几回月后,持一瓢酒,慰过风雨,便是第一声碓响了。待到秋风落成堆时,黄叶满空山,遍寻行迹不见,知是秋风归路,秋雨衍霜,便摇碓摧鞭。云水相依,全是斗米车谷,稻粱之间,换了人间。再看时,舂杵吞了樵路,碓臼碎了药岚,春催十万师,秋蓄千万将,一年辛苦,十年修成。日暮时分,河山霞翠,遍地碓声,声声不衰。不为富,不为贵,心教人宜,落了夕阳。

筛

芳树无人,只一路鸟鸣。千谨慎万小心,筛眼还是漏了,换筛底时,才得一刻偷闲,腕酸臂疲都没工夫喊痛。秕糠眯眼,反反复复,终还是肿了起来。嘉谷登筛,备下的箩筐还是不足,呼邻唤舍,才知家家如此。年歉时,场空箩歇,仓闲斗矮,愁上添愁,一筹莫展。总是嫌筛眼粗陋,连秕糠都不忍弃掉,梁上空巢,檐下倾筐,尽管节衣缩食,仍时有所阻,岁有所迫,年关难度。好在丰歉相衡,路有所直,亦有所折。一天好风时,半日说丰年,足矣!偏偏东风期雨,稠稼厚穑,便不寻常。筛过明月,也筛过清风,筛过良莠,也筛过轻重。不问前路谷稻多少,只问春时占雨几何。仓压城闉,草树知勤,芳菲晓勉,一摇一妆,一开一合,漫天作雪飞,簸扬也不过如此。渐渐漏声袭上来,轻云惹了月光,秋逼春床,昼夜遍响,春衣秋衣寒衣衣衣溅雪,四海无闲田,秋收万颗子。秋来处处无荒园,鸟宿池边,桥分野色,丰收的日子里,泉散漫地,深阶绕流,用不了多久,水晶帘下看梳头,闲读道书的村姑就会多了起来。

捉绩

　　绩女载绩是件很辛苦的事。八月秋高,也正是风稠雨浓的时候,碧叶连天,正弥张开来,连走夜的鸟儿也渐渐湮没了声影。新蚕上蔟,箔莹似玉,忙忙碌碌,理不清是昼还是夜。有时,姑嫂妯娌连称谓也顾不上唤,只是在灯影里擦肩而过时,才算看清了彼此。就这样夜以继日,还是忙得不可开交。一年里最辛劳的时光,也在火香的剥落声中随着瓦盆颜色的深浅而消逝了。入夜,有微茫的星光,在屋檐上摇曳了许久,似乎这样的夜晚就是为这些绩女而来临。架上的裸丝越来越少,手上似乎升起了月光。无尽的长夜,就这样被她们的双手推到了尽头。有时也偶尔能听到隔窗传来的风雨声,便不多想,岁月亦复。举手理过花钿,丝缲又落了,复转寻来锦梭,长梭又低,帛丝绵长,匝匝行处,全是罗衣罗织,机杼声声,勤教细雨传神。不知帛尺寸,却容许多暖。织架上昨夜起了春风,遥忆去年绫罗开泰,枕上片时春梦,一盛释倦。行尽杼梭缫槸,何止千里万里,绫罗縈日,绸缎飐风,梭架上岁月弥深。蚕郎欲语还羞,蚕姑玉碧终日,小家春秋,日月大事,朝朝暮暮,斜阳解了。寝食无序,连哺乳的乳儿也冷落了。堂前仆地,堂后捕丝,便插机杼,织缘勤苦,诉过新丝长到螣,求取帛绡盈满身。欢乐其实是很短暂的,劳动才是永恒的。

采桑

　　一犁青雨,垄就湿了。花还没有艳起来,村上只淡淡地蕴了一片薄雾,漫一地青烟,漫天岚气。阡环陌绕,只闻得窸窸窣窣的脚步声,翩翩纤影,素手调绿,弄乱了一林好风。却是软语娇声,蚕姑性急,蚕妇持重,蚕娘则轻轻巧巧,驾轻就熟。一树桑叶,落到她手中,犹如丝线落到了绣架上,只半天工夫,桑叶便筐盈箩满,便唤家中父兄,尽收其家。蚕姑则擎起竹竿,做劲发之状,却是虚惊,但手也似乎并不轻,桑葚雨点一般落下,自然撑涨了树下孩童的肚子。唇上一片桑红,脸蛋自不必说,便是衣上也杂了各色,手是最笼统不过,一双小手,七八色,半掌桑葚,满背桑渍,连两只眼睛都染了桑葚之色,衣上的兜儿叉儿,都鼓满了。衣袖当袋,裤管充斗,都成了盛放的好物什。天色微茫时,采桑的人群就已经星星点点消失在桑林了。雨水充足,桑叶吸足了雨露,叶片阔大而丰满。大筐小筐均装满了,太阳升高时,采早桑的人家,桑叶将狭窄的巷陌塞得满满的。采桑时分,人们从百条巷陌拢来,集聚向一片丛林。这个时候,也是一年中乡间少有的喧闹之时,人们嘘寒问暖,其乐融融。采桑成了一件轻松而快乐的事情。

上蔟

刚刚收过麦子的田野上,曙色涂了一地,院子四周都架满了浴蚕时留下的笺筐。桑树正茂盛着,桑葚也正紫得醉人,几个孩童在桑树间穿梭,桑葚将他们的脸蛋都涂紫了。有时他们会钻到大人的腿中间,正忙着放蚕蔟的大人只好将他们拱出来,顺势还不忘拢上一脚。麦子还没有来得及入仓,正堆放在远处的麦场上。去年的麦秸草垛还很新鲜,弥漫着清香的新粟麦秸又堆在了旁边。就连麦秸草帽里也盛满了白白胖胖的蚕儿,蚕丝吐得黏黏稠稠,很多蚕已结起了茧子。院落、墙头,几乎所有能盛放蚕蔟的地方都被占去了,有时被跑来跑去的顽童带翻一个,满地的蚕茧轻轻蠕动着,正是一年中浴蚕的大好时节,蚕农们脸上洋溢着醉人的微笑。这个景象,唐代诗人王建一定是看到过的,于是就写下了这样的诗句:"麦收蚕上蔟,衣食应丰足。"一同丰足的,还有桑农。桑农在入蔟时便建好了桑梯,桑筐、桑匣一应俱全。桑事渐忙时,桑农们最拿手的绝活儿,便是分蔟而上,一挥而就。蚕妇此时尚未显出身手,蚕姑则一派轻松,只是随了蚕妇拣拣挑挑,一天下来,能捡不少的蝉羽。蚕茧入药,蚕妇拢了,多半会在上蔟前将蚕子送到药铺去。一床好蚕,一笺好丝,一袭好帛,都是蚕妇的心血,上蔟的功夫,有时并不外传,便显得有些神秘。蚕妇上蔟,会拣一个好时辰,一日之内,也就一两个时辰。这个时候,蚕妇净过手后,上蔟也就开始了,蚕子蓬蓬勃勃地落了一架。

纬

乳燕入巢,新竹已成。初笋欲上,只是,时日不待,织妇缫丝,正当其时。田里一片萧索,无人无牛,犁亦不及,耕时持刀斫地翻泥作浪的田畴,枯草随风。织妇年老,蚕妇新娇,长兄未娶,次女未迎。绾巾掩面,以梭为刀与牛同耕样,纺车织梭如同野田,姊妹相偕,梭梭同织,不见路人,只见尘丝。东邻西舍,田畴相守,篱落互倚。畦垄舒浚,沟塍待雨,织声相闻,缫影相随,便是日常生活。寒云暮雪,青川卷风,纬织经抱,轻烟拢尽丝线,檐前数片秋蝉,纸窗亦明一夜,只是机杼频发四五声,晚来云起,秋山又几重。晨晓寝衣冷,开帷霜露凝,夜声吹尽架上秋风,浴蚕时的暮色还没有完全从脸上消退,成茧时的曙色已渐渐涌了上来。几乎所有的人家都在嗡嗡的纺车声中,摇落了星光,牵来了朝色。篱边的新草已漫上了台阶,纬车的声音盈耳不绝。当纬车缓慢而沉重地从时光里转过时,不觉把日子也牵长了。浣纱的女子从田垄上归来时,斜阳正落在屋檐上,纬车只是不停地转动着,丝丝理到头。灯火绰绰,日复一日,荆布素衣,粗茶淡饭,而日子却始终像这转动的纬轮,尽管周而复始,却日积月累。就在这机杼声中,爷娘安岁,稚孺成祺,岁月静好。

经

缯架上的丝纬垂下来,一地月光也垂下来,东风欲谢,蚕火绵长。织妇移灯换榍时,长夜已走到了尽头,清亮的早晨聚拢来盈盈朝气。一窗曙色洇染开来,月下西楼,朝鼓闻声,矗天霞光,缘庭中的花径遮过蚕房,城堞疏影迤逦而至。明墙高倚,暗檐互现。织妇绣鞋净袜,素面朝天。机杼岁月,织架春秋,未曾消去楚楚风采,依旧是风姿绰约,面靥上浓浓淡淡,春鬓入黛,一派婉约。以经缯帛,织纬成缫,时光的下面深埋着蚕妇的甘苦、织女的勤勉。只看看梭杼上的长丝绵延无尽,便知岁月的艰深。织娘的颊上升上一抹红霞,汗晕了脸,裙裾曳带。轻解罗衣时,娇态百媚,却了蛾眉,落了婵娟,已然见了朝阳。小姑、妯娌这时转过一架藤萝,朝色润了脸颊,罗裙素裹,鬓上缀了一朵野花,款款续杼来了。理过一地杂缫,细细密密的牵丝,匀匀楚楚叠架成桁,是女红最见精细的劳作。灯影下这细细的丝线,与织娘的青丝形成鲜明的对比。往往复复的机杼声里,青丝落雪,罗纨成衣。锦、绣、绫、罗、绸、缎、绢,均由这丝线织成。沾衣皂吏、引车卖浆者众,也全由这织、经、纬所交织成的冠带、鞋履、裙袜、罗衣,丝丝缕缕,入情入心,方才构成这斑斓的世界。牵动这经丝的手,也便是推动世界的最伟大的力量。

剪帛

　　案阔三尺,眉浅黛月,缝妇行刻,理帛为轻,妆帛为重。一把剪刀,百尺长帛,游子身上衣,慈母手中线。立春分雪时,就想着桃花三月的衣帛。剪花样时,便念着成衣的款色。新蚕下蔟,就挑好了蚕蔟,至缫丝成帛时,连妆样也胸有成竹了。祀谢、祭神、炙草、秧碓集市时,早已将各色各款的衣物看了个遍,连衣襟、冠带、袖口、领边饰线的深浅、图形的起伏、掬边的花色都选好了。明月不知心里事,秋天里忙场忙仓,手上稻粱,掌中棉线,眼底却全是一家人的衣帛款式与宽瘦。刻妇的剪刀,十个月里,一直在心底游弋,剪过无数遍了。丝、经、纬、织,所成的锦帛,施刀而下,不说力重千钧,也是一蹊成径。蚕妇手中丝,织妇手中帛,从春到秋,并非一蹴而就,万缕千丝,心暖万重山,情越千家阙。方寸之间,一剪为天,一剪为地,厚德载物。所为帛,普天下之暖也。量世道之尺寸、人心之长短、风俗之淳厚,其实都在这方寸之间,岂敢大意。以善为尺,敢量法度;以美为规,敢裁天下。一把剪刀行进的路线,是春夏秋冬,半尺素帛装扮的是风花雪月。谁说织妇不成吟,剪刀是笔,线行是诗。次岁,葱茏的日子又会跨过冬的门槛,接踵而至。深深浅浅的岁月,开出浓浓淡淡的花朵,沿着时间的脉络,春天已灿烂一片。楼头艳霞,檐下明霓,全又会落到她的手中,妍成锦绣。

陪花再坐一会儿

◎ 周华诚

风：十里有多长

　　春风和煦，遂想起一个叫芭蕉尾的地方。芭蕉尾，这名字多好啊，诗意，清凉。芭蕉尾是一条长长的山谷，有二十多里长，中间一条清清的溪流，溪流边多的是这一丛那一丛的芭蕉。

　　芭蕉是古典的植物，生长在唐诗宋词中。李清照写："窗前谁种芭蕉树，阴满中庭。阴满中庭，叶叶心心舒卷有余情。"吴文英《唐多令》："何处合成愁？离人心上秋。纵芭蕉，不雨也飕飕。"读这样的句子，就不由让人想在屋后头种几株芭蕉。

　　芭蕉还生长在丝竹乐中，广东有《雨打芭蕉》，弦上的雨声淅沥活泼。日本有个人，俳句写得好，被人称作"俳圣"，他就是松尾芭蕉，这名字里有芭蕉，也有禅意。以前，我一直想买他的书，可怎么也找不到。后来买到一本《奥州小道》。这几年，松尾芭蕉的书已经很多了。

　　在那条叫作芭蕉尾的山谷里，"芭蕉尾""双溪口"这样的小地名，还有二三十个，一个一个罗列下来，就是一首词了。芭蕉尾人家不多，只有一百来户，零零散散，隐在山谷中。山谷深处，有一面石壁绝立，如武侠小说中所写"绝情谷"，崖上野百合丛生。上次去时，村里当了三十七年会计的老何陪我，说这绝壁中有仙草，如"滴水珠"，是治蛇伤的良药；"金丝葫芦"，小孩儿发热不适，服之即愈。传言，华佗曾来此采药，所以这石壁所处之地，就被叫作"华佗坞"。

　　芭蕉的好处，除了身姿和意境美，也实用。芭蕉的根系繁盛发达，一丛芭蕉扎在溪边，就像一个水泥墩。山洪冲下来，推着数百斤重的巨石轰隆隆滚过,可绿绿的芭蕉还在;雨后青山如洗,芭蕉叶绿得很纯净。

芭蕉尾那个地方,山高谷深,又有小气候,山里比山外的气温要低四五摄氏度。夏天,城里人进山去,吃野菜、睡竹床,梦里都是雨打芭蕉声。

我上次去芭蕉尾,应该还是在二十年前——时光真是一座深渊呀,红了樱桃,绿了芭蕉,人掉下去,一下子老了。后来我一直没有去过芭蕉尾。有一次,我写下一篇短文《芭蕉尾》,刊发在二〇〇七年九月三日《杭州日报》副刊上。谁能想到,又三四年后,我会去那个报馆上班,干的就是副刊编辑的工作。又五六年后,我离开了报馆。芭蕉尾的芭蕉应该还是那样绿的吧?

二禾君,此外我想告诉你的是,在芭蕉尾山谷的外边,有一条江,浩荡且温柔,叫作常山江。关于这条江的故事,我也总是会想起沈从文笔下的边城,想起流经凤凰古城的那条沱江。

——好美的凤凰古城啊!我在沱江畔漫步的时候就曾这么感叹。常山江,也是这么一条江,只是,没有沈从文,没有秀秀。

这么一条江上,从前也是有来来往往的人,放排的、运盐的、贩卖竹炭和做小生意的,当然还有做官的、写诗的,总之是一条忙碌的江。从安徽歙县、江西婺源,到杭州、上海、苏州,这是一条交通要道,形形色色,三教九流,都在这一条水路上往返,晨夕之间,川流不息。于是,唐诗宋词,也在这条路上川流不息。江面上,当然还有打鱼的人。渔家在薄雾之间隐现江上,辛苦操持着生活。以至于现在,我到那一段江岸上去,就会想起那里的鱼馆与江鲜,真是好吃。

那里有风——说了这么久,终于说到风了——古书上写的是"石门佳气"。《常山县志》记:"石门山巅有窍,每旦云出,东驰则雨,西行则晴,葱葱郁郁,其间大有佳处。"石门佳气,还是常山的古十景之一。那么,这佳气到底是一股什么气呢?我常常在那里琢磨,是不是一种烟岚,长久地停留在某个村庄的上空?佳气似有似无,远观为宜,其飘飘然上升,把山色的秀美与天空的壮丽连在一起,使人望之也飘飘欲仙。当地人还说,望石门佳气亦可预报天气,如此气飘得又高又远,则是晴天;若是雾气沉沉,久也升不上去,大概率第二天是要下雨——据说十分灵验。

这里说的是"气"，其实也跟"水"有关。不管是风气，还是风水，都得有风有水才行。有时候风是静止的，那股气就聚在那里，悬停甚久，如一只鸟栖在山巅。或有时候，风是流动的，从这座山头流向另一座山头，那股气，便也是流淌起来了，很丝滑的样子，或是把佳气扯成长长的线条，一直贯穿在半边天空。

我们说看见风的时候，其实看见的不是风，而是风中的旗帜在呼啦啦地响着。我们看见风中的旗帜在呼啦啦响着的时候，听见的也不是旗帜在响，而是自己的心，在风中呼啦啦地响着。风，就是这样一种奇妙的事物。

譬如说，就在芭蕉尾不远的常山江上，有一个地方，或者说是一种景致，叫作"十里长风"。这个名字就太好了——风是什么样子？是长的。有多长？十里长。

好地方啊，我以前每到十里长风去，就有一种畅快的感受，想到书上说的："暮春者，春服既成，冠者五六人，童子六七人，浴乎沂，风乎舞雩，咏而归。"暮春时候，我们回到乡下插秧，把自己也像秧苗一样插在泥土之中。插秧之后，我们在十里长风中吃饭饮酒，晚间在一座屋子中点亮烛光，众人读诗，诗句长长短短，烛光摇摇曳曳，仿佛有风从遥远的地方吹来，至少是十里长风，或是百里长风。十里是多长，百里又有多长？

我想起，在那样缠绵的春夜里，那样浩荡的春风里，会而饮，咏而归。

花：陪花再坐一会儿

柚花开的时候啊，二禾君，如果有空，你可以来找我。在我的家乡，有两种花是非常美的，其一便是柚花。胡柚是一种好水果，世人知之甚少；胡柚花的香是一种好闻的香，世人知之更少。日本人喜欢樱花，樱花易逝，人在樱花树下坐着，风吹来，瓣瓣樱花随风飘逝，使人觉得一切美好的东西都不容易抓住，心中充满惆怅。时有惆怅，倒真不是什么坏事。把每一件事都当作珍贵的最后一次，就会心生郑重。就说赏樱这样的雅事吧，一年只有一次，一次只有六七天，都市里的人，这一周错过了，吹一阵风，落一场雨，下个周末便无缘得见美丽花颜，再等又要一年，使人忧伤，徒叹奈何。

我由柚花想到樱花，并没有什么缘由，只觉得柚花开时，人也应当坐在胡柚树下赏一赏它。晚春的时候，我若出差回家，从高速公路路口出来，打开车窗，便有一阵阵幽香飘进鼻腔，真的太好闻了。每一个春天，都能这样闻见一回柚花的香，也是一件幸福的事情，自然应当珍惜。

柚花是招贤青石一片为最多。虽然我们这儿家家都有胡柚林，但我却觉得招贤青石一片最多，大概也是一种固执吧。深究起来，其中一个重要原因是，胡柚的"祖宗树"是在青石的澄潭村，现在如果去那里，可以看到常山江的两岸，胡柚林郁郁葱葱。而春天柚花开的时候，便是十里香雪海。

柚花落的时候，厚质的花瓣铺陈一地，也使人心中生起一丝惆怅。柚花的香有一种幽远的力量，花瓣虽落，空气中犹有花的香。这就使人高兴起来，花落春仍在——既然花落，胡柚结果便也不会太久。事物相因，一切都值得期待。

"花落春仍在"，原是俞樾的句子。

清道光三十年（1850），俞樾中了进士。发榜十天后要进行殿试，殿试过后是朝考。这一年朝考的题目是，要求考生以《淡烟疏雨落花天》为题写一首诗，并敷衍成文。这个题目，意境虽美，却有一种伤春悲秋的颓废气息。俞樾看到这个题目，写下一句"花落春仍在，天时尚艳阳"。花落了，春仍在，这里有明朗的一面，充满明媚的气息。几天之后消息传来，俞樾在朝考中夺得头名。

后来俞樾才知道，他这个头名是曾国藩力荐的。

柚花落的时候，看到白色花瓣铺了一地，不免会有一点点遗憾，但也会使人想到不久之后，这枝上将有胡柚结；再过不久，又可以品尝到胡柚的美味。乐观主义者都是这样，世上的事情，本没有什么坏的好的，不过都是过程而已，只要珍惜这个过程，不叫一日枉过，不叫落花流水自顾去，便是好的。

我家乡的花，还有一种，是油茶花。油茶花开的时候，树枝上还有未成熟的油茶果。花果同枝，抱子怀春，人皆以为奇观。其实，油茶果的成熟期很长，十月开花，十一月也开花，到了十二月枝上犹有花儿绽放。油茶果要一直到次年的寒露、霜降前后才可以采摘。这样的山茶树,在高山之上、丛林之中,孕育出饱满的茶籽,茶籽里蕴藏着丰富纯净的茶油。那一滴一滴的油流淌成串,落在苍老的岁月里,滋润着山里人布满皴裂的生活。

有一次我去新昌乡,是在冬天,万物凋零,我们在冬日的暖阳里跟着村书记爬山,在油茶树间穿行。到了山腰上,有女作家童心大起,从坡上折了一根蕨棒,抽去里头的芯子,用这天然的吸管就着盛开的花朵吸起了花蜜。

这种事情,是乡间少年独有的乐趣。采吸花蜜的本事就像骑自行车,个子小小的乡间少年很有本事,从自行车的三角框里斜穿小腿,把一辆二八自行车驱驰得飞快。即便许多年不骑自行车之后,那本事依然根深蒂固地刻在肌肉记忆中——梦里抄起一辆自行车,飞身上车照样骑得滴溜溜飞快。

山路上的油茶花开得真好。这茶花不是那茶花——那茶花美则美矣,却怎么都不结果;这茶花默默地开,默默地落,素朴的白色花瓣零落成泥,唯一不同的是,到了秋冬时节,枝头硕果累累。对于油茶花的跌落,大概也有人觉得怜惜,遂拾取晒干,一小瓶一小瓶地储存好,可以泡水来喝。这是我在别的地方看到的,在我的家乡,尚没有人这样做。

有一年我给远方的友人写信,说完正事,提到一句,柚花开了。

又有一年,我给远方的友人写信,天色已晚,暮色沉沉,他们都走了,我一个人留下,陪花再坐一会儿。

雪:消失了的事物

为什么要说到下雪呢?南方的孩子对雪总是充满向往——说是南方,倒也不那么南,如果是广东或海南,则一般无缘得见,在我家乡的冬天,倒是能偶尔一见雪的容颜。记得小时候,冬天的雪铺得很厚,屋檐下的冰凌也挂了一尺长。当然,这是三十年前的事情了,冰凌现在几乎是见不到了。

前段时间写过一篇文章《雪天的事情》,提到冯梦祯在他的《快雪堂日记》里记录了很多下雪的天气。譬如在万历二十五年(1597)的日记里,冯梦祯记录:十一月二十三,雪霁,甚寒,滴水成冻。次日,雪,晴,寒甚。二十七日,雪尚未消。十二月初四,又是大雪,到夜间方止。十三日,又是雪,又是风。十四日，大雪至午后止，四望俱瑶峰玉树。十六日，雪，晴，寒。十七日，雪，晴。二十一日，阴沉欲雪，下午微飘雪花。

那时候下雪真频繁！而且一下就是十天半个月。冯梦祯把自己的堂名叫作"快雪堂"，有人说是他收藏了王羲之的《快雪时晴帖》。其实不然。他孤山的房子上梁的时候，正值积雪初晴，遂取了"快雪时晴"的意思，把堂名叫作"快雪堂"。

在这样寒冷的天气里，冯梦祯会怎么玩？这个从南国子监祭酒的职位上退隐的西湖的文人，是以九十金的价格，在孤山买地建房。植几株梅花、几棵竹子、几棵桑树，再种一塘荷花，赏三面湖山。此外，他还置办了一艘船，花了三十金。这艘船成了冯梦祯一个浮在湖上的家。他买了四名歌姬，加上原有的歌姬，一起组成了一个家班。这个家班水平不一般，技艺超群，让冯梦祯时常流露得意之色。接下来，冯梦祯的日子就是这样的：他在船上贮书，载着歌姬，春花秋月，悠游西湖。小船划出去，就漂在湖上了，有时一个月不返回。

不出去的时候，他就在家里读书写字，喝酒听戏。万历三十一年（1603）正月初五，下了一夜大雪，清晨瓦上积雪皎然，午后又大雪。初七，仍雪。一直到十三，晴，夜间月色甚佳。船过岳祠，逢三位朋友，上得船来，一起喝茶，至断桥而别。十四日，天气晴和，月甚佳，微杂烟气，携歌姬于湖上，于舟中先后接待了好多客人。他自己呢，就宿在舟中。而此时此刻，船外湖上，雪犹不止。

明朝那时候处于小冰河期，数十年间的冬天都是天寒地冻、奇冷无比，连广东也狂降暴雪。而现在，则是全球气候变暖的节奏，南方下雪自然变得稀奇。下几粒雪霰，大家就一惊一乍，大呼小叫。

有雪的时候，人也变得生动有趣。张岱会去湖心亭看雪，高濂守着四时的西湖，在冬天想着法子去玩雪。这都是有趣的灵魂，南方的雪，也有一个有趣的灵魂。没有落雪的冬天总觉得少了什么，尤其是在山里，怎么能不落雪呢？一落雪，北京就变成了北平，西安就变成了长安。一落雪，杭州变成了临安，常山就变成了定阳。一落雪，大人就变成了小孩儿，你则变成了诗人。

我们那里，还有另外一道雪的风景，是"古十景之一"，叫作"球川晾雪"。清代的文人说："幅员数里锦为城，破竹为丝满地明。似月似霜还似雪，一川白得可怜生。"这种"雪景"，并非真正下雪，而是河滩上晒的全是造纸的原料，一片雪白，仿佛下雪一般。由此也可知，这个叫作球川的地方，古时造纸业特别发达。

我家乡常山的造纸业，在中国造纸史上占有重要的地位。宋元明清，常山、玉山、开化一带都是我国的造纸中心。《雍正常山县志》《光绪常山县志》等对此都有记载，譬如说到这种纸就赞不绝口，"大小厚薄，名色甚众"，而且"惟球川人善为之，工经七十二道"。

二禾君，你现在若是到球川古镇去，遗憾得很，是完全看不到河滩上晾雪的盛景了。那种古法造纸的工艺，已经从时光隧道里消失。两年前，我到邻县开化去采访，发现那里有人恢复了古法造纸工艺，复刻出年代久远的"开化纸"。于是有人跟我说，其实这个"开化纸"，是一种纸的名称，不唯开化才有，常山人古时造纸也是一模一样的。可惜，怎么没有常山人想到这个问题，也去恢复一下古法造纸工艺呢？若是那样，"球川晾雪"便能重现当年盛况，那也是很壮观的吧。

这种事情，想想简单，做做都无比艰难。有人若是觉得好玩，两手一拍，不管不顾，便也去做了。譬如一场大雪后，张岱会雇人撑船，带上茶壶去湖中赏雪，冯梦祯会把歌姬们带到船上，整日漂泊在那雪湖之上，歌之饮之。有趣的人，或是疯癫的人，才可以做出那不计代价的事情。这样的人，本来就已不多；这样的乐趣，更是极少数人的专享——哪里强求得来的。又譬如说，谁都觉得下雪是一件好玩的事情，但在这样南方的冬天，它一直不下雪，你又能怎样呢？

——你又虚拟不出一场纷纷扬扬的大雪呀。

月：那般月色谁又说得清

月亮的事情，万寿寺的僧人比较清楚。山那么深，寺那么高，距离月亮总是要近一点儿，且也静一点儿，对于了解月亮，有着天然的优势。

二禾君，我要说的万寿寺，它不像灵隐寺、少林寺那般有名，只是默默偏居于浙西一隅，只是平常的泥墙土瓦的建筑几间；既无高大的山门，也无雄伟的宝殿。现在，你若到得万寿寺山门之前，能感受到四面皆是清清寂寂的样子，只有山林里的鸟鸣、偶尔几声人语，为山寺添得几许空灵。

但是你一定会有一种奇妙的感受，那便是会觉得这样的地方，是出高僧的地方。从数据上来说，万寿寺，是浙江省内海拔最高的寺庙，我们这般凡夫俗子，站在这地方，突然也就成了高人。这样一想，心胸就不由开阔了许多，有了些许浩然之气。我想，若是隐在这里修行，当也有更多的收获吧？

杭州灵隐寺天下闻名，第一代住持是永明延寿大师。永明延寿大师的师父的师父的师父，也就是大师祖，是桂琛禅师。桂琛禅师的师父，便是常山万寿寺的住持无相禅师，人称"紫衣僧"。这样说来，万寿寺在唐朝末年，真是江南名刹，因它是灵隐寺的"祖宗寺"。无相禅师在当时的江南佛教界堪称领袖人物，是桂琛禅师的师父，也是贯休禅师的师父。

贯休禅师，兰溪人，我在金华的博物馆里见过贯休的罗汉图，真是状貌古野，绝俗超群，一见之时，不由心生崇敬。贯休有一首诗《对月作》，其中有这样几句："今人看此月，古人看此月。如何古人心，难向今人说。"我想，贯休禅师想着的事，也是现在的人们想着的事，只是那时的今人，到现在也成了古人。我们站在黄冈山上，站在万寿寺前，想来想去的事情，也不过是古人的古人早就想过和经历过了的事情。

山寺自有山寺的妙处，梵音袅袅，禅意悠深。在寺内用斋，或煮一壶茶，听僧人讲古，也是很好的事情。时间是漫长的，漫长到心静下来，一点儿都没有值得着急的事情了。我是没有机会在万寿寺小住，若是在寺中小住，当可以感受大自然的启发。松风林涛，山泉叮咚，夜鸟啼叫，走兽幽鸣，都是世间好声音。

而这样的时刻，月光如水漫过山林寺庙，天地之间，一片清凉。

这令人想起苏东坡在承天寺的那个夜晚——

元丰六年十月十二日夜，解衣欲睡，月色入户，欣然起行。念无与为乐者,遂至承天寺寻张怀民。怀民亦未寝,相与步于中庭。庭下如积水空明,水中藻、荇交横,盖竹柏影也。何夜无月?何处无竹柏?但少闲人如吾两人者耳。

万寿寺的月光,照耀着亘古的山林与岩石,照耀着万物生灵,当然也照着古人与今人。万寿寺山门前的小路,来来往往,走过不少有名的人,只是现在,脚步声早已消失。等到冬天,大雪封山,雪将一切足迹掩盖,山居的僧人从涧中取来泉水煮茶,通红炭火中也可煨芋,这般的日常,有机会时,当可与二禾君一同感受。

那寒凉的夜里,也可以走到山门之外,手捧暖芋,抬头望月。

隐居在大自然里的中世纪小村

◎ 棉　棉

从罗马出发，喜欢丛林探险的朋友可以经过岩石山峰、连绵起伏的平原、高地、陡峭的悬崖、森林、"地狱"峡谷、牧场、河流、洪流……我住的村庄叫 Castel di Tora（托拉古堡），它被包括在 Navegna（纳维尼亚）和 Cervia（塞尔维亚）山脉的自然保护区内。保护区除了有各种类型的森林，还有着种类繁多的动物，其中有狼、石貂、狐狸、野猪，偶尔还有鹿，以及被认为有灭绝风险的体型较小的犀牛——当然，这些动物在我散步的路线中并没有出现过……

大概从二〇一四年开始，我频繁往返于城市和"某处位于大自然里的房子"之间，在中国的浙江、云南，法国的普罗旺斯，荷兰的泽兰地区……这之间我还在柏林、悉尼短暂地住过，并且重回洛杉矶和纽约。二〇一八年我在离罗马一个半小时车程的一处自然保护区租了一套小公寓。最初我还是在城市里浪费了很多时间，总有人找我谈这样那样的"文化项目"，感觉快"崩溃"时，我就找最便宜的机票来罗马（疫情之前我们可以这样）。那时我还不会坐火车，也不会在欧洲坐地铁，我通常是坐出租车直接从机场到达图拉诺湖边的公寓。这听起来非常奢侈，其实仍然比生活在上海的成本要低。我住在大自然里，不是为了寻找灵感，也不是为了奇遇，更不是为了挑战自己，我其实只是为了休息。随着我的内心生活越来越像一部科幻小说，我早已不需要特地去什么地方来为写作寻找灵感了。事实上，写作越来越成为一件奢侈的事情。我需要找到一个家，我的灵感来自这个家所在地方的空气、声音、人、人与动物的关系、水、植物、大自然的颜色、食物、寂静……我说的"灵感"并不是指创作灵感，而更多的是指有关"活着"的灵感。进入二〇二一年,我关闭了朋友圈和博客,并且问自己:为什么才做这件事?

托拉古堡建于一〇三五年,它被那些照亮我心灵的树林、峡谷、湖泊环绕。它是意大利最美村庄协会的会员,被誉为 Lazio(拉齐奥)的奇迹。这里的大自然色彩壮丽,壮丽中有一些甜美,跟我去过的瑞士、法国南部、英国的乡村都不一样。虽然我一直叫它"小村",但其实它是一个市镇,登记人口只有一百多。意大利最美村庄协会的成立是为了保护人烟稀少的古老村落。小村比我在上海见过的大部分小区都小,它既不荒凉,也不热闹,每户人家门口都有鲜花,几乎是沉浸式中世纪乡村建筑,至今仍保留着古老的城堡、木屋顶或砖瓦屋顶的石屋、特色小巷拱门、岩石洞穴以及中世纪的城墙……各种遗迹混合着意大利慢生活场景,某些时刻,这样的一种观望会给我带来奇妙的乡愁,那种"一切美好的事物依然美好的"乡愁。

无论是沿着数不清的小径徒步,寻找壮丽的瀑布,还是寻找小村对面已成废墟的官殿遗址,这片土地都拥有丰富的古迹,但是住在这里成为这里的村民是一种非常独特的经验……英语里有一个说法叫"把我自己放在一起",这句话代表"休息、振作"的意思,现在我知道我首先需要在大自然里,把散落在各处的"自己"放回中心。这其实是一个漫长的过程,并不是几天明信片般的与大自然的蜜月生活就能解决的,也不是一篇文章两篇文章就能说清楚的,而且我还需要继续返回城市,在城市中急躁和灰心的时刻,有时会觉得所有的"修补工作"顷刻间付诸东流——是啊,我们怎么可能在一夜之间修补所有的状况呢!

我的公寓在图拉诺人工湖岸边的山坡上,这套两层楼的公寓,一边对着中世纪的居住场景,还有一边对着湖,可以看见变幻莫测的湖泊景色。湖的周围环绕着以纳维尼亚山脉为主的茂密的树林,图拉诺湖建于一九三九年。透过我的窗口,可以看见遥远湖岸上古老的村庄和城堡倒映在清澈的湖水中,那些房子就像是温柔和希望的象征。以前我住在上海的北外滩每天看着黄浦江和浦东的天空,现在我每天看着图拉诺人工湖,有时它会让我想起 Miles Davis 的那首 Blue in Green。小村附近的 Salto(萨尔托)湖也是人工湖,这两个人工湖通过一条九公里长的地下隧道连接,一起为水电站提供水源。我听说是墨索里尼当时为了武器工厂发电而造的人工湖和水电站，你绝对不会想到这么梦幻的湖泊景色其实是来自战争的需要。阿弥陀佛！

我公寓门口的五角塔楼大约建于公元一〇〇〇年，属于军事建筑，无数次我经过它，无论从哪个角度看它，它都那么精致和雄伟，尤其是在晚上。小村有着在我看来世界上最小最美的广场，它到底有多小呢？它小到感觉就只能停五六辆车的样子。广场上还有一个小酒吧和小卖部，小卖部位于村庄的一处入口，入口处有古代人们进村时拴马的地方，它从某些角度看就像黑白电影《王子复仇记》开头的部分……小卖部的主人是一对八十多岁的夫妻，Antonio 和 Rosanna，疫情之后他们把店转让给了一对年轻的罗马尼亚夫妻。去年圣诞节的时候，非常冷，Rosanna 女士站在寒风中请商店门口的村民喝咖啡，尽管她已不在商店工作了……以前每次在店里看见 Antonio 先生时，都看到他穿得很讲究，总是对我微笑，努力通过各种手势与我交谈，有时我看着他就希望自己可以永远住在这里……今年已是我租下这湖边隐居公寓的第四年了，也许我还没能足够安静下来向自己描述一朵花、此时窗外的鸟叫声、邻居的聊天声、远处的狗叫声……但我知道，住在这里是我人生最宝贵的经验之一，我完全无法想象如果没有这些经验我现在会怎样。比如，以前我不太会做饭，但是现在我甚至都会做蛋糕和果酱了。虽然这里只有一家小卖部，但是小卖部里的食材都很好。在自己开始做饭以后我才发现，有的加工食品吃了会令我沮丧和忧郁，而这里的素食到目前为止还没有让我忧郁过；也是在自己会做饭以后，我开始变得尽量不浪费食物了。我一直在构思一个故事，故事里有两个中国女孩儿，想尽办法在意大利乡村小卖部有限的选择里变出各种中国菜的做法。她们一边做饭一边探索与周围大自然和邻里的关系，但是她们谈得最多的还是对国内各种人际关系的困惑。

这里的邻居们十分友好，但并没有好莱坞电影里那么夸张，也没有我住过的大部分欧洲地区的疏离感。在所有地方碰到所有的人（包括游客），我都会微笑地说"Ciao"，我居然挑了最简单的一个意大利语词汇来问候……

最初，只有村口无与伦比的面包房 Forno Orsini 的主人 Maria 会说英语，而我只会说意大利语的"你好（再见）""鸡蛋、面包"……时间一下子就到了来这里后的第四年，今年大家看见我也开始不约而同地对我说"Ciao"，而以前他们说的是稍微复杂一点儿的问候语。阳台外，在各种声音中，经常出现一个甜美的嗓音，这位女士总是牵着一只很乖很乖的小狗。二〇一九年圣诞节前两个星期，她就为我准备好了圣诞礼物。她给我礼物是因为她很慈悲，她一定是想到我是单独一人在这里过节，而她提早给我礼物是因为她不会在小村过节。当时她在小卖部门口跟我说话时我没有听懂，我们请路过的其他村民做翻译，她说她会把圣诞礼物送到我家门口。后来，我也为她准备了圣诞礼物，那是一包我在巴黎买的糯米球。我在小卖部门口跟她说我有圣诞礼物给她。又过了一些日子，圣诞节前几日，我听见她就在我阳台下，可是那时我的礼物还没有包装好，而且那一刻我很自闭，尽管我感觉她是来看我的……再后来我见到她，已是疫情爆发大半年以后了，我重新给她准备了一套从网上买的兔毛毛套袖，我想她可以戴着它们遛狗……我看见她高兴地拿着我的礼物自言自语。前几日我去小卖部时看见她正跟站在教堂门口的牧师聊天，那是我第一次跟牧师互相问候。我听见那位嗓音甜美的女士跟牧师说了很多有关我的情况，尽管我听不懂。但是我都一直没有问她的名字……昨天我正式开始思考我应该学习几句意大利语问候语，这样可以让村民们觉得我在做一些努力。我想这并不仅仅是语言的问题，刚来这里时我实在是太累了！想了一阵子之后我又觉得，其实现在这样也没有什么不好，在这里一切都是很自然的，没有压力，也不会觉得大家有太多文化上的不可沟通性。

介绍我来这里并帮我找到房子的，是我在罗马的好朋友 Andy，他是一个 IT 天才。他和我一起去过玉树，我听说一起去过藏区的人之间会有更坚固的连接。Andy 一直无私地照顾我，有很多事情其实我不懂，可在上海时我们真觉得自己什么都懂。Andy 说很多住在罗马的人都不知道 Castel di Tora 这个地方。他的好朋友 Davide 在这里有房子，他是一个电影制片人，村民们通过 Davide 了解到我是一个作家。Andy 和 Davide 带着太太和孩子们一起把我送往这里时，Andy 跟我说："湖是你最新的'美剧'。"当时 Davide 的儿子坐在我身后的儿童座椅上，他正在学唱一首歌，他看着我唱道："你乱七八糟的，你乱七八糟的！"

有一次在机场，接我的司机也告诉我，大部分住在罗马的人并不知道这个离罗马这么近的小村，他说很多玩儿摩托车的人知道这里，因为这里有很多弯道。摩托车的声音确实是我们这里常听到的一种声音。

刚来这里的时候，小卖部只能使用现金，这里没有取款机，没有超市，这里也没有出租车，每次出门都需要安排好。山路让我晕车，每次都得贴晕车贴。幸运的是，我总能得到需要的帮助……我找到了可以接送我的邻居，面包房的 Maria 会派人给我送吃的挂在我们门上，住在罗马的 Antonella 每年夏天都会回到小村，她会带我去附近的古堡、山顶看演出，这些演出都是"沉浸式"的，就像这里的生活，神奇和日常相互作用。疫情发生以后，我在这里居然找到了最好的发型师！去年从罗马搬来了一对夫妻：Melina 是罗马美发学校的老师，她真的很会剪我的头发。我在意大利小村遇到了最会剪亚洲人头发的发型师，这是比较典型的会发生在我身上的戏剧性情节。Giampaolo 先生会说英语，他们装修了几处这里的房子放在 Airbnb 上出租。上星期我第一次寄走了一封邮件，这里的邮局和小卖部都有固定营业的时间，不是一直开着的。邮局里的女孩儿一会儿戴口罩一会儿脱口罩，她看着我说了很多很多，我当然听不懂，但是也把信寄走了。我确实应该学意大利语，但是我其实甚至还没有准备好向自己描述这里的一朵花……我前边说到的邻居和小卖部、邮局都离我几分钟的距离，这里非常小，这是我最喜欢的小村的特点之一。这里的人很实在，说什么就是什么，比如我说好了要一起去附近古堡看演出，然后又说不想去了，接着邻居 Antonella 会说："对不起，恐怕你必须得跟我去！"

这里虽然没有超市和取款机，但是这里起码有九家餐厅，我刚来这里时经常去村口的餐厅 La Riva del Lago。餐厅老板是 Llaria 和 Floriana 夫妻，先生长得很像《黑道家族》里的男主角，他们对我特别好。对于我这个上海人来说，住在这里就像住在前世。夏天的时候，我喜欢看见孩子们在小巷之间跑来跑去,听见邻居们在楼下喊着彼此的名字;我也喜欢冬天的托拉古堡,尽管那时大部分餐厅都关门了。那时村里只有很少的几位居民,我喜欢那样一种寂静,在寂静中依然有着最真实的生活(我几次听说小村的居民由于政治观点不同而彼此不喜欢对方)。我也喜欢这里的雨天,而且我经常在雨天看我带来的希区柯克的影碟,我有一部从网上买的"步步高"放映机。我带来了很多影碟和书,但是渐渐地我不怎么看了。这里的生活像一个梦,但同时又很真实,很安全,既不被打扰,又是被尊重和被保护的。

与托拉古堡连接和互相守护着的,是中世纪的安图尼村和德拉戈王子的宫殿(10—17 世纪)遗址(Borgo medievale di Antunie palazzo dei principi Del Drago)。它坐落在湖水环绕的山顶,似乎被神话般的充满幻想的光环包裹着。Antunie 拥有着惊心动魄的故事,在最美丽的位置以废墟的姿态占据了图拉诺湖的山谷,并且多年被遗忘。在 20 世纪,Antunie 曾经是一个戒疗中心,近年来自然徒步旅行计划使得这里又被重新发现,对神秘主义和废墟感兴趣的人会喜欢这里。Davide 第一次带我登上山顶时,我还拿着从网上买的拐杖,当我走不动时,他跟我说:"休息一下,因为你总是会到达山顶的。"当我们到达山顶时,当我们站在山顶的废墟上时,我感觉到一种神奇而强大的力量。在 Antunie 山顶看演出,整个山谷、悬崖、湖水成为舞台背景,村民观众里有一个奇怪的上海人试图把自己装得很正常……穿越植被、骡子小径和湖景,我还曾到达过圣萨尔瓦多修行的洞穴,洞穴中设有祭坛和 7 世纪的建筑壁画,释放着深刻的神秘感,这让我想起青海玉树的闭关山洞。

无论是怎样的季节,我都很享受去 Cascata delle Vallocchie 散步的感觉,在不同的季节它的颜色和气味是不一样的,五月是最绿的时候,从村口走下去,沿第一条岔路上去,途中我会喂猫。有一只猫跟我关系特别好,它其实一直要炫耀我对它并且首先对它好,只是我一直不敢摸它(因为我有洁癖)。有时它会陪我在泉水边坐一会儿,有时它会送我一直送到它觉得不能再送的地方。它是一只黑白花纹的瘦瘦的猫咪,我叫它我在上海的猫咪的名字咪咪。我家隔壁有一个流浪猫聚集点,我还是保持在上海午夜出门倒垃圾的习惯,在这里午夜出门倒垃圾时,常常会有一群猫在月光下陪着我走。小村的猫,脸都比较圆,这里的猫有时吃意大利面……在这里不断地上坡对我这个上海人来说是很好的锻炼。隐居太长时间了,有时自己都觉得自己像一个在躲什么的人了,要知道上一次我去大超市是一年前……其实每个人做过的想过的不善良的事情和念头都是无法躲掉的,在大自然里隐居其实就是让自己可以有力量深刻地反省这一切,这也就是我说的"我们不可能在一夜之间修补所有的状况",比如有时我会一个月不出门散步。事实上,在大自然里住着,非常容易被如此美好的环境"宠坏"而不知道珍惜。每次到达瀑布附近时我都会坐下,我总是看同一本书,Taras Grescoe 的《项美丽与海上名流》(*Shanghai Grand*),这本惊心动魄的书充满细节,就像是我的另一个前世。散步途中,我会固定见到一些动物和邻居,邻居中,有的在种菜,有的是做奶酪的。我经常停下来从各种角度看远方的小村,和与小村互相守望着的 Antunie。偶尔有一次遇到了两只从未见过的年轻的小狗,它们互相依偎着,一路跟着我、领着我、等着我,我们一起去了瀑布边。中途我居然迷路了,中途它们碰到了它们的朋友,我也等它们跟朋友打招呼。在我到达瀑布边开始看书时,它们等了一会儿就走了。五月以后,游客开始越来越多,我不再能够独自享受整个山谷和瀑布,于是我就经常去湖边,据说湖水下降时可以看见 Cornito 中世纪遗址。在湖边,我看的是我的朋友格桑卓玛编著的《喜马拉雅童话》,那些故事里有海龙王,有湖、大海、鲜花。在图拉诺湖边读喜马拉雅童话故事美妙而自在!那些童话跟欧洲的童话不一样,那些童话的世界不是一个封闭的乌托邦,在大自然里读这些故事,我会觉得这些童话就是现实,是过去、现在和未来,所谓人间本来就是这样,神奇而又平凡的生活都遵循着善恶因果的道理,那些故事里常常有孤注一掷的男子骑着马儿在路上……这里有时也会看见漂亮的意大利男子骑着高高的白马缓缓走过……

我读到的佛经,总是先说一段故事,最后才说到"最重要的部分",而"最重要的部分"往往只是一句或几句"真理"。但实际上我渐渐明白,所有的一切都很重要,所有的一切都相连……

谁是谁的树

◎ 王　松

我对树有一种特殊的兴趣。说兴趣，还不准确，是感情。

一九七八年三月四日，我是挑着行李去大学报到的。用来挑行李的不是扁担，是一根杨树棍儿。这棵杨树长在我们集体户的坡下，正冲着我的宿舍。杨树本来不太出杈儿，都是理直气壮地一门心思往上长，又高又直。但这棵杨树特别，长着长着，在树底下又憋出一根杈儿。这根杈儿很快也长得又粗又直，像伸出的一只胳膊。于是，我就把它砍了。

当时砍它，是想为铁锨做一个把儿。

我的这把铁锨，后来一直用来挖河，异常锋利，我经常在井台上磨它，挖河泥就如同切豆腐，能发出令人胆寒的唰唰声。这把锨跟了我几年，锨把儿上已经浸满了我手上打泡时流的血。有时摸着它，就像摸自己的皮肤，能感觉到它的温热。到考上大学时，临走，实在舍不得丢下，就把它从锨头儿上卸下来，当了扁担。来大学报到，用它一头挑着一个破旧的手提箱，里面装着从农村带回的日常用品和几本书，另一头挑着铺盖卷儿，就这样来了。

我读的是数学系，旁边是生物系的实验室，我发现，有个年轻的女老师，眼睛很大，每次见了我总笑一下。这样笑来笑去，就开始说话了。当然是我主动。这时她才告诉我，她之所以笑，就是笑我那天来报到时，用一根树棍儿挑行李的样子。

既然说到这根杨树棍儿，也就说到杨树。于是，我就借题发挥向她请教，树这种植物，对人类究竟有什么作用。这显然是个没话找话的话题，因为当时，我们国家正是百废待举、百业待兴的时候，还顾不上绿化这种事。换句话说，那时这座城市的绿化挺好，植树似乎也不是个亟待解决的问题。

我这样问她，只是出于迎合，因为这是她的专业，正好问到她手里，她的感觉一定很好。果然，她立刻就滔滔不绝地给我讲起来。她说，树有很多让人想不到的作用，这可以从几个方面来说，首先，它能调节气候，保持生态平衡，通过光合作用吸收二氧化碳，吐出氧气，使空气清洁新鲜，一亩林树一天可以吸收 67 公斤二氧化碳，释放 49 公斤氧气，这是什么概念？也就是说，足够 65 个人正常呼吸。她说着嫣然一笑，你是学数学的，可以算一下，咱们国家只要种上一千多万亩林树，就够全国人民呼吸了。

当然，她这样说，是按当时的中国人口数量计算的。

她接着又说，这还只是第一个方面，第二个方面的作用就更大了，一亩树林在一个夏季可以向外蒸发 42 吨水，一年的蒸发量就是 300 吨到 500 吨，不光这些，树还可以防风固沙，涵养水土，吸收各种粉尘，一亩树林，一年就能吸收各种粉尘 20 吨到 60 吨……

这时，她脸上忽然凝了一下，表情就有些变了，虽还在笑，但这笑可以这样形容，就像我们洗脸时打了香皂，而这香皂沫儿没洗干净，然后干在脸上，有些皱巴，用天津话说也就是有些"把"。

回头一寻思，才突然意识到，她也许认为，我这样请教她，是在明知故问，我一个从农村回来的知青，这么简单的常识不可能不知道，也就怀疑，我是在成心拿她找乐儿。

于是一天下午，我又来实验室这边。果然，又"遇"到了她。我这次索性开门见山，很诚恳地对她说，我虽然去过农村，但是对树，在植物学的层面确实了解不多，或者干脆说就是不懂。然后又说，她那天讲的让我很受益，但好像没说完，是不是还有别的内容。

大概是我的真诚，她的脸上不再"把"了。

她这才说，如果你真不知道，就再告诉你，除了那天说的，当然还有，树林也可以降噪，也就是减少噪音污染，一个 40 米宽的林带，能减弱噪音 10 到 15 个分贝。另外还有一方面，她说，树的分泌物也能杀菌，一个月，还可以吸收有毒气体 4 公斤左右。

我说，要这么说，这根杨树的枝干，我当初真不该砍了。

她一笑说，再给你纠正一下，枝干这个说法不对，枝是枝，干是干，在本质上是有区别的，用易懂的话说，"干"是长在土里的，而"枝"，是在干上生出来的。

接着，她又说，我那天看过了，你这根树棍儿不是枝，应该是干。

我由衷佩服地说，对，如果这样说，就是干。

她看看我，忽然问，你这根树棍儿，能给我用一下吗？见我一愣，就又笑了，别担心，用完了还还你，当然，她沉了一下又说，如果不还了，也许你会更高兴。

她这话说得我有些摸不着头脑。但我还是给了她。

我当初砍这根杨树棍儿时，还发生了一件事。

前面已经说过，这棵杨树是长在我们集体户的坡下，正冲着我宿舍的窗户。我插队的这地方，大多是杨树和柳树，此外也有榆树和槐树。杨树多，是因为树干直，杈也少，一般都能成材。我门前的这棵杨树当时已经三丈多高，胸径将近两尺，用当地的话说有"一搂多粗"，这样大的树在村里还很少见。当时，我发现它的根底下又蹩出一棵杈儿，而且粗细正合适，就把它砍下来做了铁锨把儿。可没想到当天晚上，生产队长就来找我。这队长姓马，因为两只眼长在两边，离得很远，还斜歪拉着，看着像一双马眼，村里人就都叫他马大眼。那天晚上马大眼来集体户找我，是踹门进来的，哐的一声。我正躺在炕上看书，吓了一跳。他气呼呼地问，坡儿下的那棵杨树，是你砍的？

我说是，不过我砍的不是树，是根底下的杈儿。

他一蹦冲我吼起来，杈儿也不行！谁让你砍的？

事后我才知道，虽然这棵杨树是生产队的，但跟马大眼还有另一层关系。他的小儿子从一生下来就体弱多病，整天赖赖叽叽的，于是有人出主意，在村里认一棵结实的大树当干爹，身体就能结实了。当时村里的杨树最好，而杨树里，我门前的这棵又最结实，于是马大眼就让他的小儿子认这棵杨树当了干爹，据说"认亲"那天，他小儿子还给这棵树行了三拜九叩的大礼。我这才明白了，难怪马大眼跟我急，敢情我把他小儿子的"干爹"给砍了。

但既然已经砍了，也就只能砍了，不可能让这根杈儿再长上。

我发现，这根铁锨把儿确实有些特别。它每到春夏就会发潮，好像里面总有水分。后来，那个生物系的女老师才告诉我，她之所以向我要这根杨树棍儿，是因为，从我来报到那天她就发现了，这根树棍儿仍是绿的，这说明，它的植物细胞组织还没完全坏死。

她又告诉我，她正在研究一种方法，让已经停止细胞繁殖的植物再重新复苏，她向我要这根树棍儿，就是想拿去做这个实验。这让我大感意外。自从知道了这件事，我就一直在等待她实验的结果。但遗憾的是，后来就再也没见过她，据说是调到南方去了。不过，我推断，她的这个实验应该成功了。假如没成功，她在临走前，一定会把这根树棍儿还我。她曾说过，如果不还你，也许你会更高兴。我这才明白她这话的意思了。

这以后，我就总在想，也许我的这根铁锨把儿栽在她的培养基里，已经又长成一株茁壮的树苗。倘真是这样，我又想，应该让马大眼知道，他小儿子的"干爹"现在挺好。

农村人对树有一种特殊的喜爱，只要是农舍，房前屋后都有树。我印象最深的，是下来插队，第一次坐着牲口大车去村里，车上拉着我的行李。当时是秋天，地里的玉米和高粱都已放倒了，平原的田野一望无际。远远看去，地平线上有一片浓密的绿荫。坐在辕子上的马大眼用鞭子一指说，那儿，看见那片林子了吗。

我"哦"了一声。

他豪气地说，那就是咱村儿。

离村子还有几里地，道边就已经都是杨树、榆树和槐树。但柳树很少，柳树在这里有特殊的意义。到了村口，有一片很大的水塘。塘边也是一片茂密的林子。这片林子的茂密程度，在今天几乎难以想象，其间还有一丛一丛的叫紫穗槐的低矮灌木。

当时村里的硬通货，也就是树。树在农村是最常用到的，成材的树可以破成木料，也可以盖房做梁，做檩，就是不成材的树也能搭柴火棚或盖猪圈。所以每到秋后，生产队"分红"的前夕，也就是砍树的季节。用当时的话说，先砍小庄稼，后砍大庄稼。所谓小庄稼是田里的高粱玉米，大庄稼也就是村里的各种树。把树砍了拉到生产队的马号门口，这里有个井台，井台的周围是一片空地，村里有重大的事都会在这里商量。村干部按每棵树的胸径和成材程度评估好价格，明码标价贴在树上，再让各家来认购。认购的社员，可以用自己本该在队里领取的现金冲抵买树的钱。不过当时砍的大都是杨树，榆树和槐树也有，唯柳树，很少。我发现，即使还算成材的柳树，价格也比别的树低，但还是没人愿意要。

后来，我才明白是怎么回事。

柳树，一般都是长在特殊的地方。

其实细想，在我们这个星球上，树是远远早于人类出现的。无论从哪个角度，都可以这样说，如果没有树，也就不会有今天的地球和地球上的我们。况且我们的祖先当年就生活在树上，树，曾是人类的家园。人与树，也就注定形成了一种具有生命意味的关系。

我插队时，正是全国"农业学大寨"的高潮时期。当时上面派下"普及大寨县工作队"，进驻各村开展工作。这种工作队的队员大都是从市里各机关抽调的，所以哪儿的人都有。来我们村的工作队是三个人，一个队长两个队员。其中一个队员姓侣，四十多岁。这老侣是贵州人，挺爱说话，一熟了不光爱说，也爱聊。晚上没事时，就来我们集体户喝酒，一边喝着一边天南地北地神侃。有一次，他喝着酒又聊起他家乡的事，说，在他们贵州有一个叫"岜沙"的地方，很神秘，人死之后，灵魂会附在一棵树上。在那个寨子的外面有很多树，每棵树都有一个死去的魂灵。当时我们听得头皮发炸，身上直起鸡皮疙瘩。不过老侣说，这地方他没去过，也没法儿去，这是个苗寨，在山顶上，一般人上不去。

当时说者无心，我却听得有意，这以后就记在心里了。

二〇一八年春天，我因为一个偶然的机会，还真去了这个叫"岜沙"的苗寨。它在贵州东南的从江县，这时已修了通往山顶的路，车可以开上去。直到这时我才知道，这个岜沙的"岜"字虽然不难写，但很生僻，一般人别说认识，恐怕都没见过。在《新华字典》里，这个字的读音是"bā"，但当地人说

"biā"。我怀疑，也许这才是这个字在古时的正字发音。

我来到这个岜沙也才真正知道，当年老倡说的，这里的人死后，魂灵会与树合为一体是怎么回事。在岜沙人的文化里，树是一种图腾。这是因为，树对岜沙人有特殊意义。按他们的习俗，人的一生会有三棵树，一是"生命树"，二是"消灾树"，三是"常青树"。所谓生命树，含义有些悲剧意味。岜沙人一出生，父母就会为他种下一棵树。从此，这棵树也就会陪伴着他一起长大。到他离世时，就用这棵树为他做棺木，然后埋葬。换句话说，从他一落生，父母就已为他把百年之后的棺木准备好了。

其实细想，在这种悲剧意味中渗透出的是不是岜沙人对生命的一种达观呢？当年司马迁说，人固有一死，或重于泰山，或轻于鸿毛，用之所趋异也。如果把这句话反过来理解，也就是说，一个人甭管怎样都得死，你重于泰山也好，轻于鸿毛也好，无论轻重都逃不过死这回事。岜沙人正是这样看待生命的。从生命一开始，他们就把这件事看成是一个线段而不是射线，有起点，也有终点。一个孩子出生时，我们对他最美好的祝福，是长命百岁。这个所谓的"百岁"用"长命"来形容，也就不是只限于一百了，其实是永远的意思。所以也才有一种叫"长命锁"的东西，把命锁住，锁到很长，长到永远，永远到没有尽头。这就是我们普通人对生命的企盼。而岜沙人不是。当一个婴儿降生时，他们就已为他种下这样一棵和他一样有始有终的树。

这种对生命的态度，应该说，已经达到了哲学的境界。

岜沙人的第二棵树是消灾树，这很好理解。关键是第三棵树，也就是当年老倡说的，与灵魂合一的树。它是在这个人离世后，在埋葬他的地方种的一棵树。注意，这棵树就要永远陪伴他了。此时，树已是他灵魂的载体，也就已经人树合一了。

当年的那个晚上，老倡之所以说起这个岜沙，是因为在那天的白天刚发生了一件事。这件事，让我们集体户的人情绪都很坏。

当时正是冬天。在中国北方，冬天本来是农闲季节，用当地话说叫"囚冬儿"。但那时不是，越到农闲反而更忙。由于田里已经没事可干，也就正好可以一心一意"学大寨"。农业学大寨主要有两个内容，一是修"台田"，二是挖沟。在那个白天，出事也就出在这挖沟上。

那个上午，我们知青和村里的壮劳力又一起去田里挖沟。那块地很远，离村里大约十几里路。挖沟挖到将近中午时，我们知青就都坚持不住了。倒不是累，也不是饿，是渴。这种渴的滋味比饿和累更难受，让人觉得从里到外几乎被榨成了一块咸菜。我们集体户一个叫刘志的知青哑着嗓子骂了一句，他妈的，我已经要死了！

他这一骂，我们几个人也立刻都崩溃了。

刘志用我的铁锨无意中在一个土岗子上戳，发现这地方竟然没冻实，很容易就戳开了。也就在这时，我们突发奇想，如果这样戳下去，会不会挖出水？这一带是大洼地区，地下水位很浅，有的地方不到一米，也有的地方挖一尺多就能见水。虽是盐碱地，地下水又苦又涩，但好歹是水，不是别的。于是刘志就用我的这把铁锨开始猛戳。这样戳了一会儿，渐渐地就戳出一个长形的条坑。马大眼见我们不干活儿，就扔下扁担走过来。但他过来一看，好像立刻明白了，于是也不说话，抱起两个胳膊就站在旁边看着。这时，刘志已经越干越起劲，戳出的土有些发黑，也开始湿润。再戳，就终于见水了。挖出的水先是泥汤子，沉淀了一下，渐渐就清澈了。我们都已迫不及待，索性用铁锨当容器，从这坑里舀了水就喝起来。这水不仅苦，好像还有一股奇怪的味道。但我们这时已顾不上这些，每人喝了几大铁锨，直到把坑里的水喝完了，等渗出来，又接着喝。当地人都不说话，就这么站在旁边看着我们。后来马大眼说了一声，都干活儿去吧。他们就转身走了。

可就在这时，我听见当地人在旁边边干着活儿边议论，似乎在猜测是什么人，有说可能是这家的，也有说可能是那家的。后来，我听着听着突然明白了，我们刚才挖的这坑里，是埋着一个人！大概由于当初埋得浅，埋的时候身上还裹着席，再加上身体的皮肉骨头腐烂，所以这块地方的土才没冻实。我回头朝刚才的那个坑又看了一眼，这才发现，那个细长的形状果然像一个人形。我突然感到一阵恶心，几乎要吐出来。我恶心还不仅是因为喝了这个埋人坑里的脏水，也因为愤怒。我们喝这水时，马大眼就在旁边，他明明知道这是个坟坑，却不告诉我们，就这么看着我们一口一口地喝这坑里的脏水。这时,刘志显然也已明白是怎么回事了,蹲在地上就哇哇地吐起来。

在我插队的这地方有个风俗,凡是埋人的地方,一般都会种上几棵树。埋人的地方也不一样,一是有主儿的坟,也叫坟圈,二是不管什么人,都可以随便埋,也就是所谓的"乱葬岗子"。但不管是有主儿的坟圈还是没主儿的乱葬岗子,种树也是有道理的,一来可以作为标志,庄稼地里一望无际,有一棵或几棵树,老远就看见了,二来有主儿的坟圈,种上几棵树也为图个风水。我插队的这地方还有个特别之处,在坟上种树,一般只种柳树。我想,这大概有几方面原因,一是柳树皮实,好活。这里在远古时期是退海地,土壤含盐碱,柳树对这种土质很适应,而且不仅耐旱,也耐寒,知春早,知秋晚。另外,它还有一个最大的特点,就是生命力和繁殖力都极强,春天到处飘飞的柳絮,其实就是它的种子,飘到哪里一落地,就可以生根发芽,这在有希冀多子多孙传统的农村人看来,如果把它种在坟上,当然再吉利不过。大概就因为这些,当地人才都在坟上种柳树。

直到这时,我也才明白了,为什么生产队每年秋后分红时,砍下的柳树没人愿意要。这种树长在坟上可以,弄回家来就不吉利了。

在那个上午,刘志用我的铁锨挖这坑时,我们还并不懂这些,也就没注意,在我们挖坑取水这地方,旁边就有几棵歪脖子柳树。后来我才知道,当地人在坟上种柳树也有讲究,一般是在新坟上种,也就是说,一个人去世,把他埋葬的同时,就在他的坟上种一棵柳树。所以多年的老坟,如果后代仍人丁兴旺,这家的坟圈远远看去也就已经蔚然成林。但还有一说,在埋了这个人的同时种下这棵树,也要看这树是否成活。如果来年的春天发芽了,也就说明,这坟里的人已经"得着了"。

在这个晚上,刘志直到回来还在不停地吐。这时老倡拎着一包花生来找我们喝酒。他听说了白天的事,也摇头叹息,于是,就说起他的家乡贵州,那个叫岜沙的地方。

我当时听了,心里想的却是另一个问题。

我插队的这个地方,离贵州将近三千公里,而且据老倡说,这个叫岜沙的苗寨是在一个很偏僻的山顶上，这些年几乎与外界隔绝，更不要说和我插队的这地方有什么联系。但是，这种在人去世之后的"人树合一"的习俗，却是惊人的一致。这就让我怀疑，这件事，会不会是真的？也就是说，当人死后，倘在他的坟上种一棵树，他的灵魂就真的会与这棵树合为一体，或者说，这棵树成为他灵魂新的载体？如果真是这样，这会不会是人类的一种新的生命形式？也许这棵已经附了人的灵魂的树，我们可以把它称为"人树"，或者"树人"？更有甚者，他们会不会也有思想，有感情，而且彼此之间可以对话，或者用它们自己的方式相互沟通交流，只不过这种沟通交流还是一种我们至今无法了解的信息传递方式，就如同在几百年前，人类根本不知道在这个世界上还有一种叫电磁波的东西存在一样。当然，这件事也可以反着想，或者说用反证法，如果不是这样，我插队的这个地方与这个叫芭沙的地方相距如此遥远，且两边的人从古至今不可能有过任何交流，更不要说文化的融合，这个"人树合一"的风俗以及这个风俗所渗透出的对生命的理解，又怎么会如此的如出一辙呢？

一九七〇年以后插队的知青，一般称为"后知青"。无论哪里，后知青的集体户房子一般都是盖在村外。一九七六年唐山大地震，我们这里距震中只有几十公里，受灾也很严重。屋里不能住了，就在门前的上坡下面搭起临建棚。这种临建棚是用秫秸秆儿夹的，再抹一层泥，正值冬天，也就很冷。我当时盘了一个砖灶。但有灶，就算没有煤也得有木柴。一般的柴火不行，不禁烧。可村里要找木柴几乎和找煤一样难。也就在这时，我起了"飞智"。我发现，离我们集体户不远的庄稼地里有几棵老柳树。这几棵老树早已死了，只是还没糟朽。

我突然意识到，这是不是一片老坟？

这一想，就朝这几棵老柳树走过去。果然是一片荒坟，大大小小有十几个坟包。显然，这片荒坟的坟主儿早已没了后人，有的坟包已经塌陷，露出里面的棺木。我灵机一动，拽出一块棺材板扛回来。这片荒坟当年的主人家境应该很殷实，棺材板是上好的柏木。柏木有个最大的特点，油性大，沾火就着，而且很耐烧。但因为是多年的棺木，烧起来也就有一股奇怪的味道。

不过我连死人坑里的水都喝过,这点气味也就无所谓了。从这以后,我的这个砖灶也就有烧的了。每次烧完,就再去那几棵老柳树的底下扛几块棺材板回来。

就这样,那年,我度过了一个温暖的冬天。

后来又发生一件事让我记忆深刻。

那天,下了一场大雪。这场雪下得很大。到下午,县里的工程指挥部就下来通知,由于雪大,岸坡湿滑,有的村已经出了事故,所以停工半天,等雪停了再干。但我们村这时正准备在岸边挖一个水窝子。挖这水窝子,是准备建一个水闸。马大眼认为,雪再大也不妨碍挖这个水窝子,于是决定,我们村不停工,还继续干。所谓水窝子,其实就是一个大坑,只是因为要建水闸,这个坑就必须足够大,也足够深。就在大家砸开冻土,往下挖时,有人的钢镐似乎刨到空的地方,发出咚咚的声音。

立刻有人说了一句,是个坟!

接着又有人说,是个闺娘坟!

我听了心里一动。他们说的"闺娘坟"是当地方言,指的是还没出嫁的女孩儿的坟。按这里的风俗,没出嫁的女孩儿如果故去,是不能埋进娘家的坟圈的,但又没有婆家,所以只能孤零零地埋在野外一个不碍事的地方。这附近又没有树,显然不是谁家的坟圈,所以,也就只能是一座"闺娘坟"。大家又奋力挖了一阵,果然,一口棺木就露出来。

这竟然是一口大红棺木,虽然年代已经久远,但仍能看出,当年的红色很鲜艳。它的形状就像一条船,两侧起鼓,前后出梢,底盘也很大。最让人吃惊的是,这口棺木的盖和底都有一尺多厚。显然,这棺木的主人不是普通家庭。这时,已经有人在用钢镐嘎吱嘎吱地撬棺材盖。这棺木的橡钉竟然丝毫没生锈,显然不是一般的铁或铜,应该是一种特殊金属。

棺材盖终于被一点一点地撬开了。四个壮劳力,抬这个棺盖竟然都很费力。

大家把棺盖移到旁边,伸头一看,都愣住了。

这棺材里躺的果然是一个女孩儿,如果不是面色死白,看上去竟然就像在熟睡。她绾着发髻,看身上的装束,应该是晚清或更早时期的人。这时,所有的人都不说话了,围在这口棺木的周围静静地看着。就在这时,这女孩儿脸上的颜色开始变了,渐渐发暗。接着,身上的衣服也有了变化,像灰一样塌下去,瞬间变成了粉末。再然后,她脸上的皮肤也一点一点塌陷下去。就这样,这女孩儿在我们所有人的面前,变成了一具白骨。

这个下午,一直到收工,所有的人都没再提这事。

我当时注意到一个细节,这座坟的跟前没有柳树,还不是由于年代久远枯死了,没有任何痕迹,这就说明,当年不知出于什么原因,这个女孩儿的家人在埋葬她时,根本就没种树。但这一来就有了一个问题,没有树,这女孩儿的灵魂没有归宿,又到何处去了呢?

这个清淤工程一直到那年春节前才总算竣工了。年后,我就接到了大学录取通知书。

关于这个"闺娘坟"的事,我后来也请教过生物系的一个女老师。她听得很认真。仔细听完了,才告诉我,出现这种情况很正常。她说,根据我的描述,当时挖出的这口棺木材质很好,木料也很厚,而且还没糟朽,这样推断,棺木里应该是一个很好的密闭环境,所以里面的物质才不会发生变化。而一旦这棺木被打开了,人的皮肉组织和毛发,也包括她身上的衣物,一接触空气立刻就被氧化了,所以才会有这样的现象。她说,在考古挖掘时,经常会遇到这种情况,虽然现在已经有了很多保护措施,但一直还是考古界研究的一个课题。

她这样说完,又冲我莞尔一笑。

二〇一五年初,我要下去挂职。经过反复考虑,我最后还是选择了当年插队的这个县。

既然是挂职,平时也就在县城工作。但我这次下来的目的不是在县城,而是想去当初插队的那个村庄。那年夏天,我终于又来到这里。这时,当年的公社已改成镇。离村庄还有几里路时,我特意从车上下来,想走着进村,再感受一下,看能回忆起多少当年的事。

通往村里的土道已修成柏油路。但我一边走着,开始有些怀疑,如果不是镇里的人很肯定地告诉我,前面就是我当年插队的村庄,我简直无法相信。道边的庄稼地还是当年的庄稼地,只是已盖起很多蔬菜大棚。田垄上,也覆盖了塑料地膜。我在镇里已经听了介绍,现在这个村,已不像我当年插队时那样贫困了,更不用每到秋后靠砍树渡过难关。不过通往村里的路上,也确实一棵树都没有了,倒也豁亮,朝远处望去,一目了然。

我想,也许是当年每到秋天砍来砍去,已把所有的树都砍光了。可再想,又有些疑惑,就算砍光了,为什么不再种呢? 或者种了,再后来又都砍了?

来到村里,我才发现,现在跟我插队时确实已无法相比了。当年的土坯屋全没了,连"穿鞋戴帽"的房子也没了。所谓"穿鞋戴帽",是指砖基瓦顶,中间的墙山还是土坯。这也是中国北方农民的智慧:砖基,能防止雨水侵蚀墙脚,挂瓦,则不必每年再用草泥抹顶,而土坯的墙山可以大大降低盖房的成本。当年,如果谁家能盖几间这种"穿鞋戴帽"的房子,就说明生活已经很富裕,日子过得相当牛了。可现在,全村已是清一色的红砖大瓦房,看上去一家比一家气派。在村边,还有几户人家已经盖起三层小楼。

但是,我在村里走了一阵,渐渐就有了一种感觉,这个村庄似乎精赤条条的,身上不要说蔽体的衣服,连遮羞布也没了,村里的一切都暴露在外面,一览无余。

显然,这毛病还是出在树上。

当年,这个村庄虽然都是土屋,可看着还挺顺眼,就是因为有树。那时的村庄似乎是建在一片树林里,土屋被浓密的绿荫掩映,像一幅画。现在的红砖大瓦房当然比当年低矮的土屋气派,但是,我怀念那些绿树,它们不光与我年轻时的记忆相关,而且它们让我想起某种生命的东西。自然以其神奇的逻辑和力量影响着人类的生存,但是我们对其又了解多少呢?

我注意寻找了一下,当年那棵高大的杨树,也就是我曾砍了它的一根枝干做铁锨把儿,为此还让马大眼跟我蹦着脚儿急了一次的那棵杨树,现在早已不见了。这时,镇里和我一起来的人一介绍,我才知道,敢情这个出来接待我们的马主任,就是当年马大眼的小儿子。他这时已经四十多岁,看上去挺壮实。他笑着对我说，也是命大，小时候曾得过一场大病，当时家里人都已经不抱任何希望了，可没想到，不光闯过来了，后来还越长越结实。

从村里出来，北面有一条河。我走上大堤，朝远处望去。现在的农田已经又被切成一块一块的了。当然，与当年的"台田"是两回事。看得出来，有的人家种了棉花，也有的种了烟叶、芝麻或花生，大都是经济作物，大田作物基本没有了。但是，田里的柳树却多起来，朝远处望去，星星点点的到处都是，有一棵的，也有几棵的。我没问，但心里明白，这显然都是坟圈，村里的谁家有亲人故去，就埋在自己的地头了。

就在这时，我发现，在不远的地里有一棵杨树。这棵杨树很直，也很高，看去非常显眼。马主任见我一直盯着那边，就笑笑说，那是我爹的坟。

我下了大堤，朝这棵杨树走过来。

马主任说，我爹临死时嘱咐，他的坟上，要杨树。

我来到这棵杨树的跟前。它紧贴着马大眼的坟包。这时，一阵风吹来，这杨树的枝叶开始摇动起来，不是沙沙的，似乎是嗯嗯的。我想起来，这是马大眼当年说话的习惯。他无论说什么，总要先嗯嗯几声。我仰起头，看着这棵杨树，心想，它想跟我说什么呢……

星星上的盐

◎ 鲍尔吉·原野

逆风的鸟

今天的风约有 7 级，我看到有一只鸟在天上飞。地面的树叶在风中哗哗乱响，这只小鸟在空中几乎不动，逆风飞行。

一只鸟身体那么轻，但大风吹不走它，它用全身的气力飞行。如果不是逆风而飞，它早被刮得无影无踪。

我想它耳边传来巨大的风声，风大到睁不开眼睛。鸟儿仍然在飞，在几十米或许上百米高的天空看似不动。

有人会问：大风来了，鸟儿为什么不躲到树林里避风？这么大的风，鸟儿要飞到哪里去？

这是人的问题，而不是鸟的问题。鸟不考虑避风，只要喜欢，就做它喜欢做的任何事情，逆风而飞是自由之一种。

鸟飞得高，它飞了很长时间还在原来的地方。它继续飞着，早晚会飞到它要去的地方。

云湿衣

下石壕村坐落在太行山万丈悬崖之上，这是我们坐车环绕山路所看到的情景。村名唐代就有，现在还在叫。

我们下榻在老乡的石屋，这里所有的房子都是石屋。砖运不上来，也没有土坯房。第二天早上推门，白云像棉花一样挤进屋。好在上了门闩，否则它们半夜就冲进屋了。我和陈东捷住一个屋，我们俩像盲人一样张开手臂走出屋，走进云里，咧嘴笑。云浓到什么程度？裤裆以下都是云，低头看不清脚下的路。

我俩有意高抬脚,听自己的脚啪嗒啪嗒落在石板上,才敢往前走。走了一会儿停下来,怕前边是悬崖。东捷说歇歇。

站立不到一分钟,云没了,露出这个村的唐代风貌——石墙石板房,红辣椒和黄玉米挂在门两侧。石墙上开放嫩黄的南瓜花。老人和小孩儿在街上走,他们也是刚从云里走出来。我和东捷对笑,云又来了,彼此看不见笑容。

不知道这个云是不是前面那波云,我们又钻进了棉花糖里。我在云里大口呼吸,没感觉到有什么呛嗓子的气味。

可能我吸的云比较多,云很快散掉了,看到另外的风景。前面有一棵槐树(太行山山顶竟然长着一抱粗的槐树),槐树下有老人坐着聊天,他们也是刚从云里露出面貌。

我们往老槐树走,准备以手抚树,默念"树犹如此,人何以堪"。没等走到树边,又有两米高的白云飘过来,我俩站立不动。就像小时候玩儿的游戏,有人喊口令,跑的人立刻站住脚。口令再起才能跑。我知道老槐树就在前边,但看不到。云消散,看见了坐在槐树下的老人。他们健康慈祥,对我们笑,好像是他们派云把我们裹住了。我们也对他们笑。我笑的意思是他们享有高寿一点儿不奇怪:天天有云缠绕。

继续走,所见的一切都珍贵,包括前边跑来的一只黄狗,边跑边嗅路上的石头。云从前面的胡同拐弯儿而来,包围了我们。

这一回云散得慢,我们在云中立定二三分钟。我突然想,这工夫把上衣裤子脱掉,做一番云浴岂不很好?又一想,云散了,来不及穿衣服把人吓到也不好。

村子不大,我们走走停停在云里转,脸上带着笑容,所见很好笑。

过去我只看过蒸馒头揭锅盖时冒出的大雾,以及月台上火车头喷出的白雾,没见过平地生云。过去看白云在天上飘,不知道里面究竟是怎么回事,这回知道了,白云里并没有特殊构造,伸手在云里抓来抓去也抓不到什么东西。说它是云,只是眼睛所见,手根本摸不到。站在云里宜朗诵"空即是色,色即是空":云里啥也没有。

云散了，再往前走，眼前还是石片垒的石路、石墙和石房。老年人长得都差不多，都说山西话。我们在云里转了一圈儿回到屋里，东捷说很惊险，我说相当惊险。我们呵呵笑了一会儿。我用手摸衣服，潮乎乎的。衣服吸入云的水分，我用手攥衣服就像攥着云一样。

蓝牵牛花

牵牛花不分瓣，它的花瓣连在一起，像鸭脚的蹼，又像一个小裙子，只是裙子下面没有腿。牵牛花里只有绿豆芽十分之一细的花蕊，花蕊不算腿。

小时候，我在赤峰市第七小学读书。上学路过体育场，跑道边上长着好多牵牛花。

牵牛花的生物钟和别的花不一样，它到十点多钟才敞开花朵，花碗里没有清晨的露水。牵牛花不喜欢露水，露水凉。

粉色的牵牛花开一大片，它的蔓不愿意站着，或许是等人把它们扶起来。牵牛花如果长在篱笆边上，会环绕着篱笆桩生长，蹿到房上开花。

我小时候喜欢跟牵牛花玩儿，但不知怎么玩儿，它像一只喇叭，往这个喇叭里装土显然不合适。装小米呢？牵牛花不需要米。我觉得它适合用来喝水。

体育场边上就有一条水渠，我用牵牛花取水，没等装上水，花朵就被水冲跑了。

粉色的牵牛花是多数，蓝色是少数。你会觉得蓝牵牛花比粉的珍贵，就像公鸟比母鸟好看一样。蓝牵牛花的花蕊里有一个白五角星，粉牵牛花里也有白五角星。

那时候想问大人，牵牛花花蕊为什么有白五角星？没人回答你，我也没问过别人。不能问的事太多了，就像体育场对面的医院常有死孩子扔在路边，甚至没包一层布。死去的婴儿躺在丢弃的玻璃药瓶和废弃的纱布上，路过那里的小孩儿都飞跑，不敢停留。

体育场的看台上矗立着人字形的灰瓦屋脊，钉两条刷绿漆的木板，上面画着金苹果，一共 21 个。北侧的苹果叶柄向北，南侧的苹果叶柄向南。我无数次数这些苹果，每次的总数都是 21。

蓝牵牛花不在成片的粉牵牛花里开放,它独处一隅,可能嫌和粉花挤在一起太热。有一次我同学霍宝荣往蓝牵牛花芯倒了一点儿蓝墨水,我们盯着花,等待发生什么事情。什么也没发生,白色的五星变蓝了,显得不好看,像涂了黑嘴唇一样。

星星上的盐

大风让树枝摇动,如千百条蛇在绿叶间游走,河水掀起巨浪。星星却没被风吹走,仍然挂在遥远的夜空。

这么大的风却吹不走小小的星星,正像风没有吹走大地上的小树。星星在天上很坚固。

白花花的星星,让我想到了盐。这些名为星星的白色的石头不飘移,不融化,如同一颗颗盐做的纽扣缝在夜的帐篷上。月光像奶酪从我的手掌淌下,像达利的画。

站在高山上看星星,好像钻进了一个黑笼子。星星排列在前方和后方,笼子里挂满星星的银铃铛。那时候会想:星星有气味吗?这样的夜,除去青草的气味、河水的气味、空气中混杂的野生动物粪便的气味,剩下的就是星星的气味。它的气味空灵、旷远,或许有一点点咸。那时候我还没有想到星星上有盐。

海岛的星星离地面远,海岛的海拔低,像羊群一样的海浪涌到岸边消失了,岸是海浪的深渊。

海浪去了一个地方,它白色的蕾丝花边凝成石块。烈日在海上熬制的盐巴去了哪里?

看星星,人人觉得自己视力不好。所有的星星都比视力表上那最小的一行模糊。天气晴朗的夜里,这些星星边缘不整齐,有一些是半成品。冬天的星星粗糙,堆在天边等待远方的马车,它们是盐。

锡林郭勒草原有一座湖,叫额吉诺尔。蒙古族人管这盐湖叫母亲湖。他们赶牛车从四面八方到这里取盐,这些白色的结晶体最后融化在他们的血液里。蒙古族人装上盐准备启程的时候,面对盐湖下跪磕头,感怀这个世界上既有他们又有盐。

盐湖里的盐并没有减少,尽管蒙古族人拉走了无数车盐。湖里的盐乘坐灰白色湖水的浪涛往岸边走,盐水的浪是那样缓慢。

额吉诺尔没有什么好看的风景,大凡盐湖周边的植物长得都不好。可是这里的星空漂亮,比别处清廓。蓝幽幽的夜色稀薄而明亮,上面罩着不知从何处射来的白光。

这里看不到星星,额吉诺尔融化了星星上的盐,它们在灰白色的湖水里缓慢动荡。

这些盐的故乡在海洋,海水被太阳蒸煮,盐分上升成为星星,它们来到额吉诺尔上空融化,那里有一个星的窟窿。

把一只鸟拢在手里

小时候,我希望有一只自己的鸟,双手拢着这只鸟,看它的小脑瓜在手里转动,感受小鸟身上的温热,也许还能摸到它小小心脏的搏动。

这是我的想象,我并没有这样一只鸟。鸟从天空划过只是一瞬,再无消息。

有的鸟从树里突然飞出,不知所终。有的鸟突然飞进树里,也不知所终。它们叽叽喳喳说个不停,说了那么多话,却没一句你能听懂。博物学家怀特说:"鸟类的语言非常古老,而且,就像其他古老的说话方式一样,也非常隐晦。言辞不多,却意味深长。"语言隐晦而又意味深长也是李商隐的风格。

如果我有一只鸟,会仔细查看它的每一根羽毛;轻轻掀开它的翅膀,看翅膀里面和外边是不是一样;用手摸一摸它尖锐的小爪子。鸟向你眨眼,把下眼皮拉到上面,闭上眼睛。人眨眼是把上眼皮降下来,下眼皮升不上去。我模仿过鸟眨眼,但学得不像。

带着一只鸟在街上走,我要先把它放进左边衣兜,用左手攥着;再换到右边衣兜,用右手攥着。总之,如果我有一只鸟,我要始终用手攥着。鸟太小,没办法搂着,也不能抱,最亲密的方式是拢在手里,给它喂水、喂米,然后让它在一根横棍儿上睡觉。

我很想知道夜里的鸟在树枝上睡眠的情况。它们缩成一个团,把下眼皮拉上来盖住眼睛。睡熟了,双爪紧紧抓着树枝。那样能睡着吗?换成我,紧紧抓着一根树枝,根本没法入睡。即使睡熟了,双手还是会松开。

鸟急躁,它所有的动作都好似刻不容缓。即使啄一啄胸前的羽毛也急急忙忙。有这么急吗?它们手里压着的事好像比人还多,咋办也办不完。

我听说野鸟不让人养,有人把麻雀养在笼子里,麻雀东冲西撞,绝食而死。虽然我喜欢有一只鸟,但不会把它装进笼子。养鸟最好的方法是松开手,让鸟飞上天空。我一直没有鸟,我的鸟在天空飞行。

现在我仍然喜欢鸟。我的愿望是让小鸟把我看成一棵树,对它们无所惊扰,而我有机会在近处观察它们。这个愿望差不多要实现了:麻雀经常落在离我很近的地方蹦跳啄食。它蹦的时候,好像每一步都踩到弹簧上,蹦出很远,自己都控制不了。麻雀蹦的时候尾巴拖在地上,费尾巴。所以有的麻雀尾巴长,有的麻雀尾巴短。

我身旁的麻雀,猛然啄地,抬头看我。我没反应过来。麻雀接着啄地,再看我,用力很猛。我说学不了,我要像你们那样啄地,鼻子早撞歪了。

鸟飞走了,它做得最多的事情是飞行,我做得最多的事情是坐在树荫下看天空上飞翔的鸟。

马蹚雪

我不知道马喜欢看什么,我知道我喜欢看马群在雪原上奔跑,积雪飞溅,如一排白浪。

静谧的雪把大地遮得不留一丝缝隙,如巨大的画布,衬出奔马的雄骏与矫健。马群停下来,鼻孔咻咻冒出白气。它们跑出了一身汗,脖颈和后背凝结一层白霜。

因为雪的映衬,马的瞳孔比黑宝石还要亮。浅黄色的马鬃从枣红马的头顶披散到脖颈,还有一小绺在前额飘扬。花斑马是马群里的海螺。白马跟雪相比就不怎么白了。雪地上的黑马最醒目,蒙古人叫它"岗根哈日"。它浑身像黑缎子一样闪光,脊背挂着白霜,鬃毛斜搭在颈上,它就是远方。

马群跑起来看不出哪匹马好看，它们踏起的雪花几乎遮住它们的身影。透过雪花的缝隙，看到群马笔直伸出前蹄，尾鬃和大地平行。它们跑进雪白的河流，越跑越快，雪的浪花越飞越高。马群跑过的雪地留下长长的裂痕，仿佛是黑色的河床。

蜻蜓落在小孩儿肩上

一个放学的男孩儿在漓江街上行走，他穿白色短袖衫、蓝短裤。一只蜻蜓落在他肩上。

蜻蜓肚子像一根蓝火柴棍，它的翅膀是世上最精巧的事物之一，薄而透明，中间没有骨骼却不会被风吹破。

我跟在这个孩子身后，与其说我是跟着孩子，不如说我是跟着蜻蜓走，蜻蜓趴在他肩上不飞。

这个孩子的身高没到我肩膀，我刚好低头看清蜻蜓翅膀上的网络以及肚子上的荧光。孩子发现了我，目光警惕。我对他露出慈祥的微笑，但没管用。

他快步往前走，我心里说别把蜻蜓弄飞了，好在蜻蜓还在他肩上。我快步跟上，这孩子回头看我，我继续笑，但还是没管用。他撒腿往前跑，我只好站住脚，他跑到岐山路拐弯向西去了。

我还以为可以跟在孩子后面走一段路呢，仔细看一看蜻蜓的模样。

海浪洗黄昏

在洞头岛，黄昏时分在海边走，有别样的风景。

黄昏正赶上大海退潮。千万只浪花的手伸到岸上，再缩到海水深处，好像寻找遗失的珍宝。蓝色的大海一点点呈现金黄，俄而橙红。海水颠簸着，瞬间击碎金与红的浮光。海鸥惊慌失措地来回飞，嘎嘎叫。它们叫的声音不好听，难怪营口一带的人管海鸥叫海猫子。

海猫子不喜欢蓝色的大海被染上金红色，拼命去阻挡光芒，它们雪白修长的翅膀上也染上了金光。

一艘白帆船驶来，这是一艘小船，帆不怎么白了，帆上写着一串阿拉伯数字。尽管这样,这艘船的风帆仍被太阳的余晖照得金红。

大地暗黑,树林里的树枝浑然一体,像黑色的城墙。离地面很近的天际堆满云,这些云像是返航的远洋船队回到岸边。

在大海这边,天空无比辽阔,云层快速消散,露出明亮的蓝色天幕,金色的星星已经准备好出场。

黄昏的光芒隐退,海浪也平息了,海的白蕾丝花边模糊不清:海浪已完成了任务。它们收割海浪上面余晖的光芒,把它们埋在沙滩下,让它们变成金沙。

昆虫八宝宴

◎ 东　珠

眼下是二〇二〇年九月十二日,昆虫们已一连饿了三整天。

连饿三天,又长久不见,难免出现不和谐。台风过后,在仅剩下的一桌五米长、半米宽的八宝宴上,一只大黄蜂与一只食蚜蝇首先打起来了!这都是昆虫的拟态惹的祸。拟态是术语,用通俗语言翻译一下就是"乱穿衣""达人模仿秀""山寨"。胡蜂科、蜜蜂科、食蚜蝇科这三科的昆虫,自古就在争夺同一件外衣:它们迷恋黑黄相间的紧身衣,迷恋黑黄相间的条纹状肚套。这种执着,用东北大地上常见的一种草本植物中华苦荬菜可以解释清楚:它们的管状花正是黑黄相间的小炮仗捻的样子。有一次,我看到几只食蚜蝇落在上面哄吃,居然可以化入其中、难分彼此。大小、轻重、色调再合适不过。当时我特别惊喜:原来你们是一对啊!

中华苦荬菜是典型的根蘖型草本植物,对昆虫其实并不是很依赖,种子只不过是生育备胎罢了。因此,它的花朵,用手抚上去轻柔得就像小黄鸭或小白鹅腹部的羽毛,似有似无。东北大地上常见的就是黄、白两种花色。可食蚜蝇它就钟情黄色花。那白色花让它冷落得真是洁白无瑕啊。

而且,中华苦荬菜那小太阳似的花朵,在太阳面前,保持着相当谨慎、谦虚的作息:它几乎成了太阳是否赏脸的天气预报。阴天下雨,它的花朵会提前关闭;如果连下一个月,它也会连闭一个月。任何一种再普通的植物,悄悄过起小日子,都有着自己固定的老相好和内心敬畏的老神仙、总指挥。这几乎全都仰仗昆虫的多样性来传宗接代了。昆虫传粉的优势一直长盛不衰:靠风传粉的风媒传粉植物、靠水传粉的水媒传粉植物,种类到目前一直没怎么增加。因此可以揣测出胡蜂科、蜜蜂科、食蚜蝇科这三科的昆虫,它们的祖先是把情感和身家性命寄托在开黄花的菊科植物上而发家致富的。只不过，到今天，胡蜂科、食蚜蝇科的好名声，还全都指望着蜜蜂科。

即便没有台风，中华苦荬菜的花朵这时也早就力不从心了。最后一批冰激凌状的头状花序正在成为标本。它要等到来年春天接替葶苈金黄的花期。黄蜂隶属于胡蜂科。八宝宴上，它与食蚜蝇开战，这是今天遇见的特别残忍的一件事，也是我第一次见到肤色雷同、种类不同的昆虫血拼。黄蜂的个头太大了，简直像没有王法，专击头颅。因为争夺餐盘，它发狠要把食蚜蝇弄死。它简单粗暴，又稳又准又狠，先是一把抱起食蚜蝇把它转晕，再用嘴巴直接去戳对方的头，一下比一下重，一下比一下快，一下比一下粗鲁。没几下，食蚜蝇就不行了。它的奋力反抗更像投怀送抱。我本能地抓起相机，马上又觉得这样太残忍。可是，等我以最短的三秒钟把自己的心理斗争折腾完上阵搭救时，已经太晚了，被黄蜂狠狠摔到水泥台上的食蚜蝇已经奄奄一息了。

粉嫩的花盘上，饥饿的昆虫们依旧匆匆择食，有时迫于家风家教、军事实力的不对等，偶尔礼让一个花碗，表面称兄道弟。于是我又想起一个朋友的问题：谁是昆虫的医生？多年前，她还问过我：给牛看病的人叫兽医，给花看病的人用专业术语怎么称呼？这些我都答不上来。一旦咬文嚼字，才发现到处都是语言的死胡同。昆虫，这些像纸片、石子、米糠、花布条、饼干渣、头发丝、小竹枝一样的小生命，当它们战胜台风、睁眼便迎来粮食极度紧缺时，该怎么走出食物的末日时光？也就是十分钟前，我高高兴兴来到这里，刚一驻足，就听到巨大的暴躁的带着血音儿的嗡嗡声。已经可以听出情况不妙，因为昆虫们用餐时，如果心情足够舒畅，多是没有多少声响的。它们多是在更换餐盘或起身飞向下一朵花时才发出预警性的嗡嗡声。我寻声定位找了好半天，最后才在离花盘半尺高的地方捕捉到了一团乱哄哄的鸡油色飞影。只觉得很奇怪：颜色怎么这么黄？个头怎么这么大？根本认不出是谁，因为速度实在太快了，它们整个飞动起来，就是一个黄色球体在飞转。

这不和谐的一幕几乎超脱到只打扰到了我：它几乎全部在空中完成。扔下那具尸体，抹掉台风背景，回忆它们抱在一起腾空起飞时的镜头，又像极了没有柄的橘子味的棒棒糖,让甜味极力拯救着带有蜂毒的苦难。

台风海神仅在长春停留了一个下午。但这是百年不遇的一个下午。在它到来之前两天、抵达一天共计三天时间里,气温骤降,雨点到处乱撞,树叶腾空像麻雀,学校不得不宣布停课。我特意以我的方式迎接台风海神:就在它到来的那个下午,扔掉雨伞,一个人步行九十分钟回家。虽然有几次连人带衣服差点儿被台风拧成拖布,但浑身热乎乎的,越走越勇敢。我很快掌握了方法:心定则风定。当然,不建议大家这样体验台风。我的初衷是:人与其他生命之间,需要尝试着在同等困境中扔掉一些过于舒适的人类文明保护伞裸奔一次,如此才更能相互敬畏。一如我半夜脱掉棉袄、裸露后背蹲在村路上感受积雪下只有指肚大的葶苈到底经历了怎样的寒冷。那一夜,北斗七星高悬,口中呼出的哈气像洁白的纱一样久久不愿离去。一旦专注呼吸、调教呼吸、领悟呼吸,七星便会随着心境眨动,与根根睫毛对接。来自北山上星际的湿意与来自身边玉米地叶尖的湿意仿佛等距,天地人的概念在向我独门独授,人在这时醒来何等重要!

独自台风中步行,会明白后背光滑如纽扣的甲壳类昆虫的好处,也能体会到鞘翅目、半翅目昆虫的灵活。更觉得落汤鸡实在是科学严谨的民间比喻,没有什么比台风中的翅膀更难堪的了。

这是阳光决定的,昆虫的八宝宴就安排在二〇二〇年九月十二日这一天。

只有阳光能把处于黑暗之中的昆虫像拔火罐一样拔出来!这是白露过后的第六天了,悄悄掀开八宝宴的桌子一角,百余只异色瓢虫的集体出动瞬间让交通瘫痪了。这群黄豆豆瓣大的光之子,因台风到来,在地下足足憋闷了三整天,此刻,正叽里咕噜地从两棵榆树的根部出发,沿着树干向上"喷洒",直奔树梢。撞车的样子跟人类一样,一旦追尾剐蹭,气性大者会专门踩上一脚油门再使劲撞一下,直到打上一架才罢休。异色瓢虫是一个统称,它们的变异性极大,就连生物学家也没有办法搞清。就像紫堇属的植物一样,叶子变化至少达十几种。它们前胸背板上的图案几乎没有重样的。这等随意散漫的遗传,使得基因到处丢失,野心却越来越强大。英国将它引进,它靠着每年扩张一百公里的速度,几乎把当地的土著瓢虫全都替换了。现在想想,我也有好多年没有看到标准的七星瓢虫了。闭上眼睛回忆一下,满脑子几乎都是这杂七杂八的杂色家伙。背上标准的七个星的瓢虫,正渐行渐远。通体橘色的异色瓢虫稍好辨认:其头顶上的图案,正观是 M,反观是 W,这就是重要标志。这多符合英国生活啊!

异色瓢虫的最大特点是喜欢在树根下或石头缝里聚集群居。今天,它们其实很难抵达八宝宴。因为没有一朵花会像野生毛百合的花冠内部那样布局:与它生有一样的斑点、一个色调。它们对伪装格外重视,将之看成兵家密钥、生存利器。仔细观察,这两棵榆树的主干上,也生满了很多橘色的斑点、条纹。其工艺讲究,分布均匀,色调统一,不像是榆树自发张贴。这是我不想验证的:交通事故已经变味转向了,一只异色瓢虫正在啃另一只的臀部,出手就像大黄蜂抓起食蚜蝇。这再一次让我措手不及。以前有一个昆虫专家说过,它们除了会把卵喂养幼虫之外,成年的异色瓢虫之间向来也有同类相食的情况。这一次,好在两只都足够彪悍,几个回合下来,受攻击的那只掉头猛掐,一顿神拱,终于保住了自己的臀部。

那么,避免登上大雅之堂的它们,还能吃什么呢?今天真是幸也不幸,糟糕的答案随时奉送,每一个树杈都在酝酿吃货直播:转眼就见一只橘色的异色瓢虫正在生吞一只蠓科的昆虫。我甚至捕捉到了它空中擒拿的一瞬间。我从没有想到瓢虫那短哈哈的六肢可以这样灵活精准。猎物实在太小,实在看不清。只是一直盯着它:它大吃了好半天,章法娴熟,没有表情。这是我有生以来第一次如此近距离、不借助任何仪器看到它嘴里的肉。它打开了昆虫饮食的又一奇异景象:回到八宝宴上,原来,一只黄纹细腰蜂那一对橙色的触角,居然还可以像扁担一样端平,触角的末端居然还可以像黄瓜的须蔓一样向内卷起半个圈儿。它是多么自律、多么珍惜每一个花碗,它的触角过于长,生怕自己吃得忘情了弄脏了别的花碗。不远处,数只尾巴上带着长刺毛的寄蝇,个个清秀可人,生存技巧培育着赴宴素养,根本看不出它们都是通过自小寄生在别的昆虫那里而全部变成后妈养大的孩子。一只椿象,则悄悄坚守在几乎是仅剩下的未开放的一小盘八宝花盘上,悄悄吃那刚刚解封的蜜意。

没有饿着的,就是小灰蝶了。到哪里也不能缺少小灰蝶。这个小玩意儿,任何时候,它总能给饥饿者难看的吃相救场!它像是上天的限额派送,只有一两只。它色彩多变,跟人实在太熟络了,往往在苜蓿花开的时候,胃口极小的它,会慷慨地扔下美食,顶着毒日头,专门立在你眼前给你表演搓翅膀玩。它会反复揉搓很多遍,直到你看清动力原理。有时你可以大胆地做一个试验:试着跟它说话,然而你会发现,它仿佛能听懂你的语言。在夏天,在开花的一大片苜蓿地里,这种试验我已经做过多次了。眼前,这个讨人欢心的小魔术师,翅膀立起来是灰色,猛然间打开,居然像炭一样黑!无论在什么地方,纯黑色、没有任何波纹的小灰蝶并不多见。它特别喜欢热乎乎的水泥台面,飞起来忽闪忽闪的又跟小闪电一样迷人。让人很难想象,它是怎么抵挡住那么大的台风而活到今天的。今天的它特别调皮,独自玩起行为艺术,飞落到一截与自己体色相同的枯枝上,再也不离开,就像枯木逢春开了一朵小花,秀色可餐。

其实,只有在昆虫的用餐时间,我们才有机会近距离欣赏它们。这几乎是唯一的机会。无论昆虫进城还是留守山林,但凡喜欢立在花盘上的,它们都偏爱伞房花序的植物作为日用主食。次之是伞形花序、聚伞花序。以上三者,称谓上仅一字之差,但建筑学上的实用性和差异性,昆虫早就研究透了。伞房、伞形、聚伞,这三种花序的主语都是伞。但是,只有伞房是平顶,而伞形是圆顶,聚伞是几个分散的圆顶。景天科的八宝就是伞房状花序。在中药文化十分发达的中国,它全草药用,有清热解毒、散瘀消肿的功效。这些都与昆虫无关。狼毒花有毒,冰清绢蝶照样在上面吃饭。菊科的琥珀千里光有毒,它却是朱砂蛾的专宠。面对叶片紧凑、极具支撑力的植物八宝,昆虫们喜欢的是它的花碗的实用性、耐用性、固定性以及不轻易褪色。我们跟踪昆虫,当它把丝针一样细长的口器呈90度角插进八宝的花碗时,我们会看到,八宝的粉色花碗碗底虽然很深,但由于花瓣开放的尺度足够大,很能保证阳光对其进行全面消毒、产生阳光的甜味。

我到现在也弄不明白,这些飞行的昆虫为什么对湿漉漉的花朵、对大雾那么计较,无论何时,绝不将就。因为我可以确定,它们是喝雨水的,而且一定要喝那没有花朵打扰的叶子上储存的雨水,水质也要像钻石一样明亮。我们人类用餐,喜欢酒水、饮料、稀粥全部端上桌。昆虫则不是这样的。它们吃是吃、喝是喝。白露之前,我曾亲眼见到一只黄钩蛱蝶在用完八宝宴以后,绕道飞出很远,到一堆前夜割下的苣荬菜的叶子上喝水。洗澡水也要另算。就是刚刚,一只熊蜂突然扔下花朵箭一般速飞射出去,我知道要有大事发生,跑步去追。它落在了一片树叶上,原来它要清理自己。很有仪式感,像要当升旗手。眨眼间,那已经是一个人的样子了!它先清理双手,再清理它的双脚,还要全面撸肚子。撸肚子时就像一个女人撸猫或一个爱喝酒的东北男人撸串儿。更绝妙的是它还要掏掏翅膀根,掏完了,最后再撸撸翅膀尖。我见它一直是很干净的,可它很执拗,一直认为自己是脏的。这番梳洗前前后后非常迅速,耗时正好二十秒。然后它马上飞回到花朵上,感觉就像一个工作十分敬业的园艺工人匆匆上了趟洗手间。

当然,也有用吐沫清理自己的。这种方式真让人哭笑不得。不过,首次感受时还是相当感动的:多年前,吉林省通化的玉皇山上,一群野猫可能想获得我这个外来客的食物吧,见到我,由最年长的那只猫示范,用前爪蘸着唾液在我面前洗脸,然后一家老小共计十三只列队恭候,那阵势俨然祭祖大典。这次实在意外:先前榆树上打起来的一只啃了另一只臀部的一对异色瓢虫,这时其中的一只懊悔顿生。它可能在反思自己太过分了、太生猛了、太重口味了吧,就一直立在原地,体力恢复了以后,又是洗手又是洗脸,鼓捣了很长时间。感觉还在骂骂咧咧。既然它如此嫌弃、厌恶同类的体味,又如何咽得下同类的整个身体呢?我也给它计时了,刚好也是二十秒。这些随时随地都可能显现的昆虫的秘密,如果不是亲眼所见,听起来多像神话啊!

以人那好色的眼光看,在这地皮上、膝盖下的色彩越来越潦草的九月中旬,黄钩蛱蝶醒目的身影实在是延缓了季节的衰老。它们立在花盘上,韵律忽闪,等距列阵,像是给花盘安上新的花朵。它们的用餐时间特别长,吃相特别优雅。它们有一个特点:当亲眼看见自己的花碗被别的昆虫占领过以后,就绝对不再吃了,它们会悄悄换地方,非常大气。这次台风到来之前,也就是白露之前,它们大约从早上十点开始用餐,一直吃到下午三点,一天就这一顿饭。前提相当严苛:明澈的太阳必须当头照,阴天(哪怕半晴半阴)都是不可以的。台风过后,首次开宴,它们把用餐时间延后了近一个小时。像一切蝶类一样,无论多么饥饿难耐,一定要等待阳光。每年,只有等到八宝宴成为主餐时,黄钩蛱蝶才是最放松的,一次性出行的数量也是最多的。它们放松到可以将翅膀平铺在花盘上,悄悄卷起它们那淡绿色的虹吸式口器。我有幸见到那精彩的一幕,它们的口器可以像一盘蚊香一样向内卷起,每次它要反复卷起三次以上。我观察了很长时间,才知道那是在对口器进行维修保养,它最在意的就是身上的这个部件。

黄钩蛱蝶可以说是蝴蝶中的数学家,它的翅膀就是珍藏版的数学课本。这翅膀以多边形著称。当它把平铺的翅膀从花盘上收拢立起时,我们会看到一个醒目的白色的符号√(对号),或者字母 V。这就是它的名字的来历之一。之二之三呢?一定藏着掖着某段难以言说的往事,一如勾股定理与中国与毕达哥拉斯之间的关系,一如毕达哥拉斯的数学教学像极了中国的某一位高僧的教学。而这两个人并非生活在同一时代。数学之殇也是民族之痛,一如蝴蝶的英文单词以中国的赫哲族、鄂伦春族、达斡尔族为摇篮,一路缭绕北欧文明到达波罗的海沿岸,才得以最终让这个单词成形,让单词里的蝴蝶从此有了飞起来的意象。念着这个英文单词,一些人为了它背后的那段历史,几乎颠覆生死。因为至今在东北的乡下,在一些百姓的土语中,蝴蝶还叫"胡狄"。但凡迷恋蝴蝶的人,因果十分明了,必然迷恋花朵。谈到蝴蝶,我想很多人都很难做到不动情!

在东北,黄钩蛱蝶几乎满足了我对蝴蝶境界的高配奢望:收起翅膀,立起来,就是枯叶蝶的样子。希望再也不要发生这样的事:也因为它把翅膀进化成这个样子,以前有人曾拿它的翅膀模仿落叶松的树皮来制作艺术画。

这些年来,除了八宝宴上,我曾在葡萄架下见过它,那时它正把口器扎进掉到地上的几粒葡萄上,它是我目前见过的最爱喝果汁的蝴蝶。它总是独自喝。也在正午干热的白沙地上见过它,像它喝果汁时一样,它喜欢步行一粒粒数沙子。还在开花的稠李树上见过它,但它只是停留,对花朵并不太感兴趣,也很不般配。前不久在篱笆上的丁香叶片上见到它时,恰逢阴天,它正在与捆绑篱笆的一捆拳头大的花布条对视,整个下午都没有动,那布条与它的翅膀几乎一个色调。它一旦离开花朵,就显得特别孤独。观感上,它与翅膀同是豹纹的灿福蛱蝶、老豹蛱蝶很像,但后两者遇人时逃逸的速度都比之快出很多。后两者非常警觉,几乎不相信人。而黄钩蛱蝶这高科技的翅膀,让它有了遗世独立的底气、以数示人的自信和在人来人往中孤独穿行的无畏。遗憾的是,我从没有见过黄钩蛱蝶的新婚时光、蜜月时光,因此我总怀疑它们没有妻子或丈夫。

已经四十分钟过去了,漫长的花盘上,好像什么都没有少。那只饿疯了、恶魔一样的大黄蜂,情绪终于稳定下来了。先前它气得发抖。它有着傲人的霸气,多么清贫的季节也能吃出霸王餐的气场。它一战成名,吸引着我的眼珠。我发现,它到哪里,哪里肯定有昆虫马上腾地让座,席位哗然而空,独独剩下它。它一点儿也不在乎。它让那个可怜的小东西一大早挨了顿胖揍。到现在,那个可怜的小东西还躺在水泥台上。除了我,没有一只昆虫前去吊唁。特别有人情味的蚂蚁也没有到来。它像是睡着了,侧身躺着。就在我刚要离开的一瞬间,我发现它突然动了一下。这真让人好奇,它好像活过来了!我再次上前,确信那不是风吹的假象。这是多么好的事情!这样我就真的不太愧疚了。因它,我一直在自责,假如我出手快一点儿会怎么样?

这次真的没有错,它真的活过来了。它足足用了漫长的四十分钟来苏醒。它引导我跟踪它的新生。

这只食蚜蝇的后背,在翅膀根处,图案是一座黑色的小凉亭,配上尾部三道山水相间的黑色海岸线,简直就像海景房。而今天这只大黄蜂的后背,也背着一座与其同等大小、同等样式的黑色小凉亭。这一次,我抓起相机,拍到了一只食蚜蝇收拾破碎的自尊心、抖动翅膀艰难苏醒的一刻,也拍到了它再次沉稳如有抱负的少年般的起飞之姿。它学会了寻找自己的领地和精神独立,不再盲目去冒犯。同时,民间传说提示我,它也在代替人体验着、宣传着胡蜂科的胡蜂毒的特殊疗效。此处省略二百字药理说明书。说说民间传说吧！在东北,假如森林里有人被胡蜂蜇过,一顿痛苦的哀号过后,往往心里是很高兴的,逢人便夸耀:此生可以免除大病的光顾了。更让我舒心的是:刚才那只脾气火辣、一大早就动粗的黄蜂,它居然在更幼小、只有粳米粒大小的婴儿食蚜蝇那里显现出了长者的温情。它像是领着邻居家被争斗吓坏的小孩儿,耐心地示范着,还时不时回头看看……

孤猴

◎ 傅 菲

　　它是一只老猴。它回望扫街人。它站在石道上,回过头,眼睛睁得圆圆,吱吱吱叫。它的眉毛虚白,它的体毛黄白。它的短尾藏在下面。它浅红色的脸有一层层的皱褶,像一块用旧了的红手帕。它弓着身,慢慢地往山上走,消失在竹林之中。山腰之下,是一片竹海,青幽碧绿,沙沙之声不绝于耳。竹是毛竹,枝条粗壮。老竹褐黄,新竹翠绿。

　　竹海之上是古老稠密的森林。森林以阔叶常绿乔木居多,婆娑生动。站在山腰往高处眺望,墨绿而深沉。森林如翻倒过来的连绵海浪,兀自汹涌。山脚下是弯道连着弯道的上乐(上饶至乐平)公路。公路外侧是形似瓠瓜的田畈。田畈深深没入山垄。山梁如马背。山如肥壮的马在马厩中打响鼻。在"S"形的弯口,两条山溪在此汇流,如两条玉带环佩。村名遂取"环溪口"。环溪口百余村户以卖山货为生。

　　这是南方山区常见的山形,人择溪边盆地而居。公路沿着峡谷南北而行。峡谷极度弯曲和狭窄。灵山山脉和大茅山山脉的山系却因峡谷而分开。西南方向的灵山山系越来越高,逐渐隆起,如羊皮鼓;东北方向的大茅山山系平缓上升,慢慢收缩,抬起山峰,如抻长了脖子的长颈鹿。山与山不是对峙,而是颔首相望。苍郁的森林竹海,一眼望不到边。

　　初夏,有人见到猴子来到西山森林。猴是短尾猴,它们在山上嬉闹取乐,在树上荡秋千。一个外村采药人到森林挖金线莲,饭盒吊在树丫上,就去山涧边找药了。到了中午,他去找饭盒吃饭,饭盒不见了。他找了好久也没找到饭盒。谁会拿走饭盒呢?这么高的山,这么密的林,还会有谁上山呢?即使有人上山,也不可能拿走饭盒啊。山区人有规矩,不打招呼吃了别人的饭,会留下烟或刀之类的东西,以表谢意。他想想有些后怕,会不会是山鬼出来了?山区人迷信,认为山高林密的地方,有山鬼存在。山鬼脸绿眼红,手长脚长,头发如松毛茂盛,在树与树之间跳来跳去。山鬼不穿衣服,穿蓑衣。山鬼会发出很多种叫声:"啊啊啊"是一种,是山鬼太寂寞了,山鬼吼叫了;"吱吱吱"是一种,通常是山鬼和山鬼打架的尖叫声;"呜啊呜啊"是一种,是山鬼伤心欲绝了,哭得天在瞬间暗了下来;"喔喔喔",是一种,是山鬼饿了,找东西吃。采药人没见过山鬼,但他听到了"吱吱吱"的叫声。他毛骨悚然,背起药篮往山下跑。树木太密匝,阻碍了他的脚步。他越跑,"吱吱吱"的叫声越激烈,还伴随着树叶的"沙沙"声。他鞋子跑脱了,气也跑脱了。他跑不动了,抱住棵树,哀求说:"山鬼啊,你追我干什么?"

采药人紧紧抱住树,嘴唇哆嗦。山鬼也不应答他。山鬼不叫了,树叶也没了声响。他缓过神,回头一看,是一只公猴红着脸,手(前肢)上捧着饭盒看着他。他哑然失笑,说:"猴子啊,你说说你,就是只猴子,不是山鬼,你可把我吓傻了。"

环溪口人知道了山上有猴子。但大部分人不相信。采药人的话有夸大其词的嫌疑。猴子没有下过山。

山上曾有猴子,却是三十年前的事了。村子四面有三座高山,每座山上都有猴子。西山是来龙山,猴群最大,在一棵老苦槠树周围盘踞。村里有一片二十余亩地的桃林,桃熟了,猴子下山了。猴子来到桃林摘桃吃,吃半个扔半个,一片桃林收不了几颗果。种桃人种桃想卖些钱,除草施肥,护了四年才有了桃,但他没想到猴子下山摘桃。围篱笆也不行,人守得了白天守不了晚上。种桃人无计可施,只得把桃林砍了,改种蘑菇。

村里有一个卖番薯干的人,挖了番薯,切片煮熟,圆匾放在屋顶上晒番薯干。煮熟了的番薯糖分足,浓香四溢。猴子爬上屋顶,吃番薯干,掀翻圆匾,踩烂瓦片。他转到田里晒,用丝网罩住。猴子拔起挂丝网的竹竿子,抓番薯干吃。他抄起竹棍赶猴子,猴子一溜烟儿跑了。

溪里有许多杂鱼。鱼是马口鱼、白鲦、宽鳍鱲。冬至之后,是晒鱼干的好时节,天寒无蚊蝇。把棕叶撕成一丝丝的,一条棕叶丝穿一条鱼,挂在晾衣竿上,任凭风吹日晒。鱼干加烟熏肉蒸起来吃,是环溪口人吃不厌的。猴子爬上晾衣竿扯下鱼干,吃了扔,扔了吃。

但环溪口人不打猴。猴是凡胎长大的。环溪口人说。凡胎长大的,不能伤害。

那个时候,公路还是沙石公路,车开过村前,扬起的沙尘腾空滚起。车是载重车,拉矿石的,喘着气跑。

上乐线是赣东重要的公路线,是赣东皖南的主要交通通道。货车多,路况差,公路改修,拓宽浇水泥。改修公路时,山脚天天放炮。山体是石灰石构造,不放炸药炸就开不了山。路修了两年,炸药响了两年。路修好了,猴子不见了。猴子去了哪里? 只有猴子自己知道。

有猴子,环溪口人真是讨厌它——好多经济作物和果树种不了, 好多吃食晒不了。打又下不了手,杀又狠不下心,赶了又回来。猴子还抓鸡抓鸭,抓了就往山上跑。没猴子了,环溪口人又念叨起来,说,没了猴子,省心很多,却少了很多趣味。少了趣味就少了生活的滋味。猴子会打架,在田畈里追着打,打得鼻青脸肿。猴子打架凶狠,龇牙,发出"吱吱吱"的威胁声,恨不得一口吃了对方。猴子抱走厅堂的篮球,在田里滚来滚去。猴子追狗,狗"汪汪汪"地叫,跑。狗跑不动了,反转身,"江江江"一阵狂叫,猴子害怕了,逃跑。村小学有一个挂铃,上课了下课了,老师拉一下绳子,挂铃"当当当"。猴子溜进学校,拉绳子。"当当当",校长拉开门,探出头,看看是谁不按时拉铃。见是猴子,校长笑了。猴子还溜进女教师办公室,抱走饼干盒。去山里做事的人,带饭去,要把饭盒埋在地里,不然的话会被猴子偷吃了。一个人去深山做事,也不怕。人们相信,有猴子在,山鬼就不会来。据说猴子的眼睛能看见山鬼的影子。它看见山鬼的影子会扑过去。

猴子又出现在森林里,有三个年轻人认为是可信的:采药人没必要撒谎。他们上山去找。西山的森林至少有十余平方公里。他们一座山峰一座山峰地找。可他们没看到猴子,也没听到猴子的叫声。采药人看到的猴子,是过山猴,是被猴群赶出来的。他们这样判断。

寒露过后,伐竹开始了。每年秋冬季,人们要在竹林中选老竹采伐。选伐过的竹林抗雪灾风灾能力强,来年会长出更多新竹。竹和笋是山区人主要的收入来源之一。伐竹人带米菜上山,自己生火造饭。吃饭的时候,三五个伐竹人坐在一起,喝点儿小酒,聊聊家常,唱唱山歌,尽劳作之兴。伐了半个月,猴子来了。一只公猴和三只母猴,带着四只小猴,出现在他们吃饭的现场。公猴"吱吱吱吱"地对着人叫。一只小猴趴在母猴背上,三只略大一些的小猴眼巴巴地看着伐竹人吃排骨喝酒。这下子,他们乐坏了。他们把排骨扔过去,公猴望望他们,捡起来塞进嘴巴里。

每天中午,猴子都会来。伐竹人给它们玉米棒、橘子、苹果吃。吃了几次,猴子胆子大了,直接去翻伐竹人的货袋。货袋是布袋,有绳子缩口。猴拉开缩口,翻出里面的水果。猴子把瓶装的谷烧也翻出来,咬开瓶盖,偷酒喝。猴子喝了两口酒,脸更红了,走路摇摇晃晃,没走几步瘫倒在地上。伐竹人在火堆上烤竹鸡。火是炭火,一根竹签穿过竹鸡身子,搁在石块儿上烤。竹鸡又香又酥,冒着黄黄的油珠。猴子拿起竹鸡吃。伐竹人追着猴子跑,猴子爬到树上去。

伐竹两个月,山上再也无人。大雪封山。公猴带着家族来到了村子里。

没吃的了,猴子才会下山。环溪口人给它们烤红薯吃,给它们玉米棒吃。

猴子吃了食,在院子墙垛下晒太阳。母猴抱着小猴抓虱子吃,小猴给母猴顺毛发。它们在村子里跑来跑去。猴子溜进杂货店偷面包吃,偷牛奶喝。猴子抢孩童手上的零食吃,孩童被吓得哇哇大哭。猴子蹲在门槛边,看着人吃饭。

猴子喜欢在公路边闲逛。母猴跟着公猴,小猴跟着母猴,嬉戏着。路上有小车停了下来,给猴子拍照,和猴子合影。猴子拉着人的衣服,"吱吱吱"地叫。拍照的人打开车门,拿出巧克力、饼干或水果给猴子吃。

来往的人大多数知道这一段公路很容易遇上猴群。他们停下车,拿一盒饼干或面包下来,给猴子吃。猴子爬上车顶,跳来跳去。小猴子还站在人的肩膀上眨眼睛。

猴子见车子停下来了,就去开车门,在车上找东西吃。

过了三个月,小猴子少了一只。小猴子在车上找东西吃,年轻司机把车门锁上了,开着车子跑。车子跑了,其他猴子还在抢地上的饼干吃。这是杂货店老板娘说的。她的店在公路边,可以看清弯口。猴群在弯口讨吃的。

来往载重车多,拉矿石拉煤拉料石。弯道多,视野不开阔,路况复杂,加之载重车难刹车,惯性大,一只小猴子被碾死了。猴群在公路上嬉闹,互相追着跑。"叭叭,叭叭",司机在拐弯时摁喇叭。猴子往路边跑,小猴跑不快,重车的后车轮轧到了小猴子。小猴子当场死亡,身子成了肉饼状,只有猴头和尾巴完整保留着。猴群被吓坏了,跑到田里,"吱吱吱"地叫。小猴子的母亲——破了嘴角的母猴,想抱起小猴子,却抱不起来:只有一泡烂肉。它抱起小猴头,坐在路边,痴痴傻傻地看着小猴头。

母猴在公路边坐了五天。小猴头叮满了苍蝇和飞虫。村人拿竹竿赶母猴,它也不走。它惶恐地望着村人,满眼哀伤。村人做了两块写有"猴群活动地带 请低速行驶"的警示牌,插在东西两个公路路口处。

村里有一个清除垃圾的人,扫了街,拉垃圾去垃圾窖。他是个热心人,戴个口罩,穿一件劳动服,见猴子去了公路,举着扫把赶猴子。他责骂猴子:"小猴子被抱走了一只、碾死了一只、你们还去讨吃的,饼干面包就有那么好吃吗?想吃了,不如掌自己嘴,省下自己一条命。"猴子看看它,龇牙,"吱吱吱"地叫。猴子被他赶上了西山。他走了,猴了又跑回来。

冬季,山中多雾。雾罩住了整个山野,不见山不见户不见人。晌午了,白雾才慢慢散去。冬雾,环溪口人称之为"魔霾阵"。冬雾有自己的阵势,从大地的每一个毛孔升上来,像魔鬼吐出烟雾阵,蛛丝一样绕了山绕了屋舍绕了田野,也绕了狗绕了牛羊。羊关"在羊圈被咩咩"直叫,饿得顶圈栏。

冬雾也绕了汽车。车子又碾死了猴子。一只母猴瘫在车轮下,脑浆迸裂。母猴死了,双腿还在抖动,肠子拖出三米外。扫街人心疼,说:"赶了多少次,你还要来讨吃的,吃是最害身的,你到死了还不明白这个道理。"母猴身上还有胎,胎盘有汤碗大了。一个路过的司机见他挑着死猴去埋,说:"猴子卖给我吃吧。"扫街人拿起扫把戳过去,说:"你是个畜生,你去坟里挖死人吃!"

环溪口往北五里,有一家路边店,卖野蜂蜜、蘑菇等山货。路边店是民宿的一部分。猴子也去民宿玩耍、讨吃的。民宿有烧烤。双休日,城市人来吃炭烤牛肉、炭烤鱼干。猴子讨烤肉吃，趁人不注意，拿起烤肉就跑。有一个吃烧烤的人逗猴子玩，拿一块烤鱼，诱小猴子，诱进了房间里，再也没见小猴子出来。

猴子胆子越来越大，有时站在公路中央拦车子，把司机吓得惊魂不定。司机走下来赶猴子，骂道："讨吃的，连命也不要了。"司机给了食物，猴子才走。有一次猴子拦车，被车撞飞了。猴子躺在地上挣扎，好几次想站起来，但站不起来。四肢断了两肢。扫街人抱起猴子去诊所，小跑着，可还没到诊所，猴子就死了。内脏的血流了一路。死的猴子是母猴，它的小猴跟着扫街人跑。公猴在公路上跳来跳去，近似疯狂。

很长一段时间，公猴处于疯狂状态。它带着一只母猴一只小猴在山林在村子游荡。它的脸皱得厉害，红斑褪去了许多，红斑边沿出现了癣状的白斑。它淡黄的眉毛变白。它头上的毛发越来越少。它经常站在山道边，对着公路发出"吱吱"的尖叫。它烦躁而愤怒。

春天还没走远，豌豆花开得羞赧。母猴产下了一胎。母猴抱着小猴坐在村头的大樟树下晒太阳。小猴卧在母猴怀里，亲昵地叫唤着。小猴皱着眉头看人，眼睛透亮，让人心生怜爱。稍大的是两年多的猴崽，已经半成年了。它是一只公猴。小公猴性躁，和狗打架，和猫打架。有一次，它跑进一户人家，拿出一把菜刀，爬到屋顶上玩儿。这可把人吓坏了。刀不是乱玩的东西。两个男人捏起扫把棍，赶小公猴，赶了四里多地。小公猴跑进了北山的树林，再也没有回来。也不知道它去了哪里。老公猴对着北山叫了三天，不叫了。跑走的小公猴不回群，去别的地方做了过山猴。

死的死，走的走，猴群散了。扫街人赶猴，不让它下山，可阻止不了。山下找吃食太容易了，食物让猴子忘记了危险。尤其在冬季，猴子天天下山。扫街人对村里人说，猴子来了，千万别给猴子吃食，好吃食养懒人，好吃食也养懒了猴子；有了吃食，猴子不愿在山上找食物了，这是害了猴子。才三年的工夫，一个猴群只剩下老公猴和"孤儿老母"。车轮猛如虎，太让人痛心了。

又一年春。三只猴子在弯口玩耍，一辆拉沙子的车子经过，见了猴子，司机迅速避让。车是四轮货车，车轻沙重，方向盘转得太快了，车子侧翻，沙子倾泻下来。老公猴逃得快,吊在路边树枝上。母猴不忍心放下怀里的小猴,被沙子盖了。村人拿出铁锹、锄头,挖沙子。小猴太弱小,已窒息而死。母猴是被救了下来,腿骨全断。公猴望着死去的小猴,惊骇万分。它看着母猴被人抱走,送去动物救助中心。

一座高山,只有一只公猴了。公猴还会来到村子里,沮丧哀伤地尖叫。只要它来,扫街人就拖着扫把轰走它。公猴跑上山道,回头落寞地看着扫街人。那是怎样一种孤老绝望的落寞。它再不能死在车轮下了。一年多了,环溪口再也没出现过公猴。也不知它是死是活,也不知它是否还在西山的森林里。三个年轻人又去山上找,找了三天,也没见到猴子。

没猴子来,村子清静了许多。这种清静让人难受。

草原上的事物

◎ 海勒根那

云雀与蒙古百灵

在草原上,有两种鸣禽我总是分不清,一为云雀,一为蒙古百灵,它们体形相像,都麻雀般大小,叫声却千回百转,非同寻常。从冰雪融化的春天,一直到行行大雁列队南迁,云雀和蒙古百灵的啁啾是草原上最嘹亮悠扬的音符,听到它们的鸣啼就知道草原近了,万物复苏了,草长莺飞了,一岁一枯荣了。

为了分辨它们,我曾经细心地观察过辽阔的天空上那一个个小小的身影。如果没弄错的话,我认为那些总停留在空中鸣叫的小家伙应该是"额勒"(蒙古语,意为云雀)。它们以天为幕,喜欢在大庭广众之下抛头露面。特别是求偶的季节,它们上下翻飞,一会儿在流云的缝隙里,在目力几乎不及的浩渺的深空中尽情歌唱,一会儿又降落到某个制高点,像一枚小小的钉子一动不动地钉在天上。一成不变的是它那热烈而高亢的、繁复且起伏跌宕的歌喉,有时真让人担心,它小小的身体会因为激动,因为唱歌用力过猛,而在烈焰之下成为一缕灰烬。

蒙古百灵则略有不同,它们很少像云雀那样堂而皇之地悬停于空中,更多的时候,它们探头探脑地隐匿于草丛沙地,不需要什么舞台,只要一个土包,就可以振翅而歌。只要它们愿意,随随便便就能模仿各种鸟儿的叫声,甚至蛙虫之鸣,当然也包括云雀。当一只额勒在天上动情婉转地歌唱时,草地里若有另一只热忱呼应,那不一定是它的伴侣,而更有可能是惟妙惟肖的"百灵学舌"。它激情四射,妙语连珠,翻唱好一通草原原住民的各种曲目,某一刻却突然闭上嘴巴,好像什么都没发生,然后疾步啄食草籽或昆虫去了。接下来,填饱肚皮的三两只蒙古百灵会贴着草坡和丘壑低飞,像无所事事的孩子那样东边捉捉迷藏,西边丢丢手绢,四处播散它们曼妙的歌声。

我以上说的这些,其实只是蒙古百灵通常的情形,千万不要以为它们不会展翅高飞,一旦来了兴致,小家伙们便会像子弹那样弹射到空中,进而一飞冲天,我们甚至来不及看清它是怎样做到的,就已直上九霄云外。此时,令我们惊奇的事情发生了:连影子都见不到的它们,竟然将嘹亮的啼鸣传到了地面,"空山不见鸟,但闻鸟语响",那声音的穿透力像一颗颗子弹,瞬息击中我们的心灵。

每次到草原去,我总会长久地仰望天空,寻找云雀和蒙古百灵的影子,我想看到它们高蹈于天空的样子,向往它们与日月星辰那么接近,那是何等的逍遥与自由、何等的欣悦与欢喜,但却是人类所不能及……这样想着,我以为它们更有可能是上天的使者,为了窃听草原的秘密,所以派出这些小精灵,用心模拟草原的声音,然后带到天上去。

草原上的马群

来呼伦贝尔之前,我从未见过那么多马,它们分群而栖,随处可见,有的十几匹,有的数十上百匹不等,且大多处于半野生状态。当地的牧人,无论巴尔虎旗人、布里亚特人还是达斡尔族人、鄂温克族人,抑或汉族人,都有养马的习俗。他们养马并非为了买卖和发家致富,而是出于喜爱。牧民除了优胜劣汰地处理掉一些老弱病残的牲畜之外,一般都任其繁殖。养马也较养其他牲畜省事,一年四季野外放养,主人只需隔三岔五去寻寻它们的踪迹,或春天产驹、丰收节给马打烙印时才把它们圈回家里。所以,呼伦贝尔草原上的马野性未泯,相关之间保持着原始族群关系,肆意游走于草原林海、湖河溪畔,冬啃霜雪,夏饮甘泉,自由自在,宛若天之骄子。家畜与万物同等,只要少了人类的干预与奴役,就会显出大自然所赋予的美丽天性,焕发出生命该有的勃勃生机。

如果说云雀和蒙古百灵是草原的音符,那么成群的骏马就是草原的魂魄。一片草原上若没有了马,那只会是一片没有灵魂的荒野,会缺乏俊美、高贵、飘逸的气质,甚至奔腾和勇气。所以,我到草原去,总要探望这些马儿,就像探望隐于大野的至亲。我总会在任一马群的旁边坐上一会儿,看它们突突地打着响鼻,扬鬃甩尾拍打蚊蝇,偶尔三两匹顽皮嬉戏,你追我咬咴咴嘶鸣。夜晚将至,我就仰躺干草地之上,举头望向高出大地的山脊般的马背剪影,静静地倾听它们骁骁捋草的声音,那窸窣的错齿声被习习晚风吹送,让我心醉神迷,只想弓下身来,像马儿那样用嘴唇去热吻大地母亲……

一个马群大体会由一匹大公马统领。公马一般正值壮年,膘肥体壮,毛色油亮,生龙活虎,在马群中十分打眼。作为一家之主,公马对自己的马群负有引领、保卫的职责,所以它往往兼具勇敢、坚韧、智慧和明辨危险、是非的品格。

有一次在鄂温克草原,为了拍摄一个大马群我想靠近它们一些。一匹健壮的公马远远地向我跑来,它把我当作了入侵者,冲我突突地打响鼻警示,并且闪展腾挪,向我展示它绸缎一样的皮毛、瀑布般的长鬃隽尾、石磙似的肌肉和一身高超的"武艺"。我与它对峙了片刻,它的眼神炯炯,却没有敌意,而是充满了星辰般的明亮和善意的劝阻。那一刻我退却了,为了它这份温良的警告。回来后我写下了一首诗歌:

> 我举起了双手
> 向一匹马臣服
> 向一片草原和一群马的领地臣服
> 落日也有主权。我向那
> 恢宏的盛大的自然
> 自然中最宝贵的自由与尊严
> 臣服
> …………

是的,这些人类驯养的马,还保留着那份无拘无束、无所畏惧的秉性,

178

这是大自然最后的尊严，也是人类永远不可践踏的尊严。

芬芳的牧草

到了呼伦贝尔，你才知道什么叫天高地阔。那一碧千里的沃野，起伏跌宕的山峦，纵横蜿蜒的河流，共同绘就了草原的大美。这是天然形成的优良牧场，没有人工播种，也不需要谁来浇灌，只有大自然的慷慨赠予。我迷恋这片草原，更沉醉于牧草的芳香。也许有人会诧异于牧草的香气，我想说，那是你没有到过内蒙古最北部的这片净土，尽管近几十年里她曾遭受过种种矿业、农耕和人为的侵蚀，却纯粹依然，芬芳依旧。那清香是庄稼地和蔬菜地所没有的，是城市草坪和公园绿植所不具备的，那是自然牧草的清香，沁人心脾。特别是几场春雨过后，群山返青，遍野吐绿，你站在呼伦贝尔草原上，会发觉迎面吹来的不是风，而是万顷草香，置身其中的你正醺醺欲醉。

为了弄清这香气的来源，我曾仔细地研究过这些野草。六月末的一天，在陈巴尔虎旗的一片牧场，我细数了一米见方的野生植物种类：节节攀高的是针茅草和冰草，开着大尾巴紫色花的是马鞭草，枝叶繁茂的是野苜蓿；娇艳火红的萨日朗与灿黄如金的野罂粟竞相比美，绿莹莹的香蒿和密密匝匝的碱阜你围我绕；再下面是矮墩墩的车前子、多肉植物和害羞的小草蘑……还有很多叫不出名字的野草，方寸之间竟然有二十几种植物，但这还只是被牲畜天天啃食的稍有退化的草场。今年盛夏，我到鄂温克草原去，真正见识了古诗句"风吹草低见牛羊"所描绘的情景——因为雨水丰沛，留作秋季打草的草场一片榛莽，草深处接近腰际，那比麦地还要繁茂不知多少倍的草地，用"百花盛开"来形容毫不夸张，那是怎样一片争奇斗艳的七色花海呀——除了我刚刚提到的马鞭草、萨日朗等，铺天盖地的还有粉色风毛菊、野火球、野麦花、红车轴草，摇曳如海的枣红色地榆果，紫色的石沙参、穗花、野苜蓿也使出浑身解数，盛开出繁星点点的小紫花来；密如繁星的还有小黄花北柴胡、小白花防风草和石头花；同样开细碎白花的还有高过所有野草的草中"骆驼"——叉分蓼（酸浆草）；而一枝独秀的野百合花，像花中的皇冠王后，傲然独立在万千花间；低调而寂寞的车前子此时也不甘落后，纷纷抽出了绿色的长穗……那数不清的草种啊，那大野茫茫的草海、花海啊，无边无际，一直连绵到天的尽头，那是天地怎样的恩泽与造化，赋予大自然如此的富饶、美丽和繁盛。

呼伦贝尔的牛马羊和野生动物就这样渴饮泉水，饥食百草，百草中不乏赤芍、黄芪等名贵中草药，牲畜和鸟兽各取所需，使自己病愈体健，这是天地赐予它们的口福，而牧人则尽心经管牲畜，以其为食，这就是草原千百年来的和谐共生，万物因此而生生不息。

立秋时节，牧人们开始收割了，就像牧草们知道天凉了一样。打草机所过之处，那些没过膝盖的野草便滚到一起抱团取暖，一捆捆一垛垛，星罗棋布在草原上，仿佛是它们写给大地秋天的一行行排列整齐的诗句。那新刈过的草地，草香愈发浓郁，原来它们的体液也是香的，此时正随着打草机肆意流淌，流成一条条看不到摸不着的香河，只有鼻息能够感知，能够触摸到它们的流向，那香气甚至呛出人的眼泪，那是被草香感动而流出的泪水……

在这篇散记收尾时，我恍然记起有一年冬季去伊敏苏木采风，闲时帮助牧民为牛羊添草。我打开一捆牧草，把它摊拨开，一股草的陈香随即扑面而来，让我不由得惊诧：原来草的香气一直被打包在里边从未散去。我问那位牧民，这牧草储存多久了，他很随意地告诉我，大概有两年了吧，前年的草丰收了，一直留存到现在。

哦，原来干枯的草也是香的，可人的皮囊却不能。我摘了一根枯草放在嘴里嚼了嚼，那是盛夏草原的味道……

草原夜色美

傍晚将至的时候，草原也变得宁静起来，昆虫们不再躁动，纷纷躲到草丛里去。云雀刚刚还在天空迎着落日和最后一抹夕光炫舞，这会儿就像一块石头一样，直直地砸向地面，瞬间不见了踪影。夏日的夜来得足够晚，太阳在七点半以后徐徐落到天边去，先是把一大片云霞的边缘熨红了，接着，暗淡的山冈也被它点燃起来。照这样下去，它会烧毁一切，可地平线太厚重了，像一块巨大的不可动摇的铁板。晚八时许，太阳终于将身下这块铸铁融化出一条缺口,它开始陷落,像一位事业辉煌的大师谢幕。幕布拉下来,大师隐身了,可它的余晖还在,还要持续影响后世,它身后留下的那些晚霞得到它的光辉照耀,还要火红到很晚很晚。周遭的天际也在感受它的余温,变成空蒙的紫色。与渐暗的大地相比,西面的天空至晚九点左右还显澄明,那清澈的光比白日里任何时刻都显得深邃,显得弥足珍贵。当头顶上泼墨般的流云渐渐消隐于黑暗,最后一条木炭似的晚霞也燃成了灰烬,星星们开始在天空登场。它们倾巢出动,只要抬头,就会看到它们若隐若现的身影。一小块月亮原来是在南面的天空悬着的,它该是夜的主角,不过因了前主角的掌声迟迟不息,它一直被忽略,现在终于显露出来,原来它也是一位妙不可言的美人,晶莹剔透,矜持而娇羞。这时的夜空方显圆满,变得愈发动人起来。你在草原随便哪一处,都会感受到它的端庄秀美、它的沉静雍容,而在地球上肃立的你仅渺小如一只淹没在黑夜里的蚂蚁。

草原的夜风也是迷人的,无论白天多么炎热,待夜幕四合,夜风便会送来沁人心脾的凉爽。这当儿,归圈的牛羊正细细反刍,马群埋在夜色里打着响鼻吃草。此时清凉的夜风多么重要,它会替牲畜梳理皮毛,刮去它们一身的汗水,更会适时轰走嗡嗡乱转的蚊虫。不远处,隐隐约约的,蒙古包上歪斜着一缕炊烟,那也是夜风的杰作,好似正在把牧人的乡愁拉长,吹远……侧耳倾听,风吹草动,沙沙如细雨飞蛩;风吹星动,空茫似大音希声;风吹心动,那是热泪盈眶的我在感谢上天,是它让自己有幸见此美景,来这世上走过一遭……

草原的晚会排序井然,日落前是鸟儿们的即兴和声。日落之后,舞台转场,表演者从水泡和湖泊涌现,宛若一群倒映在水面的星子,它们的合唱有点匆忙,有点迫不及待。那一池池不太整齐的蛙鸣此起彼伏,震荡着风的耳鼓。待到夜色黑透,真正的繁星乍现时,蛙们就乖乖地闭上了嘴巴,像处子般静止不动了。晚十点,草原只剩下了皎月之光,只剩下了星星的窃窃私语,只剩下了无法言说的静谧……

这一切要一直持续五个小时之久,待那位辉煌的大师魔法般地再次从东方驾临,一时间百鸟齐鸣,昆虫群舞,夜色像蜷缩在蒙古包前的黑犬那样，不紧不慢地摇着尾巴追赶早起的牛群、羊群去了……而享用了一晚美丽夜色的我，这时却要倒头睡去，沉入草原今世的梦中……

风云变幻的草原

在呼伦贝尔，风和云比什么都要常见，迎面是风，抬头见云。风和云是草原的常客。牧人也最关心风云，有云有风才有天气预报，电视广播里一般都把云多云少放在前面说，然后说风——今天到明天，牧区多云，西南风×级……预计明天到后天阴，有小雨，西北风×级（"阴"是云多得把太阳都遮挡了的意思）……所以风和云在草原相当重要，相当于两位贵客，关系到牧草的长势、牧人的牛马羊是否肥壮。这两位贵客非比寻常，都身怀绝技，擅长魔法，会七十二变。但牧区的老人不这么说，他们说，草原的天是小孩子的脸。老人说的和我说的都差不多，都是形容天上的风云多变，多变到什么程度呢？我这么说吧，变幻莫测、乱七八糟、一塌糊涂，都可以用来形容它们。这么说来，它们更像小孩子的涂鸦，胡乱画，天马行空，想象力丰富，有时画成一团漆黑、一团乌墨，然后用衣袖随便一抹，再重新画。

夏秋时节是风云最起劲的时候，如果你出门看到天空如洗，一碧千里，太阳甩开膀子一通炙烤，到处看不到风和云的影子，不要着急，那是风和云去别处串门了，此时也许在贝加尔湖玛利亚大婶家的上空，或者大兴安岭鄂温克驯鹿营地里，抑或在日本海、黄海的捕鱼船甲板上，待不了两天就会转回来。说着说着就风起云涌了，它们从哪面来要看风向，要看它们高不高兴，有时你以为是西南风，可不一会儿就变了，变成了东北风。原来风也分团伙，看谁压倒谁；谁能占上风，谁就可以裹挟着云跑，像"挟天子以令诸侯"那样，号令天下云团。云听到了集结号，不到半天的工夫，千军万马齐聚而来，好家伙，那阵势真像把大海搬到了天上，铺天盖地的。此时集团军还没有接到进军的指令，各自为政，南边一大片马鸣啸啸，北边一大群紧锣密鼓。太阳光还没有被完全遮挡，见缝插针，从层层乌云里泻下的光格外辉煌，像从空中射下的一捆捆熠熠生辉的箭镞。就这么波涛汹涌了好一阵子，有的军团挨不住寂寞，开始私自行动。四面望一望就能知道哪块云朵开小差了,哪儿的云与地面雾气腾腾地连成一片,哪儿正在下雨。有时东边日出西边雨也是常有的事儿。

我在草原上见过的最大的一场风雨是在一个夏日午后。那天天空有着明显的假象,几乎看不到什么闲云,可牧民大叔却说要下雨了。他指着西南方向的一片云给我看,我只感觉那里的天很暗,有山那么大的一片云,因为距离甚远,也没看出要下雨的端倪。也就是半个小时的时间,突然狂风大作,沙尘四起,那座大山黑压压而来,气势汹汹,转瞬间天就黑了下来,黑得真像一大口黑锅,让人毛骨悚然,以为来了什么妖魔鬼怪,或者世界末日降临了一般。我们在伸手不见五指的黑暗里奔逃,还没跑出几步远,暴雨倾盆而下——说是倾盆也不准确,应该是把大海直接倒在了头顶,我们只有在海水里拼命游泳的分儿。

雨后的天空,风息了,云也折腾累了,退出一大片蓝天给草原。此时的云,有的像水墨画大师任意而为的泼墨画,色彩绚烂;有的蹲在天边,犹如洁白而高耸的雪山,其实用雪山也无法形容,那是一群比大象高出一万倍的白色天马,正漫天打滚儿,横空踢踏。此刻,一条七色的绚丽彩虹作为最后的表演者,它要为这场风雨盛宴添上神来之笔,直至升华到神奇壮丽的意境——当它慢慢爬上云梢,大自然的交响乐便由远及近徐徐奏起,先是云雀的独唱拉开序幕,接着蚂蚱、蟋蟀以及各种不知名的昆虫振翅而鸣,布谷鸟、百灵、灰鹤、天鹅也都加入进来,且歌且舞;牛群羊群开始和声;牧草拉的是小提琴,风吹奏着长笛,伴着云际远去的是隆隆雷声……这瑰丽壮阔的诗篇非天堂才有,更常在人间草原……

待到明天,风和云又会去别处,恩泽大地生灵,但总会有一些散兵掉队,余下一些闲云为牧人遮阴。那些闲云团团簇簇,雪白如棉,更似牧人把羊群放到了天上……

夜夜夜夜夜

◎ 谢春卉

逃离乌托邦

午夜的雨下起来的时候,橘黄色的满月还在天上挂着。闪电从西面的山冈上溢出来,所有的花朵都被唤醒,一种鸟发出怕冷似的呻吟,听了让人觉得可怜。牧草像森林一样从远处涌过来,每一株高大的牧草都抵达月亮,我想踩着月光爬上去,但雨水已经把月光打湿。我打开帐篷的门,雨后的冷让我与一只鸟同病相怜。野稗子草沉重的头低垂,我想它们这是在可怜我,只要我肯抬起头,它们怀抱的水珠就会滴落到我身上。

雨很快就停了,月亮也不见了,无数株草怀抱无数个月亮,山谷依旧明亮。怕冷的鸟又叫了一声,我想它除了怕冷也许还怕黑,但我不怕,我被无数株草秘密保护着,好像一只匍匐在洞里的鼹鼠。

我是这片山谷的闯入者,黑夜让我与山谷融为一体。但我并不孤单,我已经有了三五好友,怕冷的鸟算一个,此外还有住在桦树丛中的野鸡一家、一群鹿科动物,以及挂在天上的刚刚逃走的圆圆的满月。以前我住在油菜地里的时候曾经遇到过一轮橘红色的月亮,我无比怀念那个夜晚,烧饼一样圆圆的红月从浩瀚的油菜花海上寂静地滑过,像极了多少年前住在我心底的一些心事,它们在月光下独自繁茂却只被我一个人所知道。我至今也没弄明白,为什么野外的月亮像土鸡蛋一样颜色更深,而城市里的月亮则像是患了贫血满脸苍白。

我对这枚月亮寄予厚望,这是入夏以来的第一轮满月。我想象着一枚更大、更圆、更红的月亮从山冈上爬上来,山谷里盛开的黄花菜与金莲花像酒杯一样盛满了月光。但我刚来的时候天还亮着,天空乌云密布,我已经不能再等了，我迫不及待地想要见到这轮圆月。

起先我想把帐篷扎在白桦丛里，我试探着向前走了几步，树丛里发出刺耳的大叫，那声音高亢尖厉而慌里慌张，好像一个突然受到惊吓的人发出的完全不着调儿的喊叫。海江嫂子说树丛里住着正在孵蛋的野鸡一家，我们这儿把好几种体格魁梧、毛色艳丽的大鸟统称为野鸡，我不知道她说的到底是哪一种。我赶紧停住了脚步，草丛里的暗河已经从河道里溢出来，打湿了我的鞋。

后来我们在离泉水喷涌成的暗河大约十米远，离野鸡一家二十来米远的地方，找到了宿营地。海江哥挥舞着镰刀铡断牧草为我们拢着了一堆熏蚊子的篝火后就同海江嫂子一起离开了。

这条狭长的山谷是海江家的草甸子，山谷里开满了密密麻麻的黄花菜与金莲花，国有农牧场的麦地和密林覆盖的黛蓝色起伏的山峦在东面挡着，防止这些花朵跑到别处去。

那时候天还没有完全黑透，我刚钻进帐篷，野鸡就率先跳出来表示抗议。我想我之前的冒失唐突击怒了野鸡，野鸡有理由表达它的不满。野鸡的叫声粗哑而凌乱，听上去怒气冲冲，像噪声。过了一会儿，它们大概想通了，发出"噢噢"的叫声。"噢噢"声在帐篷的前后左右萦绕，好像有很多只野鸡，我刚将头探出去想看个究竟，它们立刻就闭上了嘴。也许是天黑的缘故，我什么也没看到。等我将头缩回帐篷，它们又开始"噢噢"大叫着起哄，好像是在嘲笑我。过了一会儿，我觉得没劲儿，不再理睬它们。它们也随之安静下来，默许了我的存在。

天色很快就暗了下来，无数双眼睛在草丛里、树杈上、山冈上窥视。这条山谷由人与动物轮流看管，人白天在麦地里劳作、在草甸子上打草、在山坡上采摘黄花菜与金莲花、在树林里采蘑菇，到了夜晚就把这里交给了动物。我往帐篷里塞装备的时候，一个纤巧的身影在几米外的草窠子里惊慌地跳起又落下。我低着头假装没发现它，给足了这个冒失鬼信心与勇气。等到最后一缕火苗暗淡下去，天就彻底黑透了，四周一片寂静，我在高大的牧草包围下差一点儿就进入了梦乡。大地的颤抖将我从梦中惊醒，我好像回到了洪荒时代,我与天地一起呼吸,有蹄类动物敲击地面的悸动被我与大地相连的神经捕获:我知道它们来了。

起先我以为是马群,它们的蹄子坚强有力,它们的叫声像马匹在愤怒地打着响鼻,但我知道只有狍子这种好奇心重的动物才会主动向未知靠近。我向帐篷中间挪了挪,狍子的叫声在漆黑的山谷深处回荡,我想象着它们秀美的身影在半人多高的牧草中间跳跃穿行。我打个盹儿的工夫,它们的叫声与地面的颤抖在我耳边持续加剧,至少有一支狍子小分队光临了我们的营地。领头的公狍子围绕着我的车辆与帐篷一边急吼吼地大叫一边巡视,好像一个年长的人在发脾气。我从帐篷里坐起来仔细聆听,过了一会儿狍子向浸在水洼里的桦树丛跑去,显然它们与住在树上的野鸡一家已经是老朋友了。

狍子还没走远,山谷里陡然明亮起来,好像有人打开了一盏灯,住在车里的蒋姨首先注意到了这一点:月亮出来了。乌云为东山礼让出一块儿空间,月亮站在了高高的山顶上。月亮并没有我想象的那么红,但足够大与圆。又大又圆的橘黄色的月亮给山谷披上了一层轻纱,野稗子草被月光灌醉,高大的牧草东倒西歪。狍子的叫声一直在山谷里飘荡,好像月亮是它们叫出来的。

月亮在云层里时隐时现,一些灯泡一样锃亮的小圆眼睛一直在周围监视着我们。等到我们再次返回帐篷,狍子又回到了营地。这次它们没有大呼小叫,而是安静地围着我的帐篷啃食青草,好像商量好了要陪我度过这个山谷奇妙夜。蒋姨在车里准备用手机拍照,手机屏幕点亮的刹那,这些美丽的鹿科动物迅速在夜色中隐没。

午夜的雨下起来的时候,月亮正式消失在云层里,这不能不令我想象又大又圆的月亮正在乌云之上照亮另外一个世界。我在雨后的寒冷中辗转反侧,不能入眠:狍子不见了,灯泡一样的小圆眼睛也消失不见,山谷有片刻时间重新归于黑暗与宁静,之后黑色的大风带着雷霆与闪电重新涌入山谷。我打开帐篷的门,让凛冽的风充满整个帐篷和我的胸膛,虬曲的金色闪电像利剑一样将黑暗与山谷劈开。闪电划过的刹那,我看到惊慌的牧草四散逃窜。我端坐在帐篷里,像个修行者一样在漆黑的大风中、在惊雷与闪电中一寸一寸地等待天亮。

闪电像金色的树枝在周围的天空滋长蔓延,轰隆隆的雷霆在乌云之上滚过,好像一些手持利剑的巨人在天空中跑过。天地渐渐显出轮廓,一只布谷鸟在桦树丛中唱起歌来,远处密林中的另一只布谷鸟在山冈上做出回应。我从帐篷里走出去,厚重的乌云从头顶上压过来,阴郁的天空如同波涛汹涌的大海。

当密集的闪电从我头顶划过,我想如果我像自由女神像一样举起手臂就能将它们引下来,但我不敢这么做,我飞快地钻进了车里。那时候接近凌晨三点,蒋姨已经睡醒。我在车里吃了半个蒋姨带来的面包,天已大亮。我与蒋姨手忙脚乱地将帐篷收好,黄豆大的雨点已经落下来,我担心大雨将我的车陷在草丛里出不来,我赶紧发动车子从这个沟塘子里逃了出去。布谷鸟清脆的歌声在我身后的雨幕中响起,好像在为我们送行。

上帝的牧场

傍晚的八连河套充满了魔幻现实主义色彩。前一秒太阳刚刚携带万丈霓光跌下山去,此时正值盛夏,我和蒋姨站在草木葱茏的河套草甸子上,一片空旷,杳无所依。

我知道这片河套散落着一些有人居住的牧业点儿,但此刻空荡荡的草甸子上看不到一个人影。潮水一样的羊群在头羊的带领下朝家的方向拥去,牛和马则自觉地向各自的网围栏汇集,好像这些动物已经进化出了自己的社会规则并且能够做起自己的主来,根本不需要人类。

这片河套是我的一个秘密基地,两年前我和小杨子第一次来到这里的时候,稠李花正开得热闹。我和小杨子沿着花瓣铺成的小路曲径探幽,在一条河汊子的拐角处见到了令人目瞪口呆的一幕。当时夕阳的烈焰正将天空燃烧得通红,几十头半大牛犊一动不动地呆立在一处牧业点儿的围栏里。我和小杨子四下侦察了一下,并没有发现这个牧业点儿有人居住或生活的痕迹。我俩和小牛面面相觑,牛们则一动不动地盯着我俩,甚至连眼珠都不肯转动一下。那时候暮色渐重,寂寥的河套只有风声呼呼作响,我俩被几十双圆溜溜的牛眼睛盯得发毛，正打算离开的时候，一头小牛终于绷不住了，开始自顾自地撒起尿来。那"哗哗"地发出巨大声响的尿液冒着热气打破了河套的宁静，也证明了这些牛是鲜活而有生命的，而并不是一群被施了魔法咒语的玩偶。

过了几天，我们又来到这里，围栏里的牛犊已经不见了，一个瘦削的中年男人正在围栏外的木桩上拴一匹马。我老远就向他呼喊："请问这里有人吗？"他扭过头来笑了，说："我就是。"

他说他叫福良，回族。我和小杨子围着他拴在木桩上的马拍照，福良大哥说他有一百多匹马和一百多头牛（不算那些牛犊）。这是他家的一个牧业点儿，但他并不住在这里。他指着不远处说，他住在他家的另一个牧业点儿。

后来我带着我父亲来到这里，我父亲立刻就认出福良大哥。我父亲说福良大哥家以前有一匹远近闻名的大红马，那马行走如飞，耐力好，走起来稳且快（参见鲍尔吉·原野的《流水似的走马》）。福良大哥笑着不置可否，我父亲问那匹马的后代还在吗，福良大哥指着拴在木桩上的这匹马说，就是它，我父亲听了立刻瞪大眼睛提高了嗓门儿，喉咙里发出一连串"啊啊"的惊叹声。有时他意外邂逅某位故人或者某小区的名人，也会做如上状。

那年夏天八连河套里的几家牧业点儿举办了一场赛马比赛。那是入夏以来最热的一天，气温一下子飙升到 31 摄氏度，马蹄子把许久不下雨的河套刨得狼烟四起。一直遥遥领先的福良大哥骑着这匹马跑到一半儿却退赛了，他说天儿太热了，怕马中暑。

小杨子问眼前这条河汉子有鱼吗，福良大哥说有，但他说现在不是捕鱼的季节，他说等捕上鱼来邀请我和小杨子一起分享。我听了立刻摇头拒绝了他的好意。他想了想说要是不好意思来吃就拿回去自己煮着吃，到时候给我们打电话。我以为这不过是随口一说的玩笑话，谁知一个多月后，我在上库力二队海江哥家的牧业点儿采金莲花的时候，突然接到福良大哥的电话，他的声音在山谷空旷的风里显得模糊而遥远，他说："我打上鱼来了，你们快来拿呀。"

我和蒋姨首先来到福良大哥的第一个牧业点儿，点儿上的设施几乎与周围的风景融为一体,草地上一层不怕人的乒乓球一样的小黄鸟蹦来跳去地提示此地已许久未被打扰;之后我们又去了位于不远处的另外一个牧业点儿,那里同样荒凉而空无一人。牛群和马群已经集结完毕,空荡荡的草甸子上再没有一个多余的人影。我掏出手机准备给福良大哥打个电话,却发现两年前存的电话号码竟已荡然无存,我甚至开始怀疑这位只见过两次面的慷慨热情的老大哥连同他的那些凭空出现又消失的牛犊是不是都曾经真实存在过。

大地即将坠入黑暗前我和蒋姨继续向西流浪,经过拉布大林牧场四队,整个村庄依旧荒寂,不见一个人影。马和牛在院子里和草垛一起黑黑地站着,羊群孤独地走进羊圈,好像一村子人把没过完的日子丢给了牛马羊,自己却不知跑到哪里去了。

在四队河套里转了一圈儿,黑暗掩映下的河流与茂密树丛看上去更如魑魅魍魉般可怖与可疑。黑暗还与风声变奏出更加恐怖的交响曲。有一次,我一个人在河套里游荡,突然乌云密布、狂风大作,好像有十万个人在天空中奔跑,其中一半的人还在狂笑和大哭。风把千军万马托举在半空,他们中的一部分已经抵达树梢。天空越来越昏暗,我在狰狞的河套里拼尽全力狂奔。我一面担心手机和钥匙从口袋里掉出来,一面担心被杂草绊倒。在我一边用两只手分别握住手机和钥匙一边低头奔跑的过程中,我感觉自己就像鸟儿一样飞了起来。我清楚地看到蚂蚱安静地停留在草叶子上,蚂蚁不慌不忙地在草丛间穿梭,鸟则优雅地由一棵树飞向另一棵树,整个河套只有我一个"人"惊慌莫名。后来我追赶上一群被风撵着向前奔跑的羊,我混迹在羊群中才摆脱掉那个噩梦般的时刻。

而此刻等待救赎我的羊群早已返回了羊圈,幸亏一只善良的牧羊犬发现了我们。牧羊犬吠叫着指引我们走出河套,经过四队时,这个村庄依旧深陷黑暗与寂静中不能自拔,而我和蒋姨则俨然成了两个被荒野放逐的孤儿。

折返途中,天完全黑透了。半路上,一位少年引领之前集结在八连草甸子上的马群向西进发。这时我突然醒悟:如果今晚不能找到合适的露营地,那么与这些高大、温顺的动物毗邻而居也是个不错的选择。但牧马的少年立刻否定了我,他说马群游走着吃夜草,不可能拘囿在一个固定的地方停留。

四野一片漆黑,一直到夜里十点多,我和蒋姨才在八连河套的公路边上找到一处亮灯的养蜂点儿作为宿营地。夜风将我们的帐篷吹得像降落伞一样高高飘起,我真担心它们会一去不复返,直到养蜂点儿71岁的女主人帮我们扎好帐篷,我才找到久违的安全感。

月亮在午夜时分升起,那时候风声停止了,一种我从未听到过的"沙沙"声带着音乐的旋律充斥在远近的空间里。我从帐篷里钻出去,只见长空凝翠,大地一片银白,无数透明的翅膀在月光下反射着微弱的荧光。这些白天躲在草丛里与叶片底下的弱小生命此刻正像鸟儿一样在空中自由飞翔。我的出现并没有令它们受到惊扰,它们从我的眼前和身边飞过,有的撞在我身上,撞在帐篷上,整个草甸子都充满了它们振动翅膀的"沙沙"声。

我像个异次元空间的闯入者,被无数与月光一起起舞的"沙沙"声簇拥着向远处信马由缰。而更远处的河套里,不肯歇息的鸟儿依旧在小声叽叽喳喳。几只发出特别洪亮声音的鸟好像是正在发表讲话的鸟领导。

我还想要走得更远,但一声温柔的响鼻声拽住了我,接着两声、三声,一个庞大的马群的轮廓出现在面前。我认识这个马群,这是这片草甸子上唯一的一个大马群,有一百多匹马,就是那个少年引领它们去西山吃夜草的那个马群。它们听到我想要与它们毗邻而居的愿望后就马不停蹄地赶了回来,此刻正经过我的营地。我按捺不住心中的狂喜,我像个影子一样在万千翅膀的簇拥下,在安详的马群中间游荡。马儿明亮的眼睛倒映着整个月光下的草原,它们偶尔看我一眼,有时还会给我让出一个位置,好像我是它们的同类,它们要将最鲜美的青草留给我吃;我还想去更远处的河套里看看勤奋的不肯歇息的鸟儿,但我回望了一眼挂在北斗星下的帐篷,还是忍不住停下了脚步。

我久久地伫立在月光下,我和无数透明的翅膀一起飞过山峦,飞过田野,向着月亮飞去,直到清早牧羊人的吆喝声把我从梦中惊醒。

我坐在帐篷门口看着羊群和吆喝着的牧羊人一起由东向西奔跑,那时,整个大地都沐浴在金色的晨曦里。河套里传来开了锅一样的鸟鸣声,我想安静地蹲在养蜂人的蜂箱前仔细观察一下勤劳的蜜蜂,但蜂群很快就发现了我,我只好在蜜蜂愤怒的包围声中飞快地跑掉了。

宝石镶在银子上

那一年我九岁,"9"是一个极大数,越过这个"9",一切将归零。0 与 9 的奥义隐藏在浩瀚的宇宙间并加持到我身上,而我则茫然无知。我茫然地站在人生第一个极大与归零的周期的路口,巨大的天幕犹如一只黑碗从我头顶倒扣过来,许久以后我才知道,"极大"并不是一件好事情,0 与 9 已完美诠释了它。

多年以后,当我孑立于苍穹之下,所有细节带着我至今仍然无法领会的隐喻在我面前一一呈现,一起铺陈开来的还有加西亚·马尔克斯那句著名的开场白:"多年以后,面对行刑队,奥雷里亚诺·布恩迪亚上校将会回想起父亲带他去见识冰块的那个遥远的下午。"(范晔译)

我注定要成为那个遥远时刻的见证者。检索当年事件的主角,大量词条显示,当时的人类已倾尽所能以最热烈的方式迎接一枚星辰的到来。但我真实的感受却是,没有人关心它到底什么时候来或者不来,整个社会都沉浸在全民奔小康的热忱当中,人们只关心自己的日子好没好起来,钱袋子鼓没鼓起来,对黑白电视机和电匣子里提前半年就反复进行的播报充耳不闻。然而毋庸我多虑,这个天选的时刻已准备好了一切。

二月春风乍起,凛冽的寒风像刀子一样将厚厚的积雪刮至皴裂。邻居老田开始在冰天雪地里放飞他的风筝,这是我第一次见到这种用一根细线牵引就能成功飞上天的好东西,我立刻被它迷住了。老田一动不动站在我家东面的旷野上,灰褐色的积雪映衬着汹涌的更深度灰色的天。老田的身体后仰,脸与天空呈 45 度角,在他视线的延长线上,一根飘忽的似有似无的细线与细线尽头一只通红的蝴蝶像一道闪电将灰蒙蒙的天地劈开。呼啦啦的寒风仿若雷霆,老田与这只蝴蝶似乎正肩负使命。

这个极具震撼力的画面深深打动了我。我每天守在窗前观察老田的风筝。我想，既然大风如此猛烈而牵引风筝的细线又如此纤细，那么这根细线总有断掉的时候，我要做的，就是等到老田的风筝被风刮断之后立即飞跑出去将它捡回据为己有。那时我的生活极其单调，我家刚搬到这个屯子的几乎最南端，没有电视机与小伙伴儿。这里除了分散居住着不多的几户人家外，剩下的就是大面积的荒野。而我对等待捡拾这只风筝表现出来的极大的耐心与专注力不久就受到邻居们的嘲笑，他们说这个地方以前只有一个傻子(老田)，现在又多了一个小傻子。

我对老田知之不多，我与这位老人从未有过任何交集，我只知道他自某个国有农牧场退休，与他病弱的母亲一起生活。我家刚搬到这里的时候我父亲曾去拜访过老田，老田对他瘫痪在床的母亲无微不至的照顾令我父亲感慨不已。老田深居简出，除了照顾他母亲几乎不与邻居有任何交往。由于老田不善交际又经常捣鼓一些没用的发明(比如风筝)，邻居们背地里管他叫田傻子。

老田的风筝始终在天上高高飘扬，就在我的耐心即将耗尽的时候，某天很晚才回来吃晚饭的父亲吐露了一个令人振奋的消息，傍晚老田收线的时候用力过猛，风筝线终于"啪"的一声断了。父亲与邻居们自告奋勇为他去寻找这只风筝。这些人一头扎进足以掀翻房盖儿的风里，迎着风筝消失的方向溯及大风的源头。他们越过公路和民宅，蹚过满是冰碴儿的荒野，终于找到了这只被风吹落的跌破了的风筝，并把它带回重新交到老田的手里。这是我与这只风筝最近的一次擦肩而过的接触。听了父亲的讲述，我当即急得大哭。我一边哭一边气急败坏地质问父亲为什么不将风筝拿回家来，让我看一看摸一摸。父亲用一个反问句结束了我们之间的对话，我父亲说："人家老田对他妈那么好，咱们怎么能干那种事？"

但这至少证明了我还有机会。自从风筝线断过一次之后，傍晚老田就不再急着收线，他将风筝系在树干上或者别人家的木板杖子上，等他回家料理好母亲之后再回来重新牵着风筝继续游荡。

夜晚的草甸子一片漆黑，四野暗沉，老田的身影很快就被无边的黑暗吞没。老田踩在冰碴子上发出的清脆的"咔嚓"声一直在寂静的旷野上回荡，我需要等到眼睛稍稍适应才能在漆黑的夜幕里分辨出他那不紧不慢、更加黑暗的身影。那个牵引风筝仰望天空的身影好像一个模糊的问号或者一枝射向夜空的即将离弦的弓箭。

我的夜晚盯梢行动没进行多久，一天晚上我跑出去迎接晚归的父亲，被风筝牵引的老田正巧游荡到我家门口，我趴在大门上透过木板杖子的缝隙第一次近距离观察老田。他的目光被手里的风筝牢牢拽住，他的神情专注，姿势一丝不苟。夜风徐缓，老田的风筝如同一只栖息在黑暗海底的黑色水母。沿着他的风筝向更远处眺望，我却有了更加惊人的发现。

在遥远漆黑的天幕上，我赫然发现了一枚崭新星辰的加入。它看上去几乎有一个苹果那样大，虽然它不是最明亮的，但在点状的群星当中足以让人一眼就能发现它。我大声地将它指给父亲，我父亲连头都没抬一下就径直回屋子里去了。

我不知道它是什么时候来的，我想老田肯定知道，老田那段时间一直在旷野上游荡，我想他肯定见证了一枚星辰降临的历史时刻。

而我则目睹了这枚星辰带着某种不为人类所知的使命不舍昼夜地奔赴地球。它以肉眼几乎可见的速度在天空中移动并变得更大和更明亮。我最初发现它的时候它挂在西北方向，之后它在天空逆时针画了一个圈儿，最后逐渐在东北方向的天空离我而去。每天观察它的位置、大小和亮度成了我新的快乐的源泉。它不光出现在夜晚的天空上，即使在白天我依旧能够看到它。在几乎差不多一个月的时间里，我们相互陪伴，它孤独地挂在天上，再没有别人肯多看它一眼。而在此情形下，我的快乐则无人可分享。

我想它生不逢时，如果它此刻光临地球，它一定会成为万众瞩目的超级巨星，它将拥有庞大的粉丝群并占据各大媒体和社交软件的头条，然而它此刻只能孤零零地在天际遨游。一天傍晚，天将暗未暗，四下阒寂无人，我走在放学回家的小路上，这枚仙女一样身披光芒的星辰寂静地横亘在东方的天河之上，早春衰黄的四野衬托着它的遗世之美，这种属于叔本华悲观主义哲学的美感足以撼动年幼的我。我痴痴地驻足遥望，如同一只望月的狐狸或者卢沟桥的狮子。

几天之后，一群陀螺一样乱转的小学生在体育课上疯狂追赶足球，我由于担心被他们撞到或者被从天而降的足球砸到，不得不在操场上抱头鼠窜。当一记长传带着优美的弧度和我惊慌的目光滑过天际，我惊讶地发现这枚持续接近地球的星辰正变得更大并散发出惊人的耀眼光芒。

那个早春的下午，日常荫翳的大风与密布翻滚的乌云构成了某种特定氛围下的诡谲背景，这背景更突出了其光华。它斜斜地挂在东北方向的天空中，亮度接近白炽。而当时日星隐曜、飞沙走石，让本该出现在上古神话与《山海经》中的一幕得以在现实中重演。这枚体积已可以同篮球媲美的灼目的星辰拖着一截儿同样耀眼的彗尾在乌云的簇拥下散发出令人无比震惊的妖异光芒。我忍不住惊呼："快看，哈雷彗星！"是的，它就是大名鼎鼎的哈雷彗星。

至此，这颗著名的彗星最近一次绕过近地点后渐渐离我而去，它的身影逐渐暗淡和变小，直至消失在茫茫的太空之中。我的生活很快又有了新乐趣，等到夏天到来的时候我几乎将它忘得一干二净，一同被忘却的还有老田与老田的风筝。

然而事情并没有结束，那个夏天的一个平常的傍晚，院子里传来不同寻常的低语，之后人越聚越多，我丢下没写完的作业跑出去看个究竟。顺着大人们所指，锦缎一样翠绿色的油彩在我家西北方向的天空漫漶开来，那些变幻流淌的发着荧光的绿色照亮傍晚的天空与人们的脸。人们面面相觑，没人能说出个所以然来。有人说天灾之前常有异象发生，我母亲听了立刻将我撺回屋去，并不许我再踏出房门半步。等到人群逐渐散去，那些鬼魅的绿色几乎爬满了整个天空。

一夜平安，第二天情景如是。太阳落山后，正当这奇异的绿色如同不祥的预言逼迫得大家喘不过气来时，人们发现邻居老田正在一条小径上踟蹰，人们揶揄地说让他赶快回家躲起来，因为地震和火山爆发就要来了。老田不理大家的调侃，只说了两个字——"极光"。他说这是"极光"，这在当时是个生僻词，有人问，是中国的激光还是苏联的激光，对人有没有害？老田说极光是北极的光（南极也有），和晚霞、彩虹一样是自然现象，对人无害。人们听了这话，这才将信将疑地长舒了一口气。

之后再没人理会这些绿色的极光,我母亲亦不再阻止我外出。轻盈的绿色如同仙女的裙裾在天空洇染,或浓或淡的绿色在天空流淌,铺陈成一匹轻柔的织锦,它们从西北方向的一点出发,像一桶被倾倒的绿色颜料,星星在它们背后闪烁着幽微的光。等我写完作业坐在门前的松木堆上乘凉,漫天的极光已经将小镇装扮成了童话世界。街道上空无一人,只有老田的身影在旷野上逡巡,他时而仰望,时而怔忡,绚丽的夜空笼罩在他头顶。他举止怪异,如同一个古代的巫祝。看到老田的身影,我立即得出结论,人们只应该关心地上的事,地上的事情已经够多了,只有科学家和傻子才会关心天上的事。

三天之后,绿色的极光变成了白色。白色的极光持续了很长时间,直到仲夏夜的某个凌晨才悄然逝去,此后再也没有回来。

而这些被成长尘封的记忆孤兀地搁置在潜意识里,偶尔碎片化地闪现,却显得无比虚妄与不真实,仿佛它们仅仅来自我的主观臆想,直到一枚火流星拖着燃烧的尾部猝不及防地划过天际。那时候,期待中的双子座流星雨正像烟花一样自天顶散开,那是一年当中最寒冷的时刻,月光晕染下的厚厚积雪将夜空反射成银白色,无数闪亮的星辰如同闪耀的宝石一样镶嵌在巨大的银盘上。

猎户座金腰带与参宿四至参宿七组成的壮丽星团下,我身着最厚重的棉衣站在雪地上仰望星空。那一刻,记忆的闸门打开,漫天星辰围着北极星飞速旋转,所有的流星都返回至原点,哈雷彗星与极光重新自西北方向出发。我从未有勇气与之交谈过的那位老人的风筝一直在夜空里孤独地飞翔。而我则如同一只流浪在钢筋水泥森林中的笨拙小熊,我们孤独地相遇,然后分开。某些人教会我们谦卑地站在大地上仰望星空,我想起哈雷彗星,想起老田。宝瓶座流星雨与猎户座流星雨正是遥远的哈雷彗星自太空寄送给人类的礼物。当它再次回归,我将垂垂老矣,我的身体如同一架朽坏的机器,我也许坐在院子里,也许坐在窗台前,当华丽的彗尾扫过地球(上次哈雷彗星回归发生了断尾现象),我的脸上层层叠叠的年轮会像花朵一样绽放出一个傻子一样的明媚微笑。

雨

◎ 安　宁

　　雨淅淅沥沥地下着,把人的心都淋得湿漉漉的。

　　我坐在屋檐下看书,心却穿过重重的雨幕,飞到天空上去。如果从空中俯视我们的村庄,一定是被水雾氤氲环绕,犹如仙境一样的吧?至于这仙境里,有没有小孩子在哭,或者像我一样,因为周一的学费还没有着落而愁肠百结,那谁知道呢?因为雨,家家户户的哀愁,似乎都变得轻了,不复过去当街打骂的酣畅与决绝。就连人家屋顶上的炊烟,也被雨洗了一般,愈发轻盈、洁净,接近于一种虚无纯净的蓝。

　　一切都浸润在雨里。一只穿破了打算扔掉的布鞋,在一小片水洼中横着。它恨自己不是船,永远没有办法驶出家门。这是春天的雨,缓慢,抒情,滴滴答答,敲打着这永无绝灭似的虚空。弟弟的玩具线箍,没有来得及捡拾,便胡乱地丢在梧桐树下。如果雨一直这样下着,或许它会像井沿边那几根堆放在一起的榆树木头,在背阴处悄无声息地长出黑色的木耳。那些木耳总是在人还没有发现的时候,就忽然间一簇簇冒了出来。它们在雨中黑得发亮,好像那些被砍伐掉的榆树都成了精,生出无数黑色的眼睛。有时候,在它们的周围,也会长出一些白色的小蘑菇,鲜嫩可人,湿润润的,采下来洗洗,丢到汤里去,香气很快便溢满了屋子。就连经年的旧墙壁,红砖铺成的地面,也似乎被这雨水滋润过的蘑菇的清香给浸润了;人喝完汤水后好久,坐在房间里望着雨惆怅,还会觉得有一朵一朵的蘑菇,在雨水中盛开。

　　蜗牛更不必说了,它们早就在潮湿的泥土里嗅到了春天的气息。也或许,它们还在梦中,就已听到雨水打在窗棂上,发出滴滴答答的响声。那声音在梦中如此遥远,又那样亲近。一只蜗牛隐匿在这苍茫的雨幕之中,睁开眼睛,伸了一个懒腰,才将触角小心翼翼地碰了一下草茎上的雨珠,终于知道外面已经是温暖的春天,也便放心地钻出泥土,朝昔日它们喜欢的树上、墙上或者井沿上爬去。

我和弟弟穿着雨衣,在墙根下观察一只刚刚钻出泥土的蜗牛。这只蛰伏了一整个冬天的蜗牛,被雨水一冲,身体便绸缎一样柔软光亮。当它慢慢向上攀爬的时候,这匹闪烁着金子一样光泽的绸缎,好像有了呼吸。这呼吸如此动人心魄,是大海一样深沉的力量,一股一股地向前,推动着这生机勃勃的躯体。我着迷于蜗牛身体里蕴蓄的丰沛饱满的热情,注视着它爬过一根腐朽的木头,越过一块滑腻的长满青苔的石头,稍稍喘了喘气,又攀上一株细细的香椿的幼苗,在一片叶子上,摇摇晃晃地停了下来。原本有许多雨珠,聚集在那片叶子上的,被这只蜗牛占据地盘后,它们便纷纷坠落下来。恰好一只蚂蚁路过,对这场突如其来的"大雨"躲闪不及,只好认栽,在一小片水洼中艰难地游了好久,才挣扎着爬上岸去,气喘吁吁地抖一抖满身的雨水,而后拖着沉重的躯体,消失在某一座干枯的柴草垛下。

等我目送那只蚂蚁离去之后,弟弟已经用小木棍将那只试图安静地蹲踞在香椿树叶上欣赏无边雨幕的蜗牛,给拨弄到了地上。

我有些生气,训斥他:"再这样,小心半夜鬼来敲门,将你拉去变成一只蜗牛!"

弟弟本来笑嘻嘻地想继续玩弄那只缩进壳去的蜗牛,听我这样一吓,立刻惊恐地呆愣住,并将手里的木棍迅速地丢开,好像小鬼已经冷冷地缠上身来。

这时雨下得更大了一些,细细密密将天地包裹住。我的双脚蹲得有些发麻,便站起身来,想要走到院子的门楼下去。弟弟却苦着一张脸,怯怯地望着我。我不理他,啪嗒啪嗒地踩着雨水,走向门口。

几只母鸡躲在门楼下避雨。它们蹲在地上,安静地注视着雨水顺着青砖的墙壁不停地滑落。这让它们看上去更像是一群哲学家。鸡的眼睛里看到的这个世界,是怎样的呢?是跟我一样,静谧而又哀愁的吗?我不清楚。我只是学着它们的样子,放低身体,却将视线朝向永无止境的天空,那里正有雨绵绵不绝地落下。

弟弟不知何时也学了母鸡的样子,蹲踞在我身边。他显然无心欣赏这静美的雨天,不停地抬头看我,脸上依旧是怯怯的。我早已忘了那只被他弄翻在地的蜗牛,不关心它最终去了哪里。我更不关心此刻的弟弟在想些什么,我甚至觉得他跟我并肩靠在一起,有些多余,也有一份对被刻意讨好的厌烦。他的脸上照例脏分分的,一粒鼻屎摇摇欲坠地挂在鼻尖上,让他看上去像小丑一样可笑。

我不想搭理他,于是侧过脸去,无聊地数着从巷子口走过的人。

我首先看到一个胖大女人,穿着黑色肥大的雨靴,戴着破旧的斗篷,挺着圆鼓鼓的肚子,慢吞吞地经过巷口。那是柱子家的女人,没多少钱,却生了一张富贵阔气的脸,走到哪儿,都长柱子的面子。她喜欢自言自语,并没有什么人与她在雨天里说话,她却一个人边走边絮叨着什么。已经从巷口过去有一段距离了,还听见她的声音,穿过重重的雨幕,鼓荡着我的耳膜。

随后又见裁缝家的男人大旺,提着两只胶鞋,骂骂咧咧地走过。他的大半个身子都湿透了,衣服上满是稀泥,一看就是刚刚倒霉地跌进一个水坑。大旺用尽世间所有难听的词汇,恶毒地诅咒着这场雨,好像他今天的好运,全部被这雨给冲走了。我猜想大旺的屁股一定嗞嗞啦啦地疼着,他的脚也大约崴了,于是走路的时候便一瘸一拐,惹得旁边的一只狗,都忍不住驻足,悲悯地注视着他。

邻居胖婶恰好走出巷子,看到大旺滑稽的样子,她红润润的大胖脸上即刻荡起一圈开心的涟漪,笑嘻嘻朝巷口喊:"哎,大旺,小心回家阿秀嫂给你缝衣服,一针戳到屁股上!"

大仓家的女人很斯文,她打伞站在街口,听了这话,竟是有些害羞起来,好像这话跟她有什么关系似的。大旺瞥见好看的大仓家的女人楚楚可怜地站在斜对面,本来想放肆地笑骂几句胖婶的,却将那些黄色的笑话全都憋在了心里,只从喉咙里咕哝出一句不痛不痒的话来:"这雨,真他妈的不知下到什么时候!"

胖婶没有得到期待中的回复,便有些无聊,仰头看了一会儿灰蒙蒙的天空,踩着漏气的雨靴,扑哧扑哧地朝田里走去。

我的脖子扭得有些酸了,一回头,见弟弟还可怜兮兮地看着我,那一粒鼻屎,被他油光可鉴的袖子给擦到了下巴上。我被他看得有些发毛,又厌烦他这个跟屁虫,忍不住瞪眼道:"你蹲在这里干吗?快回屋里待着去!"

房间里静悄悄的。母亲正在睡觉,父亲在编着菜筐,除了挂钟嘀嘀嗒嗒的响声,在提醒着人时间的流逝,一切都好像在雨声里静止住了。我知道弟弟和我一样,不喜欢父亲编筐的时候在房间里待着,怕一不留神,扫过桌椅的柳条,忽然间没长眼睛,抽到自己的屁股上去。那滋味可比大旺摔进水沟要疼得多,保证能留下一条长长的红肿的印痕,十天半个月也别想消去。

但我却只想一个人在门楼下待着,安静地听一听雨声,想一想从父母手里讨要不到学费,明天去学校,该怎么在众目睽睽之下跟老师开口解释,该如何编造拖延上缴的理由。于是我看弟弟便百般地不顺眼,像要甩掉脚上一块软塌塌的泥巴一样,一脸怒气地看着他,想将他远远地甩开。

弟弟却黏住了我似的,跟我靠得更近了一些。在连吃了我几个白眼儿之后,他终于哀哀地开了口:"姐姐,那只蜗牛,爬到墙上去了,是我帮它爬上去的……"

我早已忘了那只可怜的蜗牛,也并不关心这样一个雨天,它究竟会爬去哪儿。一只蜗牛的命运,与我对学费的焦虑相比,是那么的不值一提。甚至,即便弟弟一不小心将它踩死在这雨天里,我也不过是蹙一下眉,继续去想自己的心事吧?

一只蜗牛终归是一只蜗牛罢了。

我想远远地躲开弟弟,不搭理他的任何讨好。可是在这密密雨幕包裹住的天地里,我却无处可去。像那些男人女人一样,跑到田地里看一眼麦子长势如何吗?我根本就不关心正在拔节中的尚且换不来学费的麦子。或者去苹果园里,看一看白色的花朵有没有被雨水打落在地?可即便是一夜风雨将它们全部扫荡,那跟我又有什么关系呢?

眼前的这个雨天,因为由学费产生的烦恼,再无最初时那样美好动人。

到了黄昏的时候,雨不但没有停下的意思,反而更大了一些。整个世界,似乎都被斜飞的雨雾给笼罩住了。

倚在卧室门口的我,看着即将编完菜筐的父亲,和开始收拾锅灶做饭的母亲,终于鼓足勇气,开了口:"爹,娘,我们老师说,星期一必须把学费交上……"

"什么?必须?哪儿有什么必须的事!就说家里没借到钱,过段时间再说!"

父亲边说边用力地将镰刀砸在最后一根柳条上。那根粗壮的柳条,立刻像楔子砸进了卯眼里,结实地嵌入柳筐。

我的眼泪哗地一下涌了出来。但更多的泪水,则如隐匿的江河,在心底翻滚,动荡,想要寻到一个出口,喷薄而出,却惧怕出口处有父亲的柳条,毫不留情地抽打过来。于是我将所有的呜咽,化成无声的、隐秘的哭泣。我低着头,看着湿漉漉的球鞋,我想要躲开父母,却因为不知接下来会发生怎样的恐慌,而定在了原地,挪不动脚。

在雨里撒尿的弟弟,抖着一身的雨水,啊啊大叫着跑了进来。他一定想要给家人分享他最新的发现,比如一条蚯蚓爬出地面,一条毛毛虫啪嗒一声落在他的脚上,但他却敏感地嗅到了房间里正在发酵的阴郁。他于是立刻化成一团空气,逃进卧室里去。与我擦肩而过的时候,他斜侧着身,试图将自己缩小成一根毫毛,以便可以不触碰到我,并将我的眼泪晃落一地。但隔着一厘米的距离,我还是感觉到了他冰凉的手臂和潮湿的裤管。我忽然有些怀念蹲在门楼底下,凄凄哀哀地看着我,希望我能搭理他,给他说一句什么的弟弟。又因为这样的怀念,我怨恨此刻叛徒一样只顾自我安危的他。

下一秒,将会有怎样的惊雷炸响呢?我战战兢兢地等着,却又希望什么也不要发生,就像骗人的电视剧里演的,父亲挨家挨户地求人借到学费,母亲则做了好吃的饭菜,为即将住校一周的我送行。

雨下得越发的大了。隐隐地,有雷声自远处传来。房间里暗了下来,却没有人起身将灯打开。我听到雷声翻滚着,咆哮着,千军万马似的,朝庭院里奔涌而来。我心底的恐惧,愈发地深了。我想起无数个雨夜,雷声在屋顶上炸响,一道刺眼的光,将黑暗中的一切照亮,犹如白昼。我还想起很久以前,村里的一个老头儿被雷劈死在雨夜之中。那个老头儿一定在某个雨夜里害死过人吧。人们都这样说。

在我试图抵御更多关于雷声的恐怖联想时，弟弟忽然从卧室里走出，小心翼翼地挪到母亲身边。

我听见他小声地向母亲撒娇："娘，我饿了……"

若在往常，母亲一定会笑骂他几句"饿死鬼"，并找出一点儿吃的，将他打发掉。可是那一刻，在全家人压抑的沉默之中，母亲忽然将切面条的菜刀一把剁在案板上，而后大声吼道："要钱的要钱，讨吃的讨吃，一个个全是没本事挣不到钱的废物！"

一切都被这句话给点燃并引爆了。

父亲将编好的菜筐暴怒地扔到庭院里去。他还疯狂地扔别的东西，斧子、镰刀、剪子、椅子、鞋子……好像这些东西都像母亲一样，在阴森森地嘲笑他没有本事，挣不到钱。昏暗的光线中，看得到青筋在父亲的脸上，一条条地暴突着。那是一些随时会飞下来，缠绕在脖颈上，让人窒息而死的毒蛇。在不知道毒蛇会将谁击中以前，我如一片秋天的树叶，瑟瑟发抖。我想要躲藏起来，却发现除了站在原地，无处可去。整个世界都被风雨雷电笼罩住了，村庄成为一个巨大的牢笼，而我，不过是一只仓皇逃窜的老鼠。

母亲天生没有安全感，她生下来似乎就是为了喋喋不休地唠叨与抱怨。她嫁给了无用的父亲，又在风雨之夜，相继生下了三个胆小无助的孩子。她对于生活不息的热望与渴求，被困顿的生活一日日消磨，到最后，她只剩下暴躁与绝望。

在吵架上，父亲和母亲真是天生的一对，他们的结合，想来是上天注定的。炸响的雷声，将他们变成斗牛场上两头急红了眼的公牛。在父亲挑衅地迈出暴力的第一步后，母亲也不甘示弱，将擀面杖朝着父亲准确地砸过去。父亲一侧身，擀面杖嗙的一声落在对面的墙壁上，将镜子给哗啦一声砸碎了。那镜子里立刻映出无数个斗志昂扬的公牛，他们像千年的仇人一样，凶残地厮杀着，疯狂地啃咬着。父亲抓住了母亲的头发，母亲则咬住了父亲的胳膊。他们的双脚还互相狠踹着对方，嘴里同时发出污言秽语，为这场战争助威。

弟弟躲在我的后面,嘤嘤地哭泣。我顾不上他,事实上我也已经吓得尿了裤子。在危险尚未改换方向,击中我和弟弟之前,我于划破屋顶的惊雷中,看到父母扭打在一起的样子,还能产生滑稽的联想。我忽然想起他们同样如此扭打的某个雨夜。只是,那一场战争,发生在暧昧的床上,他们赤身裸体,像两条野狗,凶狠地撕咬着。我很奇怪为何母亲会发出隐秘但明显快乐的哼叫声。我在对面的床上,目睹了这场战争的开始与结束。最后,父亲像战败的公鸡,瘫倒在床上,大口大口地喘着粗气,并很快在轰隆隆的雷声中响起了鼾声。

尽管不知道他们时常在深夜里进行的扭打,究竟是为了什么,但我却知道,那些厮杀,跟此刻的战争,是不一样的。它们在空气中弥漫出迥异的气息,一个是私密的躁动的甜腻的,一个则是暴力的残酷的辛辣的。在我还没有用狗一样灵敏的鼻子嗅出更多一些它们之间区别的时候,我的脸忽然被父亲抄起的一根柳条,给抽中了。

在那个瞬间,我有些晕眩,我觉得自己跟一个被父亲扔进雨里的破鞋没有什么区别,我生下来的职责,就是供父亲暴力摔打虐待的。我在尚未通过高考逃出村庄以前,我得忍着,咬紧了牙关屈辱地忍着。

我竟然还能头脑清晰地想到更多一些,比如明天我还要不要厚着脸皮上学?没有讨到学费被同学嘲笑、老师同情也就罢了,更重要的是,脸上这道屈辱的疤痕,该如何向人解释?

我想我应该打开电灯,让父母在灯光下酣畅淋漓地打仗,那样他们就能看清彼此杀气腾腾的样子,也包括,看清留在我脸上的战果。

不过我很快意识到,这战果是多么不值一提。受了惊吓的弟弟,忽然放声大哭起来,他还很不识趣地从我身后跑了出来,带着一种试图以哭声震慑住父母的盲目自信。可惜,他高估了自己。父亲被弟弟尖锐的哭声给弄得没了吵架的激情,于是大踏步走过来,用鹰爪一般的手一把提溜起弟弟的衣领,丢出门外。

死鱼一样被扔进雨中的弟弟,终于在一道劈下的闪电中,瞬间停止了哭泣。

厮打到最后,父亲和母亲都挂了彩。但因为下雨,招徕不了观众,便觉得无趣,也就偃旗息鼓,改日再战。那些被扔掉的盆盆罐罐、镰刀斧头,因为碍着面子,要冷硬到底,于是谁都不愿意收拾旧山河,两个人一南一北地躺倒在同一张床上,又恨恨地互踹一脚屁股,这才骂骂咧咧地背对着背睡去。

房间里瞬间安静下来。我坐在自己卧室的窗前,于漆黑中,静静听着院子里,雨点打在搪瓷盆子上发出的叮叮当当的声响。雨明显慢了下来,好像它们也跟雷电大战了一场,疲惫不堪,想要睡去。起初,它们打在盆沿上,是啪啪啪啪快速的声响。后来,它们气息变得匀速,便成了温柔的小夜曲。接着,它们厌倦了,有一声没一声地滴落在浓墨一样的夜色里,又很快地消失掉。最后,它们终于与无边的夜色交融在一起。

想到明天需要向同学解释脸上的伤痕,我便无法入睡。一阵风吹过,窗前的梧桐树上,有雨纷纷落下。那雨落在深夜,听上去有些森然;似乎有千万只脚,正悄无声息地踩过铺满潮湿树叶的小路。那些脚要去往哪里呢,它们在静夜里,要走多远,才肯停歇下来?它们踏遍整个雨夜中的村庄,是不是要去寻找另外的一只走丢了的脚?一只脚如果被另外一只脚踩到,会不会疼得尖叫起来,然后又忽然怕打扰了整个村庄的睡眠,于是跟被扔进泥水里的弟弟一样,叫声戛然而止?

所有人都忘记了弟弟的存在。

我不知道他究竟是怎么从一摊泥里羞耻地爬起来,又巧妙地躲过凶猛的父亲,隐匿在某个无人发现的角落,一直等到雨停下来,他才从坚硬的壳里探出头来,蠕动到我身后,而后幽幽地唤我:"姐姐……"

我吓得快要尿了裤子,回头看见是他,心里生出一阵厌烦,本想吼他一句,又怕惊动父母卷土重来,便只好压低了嗓门儿呵斥道:"不去睡觉,跑这里来干什么!"

"姐姐……"他嗫嚅着,声音里满是恐惧。

我心烦意乱:"快说,你到底想干什么?"

"姐姐……半夜小鬼会不会来敲门,真的……把我变成一只蜗牛?"

我想骂他神经病,哪儿来的这些胡思乱想,忽然间听到窗外有雨水哗啦啦地从梧桐树叶上飞旋而下,就在那时,我想起白天我和他穿着雨衣蹲在墙根下,观看一只蜗牛爬上香椿树叶时,我对他的惊吓。

他竟然在雨中打了一个滚儿后,还没有忘记我施的咒语。

如果我很快乐,我会对弟弟说:"傻小子,哪儿有的事?姐姐在逗你玩儿呢!"

如果我很平静,我会敷衍他说:"你这么无趣,鬼才懒得搭理你!"

偏偏,我正在不知明天如何上学的羞耻中,于是我恶狠狠地诅咒他说:"当然会来敲门!当然会将你变成蜗牛!而且,是一只丑陋的没有壳的蜗牛!"

当我说完这句,我发现自己内心涌起邪恶的快感与复仇的满足。我注视着一脸恐惧的弟弟,想到明天可以对老师、同学撒谎:脸上的伤痕来自弟弟无意中的碰撞,我终于开心地笑了起来。

那一晚,我睡得很沉,跟一头长眠的猪一样,以永久地从这个世界消失掉的虚空沉沉地睡去。至于可怜的被所有人忘记的弟弟,跟我有什么关系呢?

第二天起床后,没有人再提及昨天的事。院子里已经收拾干净,不过也许,那些凌乱的被父亲扔掉的家具物什,是由一个小鬼悄无声息地给收拢到原位的。否则,以父亲的嚣张和母亲的霸道,在握手言和之前,谁也不会主动低头。

雨并没有完全地停下,抬头,会有蒙蒙细雨飘在脸上。但这样的雨,对于乡下人来说,完全可以忽略不计。我知道再提及学费是一件愚蠢的事。只要关于伤痕的谎言能够骗过所有同学,他们嘲讽我最后一个上缴学费又有什么关系呢?脸面终究比金钱更为重要。

每次家庭大战后都至少会有持续一个星期的冷战。所以我并不指望出门前会有谁来嘘寒问暖。我很自觉地翻出一个冷硬的馒头,又切了一块咸菜疙瘩,便坐在马扎上,就着一杯白开水,缩着手脚,不声不响地将馒头吞进肚子里。我听见院子里一只鸡跳上锅台,并将锅盖哐当一声弄翻在地;锅盖落在水泥地上,发出空洞虚弱的响声,好像那锅盖也饿瘦了,没有力气在半空里挣扎。那只鸡一定没有寻到吃食,对着张开苍茫大嘴的锅呆愣了片刻,便跳了下去。落在地上的锅盖,自然也为这只纵身一跃的鸡,又来了一声空洞的伴奏。

我吃得有些快,于是很没出息地打起嗝来。我一边打嗝,一边想着离开后,父母静坐"绝食",谁也不肯下厨做饭的样子,忍不住笑了起来。不过我很快将另外一半笑声给强行塞回了肚子里。因为我隔着房门,看到刚刚从茅厕出来的母亲,恶狠狠地朝我看过来。

我还是尽快躲到学校里去吧,那里才是温暖又安全的角落。我擦掉嘴边一块黑色的咸菜渣,想。

推着自行车出门的时候,一只刚刚下完蛋的母鸡,用响亮的咯咯哒的报喜声,欢送我的离去。我披了窸窣作响的塑料雨衣,走到庭院门口,忍不住看了一眼那棵低矮的香椿树苗。那里空荡荡的,只有细细的雨,在静默无声地飘落。那只将弟弟吓住的蜗牛呢? 会不会真的变成了鬼,并在夜里出没?

我还瞥见水井旁堆积的榆树木头上,已经长出了密密一丛木耳。将它们用热水焯一下,在酱油里拌一拌,一定无比美味吧? 我咽了一口唾液,无限神往地想。

我唯独没有瞥见弟弟。

我不知道他躲在什么地方,不知道他昨晚有没有睡好,不知道我离开以后的时间里,他一个人该怎样跟这寂寥的雨天和无边无沿的冷战对抗。

我推着车子,慢吞吞地走在巷子里。我忽然有些不想离开这条巷子,我希望它会像童话里那样,无限地延伸下去,永远不会与村庄的大道相接。我不知道我在等待什么,但我却清楚内心的期待。

一百多米长的巷子,还是走到了头儿。就在我准备跨上车子离去的时候,弟弟忽然从拐角处冲出来,站在了我的面前。

他的脸上明显是一夜未眠的困倦,但他却努力地打起精神,犹豫着叫我:"姐姐……"

我的心,陡然又冷硬起来。

"还不快回家,站在雨里做什么! "

他低低"哦"了一声,却并没有离去的意思。

我不想理他，推车绕过，车轮差一点儿轧到他的左脚。那只脚蜷缩在一只顶破了的黑色绒面的布鞋里，卑微地擦过满是泥水的车轮。

　　跨上车子的时候，我用余光瞥了一眼身后的弟弟。他依然站在那里，带着胆怯和满腹无处可以倾诉的心事。

　　车子已经骑出几米了，我终于回头，冲弟弟喊："笨蛋，小鬼不会把你拉去变成蜗牛的……"

　　我不知道弟弟有没有听到，那时他已经转了身，飞奔回了巷子。

　　我听见雨，细细的雨，落在大地上的声音。那声音犹如万千生长中的蚕，伏在广袤苍茫的田野里，啃噬着桑叶，没有休止，也永无绝灭……

2022年

向荒野

◎ 苏沧桑

> 要彻底觉察活着的每一天，深刻感受自己所在的这个世界以及身处其中的自己。
>
> ——巡山员蓝迪日志

流沙

那粒沙的位置是：宇宙—拉尼亚凯亚超星系团—室女座超星系团—本星系群—银河系—猎户座旋臂—古尔德带—本地泡—本星际云—奥尔特云—太阳系—地球—北半球—亚欧大陆—亚洲—中国—内蒙古阿拉善—巴丹吉林沙漠——一座无名沙丘。

我的位置是：宇宙—拉尼亚凯亚超星系团—室女座超星系团—本星系群—银河系—猎户座旋臂—古尔德带—本地泡—本星际云—奥尔特云—太阳系—地球—北半球—亚欧大陆—亚洲—中国—内蒙古阿拉善—巴丹吉林沙漠——一座无名沙丘。

穹庐般的苍天，罩着无垠的沙漠，它和我被包裹其中，它是一粒沙，我是俯瞰着它的另一粒"沙"。

风将它带到我眼前，一粒沙一定不知道自己是"浩瀚"这个词的组成部分。这一秒，它落在我眼前；下一秒，它会被风扬起，也许会落在另一座沙丘的最顶端，最接近苍穹的位置；再下一秒，它又会落到何处？这些问题对于它没有意义，就像它的存在对于宇宙没有任何意义。除非它有灵魂。它有灵魂吗？如果一粒沙有灵魂，它无比漫长的一生不会只取决于风的方向。

这是我和它的区别。此时，我不听从风，我在与风对抗。

他们在沙丘顶端喊我爬上去，只有我一个人落在最后。沙丘很高很陡，他们说沙丘后面是更浩大的荒野，有更壮丽的景色。巴丹吉林沙漠和中国其他沙漠地貌不同，沙丘格外陡峭险峻，连骆驼都会畏惧。它们汗津津地、气喘吁吁地在之字形的"路"上攀爬，没有路标，只有风干了的发白的驼粪，还有卧倒后再也站不起来的一堆堆白骨。我猫着腰努力攀爬，但爬一步退一步，一站起来就被劲风刮倒，跌坐在沙丘的腰部。我盯着那粒"随风逐流"的沙，纠结了大概十秒钟，听见风刮过来我苏氏老本家的那句话"此间有甚么歇不得处"，于是我干脆将身子歪倒，甩脱鞋子，将脚埋进沙里。吸饱了正午阳光的沙们以干燥的温暖迅速裹住我酸疼的脚踝，我感受到一股来自宇宙深处的能量直抵心窝。

风在我耳边发出雷鸣般连绵不断的巨响，广袤的天地只有蓝和黄两种颜色，极其单调，极其干净，极其宁静，可我知道，这看似静默的世界并非我想象的那样毫无生机。

沙丘下有一汪和蓝天一样蓝的湖水，风推动着一轮一轮波浪，循环往复，时针一样轮回。

一群骆驼如一群蚂蚁在地平线上蜿蜒行进，几个牧民像更小的蚂蚁跟随其后。

诗人恩克哈达曾看见，沙窝里有兔子或是什么动物的粪蛋，一只小黑虫正匍匐着爬向驼队灰色的帐篷，身后留下一道细纹。小海子里有鱼儿在游戏，唇霭中的芦苇头在水声中凝固，几颗野果在孤独生长，沉默无语。

阳光为每一粒沙裹上金色，风为每一粒沙制造辉煌的眩晕。沙漠，每时每刻都向苍天供奉着巨幅流沙画，千千万万条世间最流畅最优美的 S 形金色线条，比流水更美，比流云更美。亿万粒渺小的、没有生命的个体组成的博大和灵动，却向天地展现了一种生命哲学：摊开手脚，目空一切，无忧无惧，任意东西。假如有永恒的物质，沙尘算一种吧？它已粉身碎骨，死无可死。它们不与风对抗，不与世间一切抗衡，不与命运对抗，它们在天地间呈现出来的姿态，像一种死心塌地的、极致的爱情。

在遥远的地方，一些沙会成为摩天大楼的一部分，直抵天空，受着人们的仰望；一些沙会成为沙尘暴，受着人们的嫌恶，被人们怨恨它占据了土地导致了饥饿和贫穷；有一些雪白的沙或黑色的沙，会成为沙滩的一部分，接受着人们脚底的亲吻。而我眼前的沙，守着永恒的博大和安宁。人类的爱与恨，与它何干？一粒沙，不会告诉你它去过多少地方、藏着多少秘密。一粒沙，不会告诉你它有一千岁还是一万岁。一粒沙看着我时，像一位亘古老人看着一个婴幼儿，一个会转瞬即逝的生命，因此，它的眼神里充满悲悯和慈爱。

我躺下来，看见了天上有一只巨大的"眼睛"——一朵巨大的白云中间，露出了一只蓝色的温柔的眼睛，俯瞰着远处身披阳光的骆驼群正在晚归，照拂着茫茫荒漠上所有的呼吸和心跳。

他在万里之外的荒野深处说："我怎么能自认为比高山野花还重要，比这里所生长的一切，甚至比终将成为沃土孕育万物的岩石还重要？是因为人有灵魂吗？然而谁能告诉我，灵魂不会寄居在植物和动物体内，甚至溪水和山峰里？"

胡杨

低调的橄榄色，是内蒙古高原最西端、额济纳胡杨林九月底的底色，极致的翠绿和金黄之间的过渡色，令人想起休憩、停顿以及戏曲唱段之间的过门。

一大片倒伏在沙地上的枯胡杨，在青灰色的天色里，像古希腊残缺的人体雕塑群。一棵巨大的枯胡杨横陈在我脚边，让我想起一尊深藏在欧洲某个教堂幽暗地下室里的垂死者雕塑，他被从头到脚覆盖着薄纱。这薄纱亦是雕塑家用玉石雕琢而成，与酮体的质感一样，无与伦比的真实。那层薄纱仿佛随着垂死者的呼吸一起一伏。

手不由自主向它摸上去。被千年风沙捶打过的树皮，和它身下的沙尘一样洁白，和戈壁滩一样粗粝。这个千年不死、千年不倒、千年不朽的神奇树种，关于它的传说总是与凤凰和鲜血紧密相连。它将树身掏空，将根极力扎进沙漠深处，在最干旱的季节用身体里储存的水活命。生物的多样性和神奇总是匪夷所思,对于胡杨树而言,这只是一种本能,它拼尽全力活着,站着,在大地上留下自己和后代,不管有没有所谓的意义,也并不知道,弱水河畔的几十万亩胡杨林,阻止着巴丹吉林沙漠向北扩散。

我在死去的胡杨间穿行,像在一座城郭之中穿行,生者和死者的幻影在我身旁呼啸而过,还有薄纱下倔强生命最后的喘息声。

一位内蒙古小说家在小说里写道:"是啊,老奶奶把那棵树奉成了神树了嘛,怎么能随便砍倒呢……我的儿子,你将来应该把所有的树木全部奉为神树呀!"

在我视线所及不远的地方,一片橄榄色的、风华正茂的胡杨树静静立在一湖碧水前,它们身后是正在逼近像要吞没它们的沙丘。树们看起来像是一群母亲,张开双臂护着一湖碧水不被沙丘吞没,就像奋力护着身后的孩子一样。

另一个九月,在印度洋中的马尔代夫,当地人驾船带我们去一个很远很远的孤岛浮潜。那孤岛像一个遗世独立的存在,只有网球场那么大,圆形的白色沙滩像一口小碗漂浮在万顷碧海之中:"碗"外是深蓝色的海水,"碗"里却是淡绿色的海水,游弋着一些鱼虾。沙滩上空无一物——不,突然,我看见一根一尺来长的白色枯树枝静静躺在沙滩上,与阳光照射下它投下在沙滩上的阴影相伴。是胡杨的枯枝吗?它在大海上漂了多少年来到这里?在此躺了多少年?还会继续躺多少年?

地球之上,苍穹之下,"高级"的我们总有一天会离开,"低级"的它们永远在。

他在万里之外的荒野深处说:"就算我人在山里,只要心情不好或心有旁骛,就听不见山的声音,感觉不到山的存在和力量。"

魔域

是什么魔力让两个女人突然放声歌唱?

我抬头寻找鹰的身影时,一座欲倾之城,像崩塌的山体,像海啸的浪墙,向我俯身压来。

断壁,残垣,佛塔,蓝天,阳光,它们从黑水古城废墟的四面八方灌满我们的视线;沙灌满鞋子,风灌满我的红裙和披肩,关于黑城的千年传奇灌满耳朵。

鹰从黑城上空掠过,看见千百年前无数人从阿拉善的历史画轴里穿过,从阿拉善高原曼德拉山岩画的画廊里穿过。他们分属羌、月氏、匈奴、鲜卑、回纥、党项、蒙古等民族,他们在此狩猎、放牧、战斗、舞蹈、竞技、游乐。如果鹰真能活千年,它会想念一千年前和它一样年轻的西夏城郭黑水城,这丝绸之路干线上南北交通的交接点,熙熙攘攘穿行着驻军、商人、百姓……它目睹人们用马鞭、弓箭、猎枪、马头琴和长调将繁华喧嚣和波澜壮阔反复书写,也目睹黑水城在权力更迭、烽火狼烟中灰飞烟灭,成为一座孤城、一片废墟,灌满隔世的荒凉。

鹰见过这片古战场上无数场战争、无数次死亡。沙丘下突然冒出的枯骨,是谁的枕边人、谁的儿子?鹰用利爪掠杀猎物,却不懂人类的自相残杀、生灵涂炭到底为了什么。

歌声突然响起。

穿着绿袍的斯日古冷摇晃着头,放声歌唱。她将合十的双手一下一下用力地挤向心窝,像在用力地倾诉、祈祷。风撕扯着她的绿裙和长发,撕扯着她有点儿沙哑低沉的歌声。歌声犹如脱缰的野马,在我们头顶上空驰骋。

我问穿着蓝袍的苏布道歌词大意是什么,她回过头脸红红地笑着说,意思是想念他。

斯日古冷呵呵笑着说:"对,梦里老是醒来。"

穿红长裙的我唱起"十五的月亮升上了天空,为什么旁边没有云彩……"时,耳边响起了另一段歌词"苦海泛起波浪,在世间难逃避命运……"

我回头看见穿粉色衣服的居延女子海霞在我们身后正随着歌声自顾自手舞足蹈。刚才她跟我说,她有一个喜欢写作的好朋友现在一个人在胡杨林里牧羊,她很想去看看她。我看着她真挚的眼神说,我也很想去看看她,我还想和她一起放羊。

沙漠上，烈日下，四个女人踩着沙子，走在黑水古城峡谷般的古土墩之间，旁若无人地唱着歌、跳着舞，是因为黑城太过死寂，鲜活的人们忍不住想打破它吗？江南女子和蒙古族女子原生态的音色反差很大，也许并不美妙，也许各有所妙。鹰从天上看，看到茫茫荒漠中四个艳丽的点，它觉得自己更喜欢大地上动人的生命乐章。

他在万里之外的荒野深处说："山上没有风，阳光映着白雪射在我们身上，很热很暖。茱蒂脱下毛衣和衬衫，裸体滑雪。好美的裸体。我本来也应该卸下衣物沉浸在晨光里，却选择爬上湖穴丘，让茱蒂一个人在滑雪道上晒太阳。"

野骆驼

我觉得，它的姿态带着点儿挑衅的味道。

小雨将荒漠中唯一的一条窄小的公路打湿后，公路在傍晚时分云层间泻下的斜线天光里，像一个闪闪发亮的走秀 T 台。

三只双峰野骆驼从路基下慢慢悠悠地走上公路。它是其中最健壮的一只。它走到我们车头前，侧身停下，转头亮相，嘴角上扬，然后，像舞蹈演员转身扭头一样，优雅地侧转臀部，转过身，点点头，才将脸转了回去，慢慢走下路基，向着荒漠走去。

它带着嘲讽的微笑告诉我说，这个天地是它们的，自始至终是它们的。漫漫丝绸之路上，人类已经用飞机、汽车和火车取代它们，可它们依然没有获得自由，所谓的野骆驼都是放养的。它们也依然认为，这个天地是它们的。它告诉我：因此，我们此番走秀并非示好，而是示威。

我跳下车去追它，我想闻一闻它冲着天空的鼻孔里喷出的高傲气息，摸一摸它结着团儿的已被小雨淋湿的驼峰上狼狈的毛。它不逃跑，躲闪着，抬起一条前腿，似乎想去掩住鼻子。它说，它讨厌陌生人类的气息，不属于这片土地的气息。

那么，它喜欢它主人的气息吗？它回到牧民家里，会用湿漉漉的嘴唇碰碰主人吗？并告诉他（她）它们仨今天去了哪里，遇见了哪些牛羊马兔鹰虫，哦，还有野兽般凶猛的汽车难听的喇叭声，远不如它们的驼铃声动听？

我想起另一个九月，在可可西里的公路上，我遇见一只一惊一乍的小藏羚羊。它四肢纤细得像一个影子，离我约五十米远，突然狂奔，突然停下，又突然狂奔……放眼四野并没有一个可以作为它归宿的群体。大概两百米外，一群野驴，大概五六只，正在战战兢兢地穿越马路。它们已然看到了汽车，闻到了异类的气味，感受到了某种冒犯。

我站在原地，看到云层伸手可触，不由自主跳起来去够，听见有人喊："不要跳，不要跑，高反！"我这才想起，可可西里的长途跋涉中，我完全忘了对高反的担忧。心跳加剧时，血流加快时，我感觉离高原上蓬勃的生命更近，那些羊、那些马、那些驴、那些草，还有那些脸上有两团高原红的人，他们的背影总是微微有点儿驼，因为沉重的肉身，也因为谦逊的灵魂。

无家可归的小藏羚羊又出现了，我慢慢靠近它，我希望从世界上最纯真的眼睛里，看到最静谧的落日。至今，它依然流浪在我的记忆里。

画家兴安曾送我一幅画：三匹马依偎在月下，从容安详，是我想象中动物们最幸福的模样。那幅画让我相信，蓝色星球上仍有另一个世界，一切都敞开着大门，苍穹、荒野、湖泊、河流；如果宇宙有一颗心，也一定不会关门。

他在万里之外的荒野深处说："给自己一次机会，什么都不要做，别在一定时间抵达某个地方，别朝着某一个特定的方向。在这里，你可以随心所欲。这是你的机会，可以迷路、掉进溪里或发现一个美丽的地方。"

鸥

我清晰地看见了一只飞鸟的眼神。它黑色的眼珠如一粒海洋黑珍珠填满整个眼眶，上眼睑是双眼皮，下眼睑有卧蚕，上下都画了半根眼线，像一位妆化得特别精致的少女。它全身雪白滚圆，除了脖颈和翅膀尖是时尚的雾霾灰，喙和脚爪是鲜艳的橘红色。这些色彩的搭配，使它看上去像一个在雪地里玩雪的少女，阳光洒满它的笑脸，眸子时时刻刻透着惊喜。

至今不知它的种类，海鸥，或是鸽子？它栖在居延海岸边的一根木桩上，和它众多的同类一起。它们看起来长得一模一样，就像这里所有的沙子长得一模一样，所有的芦苇长得一模一样。在苍天般的阿拉善，天地都简化成简洁的线条、单纯的色彩，构成最朴素却又最摄人心魂的意境。

当我异类的气味逼近它的嗅觉，它腾空而起，巨大的白色翅膀掠过我的右前额，扬起我的头发。我们彼此的眼睛离得如此之近，我看见它的眼神里没有丝毫恐惧。

也许人类的喂养，已成功诱导它们在这片水域停留得更久，甚至将这里当成了永久的家，将人类当成了家人。我想，有一些动物其实是通人性的，就像我养的斗鱼。它把自己藏进水草，每天早晨当我靠近鱼缸，它会兴奋地从水草里钻出来，摆动着粉红色透明的圆形鱼尾，迅速往水面游，拍动着鱼鳍鱼尾。我打开鱼食袋子，舀出十来粒鱼食。我无法理解，隔着水和一尺远的距离，它是如何知道来的是我？我是来喂食的，而不是偶尔路过它的笑眯眯的阿姨，或来觊觎它的什么，比如猫。

鸟儿们拍动着翅膀腾空而起，落到芦苇丛上，也落到水汽弥漫的居延海水面上。它们落的时候并不轻盈，重重的、沉沉的，仿佛水下有巨大的引力。它们浮在湖面上时，看起来圆圆的、笨笨的、萌萌的，像我老家玉环岛漩门湾滩涂上珍贵的遗鸥。如果它们都不怕人，多好！

匈奴语中"幽隐之地"的居延，茫茫戈壁、草原和沙漠延绵不尽。祁连山雪水孕育了众多河流，其中的弱水（额济纳河）自南向北而至居延，形成了居延海等众多湖泊。这里水草丰美，碧波万顷，也孕育了两千多年璀璨的居延文明。这里曾经响起过的金戈铁马之声，响起过的"大漠孤烟直，长河落日圆"的吟诵，早已被漫漫风沙和声声鸟鸣淹没。遗鸥、野鸭、黑鹳、疣鼻天鹅、白琵鹭、凤头麦鸡、黑鸢、鹗、蓑羽鹤、卷羽鹈鹕、乌雕等等，在此栖息繁衍，除了气候和天敌，再没有什么能伤害到它们，比如战火，比如捕杀。它们活成了大漠戈壁无数动物甚至人类向往的样子。

很多年前一天的日落时分，我在澳大利亚南端的菲利普岛看企鹅晚归。夕阳下，雪白的浪花丛里不知什么时候突然冒出几十个黑白相间、亮晶晶的小东西，就像雪地里忽然绽放的"黑玫瑰"，弱不禁风地随着波浪摇曳着。紧接着，另一处浪花丛里又浮出了一堆"黑玫瑰"。随着人群一阵一阵的惊叫声，雪白的浪花里不断绽放开一丛一丛"黑玫瑰"，慢慢涌向沙滩。一个浪头打过来，它们中的大部分又被海浪卷了回去；过了一会儿，它们又聚集起来，奋力游向沙滩。这些"黑玫瑰"，就是世界上最小、已濒临绝种的袖珍企鹅。

从沙滩到它们的洞穴大约几百米，经过它们长年累月的跋涉，已经形成了固定的几条小路。这点距离，对于我们仅几十步之遥，对于它们则如千山万水。几十只企鹅纵队摇摆着向着家园挺进，足足花了三个多小时。回到停车场，看见告示牌上有一行英文："车子发动前，请看看车子底下有没有企鹅，防止轧着它。"我看见，准备上车的几乎每一个游客，都弯下腰，往车子底下张望一圈后再上车。

人类很友好。人类友好吗？在离它们很远的地方，人类复杂的生活形态，已经使得冰山加速融化，海平面加速上升，气候极度反常……濒临绝种的袖珍企鹅们并不知道，死亡已悄悄逼近。

他在万里之外的荒野深处说："在这里，日常生活非常简单。在荒野漫游，感觉自然而真实，另　个世界反而犹如小说，与我所了解的真实完全无关。"

天籁

金达来微微闭上眼睛，将屏住呼吸聆听的我们和人间烟火隔绝在低垂的眼睑之外，独自进入了他的世界。

低沉的马头琴声是一匹老马，他随之而起的呼麦声，是另一匹老马，将我带出了蒙古包，走向旷野，进入了一个神奇的、神秘的世界。

金色的阳光从云层间瀑布般倾泻。

亿万棵草一起仰起了脸。

雪水在融化。

瀑布从高崖奔涌而下。

羊羔的唇终于够着了母羊的乳房。

布谷鸟在鸣叫。

牛群寻声而来。

笨黑熊在爬树。

四岁的海骝马在奔跑。

草原狼在月光下长嗥。

风撕扯芨芨草和炊烟。

胡杨林落叶纷纷。

一个蒙古族女人背着羊奶桶，走进草原深处。

马奶酒的芳香里流传着英雄的传说。

大地凝神聆听着草原上久远往事里的柔肠百转。

呼麦，这古老而神秘的声音引领着我的心，与生灵说话，与风聊天，与月光对饮。这源于匈奴时期的久远回音，是草原上的人狩猎和游牧中虔诚模仿大自然的奇妙和声，靠口腔和舌头的变化，一个人能同时唱出两个以上声部的旋律，高如登苍穹之巅，低如下瀚海之底。

他在唱什么，我一个字都听不懂，我跟着这个声音去了很多地方。那些地方人与万物和谐共生，灵魂与灵魂窃窃私语，不分种类。他半眯着眼睛，不像是唱给我们听，而是唱给自然里的神听，唱给沙漠，唱给草原，他一定也听到了它们的回应。

呼麦声和马头琴声一起，像苍老的骏马驮着我，晃晃悠悠。我的身体、我的心，完全交付给了这摇篮般的节奏。人类是不是天生喜欢这种晃晃悠悠的感觉？婴儿为什么喜欢摇篮？孩子为什么喜欢荡秋千？人们为什么喜欢骑马、喜欢喝酒？是因为生命之初源于大海吗？

达日玛悠远而又高亢的长调，将我带回了蒙古包里的热闹。狂欢的人们，烤着羊排，喝着奶酒，眼神里溢满天真和好奇，我的手里还抓着啃了一半的牛骨。

我想起另一个九月，青海一个蒙古包里，主人们载歌载舞为我们敬酒，我席地靠坐在一只画着艳丽彩画的柜子前，听到苍凉的歌声响起——

"鸿雁,天空上,对对排成行,江水长,秋草黄,草原上琴声忧伤……"

那一刻,我按在毡毯上的右手在和地面做着一种力量对抗——主人的下意识叫它用力将身体撑起来,站起来,跳起来。我会跳《鸿雁》这支舞蹈,可下意识里羞涩的力量又在阻止它用力,最后,它端起一盏奶酒,一饮而尽。

我终究没好意思站起来和他们一起跳舞,这个遗憾让我做了一个梦:我追不上他们的脚步,听不懂他们的语言。我猜测着他们嘴里吐出的每一个字的意思,很累很累。然后,他们其中一个已是耄耋之年很邋遢却很美的女子,突然跑到舞台上,做了一些舞蹈动作,最后亮相的时候,脸上是带泪的笑。她扭曲腿部,脚底朝天,这对于年迈的她,似乎是不可能完成的动作。在梦里,我觉得她很丑;在梦里,我突然发现,她就是我,那个被自己禁锢、从未真正洒脱如奔马的自己。

诗人蒙古月来到杭州,钱塘江边我们第一次见面。他对我说,从你的长相、你眼珠的颜色看,你的血液里一定有草原血统。

他在万里之外的荒野深处说:"某种伟大没有边际的东西,将我吸纳进去,包围着我,我只能微微感觉到它,却无法理解它是什么。"

鲸落

蓝迪·摩根森(Randy Morgenson)是美国巨杉和国王峡谷国家公园的传奇巡山员,他在山谷中出生长大,做过二十八年夏季山野巡山员、十多年冬季山野巡山员,救助过身陷困境的登山者,指引过游客领略山野之美。他是一个热爱山野到骨子里的人,是"行走在园区步道上最和善的灵魂"。蓝迪带新婚妻子茱蒂旅行时,夜里就在路旁的干涸沙漠扎营,只靠一桶冷水洗澡,因为他不想夺走沙漠生物无比需要的养分,连枯木也不拿来生火。

一九九六年七月二十一日,五十四岁的蓝迪在巡逻途中失踪,园方出动一百个人、五架直升机、八只搜救犬,展开前所未有的地毯式搜救,结果一无所获。五年之后,有人在国家公园的偏僻角落发现了一只残留着脚骨的登山鞋……

致敬蓝迪的悼词是这样的：

蓝迪最后的旅程结束在一道狭窄的山沟，在一处偏远的高山盆地。久远的小溪流经山沟，虽然总是仰望天际，却始终深藏在严寒的晨光中。峭壁上传来岩鹨质问似的叫声，远方则是隐士夜鸫缥缈的呼喊，一面注视着缓缓穿越峡谷的暗影。天黑了，潺潺的溪水流经岩石，水花飞溅直奔遥远的星辰，再落入静谧的高山湖泊，不停往下流、往下流，和国王河的轰隆声响合二为一，接着迅速汇入汹涌的急流，经过一千七百米高的悬崖和依傍在陡坡的沉睡树木，梦想温暖春日里有熊搔抓树干的时光。

最后，他悄悄流进中央山谷大平原，群星和深邃的夜空将他接去。从第一滴融雪直到无边的寂静，欢愉的内华达高山之歌不曾停歇。蓝迪的声音也在歌里，只要我们安静倾听，永远都能听见。

当我一边回望一年多前的阿拉善之行，一边捧读美国埃里克布雷姆的《山中最后一季》——和我同龄的，将生命、灵魂与激情融入山野的山野之子蓝迪的人生传奇时，有两股巨大的、相似的力量裹挟着我在不同的时空穿越，让我眼含泪水。

四名中国地质科考人员在哀牢山失联，山把他们吞了进去，多日后又把他们吐了出来。山说，不要打扰我，不要打扰我，不要打扰我。山不知道，有些人是来打扰它的，有些人是来考察它、保护它的，比如帮它清理垃圾，警示游人不要在野地生火，营救失联者或者搬出他们的遗体。

二十四岁的蓝迪写道："为什么花草树木、万事万物要存在？因为少了这一切，宇宙就不再完整。"

也许，这句话已经道尽一切。

鲸鱼死去的时候会慢慢沉入海底，人们为这种现象取了一个美丽的名字——鲸落。我看过一个视频，鲸鱼母亲被人类射中，正在慢慢坠向海底，鲸鱼宝宝在母鲸身旁惊慌而又徒劳地游动着,甚至游到母鲸身下试图把它托起来。那是一段真实的、令人心碎的视频。

我们只是隔着屏幕的观众吗?是大自然的主宰吗?不,如果长梦不醒,总有一天,我们就是那头幼鲸。

我的自然生活

◎ 北　村

体

　　我对自然的记忆基本上固定在童年，而且似乎以后就不再生长了。在我们那个年代，自然意味着农村，这两个词是画等号的，基要含义是贫穷，而贫穷是需要逃离的。在仓廪未实之前，成年世界的自然是邪恶的，因为人要残酷地以体力和心力与其搏食，所谓"面朝黄土背朝天"，就是在蓝色天空下蝼蚁般匍匐在贫瘠的黄土上刨食。它们与城市相对立，城市高踞在自然上面，不受风吹雨打和四时轮换的不测的威胁，旱涝保收地过着稳定的生活。我为什么会对自然与农村有这样的印象？原因在于我从满月时起就被我当乡村医生的母亲抱到一个自然村，一直长到十岁。我与农村孩子无异。我的玩具只有水和泥巴。当然欲望未被释放前，我是很满足的，年幼的我无须像大人一样担心柴米油盐，所以我是能体会到自然的原始之美的：比如我喜欢紧贴大地或者流水，或是百无聊赖地躺在汀江边的沙滩上，光着身子紧贴沙子。我能闻到沙子与泥土一样，会散发隐隐约约的腥味，你说它是香味也行。一个热爱自然的人首先不是用视觉描述与记忆自然，而是用嗅觉。直到起身的时候，我的小鸡鸡上沾满了沙子，一阵刺痛。

　　还有一个我最喜欢的动作，就是选择一汪浅至脚踝的溪水，在黄昏时躺下来，大字排开。这时你的周身都是溪水在哗哗哗流淌，天空在你上方极遥远处，像哲学一样移动……为什么这么说呢？因为你躺久了，会产生幻觉，尤其是我将耳朵浸入水中时，声音立即被屏蔽，渐渐遥远甚至消失，天空就变得奇怪、可疑。直到太阳西斜，慢慢地收尽它的余晖，我从溪水中起身时，浑身冷得颤抖。我回到了现实，想着怎么对付即将责问我的父母。自然和父母，就在我的两端，我一端连通着自然，一端连通着父母；前者是我的脐带，后者是我的义务。成长是与自然的远离相对应的，这很像有转世重生记忆的儿童，知识越多，前世记忆就越衰减。直到我成长为一个作家，入驻城市，自然就基本只留在笔端了。我不说城市看不到星星月亮等等套话，真相是：就算能看到你也不会去看了，因为你心里的尺度变了。你经常出差，又到了乡村，再见草木，你也并未看见自然，这些草木在风景名胜中强烈地呈现美貌，但与我小时候感受的自然相去甚远，完全不是同一个东西了。

魂

城市是一个欲望容器。这是设定的属性。所以在城市中，人就像奔跑的狗，连解手的工夫都没有。所以，在城市不要说自然的事，城市人眼中永远看不到自然，只有标的、人群和速率。我的身体慢慢地从清凉的溪水中置换到单元房的套内面积之后，"体"在渐渐隐退，"魂"在隆隆升起，也就是我的心思、情感和意志显形了，成为我的显性人格，与城市众多人格较量。这里没有一样是自然之物，所以也没有一个行为是自在之为，全是精算后的秩序的产物。尤其我从福州进入中国的首都北京之后，中国正经历巨变的十六年。我在这十六年之中，眼睁睁地看着从我刚到北京时的四环路尚未围合，到五环修建，六环完成，无数高楼大厦像毛竹一样迅速生长，但我们竟然没注意到它们是怎么生长起来的。这一切并非逸出了你我的视线，而是应了那句"没有人看见草生长"。但我要纠正的是：在自然中，你会注意到小草每天的变化；而在高速发展的城市中，你却会忽略这一切，因为时间变异了，我们自己忙得像个陀螺，根据爱因斯坦的相对论，你觉得一切都在变慢，这真是让人忧愁：人生被拉长了，你却并不"在生活中"，而永远在"过生活"中，形如福克纳说的："他们在苦熬。"

很显然，自然与城市之间，有一个吊诡的问题出现：前者作为神创物，后者作为人创物，它们与人的关系还是很不同的。人要是在人自己制造的容器里待久了，是要生病的。就比如在二〇一二年，我查出患上了肾癌。在北京的十六年，我的身体并不忙碌，因为我不必朝九晚五地上班，但我身体是忙碌的，焦虑的，甚至是疯狂的。但我根本不怀念自然，因为我早已把它忘却，而人是不可能想念他已忘却的东西的。人们只想一个问题：如何能赚足今生所需，然后尽快离开城市，回到乡村。这个乡村就是自然吗？并不是。只是病体寄存处而已；不是家，只是旅客中转站。因为自然执行的不是那个"交易法则"、那个所谓赚够了钱的法则，自然执行的是"承受土地"的法则，是"白白享用"的恩典法则。或者说，前者是雇工的原则，后者是子嗣的原则；前者是痛苦劳动，后者是欢喜继承。《圣经》中上帝为什么不接纳该隐的献祭，因为他种地得粮是劳动至"汗流满面得以糊口"的原则，而亚伯是轻松放牧，顺应创造，不是以人自己的力量的顺天原则。

我觉是得到了改变生活方式的时候了：不是让自然生活成为我的观念或缅怀的内容，而是直接进入它，活成一个"自然的人"。我决定放弃在北京多金的编剧工作，回到"贫穷"的自然生活中去。于是我放掉北京别墅暖气管中的水，拉下电闸，行李装箱，准备撤离。就在走人的前一天，某个顶着全国十佳电视剧制片人头衔的朋友来访，带来一个收入在六七百万元的编剧项目，并极力劝说我留在城市。诚实地说，我又挣扎了一番，幸运的是我终于清醒了，次日便不告而别，直接回到的地方并不是我当年离开的福州市，而是我的故乡长汀。我开始了五六年的"自然生活田野实践活动"，我称之为"翻山越岭，追鸡赶猪"。我几乎隔几天就下乡，不到两年就跑遍了故乡每一个乡镇的田野和山峦，包括深入偏僻的自然村；有时超出县境，行迹遍布闽西各地；甚至涉足闽东山区，寻找各种自然生态的食材，并亲自领略阔别已久的自然山水以及人文景观。昔日只与知识分子辩论的口舌，现在能自然对接任何地方和不同文化层次的农民，其中多数是山民。他们完全无法识别我那个作家名字"北村"的城市标记，只知道我姓"康"，是一个老乡。我与他们的无缝对接，让我从逼仄的文化困境中解脱出来。文化的隔膜是一种像白内障一样的遮盖，影响我们看见真相。

自然的含义中首先包括的是植物和动物，而人是文化的，疏离的，甚至是遮蔽的。麻烦的是，只有人有信仰的困扰，我们没看见过狗盖庙、猴子建教堂,它们的边界是本能,它们照着本能生活并不受责怪,而人是它们的引领者,就不能放肆。在我深入的原始森林边上的一个自然村,正在实施保护性迁村,尤其是当地的水源地,山民依次撤退到山下,至少是山腰,把水源地还给自然。当然同时也遗留出大片原先开发过的土地,比如梯田,在水源地保护红线之外的地方,改为使用"自然农法"的新的(其实是恢复到传统)耕作方式。我创办了一个名为"北村自然生活馆"的自然生活田野实践项目,以推进这些自然农法实验。比如在分田到户后的南方土地,被产权分得支离破碎以及上下阶梯式延展的农田,各户不愿意租户把田埂铲掉,这也刚好适应自然农法中的人工除草方式,而无法适用哪怕最小的除草机,更不得施放除草剂。每天从山下的迁村用面包车运送农民上山务农,跟朝九晚五的城市上班族一样准时出工,这是一种新颖的、新旧结合的农耕生活。我的"农业工人"们坐着小板凳在田里人工除草,在合适的季节比如稻谷生长季,我们则释放鸭子进入稻田实行"鸭子除虫除草法"。这种生态循环法可以实现生物多样性共存,但要掌握好时间点,不能等到稻谷抽穗的时候。

我在田野实践中发现:中国幅员辽阔,中国的农村有着两种不同的地貌和生态原型:北方广大平原地区,适合于人机器的农场耕作方式,就是美国、加拿大那样的农业模式,而南方体量同样庞大的多山的地形崎岖地区,则适合"精致农业",类似日本那样的模式。这后一种模式最好的耕作方式就是"自然农法"。在我的一个小黄姜试验区内,整个山坳形成了一个"自然生态环",也就是自然生态循环区:山上放养的家禽,啄食自然植被中退耕还林后果树掉落的自然野果;它们排泄的粪便,经过自然发酵,形成多酶的堆渥自然肥料,以此施放给姜田和生态稻田,避免了使用化肥;所产生的虫子又被除草鸭啄食,这种稻田出产的稻米我们叫它"稻鸭米"。我在田间合并使用光媒除虫,使这块地区实现了有毒灭虫剂和除草剂的零释放,不使用化肥又让土地净化率增高。在我的认知里,耕地红线还不够红,真正的警戒是连县城周边的土地都被化学污染的残酷事实。自然农法真正把这个红线内的范围缩小,让真正的自然得到扩张。最后,在专业人员的帮助下,通过检测后我发现:由于我们在土地上的净化的作为影响到了空气的性质,散发到空中的微生物种群也发生了连锁变化,整个生态链在一个独特的区域发生了质的变化,因为南方山区的特征,这个生态循环区域就产生了自己的一个干净的生态自循环系统,它们由于地形阻隔与另一地区的生态完好程度可能完全不同。这个自循环的生态圈,从土地到空气到水,都得到了自然净化。这是我在自然生活实践中最震撼的发现!

灵

很自然地,北村自然生活馆的实践成果显赫,我们连一个小小的果干,都要实现一个目的:还原到其本味。何谓"本味"?就是造物主创造的大自然本身的味道,就是我在文首描述的我闻嗅到的土地的腥味,以及果实的清香!而这种色香味是非人工的,本真的,自然的。它是缓慢生长后才能蓄积和释放的,最重要的是:这种自然的本味,才是最多样化和丰富的。我对那些孩子说:"当你画一棵树上的一万片树叶时,重复率绝对大于自然生长的一万片树叶,因为真正的树由一个神秘的生命导出的多样性,是最丰富广阔和延展的,这就是自然生命中最为奥妙的基因密码,是创造之谜中最令人感动的部分!正如一个大字不识的孕妇,照样能孕育出最精密复杂和充满感情及智慧的生命体。所以,食物的本味才是最丰富的,这就是我们为什么要食用自然食材的原因,不光是为着身体,更是为着真理。而被食品添加剂侵蚀到麻木的人类口舌已经丧失了分辨和品味的能力,人类欲望的疯狂增长,破坏了自然生长律令,无法达到自然丰富的独特性标准,人类就以各种化学方法来进行模拟。经过缓慢长期的味觉侵略,人们渐渐游离了自然本味的领地,感官麻木,而相应地在心中,感动也开始撤退,感觉渐渐放大。在生命法则中,自然和原创是诉诸感动的,人意和传奇是诉诸感觉的。而感觉是以强度来记忆的,需要不断刺激才能被记住,于是,食品添加剂只能越加越多,不断翻新出奇。很吊诡的是:它的发展路径并不是越来越丰富,反而是越来越单调,越来越重复,越来越贫乏。

我流连于自然,并非流于表面的浅尝辄止的情感体验,那远远达不到震撼的程度。我是深入它的生命内部，窥见自然至深的奥秘。在自然生活的第一年，我会为我的河田鸡们每天日暮都振翅飞到树上栖息而兴奋不已！河田鸡是一种保有较多野性的自然鸡种，无论公鸡还是母鸡，一律上树睡觉，我将此戏称为"满树开满了河田鸡"。然而这只是表象，随着观察、体悟逐年深入，我发现这个"自循环生态圈"才是最宝贵的真相！在这里，天、地、人以及一切活物，按照命定的法则在生活着，循环着，延续着。天是为着地，地是为着人，人反过来要遵循天理，而且终究归于天地。

这里出现了一个奇异的转折：我在世间行走诸年，得到一个启示，那就是我们一切的生活以及生活方式，都是天造地设的结果，我们只是这一目的的影儿，而不是实际，因为所有活着的人的身体终将过去，只是这种客旅的一次象征。而天又为着人，表明上苍以地上一切的果蔬来养活人，按照正确的命定。我对中国文化中"人融于自然"的观点表示怀疑，"一叶扁舟去，江海寄余生"的人与自然完全平等之说，忽略了人的责任，也不能发展出运用造物主创造的积极的文明。人既不能矮化自己，与自然物不分，也不能凌驾于自然之上，就好比现时代人类无限度扩张对自然的越位与破坏，拿捏的度在于：认识上苍的创造并合理运用，不混淆它的法则。人类得到授权的同时，被赋予了责任，而这个责任的力量，米源于对造物主所创造生命认识的深度。这也许就是我们敬畏的方向和意义所在吧。

瞧，这些人邻

◎ 晓　角

天上的大鱼

秋天的小河里又会有小鱼吧，一条一条，沉在水底，最好还是从前那样去捞，拿上草网子。

那时的水真冷啊，早上起来去担水，得把冰砸开。还没立冬就这么冷，鱼怎么受得了，鱼会不会冷到哭泣？除了我没人知道。

我喝了很多年河里的水，直到后来小河上游来了支淘金队，又来了挖沙子的，金子用来送给人，沙子拿去建大厦，河水就不能吃了。

河断流时，鱼就没有了。

我记得那些鱼，小小的，腥腥的，淡灰色细须子，无时无刻不在用力呼吸。这些鱼长不大，容易死，很丑，但孩子们喜欢。鱼找不到母亲，河里洒满鱼种子，不知道从哪儿流下来，春天就发芽，往出长鱼，草种一样。一米宽的小河里每年都有很多鱼，成群结队，安安静静过着鱼的日子。

我喜欢这些鱼，特别喜欢，我不记得自己抓到过多少条鱼，有多少条鱼是别人替我抓的：妈妈替我抓的，外婆替我抓的，某些孩子替我抓的，都消失在了时间里，反正总是会有丑鱼陪着我。也许我本身也是一条鱼，吃泥吐泥，装在半个饮料瓶里，养半个月，发现孤独了又添进新鱼，养一夏天也不寂寞。

那时我经常为了死鱼而哭泣，因为它小小的灵魂是在我眼前升的天。鱼死，安葬在白天，蚊蝇带走血肉，太阳带走阴冷。鱼太小，连骨头都没有，至多一小时便消失得无影无踪。

它们从没长大过或者说从不会长大，长到手指粗就消失了，然后会有崭新的小鱼出现。冬天一过,来年的鱼和草一样会在春天长出来。

没有鱼的河会死,没有河的鱼不会。

我们知道那些鱼并没有死,只是潜游几十里地回深水中去接着长大了,因为小河太冷且太容易被捕获所以不回来,它们会在深水里长出颜色、光泽,变成彩色的大鱼。

终有一天我们也会长大,到那时就约好一起去找彩色大鱼。

只是,一个个冬天过去,村里有的孩子再也没有在春天出现。

有个小男孩儿,从小就特别瘦弱、多病,但爱笑。有一年他喜欢上了抓鸟,抓各种各样的鸟,什么鸟都能抓到。他在冬天给它们准备好温暖的家,放上自己吃的米和水,然后看着鸟儿一天天昏睡、消瘦,他也一点点哭出来。后来鸟儿们都被放掉了,有一个孩子永远站在春天里两手空空,每一场北方的大风里都有他飞走的部分。

河里有月亮,月亮走了,只剩下鱼。

等我们长大了,就去找那些彩色的大鱼。一年一年过去,大风刮了一年又一年,小河流了一年又一年,河水在告诉我们等是没有用的,就算晚饭、小鸟、毽子、风筝都停在原地等我们,大鱼也不会等我们,那还在这儿干什么呢?是时候了,于是孩子们知道了痛苦。

终于有一天,我和伙伴们等不下去了,把罐子里所有的丑鱼放回河里,把所有的小鸟送回蓝天,然后穿好新鞋沿着河流上路,用一辈子时间寻找天上的大鱼。

雀大

那是一只鸟,很小,但有幸享受一个秋天的饱食。它身上颇有些肉,灰灰的,丑丑的,眼神惊恐,发抖,在人手里挣扎,大声惨叫,像小孩子哭,很难听。我们把它塞进一个旧纱眼袋子里,里面还有不少杂七杂八的鸟。它摔进去后,袋底暴发出一阵小骚动。

下雪了,这可是捕鸟的好时节。火炉上煨一个茶缸,就是好食器。鸟头扭掉,毛用开水烫掉,再取掉肚肠。鸽子之类大一点儿的会留翅膀肋骨。小鸟肉少,没什么可吃的,有时还活着就扔着逗猫狗玩了,不喂猫狗的话就是煮煮塞牙缝。小孩吃着玩儿,收拾完了,开煮。父亲小时候是守在炉边干等着煮,饥肠辘辘;我是看着电视,烤着炉子煮,比较幸福。

这天傍晚要铲门外路上的雪,村里有好多人也一起铲,为的是防止牛羊走在压实的雪上滑倒。我们一边戴手套,一边对着扔在地上的一堆鸟雀说:"今天晚了,明天好好炖一锅吧。"夜里我们忙完就睡觉了,天非常冷,人躺在被子里时还发僵,鸟被特意放在里屋地上,预防冻死。

第二天早起一睁眼,发现又下了雪。天地混沌,一村人什么都做不了。我想起那些鸟雀来,这大冷天煮雀子多好!父亲已经去烧水了,我下地把袋子打开,在地上等了一夜死的鸟们没有一只乱飞,静静的。

捏起一只在手里时,我突然发现这些昨天还肥嘟嘟的鸟一夜之间瘦成皮包骨,大的小的都瘦了,眼神也呆滞灰白,使劲儿握一下,不挣扎不反抗,有明显心跳。

最后这些畏死的瘦鸟都被扔出屋去,在大雪中冻死,冻成一坨,家里猫狗吃了很长时间。我还扔了几只给无家可归的野猫,以致野猫们都不怕我了。后来想想,鸟尸也许还令某只野猫撑过了一冬。

北方严冬里,什么都有点儿恓惶。

小小的雀,大部分时日属于长空,泥地间很少见,仿佛不入人世。它们很难停下翅膀休息,雪天也得为了活命去觅食。冬风整夜哭号,等放晴了去树林里走走,常能碰到冻死了的、从天上坠下的鸟雀。

鸟跟人有什么关系呢?以前我吃它,天上鸟代代相接并不会少。后来我不吃它,它在天上飞时,也并不会认出我,更没必要感谢我,毕竟在天上飞鸟眼里,我也不过是遭什么灾都代代不灭的"动物"。人鸟并无不同,都无条件承受天地的不仁,临死前一夜也会痛苦或哀愁得瘦干浑身肌肉,从未反抗过。

当然,比起脆弱的鸟,还是我比较危险。

小时候,村里有一个独居的人从不吃鸟,他妻子死得早,一个人带着女儿,早年出去打工,做苦力。女儿在县城的初中住校,一年才见一次。每次见面,父女俩都抱在一起大哭一场,好像是最后一次见面。后来女儿上了高中,考到很好的学校。他更拼命工作给女儿挣学费,可是他发现女儿渐渐和他生分了,相处时父女竟如客人一样。女儿性格孤僻,在学校交不到什么朋友,高三学习压力又大,她得了抑郁症,天天写日记,写了撕,撕了写。她自杀过两次,第一次自杀时父亲不在身边,她被老师救了下来,学校建议休学,可她实在没地方去。她决定彻底解脱掉自己短短的一生,半个月后她第二次自杀,这一次父亲来了,父亲赶到省医院,用力抱着女儿还柔软的身体不放,这次是最后一次见面。

这人回到村子,像大部分村里人一样什么都没挣下,他少言寡语,像空气一样希望所有人看不见他,因为他太显眼了。

他的头是歪的,疤痕巨大,只有一只眼睛。回村前某年去自杀,拦火车拦的。

就这么一个人,每年独自耕地,下种,锄草,收割,打粮,在土坯屋子里生炉子,整夜枯坐,每晚触摸着眼前黑夜中女儿的第一次心跳第一声哭泣第一次欢笑第一场大雨第一场大雪第一个春天第一声喊爸爸第一场感冒第一场农村最常见的百日咳……那么真实,永远温热。

然后天就下雪了,天地一白,贾宝玉走失的白,不容非议的白。什么都浮肿了,全是雪,溢出来的雪,一世界的雪。雪后初晴,天蓝到心疼。他上午出门,把纯白院子一片片扫开,扫出泥土砖路,扫成一个圆,撒上金黄的玉米粒。鸟雀就来了,各种各样,齐聚一堂:麻雀慧黠,喜鹊油滑,乌鸦堆墨,鸽子报平安,布谷赞丰收。

一人守着一场雪,每天都喂鸟。鸟守着雪,也守着人;人不寂寞,每天有鸟雀陪。现在这个人去世数年了,村里也再没人喂鸟,我也早已不再抓鸟。曾经,某些冬夜,一个孩子在失眠中逐渐长大,为村中老人的善行感动不已,彻夜哀哀,像有只鸟在心里哭;直到今日想一想,也还有鸟在心里哭。

牛姐妹

见过很好看的眼睛,公牛眼或母牛眼。

最好是那种三四个月大的半大牛犊,奶和草都还积在身上,油光水滑,腿脚粗圆,虎头虎脑,眼形非常好,大、媚、亮,睫毛修长。

有时候也想,我要是养过马该多好,马也好看,也有大眼睛,但高贵,驯化情况和牛不一样:马是坐骑,是宠物,是幻想。我可以学骑马,骑着马去县城,去省城,买东西,驮粮食,肯定比自行车快——我骑自行车老摔跤。

我如果是个男人,还可以在身后驮个好看的女人,或许能驮一家人,多好。

可惜我没养过马,也没见过草原。

我爸爸说他年轻的时候有过一匹小马驹,红色的,非常可爱。他那时还是十七八岁的少年,很爱护它,从不把它当牲口,每天给它垫细土,添精草,可是它只活了一年半就死了,死时吐白沫,骨瘦如柴。少年为一头牲口大哭,很多年后想起来还是凄凄然。

爸爸说他一生真无奈,无奈到一匹马都养不活。

父亲后来只养牛。

有这么一对牛,一头青花、一头黄花,是两头从小一起长大的母牛在同一礼拜生下的,天生一对姐妹。两头牛姐妹从小就认识,一起学会吃草,一起打闹,一起长出母牛的脆弱酸疼的角,到哪里都相互跟着,然后装上同一辆栅栏车,被卖到我们家。没有一头牛生来就是会干活儿的,只是人告诉它们干活儿才能活着,牛就习惯了干活儿。

在我们这里,母牛干活儿,公牛则不是用来干活儿的,只用来繁殖、拉车。

牛姐妹本来很野,不谙世事,喜欢像马一样奔跑,完全看不懂正给大地用刑的犁和那腐朽到一碰就碎的木头两轮车。但是没办法,牛长大了就得干这些,缩不回母牛肚子里。

牛要驯,先是不服,然后是打,打到怕了,就拉石头:套上车拉几块没有意义的丑石,在村里小路上来回走,走到筋疲力尽,日日如此;脚上还要挂铁锁,铁锁一击痛彻骨髓,再不敢快跑,直到学会每走一步都刚好够拉车的力。驯牛宛如一个阵,牛痛不欲生,终于走出时却正好练成最合人意的谦逊性格。牛姐妹一个套上老旧可笑的农用车,收着劲儿往前走;一个绳索加身,把铁犁切进初春的冻土里,拼死劲儿为驯化者开路。一年一年过去,牛从青涩变成敦厚，就像一个姑娘，变成媳妇，变成阿婆，温顺勤苦。

牛是最苦的，一生面对的都是最残酷的东西，比如大地、流水、严冬、酷暑和人。它们既承受也沉默，沉默中抵抗痛苦，直到死亡。我曾见过一头十八岁高龄的牛，在盛夏，拉了一整天青草，傍晚主人往下解枷锁，大绳勒紧处，皮肉磨烂了，长满蛆虫。

真是惨烈。我小时候牛姐妹年轻漂亮，还不知道惨烈。

那时我小，跟大人下地，其实什么都不用干，就是一个人在地头躺着，也没人管，晒太阳，我觉得一觉就可以睡一天，那时的觉稳稳的，没有梦，现在我一睡着就做梦，全是古怪的梦，怎么都醒不过来。

牛姐妹也被拴在地头，我有时闲着没事就去逗弄它们，我学牛叫，它们瞪大眼看着我，我用土块砸它们，往它们身上扔东西，往脖子上拴东西，牛温驯极了，不知道其实只一顶就可以要我的命。

我听说过顶死人的牛，顶完就被开膛破肚。

我很喜欢牛姐妹，不觉得它们是牲畜，毕竟没有人和我玩儿。

有段时间我喜欢夜里一个人去院子里坐着，晒月光。那时我们家门前的台阶是几块青石，比月亮更凉，我坐在青石上，有时能坐到天空发白。这个时候牛姐妹已经是快步入老年的牛了，静静卧在新搭的牛棚里，父亲新买的电动三轮车在月光里反着光，时间过得真快。

村里户户都养牛，最多的一户是一对夫妻，有十几头牛，年收入数万，为村中首富。夫比妻大十二岁，妻子名字很有意思，叫"喜冬"。喜冬美丽能干，泼辣外向，她丈夫寡言少语，身体不太好。喜冬只有一个孩子，是个女孩，没上成什么学，十几岁就打工去了，后来失踪了。

我小时候喜冬很喜欢我，她会剪纸，用红纸剪山丹丹花，每年端午都剪了送给我。乡村的红纸，模仿着大山上一年比一年少的山丹丹，好看极了。

喜冬现在靠养牛在村里扎下根，扬眉吐气，成了有钱人，但其实她过去并不是农村人。她本是县城的一户人家的小女儿，不知道怎么就来了农村。长到二十岁，美丽动人，却寻不到婆家，也许是因为家里太穷，哥哥娶不到媳妇，只能拿她待价而沽，竟被父母安排和人家"对流"，就是她去嫁给别人的哥哥,别人嫁给她的哥哥,于是少女过门,整理陋室,过起生活来。他们一度非常穷,连饭都吃不上。

没人知道他们那些日子是怎么过来的,他们的女儿在那时染上了偷盗的恶习,偷鸡蛋、偷衣服……她女儿还是个孩子时就被大家讨厌。

我知道,村里人都知道,喜冬在最难的时候,做过皮肉生意。每个村子都会有这样的女性,承担一切,把肉身变成养料,让日子继续过下去,就像一头母牛,把所有血、肉、皮,散发下去不觉痛苦,告诉自己正恍若成佛。

然而她后来确实渡过难关把日子过起来了,没人看得出她内心的喜悲,她就是分毫无缺地过了一劫,就像一头长过蛆的母牛,还是能在第二年春天用犁在大地的身上开垦。

我们家的牛姐妹干了很多年活儿,受了无数的打骂、受了无数的累。它们不是马,不会被某个少年珍视,无福去草原上奔跑,终于有一年为了还三轮车的钱被卖掉,从一辆车被赶上另一辆车,也算一辈子。

牛姐妹不仅耕地,还生犊,奶大了就被人卖掉,有时也会生死胎。

人邻

有一天,我发现那只猫回来了。

它很老,独自走了几十里地,几乎所有肉都瘦光了,面露狰狞,金色毛脏兮兮,烟头烫、鞭打、踢踹、开水烫……那么多痕迹在一只猫大的地方仿佛一张小小地图。

可能去过什么地方?菜市场?小卖部?烟酒摊子?县城?它走错路了,它要找的那个村子走不了那么远,只不过是变成了另一个村子。

但它的双眼依然很亮,和我小时候第一次见它时一样。

我在屋子后的草丛里发现了它,当时它卧在地上,很安静,我过来时它抬头看了看我,那种单纯的眼神属于畜生,好像它认识我,可我并不是它的主人。当我走远时才想起来它是谁——我们住的上一个村子里有它,它在那里出生,过流浪、吃垃圾捕鸟鼠也偶尔吃小孩儿施舍的零食的生活,直到去年我们的村子全部移居到新地方建新家了,它早上醒来,发现自己躺在荒野里，地面上一个人都没有。

我初见它时我还是个孩子，它还是只几个月大的小猫，住在村子一间废弃的旧房子里，白天出去觅食，晚上卧在土炕上休息，冬天太冷，就钻到灶台里。那时我们家的猫也这样，一到冬天就一身炉灰，太冷了，只有人吃饭的地方暖和一点。

它很机灵，没人喂身子却长得比别的猫细长，眼睛雪亮，最怪的是，它从未像一般流浪畜生那样偷东西，只吃捡来的和抓到的，也许被打过怕被打死，还是觉得不能偷？

那时它还小，肯定是抓老鼠的好手，有个人收留它多好啊，可惜村里的猫实在太多了，大部分小猫生下来，来不及睁眼就被埋进土里沉进水里。

我们从前那个村子很小很小，全是废弃房子，它就住在我们家后面的一座废弃房子里，很多人见过它。有一段时间我非常同情它，因为我很弱小，它也很弱小，但我们都不偷东西。某一天我决定偷偷拿家里的蒸饼借口喂狗去喂它。我把蒸饼放到它栖息的旧房子门口，赶快跑回了家，因为怕被大人发现。

其实我并不知道它有没有吃我的蒸饼，也没有坚持救济它。它只是一只猫，且并不为我们家捕鼠，它只为它自己捕鼠，想来也不用靠人生活，不是家畜，只是人邻。

我问过大人野猫最后会怎么样，大人说，猫不想捕鼠，离了人，也不要人的宠爱，独自往林子里走，认识狐，认识玃，年久了就会变成"狸"，尖耳朵，行踪难觅。

可是那村里常年流浪的小猫没有去变狸，它就和人一起待在村里过生活，这是为什么呢？一定有原因，于是我开始为它想象身世：从前有一只母猫，因为它所生的猫崽全被人活埋了，所以临产前一个星期就找了一间旧房子躲好，直到生产。母猫生了六只猫崽，待猫崽睁眼，想着主人肯定不会毁灭初睁眼的活物，于是费大力把猫崽全部运回昔日生产时住的、主人堆放杂物的偏房去，大大方方喂起奶来。没想到主人一看六只猫崽只觉愤怒，就把它们全扔到一个农村的废旧土坑里，顺便把母猫打了一顿，然后这件事便过去了。母猫逐渐衰老,只流产,不生产,但那坑底的六只猫崽中最顽强的一只被母猫用一天一夜时间救了上来,喂奶喂到能独立。小猫告别母亲,侠客一样独自生活。小猫是只公猫,公猫不生养,大隐隐于村,隐于人类世界。

另一种可能性是:这猫本不是猫,前世本是一个一生落魄,可能读过书,可能从过商,但都失败了最后漂泊到我们村里死去的人,也许觉得村子很好?人很朴实像铅笔画,所以魂魄不肯离开变成了猫,偶尔戏弄小孩,与一村人静静做邻居,直到某天村子不复存在。

总之,这猫是存在很久了。它也受伤,被狗咬,从树上掉下来,某一年的整个冬天都瘸着腿。

我还记得搬家那天,很早就起来,天空青灰青灰的,像一张纸。我想起自己小时候经常做的一个梦,梦里,我为了一件什么事起得极早,傻站在院子里看天上月亮。有时梦里会出现红色月亮,薄薄的亮片,虚无缥缈;有时候也能梦见青色的月亮,很高很远,看着心底发空。有段时间我觉得梦里的月亮是真的,所以天天坚持早起,四五点跑出去看月亮,其实什么都看不到。

后来大概是搬到另一个村子那年,这种梦突然不做了,至今也没再做过,甚至我至今没有再梦到过月亮。

猫回来的第二个星期,我收养了它。它满身的疤痕会好起来,只要我够用心。

对不起,没有早几年帮助你。

海洋金字塔

◎ 徐　刚

沙岸

　　这沙岸是湿润的,当我用我的心去丈量一粒沙子时,凝固其中的风霜雨雪,日月精灵释放了。我被淹没,我体验着被一粒沙子淹没的湿漉漉的过程,听沙子说。

　　沙子说,你忘记摇篮,海洋的摇篮,已经很久了。你在地上享受,住在城里,室有门窗,你以为你能隔断风雨及不幸者的求援。你每天都喝很多的水,那是你血管里的血。而且你爱喝茶,喝上好的武夷山大红袍。但你的目光为什么不再是水灵的呢?而且正在枯槁,因为心灵的皱褶像龟裂的土地。

　　昨天刚下过雨,有溃坝,洪峰如山。

　　你还是燥热,你的心是燥热的,你的欲望像火。没有青烟的焚烧、灼烤,无声无息地把你的日子、你的梦,烧成一堆死灰。雨滴掉在死灰上,好比一片枯黄斑驳的叶子,还能泡出绿色来吗?所幸你已经到海边了,你身上有柴达木盆地的盐味,这是海洋喜欢的味儿,你还来得及。

　　时间到了,该去的去了,该来的来了。

　　倘若只是我的枯槁,也就罢了。像落叶,在浅水、深水中晃荡,假如能让人想起先祖的"刳木为舟",便皆大欢喜。可是亲爱的沙岸与沙子们,你们一定看见了,当今世界灯红酒绿,名利场上人们竞奔不息。在金钱和权力的毒害下,浮躁的、抑郁的、贩毒吸毒的……他们一律衣冠楚楚地掠夺人民的财富。那是枯槁的大队啊!

　　沙子说,我将拣选,用沙子揉他们的眼睛,再由眼睛送往心灵,揉搓并且打磨,把海的咸腥与湿润注入其血管。如果他们流泪,他们将会得救。

沙子坦荡而真诚,列阵于沙岸,人呢?白天和晚上,西方和东方,都在盛行假面舞会。

"子曰:'巧言令色,鲜矣仁!'"鲜仁而鲜真矣,鲜诚矣,鲜义矣,离道德渐行渐远矣!

沙子说,你远离他们:"人能虚己以游世,其孰能害之?"你在沙岸上会看见新生命、新气象。那又一次的冲击浪正重新排列着各种卵石和贝壳,就连残缺的螺号和那一块衰老的礁石,在海草海带温柔地缠绕着它们后,也焕发了新生命,重新朝气蓬勃。大海以退潮时轻轻地拍打和渗透吹奏鼓乐,浪花在卵石上跳舞,贝壳包裹着水汪汪的泪眼,大芦荡起起伏伏。候鸟在迁徙的途中翩翩归来,那张开的翅膀上驮着什么?沙子说:"是天使的问候和祝福,来到海边的人将会得到湿润,爱海洋的人将会得到情怀。"

白鹤落到沙岸上时,拍打了一下翅膀,祝福便落到了卵石和贝壳上,也散布在芦荡中。你看卵石的线条,你看贝壳的斑纹,你看芦荡中的小花。你看见了便收获了,你读懂了就新生了。

我便像沙子一样蛰伏吗?"为什么不呢?"蛰伏不是消失,不是死亡。蛰伏是沉思自然,是默想圆满;蛰伏是等待,是最大限度地节省你的能量。让你的《自然笔记》写在沙子上,刻在卵石间,嵌进贝壳里。不是寻求不朽,天地而外,世无不朽之物。海滩上的一切都要为海浪浸泡、游移。当下的沙岸不知明日家在何处?海滩会移动,卵石会沉没,贝壳要去装点另一处岸线。礁石是例外,它在等待早先消失的沙岸,等待我少小时放行的芦叶船。

一切都听从岸线雕塑者的调度。

涌向岸畔的浪,叫冲击浪,也叫拍岸浪。

于是,你的作品和言说便消散;你也消散,你消散了便存在了。你消散于海洋,成为海洋中的一个水分子,至大无大,至小无小;至大也小,至小也大。一个水分子的直径是一厘米的七十亿分之一,人在赶海时看不见你,人在赞美浪花时也看不见你,人只见海洋不见你。

你可以尽情品味海洋,在重归摇篮之后,你终于知道西太平洋的玛丽安娜海槽了:倘若把地球上的最高峰珠穆朗玛峰投入其中,波涛惊雷依旧,山峰悄无影踪。

人类只崇敬高大。

深刻却包容一切。

这深刻为有,却近乎无,有出于无。

哪一个水分子是名家、明星?你看见海洋了,你看到水分子了吗?可是,若非水分子无比浩荡的集合,又哪儿来海洋的庄严妙相?

你所见的并非真有。

你不见的并非真无。

礁石是见多识广者。海底下火山爆发,珊瑚礁悄然堆积,一个小岛新生了,一个小岛沉没了,潮涨潮落,游鱼竞逐,樯倾楫摧,硅藻漂流……

礁石说过什么呢?什么也没有说。

它的裂缝里长着青苔,被海浪剥蚀的嶙峋角落有贝类附着,那嶙峋的伤口流过血吗?

它只以海水沐浴,它的目光不会枯槁。

有簇拥它的雪浪花,它总是滴水,滴着回想,滴着眷恋,滴着灵智,滴着思想。"思属于存在",思是"寂静的轰鸣"(海德格尔语)。思也是一种守望,急风暴雨、山呼海啸中的守望。

它满身都是伤痕,粗糙,甚至丑陋、狰狞,它从不指望赞扬和歌声。

月光下,倘若时光静好,它是站着的每一根线条都很温柔的梦影。你会听见影子说梦:大海会睡觉吗?

礁石浑身都是感觉。

你能感觉它的感觉吗?

我听沙子说,说枯荣,说老庄,说礁石,说启示。沙子与水滴浸湿了我,此后是泥泞复泥泞。

泥泞的路,充满生机的路。

泥泞时节,有种子要发芽。

风涛沙岸梦。

礁石明月夜。

"削水片"与观浪者

孩童时代,一种有趣的游戏是"削水片"。一众小兄弟里,我是削得最好的。不是把水削成水片,而是让破碎的石片、碗片,在水面上掠过,腾起,再掠过,看那涟漪。最好是,岸边有桃花盛开,水桥上恰好有个洗衣服的邻家女孩儿,水片从她面前呼啸而过,涟漪起,花影乱,女孩儿站起来看着我说:"我告诉你娘。"小脸儿白里透红。这种玩法只能在岛上的河沟里,不承想到我后来相识的一个东滩放牛人,竟是个观海者,坐在牛背上观海,踏步在浅海区观海。我向他求教观海法,却原来与削水片相似。

所谓观海者,就是观察波浪的人。放牛人告诉我,最简单明了的看波浪的方式,就是只需把一块卵石投进水塘,再看涟漪,均匀的涟漪,一个跟着一个,以圆圈方式作扇形展开,直到水塘边缘,波纹不断地破碎又不断地产生。在海上,不会有池塘的平静,波浪的形式也没有这样规律,渔人所见往往是好一个"乱"字了得!总有大风小风吹过海面,涟漪成浪矣,各种大小不一、形神各异的浪,它们前后起伏,它们互相撞击,它们互相堆砌,它们互相吞没,但总是后浪越过前浪。倘若风势柔和,风会把小浪的波峰柔和地吹皱、吹破,并把小浪们堆在一起,浪花也堆在一起,形成"白帽浪"。倘是风势渐大,海况颠扑,波浪被刮得团团乱转时,这时候的海就是波涛翻滚的海了,风与波浪相合力,也相搏击,波浪并不喜欢一直受制于风。待波浪从风中脱身,以独立的风格和形态面世时,那种波浪被叫作"长波",长长的波涛,可以绵延几千公里,有规律地推涌,从容不迫,威风凛凛地向海岸线进逼。抵岸后,在巨大的轰鸣中,在连续的轰鸣中,骤然粉碎。"长波"成浪矣,"拍岸浪""冲击浪"是也。

我在崇明岛东滩结识的一个海洋学家说,他们之中的波浪专家有时可称潇洒,他只需坐在海堤上,根据他对季风、海上风暴以及海岸形势的综合分析,就能辨识或者猜想东海里遥远的波浪来自何方。假如它是陡峭突兀的浩然巨浪,那么它就是血气方刚、青春年少的浪,它刚刚经历了一场海上风暴。雍容华贵、不慌不忙的浪,推进时圆峰耸立的浪,必定来自远方,可能来自地球的另一面。"客从远方来,不亦乐乎?"

　　风的强度和延续性决定了波浪的形式和大小以及持续时间的长短。另外一个因素与"风浪区"有关。一九六七年夏日的一天,黎明将至时,我曾随崇明渔业公社的船出海,在颠簸和巨浪壁立、浪峰浪谷直上直下的爬升与跌落中,看太阳浑圆地鲜红地娇艳地从大海中沐浴而出,却浑无水痕。此行的任务是捕捞带鱼,要去远海,我第一次听说了"风浪区"这个名称。令我心有困惑的是,大海无处不风浪,还独有"风浪区"?老船长告诉我,无边无际的海上,并不是任何时候都有无边无际的风。"风浪区"是指浩茫大海上一片风吹的范围,时速 0.8 公里的为微风,可以把海面吹起皱褶,生出涟漪;时速 6.4 公里的是强风、劲风,能把海面卷起来,卷起真正的波涛。船长让我放心,"看上去浪头汹涌,来者不善,但只要戴白帽翻白头,就可以对付,不会有太大凶险"。在我和船员的访谈中得知,我们当时遇到的"风浪区"范围较小。在波涛汹涌的大"风浪区",海上的狂风一刮几千公里,巨浪出矣!风暴再把巨浪搅在一起,搅乱,变成超级浪,从奔腾呼啸的海上升起,升起水的悬崖陡壁。而有经验的水手都说,第七个浪头是最可怕的!那时候,东海还有很多很宽的带鱼,最宽的带鱼最宽处达 20 厘米,一般成年带鱼也均有 15 厘米宽。一网银鳞,万点金光,活蹦乱跳的生猛海鲜,倒进船舱后,小带鱼一律放归入海。回到陈家镇港口的途中生火煮饭,其实无饭,是把鱼当饭。把一条条大带鱼头尾切掉,扔进大海,可为他鱼之食。留取中间段,切三四块,大块,巨大块,丢进沸水大锅,俄顷即食。一人一个大碗,那鲜味,一旦想起,便会冒出。

　　此生有幸啊,第一次浮槎深海!

　　我的沐浴的太阳!

　　我的"风浪区"!

　　还有,我的带鱼!

海洋金字塔

　　海洋金字塔是生命金字塔,是鲜活的金字塔。

　　海洋金字塔,从海面起,是一个倒置的金字塔。塔的基部在上,塔顶在下。组成基部和顶部的所有物质，都是海洋生物。不论其数量多少、种类如何，还是从古老、怪异及美丽程度来看，在几十亿年的进化中，已达到近乎极致。也就是说，海洋丰富得不能再丰富了，海洋美丽得不能再美丽了，此外还要加上一句：海洋被破坏得不能再被破坏了！这个话题暂且按下不表，后文有详述。

你不知道构成海洋金字塔底部的微小生物数量之多，只能说以亿万计，再到长达30多米，重逾135吨，比远古恐龙还要重三倍的南极蓝鲸，海洋生物种类繁多，大小悬殊，风格各异，分布广泛，难以置信。其中一些在造物主的作坊里精工细作、美轮美奂的生物，如银白匀臻于极点的鱼类，生活在海底却娇艳如花的生物，热带海洋中绚丽烂漫的珊瑚，还有会因环境、情绪而转换七八种颜色的鱼类，如此这般，不一而足。海洋有巨大的包容性，包容那些落后的不愿进化的或被迫进化的所有生物，从岸边的苔藓，到海洋表层的藻类，还有水母、海绵、海蜇、海星、马蹄蟹以及别的还在大量繁殖的活化石。海洋是"诗意的安居"地，一者自由，海洋辽阔，且于水的浮力之中比较不受引力的影响；二者温度相对稳定，免去了极寒极热之苦；三者身在水中，直接把水吸入体内，食水时也同时摄取了水中的氧气和二氧化碳以及生命所必需的盐分与各种矿物质。海洋乃是一盆汤，特浓特鲜的汤。

金字塔底部，亦即海洋表层，是大量的微生物，包括硅藻等微小的植物和动物，我们可用浮游生物名之。它们靠光合作用，利用水中的氧气维持生命、壮大自己。但它们注定是牺牲者，它们被一些体形稍大的动物吃掉，后者又成为更大的动物的食料。海洋的生命循环可谓之"弱肉强食，吃吃不休"。金字塔的尖端，海洋底部，是稀少的大鱼和大型海生动物。正是由于从浮游生物开始的层层生物支持，它们才得以风光无限，称霸海洋。

海洋学家说，浮游生物是"生来就要漫游的东西"。徐刚或可补充说，它们的漫游是一任海流放逐，它们为海洋所做的贡献，就是愉快地工作，然后被吃掉。占全部浮游生物十分之六的是硅藻，单细胞海藻，古海洋的赐予，由透明的壳包裹着，富含蛋白质及多种维生素。它们在海洋中的生存，最多的是平淡无奇，也有过烂漫时刻。那是春天的海洋，得益于一个冬季的风暴,海洋沉渣泛起,富有营养的盐和矿物质增多,再加上日渐温暖的阳光照射时间延长,硅藻们如大梦初醒,加紧繁衍生息。两三天后,它们的数量翻了几番,为海面铺上了大片大片的色彩。"那不是污染",我的东滩渔民朋友告诉我。因为海水所呈现的植物细胞里微小颗粒的颜色,有时一望无际的海面被染成棕色、绿色和黄色,可谓缤纷多彩。吃硅藻的海洋生物肯定欣喜若狂,但它们大快朵颐的场景却鲜为人见。听上海海洋学院的专家说,浮游生物的"浓汤"里集结着许多同样微小的动物,它们包括海洋动物界的几乎所有门类,还有几千种鱼的幼体,使我诧异而且困惑:它们是长不大的一类吗?或者是卵子们加入了漂流者中?海洋的奥秘,存在于海洋的每一个细节中。浮游一族中的卷心鞭形虫,是一个特例:它也是单细胞生物,介乎动物与植物之间。说它像动物,是因为它用触须拨水而行;说它像植物,是因为此类生物的大部分都能为自己制造食物。卷心鞭形虫会发光,在风平浪静的夏夜,很多出海的渔民都曾见过船尾后边有若隐若现的光亮:有虫随之也,且有光。

同为流浪者,海洋中有一种猎杀浮游生物的高手,即"臭名昭著"的水母,特别是僧帽水母。水母共同的特点是长有触须,其弯曲和延伸,很容易使人想起中国水墨画的线条,却要比那些线条复杂得多。水母的触须长着有刺的细胞,"其复杂程度在动物世界中极为罕见",何以这样说?这些细胞有麻醉的功能,可以杀死别的生物。更加复杂的是僧帽水母,它像是戴有帽子,却没有身体,只有长短不一的触须。一个僧帽水母即是一种群体动物。此话怎讲?闻所未闻——一个单体动物身体里包含着一大群个体生物,构成四个体系,或构成浮囊,或专司捕食,或负责消化,或从事繁殖。如此多的生物个体,如此多的生活技能,怎样聚合于一个僧帽水母之中,怎样协调,怎样协作?专家们对此语焉不详。

"语焉不详"不全是贬义,人类的认知及科学水平未能深入某种生命之堂奥,只好语焉不详,这不过是实事求是而已。

生物们可以保有隐私吗?人类为什么要了解所有生命的秘密呢?你知道了所有的秘密之后,你还有私密可言吗?

林深处的育儿室

◎ 阿　娜

入场

　　尽管人造"天眼"在空中把一切看得真切,对于生活在地面的我,大兴安岭原始森林深处的湿地沼泽依然是神秘的, 这里生活着令人惊奇的生物,至今仍然是一些珍稀物种的家园。

　　在更北的极北之地,光条在夜幕中滑动,调配出超自然的色彩,给森林蒙上一层看似神秘却并非幻象的诡异景象。传说中北极光会把人引到危险的土地上,我就是其中一个。

　　我联络了这片森林的护林站站长, 他给我讲了扎营必须注意的事项,与野生动物和谐相处的法则。在我的恳求下,他允许我每天登上他值班的瞭望塔,用我自带的望远镜观望林深处的湿地沼泽以及野生动物。当然是有前提条件的:不能干扰他的工作,不能干涉野生动物的生活。

　　来来去去,断断续续,我在这片山林深处截取了一段奇异的时光。

　　暮色里,小型捕食者蜘蛛正在布置陷阱,左三圈右三圈,不辞辛劳地编织着致命的大网,破晓时才能完成。然而,许多生命很久以前就在此处葬身。

　　时而增大、时而缩小的沼泽看起来宁静安详,实则暗藏杀机。漂浮的植被像面膜一样敷在沼泽的表面,要是有哪个被迷惑了踩上去,结局会是悲惨的。刚到营地时,我见过白色的头骨,它曾经属于一头鲜活的驼鹿。

　　墨黑的泥炭和枯枝落叶映射出沼泽地恐怖的过去。

　　曾经居住在沼泽地带的托兰人认为,每年要进贡一名男子与主宰大地的女神在泥沼圣地"共眠"才能保佑来年土地肥沃、粮食丰收。爱尔兰诗人西默斯·希尼在其诗集中所写的托兰人正是那与女神"共眠"的"新郎"。两千多年过去,"新郎"被酸性的泥炭完好地保存下来,睫毛一根一根清晰可见,好像他刚才还睁着眼睛看过这个世界。

眼前的沼泽里会不会也有"新郎"不是我要探究的,我只想一个人安静地看看所能看见的。

北方的沼泽不仅在平原低洼处,还在高山的荒地间,都是由酸性土壤构成的。枯槁的植被在酸性土壤里无法被分解,变成一层又一层的泥炭,每年都会增厚。泥炭和苔藓像海绵一样把水吸在里面,吸饱了就吐出来,形成浅池和湖泊。这水也是酸性的,没有多少营养,只有顽强的生物才能忍受沼泽地带的环境。

太阳西落,寒冷潮湿的空气侵入老枯树内部,将树枝向四面八方拖曳着伸向漆黑的天空。老枯树慢慢舒展的身体发出丧尸般的声响,时而低沉,时而尖锐,似乎它们就地复活了。

不腐的托兰人,复活的老枯树,诸如此类的自然现象,给沼泽带来了鬼魅的名声。

相亲

第一次进入森林腹地是一个寒冬的末尾。护林站的站长说,来得真巧,乌鸡正在求偶场地"跑圈"呢。

站长说的乌鸡不是养鸡场或个人喂养的那种乌鸡,而是生活在北方森林中的黑琴鸡。林区人给它起的很多小名都与鸡沾亲带故,我就叫它黑野鸡好了。

叫黑野鸡也是委屈了它,人家并不全黑。

公黑野鸡长相带劲,脖子处的羽毛特亮,有黑珍珠的光泽,阳光下散发出蓝绿色的金属质感;两个翅膀上还有白色的翼镜。别致的是,其长在臀部外侧的三对尾羽格外扎眼,向外弯曲着。人们说那形状像西洋古琴,我看更像武林人士腰间别的弯月宝刀,那也不能叫它黑刀鸡,不经同意给人家改大名可不好。

母黑野鸡长相普通,全身棕褐色的羽毛,夹杂着黑褐色的斑;翅膀上的白色翼镜几乎看不出来。尾羽也没给它加分,无序地交叉着;外侧的尾羽也不向外弯。不熟悉的人很容易把它误认成胖了一圈儿的沙斑鸡。

黑野鸡跟大多数"鸡"一样,奉行一夫多妻制,谁占得的领地大也就意味着权势大,妻妾就可以理所当然地成群。为了享用成群妻妾,公黑野鸡两只眼睛上面皮质的丝状物就会充血,膨胀到极限就立起来了。不了解实情的人都以为那是鸡冠子,其实那是它的眉纹。

决定"跑圈"的公黑野鸡把白色的"弯月宝刀"垂直向上展开呈扇状,俩翅膀耷拉着,脖子抻直脑袋向下靠近地面,就用这姿势向前冲,跑来跑去。有时还一个劲儿地晃脑袋,不时跳起来跟情敌搏斗。

"跑圈"不仅是体力活儿,而且还是炫耀口才的绝佳时机,关键时刻能说会道肯定是要加分的。甜言蜜语、畅想未来啥的,没话找话说呗,吹牛皮也行啊!实在不行就干脆"咕噜噜"叫喊,喊到口吐白沫也是本事。母黑野鸡都喜欢这一套,听到不间断的叫喊声就来到求偶场,抬头挺胸迈着小碎步跟在公黑野鸡身后发出"噻、噻"的声音,时不时啄公黑野鸡吐出来的白沫吃。母黑野鸡偶尔发出的一声"噻"总让我想起某些人"哇"一声的痴醉状态。

为了这一天,公黑野鸡练习了很久,早就做好了一怒为红颜的准备。三五个公的追求一群母的,都希望自己是赢得美人欢心的那一个。这种情况,单耍嘴皮子不顶事,还必须靠武力决一胜负。天刚亮,"战斗鸡"对决正式开始。太阳完全升起来,决斗也就结束了。如此往复,持续一个多月的拉锯战才会停止。

最后一片冰霜融化时,冰冷的土地又暖和了,一些动物从冬眠中苏醒过来。冬季的旧蚪挂在枯枝上,随风微微颤动着,蝮蛇披上一身崭新的鳞片在阳光下闪亮登场。

蝮蛇蜕皮后干的第一件大事就是找对象。雄蛇闻到雌蛇的气味也像黑野鸡一样聚集到传统的约会地点,途中充满变数。两条雄蛇一旦相遇,就会向对方发起疯狂的攻势。它们身体后段互相纠缠,前半段身体凭空挺立不断攀高,柔软的身体就此展开力量的角逐,类似古典式摔跤,目的是把对手压到地上,谁的身前半段身体先落地谁就输了。胜者占地为王,赢得美女蛇一条;败者落荒而逃,要么躲在某个角落独享单身的自由,要么四处游弋继续寻找下一条美女蛇。

沼泽地带有一种看起来本分质朴的草。初春时,尖毛刺让羊胡子草的银顶竖了起来,它那白色的絮丝真的很像山羊的胡子。羊胡子草自知不需要色彩亮丽的花朵招蜂引蝶,把开花的精力全部用到了生产花粉上,借风力完成传宗接代这关键的一步。

风总是不那么挑剔,不管美丑,微微一吹就能成人之美。当然,也有可能无意识地扬人之恶。

刚长一尺高的白桦树树苗躲在羊胡子草毛茸茸的絮丝下,鲜嫩的枝叶引来了长腿的驼鹿。仗着大长腿,驼鹿毫不费力就能在森林杂草间行走,一天吃掉几麻袋植物的嫩叶。当然,其排泄物也相当可观,一堆鸭蛋大小的粪球对于这片贫瘠的土壤来说是珍贵的肥料。新鲜的粪球上面很快就盖上了厚厚的真菌和苔藓,绿色、紫红色、橙色……色彩斑斓。

粪苔依靠大型哺乳动物的粪便谋生,不出几周,粪苔的细梗就从斑斓不定中钻出来,嫩黄色的身子顶着墨绿色包裹着数万孢子的荚膜。接下来,粪苔需要一堆更新鲜的粪便。问题是,怎么能得到呢? 荚膜有招,散发出成熟果实的味道,以此吸引"吃客"注意。这招屡试不爽。黑熊闻到果实的气味慢悠悠地走过来享用一顿粪苔大餐,荚膜里的孢子随着黑熊的粪便被排出去,粪苔传宗接代的使命就此完成。

有一种黄色的粪苔生长缓慢,很久才长出伞形荚。这伞形荚看起来像把雨伞,伞顶有个凸起的褐色花粉柱,释放出苍蝇无法抵抗的粪便气味。苍蝇迫不及待朝着诱人的气味飞来,却一无所获,结果无意中把一堆孢子带到了沼泽某处真正的粪便中。

夜幕降临后,沼泽里行事更加小心的动物聚集在草地上。沙斑鸡完美地隐藏在草丛里,没有人知道它们为什么喜欢在这个时间段求偶。

站在高处是所有雄沙斑鸡的目标。似乎大部分动物(包括人类)都喜欢高处、高位、高就;还喜欢站在舞台中央,如果舞台稍微增加点儿高度那就完美了。

一块高处的苔藓空着，一只公沙斑鸡立刻跑过去站到上面：在这里展开求偶表演再合适不过了。为了吸引母沙斑鸡注意，在某一时段，所有的公沙斑鸡都跳向空中：跳得越高，赢得母沙斑鸡欢心的机会就越大。

夜晚变得越来越短，沙斑鸡的求偶之舞一直持续到了黎明。突然间，一切都结束了。太阳一出来，这些并不低调的演员消失在茂密的草丛中。

沼泽的边缘渐渐干涸了。烈日下，取暖的雌蛇隐藏在浅棕色的草堆里，一条雄蛇闻到了它的气味，很不巧，其他雄蛇也闻到了。两条雄蛇同时向雌蛇爬过去。决斗才是唯一的出路，古典式摔跤比赛又要开始了。雌蛇从不拉架也不助阵，在不远处静静地观战。它很清楚，优胜者很快就会爬到它身边播下自己的基因。

我是根据雌蛇高傲的姿态、雄蛇好战的行为来判断它们的性别的。在求偶这件事上，大部分动物的行为基本一致，雄性向来主动出击，雌性静静坐等就行。

事情没有这么简单，又一条雄蛇闻到了雌蛇的气味，它身上的图案非常鲜明。看来还有一场摔跤比赛可看，最后的优胜者才配得上高傲的雌蛇。半路杀出来的雄蛇最终占据了上风，对手灰溜溜地消失了。图案鲜明的雄蛇跟着雌蛇钻进了灌木丛。不久，雌蛇会在秘而不宣的某处产下含有它俩基因的蛋。

谋生

有一段时期，随着原始森林和沼泽地的减少，北方地区的沙斑鸡消失了，集体逃往俄罗斯境内或者更北的北方避难。另一种植物却随处可见，它们只需要充沛的雨水、始终湿润的土壤，就能活得很嚣张。

毛毡草是自带黑暗气质且拥有奇异之美的植物，其舒展的叶子上长着有闪亮黏稠露珠的触须。散发香甜气味的露珠其实是个陷阱，只要昆虫任何部位沾上其中一粒露珠，这片叶所有的触须就会把整个猎物抱紧。蚊子、苍蝇这些小型昆虫根本没有逃生的可能，被毛毡草抱在怀里慢慢消化。

滚滚的浓雾把整个湿地笼罩在白色的魅影中。从高处的瞭望塔观望，除了树林和可怜的水泡,几乎也什么没有。

要是看到一头黑熊在沼泽边缘发现了驼鹿的尸体,那就是我人品爆发、运气爆表的时刻,那真的是可遇不可求的。站长说黑熊视力不太好,我信。熊瞎子,北方人这样称呼森林霸主黑熊。我猜,黑熊肯定是凭借优秀的嗅觉找到了狼留在沼泽边的猎物。

驼鹿的尸体是黑熊难得的大餐。

森林霸主并不跋扈。自从人类进入北方森林大肆砍伐原生林木,黑熊就显得谨慎小心,以防掉进人类布下的陷阱。丢了巴掌事小,被人类活捉了去长期关在铁笼里活生生抽取胆汁才叫大事不好呢,那是所有黑熊生不如死的体验,是让它们吓破熊胆都不敢想象的黑暗。好在封山育林后几乎没有人来森林腹地了,即使现在是白天,黑熊也可以毫无顾虑地享用这捡来的大餐。

新鲜的肉味就连厚厚的浓雾也能穿透,另一头体型稍小的黑熊从浓雾中走出来。它不敢挑战正在享用鲜肉的大黑熊,识趣地跑开了。一只乌鸦张着嘴从大黑熊头顶飞过。在这片湿地,没有谁轻易敢和成年黑熊一较高下,即便是狼也只能远远地观望着享受自己猎物的黑熊。

狼会不会后悔当初吃饱喝足后把猎物留在原地的决定呢?没有人知道。它满眼失落地站着,观察黑熊的举动。

狼和黑熊保持着安全的距离,看了好一阵,径直向黑熊走过去,试探性地想要抢回自己的猎物。一头狼能打得过黑熊吗?答案是显而易见的。黑熊转身,疾跑几步抬起一只前掌向狼的腰背拍下去,幸好狼跑得快,熊掌落到地上。黑熊看了看狼,扭头回到几步远的驼鹿尸体旁继续吃起来。

我这才看清楚,狼跑的时候肚腹下晃动着两排半满的乳房。一股说不清的暖流从我的脊背蹿到头顶,润湿了我的眼窝。这一刻,我被母性感动了。为了给狼崽生产充沛的乳汁,母狼必须冒着生命危险抢回一些猎物。可是,孤军奋战的母狼是没有胜算的,只得继续远远地看着。

估计是已经吃饱了,黑熊晃着大脑袋走了。母狼踟蹰了一阵,最终还是到了猎物跟前叼起一块骨头迅速跑开。果然,黑熊没走出一百米又折回来了。

黑熊不像狼那样擅长捕猎，谁知道这种大餐下一次要等到什么时候呢？要多吃点儿，实在咽不下去了才肯放过这捡来的美食。母狼在沼泽地边缘徘徊，很不情愿地与黑熊分享着战利品。

在森林，像狼、熊这样的大咖共同享用鲜肉大餐是极少见的。为了这顿美味，看起来不可能的组合却也配合默契，你吃我看着，你走我再吃。像水与山的周旋，你高我便退去，你低我便涌来。

这片土地上还有更多微小生命的存在，要想看到它们，需要精良的镜和明亮的眼默契配合，还需要有超强的耐性付诸等待、观察。

笃柿有很多名字：笃斯、甸果、笃斯越橘、越橘，一些名字冷不丁一听真搞不清楚是个什么东西，可一说蓝莓就秒懂了。在北方人的语境中，笃柿就是蓝莓，蓝莓就是笃柿。

在笃柿的叶子上附着着一种适应沼泽环境的小卵。纹黄蝶只会把卵产在笃柿叶子上，饥饿的若虫一出壳就顺着笃柿叶片的茎脉纹路分批啃食，身体飞速生长。

沼泽地边缘多是柔软的枯草，营养极差的酸性水中没有多少生命，但漂浮的苔藓和草皮上依然有生命顽强生长着。

毛毡草所需的养分全部来自困在黏叶中的昆虫，就算是这种可怕的食肉植物也有天敌。鸟羽蛾的若虫小心地接近毛毡草的触须，享用长茎，咀嚼多汁的叶片。它不会因为毛毡草会捕食而停止，昆虫在毛毡草的叶片里挣扎，仍然不停嘴地啃食着毛毡草。看起来柔弱的若虫是可怕的食客，一餐同时吃掉了毛毡草，也吃掉了被其捕捉到的昆虫，是名副其实的掠食者。

终于，吃饱了的若虫要找个安全的地方结蛹了，毛毡草的花茎是最佳选择。很快，它就会完成形态转化的工程。

育儿

太阳炙烤着大地，水位下降了。

厚厚的苔藓盖住了沼泽底下堆积的淤泥，就连对生物进行分解的细菌在淤泥里也难以生存。季节轮替，枯死的植变成了厚厚的一层泥炭，为沼泽里的生物提供了生存之所。

有一种黑蚂蚁适应了这种艰苦的条件,和其他沼泽生物一样,很早以前就在这里落户了。虽然是蚂蚁,但不能小看它们,它们利用自然植被搭桥,跨过每一处水洼,待在高处以避免弄湿步足和触须。它们擅长在沼泽中穿行。

黑蚂蚁和其他蚂蚁有一点不同:它们很少自己猎食,长期从毛毡草手里偷取昆虫,生拉硬拽,经常抢走毛毡草到手的三分之二猎物,是明目张胆的小偷。对此,毛毡草无计可施,只能看着黑蚂蚁拖着到手的猎物运回巢穴喂给幼蚁吃。

在毛毡草的花茎上,自然的奇迹就要发生了,一生三世的大戏即将上演。经过破卵、若虫、结蛹,鸟羽蛾终于进化成了完全体。它翅膀的每一根绒毛独立而清晰。长相奇特的鸟羽蛾在沼泽中寻找伴侣,不久就会在另一株毛毡草上产下乳白色的卵。

每个生命都在忙着传宗接代。毛毡草也要保证后代的生存。它们舒展卷曲的长茎,把花开在黏黏的触须上。沼泽里能够传粉的昆虫大多数都被它们捕获猎食了,它们不得不开发出一种特殊的功能——自花授粉。自然界中拥有这项功能的植物极少,如此看来,毛毡草也算是个奇葩。

栖息此地的动物听到轰隆炸响的声音从天空传来时,立刻停下所有的生存大戏。它们对暴风雨临近的声音再熟悉不过了。

动物虽然具有野性,但都活在知足的状态。它们不贪婪,吃饱这顿从不为下一顿拼命,下雨天是它们理所当然静止趴窝的休息日。即使是这片土地的霸主黑熊听到了雷声,也会胆战心惊不敢继续留恋贪食,急匆匆跑进林深处躲避暴风雨。只有那头母狼在暴雨中啃着骨头,吃到肚腹鼓起才快速闪进林中。

水和土地之间的斗争从来没有停止过,二者明里暗里较量着。水经常从空中侵袭而来,一滴滴雨水汇聚成小小的湖泊。土地需要活命,暗里吸吮水的能量壮大自身。雨水对一无所有的旷野十分重要。

雨渐渐停下来,黑熊再次出来觅食,沙斑鸡甩掉身上的雨水。青草、苔鲜、毛毡草在这片条件艰苦的湿地上努力生存。

宁静和美丽掩盖了这片旷野生存条件艰苦的现实，不仅是熊和狼这些大型动物猎食有困难，就连黑暗池塘中最具攻击性的大型毛毡草，为了生存也必须努力捕猎。它长长的勺子形叶片上就像小型毛毡草一样长满了黏稠的露珠。与小型毛毡草不同，它要捕捉更大的猎物才能弥补根部没有扎入池塘深处的遗憾。为了制服猎物，它把叶子向内弯曲以增加力量，几个叶片通力合作，瓜分一只飞蛾或者一只蝴蝶。

沼泽地带似乎只能看到毛毡草和其他一些植物，看起来荒凉、萧瑟。其实有很多生物行事低调，躲在人们看不见的地方兀自生长。有些地方我都不敢看。

站长说，在那些混浊的水面之下，可能有上百万只虫子，或许还要更多。大多数微型藻类就像微型太阳能板，极力吸收阳光转化成能量，并且不断复制自己，池水很快就变成它们的地盘，一片焦绿。池水中生活着许多好像来自外星的怪异生物，望远镜般红色的眼睛长在身体的一端，两个小轮子在昏暗的水下转动着，把微型藻类和细菌扫进嘴里。

小轮子急速飞旋时会不会发出电风扇一样的声音？站长也不清楚。

这个奇妙的世界充满美丽怪异的生物。但它们太小了，我用望远镜看不到，也是不敢去看的。

仲夏时，浅浅的沼泽很快就干涸了，这给生存其中的生物造成了更大的挑战。我能看见的微观世界只剩下卵和孢子。

苔藓上好像撒满了细小的黑胡椒粒，那是帮助苔藓繁殖的孢子荚膜。阳光照射下来，地面温度升高，孢子荚膜内部的压力也随之增大，之后就会爆炸，砰砰的那种。

砰砰，我在瞭望塔上拿着望远镜配音。砰砰，这是为生命最后时刻奏响的礼炮。荚膜炸裂把孢子射到空中，孢子随风飞涌，在沼泽地别处开启新生活。

夏末秋初是菌类生长的时节。美艳橙黄的蛋黄菇从地里冒出来。笃柿的叶子也都变成了橘红色。气温开始降低，夜晚变得越来越长。潮湿的森林中一些巨大的身影不动声色地移动，为了繁衍聚集在一处，它们是驼鹿。

成群的孑孓倒挂在靠近池塘水面的地方，滤食水中微小的食物颗粒。总有一些孑孓会落到水下，变成猎食者的盘中餐。鲫鱼早就适应了混浊的池塘。这里也是蚊子的理想繁殖地，它们的幼虫孑孓是鲫鱼的美味食物。蜻蜓的幼虫也对孑孓感兴趣，附在浅处的水草上等着掉下来的孑孓。

鲫鱼游到水面时总是很小心，它这么谨慎是有原因的。总有一只爱吃鱼肉的鸟紧紧盯着水面，鲫鱼刚刚靠近水面，鸟就一嘴下去，稳准狠，鲫鱼连挣扎的机会都没有。

在栖息地不断减少的情况下，还能有个安家之处实在是幸运。不远处有一片新生的湿地，很容易就能与旧沼泽区别开，吸引了各种动物前去避难。新生的湿地毫不意外地变成了国家级自然保护区，成了很多动物的家园，也是安全的繁育基地和补给站。

苍鹭最爱的美食是林蛙。它悄悄靠近聚众的林蛙，看准一个叼起来，生吞进肚。水里的动物，没有哪个能逃过苍鹭匕首般尖锐的喙。

芦苇在浅水中生长，形成厚厚的林子。实际上，原本长在水域边缘的芦苇和其他植物慢慢向内生长，导致湖里到处是枯死的植被，最后变成了沼泽。

芦苇丛的深处有行踪隐蔽的池鹭哺育着后代。雌鸟从喉咙里吐出来一团小鱼，四五只雏崽争抢着吵成一团。这种争抢在每次吃饭时都会发生。池鹭夫妻特别小心，巢穴附近的任何响声都让它们立刻警觉起来，把雏崽拢进自己的翅膀下面，张开长长的喙瞪大眼睛四下张望。幸好那些响声是森林自带的扩音器发出的，并没有什么入侵者。

夜里，我能清楚地听见铃蟾为了吸引雌性日夜不停的叫喊声，那音色像底气不足的人吹响的小号。

一生三世的形态变化是自然界了不起的蜕变吧？

笃柿的叶子含氮量很低，对黄纹蝶毛虫来说是极其难得的美味，也是狍子的最爱。一只黄纹蝶在笃柿的叶子上破茧而出，它的翅膀完全干透需要几个小时。它的口器还卷曲着，要很长时间才能完全合并。它的翅膀也慢慢变得平展。沼泽地的边缘被绿草覆盖,长满了野花,好似万花筒一般。各种色彩和图案的蝴蝶在这里吸食花蜜,互相吸引,为下一轮一生三世做着准备。

沙斑鸡也在这片湿地上繁育后代。它把巢穴安在了沼泽一旁的荒野,没有多少偷蛋贼敢到那里去。草丛里藏着几枚带斑点的蛋,与荒草融为一体,在这么完美的掩护下,母沙斑鸡只需要静坐不动就行了,不久它就能迎来几只雏崽。

只吃草和树叶的驼鹿对鸟蛋不感兴趣,但有可能不小心踩到鸟窝,这是沙斑鸡最担忧的。它静坐着孵蛋,如果有别的动物靠近,它就会悄悄地离开,别的动物或许能看到它,却发现不了鸟巢。这样,它的那些蛋就脱离了危险。

驼鹿对沙斑鸡根本没有兴趣,它只在沼泽边缘徘徊,啃着枝叶和草,是纯粹的素食者。

另一种鸟也在茂密树木的掩护下筑巢了。母黑野鸡把白色的蛋下在灌木丛中的草地里,独自负责孵蛋。

整个沼泽都成了动物的育儿室,爸爸妈妈们全天候待命。

黑野鸡的巢穴里幼鸟孵化出来了,两周之后小黑野鸡们才会熟练使用翅膀飞行。在这之前,它们只须做三件事:找东西吃、打盹儿、不被吃。刚出生的小黑野鸡天生就懂得要跟紧妈妈,尽管它们已经能喂饱自己了,可依然需要妈妈的温暖和保护。在杂乱的草丛中找到出路并跟紧妈妈对小黑野鸡来说不是容易的事,幸好它们总能成功。

在儿女最需要父爱的时候,公黑野鸡却跑去了诗一样的远方独自逍遥。理由是自己长得太帅了,容易吸住捕食者的眼睛。这个理由够"渣",然而在生物界却普遍存在。

在沼泽边的草地上,一只小鹤破壳了。从蛋壳中出来,它已经筋疲力尽,需要等一会儿才能站起来。鹤妈妈在接下来的几周可有的忙活了。世界之大让小鹤有些退缩,它站在巢穴中央战战兢兢地看着周围。这是完全陌生的世界,只有眼前的蛋壳是让它感到舒适和熟悉的。

鹤妈妈捉来一条蜻蜓的若虫,这是第一餐,小鹤怎么也接不住。每个妈妈似乎都有着无限的耐心,鹤妈妈也不例外。它不厌其烦地,一遍两遍,几十遍尝试着让小鹤接过蜻蜓的若虫吞下去。数不清多少次后,小鹤成功生吞了若虫,这是第一口餐食,剩下的就要靠自己消化了。那是妈妈帮不了的。

湿地周围有各种颜色的植物,其中开黄色花的那个最抢眼,但这种稀有美丽的植物名声不太好。人们认为它会造成羊的脆骨症,因此它有一个名字叫"弄碎骨头的花"。但真正的病因并不在它,而是沼泽的植被含钙量太低了。

一只秧鸡在沼泽中寻找蜗牛和蠕虫,小秧鸡躲在厚厚的植被里等着妈妈回去。这满是水的湿地是躲避捕食者的好地方,很多动物选择在这里繁衍后代也就不足为奇了。

芦苇和莎草中住着最小的哺乳动物——巢鼠。

巢鼠妈妈在高出水面很多的地方建了一个草窝,这样的小巢能保持干燥温暖。巢鼠妈妈时不时离开巢穴外出找食物储备,它的宝宝们看不见也没长毛,需要温暖干燥的窝,而且像所有的哺乳动物一样,需要母乳喂养。巢鼠妈妈一天忙得经常踩到自己的尾巴。

温暖的季节里食物充足,每个小家庭都成长得很快。凄苦绝望的冬天似乎已经成了遥远的记忆。

离场

在这片土地上生存,行事必须谨慎小心,否则就会陷入无法挣脱的沼泽。有一首古老的诗歌精准地表现了这种情况:

> 穿越这片沼泽令人惶惶
> 泥煤烟中的旋涡互相拥挤着
> 雾的幽灵四处巡游
> 卷须在风中互相缠斗
> 每一步都暗藏着陷阱

被践踏的苔藓嘶嘶耳语

…………

鹤群开始了一年一度的南迁,在高空组写了大大的"人"字。一千六百多公里之外有另一片沼泽叫扎龙保护区,鹤群将在那里换上冬羽,暂时失去飞行的能力。

夜间,冻僵的蜻蜓站在树枝上死去,霜冻的第一批受害者就这样出现了。冬季的冷空气很快落到这片土地上,沼泽披上了一层厚厚的白毯,生命陷入停滞。

出人意料的是,公黑野鸡居然不畏惧严寒,每天清早聚集在求偶场练习"跑圈"功夫。有时,母黑野鸡会忍不住过来看一眼。

小自然

◎ 蒋　韵

先盘点一下树木：两棵杜仲树、两棵银杏树、一棵柿子树、一棵樱桃树和一棵山楂树。还有两棵小小的桃树和一棵杏树。玉兰也有两棵，一棵开白花，一棵开紫花。再就是西府海棠和另一棵结果子的海棠。一棵小红枫，正对着阳光房窗外那处最醒目的位置，据说叫日本红枫。一春一秋，它的树叶猩红如血，而在炎炎夏日则演变成葱绿色。哦，还有香气让人魅惑的丁香，前院后园，一共四棵，开的也是白花和紫花。当然，丁香算是灌木了，不是乔木。

那就再说说灌木。一排北海道黄杨划分了我们和左邻家的边界，而密不透风的侧柏则分割了我们和右邻家——都是北方最常见的树种，乏善可陈。倒是有一种开黄花的灌木，以前，毫无一点儿植物学常识的我一直以为它是连翘，结果不是。原来它有一个很好听的名字：棣棠花。把"棠棣花"翻过来就是它了。当然它不如"棠棣花"那么有名。棠棣花我很早以前就知道，是因为少年时读过郭沫若先生的剧本《棠棣之花》，是写义士聂政和他姐姐聂嫈动人的悲剧故事。那时我还没有读过《诗经》，没有读过"棠棣之花，鄂不韡韡；凡今之人，莫如兄弟"，不知道它的典故和出处，但从那时起棠棣花在我心里就染了悲情和浪漫的血色。所以，这叫作"棣棠花"的植物，也因了这相似的名字，在我眼里变得有几分不凡。

棣棠花我们有好几棵，向阳处，背阴处，都有，似乎，花都开得不错，花期还长。看网上说，棣棠花性喜湿润，不耐寒，可是二〇二〇年冬天，北京遭遇了几十年来最极端的酷寒，很多树都冻死了。像石榴树、柿子树之类，我家所住的京郊附近就冻死不少。还有十几年的老藤蔷薇、月季，根扎得极深,盘根错节,也都不幸罹难。但我家的棣棠花,却挺了过来,毫发无损。初春,满树的黄花,一丛一丛,在冷风里流光溢彩。它显然没有网上定义的那么娇弱,生命力远比描述的坚韧、顽强而蓬勃,我愿意这样来理解它的花语——"高贵"。但似乎,命名者的初衷并非如此。

还有它的拉丁文学名:Kerria Japonice,就更是一个大误会。棣棠花原本生长于我们中国,自古有之,不知道何时传入了日本,但直到十九世纪,一个叫 Kerr 的西方人,在日本首次和它相遇,视为一大发现,于是就有了这样一个以发现者与发现地命名的、充满谬误的名字。

一棵貌不惊人的寻常植物,居然也有这般故事。

还有一种灌木,名字也很有趣,叫红王子锦带花,属忍冬科。但我怎么看都看不出它们哪一点能和"王子"扯上关系。它们排成一队,长在北海道黄杨树下。一年又一年,总是在人毫不留意某天,忽然就发现它们砰然壮大起来,绿成大大的一丛。它们的花朵很细密,颜色谈不上鲜艳,是那种含蓄暗淡的红,并不明亮。我不知道它们为什么会有这样一个招摇而又高贵的名字,是何人、又是为何缘故为它如此命名?我不得而知,想来一定是有个缘故的,只是年深日久,没有人知道了。

也许,细究起来,每一种花、每一棵草、每一棵树,它们的来历,都是史诗。万物的史诗,宏大而神秘,不为人类所知。被人类称为"故事"的那些来龙去脉,不过是冰山之一角,或者是人类自说自话。人类知不知道那一切,与万物无关,与那些从无到有、从诞育到生长壮大、从繁衍到灭亡的生命奇迹无关。一朵花、一棵草的来历,是血淋淋的还是温情脉脉的,我们无从猜测,那是永恒之谜。

但是我们需要为它们命名。

我们为它们命名,世界才是我们的。

我不是一个自然之子。

我是一个城市动物。但,我是一个不甘心的城市动物。

我离不开城市。但我又不能一往情深、无怨无悔、毫无保留地爱它。我从不能理直气壮地宣称我是一个城市之子。

作为一个写作者,非常羡慕人家有大江大河、大山大川,有广袤的平原或者辽阔的草原,有南方的水乡或者北方的山村。这些,我都没有。我有的,只是楼群中逼仄的天空,是从水泥路面缝隙中钻出的不知名小草,是马路两旁蒙尘纳垢被汽车尾气浸淫的行道树。这就是我和自然的联系。大半辈子就生活在一个灰蒙蒙的工业之城,五脏六腑里沉淀着它的馈赠——粉尘,这使本来就沉重的肉身变得更为沉重。

一生中,曾经有过很多冲动的时刻,想像梭罗一样逃离城市逃离此刻的生活,投身大自然。那肯定是在对当下特别厌倦的时候。但,冲动也仅仅只是冲动而已。想来,多少人都曾有过这样的冲动啊,可是梭罗只有一个。我其实是有一些理性的,是有自知之明的。我知道我没有那么爱自然。我不会为它奋不顾身。我的爱是概念化和肤浅的,且有前提和条件。曾经,沈从文先生笔下的湘西令我魂牵梦绕,那是多么灵动神奇、多么荒蛮诗意的地方。二十世纪末,我终于来到了这块叫作"凤凰"的土地。那时,对凤凰的开发还没有后来那么敲骨吸髓的商业化。细雨霏霏之中,我们在当地友人陪同下,去瞻仰沈从文先生的陵墓。上山的那条路泥泞不堪,大坨大坨的新鲜牛粪遍布在泥泞之中。那是人和牛共同拥有的道路。友人的大脚,毫不介意吱呱吱呱痛快淋漓地踩在牛粪上,而我却头皮发麻惭愧地不知道怎样下脚。沱江烟雨蒙蒙,如百年前一样静静流过古城,水边的吊脚楼美如一幅长卷。仅仅一条遍布牛粪的泥泞道路走下来,湘西的美,就在我心里变得有点微妙。我想,我真正爱的,是活在文学里的湘西,而不是一个真实的血肉蒸腾的地方。

这是我的悲哀。

我有一个朋友,她也和我一样,大半生住在北方内陆城市,可她骨子里却是一个自然之子。她热爱自然的一切。她的热爱一点儿不抽象。热爱田野就是她的生活方式。一个城里人,至今,一年四季,只要有一点儿空闲,她就会乘坐公交车,把自己带到郊外随便什么地方,一条河的河边、一大片草地、一个小树林、一块庄稼地、连绵的黄土崖底或是一座荒村,去那里割芦苇、割草、寻野菜、采草药、挖河泥……或者什么都不做,就是到田野里,到自然中,喘口气,坐一坐,歇歇脚,定定心。她家的电视背景墙,是一排漂亮的摇曳生姿的芦苇,一年一换;割来的草秆,则编成了草席,大的做遮阳的百叶帘,小的就做茶席。她家的餐桌上,总是有应时应景的野菜,而阳台上,永远晾晒着各种常见草药(金银花、甘草根、野菊花、蒲公英之类),她用它们沏茶泡水做饮品。那种馥郁清苦的药香,就是她家的香薰。河泥挖来干什么?年轻时是用来做雕塑玩儿,后来则是做陶器:陶茶杯、茶碗、茶壶、茶海。她就像一个古代的人,从挖泥开始,到制成理想的坯胎——生陶器,一步一步,徐徐地,不急不躁,从容不迫,完全凭了自己的两只手,打磨出她想要的人生。

这就是我朋友的自然观吧?流在血脉里,又点点滴滴,融于日常。自然在她的生活之中而非生活之外,无须特意去寻找。雪山高原、江河湖海、沙漠草原,那些伟大的事物,是许多现代人幻想安放自己灵魂的地方。而我这位朋友,她的自然,就在她的四周、她的举手投足之中、她的一呼一吸之间、她的心魂里,与她休戚与共、息息相关,如同她的命运。

我真心羡慕她。可我深知自己不是她。

在今天,谁会说自己不爱大自然呢?

人们拥向那些从前人迹罕至的地方,拥向雪山、草原、南极。就连珠穆朗玛峰大本营,也成了旅游者的打卡地。不说别人,我丈夫兄弟五人,已经有三人自驾到过那里。在旅行的旺季,那里熙熙攘攘如同赶集,圣洁的雪峰上,丢满人类的垃圾。现代科技便利的交通使从前难以抵达的地域,一处一处,变成坦途。从前,人人都知道,五岳中华山最为险峻,"自古华山一条路"。有一部电影《智取华山》,讲的就是华山的险要与易守难攻。在二十世纪七十年代初,我认识的一些苦闷的青年,一些知青,曾经先后攀登过华山。其中一人,在归来后写了一首很长的长诗,叫《华山游记》。自然,以当时的时代背景,这诗是不能公开发表的,它只能以"手抄本"的形式,在我的城市,在一些文学青年中流传。就是从这首诗中,我知道了"千尺幢""百尺峡""鹞子翻身""长空栈道"这些充满诱惑的名字,从此华山雄奇的令人惊魂的美,如同传奇一般,刻印在了我心里,成为一个不灭的向往。那时的山上,几乎没什么游人,更没有下榻的旅舍,这些年轻人,就在"西峰""北峰"或者"南峰"之上,躲进破败不堪的庙宇或者道观里,裹着棉衣,在千山万壑松涛的怒吼声中,渡过饥寒交迫的漫漫长夜。那时,我们认为这是最浪漫的事。那时候,没人会想到,若干年后,通往峰顶的道路,万头攒动,会塞成一条密不透风的人河。

几乎每一座山、每一处海滩、每一块草原,都挤满了人。人类肉体的气味,淹没了草香、花香、海的咸腥和山岚的香气。

人类在侵占。

人类在遍布自己气味的自然里,常常忘记,大自然从不是为人类而存在的这样一个简单的事实。当我们认为离自然最近的时候,也许,我们与自然相距最远。

我们可能会走遍世界上每一座名山大川,登上所有难以攀登的高峰,深入杳无人烟的极地和沙漠,可我们仍然没有真正地和自然相遇。

自然的本质,是拒绝。我们认为自己日益强大的时候,常常忘记这一点。

我曾经不止一次设想,想离开城市,到一个遥远的、风光美丽人烟稀少的地方,租下一处荒废的院落,收拾出来,开一家民宿。住宿的客人,愿意的话,可以讲一个故事,食宿免单。

听上去,这就像一个特别落俗套的小说人物的想法。

可还是忍不住想。想那个地方是什么样。肯定不是海边。我不喜欢大海。大海的浩瀚是我所恐惧的,它的拒绝太强大无边和显而易见。也不会是热带。热带也不是我喜欢的,那些繁茂丰沛到不近情理的热带植物,虎视眈眈,总让我想起强势到几乎爆炸的人类的欲望。

还是让它在河边吧。河流永远是我热爱的、眷恋的事物。想起第一次近距离来到黄河岸边,激动竟然使我失聪:双脚浸没在河水里,我却一点儿也听不到黄河的水声。以至于在许多年后,黄河在我心里,一直都是无声的。无声的一条大河,沉默地奔流在我的岁月里。"黄河在咆哮""黄河在怒吼",

那是别人的黄河，不是我的。

无数次，我来到晋陕峡谷之间的黄河边，汽车行驶在公路上，我就能从渐渐倾斜的山势，从空气中的气味，从树木的微妙姿态中，感知到黄河就在前面。我心跳开始加快。当那条浑黄、沉重的浊流出现在视线中的一瞬间，我的眼睛，总是忍不住热热的一辣。我爱它，没有原因；或许，是有太多的原因。

这种痴迷，持续了很多年。直到有一天，由于万家寨水利工程竣工落成，黄河居然变成了一条清水河。在看到这条清水河时，我简直不敢相信自己的眼睛：它蓝得就像是一条南方的河流。我听到了心里有什么东西在崩塌。我仍然爱它，可我知道，从此它不再是一个图腾，而是一条真正的北方的河了。当然，也是因为，我活到了这样的年纪，不再愿意去神化任何事物，哪怕是伟大的自然。

我也喜欢山，喜欢北方的山，喜欢它的四季分明，喜欢它的雄浑大气和朴素。我丈夫曾经在北方一个小山村插队六年，他无数次为我描述过那叫作"吕梁山"的山景：山上的树、山上的花、山上坍塌的神龛、山上曾经出没的豹子和猎人。他告诉我一个人走山间夜路时可以听到什么样的声响：成熟的山楂坠落的声响、橡子爆裂的声响、某种枭鸟的鸣叫声，甚至还有月光，月光洒在地上，似乎也是有声响的，一种类似金属的冷冽的声音。有时，还有远处看青的人，敲着铜锣，高声叫喊："山猪啰——下来啦啰——"是在和山猪商量，告诉它，看青的人可是下来了，你给个面子，回避吧。

这样的铜锣，村村都有一面。遇到重大的事情，锣声就会响起。

抗日战争时期，有一年，日本兵突如其来扫荡了吕梁山里的这个小山村，糟蹋蹂躏了好几个妇女。鬼子走后，被糟蹋的女人要寻死。村子里最受尊敬、最有威严的一个老人，一个长辈，拎起铜锣，长叹一声，从村东走到村西，从村南走到村北，边走边敲，敲一下，喊一声："小日本来了，是遭了天灾——乡亲们，大家不要怪见——"他是在为所有遭蹂躏的女人，求老少乡亲们的宽谅，放她们一条生路。

那是我知道的，人世间最仁慈的锣声。

这样的山村,如今,也都变成了荒村。

我希望我的民宿,傍着这样的山,邻一条水,一条名不见经传的北方河流。它甚至可以就坐落在日渐荒颓的某个村落,远离任何的名胜古迹,远离热闹喧嚣。我无数次想象它应该是一座什么形制的院落和建筑,房间应该是什么样的布局,院子里种什么样的花草树木,想象给它起什么样的名字,想象我坐在一条长长的廊下,看山,看河,看落日怎样在河面上辉煌坠落,一边从容地等待着一个风尘仆仆的客人。就是不去想,真会有这样的客人吗? 这样的民宿,建在这样的地方,谁会来投宿呢?

因为,我知道,它们永远只会存在于我的想象里,永远不会成为大地上实际的存在。

一个写小说的人,想象是他的自由和天职。

我只能守着我的生活。

我现在的住所现在的家,其实也在远离城中心的远郊区,不通地铁,交通不便。据说从前,二十世纪六七十年代,这里是一大片长满芦苇的河滩地,附近村里的孩子,常常在这里割芦苇,割草,逮鸟。夏天,他们就在河里游泳,捞小鱼小虾还有田螺。而有些混江湖的年轻人,则在这里约架;失手打死了人,就扔进了河里。所以,河面上有时会顺水漂来无名尸体。就是这样一片地价相对便宜的远郊区域,现在,是拔地而起的一座小城。在楼群和建筑相对宽松的空隙中,我得以和我的植物们厮守。我和杜仲、银杏还有受伤的柿子树,和棠棣花、丁香花、玉兰花还有遍地的玉簪,共度岁月。我不再追寻它们的来历,只欣赏它们的美好。我称这里是我的"小自然"。

我只有小自然。

也曾有过非常珍贵的回忆。那时我和新婚不久的丈夫以及两个密友,应朋友之邀,来到了黑龙江一个叫"张广才岭"的地方。那里是长白山支脉密林里一个对外不开放的林场小招待所。那几天,住在那招待所里的,只有我们这几个人。记得初来乍到的那天,晚饭后太阳还没落山,这里的白昼似乎远比我们所在省份的要长。我们四个人结伴,沿着一条小路,渐渐走到了密林深处一条溪水边。溪水清澈无比,水中怪石嶙峋,我们欢叫着甩掉鞋子跳进溪水里,笑,闹,打水仗,唱歌。两个密友,一个是出色的男中音,一个是嘹亮的女高音,他俩的歌声,听上去,渐渐有一种感人肺腑的东西滋生、蔓延。太阳落山了,天黑了,月亮升起来,月光梦幻般洒在了溪水上。我们突然静默下来,水声渐渐浩大,森林变得肃穆。我的耳朵,被唯一的、浩大的水声灌满,自然之声就这样突如其来地注入我的身心。那一刻,我似乎听到了天籁。

我们四个人,久久坐在溪水边,沉浸在月夜的密林中。千万棵大树在我们身前身后传达着某些深邃、遥远、古老而神秘的声响与气息,我们听不懂,或许永远都不会懂,但,那一夜,我体会到了一个宗教的词汇——受洗。

还有一个词汇,那就是,神交。

巴丹吉林个人地理

◎ 杨献平

从酒泉到巴丹吉林

窗户上全是白冰,厚厚一层,其中一些,还是菱形的,一朵一朵,高强度黏结。尽管看不到,依稀有月亮,硕大、孤独,充满宽阔的、旷古的幽冷。它的下面,好像是传说中的祁连山以及窄如盲肠的河西走廊,当然还有整个西北,乃至中国和世界。当然,大地的一切,都在日月的笼罩与庇护之下,它们是光亮之源,万物的根系与血亲。我想起那首匈奴谶歌:"失我祁连山,使我六畜不蕃息;失我焉支山,使我妇女无颜色。"这首歌悲怆绝世,其中有血,还有着折断的骨头的锋利。这座山,好像是匈奴人命名的,意思是"天"。在古老的史前和游牧时代,人对万物的崇拜出自内心的敬畏与依赖。

而在右侧,不断有零星的灯光成片地涌来,又散落的火星子一般,被偌大的黑夜和荒漠吞噬了。那是武威、金昌、山丹、张掖、高台,这些古老的地方和城镇,曾经是丝绸之路上最繁华的所在,现在尽管还有很多人,但相对于汉唐时期已荒凉许多。海路尚未开通之际,西北陆地,衔接着辽阔的中亚,一直绵延到欧洲。可现在,内陆发展的迟缓使得它们曾经的繁华与重要都变得无足轻重,甚至有些孤僻和落后的意味。好在,我是一个热爱大地的人,特别是空旷无垠之处,那种天高地阔与极目千里,置身于瀚海泽卤的孤独与坚韧趣味,是其他地域和自然环境不能相比的。

但我没想到,到酒泉下车,迎着零星的白雪出站,我背着崭新的军装和军被,回身看了看根部黝黑、头部积雪苍茫的祁连山,跟着诸多战友,分别爬上了几辆大轿车。寒风吹得呜呜作响,车子好像在波涛中摇晃,忽然加大频率的白雪钢针一样持续敲打着车窗。带兵的干部说,这里是酒泉。听了他的话,我猛然一惊,迅速想起李白和杜甫。前者说,"天若不爱酒,酒星不在天。地若不爱酒,地应无酒泉"。后者诗云:"恨不移封向酒泉。"还有从军轮台的岑参,在他的《酒泉太守席上醉后作》一诗中写道:"酒泉太守能剑舞,高堂置酒夜击鼓。"如此地方,我想该是会停留一会儿,哪怕让我下车,在雪中站立一会儿,也似乎能够感觉得到一种莽苍而又刚烈的古典的边塞气息。

可车子不停,穿过简陋的市区,从鼓楼一侧绕过之后,不一会儿就出城了。路过鼓楼的时候,我颇感惊奇;在许多地方,类似鼓楼这类的古建筑,似乎是罕见的,当代人也不怎么愿意保存这样的东西。那正是二十世纪九十年代初期,人们想的都是高楼大厦,是窗明几净的现代化建筑,对于古人的遗存,多是不在意的。而酒泉这里的古建筑能够保存至今,这本身就是一件很有意思的事情。我看到,鼓楼四面分别挂着写有"东迎华岳""西达伊吾""南望祁连""北通沙漠"字样的匾额。我知道,伊吾就是今天的哈密,祁连当然是祁连山,华岳则有些心向中原及王朝核心的忠贞意味,而"北通沙漠"通向的是哪里,我一时想不起来。

我抠掉窗玻璃上的白冰,从一道缝里看外面。大地好像很平坦,有一些光着枝丫的大小白杨树在旷野之间挺立。一色黄土的田地完全是荒芜的,枯燥得令人心生愤懑:怎么一点儿绿色都没有!田地远处,有几座低矮的村庄,若不是房屋涂着白色墙皮,人居之处和荒野便没什么区别。西北之地,居然如此的苍凉与贫瘠,这和我想象中的大地迥然不同。而大地,却总是以其多变的形貌,承载着诸多的事物和人。然而,连这样的情境也稍纵即逝,迎面而来的是起伏的沙丘、平阔的戈壁。雪花在其上敷了一层洁白,那种名叫骆驼刺的植物一根根地支棱着身子,身上也挂着零星的雪花。一地缟素,似乎是一种集体的祭奠。

平沙漠漠,寂寥得令人肝胆俱裂。带兵的干部说,这就是沙漠戈壁。那边,是著名的合黎山,当年,大禹在这里治过水,漠北的匈奴也曾由此进出,李陵则从这里,沿着弱水河出塞,到阿尔泰山下寻找追击匈奴单于的主力部队。《史记·夏本纪》中所述"(大禹)导弱水于合黎"便是发生在此地。再向前,便是金塔盆地,现在是酒泉下面的一个县。听了这番话,我倒是觉得,这

266

无边的戈壁,要是水泽漫漶该有多好,大禹当年为什么要治水呢?唯一的解释,只能是那时候的戈壁大漠之间尚有无可辖制的大水在其中冲撞、深潜,危害到人和牲畜的安全,方才需要人治理。可令人心情复杂的是,数千年之后,西北地区,居然成了缺水与干旱的代名词,甚至是寸草不生、千里荒芜的一种自然存在。

金塔之名,大抵由于其中有建于元代的筋塔而得。这是一片难得的绿洲和盆地,人烟虽然也很稀疏,但它是衔接沙漠的最后一站。据说,这金塔地方的人聪慧、狡黠,极会做生意。

我们在金塔的一个饭店吃了一餐饭,然后又上车。雪花继续飞舞,风如野兽嘶吼,大概过了一个小时,车子就又一头扎进了茫茫戈壁。斯时,雪花仍在飞舞,天空灰暝,巨大的戈壁上,有些地方白雪刚刚覆盖表层,有些地方则仍旧一色铁青。带兵的干部说:"这一带曾经是西汉与匈奴作战的前线,这弱水河边,至今还有很多的烽火台。以后有时间,你们可以到那里去看看,骑自行车就可以到了。"他的这番话,令我遐想不已:这漠野黄沙之中,居然有这么多的历史传奇和人文遗迹,简直不可思议。我趴在车窗上,忽然发现,这戈壁滩大得没有边际,看起来特别像是水走石出的水底。无数的粗沙和卵石堆在一起,有些平整,有些凸起,看起来就非常硌人和坚硬。我还想到,从前,村里老人们说有过洪水灭世的灾难,也有过剧烈而伟大的地壳运动,这戈壁大漠,在亿万年前,肯定是一片大海;造山运动之后,陆地抬升,海水退却,余下的,就成了这莽苍与荒凉的高地。

地球可能真的是不安分的,稳定只是相对的。许多年之后,它还会改换模样。这种运动似乎没有休止,人类和万物大抵是地球运动间隙的产物,包括我们所谓的文化和文明。想到这里,我觉得幸运,又感到绝望。再次眺望飞雪之中的戈壁的时候,我内心充满了悲怆。那些骆驼草真是坚韧,它们在贫瘠之中的生存,显然是一种宿命。还有那些芦苇和芨芨草,在偶尔的小水洼旁边,那么惬意而又无所忧惧地活着,尽管这时候,它们的身子都已经成为枯黄的秸秆,但这种生存,是非常了不起的。

好像过了很久,我们还在戈壁大漠上,像是一叶扁舟于汪洋之中奋力划动,好像永无尽头似的。我忍不住问带兵的干部,啥时候能到。带兵的干部说,快了,过了这十八盘,再有一个小时。我把脸再次转向窗外,雪不知何时停了。前面似乎有一座村庄,完全深陷在戈壁之中,若不是楼房和比较密集的杨树,几乎和戈壁大漠没有区别。我看到,一些门店上写着鼎新镇某某饭馆、小卖部等名字。带兵的干部说,这里以前做过县城,名字叫毛目,中华人民共和国成立后才划归金塔县管辖。由此开始,村庄逐渐多了起来,村庄相互之间的距离也不过三五里。这时候我已经明确地意识到,我将要到达和长期驻扎的地方,一定和这里的村镇差不多,所有的一切都将被黄沙包围。

果不其然,车子开到一座军营门前停下,一些老兵分列两旁,敲锣打鼓,欢迎我们。我背着行李下车,首先看了看四周的环境。营门之外,长着一些枝干极度扭曲的树木,据说名叫沙枣树,还有一些灰扑扑的榆树,剩下的,便是枯干的荒草了,一丛丛地、茂密地在风中发出飒飒的响声。我们席地而坐,带兵的干部逐一喊我们的名字。我和其他一些战友一进大门,就看到了整齐的杨树以及掩映在杨树背后的灰色楼房。我想,这就是军营了。未来数年的时光,我将在这里度过。我还特别注意到,这里的乌鸦尤其多,在杨树上下不停地翻飞,不停地呱呱叫喊。

当晚,趁着上厕所的时间,我又站在新兵连的院子里,四下张望了一会儿。只见天空晦暗不明,但显得特别高远和深邃,与我们老家南太行乡村的天空迥然有别。围墙之外,除了杨树,似乎再没有其他树木了。风大得出奇,吼叫声也很远,听起来像是无数的骏马在同时奔跑。我忽然觉得,这沙漠之地,总是有着强烈的沙场的意味。当晚,从连长口中,我才得知,这片沙漠的名字,叫作巴丹吉林,出自蒙古语,意思是绿色的深渊或者有湖泊的旷野,是世界上海拔最高、湖泊最多、鸣沙声最大的沙漠,同时也因其日照时间长、视野开阔、无人区面积大等原因,成为我们这支部队的永久驻地。

初春的弱水河边

偌大的沙漠,近处的戈壁,西风卷动命运的沙尘,掠过干燥的地表,干枯的骆驼刺和沙蓬,还有仓皇一冬的沙鸡、黄羊、骆驼、野狼和红狐等动物。

我发现,凡是在这里生存的人们,也和这些简单的生命一样,在沙漠内外,长时间地沉浸在漫长的孤独和焦躁当中。每当春天在大地之间暗自奔袭、氤氲升起的时候,我就会敏锐地觉得一种亲切的善意的抚摸,警觉的心灵也顿时春意萌动。哦,春天,这一生命中总是可以隆重打动心灵的美妙季节,她细嫩的触角、温润的手指,在我的灵魂深处轻轻拨弄,果断而又轻盈。

因此,我总是觉得,沙漠的春天都是从内心开始的,心暖了,世界才暖。周末早上,我站在窗台上的吊兰旁边,看着它黄绿黄绿的面庞,突然感动起来,真觉得生命内部,始终有着一股强大而无形的力量,在催发和支撑着世间万物。

这个时候,沙漠腹地该是怎样的一副模样?我要去看一看,尽管乍暖还寒,西风的穿透力依旧让人不敢迎面,但有什么可以阻挡春天呢?我要到春天开始的地方,去造访暗暗萌发的绿叶和花枝;在中国唯一的一条倒淌河——弱水河畔,聆听坚冰融化成水的音乐,看翘首等待的灰鸭和欢乐奔跑的狡兔。

“到弱水河去”,这声音在巴丹吉林沙漠西部边缘的戈壁滩上响着,虽然很小,一会儿就被风吹散了,可有什么能够压制内心的呼喊呢?对春天的呼喊,这种心情,久居江南的人当然不会有真切的体验。干燥的沙漠,即使在夏天,也是极其单调和冷静的,所能看到的只是一些骆驼刺、沙蓬和芨芨草,还有一些枝节横生的新疆白杨。可对于我们这些在沙漠居住并生存了十多年的外省人来说,看见一丝绿色,仿佛就看到了大片的森林。

乘班车到达一个名叫河东里的车站,窄而长的站台上没有一个人,冷风呼啸,“大风似刀面如割”。长长的铁轨由西向东,这是巴丹吉林沙漠深处唯一的一条绿色通道,连接着城镇和沙漠军营,即祁连山脚下的清水镇和深处巴丹吉林沙漠腹地的酒泉卫星发射中心,用钢铁的身躯,不断往返,运送着钢铁和血液。由西而来的绿色军列发出轰轰的鸣声,在戈壁沙漠深处,掀起一阵躁动的波澜。

车厢乘客稀少,且大都是军人。我坐在临窗的座位上,看着缓慢运动的巨大戈壁,空旷中的苍黄,让人心生压抑。粗大和圆细相间的沙土上面,满是骆驼、牧羊和野兔的蹄印。远处的村庄像是传说中的远古部落,黄白相间的泥土房屋给人一种久远的沧桑陈旧之感。几十分钟后,列车到达上源,一个比河东里车站还要小的兵站,不疾不缓的西风在站台上不停地刮着。这里除了一小片水泥砌成的站台之外,便是坑坑洼洼的沙土地了。几座灰旧的房屋外表破烂,如果不是有青烟冒出,就如同废弃了一般。站台外有数棵形体扭曲的沙枣树,丛生的枝丫沾满了灰尘,被风一吹,便是满天浊黄了。

顶着初春的寒风,我们向深陷于戈壁的弱水河走去。这条著名的季节河和倒淌河,发源于青海省祁连县八宝河,辗转流向甘肃张掖,并一路向西,过高台、清水等地,转向巴丹吉林沙漠,注入居延海,即今天的额尔齐斯河。我们所在的方位,是弱水河鼎新河段,河岸上,顽固的白色坚冰中,去年的芦苇依旧在高举着身影。它们稀疏而坚韧,头顶有些泛黄的盔缨,犹如将军不屈的头颅。再远处的堤坝上,一丛丛细毛柳姿态悠闲,衬在冷艳的弱水河上,便显现出一团团的类似青春少女脸上的红晕。巴丹吉林沙漠,天高地远,尽管已经是初春时分,但也只有马兰草、梭梭和红柳的枝叶上,萌发出了一些不易觉察的水色。这就足够了,在沙漠生活,不可以奢求更多。《道德经》说"清静为天下正",大致也包含了寂寞的意味。远处的天空晴朗深邃,没有一丝流云。

站在稍微高一点儿的土坡上,向南,可以看到白雪皑皑的祁连山。这著名的山脉,连通了甘新宁三省区,犹如一条白色长龙,其上的广大积雪,构成了河西走廊的生命之源。那无边的雪及其融化之后的水,正是弱水河乃至河西一带无数河流的母体。

空中有鹰隼,它们那巨大的黑影,犹如闪电,在俯瞰着整个荒漠戈壁,也在俯瞰着地面上的草木众生。骄傲的鹰隼其实是灵魂的象征,尤其是对于诗人和猛士而言。我们几个沿着弱水河走了很久,跳过融化了的水道,从一片胡杨树下穿过之后,在一个背风的低洼地,放下行囊,捡来干枯的树枝,采一把茅草,点起火焰。已然朽败的树枝,在火焰中毕毕剥剥,褐红色的火苗呼呼奔蹿,像一群风中的舞者。

盘腿坐在枯草铺就的"地毯"上,带来的食品一个个被我丢到火焰中,与这热烈的事物一起分享,连同罐装的牛奶。一时间,类似腊肉的味道飘满了弱水河畔,朋友红色的风衣洋溢着热烈的光芒。说笑了一会儿,我们起身,小心翼翼地踏上白冰,满以为有芦苇躯干的支撑,绝对不会陷入水中,却不料咔嚓一声,双脚陷进冰冷的水中。这正是季节的力量,是春天在逐步攻陷冬天的堡垒之后为我们设下的陷阱。

弱水河的滔滔流水连绵不绝,在耳畔响动着一种清澈的音乐。河面坚冰碎裂的声音不断传来,凝神细听,就仿佛听见了大地解冻的声音。收起行囊,把火焰抛在身后,越过星罗棋布的水滩,来到巴丹吉林沙漠中唯一的一座铁桥,明亮的钢轨像是梦想的延伸,朝着东面巍峨的祁连山蜿蜒而去。站在铁桥上举目四望,河流的发源处一片苍茫,灰色的烟岚仿佛岁月的沉淀物,在我的视线当中,形成一堵巨大而又轻盈的虚幻之墙。俯身向下,发现这一带的弱水河河面很宽,解冻的弱水河泛着混浊的浪花,更远处的泥浆和破碎的坚冰一刻不停地向前奔流。

沿桥边的石阶走下去,在低低的堤坝上,可以清楚地看见涌动的流水的浪花和波纹,还有大量的碎草、黄沙和砾石。我不由感叹:这就是时间,这就是我们始终无法把握和琢磨的生命的本质,一刻不停,并且拖泥带水,不但要带走我们的生命,还要将我们身边的琐碎事物、经历和生活一同推向消失。坐在河边,眼里的流水就像自己的血液,不停地来到,又不停地流走。

我也突然想到,不管什么样的一条河流,无论怎样滔滔不绝,它们最终的归宿仍然是自己的发源地。这也许就是所谓的"万物归根"和"水流千遭归大海"吧。在河边,看得时间久了,竟然有点儿晕眩。我用脚踩落一层浮冰,听着它们顽强的挣扎声。又在岸边那扭曲但很有情致的胡杨树旁、红柳丛中和沙丘上逐一照相留影,然后又沿着河堤,走在空寂宽阔的弱水河身边,感觉这驰名已久、流经千里的古老之河,始终充满、诗性,且饱含深意,就像人世间所有的春天,总是那么苍老、持续而又新鲜。

巴丹吉林的雪

雪下起来的时候,我还在早睡。而雪——巴丹吉林的雪,简直就像一场温柔的爱情,不知不觉间席卷了我们的梦境。在沙漠中生活十多年了,我从来没有想到,常年干旱少雨的巴丹吉林沙漠,竟然在这个初冬的早晨,把一些来自天堂的精灵挥洒下来,轻盈得犹如我时常在梦中看到的唱着歌谣的白色蜜蜂,陡然之间,就给干燥得满身伤痕的巴丹吉林沙漠带来了那么多令人心碎的美。

我起身打开窗户,看到它们。我一阵惊愕,怔怔地站在窗前。我怎么也没有想到,内心期盼已久的雪会在这个极为平常的早晨,从遥远的高空飞跃而下,来和沙漠当中所有干燥的生命相见。穿衣,吃饭,雪花仍在继续,一片接着一片,一片挨着一片,前前后后,纷纷扬扬,满天飞舞,曾经堆满砾石和黄沙的地面已被它们掩盖了,雪密密皑皑,将我们的视线所及铺排成一片白色的海洋。

对雪,所有在这里生存的人,都怀有一种极其美妙的情愫。我敢说,在我们——在同在这一片沙漠中生存的每一个人心目中,怀念雪,喜欢雪,绝不仅仅只是一种外在的享受,而是一种灵魂的渴望和精神的沐浴。而雪,从来就是一种象征,一种超越了时空、地域和种族的神圣的美的化身与代言人。

沙漠少雨,雪更是罕见。我记得,三年前的某日,夜里,北风卷着灰尘,在这一片大地人间往来驰骋,似乎是狂躁的兽群。凌晨时分,世界突然安静了下来,远处的杨树林里传来几声乌鸦的叫声。早上起床,却发现满地洁白,虽然很薄,但依旧是雪,把整个营区素描得干净而又别致。我欣喜若狂,竟然一个人到围墙外的戈壁滩上,站在空旷的天幕下,任雪花在我的身体之上安家。

远处的弱水河似乎也沉浸其中,细小的流水,被雪填满了长期空旷的内心。唯有两边的荒山与烽燧遗址,矗立在冥暗的天空下,古远、肃穆、苍凉、悲怆。我一个人在雪地里站了近一个小时,在那种静谧的氛围中,我仿佛听见了自己血液逐渐减缓的流动声,听见了自己骨骼轻微的脆响,而后和白茫茫的大地融为一体;也感觉自己纯洁得就好像一粒雪花似的,整个身体获得了一种从未有过的宁静和轻松。

又是一个早上,大批的雪又一次莅临巴丹吉林沙漠,使得我多日很忧郁的心情突然开朗起来。打开窗户的一刹那,我的脑海里到处都是洋洋洒洒的雪花,除此之外,什么都不见了踪影。三年前的那种纯洁的感觉再一次袭击了我的灵魂。尽管我知道,一个人不可能长时间地被一种事物吸引而陶醉其中。生活是真实的,在我的思想中,总认为真实的生活就是雪花掩埋下的石砾和黄沙,一颗颗、一粒粒,坚硬而又不确定。雪花的覆盖是暂时的,真正美的东西总是容易消逝。这是人类共同的悲哀,是上帝冥冥之中对我们的一种善意的嘲弄。

我也看见一些人,在用扫把使劲扫着堆满路面的雪花,他们吃力而虔诚。他们是出于一种好意,是怕那些老人和小孩儿不小心滑倒。可在我看来,雪花也是一种自然行为,它们爱落在哪里就落在哪里,什么东西都不可干涉。

我锁好房门,飞一样从楼梯上跑下。我看见院子中央的雪地依然完好,平得像块地毯。我们站在那里,只是看着,不忍践踏那片纯洁的雪地。这难逢的美好世界,哪怕人的力量和科技再伟大再先进,也不可能一下子就造出这样一片雪地。双脚一旦踩上去,这一片雪地就会变得面目全非。这对于唯美的人来说,是很残酷的。走出院子,脚下的雪发出骨头断裂的声音,脆脆的,我对自己说:这是雪在叫喊,是对咱们的一种抗议和谴责。

出来踏雪的人三三两两,他们拿着相机和摄像机,他们想把这场雪留存在自己的生命轨迹中,更想让雪花把自己衬托得更加伟岸或靓丽一些。这是我们共同的心情,雪是不会在意的。但有雪的衬托人就会更干净和美丽吗?把雪留在生命轨迹中就等于自己拥有了雪吗?人有时显得很可笑,尽管可笑,可每个人还总会这样想。

走到戈壁边沿,厚厚的雪地上显示着两行清晰的脚印。戈壁的硬风迎面吹来,刀割般的感觉让脸庞疼痛。我想,最好堆一个雪人吧,就像另一个自己。我的双手伸向地上的雪,一把把地捧起来,使劲儿把干硬的雪捏在一块儿,那冷深入骨髓,我感到一种酣畅淋漓的疼痛。很快,一个小小的雪人堆起来了,它有鼻子、眼睛、头发和肥肥的身躯,像个幼稚可爱的孩子,冲着我甜甜地笑着。

可雪花总是要消失的,这是我们共同的宿命。当我们渐渐走远,那个模样幼稚可爱的雪人,就又和远处的雪地融在了一起。这样的情境,就像我们渐渐融入人群一样,美、生活和梦境并不属于同一个世界。再回头,远处的弱水河只剩下河套的轮廓,天地之白,尽管覆盖不了整个巴丹吉林沙漠,但它们在沙漠落下乃至融化,对于在这瀚海之地生存的所有生命来说,肯定是一种无与伦比的福音。走进营区,我忽然想,要是上天真的悲悯,就多下一些雪,把整个沙漠都厚厚地包裹起来,让这样的荒芜之地,也能感受到另一种温暖,哪怕只是短暂的装点和美化。但雪这样的纯洁之物,对大地事物进行覆盖的同时,其实也是另一种美好事物生机。

森林中有许多酒

◎ 古清生

瑞士有一种梨酒。来神农架前,一个北京朋友建议,你去了神农架可以像瑞士人那样酿梨子酒,还可以卖。研究许久,大致德语区都酿梨子白兰地,德国和瑞典有相同的传统。在阿尔卑斯山诸山谷,凯尔特人居住的地方,梨酒和葡萄酒流芳于世。

瑞士梨酒有个特别之处:酒瓶里有个真的梨子,在梨子还小的时候,把它套进一个设计好的玻璃酒瓶,梨子在瓶中长大。梨子成熟后采摘,洗净晾干,再榨汁发酵,蒸馏出梨子白兰地装瓶封口。所以每一瓶梨酒都有一个梨子在瓶中,而瓶口很小,尤其独特。

我开始寻找梨树,栗树坡茶园有少许几棵,开白色的梨花。那些梨树老了,有棵大梨树主丁枯了,从侧边萌发出新枝。经常去看梨树,看得满树枝丫都是失望:没结梨子。转身看茶园周边的森林,几棵红桦树上爬满猕猴桃藤,藤上结了猕猴桃。

猕猴桃也能酿酒,我去设计一种酒瓶将猕猴桃套入瓶中,以后装猕猴桃酒如何?这个想法一度令我兴奋。转而每天去观察猕猴桃,心想:我是套装一颗猕猴桃呢还是套装一束猕猴桃?我发现一个问题,野生中华猕猴桃皮表被绒毛,瓶中装酒之后,绒毛脱落,会令人感觉酒中有渣。又一想,我的猕猴桃酒还没有酿制成功呢。

酿酒是一个缜密思考的过程。相信天下男人在酿酒前的思考都相同:对每一个细节反复推敲,以及对酿酒工具进行筛选。选择帝伯 304 和 316 不锈钢桶。316 不锈钢桶太贵了,只买了一个,而 304 不锈钢桶买了四个。又买来过滤机、榨汁机和法国燕子牌果酒曲。选了一个阳光灿烂的晴天,用山泉水洗净猕猴桃，再用簸箕晾干，切两半，装入不锈钢发酵桶。之后撒上燕子牌酒曲，搁两斤太古冰糖。加冰糖可以提升酒精度。

发酵酒的时间需要一个月以上，森林中低温，时间还要长。进入发酵期，不只是等待，这中间还能想一想酒酿好了需要什么菜，比如说要不要种点儿花生？种点儿蚕豆也不错，可以油炸兰花豆，也可以煮茴香豆。

五个发酵桶安静地摆在楼下，一段时间过后，有天深夜，楼下房间突然发出"嘭嘭"声。以为有人，或者动物。下楼看，什么也没有。后来夜夜如此，间断性的"嘭嘭"声频率增高，是鬼吗？这个念头一闪现，赶快阻止。一个人森林独处，少想点儿鬼这种虚无的东西。

这嘭嘭声令我无法忍受，导致失眠。终于选了一个深夜，听见"嘭嘭"声便猛地冲下楼去，依然什么也没有看见。我想，我就站在这里不走了，看是谁在这里敲打。安静，好久没有声音。仿佛跟我捣鬼的家伙在暗处密切注视我，它也屏声敛气，看我有什么动作。

"嘭嘭！"忽然大乐，是发酵桶上面的逆止阀排气发出的声音。我长长舒一口气。这玩意儿吓我不浅。猕猴桃在不锈钢酒桶里面发酵，产生气体，从逆止阀排气，酒还没有喝上，倒被惊吓了好多个夜晚。

酒啊酒，我即使胆子再大，也禁不起你这无故折腾。然后，等发酵到酒味溢出，在桶中挖开猕猴桃酒渣，挖出一个坑，酒汁集中，浅嫩的绿色，舀入杯子，有猕猴桃果香，酒力温和，柔酸柔甜。森林中酿的野酒，味道就是宜人。

酿酒是个坑。好酒的男人大抵如此吧？大肆采买酿酒的各种辅助工具，包括酒瓶子。心里感觉自己就是一个酿酒师，拿了刀，穿上登山鞋，走入森林。这里是次生林，各种各样的树木混乱杂生，地上盖着板栗树叶，有的地方铺着松针。密林弥漫着潮湿的朽木气味，间杂花叶的清香。偶尔看到岩鼠爬树，还有环颈雉"扑扑"飞腾。

漫无目的地走，遇坡坎向上爬，被树叶染绿的阳光射进林子。这是一个宁静而又疯狂的植物世界，山杨树叶"啪啪"地拍打着风。一条山滑蜥顶开一片枯草爬出来左右打量。山滑蜥为石龙子科滑蜥属，儿时叫它四脚蛇。它的眼睛上突，背部泛金属铜的光泽；两侧列黑白相间条纹，腹部和长尾银灰色,流线型的身体光洁秀丽。

想起爱德华·威尔逊在他的《社会生物学》中介绍,据布拉兹特隆实验,蜥蜴在温度比较低的条件下,练习走出 T 形迷宫需要重复 300 次,将温度升至野外的常温或略高于常温,蜥蜴只用练习 15 次或更少即可以走出 T 形迷宫。温度的高低能够影响智商,难怪我在寒冬时节开车回武汉,老在三环上转圈儿却总也找不到去武昌卓刀泉的出口,打开车内热风升温以后,找到了。

山滑蜥在枯叶和石板下面觅食昆虫,露出头来是为了探视谁又侵犯了它的领域。所以,除壁虎以外,我从来没有看到过同为爬行动物的山滑蜥捕食。

一棵大型猕猴桃树,它攀缘在一棵椴树上,严严实实地包住椴树,边上还有两棵倒地的朽木。猕猴桃树叶子阔大,藤条被毛,分枝发达,我认为猕猴桃树不是将大树绞死,而是将大树包死。当猕猴桃树爬上一棵大树以后,它茂盛的叶子遮蔽大树的采光,导致这棵大树无法进行光合作用。当一棵大树被猕猴桃树包死轰然倒下之后,猕猴桃树会重新爬起,攀上另一棵大树。只是我有一个疑问:猕猴桃树为什么要将大树包死?共存共荣不好吗?

椴树也挺有意思,它的果柄上挂着两片条状苞片,果实成熟坠落,苞片像一对翅膀吊挂着种子滑翔,从而让它的后代去流浪。现在这棵椴树被结满了的猕猴桃的枝条压得喘不过气,我感觉到它在艰难喘息。有些风踏着地上的落叶旋步走来,发出沙沙的声音。

这是一树酒呢,悬铃般垂在枝条上的猕猴桃,像一个个小酒罐。

往前走。这些树在列队欢迎我。抓住一棵排在前列的山矾树的枝握握手,友好的树总是那么友好。我常将山矾和连蕊茶混淆,它们偏喜欢长在一块儿。看到一棵五味子爬在四照花树上,四照花树的果实还是青的,长相似荔枝。五味子藤上结了一红两青三挂五味子,这棵五味子小,得找大的。离开时,拍拍四照花树。四照花果和五味子一样可以酿酒。

看到一棵野李子树和五棵毛桃树结满果实,霎时间感觉桃李满山上。野李子熟果呈黄色,以前见过野李子一棵树上李子分青黄红三种颜色,难道是法国李子?毛桃树在河边比山上多,这不稀奇,以前想用它的核做串珠,它也可以用来酿酒。

继续往山上走,又有山楂、金樱子和海棠陆续呈现,它们属于灌木,生长在林缘。前面应该有片草甸了。走了一段路,果然露出一片草甸,生长着苔草和莎草科草本植物。一条弯曲的小溪边上,长着猫儿屎和三叶木通,它们的味道十分奇妙,都能酿酒。我想,用猫儿屎榨汁调制威士忌,味道一定独特。

接下来遇到了野柿子、野板栗、野核桃、野梨子、花果、橡子、俞藤、薯蓣、南蛇藤等等,南蛇藤就算了,它的种子可以提炼植物柴油,其他的果实都可以酿酒。

下山。在脑海中搜索一遍,总结山上的野果种类和数量,这里可以酿酒的物质真是太多了,放眼望去,满山都是酒。村里好酒的人,种玉米酿酒,酒糟喂猪,猪粪肥地,卖猪过年,形成一条产业链。我用野果酿酒,做有机白兰地,不用租地和种植,只管收获,想想都美。

这年用五味子酿酒,因为还酿了柿子酒,将五味子发酵桶搁在靠墙角的里面,结果将它遗忘。等我想起来时,开盖,一股悠然的五味子味道的酒香飘出来,我想喝,太雅致了,脱俗,脱俗啊!照例挖开五味子酒渣,沉淀一会儿,用酒吊子舀起酒,喝一口,它的单宁一定比葡萄酒丰富。五味子本身有五种味道,甜酸苦辣咸,已经感觉到它比我收藏的波尔多葡萄酒高几个级别了。

至今,我没有卖酒,自己喝和招待朋友。今年开封了一桶四照子酒,它的色泽与味道,在世界上也没有同品类可以对照。

我还想着五味子酒,到现在未遇到过比它更有趣的果酒。杀年猪的时候,村里各山头的猪叫声此起彼伏。我买了一头年猪做腊肉,带去五味子酒。按规矩,杀猪时大家一起喝酒,炖一大锅新鲜排骨,爆炒里脊肉,红烧一盆五花肉,痛吃饱饮一顿,以告别一年的辛劳。看见我拿出五味子酒,农友每人争尝半杯。世世代代生活在森林中,五味子从童年起便是零食,没听说过五味子酿酒。

农友尝了五味子酒,惊为绝味。当场有农友提议,次年他们上山摘五味子给我酿酒,不要钱,只须分一些五味子酒给他们。多好,我立即答应。其实,在森林里,可以玩儿点儿酒,想用什么香型的天然果实酿酒,自由采。

五棵树

◎ 江 子

　　等我们老了,每年春天都相约去看树吧。

——题记

一

　　名称:樟树

　　树龄:不详

　　地址:江西省吉安市泰和县沿溪镇赣江码头不远处

　　它有非常迷人的身段和容貌:它笔直。从脚部开始一直往上伸展着身子。它对称。左右两边的样子几乎完全相当。它在离地两米的上空画着半圆。离地面最近的脚底就是它的圆心。

　　它的半圆不是某种机械画出来的,而是类似于手绘,特别有手工感,因为有的地方显得并不那么规整,也就是说,会有枝叶稍稍逾矩,但只一会儿,线条立马又回到了原来的圆形轨道上。

　　它特别像一把巨大的伞,一把遮风挡雨的伞。当地人就叫它大伞樟。

　　它应该有三层楼那么高。这说明它已经长了很多年。两百年? 三百年? 谁知道呢。可是,它没有一点儿老态,它年轻着呢。它枝叶浓密,却一片枯叶也没有。它的每一片叶子都是泛着光的。春天来了,它最外层的叶子就会迫不及待地长出来,嫩黄嫩黄的,整棵树立马有了英雄少年气。

　　它的体质那么好,如果拉它去做体检,它的所有指标肯定都正常得很。

　　有理由怀疑它是林木中的运动员。不然,何以大风吹来,别的林木都瑟瑟发抖,它反而兴奋得摇头晃脑,一副吹着口哨举着哑铃痛快淋漓的样子?它的腿并不粗,可是壮得很,巨大的树冠顶在上面却稳如泰山,真像是玩儿单手倒立的体操运动员!

当然,它也可能是树木中的自由艺术家。它那么漂亮,像一朵临时停在大地上的绿色的云,完全一副爱打扮的艺术家的派头儿。它有特立独行的自我。它所在的脚下那块地方,是一块还算开阔的平地。没有任何其他树木跟它在一起。这使它有一种自弹自唱、自得其乐的意味。它享受着这属于一棵树的舞台。它是这个舞台唯一的主角。

它其实是一个不知底细的野东西。它前不着村,后不着店。不像很多树,总是长在村前屋后,做了牛和狗的朋友,一副被家养驯化的样子。它不稀罕这些,它根本不耐烦村庄的鸡鸣狗吠。它像是从原始森林里走失在此的。它的全身洋溢着一种自由不羁的气质。它肯定有一颗野魂灵!

它在江西省吉安市泰和县沿溪镇赣江码头不远处。当然,这是人类的说法。它对自己的位置也许有另外的表述,谁知道呢。

它长久地守在这儿,是等什么呢?不远的赣江,源源不断地输送着时光和流水,倒映着夕阳和残月。这个野东西,难道心里有什么牵挂不成?

从这棵树角度来看,大地是慈悲的。这棵树透露出来的信息,是自由善良,是不动声色却又惊心动魄的美。

多么难得呀。一块土地,能长出这样的一棵树,足以说明她是积了德载了福的。反过来说,一块土地,再怎样的苦难深重,有这么一棵树,苦难就可能得到消解,日子就会有童话的光感。

老实说,我对包括沿溪镇在内的泰和县一点儿都不熟。我是江西吉水人。我在南昌工作。我的成长与这里毫无交集。除了因工作认识了一些人,我对这里知之甚少。我去的次数也很有限。那样一块不知名的乡野,并没有引起我特别的注意。

可是十几年前一次出差,我偶然看到了这棵树,这个野东西,就一直忘不了它。这些年来,我经常恳请当地朋友把这棵树拍给我看。每一年,我都想知道它全部的信息。

——就这么一棵树，就这么单纯的草木之美，让我对这个几乎完全陌生的地方有了乡愁！

二

名称：榕树

树龄：生长于万历年间

地址：江西省吉安市赣江西岸榕树码头处

它是一颗绿宝石，一颗镶嵌在赣江这枚戒指上的绿宝石。

那是怎样的一颗绿宝石呀！它有海洋的血统，并且是闽商在异乡奋斗的见证。它有四百多年的历史，经历过无数的繁华与荒凉，看过太多的春去与冬来，具有祖母绿一样的质地。

绿宝石得来可真不易。因为自古都说"榕不过吉"。它活下来本身就是个奇迹。

"榕不过吉"这四个字，说起来有一种不容置疑的语气。肯定是有不少人曾经把福建的榕树带到江西吉安栽种，但从来就没有成活过。

每一种树都有它的边界。那当然是关乎气候、土壤的边界，也是树本身的天命。吉安，也许就是榕树这种南方树种向北分布的边界。

明万历年间，也就是四百多年前，这棵榕树随福建商贾从福建来到了吉安。

福建商贾的商业嗅觉是灵敏的：明朝时，赣江乃是整个中国南来北往的黄金水道。北方的货物要出口，必须从长江经鄱阳湖入赣江，然后从广州和福建转海运。赣江之滨的吉安，气候温和、土地肥沃、物产丰富的吉安，自然是航运的必经之地，也是商贾风云际会的码头。

吉安不仅是南方商贾必经之地，也是文化滋长的温床。欧阳修、杨万里、文天祥、解缙等历史名人，都是这块地方的子嗣。

福建的商贾来吉安之前肯定是在家拜了神灵的，他们希望福建的地方神灵能赐给他们发财生利的好运气。生意路上险象环生，稍有不慎就会血本无归，当然需要神灵襄助。有个福建商人可能觉得心里还不踏实，于是决定从福建小心带来一棵榕树幼苗。他相信树是有灵性的，都说"榕不过吉"，如果这棵榕树能在吉安活下来，那么他或者他们，就会有一个好的兆头。

那棵负有特殊使命的榕树树苗向北而行。自从离开了福建的土地，它就成了榕树中出使西域的张骞、西行取经的玄奘、下西洋的郑和。它要为福建的商贾探路，为福建和吉安的和平交流出使。它被种在了赣江边——榕树喜水，水对商人来说又是财富的象征，这位福建的商贾认为，赣江边肯定是它最理想的住所。

四百年来，这棵说闽南话的树，这名担当了特殊任务的敢死队队员，是怎样战胜了那些对于它的生长不利的因素，渡过了那些对它来说生死攸关的时刻？这棵有着海洋血统、习惯听海风入眠的树，是怎样克服了水土不服等种种不适，最终让自己像一颗钉子一样钉在这块异乡的土地上？

经过四百多年的生长，它长成了一棵树的独联体、一棵树的联合国。它在上冠张如盖，遮荫面积据说有两千多平方米；在地面则根如犬牙，盘根错节。它裸露在地表的树根、向上生长的树干和枝叶都特别遒劲，有一种不达目的誓不罢休的强力意志。

作为一名远道而来的客人，它明显有作客者的端庄。它每天都是一副精于修饰的样子。相比许多树的不修边幅、邋里邋遢，它可以用西装革履来形容。

——它的形状像一只巨大的、梳理得整整齐齐的鸟翼。如果说树是个精通仿生学的物种，每一棵树都可能在模仿一个生物，那这棵树的形貌，就是出于对鸟翼的模仿。它的主干是向着赣江倾斜的。它的绿色翅翼一再地向赣江水面压低，仿佛随时要从水面飞起——要怎样的巨鸟，才能配得上如此的翅翼？

如此磅礴，如此优美，如此具有强烈的视觉冲击力，立在赣江边的它，可不就是赣江这枚戒指上碧绿透亮的翡翠宝石吗？

对这么一个外来之物，这么一个有故事的相貌俊俏的家伙，吉安人是稀罕的。它成了吉安人的传家宝、吉安人的祖母绿。吉安有多少人和事跟它沾亲带故？这座城市的晚报副刊名就叫"榕树下"，青年男女约会最喜欢选择的地址就是榕树下。旁边的房地产开发，也拿这棵大榕树大做文章。而老人们说，人们曾在这里建了码头，名字就叫榕树码头。有多少福建、上海、南京来的布匹、百货在这里卸货上岸，又有多少发往南昌、赣州、广州的粮食、茶油、竹木、蚕丝在这里上船？

而如今，白云苍狗，黄金水道早已不再，榕树码头也早已废弃。但只要这棵树在，这里就永远是吉安这座城市的灵魂之地——它是这座城市最重要的典藏之物，是这座城市富有包容心和生机的证词，也是这座城市乡愁最为浓重的那部分。

我是这座城市走出去的游子。我曾经在这座城市读书，后来又在这座城市工作。我也算是佩戴过这颗镶着祖母绿宝石钻戒的人。我也曾在榕树下呼朋唤友，快意江湖；也曾在这棵树下焦急地张望，等待着心仪的人，手心里全是汗水；也曾满怀悲伤与孤独，让这棵树陪着我，看着近处的流水。有多少往事，与它有关；有多少苦楚，唯有它知！

如今我已步入中年。我到吉安，一定会抽空儿去看一看它，在它的下面坐一坐。时光如流水，我不过是它这个码头的过客。时隔多年，它能否认出我来？

我特别想知道：当年渴望这棵树带来好兆头的福建商贾们，是否在这里收获了财运？

三

树名：柏树

树龄：1100 年

地址：浙江省金华市侍王府内

它是精神错乱的疯子，也是渴望破壁的囚徒。

传说它是五代时吴越王钱镠所植。

钱镠是有德行的王者。他创立吴越国后，采取了保境安民的政策，其国经济繁荣，渔盐桑蚕之利甲于江南；文士荟萃，人才济济，文艺也著称于世。他鼓励扩大垦田，由是"境内无弃田"，岁熟丰稔。又征用民工，修建钱塘江海塘，由是"钱塘富庶盛于东南"。《吴越备史》如此评价钱镠："善用长槊大弩，又能书写，甚得体要。有知人之鉴，及通图纬之学……纯孝之道禀于天性……"

钱镠之功不仅在创立吴越国，还在铸就钱氏世家。他两度订立治家"八训""十训"，其后人秉承祖训，绍续家风，绵延文脉，造就了吴越钱氏一门世代家风谨严、人才兴盛的盛况。到了近代，钱氏家族文坛硕儒、科技巨擘更是井喷云集，钱穆、钱学森、钱锺书、钱三强、钱理群是其中卓越的代表，吴越钱氏家族被公认为"千年名门望族，两浙第一世家"。

这棵钱镠手植的柏树，也应该是这一家族的成员吧？按理说，它应该有着这个家族的气质与风度。也许几百年前，这棵柏树葱茏苍翠，风度翩翩，兼有吴越国的富足气象和钱家子孙的不凡气度。

然而后来变了。钱镠所住的位于浙江金华城东鼓楼里酒坊巷的院子，这棵柏树栖身的建筑，唐宋时期为婺州州衙所在地，元代时为婺州路宣慰司署，元朝的掘墓人朱元璋曾在此驻防。这里明时是金华府巡按御史行台，到了清代又成了试士院。清咸丰十一年（1861）五月，侍王李世贤率太平军攻克金华，看上了这块风水宝地，召集工匠加以修葺，并在原千户所旧址构屋数重，最后建成包含官殿、住宅、园林、后勤四部分，总计占地面积达六万多平方米，可容纳十万士兵操练的巨型建筑。这里也是侍王李世贤自己的府邸，称为侍王府。

千年来，这棵树见证了朝代更替，见证了文明与野蛮，一会儿是经史子集，一会儿是金戈铁马，一会儿是孔曰孟说，一会儿是杀气腾腾。今日是衙役们齐呼威武，明日是秀才们在此奋笔疾书，后天又成了十万将士在此举刀操练。这互相抵牾的史实，不断地改写着这棵树的容颜，就成了今天的模样。

它的样子让我震撼。这棵树的躯干笔直，无一根别枝，并且色如象牙，看得出它很有性格，不失愤怒，有贵族血统，与它为吴越王钱镠所植的出身相称。可是它斜得厉害，一副不堪承受重力随时要躺下的样子。为了防止树倒下来，人们在民国时建了一个水泥柱子以支撑它。可即使这样，这棵柏树依然高出屋顶，似乎随时想连根拔起越过侍王府飞升而去。在它的顶部，树枝张牙舞爪、歪七扭八，仿佛它们化作刀戟日日互搏，或者痉挛的疾病患者痛苦扭动的手足，让人觉得万分不安。它的叶子并不茂密，却仿佛火焰，充满了愤怒兼亢奋的情绪，好像人醉酒后不衫不履的癫狂状。

看了这棵树的样子，很多人都说它八成是疯了。

如果这院子没有被侍王李世贤看中和改造，没有容纳十万兵马在此操练，没有太多的兵戎之气侵蚀、刀光剑影的映射，不与太平天国这段乖戾的历史发生关系，那这棵树会不会比现在端庄一些、枝叶更加舒展一些，身子骨更加挺拔一些？

当然，也许它不过是想出去走走。钱镠创造了它，却也是关押了它。多年以来，它日日所见，不过是庭院和一小块天空。它是被判无期徒刑的囚徒。它非常想体会自由的滋味。它想造反，可是它又无力挣脱这地面与庭院的囚禁。没有人能放它出行，也没有人能将它做成刀柄、棍棒或其他什么去浪迹天涯、闯荡江湖。它唯有拼命向高处生长。但它的身体最终支撑不了它的愿望。它侧卧了下来，可是它依然是心有不甘。它的叶子依然向着天空生长。它的整个身体，就像一支随时要射向天空的箭镞——

四

树名：柰树

树龄：600年

地址：江西省吉安市吉水县阜田镇陈家村

你见过会走动的树吗？

它姓陈，位于江西省吉安市吉水县阜田镇，距离我所在的乡镇只有二十里。可是我直到中年才见到它。

难道树有姓氏吗？我想是有的。它所在的陈家村，那里的人全部姓陈，它自然也姓陈了。

——这村庄住的是明朝著名外交家陈诚的子嗣。陈诚曾受明成祖朱棣之命五次出使西域，重开古老的丝绸之路，行程数十万公里，与郑和一海一陆，共开"万国来朝"的盛景。今天的乌兹别克斯坦、哈萨克斯坦等国，依然保留了不少陈诚使团当年出使的遗迹。他积十余年往返西域而形成的诸多外交经验，于晚年写下了《历官事迹》，被后来的李东阳、杨廷和、王崇古等多位明代名臣推崇备至。近代洋务运动的主要倡导者李鸿章，也从中得到了巨大的滋养。苏联历史学家弗拉基米尔佐夫如此评价他的外交成就："这个杰出的中国外交家用诚恳的态度和不放弃的精神，化解两大世界最强帝国之间的矛盾，为帕米尔高原周边各民族带来安宁与和平，是十五世纪最杰出的和平使者。"

朱棣病逝，即位的仁宗皇帝昭告天下，宣布停止四夷差使。已经走到了甘肃的陈诚听命返回北京，不久就辞去官职回到故乡江西吉水县阜田镇上陈家村，直到九十四岁去世。而那棵树，是陈诚从西域带回的不多的财富之一——西域遍地珠玉，他不取分毫，却把这棵树的幼苗和几株竹子、松树的幼苗带回，栽种在陈家村里。

他何以要带柰树而不是其他什么品种的树苗？有人说柰通"耐"。孤悬于外国，数十万公里的旅程，全靠骆驼、马匹和徒步，没有耐心是做不到的。耐是陈诚五使西域所依仗的精神法宝，也是陈诚最愿意留给子孙的精神财富。

持这个观点的是明朝四朝元老、与陈诚同是吉安人的杨士奇。他为陈诚写的《柰园记》曰："柰之为耐也。"

可也有人认为柰树的寓意远非如此。柰乃是儒家的理想之物，也与蒙古帝国国师耶律楚材对蒙古人的教化有关。

相传耶律楚材应邀给成吉思汗诸子讲授儒家经典，详细讲述孔子关于大同社会的描绘，认为百鸟之王凤凰集于柰树之上，就是和谐大同社会的美好象征。

一二二五年，成吉思汗次子察合台汗得到了广袤富饶的一大片封地并创建了一个封国（察合台汗国）。他遵照耶律楚材的教诲，在位于伊犁河北岸的封国首府遍种柰树，并将该城命名为柰城（蒙古语叫阿力马里城），以此表达对儒家理想社会的向往。

明朝时，陈诚前后五次出使中亚各国，多次途经和造访此城。了解到二百多年前耶律楚材关于柰树的讲义，他于是对城中的柰树格外珍视，故而决定将伊犁的柰树苗背到北京，继而移栽到他的家乡吉水县阜田镇上陈家的陈氏祠堂院子里。

这一棵柰树苗，已远不是"耐"这么简单，还有更深层的含义：

它是西域与明朝友好的见证，是陈诚五次出使西域的象征；它也是陈诚作为一名儒者心中的图腾之物。以毕生所学，服务朝廷，辅佐明君，"致君尧舜上，再使风俗淳"，创造如同瑞鸟栖于柰树的理想社会，是儒者心中至高无上的追求，也是陈诚行程数十万里五次出使西域的精神支柱。

可柰树这一北方的树种，要在南方生长谈何容易！据说陈诚从西域返回时，一路不断给柰树树苗按比例置换土壤，小心翼翼地侍候它如同完成一件十分重要的外交任务。正如他的名字所暗示的那样，他的精心侍弄终于"精诚所至，金石为开"，这棵承载了巨大信息量的树在南方活了下来，活成了这整个南方土地上的唯一。

——我去看这棵树的时候已是寒冬，可它依然满头绿叶，看得出它的确有几分耐心。它在离地面几十厘米的地方就分成两枝，然后各自向上生长，整棵树形规规矩矩的，远看是南方乡野寻常可见的草木的样子。只是它的叶子有着南方的树叶少有的阔大和硬厚。当地的村民说，它春天时会长出白花，夏天的时候会结杧果一样形状的果子，果子的味道是苦涩的。

我从村民口中得知这棵树有着特别的个性：五百多年来，村里人想着广播陈诚五次出使西域的伟业，尝试着让它在当地繁殖开来，可经多次剪枝嫁接、栽种都不能成活——它要以唯一的方式存在，而拒绝复制与粘贴。

它虽然有五百多岁，但看起来只有一两百岁的样子。村民还告诉我一个天大的秘密：它原本并不是长在这里，而是在离这里几百米的地方。一两百年前，原址上的柰树莫名枯死，却又在现址冒出了新芽，然后慢慢地长成了如今的模样。——也就是说，它以死去活来的方式，让自己走了几百米！

真是草木有灵啊！这样一棵有着不凡身世的树，有着强大的不死的生命力，同时又有着某种魔性，携带着某种特别的信息，保持着五百多年前主人远行的惯性。我几乎要相信，只要有一声特殊的号令，它就很有可能拔腿而去，向着西方出发，把脚印踩在那条古老的无与伦比的丝绸之路上。

五

树名：不详

树龄：不详

地址：江西省吉安市吉水县枫江镇积富村

相比前面的树，这棵树就多少有些不一样了。前面的树，都是在地面，而它是在地下生长。前面的树，是何树种，大致多少年岁，基本一目了然，而它，属于何种类科属、有多少岁树龄，却没有人知晓。当然，如果有人取它的样本去专门的研究机构鉴定，是能知道它的底细的。可是，人们普遍认为没必要那么做。

而这里所谓的"人们"，只包含了两个人：我的舅舅和舅妈。

舅舅和舅妈在城里生活。舅舅高中毕业后没考上大学，就回到村里做了民办教师。后来教师又不当了，学了木匠，在二十世纪九十年代初随着打工潮去了广东一家家具厂打工。舅妈也是高中毕业没考上大学，在离舅舅所在的积富村两里远的罗坑村务农。经人撮合，他们成了夫妻。

毕竟是读了高中，在村里算是知识分子了，他们比别人更知道怎么把日子过好。他们打工、种地，积蓄了钱财，就在村里的一块空余地上盖了一栋新房。后来看到国家城镇化进程加快，也是为了让孩子受到更好的教育，他们审时度势，决定离开乡村，到城里打拼。

他们租了房子，舅舅找了一个给建筑浇注水泥的活儿。那正是房地产开发最盛时，他经常忙得不可开交。舅妈进入了保险行当，每天穿着带领结的职业装满大街地找人推销保险业务，据说也是颇有收获。

他们在县城买了房。两个孩子也得到了培养,其中一个还读了研,考到江苏某机关成了一名公职人员。另一个也去了外地,经营着一家加工企业,当上了小老板。

他们早已是县城的居民了。他们的起居作息、生活方式也跟县城的人一样了。那个叫积富的小村庄,他们回去得越来越少了,只有到了春节,他们会回去给长辈亲友拜年;然后是清明,他们要回村子给死去的先人扫墓。还有就是村里与他们有关的红白事情,他们要回去尽一份礼数,喝上一顿酒,与村里人拉一拉家常。其他的时候,他们就像忘记了这个村子似的,虽然县城离这个村子并不远,骑电动车一个小时就可以抵达。当然,他们的房子也因此空置在了那里,与他们"互不打搅,两不相欠"。

可是前不久他们接到电话,说他们的房子出现了状况:有一面墙已经开裂,开始只是一个小缝,现在越来越大。据打电话的人猜测,应该是墙基部位长了不明之物,并且那物体越长越大。如此持续下去,这栋房子将会有成为危房的可能。

他们匆匆赶回家,从房子里取出早已生锈的锄头、铁锹沿着墙体开裂的地方往下挖,然后他们看到了它,或者说,仅仅是看到它的一部分——

是一截树根。它的样子呈不规则形状,其大小粗细毫无规律,并且全身长满了疙瘩,有的部位还杂七扭八,完全是丑得不成样子。

这截树根只露出一头,另一头不知道通到哪里,因为它太深了,仅凭铁锹和锄头根本不可能将它完全盘出。这样一来,它就好像有无穷无尽的感觉。

它应该是个活物。舅舅舅妈挖到它的时候,它的身体有新鲜的汁液流出来。而且他们的房子已经盖了三十多年,盖的时候地基是他们都一一看过的,压根儿就没有它的存在。这三十多年来,它一直在地里攒着劲儿生长,直到神不知鬼不觉地抵达了这堵墙下。

它是谁?它从哪里来?它想要干什么?

舅舅、舅妈不免在他们的记忆中翻箱倒柜,企图寻找关于这截树根的蛛丝马迹。他们知道他们盖房子的时候,这里其实是一个荒岭。不远处有一个坟冈。坟冈过去是稻田。他们村庄里的人全部杨姓，明朝的时候由离这里大约二十里的南宋大诗人杨万里的故乡湴塘村迁徙而来，至今有五六百年的历史。

五六百年来，这个村子有着与国家命运相关的历史。就说近现代，有不少人参加了革命并最终下落不明或者死于战火之中。1945 年这里遭遇过日本兵侵犯，有不少家庭蒙受了财产损失。二十世纪八十年代以来，这个村子有不少人出门打工，其中有少数人成了命运的宠儿，但也有打工的人客死他乡。

——它是谁？它多少岁了？它是不是村子中的一件来不及说出的顶顶重要的往事？一句关乎村庄命运的告诫？一件未了的冤案？或者是一棵早已不在的老树沉湎于黑暗的不死的魂灵？

它跟舅舅、舅妈又有何干？它如此发力，是要给舅舅、舅妈怎样的提醒？难不成，是向他们离家不归接近忘本表达不满，以这种方式提醒他们常常回乡？或者，它与舅舅、舅妈有着前世的仇恨，它完全为报仇而来？又或者它其实与舅舅、舅妈无碍，只是正好路过这里，它有更加遥远的目标。

那它接下来要去哪里？舅舅和舅妈砍断了它的部分根节，接下来它将继续生长。它是会牢记教训绕道而过，还是再次发起对他们房子的攻击？

故乡的召唤

◎ 盛可以

　　小孩子老了，越来越思念故乡。那一片土地，渐渐滋生出某种莫名的魔力，不时向她发出温柔的召唤。那召唤不是抽象的，而是来自具体的事物：田野、茅屋、河流、湖泊、荷塘、沟渠、树林、野草、鸟兽……一切童年目光和足迹遍布的地方，都是心的向往之处；一切可以品尝的野果，都是刺激味蕾的乡愁。

　　老了的小孩子打开记忆的箱子，儿时的事物仍如珠宝般闪闪发光。

　　小孩子生长在南方湖区，没见过高山古树、大江大海，只认得小小的河流与湖泊、池塘和沟渠。毛竹林、小山丘以及一望无际的田野平原，时而翠绿，时而金黄，时而一片雪白。村里的世界，对小孩子来说足够庞大，在这天地间成长的童年，是富足的。

　　小孩子记得某一片夏日暴雨过后的火烧云、某一场深及膝盖的鹅毛大雪、某一次万人空巷的端午龙舟赛、某一场人头攒动的乡村社戏；记得如何用稻草梗将冰块吹一个洞，用绳子穿起来拎着，到处炫耀；记得风过时桃花飘落，捡起花瓣夹在课本里；记得第一次怀着强烈的好奇心游过河面，爬上对岸，却发现景色并无不同，因此发誓长大后要去很远很远的地方，要去看完全不同的世界。

　　乡村那些平凡而普通的事物，在小孩子眼里意义非凡。看到嫩黄的柳芽，他会大声叫嚷，告诉大家春天来了。田野里，春的气息更加浓郁，杂花野草在田埂茂盛地生长。小蝌蚪出来了，扭动灰褐色的身躯，欢快灵活。小孩子将它们装在瓶子里，观察它们怎么变成青蛙。田野里传来农人一甩牛鞭发出的春耕的吆喝声，牛一声响鼻，稻田里的水哗哗作响。耕作的季节到来了,田野里的繁忙,充满劳作的喜悦与对收获的憧憬。

脆薄明亮的太阳底下,小孩子卷起裤管,下水田,蹚沟渠,抓鱼捉泥鳅;也会挎上竹篾菜篮,在田埂上采蒿子。小鸟掠过田野,发出欢快的尖叫声。风裹挟着莫名的香气。蝴蝶和蜻蜓到处飞舞,蜜蜂嗡嗡地飞着,黄昏时钻进泥墙,收敛翅膀,挤在泥窝里静静地等待黑夜降临,嘴尖和腿上沾着油菜花的金粉,像一个在野地里玩儿了一天的脏小孩儿。

春雨过后,小孩子钻进竹林,掰竹笋,捡蘑菇。这里是另外一个世界。风在竹林里簌簌追逐,竹叶跳着自创的舞蹈,小鸟尖声歌唱。狗东嗅西嗅,检查那些冒出地面的东西,用前爪挖刨腐叶,将鼻子探进老鼠洞。人们从河里挑水回家,在河边浣衣洗菜,在满是青草的堤坡上踩踏出一条羊肠小道。春水涨起来了,碧绿清澈,可以看见在浅岸处产卵的鱼。小孩子顺着这条小道走到河滩,捡块瓦片打了几个水漂。水波纷纷,荡漾出宁静祥和,也弄塌了蓝天白云。河水散发出甘甜的清香。

乡下的春天,真正算得上百花盛开。沟渠、山垄、湖边、野地,到处都是杂树野花。东风一唤,它们仿佛从瞌睡中醒来,继续欢天喜地地玩耍。素雅的、浓艳的,高擎的、低伏的,无不轰轰烈烈。小孩子独记着苦楝树花香,偏爱这芝麻般细碎的紫色小花。它们温柔细腻,单纯清秀,胜过牡丹和玫瑰,胜过世界上任何一种花朵。

小孩子舍不得摘花,却将柳条插入啤酒瓶中,摆在窗台或书桌上,把春天养在屋子里。

蝉的嘶鸣声贯穿整个夏天。一切都在这主旋律声音之下。农人将打稻机踩得轰隆隆响,谷粒蹦跳,稻草成堆。太阳烧烤万物。小孩子赤脚踩着滚烫的地面,举着捕蝉的工具,昂着头寻找树枝上鸣叫的蝉。满湖荷花清香四溢,却无人欣赏。荷叶高擎,为水面遮荫。鸭子在荷秆间游来游去,嘎嘎的叫声从荷花深处传来。小孩子划一个木盆,到湖中摘莲蓬,从荷叶下穿梭而过,荷叶相互碰撞,发出哗啦啦的声响。这是太阳底下唯一清幽的世界。湖底下水藻摇曳,仿佛姑娘的秀发般优美,但这美是致命的,一旦被它们缠住了脚，人可能会溺水而亡。

小孩子坐在岸边，左手和右手玩上一阵斗草游戏，再改用长长的稗草钓青蛙。青蛙咬中稗草，小孩子往上一扯，它便在半空中松开嘴，扑通掉进水里，但很快就游过来，继续咬钩。这是小孩子和青蛙共同的游戏。他们都很清闲，世界的繁忙和他们无关。不过，小孩子很快玩儿腻了，丢掉稗草，采下一枝荷叶遮在头顶，东看西看，直到太阳西下。

晚饭时分，地坪上熏起了一堆青烟，为人和牛驱赶蚊子。青烟袅袅升腾。屋里太热，于是饭桌被摆在青烟底下，以便在微弱的自然风中消减暑气。夜色慢慢浸润，月亮从淡灰色天空中浮现出来，仿佛在水中洗净了一样，发出近乎透明的亮光。晚饭有一半是就着月光吃完的。猫和狗为一根鱼骨斗殴。狗输了。小孩子给了狗一块更大的骨头。萤火虫明明灭灭，小孩子放下饭碗，就去捉那飞舞的光点。

吃完晚饭的人陆续走出家门，到河堤上乘凉。河堤上凉快，蚊子也少。银白色的河流蜿蜒而去。岸边垂柳是一道浓重的阴影。小伙子在河里洗冷水澡，顺便收拢白天放下的丝网，少不了有几尾鱼卡在网眼中，鱼肚皮在月光下白得耀眼。小孩子和伙伴们玩老鹰捉小鸡的游戏，尖叫和大笑声搅碎夜晚的宁静。他们不知不觉被成人的谈话所吸引。几个通宵捕夜鱼的男人，谈论他们半夜三更所经历的鬼故事，恐怖和神秘的气氛将孩子们聚拢在一起。小孩子又怕又喜欢，偏要装出勇敢的样子，还不时提出各种问题。

稻田里传来蛙鸣声。那声音此起彼伏，直到小孩子入睡，直到黎明破晓。

蔬菜园是小孩子的另一个乐园。从生根发芽到开花结果，他们时时观察它们的变化，偶尔帮忙浇水施肥，看到了第一个花苞，就去向母亲报喜。菜园里色彩斑斓。白色的是辣椒花、冬瓜花；紫色的是扁豆花、茄子花；金黄的是丝瓜花、南瓜花、苦瓜花……还有篱笆上的木槿、牵牛花、金银花、蔷薇花……绚烂一夏之后，秋霜抹掉了菜园的色彩。

稻谷金黄，秋雨绵绵，似乎永远也不会停止。小孩子开始像大人一样担心谷子无法收割，祈祷天气转晴。树叶渐渐黄了，落了，光秃秃的树枝划着乡村寂寥的天空。萧瑟的气氛笼罩。但当秋阳高照，大地比夏日时清瘦，也更为开阔。

白昼短了。黄昏忽然来得很快。月亮高高在上。银辉清冷,星星繁茂。虫子在菜园里歌唱。小孩子做作业,望向窗外月色,怀念夏天的时光,忽然闻到了成熟的野果香。他知道酸枣的营养价值很高,去了果肉,枣仁能入中药。野柿子比普通的柿子小,味道却更好。野草莓红红的,正等着他去采摘。

清晨,大人们赤脚踩着冰凉的草地下田秋收,气温太低,寒意直逼心底,他们只是打一个激灵就扛过去了。这时候荷叶已经枯萎,荷秆杵在水中,鸟停驻其上,茫然四顾。鸭子更加自在,立在水中拍打着翅膀,嘎嘎欢叫。小孩子玩儿了一会儿弹弓,发射完口袋里的小石子,太阳升起来,金色的光芒笼罩村庄。田野传来打谷机的轰鸣声。小孩子想着去田里拾稻穗、捉蚂蚱,却被近在眼前的蝈蝈的叫声吸引。他跪在地上,顺着声音寻找蝈蝈,一路找到墙根儿,叫声从砖缝里传出来。小孩子用稻草梗去捅,蝈蝈便从手底下逃跑了。

秋收很快结束。稻谷晾晒在太阳底下,晒干谷壳才能入仓,不然稻谷发芽,就只能喂猪了。有很多昆虫混在稻谷里,小孩子认得红底黑点的瓢虫以及臭虫、飞蛾、蚂蚱、蟑螂……他捉了一只蚂蚱放在瓶子里。母亲正在清理菜园,摘下所有老得金黄的南瓜、浑身白雾的冬瓜,扯掉瓜藤,准备翻土种别的菜。小孩子将南瓜一个个搬到屋子里,和冬瓜码在一起,等到冬天,蔬菜青黄不接的时候,这些将会是餐桌上稀有的美味食物。

水泵正将鱼塘的水排进沟渠。干塘捉鱼像过节一般。人们围在岸边,等着那令人兴奋的时刻。但水干得很慢,机器从清早开始工作,直到中午时分,水才见底。当鱼在浅水中蹦跳,小孩子大呼小叫,冷风吹得两颊发红,显得兴致勃勃,直到人们捉尽最后一尾鱼,才打道回府。母亲正在做烟熏肉制品,腊鱼腊肉腊肠腊心腊肝,糠秕烧出的青烟有一股稻草的清香。烟熏过后的肉色泽很美,香气飘荡,惹得猫狗垂涎。小孩子闻着腊鱼腊肉的气味,知道春节将近,意味着可以放鞭炮,走亲戚,听花鼓戏,看舞狮子耍龙。春节期间大人不会打骂孩子,也没有人逼孩子做作业,那是一年当中最无法无天的日子。

事实上，一入冬小孩子就盼着下雪，盼着堆雪人、打雪仗、玩儿冰块，在冰面上打漂漂。南方的天总是要经过长时间的酝酿，才能憋出一场真正的雪来。干刮北风和落雪粒是大雪来临的前兆。小孩子一听到屋瓦发出的细脆的叮当声响，就立刻跑出屋，站在地坪上，摊开手心，接住那些绿豆大小的冰粒。但雪并不如期而至。失望几回之后，如果某一天醒来，忽见世界一片雪白，那份惊喜便是加倍的了，都等不及穿戴整齐，直往雪地里奔去。可惜雪在第二天就变旧了，路上全是雪泥，反倒带来了不便。

父亲趁雪天到湖里去撒几网，叫小孩子提着篮子跟随。小孩子以为天气冷，鱼也冻僵了，渔网撒出去，绽开一个圆，沉重的铅脚唰的一声切入水中。收网。网中的鱼都不动弹，扔到篮子里才勉强弹跳几下，没多久就要变成盘中餐。母亲用萝卜丝和剁辣椒与鱼一起在炭火上煮沸了，萝卜和鱼都是清甜的，一家人吃得津津有味。

大雪覆盖一切，饥饿的麻雀胆子大到进屋觅食。小孩子不知从哪里学来的，扫开地坪上的雪，用一支短棒支起一面大的竹筛来，下面撒些秕谷，棒上系一条长绳，人牵着绳子躲在窗户后。麻雀首先在竹筛外围跳动，警惕地四下张望，然后尝试着跳进陷阱，又立即飞走；几番试探之后，似乎确定没有危险，于是跳进去啄食。当它置身竹筛底下，小孩子猛一拉绳，竹筛罩下来，麻雀就在劫难逃了。但小孩子只是捉住麻雀，手心感觉这小动物心脏咚咚直跳，仔细观察它的模样，摸摸它顺滑的羽毛，再将它放飞，她不想破坏小鸟一家过年团聚。

年的气氛是由空气传递的。越近年关，空气中越是凝聚着一种喜忧参半的情绪。没钱人家愁过年，债主上门讨债，不管欠人两升米还是几块钱，要是还不清欠账，过年的心情都是要大打折扣的。好在邻里和睦，互帮互助，越是年关，越是相互理解和宽容。不管这一年过得如何，春节顺利最重要，因为这象征着来年的运势。

整个正月，无论穷人富人，脸上都喜洋洋的，嘴上油光发亮。耍地花鼓的耍到家里来，都要放鞭炮，撒红包，泡芝麻豆子茶热情相待。转眼就到了元宵节，仿佛是最后的狂欢，人们吃完元宵，赶到河堤两岸赛灯。他们纷纷拿出自家的煤油灯、蜡烛,有人还燃起了火把,搬来了稻草和枯木,凡是能烧的,都在河边烧着了。一时间堤岸像两条望不见首尾的火龙,盘踞河边。河水似乎也被火光点着了,水在翻滚沸腾。十五的月亮清澈圆满,当空悬照。年轻人就着火光与月光寻找意中人。小孩子玩儿得尽兴,脸上尽是烟灰,恋恋不舍地回到家,带着欢喜的余烬进入梦乡。

小孩子老了,越来越思念——那个与童年一起消逝不见的故乡。

风的样子

◎ 苏　莉

在塞北,每年三月,春风乍起,先是在树梢带来一阵又一阵的哨音,一路呼啸而来, 还没有长出新叶的树群随风舞动, 跳出安代舞般的迷狂节奏——摇摆、顿挫、抖动,举着所有的枝丫呼喊。随风而来的还会有沙尘、未落尽的枯枝败叶,未收集不知道在哪里沉睡的塑料袋、饮料瓶、废纸片,一切细碎而重量不足以与风的力量抗衡的事物,都被风吹起,漫天飞舞。如果风过了六七级以上,建筑包装物可能会被刮到空中,广告牌在暴烈的风中嘎嘎作响,让人担心它会随时挣脱固定物脱落下来砸到在风中蜷缩前行走的路人。大概这也是曾经有过的事情吧! 不然为什么每当发出大风预警时,总会有远离广告牌之类的提醒。偶有过八级以上的风,根系较浅的树会被连根拔起,并不坚韧的大树枝也会被吹断。至于那些屋顶上的瓦片或是矛草会飞离人间,随风而去,风停之后一片狼藉。

草原上的风,不分季节,难有宁静的时刻,或大或小而已。

草原上的风或许也有蒙古人热爱策马奔腾的性格基因,总是那么热烈奔放。每次狂风大作,像极了一群不醉不归的大汉,一定要尽兴而归的样子,一定要摧枯拉朽的样子,一定要征服一切的样子。

风筝

春季是风在北方盘旋留恋的日子。间或风力较小的时候,倒是人们放风筝的好时光——在一些开阔地带, 那些乐于陪伴孩子的大人会准备一两个风筝,半大小子已经可以独立操作了。现在市场上售卖的现成的风筝品种非常多,大部分都是潍坊那个地方的风筝样子,而在二十世纪六七十年代或更早，风筝是要自己做出来的。这还真得是比较巧手的人才能享受的一项早春活动，不会做的只能望着天空艳羡了。就像我小时候，曾经自己做过一个没有筝骨的纸风筝，没等放飞就被风吹得四分五裂，给我心理造成的阴影持续了好久。

好在现成的风筝做得都是科学而规范的，所有的技术问题已经全部解决了，还有各种样式，特别漂亮，只待风起，只待放飞，只待我们仰天与在空中逍遥的风筝对视，感受清风拂面，感受春天逐渐浓烈起来的气息。于是我们在北中国的早春二三月，会经常看到飞翔在蓝天之上的各色风筝，看到在广场上为了风筝起飞而奔跑的孩子们，看到初起的风筝摇晃、盘旋，继而奋力迎风而上，越飞越高，高到变成眼里小小的一个点，高到看不到穗子，仿佛已经融入一片浓烈的蓝色之中。

这样的风是令人愉悦的。

当然风大的时候麻烦还是多，比如那些裹挟在风中的滚滚沙尘，遮天蔽日。能跟着风跑的沙尘是极细微的，即便是戴着纱巾、帽子头部全都包裹得严严实实，脸上也会落满细沙，不及时清洗，皮肤会被刺激得有种种不适。房间里更是，风沙过后，窗台、地面、书架，满屋子都会积下一层细沙。每天拿着抹布擦灰尘，是我在科尔沁生活的二十多年里的日常家务。

有时候风停了，黄沙还在缓慢降落，那种笼罩天地的黄，有时不免觉得，末日也不过如此吧！

风中的候鸟

风筝放过一阵，在去年秋天南飞的候鸟们在风中感知到了北方故乡的呼唤，开始纷纷北上。很难想象它们轻盈的身体能够扛得住如此辛苦而艰难的旅程。它们成群结队，互相鼓励，在风中起舞，进行漫长的飞行，心中只有一个念头：回家！

曾经看到过一个资料，小燕子飞往的南方居然是非洲大陆，那么它们原路返回时必定也是这么遥远的路程。得知它们小小的身体居然藏着如此宏大的抱负，真让人眼泪都要掉下来了！于是每次看到小燕子在身边飞行都禁不住为它们赞叹不已。在我们习以为常甚至视而不见的事物中其实藏着这么多的小英雄。

大概是这些年环境的确开始好起来了，近几年北归的候鸟中除了大雁、野鸭等寻常的北方鸟类，还有不太常见的鸟类，比如白顶骨水鸡、黑颈、长脚鹬、草鹭、棕头潜鸭、反嘴鹬、须浮鸥、环颈鸻、金眶鸻、灰头麦鸡、黄鹡鸰、青脚鹬、金斑鸻、凤头䴙䴘、翘鼻麻鸭、大勺鹬、凤头麦鸡、凤头潜鸭、睦鹬、琵鹭、苍鹭、东方白鹳、灰褐等等，据说上百种开始在科尔沁湿地出现，更有大量的天鹅群开始在科尔沁沙地的湖泊、江河里驻足歇脚，然后飞往呼伦贝尔那边，有的则往更加遥远的西伯利亚飞去了，去生儿育女、繁衍生息。之前只能在动物园里观赏的天鹅，现在在草原上就可以近距离看到了。看它们风尘仆仆，但是意气风发，在春风中的湖水里嬉戏、觅食，或闲谈、高歌，扇动它们巨大的翅膀从湖面上起飞，盘旋一会儿后再次降落水面，那姿态真是说不尽的优雅，让人激动。这是在动物园里很难看到的野天鹅，那种生机勃勃、自由自在地闪着生命之光的样子，不仅是优美的，还是充满力量的。

这个时节我们的塞北还没有绿色，候鸟们御风而归的叫声无疑为我们带来了春的消息，自然中的事物总是用它们的自然而然触动人心，这种自然而然的美无法用语言来形容。偶有起了贪心的人伤害了过路的大使，被发现后简直人神共愤，会有森林警察在候鸟回归的季节，巡逻在候鸟停经的湖边并不断发出警告，人们的环保意识在不断地增强。

这些成群的候鸟也给摄影师们提供了极好的拍摄素材，每年候鸟回来的时节都是摄影师们成群结队去拍摄的时候，有时看到他们拍回来的作品，镜头中它们那么美丽的瞬间被摄影师抓拍到了，不禁让人眼前一亮。生命和生命的相遇，它们以自己蓬勃的美感染了这个世界。

风起处

风是无形的，也不知道风会在哪里升起，看天气预报会得知温暖的风来自大海深处，它是如何汇聚又是如何漂洋过海地吹向草原？细细想来还真是神奇。记得地理课上是学过的，什么气压气旋之类，但是因为没有从事过和气象有关的工作，对风的感知还是停留在仿佛原始人般最天真的状态。

于是想象一个闲汉在大海上盘旋，因为大海的浩渺广大而觉得单调乏味，心说我去陆地上的草原上看看吧！于是巫师般舞动着双手开始加速旋转上升，夹带着被它卷起的海水和空气中蒸腾的水汽开始漂移北上。大海被狂风搅动掀起的巨浪有着不可抗拒的强大力量，惧于这种摧毁性的力量，人们以为海里有个大神，还有个名字叫海神波塞冬。海难发生时，所有的船和人都是渺小和无力的。关于海难的文字和影像记录非常之多，令人对大海心生敬畏。

但是搅动大海的并不是海神，除却不常见的海中地震和遥远的月亮引发的潮汐，其实大部分还是风。巨大的不可测的风搅动的大海会被称为海啸，想想风推动着海水呼啸而来的样子，的确令人胆寒。

台风发生时，会有各种命名，这是让我至今感到不可思议的地方，都是谁命名这些台风的呢？在我们这离海岸线如此遥远的草原内陆，有时会觉得台风跟我们关系不大，其实巨大的台风也会深入内陆，带来一阵阵疾风暴雨，暴力洗刷这个世界。

当然，风力的大小取决于季节，我们北方被称为季风性气候也是完全由风来决定的。它是如此迷恋地往来于北方大地，久久笼罩、覆盖，似乎是在宣示着自己的主权，仿佛在说：风过之处尽为我土！想想我们哪里有没有被风吹过的地方呢？因为风是如此自由，想来就来，想去哪里也不用办护照，更不用提前测一下核酸。或许门窗关得住它肆意横行，然而，风还是会通过缝隙穿过阻障碍物游丝般地吹进来，否则怎么会有"针尖大的窟窿斗大的风"的说法呢？

风的声音

无形的风有时是通过它吹过的有形的物体让我们感知到它的，我们可以从那些被风吹的物体摇摆的强度来判断风的级别，判断它是温柔的还是暴虐的。如果是夜晚，看不到那些摇摆的事物，我们会从风吹过物体发出的声音来判断风力。

仔细辨认,风声是很不同的,风走过针叶林的声音类似于哨音,走过阔叶林扑啦扑啦声,走过狭长地段会有一种逼仄的、拥挤的怨言,踏过开阔地又是那种轰轰而鼓胀的、肆无忌惮的声音;在城镇里横行时吹过旗杆、标语牌、广告牌,呼呼啦啦的猎猎风声最让风得意不止,好像给人添了恐慌和麻烦是让它最开心的事情。风吹过大片林地的声音会有海浪般的喧哗,否则不会有"松涛阵阵"的说法。

最复杂的和难于形容的声音是风想撞开紧闭的门窗时发出的,一下一下地挤撞,被拒绝时怨气冲天,哼哼着,有时还要哀怨,像一个被关在门外的浪子或是酒鬼,威胁着、哀求着家人给它开门! 忘记关门窗时,风大摇大摆地进得屋来也并不客气,吹乱东西不说,还会把跟着它混的尘土兄弟撒满房间。

风在沙漠上肆虐时,一切都要匍匐于地,必须对风表示出臣服的姿态,默默忍受风中沙石的疯狂暴击,否则会被风吹离地面,向着不可知的地方飞去。比如龙卷风甚至可以把家畜和汽车吹起来,把飞机吹得直晃悠。童话《绿野仙踪》的故事就是源于一次龙卷风把小女孩儿整间屋子吹走了,即便有些夸张,但是风的力量还是不可小觑。

风的任务

风本来的样子其实是不可见的,风只可以感受到,或凛冽或湿润或热气蒸腾,全凭空气中的事物赋予风以色彩。或许风的任务就在于此,它把各自安静存身的事物交融在一起,比如花的香气,风会把此香传递给彼处,臭味也同样。如果我们有个敏感的鼻子,会闻到空气中那些奇妙的味道,风会把此处的湿润吹向他方,融合搅拌形成雨水降临人间。

当然风也有温柔的时候,那是在春天狂刮一个季节之后,初夏来临,风会放轻脚步,仿佛一个彬彬有礼的绅士或者女士,吹绿北方大地之后,吹动万物的春心,让动物们发情,让春花绽放,让候鸟北归,让大地进入一个安宁孕育的时辰。五月末六月初,树木开始珠胎暗结,小小的果实青绿萌发,掩映在春花将落的蕊芯之中,这些果实都来自风把它们的花粉从这朵吹到另一朵,使它们相遇、结合。如果养育了猫狗,这时恐怕已经有了崽崽,牛、马、羊、猪这些家畜也迎来了生育的忙碌时刻,想必野生动物们也都在忙着这一季的生儿育女,带着新生的崽崽们出行觅食。而那些早早结出种子的植物们也趁着这大好时光开始让自己的种子随风飞向远方,比如蒲公英,结出花朵一样的小伞,种子轻而又轻,好趁着一股微风把自己送到他乡,成全它繁衍后代的野心。

现在城里树木繁多,每到柳絮开始脱离树木找寻自己的容身之地的时候,无不借助风力漫天飞舞,竟也像是冬天雪花飘舞的情形。有时站在柳絮中,想想它们每一个都有可能长成一棵参天大树,只要风把它们送到适合它们生存扎根的土地,我忽然就觉得风中飘飞的树种,这些满天的未来的大树,真像是在一个巨大的子宫里盘旋,而大地就是它们能够着床的子宫壁啊!

这时的风是母性的。

夏季的雨水运行也少不了风的助力,把那些云朵汇聚在一起的一定是风,否则一朵云怎么能够靠近另一朵云呢?没有雨水,世间万物靠什么来滋润呢?森林和江河在烈日下蒸腾出来的水汽如果没有风的参与,断然不会形成雨云回落大地,还有那些台风送来的雨水。

而到了秋季,秋风带来凉爽,让火热的夏天降下温来。我记得风向转变的神奇一刻,天气热得喘气都费劲的时候,某一天,北窗忽然吹进来一股凉风,皮肤立刻收缩起来,那种从心里往外蒸腾般的热忽然就收敛了,脑子瞬间清醒,神清气爽,那种飘浮在外的令人烦躁的燥热瞬间消失。

在北半球,季节的转换全都是风来告诉我们的。

秋天,风的任务是把树叶吹干,这个时候风是干燥的。风把人间草木吹干吹黄,吹出一片片金色,像个画家随意点染人间。美上一阵,风再把已经干枯的树叶吹落,让它们叶落归根,回到大地上给树干提供来年的肥料。所以秋天的风很像一个行为艺术家。当然秋天还是一个收获的季节,春华秋实,风来检视它春夏之际的劳动成果是否如它所愿。

冬季的风来自西伯利亚,它把一次强过一次的冷空气一遍一遍带到大地上,告诉人们,关好门窗生起炉火,要"冬藏"起来,以待春天另一轮回的开启。当然冬季里的风也并不闲着,给我们带来一种叫作"雪"的事物。"风雪交加",哪里会少了风的参与呢?如果是暴风雪,那是会直接把人粗暴地关进屋里。草原上的白毛风更是一场巨大的人畜之灾。

如此说来,风是勤劳的,它是个彻头彻尾的劳动者。作为一个劳动者,风全年无休,地球上的生机勃勃全有赖于风的能量。尽管风时常会有暴脾气,制造很多麻烦,但是跟它做出的贡献相比,贡献还是多过麻烦。

在人间,山川万物无不永无休止地接受着风的训导,有的地方的山和石头,上千年来都被风吹得变了形,形成各种奇妙的孔洞,大概是风为了吹出好听的声音吧!还有那些生长在科尔沁大地上的怪柳,如果没有风对它们的塑造,原本柔顺的柳树恐怕不会长成遒劲而古怪的模样,它们在风中的挣扎求生之状多么像饱受现实生活磨砺的我们!

但是有心的人们也并不总是被动地接受风的洗礼,人们总在试图掌控风的力量,海上的船要有风帆,只要风不暴怒,借助风力航行会省很多力气。大航海时代,风应该对改变人类社会的格局做出了巨大的贡献。如今的草原上会看到很多大大的风车,它们那是在借助风力发电。还有那种大到借助风力飞行的滑翔机、小到北方盘炕时要专门对付风力倒灌的挡风砖等等,风在任性而为的时候,大概不会想到有 天被聪明的人类驯化成工具。

风的隐喻

不仅如此,在与风相伴的人间,因为风的种种特性,人们还把风引入各种词语的隐喻中。风在汉语中的使用恐怕已到极致。

打开汉语词典,翻到"风"这一页,你会发现以风命名的词汇有很多。风的多重隐喻之义早已融入我们的文化中, 是我们使用频率超高的词汇,已经到了熟视无睹的程度。

我们形容车马的快捷会用"风驰电掣",风,就是速度和力量。

我们形容一个女子容貌美好,会说她"风华绝代"或者"风姿绰约",很有"风采"。形容一个人"风度翩翩",绝对是一个极好的赞美。

我们比喻人生里的磨难和挫折会用"风吹雨打",我们形容事情突然起了变化就用"风云突变",如果是稍有变故,还有另一个程度不同的词汇"风吹草动"。我们奔波于旅途中,多用"风尘仆仆""风餐露宿"来形容。说一个人很虚弱,也会用到"弱不禁风"这样的词语。

其他还有"风花雪月"来形容最浪漫的事,"风平浪静""风起云涌"比喻事物所处的状态,"风声鹤唳""风言风语""风雨飘摇"都是负面的,而"风雨同舟""风靡一时""风云人物"则是正向的。还有一个词"风流",有点亦正亦邪的味道。

《诗经》中的"风雅颂"之中的"风"是指"民歌",还有一种隐喻用"风"来指代一种习俗,这就是风气、风俗。或者指消息,比如"闻风而至";另外还有表示趋势之义,如"风头",再就是清谈之风、奢靡之风等等。

风被历朝历代的文人写进诗文,比如杜甫最著名的那首《茅屋为秋风所破歌》、李白的"云想衣裳花想容,春风拂槛露华浓",李清照的"昨夜雨疏风骤,浓睡不消残酒"、李商隐的"昨夜星辰昨夜风,画楼西畔桂堂东。身无彩凤双飞翼,心有灵犀一点通"、柳永的"吹破残烟入夜风,一轩明月上帘栊"……这些佳句仍然感染着今天的我们,像风一样从古代吹到现代,传诵至今。

比较抽象的隐喻来自中医,中医认为风在身体中可致病,比如抽风、中风、羊角风、风湿、风邪,一般人难以理解,风是怎么进入身体的呢? 又是怎么流动起来的呢?

风被呈现出更深的隐喻来自佛教,我们常常能听到这样的话:树欲静而风不止、八风来袭等等,这里的风指向人的欲望。

而"风骨"则是对一个人的品格最高的评价。研究认为,用"风骨"来形容人物始于汉末,此后"风骨"二字含义不断深化,到魏晋时期,一度达到高峰,文学史上有"建安风骨"或"魏晋风骨"一说。

风是如此的古老,也许从这个世界创建之初就有风了。从这些词语中,我们感受着古人对风的理解,玄妙、形象而准确,至今影响着我们。风又是如此的活力满满,千万年来,不管地球上的人间有怎样的更迭,多少朝代灰飞烟灭,多少光芒万丈抑或卑微如蝼蚁的人物走向时间的深处,风依旧吹着,见证着世间万物的生发与悲喜轮回,依然如此蓬勃、如此欢腾。

我把爪子当作脚

◎ 叶 弥

这个题目指向不明，光看题目，没人会知道我写的是鸡。狗、猫、鸭子、刺猬、龙虾、白鹭，我都养过，它们都有爪子。给点提示，可能会有人猜想我写狗猫。到底狗猫伴随着人类生活，在一起久了，在主人的心中自然发生拟人化，把狗爪猫爪说成狗脚猫脚是很自然的事。但是把一只鸡的爪子说成脚，还是会让人不太适应。这种不适应，就是我要拿文字来填补的地方。未来的声音我们已经能听到，人类必将朝着更文明的地方行进。探讨人与自然，人与动物、植物的关系，是很有意义的。植物的情感、动物的情感，人类了解得越多，对物种多样性的保护就越有利。

当然，我写的这几只鸡，并不是真正自然意义上的鸡，只是家养的鸡，这些鸡从孵化场里出来，出售到集市上，再从集市上分散到家庭或养鸡场；养到两三个月不等，再回到集市上，最后流通到人类的餐桌上成为美味。我写这几只鸡的意义在于，家养鸡的祖先是距今九百万年前的野生原鸡，而野生原鸡的祖先是距今有两亿年的侏罗纪末期的始祖鸟。一直到现在，家养鸡的特性还与野生原鸡一样，以昆虫、花的嫩芽为食。探讨研究现代家养鸡的特性，了解它们的情感世界，有助于我们了解这一类的生物。

我想说明的是，我也吃鸡，而且认为鸡肉很美味，是人类补充蛋白质的佳品。弱肉强食，是地球的法则，是各种生物的生存之道。但我同时也认为，强可食弱肉，但不可以毁灭弱肉。我一直觉得，人类文明的终极圆满是用科技打破弱肉强食的生物链。如果我们能在这个过程中保全各种各样的生物，那么到了那一天，地球上不少生物种类都能幸存，都能得到解放。人类的真正意义也得到阐述。处于生物链顶端的人类，不是要吃光毁光所有生物,而是要尽力保全每一种生物的生存权,等待黎明到来的那一天。人类为什么要造出一个上帝的概念?因为人类不想成为地球生物的终极主宰。当人类解放地球上所有生物时,众生在上帝面前必将平等,地球也真正成为生命的家园,而不是弱肉强食的战场。这是我,一个人类的理想。人类许多理想都实现了,我这个理想或许也能实现。

到那个时候,汉语中的一些词会消失无踪,譬如"爪子"。没有爪子,所有生物的爪子都和人类一样,叫作"脚"。

回到当下,说说几只鸡的感情,还有这几只鸡和我的感情。我等不及到地球大同的时候,我现在就把它们的爪子叫作脚。可是我还得把"它们"与"他们"分别开来,汉语的某些固执来自我们的成见。反正鸡不识汉字,就称呼"它"或"它们"吧。

鸡有没有智慧和情感?我说有。有人说没有,说鸡表现出来的智慧和情感只是一种无意识的本能,是人类的一厢情愿。这是他们不了解这种生物,或者只是把鸡当成食物。如果动物的情感和智慧只是本能,那么人类的情感和智慧又有多少是出丁本能?人类放进嘴里的许多食物都是有智慧和情感的,只有承认这一点,人类才能更好地认识这个世界,并有所敬畏。鸡肉很美味,但我不会吃得太多太频繁,有所节制就是最朴素的感情。

现代人一提到鸡,也许最熟悉的就是"肯德基",而中国古人对鸡的重视远远超过现在。成语里有许多关于鸡的:闻鸡起舞、鸡犬相闻、金鸡独立、鸡犬升天、鸡飞狗跳、鸡鸣狗盗、鸡飞蛋打、鸡毛蒜皮、鸡零狗碎、鸡犬不宁、嫁鸡随鸡、牝鸡司晨、偷鸡摸狗……

这里面有不少对鸡不尊重的意思,这不怪造成语的人们,我与鸡打交道已久,我知道鸡有那么一点儿不稳重。

在古代,鸡被称为五德君子。它的五德为文、武、勇、仁、信。头戴冠,称为"文"。足有距,称为"武"。敢斗敌,称为"勇"。见食相呼,称为"仁"。守夜报时,称为"信"。另外"鸡"与"吉"谐音,因此古人称之为吉祥之物。

《西游记》第七十三回,唐僧被黄花观里的蜈蚣精捉住,中了毒。连孙悟空都束手无策,只好到紫云山千花洞找毗蓝婆菩萨帮忙。毗蓝婆菩萨在她的儿子昂日星官眼里炼成一根绣花针。只见她取出绣花针朝天空一抛，即刻破了蜈蚣精的妖法。

原来二十八星宿之一的昂日星官是只六七尺高的大公鸡，他住在天上的光明宫，神职是司晨啼晓。他在《封神演义》中的名字叫黄仓。

我是不敢把我的鸡叫作黄仓什么的，虽说我养过的鸡全是黄黄的毛，黄里夹杂着黑点。

我养的第一只鸡叫麻将，第二只叫麻烦，第三只叫麻花，第四只叫麻饼，第五只叫麻鸡。本想把麻鸡的名叫作麻瓜，就是《哈利·波特》里的麻瓜，后来怕有抄袭之嫌，就叫麻鸡。其实也差不多。

麻将养得早，存在感不强。它是一只别人送的小母鸡，我看它精神头十足，就放开它的缚足绳，让它在院子里自由来去。夜里它就睡在梨树上。刮风下雨，我就把它挪进屋子。它有点儿神经质，只要看到猫，就像鸟一样朝高处飞，一边飞一边咯咯乱叫，往往吓的不是猫而是我。它一双翅膀扇出的巨大声浪在我的小院子里经久不息。有一次它飞过围墙，落到围墙外的树丛里，消失不见了。

第二只鸡叫麻烦，是我们小区一位老板托门卫养在一处无人住的院子里的。它是众多笼养小鸡中的·只。我家有一只短腿细眼牛奶猫，叫杰克。杰克和它的兄弟姐妹四个被流浪猫妈妈遗弃在我后院的杂物堆里，后来通通被我收养了。杰克的绰号叫"搜救队队长"，家里要是哪只猫不见了，我就带着它出去找，一般都能找到被困在空房子里的猫，或者受伤躲在外面的猫。自从门卫养了一群小鸡，杰克不吃不喝，成天趴在鸡栏外面看，每天到傍晚才回家。它就这样把一群毛茸茸的小鸡一直看到长成大鸡。有时候我烧了好吃的太湖小杂鱼，要端到鸡栏那边请杰克吃。

有一天，老板要吃小母鸡，门卫就抓了一只，没想到小母鸡逃走了，而且逃到我家里耍赖不肯走。我想，它是认识杰克，心中早有打算，危险时刻来投奔我了。

于是我好说歹说，把这只鸡留下了。我给了老板一瓶红酒、一本我写的书，给了拎着菜刀到处找鸡的门卫两百块钱。我把这只小母鸡取名麻烦。它整天在小区里闲逛，一点儿也不麻烦我。过了几个月，在一个冬天的早上，它死于我院子外面，身上无伤痕。当时天气也暖和，不会是冻死的，可能吃了什么不好的东西。小区里经常会有一些不好的东西，老鼠吃了死，狗猫吃了死，鸡鸭吃了死。这只机灵的母鸡就这样没了。

我一时兴起养了两只鸭子，叫大卡、小卡。大卡小卡吃东西很挑剔，常常剩下许多东西，浪费食物，所以我买了一只大母鸡，叫麻花。麻花长得结实又漂亮，一身亮光光的黄毛，站在那里像一只倒三角，它确实也起到了作用，大卡小卡不吃的食物，它一股脑儿吃下肚。常常大卡小卡吃完东西出了院子闲逛，它还在那里东一嘴西一嘴地啄食剩菜剩饭。它吃东西很慢，先要相看一下，偏过脑袋看过食物，然后再轻轻啄一下，再啄一下。有时候吃进嘴里又放回地上，再仔细看看决定是不是吃下去，不知道的人还以为它挑食呢。

大卡小卡是两只生蛋的母鸭，平时团结一致对付麻花。但麻花有它的生存之道，母鸭看它不顺眼，会一口咬住它的脖子，把它的小脑袋朝地上碾压。它向来都采取一种臣服态度，不反抗，一动不动，让鸭子把它的脑袋压在地上。一会儿，鸭子放开它的脑袋，它站起来抖抖浑身的毛，用嘴巴左右理理羽毛，眼神淡定，神情从容，一迈步，仪态万方，仿佛刚才去洗手间化了个妆。

麻花喜欢家里的小猫，经常给小猫理身上的毛，清理脸上的污渍。它和狗的关系也挺好，它最喜欢那只叫白果的狗，常常追在白果的身后。白果停下来时，它会凑上前去关切地看着白果的脸。它和我的关系就更好了，它每次出去散步回来，看到我，嘴里就会发出一种类似吹口哨的声音，一声连一声，这是在和我打招呼。我要回一声"好啦，看到你啦"，它才停止向我吹口哨。晚上它和鸭子睡在一起。

它可能太胖，生的蛋都会碎壳。对于生蛋这回事，它不太在意。它在意的是交际生活。后来，它出门闲逛后再也没回家。我有好些狗猫鸡出门闲逛后再也没有回来。印象最深的是十四年前我收留的第一只流浪狗土根，当时它是被人遗弃在路边的一只小狗，身上生满癞疮。我见到它时，把正在吃的一个包子扔给了它。结果，等我三个小时后回到家，它在门口等着我了。我不知道它是怎么从路上找到我住的小区，又是怎样找到我住的这幢房子的。土根后来成了一只漂亮健康的大狗，成天咧开嘴笑。我喜欢它慷慨大方的性情。那时候我住的小区后面都是村庄，村里好多农家都养着狗。村里的狗就像小孩子一样，成群结队约好了一起出门闲逛。它们经常来叫土根一起出去，土根总是会让它们先吃掉它盆里的食物，然后大家一阵风一样地跑了。有一次，我看着它的背影在一群狗中间忽隐忽现，就那次，永别了。闲逛的危险是不言而喻的。有些话，大家谁都不愿意公开说破，但私下会有流言传来传去。我也听到了。我住的是一个僻静的地方，后来涌入大量外来务工人员，他们参与建设，但也带来了不安定因素。

我养的第四只鸡麻饼，是一只具有传奇色彩的母鸡。

我经常上菜场，菜场里有众生百相。有一位外地小伙子，承包了一个小型养鸡场，他经常在路边卖鸡。有一年，我又看到了他，他在路边卖鸡。他突然变胖了。我就上前和他说话，得知他结婚了，有了孩子。他说："怎么会不胖呢？刚来时啥都没有，现在啥都不缺。"我看他只剩下最后一只鸡了。那是一只老母鸡，脚上系着一根长绳子，它跑到了马路中间，在摩托车和自行车、三轮车的空隙里踱着步，神情自若。"胜似闲庭信步"，说的就是这种状况吧？

于是我就买下了小伙子这最后一只鸡。五十块钱一斤，两百多块钱。回去给它按照麻字辈胡乱起了个名字叫"麻饼"，我觉得它的黄毛配上黑色麻点，像一块麻饼。没想到这个颇有喜剧感的名字很配它。

首先它不高兴睡在外面，夜里它要进屋子睡，霸占了小猫的一个窝。白天它一般在外面，但是下雨了，它要进屋躲雨。如果我关着门，它就拼命啄门，一直到我开门为止。进了门，它也要积极参与屋内狂欢，与狗猫们打成一团，在狗猫身上跳来跳去。还要与狗猫们抢东西吃。家里发生了任何事，不管是人还是狗猫之间，它总是及时地过来看热闹。

它下蛋，基本上一天一个。但是我要吃到它下的蛋，必须去别家找。它把蛋下到小区里另一家的院子里，这家还没人入住，里面荒草萋萋。它就躲在荒草里下蛋。后来白天就不回家了,总是我到傍晚时分,跑到那家,朝一院子的杂草喊一声:"麻饼,还不回家?"

我喊完一声就走,不用喊第二声。因为我话音刚落,草里就站起一只鸡,跟在我后面乖乖回家。

其实它不是爱这家人家院子里的荒草,它是爱上了隔壁人家家里的一只公鸡了。但碍于一堵围墙隔着,它只能每天到这里蹲着,听着隔壁围墙里公鸡的声音。那公鸡长得很漂亮,有一大群更漂亮的妻。麻饼长得不好看,毛色暗淡,羽毛松散。有时候我对麻饼的痴情也暗自觉得好笑:也不看自己长得什么样!

它的结局也不好,一年夏天我出差,它夜里没有及时回家,就没有了。鸡在夜里是看不清东西的,碰到危险毫无反抗能力。这和鸭子不一样。鸭子在夜里受到惊扰,那嗓门喊起来比狗还惊心动魄。

第五只鸡是今年六月中旬,我过生日那天去菜场见到的。确切地讲,是在菜场外面的自由市场一位老爷爷的竹篮子里见到的。今年的天气热得早,那天已经很热了。老爷爷说,只有这只母鸡没人买,快中午了,更没人要了。我看看这只母鸡,不是小母鸡,也不是老母鸡,长得一般,是中下姿色。此时它在篮子里又热又渴,喘个不停,还时不时闭上眼睛,看样子很难受。老爷爷说,二十五块钱一斤。

一称正好两斤。老爷爷把它放在塑料袋里让我提着走。我没走几步,老爷爷追上来说:"你把它的头弄进塑料袋里了,这样要闷死的。"原来鸡的脑袋缩进袋子里了。我索性把它拿出来提着。看老爷爷这么慈悲,我就对他说:"我买它回去,不是杀了吃的,是养着的。"老爷爷一听很高兴,说:"养着好,过一阵子它就下蛋了。"

回去给它起了一个名字叫麻鸡。也是黄色毛,毛上全是黑麻点。它会翻白眼,但我一直搞不懂它翻白眼的意思。

我在院子外面捡到一只浑身黄胎毛的小鸭子,后脖子那里一大块皮没了。我把它放到家里养着,夜里给它打暖气,每天给它后脖子涂消炎药,让它吃新鲜的小鱼小虾。它居然活下来了,脖子处还慢慢地长出了新皮。我叫它豆包。虽说豆包长大了，但它没有玩伴，很孤单，老是想跟家里的小狗小猫玩儿，一看见小狗小猫打架就兴奋得不得了，上前参与其中。麻鸡是买回来给豆包做伴的。要问我为什么不给豆包再买一只鸭子当朋友，回答是一只鸭子的屎已经很多了，两只鸭子拉屎吃不消。大卡小卡后来送到朋友的乡下亲属家里，这家人家的边上有一个池塘。但很快就开始建设新农村，池塘不准放养鸭子。后来小卡死于网栏，大卡死于高温。

麻鸡落地就成了老大，豆包跟着它跑。只要看不到麻鸡，豆包就不依不饶地叫唤。但麻鸡对豆包无所谓，它心思全放在我身上，整天围着我转。我走到哪儿它跟到哪儿；我上楼，它就在楼下叫我，把我闹得昏头涨脑。一个星期前它开始下蛋，它长得这么肥，下的蛋只有正常鸡蛋的一半那么大。它下蛋前大家都不得安生，它要四处找我，要我抱它进窝；找不到我就不下蛋。前些天它的脚扭伤了，我抱了抱它，它居然把头靠在我身上，眼一闭，幸福地睡了。

它很挑食，不肯吃粮食和蔬菜，爱吃猪肉，最爱的是咸味奶酪。但我觉得它的本分是从地里找虫子吃，所以尽量给它创造找虫子的机会。最典型的场景是，我抱起麻鸡到院子里，手一扬，它就像一只风筝一样飞落到蔬菜地里，豆包自然晃着身体赶紧去追它。鸭子的情绪比鸡稳定，也比鸡多一点发散性思维。鸡不如鸭子聪明，可是比鸭子有趣得多。

最近几天实在太热，我就买了一个大笼子放在屋里空调边上，让豆包和麻鸡睡在里面纳凉。豆包挺乖，但麻鸡坚决不肯和豆包睡在一起。如果强行把它俩关在一起，麻鸡就会暴怒。它暴怒起来能量惊人，跳、叫、咬笼子，一直到放它出来为止。

从我十几年养鸡的情况来看，鸡的智商越来越高了，也越来越难对付。麻鸡就是这样，它成天盯着我，嘴里说着各种我听不懂的音节，让我不知如何是好。

2023年

从房间走向自然有多远

◎ 海　男

　　我更多的时间生活在房间里，一个写作者需要足够多的安静和时间，像一只黑蜘蛛般织网。每一次织网就是开头序言，从第一根丝线开始，我试图去接近一只蜘蛛侠吐出的那纤细的丝线，我知道所有丝线必须从第一根开始。然而，黑蜘蛛网的隐身术是玄妙的。往往是这样，当我们偶尔抬头看见它时，网已经织完了。去寻找它吐出的第一根丝线是艰难的，而且这个念头刚升起，又被别的现象所分心了。

　　一颗心要容下自己多少从时间问题中涌起的念想，又要容下多少念想的转瞬即逝？尽管如此，只要跨出房间，你的幻想意念就敞亮了，哪怕是一个个阴雨绵绵的时令，你也同样能跨出限制自己生活的区域。从房间走向自然有多远？当然，房间本就是你身体所处的自然，从卧室到书房，这是留下我痕迹的小世界，它们在半世人生中收留了我的味道和疲惫，同时也收藏了我活动的蛛丝马迹。从儿时起，我就以自然为天下，记得随农艺师的母亲生活在一座小镇的三个永不磨灭的场景：门口的小河，那条河是从天边来的吗？透过那清澈见底的水可以看见细小的鹅卵石，夏天，我们赤脚在小河中摸小鱼小虾，有各种舞动着小身体的鱼虾穿过手心，它们似乎都不会长大，也许那些长大的鱼虾被人带走了，或许它们顺水漂泊到更大的江河中去了。在幼年的时光中，所有在小河中看见的穿过指缝的小鱼小虾，都是精灵。在五到十岁的时光中，整个夏季我们都赤着脚在小河中行走。小河岸上是稻田，数不清的蜻蜓在稻田上空游历飞行，我们的兴致突然间就从小河移动到庄稼地里。这是炽热的夏季，蜻蜓们迎着阳光，仿佛来自另一个星球的飞碟，然而，它们却就在视野之上，在我们迎面去追逐的时间深处。有时,我们因追逐会突然陷在稻田中,伸手就捉到某只栖在鹅黄穗尖上的蜻蜓,于是,我们就骄傲地从泥浆中拔出脚来,将那只蜻蜓举过头顶,炫耀着我们的战利品,一边炫耀一边却又将那只蜻蜓放生了:或许是感觉到了那一只捏在手中的蜻蜓双翼透明单薄感,害怕它失去翅膀再无法飞起来。悲悯是天生的,不需要后天培养,当你面对一个生命的存在时,你会升起莫名的冲动:不要伤害到它的存在。我们捕捉到手中的一只只蜻蜓,又被我们放回了天空。这就是自然,它启蒙了我们的善良,让我们能在它们的存在中感受到生命的原生状态。

在云南,离不开云絮的变幻无穷,这是我走出房间后的日常美学体验。无论是旅行还是隐居写作,我都会忍不住抬头看天象。用自己的目光在拂晓后,观测云空的变幻几乎成了我的习惯。我属于西南方,属于河流砾石,古道云雾属于原始热带雨林,属于江河山川盆地丘陵村舍的原乡:这就是为什么,我蜷曲在水边洗衣服又站起来。我深信,在我写下的所有句子里都闪烁着自然而原始的味道。此刻,雨又来临了,带着蜜蜂的透明翼。而那些充满了暗香的玫瑰,在房间地角,永远撼动孤独,并为此凋零或绽放着。自然以它的元素从古至今都与我们为邻相伴。

那是我发现一只蜂巢的时刻,每当看见野蜜时,就会在舌尖上沁入了甜蜜。而当你看见蜜蜂时,就能判断在你的周围有野花绽放的区域。这时候,已经来到了错落的丘陵地带。在云南,有盆地就有人居住,盆地也就是坝子。有盆地,四周就是随坡地而渐次上升的丘陵,随海拔高度上升,各种自然生物体也会随之而来,它们仿佛在史前史中就早已存在了。在云南元阳的梯田中,最先听见的是水声。我走过很多村庄,我也经历过很多次的季节干旱期。那一年的春季,是云南最干旱的季节,春天来了,夏季将紧随而至,田野山川的农人们都在打井,为了春种。空气仿佛飘忽不定地沉迷于干燥剂中,多雨的云南啊,为什么天空中无法飘落下一滴雨水?我来到了元阳梯田,车子从热谷往上走,环绕着一座大山走了很久,就看到了车窗外的梯田,这是世界自然遗产地之一的元阳。

水声哗啦啦地穿过梯田而来,振动着耳膜,我有些惊奇:在干旱的云南能听到水声,而且这不是来自江河的波涛汹涌。我下了车,前面不远处就是一座哈尼人的村寨。我急切地想从小路奔向村寨,然而,去村寨必须穿过这片高低起伏的梯田。我脚穿一双胶鞋:每次出门都要选择鞋子衣装,因为要走很多路,要遇到你无法预测的天气变化;因为要遇上峡谷、沟垒、村舍,还要穿过野生灌木,有时候在迷雾中会身不由己地走进看不到尽头的原始森林;因为一双脚要穿越复杂的地理环境,要历尽想象中的或者超越想象力的艰辛之路……在云南,只要你走出房间,远离高速公路,就必须为自己准备一双好鞋子。有一双好鞋子,可以像精灵一样纵横穿越自然的时空吗?我曾经在怒江大峡谷,看见一头羚羊跃过了一道阻碍它身体通过的峡垒。世界上的距离有长有短,有些阻挡你的距离是可以腾起身体就跃过的,而面对我们身体无法穿越的距离,我们只有绕道而行。这两种穿越都与速度有关,勇猛者腾空而起后,就缩短了距离,那只羚羊战胜了自我,想去征服更多的距离。而绕道的羚羊们虽然缓慢,却领略了漫长距离中的风景和艰辛的旅程。

建筑从来都记载着人的呼吸和曾经的过往史。我们不经意间在暴雨中看到了一处坍塌的外墙上有一道木格子窗户,如果细看就会看见细细的花纹,还能在潮湿的空气中嗅到沉香般的腐朽味道。曾经在此居住者迁移出去了,到不远处的村舍中去了吧?我这样想着,便感受到雨住以后外面庭院中的花香。一棵石榴树应该是近百岁了,它的皮已皲裂开。此刻,我们都从屋檐客堂走了出来,在墙角竟然发现了一只红色的绣花鞋,有人就惊叫了起来。这悠悠荡荡的庭院深处,仿佛所有物件都消失了,只留下了这棵近百岁的石榴树还生长着绿叶。最后就是这只红色绣花鞋了。有人问,另一只去哪里了?说这话的人找遍了整座庭院,也没有再发现另外那只红色绣花鞋的踪迹。围墙半坍塌,也有仙人掌在土墙上生长,雨完全停了。我走到那棵仙人掌前,看到了一朵红色的仙人掌花朵。近些年,对于红色,我有一种着迷的情绪,仿佛凡是红色的景物和衣饰,都能替代我的灵魂去燃烧或者去迎接一场场焰火。

这朵红色的仙人掌花朵,盛开在这诡异的老宅墙上,让我有了想象的空间。这土墙中原来是不可能长出仙人掌的啊，那么，它是从哪里来的？就像另一只绣花鞋的消失，这些都是来自空间的问题和追问，然而，有些谜底永远永远都是没有答案的。

走到江边，便坐在一块岩石上，只有在这一刻，心绪才安顿下来。这一刻，似乎有足够的时间用来与江水私语，也可以慢慢地摘下衣服、鞋子上的荆棘了。尘土是那么干净，哪怕路上有许多风化的和新鲜的牛羊粪，哪怕麦秆草、猪草铺满了小路。特别喜欢抬头就看见青瓦土坯房，刹那间路边的各种青草野花都是我生命中相遇的时光；奔向一座村庄，就是我诗歌中的某句话：我的原乡是一盆火。所以，在饥饿时寻找到从青瓦屋顶上升的炊烟袅袅时，我已经在人间生活了很长时间，我已经远离虚名浮尘并寻找到了生命的本质。

从出发到抵达需要很多等待的时间，包括对于心绪、季节和身体的等待。从房间里走出去时，一旦我穿上牛仔衣裙、高帮胶鞋，头戴布帽，我将抵达的地方将是远方碧色中的自然。而当我拎上手提箱，脚穿马丁鞋时，我去的地方是另一座全球化的城市。在我看来，所有的城市都是雷同的，城市核心区域无非都是大型购物中心和酒吧餐厅。只有自然是不雷同的，北方和南方不一样，正是山脉走势和地平线的海拔改变了一切。冬日的元阳梯田就在眼前，我品尝过来自梯田的红米和野生鸭蛋，现在，我的胶鞋正从上而下走进梯田。那么多的野鸭在梯田中来回游动，因为梯形的田垄很安静，没有人会在这里掠夺并发生战事；也没有人会在此抢劫，包括那些田埂上的野生鸭蛋，游人走上去伸手摸一下温度，又走开了。

哈尼人，一个迁徙而来的神话。他们来到云南的红河流域，在澜沧江畔开启了筑居农耕生涯的序幕。在咀嚼哈尼梯田产的红色大米时，我感觉到了这是千年以前的味道。现在的许多水稻有两季、三季的，而梯田上水稻只生产一季。这一季是从插秧的五月到秋收的十月，所以，你尝过了这红米后就会相信，万物生长需要时间。一个秘密魔法，倘若失去时间的孕育，就不会诞生惊奇。在哈尼梯田的冬季看梯田上的水、看水中的碧云时，也会观赏到野鸭们的生活。五月插秧以后，夏季降临，这里会呈现被日光和雨水照耀、滋润的梯田景象。在不同的时间进入梯田,你都会看到梯田上的稻谷由绿变黄再结穗变为金色的景观。割穗子的时节,是壮观的,所有到外地去打工的青壮年都赶回故乡,这是他们的庆典时节。哈尼人拥有自己的宗教,他们有插秧节、新米节等等,门前的水和树以及山上的岩石都是哈尼人敬仰的神。

我看梯田,从收割看到插种,在不同季节,哈尼梯田都有难以言说的场景:在刚收割过的稻田里,老人和幼童在田里拾穗。妇女们是最辛苦的,她们背着捆绑好的稻穗回家。男人则负责割穗,因为梯田从高到低,又从低到高处,所以,只能人工收割,机械化器具无法为梯田服务。割穗仍然像千年以前,人们挥舞着镰刀,秋日的阳光斜照着一把一把弯弓似的镰刀,看上去镰刀显得锃亮。

每每品尝到来自哈尼梯田的大米时,就会想起洒落在梯田上的汗珠,这不是凭空想象。在收割过的稻田深处,我看见了每张脸上的汗水。人的身体是有毛孔的,上苍让俗世之人劳动,就是为了蒸发掉人身体中的汗水,这也是现代人说的排毒养颜方法之一。自然醒来了,只要往泥土中撒一把种子,这些种子就会生长。农具是庄稼人的乐器,劳作回来后,他们会将农具挂在墙上。

从房间走向自然之路弯弯曲曲,在城市里待了一段时间后,心就会开始慌乱和忧郁,这就是城市病。这时候,城市里的人就想逃离出去。往外逃的人很多,周末、假日,各种车辆就像甲壳虫般簇拥出城,所以,乡野民俗便多了起来。自然是地球人无法脱离的地方。那夜,我跟随一帮时尚族将车驰向一座山冈就不再往前走了。他们是有准备的,这帮年轻人从越野车中取出野营帐篷时,我有些惊奇,因为之前并没有说要在野外搭帐篷啊。在我睁大了眼睛时,他们已经开始动手了。这些年轻男女是从出生后就开始搭积木糖果和木房子长大的,他们有很强的动手能力,与他们相比,我仿佛还活在上一个世纪。

当他们动手搭营地帐篷时,我看见了不远处的一条溪流,是从山那边流过来的。我还看见蕨菜嫩茸茸地向上生长。再将目光移过去,我看见了一片野生的柿子树和桃林,虽然桃花已经开过了。我还看见了一大片山地萝卜正在生长。这真是好地方啊,有水有果木有菜地:无论时代怎样变换,互联网怎么编织出网络覆盖住我们的现实生活,只要越过城市的斑马线和天际线,我们仍然在选择古人的生活方式:只要寻找到了水源地,就能筑居,这是第一个现实。当然,我看见了野外蓄电箱、野外炉具等等,凡是人需要的他们都带来了。这是一片看上去让身体放松舒服的营地。帐篷就筑在一大片平坦的草地上。于是我想,城市人为什么要带上帐篷到旷野上来扎营?我在想,这群从小玩儿够了积木盒子玩具的年轻人,为什么比我们这一代人更有激情地在野外筑营地?我在想,今天我们终于逃离了喧嚣的城市来到了野外,现在我们要去动手寻找柴火野菜了,这才是最好的现实生活。

脚是用来行走的,手是用来触摸取物的,这些功能让我向着野生蕨类走去。在茫茫人海中,我们走了出来,下午四点半钟的营地,所有人都出发,为今晚的夜宴:有些人去拾柴火,有些人去偷萝卜,有些人去取水……我有采撷野菜的经验,在云南我从小就听大人们讲哪些野菜是可以吃的。当然,我们有一个强大的背景:面对贫瘠的时代,必须学会生存。做农艺师的母亲,经常从田野山坡给我们带来可食的野菜和蘑菇,并告诉我们它们的称谓属性。从此,我们就记住了这个世界上有那么多长在家门口之外的、可以果腹的野菜。这些记忆就成了自然景观中的一部分。每次来到有草木之地,就循着味道去寻找、辨认我们记忆中的野菜。就这样,我采集了一大袋鲜嫩的蕨菜回到了营地。那天晚上,我仿佛又回到了那座小镇,又听见了母亲讲述野菜,母亲可以絮叨出带回家来的每一种野菜的生长地……那晚,夕阳落山时,营地上有了独特的晚宴,草地就是天然绿色的桌布,食物放在刚摘来的芭蕉叶上,也有从城里带来的啤酒,还有音箱……我们就着啤酒瓶干杯。夜色来临,我们燃起了篝火,开始讲故事、唱歌:从怀旧歌唱到现在的流行歌曲。之后,我们钻进了帐篷。这一夜,我顽固的失眠症消失,头刚落枕就进入了梦乡。这安魂夜后,我们钻出帐篷,看到了满地露水、旭日东升。

彷徨在城市与自然风景的十字路口

◎ 丁　帆

公园往往成为一个城市的风景地标，世界上许许多多国家城市里的公园过去大都是私家花园，不是皇家的，就是大庄园主所拥有的，当然，被美国人骄傲地称为"地球上最独一无二的神奇乐园"，也是世界上第一座国家公园的黄石公园，面积竟达近九千平方公里，但那不是归属哪个城市的公园，而是公园城市。

那么，属于城市风景一个有机组成部分的公园，我见过的最美的是具有法国古典主义特色的皇家园林凡尔赛宫，尽管金碧辉煌的圣彼得堡夏宫也是皇家园林的杰作，但比起偌大的凡尔赛宫中广袤的绿植、精美的雕塑、遍野的喷泉、美丽的花圃、一望无际的森林和花野还是稍逊一筹。凡尔赛宫将人工雕琢的精美和大自然风景的巧妙结合做到了极致，让人沉浸陶醉在天上人间的美景之中。森林、河流、湿地、瀑布被设计师巧妙地布局在这片广袤的土地上，成为世界园林史上巧夺天工的典范之作。法国大革命前，这里拥有八千公顷土地，如今只剩下十分之一的八百公顷，但仍然是十分壮观的城市风景园林。

所有这些都是集游牧文明和农耕文明之精华的人工再造，那么，倘若将它们与原始的大自然天然去雕饰的美景相比，谁更加美丽呢？这似乎是一个伪命题，恐怕大多数人的回答都是一样的：两种形态的美我都喜欢！是的，从一个游历者的眼光，阅尽人间春色，无论什么形态的景观，自然的也好，人文的也罢，只要是景色，我们认为都是赏心悦目的，都是摄影机镜头中美色的取景，尤其是对于十九世纪兴起的"画境游"的专业旅行者来说，他们能够从中获得更多的人文思考。但是，对于环境保护主义者来说，他们会对人工打造出的城市风景的工业化产品嗤之以鼻。

这是人类所面临的审美困惑，如何看待两种形态的风景，实际上已经成为自然风景和人文风景在观念上的激烈碰撞，只是人类习焉不察而已。

其实，当十九世纪自然生态写作者梭罗写下了由十八篇散文组成的《瓦尔登湖》的时候，他就纠结在自己设置的悖反逻辑的困惑中了，一方面是对工业文明的蔑视与仇恨，另一方面是对自然原始文明的赞美，以及对农耕文明的深深眷恋。很多人都把这篇作品当作人与自然和谐共处的经典范文来捧读。我第一次抵达瓦尔登湖的时候也是这么想的，但是，当我第二次抵达瓦尔登湖的时候，我就开始思考人类与自然和谐相处背后的另一个重要的问题了——人类在不断进步发展的过程中，从原始文明到游牧文明、农业文明、工业文明，再到后工业文明，任何一种文明形态中都有其自身的风景特征，这造就了各个时代不同的艺术风景风格与画派，以及各种各样的文学作品的描写艺术特色，意即，我们不能用某个时代的审美需求去否定其他时代的艺术风格。其实，梭罗并不想做一个在孤岛上生活的鲁滨孙，而每一个现代人都不想成为远离现代文明的原始人。

显然，梭罗是站在原始文明和农业文明的视角来否定工业文明的，因为大工业生产不仅破坏了自然生态环境，同时还戕害了人类宁静的生活方式和生活理念，前者直接催发了二十世纪六十年代《寂静的春天》中对人类生态环境危机的思考，正式扛起了生态保护主义的大旗；后者不得不重新将苏格拉底最古老的哲学命题——"我是谁"放到了二十世纪人类两种文明撞击的交会点上，因为人类知道自己已经生活在了两难选择的语境之中。

我在瓦尔登湖边想到的是：一个文学艺术家应该不应该、能够不能够做一根会思想的芦苇？这应该不是个伪问题，因为我看到了离群索居投入大自然怀抱的梭罗，不能离开的是农田里的原始劳作，更不能离开与故乡人的交流，虽然那只是和农民的朴素交流；甚至也不能离开工业文明给他带来的便利，比如电和生活用品。

我常常在想，两年多与人类半隔绝的生活状态，是梭罗的一种人类学的田野实验吗？《瓦尔登湖》就是一个以文学的名义绑定的人类社会学的象征物,实际上它就是一个天然的自然风景实验室。

因此,价值判断的正确和准确与否,似乎成了一个重大的人文命题,文学艺术家在创作的过程中要不要进行判断、怎么去判断,这的确是一直萦绕在我脑际的问题。

跳过游牧文明、农耕文明、工业文明的风景画面,当我们从充满着后工业文明的大城市环境中,直接走到原始自然环境中(我这里所说的自然生态风景主要是指那种没有被过度开发的原始风景,排除那些已经被圈地了的,充满着商业化氛围的风景区),巨大的风景落差,让我们看到了人类在这个星球上的困惑。

在中国边疆城市的边缘,那里有广阔无垠的雪山草地,那里有大片广袤的森林湿地和热带雨林,那里有各种各样的野生动物和千奇百怪的飞禽鸟类,是动物和植物自由自在生长的天堂。

当我站在雪域高原那几亿年形成的巨大隆起的地壳上面时,我感到了人类的渺小;当我在大草原上看到大大小小"海子"湿地的时候,我看到的是动植物顽强的生命力;当我站在大峡谷和大瀑布的壮观奇景中的时候,我惊叹大自然的鬼斧神工……这一切巨大的原始风景画,瞬间产生的浪漫主义美感,让我忘却和战胜了人世间一切渺小的生存观念和生活方式,然而,一俟你走出这样的风景画,巨大的失落就来自又回到了现实生活的大地上。隐入高楼林立的水泥密林,看着城市里灯火辉煌的后现代街市中灯红酒绿的生活场景,一种文明的巨大反差,让你不能自已,久久徘徊。

面对这样的风景,作家如何描写,艺术家怎么摹画,要不要植入自我的情感?是用客观的自然主义笔法加以呈现,还是进行主观的抒情浪漫的情绪植入?是的,作家和艺术家有着选择的自由,同样的作家和艺术家,就拥有同样的读者和观众,各有各的不同,也各有各的相同。

在中国城市化不断扩张的进程中,我们看到了一种十分奇特的城市景观:一面是高耸入云的大楼和交叉纵横的街道,以及星罗棋布的现代电子监控系统;另一面是依山傍水的湖泊湿地。这里聚集着几种不同形态的文明风景,我不知道这里是不是作家们可以描写的"新自然文学""新游牧文学""新乡土文学""新工业文学"和"后现代文学"之地，也不知道这是不是艺术家们可以绘制出的几种文明景观混杂在一起的奇特风景。

走进城市的边缘，你看到了群鸟飞翔，万鸟栖息在湖面上、湿地里、山林中的壮观风景，你甚至可以在有些城市中心地带的树林里，看到松鼠之类的小动物在欢乐地嬉戏。你看到了一望无际的稻菽在风中摇曳，看到了麦浪滚滚的田野上空云雀在飞翔，你甚至可以在繁华的边疆城市边缘地带，看到辽阔草原上的"海子"里原生态的自然风景。你也可以看到边地现代化的城市犹如城堡一样，被包围在雪山高原绿色苍茫森林的风景画之中，仿佛汪洋大海里的一座孤岛……

所有这些城市与自然、城市与乡村、城市与现代文明融为一体的景象，构成的是中国人，乃至其他不同人群看待风景的不同世界观。更确切地说，我们站在城市与自然、城市与旧有文明的十字路口中央彷徨，审美的眼光往往在一种充满着悖论的困惑中不知"我往哪里去"，虽然我们似乎已经弄清楚了"我从哪里来"。

每天清晨，我走过城市边缘的湖泊与湿地，看着贴着水面飞翔的白鹤，便想起了梭罗那一段对并不十分美丽的瓦尔登湖的描写："湖是风景中最美丽、最富于表情的姿容。它是大地的眼睛，观看着它的人也可以衡量自身天性的深度。湖边的树是眼睛边上细长的睫毛，而四周郁郁葱葱的群山和悬崖，则是眼睛上的眉毛。"这段拟人化的描写，恰恰就是在回应一个有关人类审美新角度的问题——我们看待自然是"衡量自身天性的深度"，不过，这个"天性"并非先天性的存在，而是通过自身不断阅读书籍、阅读人间风景，通过反反复复实践琢磨出来的后天性的经验积累下来的认知判断。唯有如此，我们才能在风景的十字路口获得彷徨的权利，而不至于在毫无思考能力的情况下，掉进那种"无注意后意识"的单一审美选择的陷阱中。

人类学家早就把人定义为一种会思考的高级灵长类动物了，然而，当我伫立在湖岸湿地边，看到也同样伫立在水边一动不动的白鹤时，我们能够用呆若木鸡来形容它吗？它望着平静的水面和干涸的湿地，望着水面上漂浮着的白色的塑料泡沫，难道不是在用那脑容量极小的小脑袋在思考它们的异类对大自然的种种行为吗？尽管它会羡慕人类用极其先进的科学手段去攫取大自然中的资源，尽情享受生活的乐趣。

当我走过那个用铁栅栏围起来的校园里大片的草坪时，仿佛置身于加拿大和美国的某个大庄园之中。在大都市里的校园里竟然有着几十亩绿茵茵的草坪，那是都市里的皇家公园都无法比拟的奢侈风景，真的是太凡尔赛了。

于是，我想起了英国艺术理论家马尔科姆·安德鲁斯在《风景与西方艺术》一书中所阐释的艺术美学观念："每个城市都表现在景观的包围之中，而毗邻的乡村领土就被认为是城市的景观。按照地形学的观点来看，周围环境的景观作为自然背景服务于肖像画的主体——城市，而环境则被理解为城市领地的一部分。""风景：副产品，是一种对土地的表述，包括了山脉、森林、城堡、海洋、河谷、废墟、飞岩、城市、乡镇，以及所有我们视野范围内所展示的东西。在一幅画中，所有这些非主体或非主题的东西就是风景、副产品或附属物。"无疑，这些被画家和作家忽略了的城市和乡村的副产品和附属物，正是风景画艺术和风景描写最具审美功能的素材和题材，尤其是中国城市化进程中为人类留下的种种值得思考的悖论问题，是作家和艺术家创作艺术作品的灵感宝藏。

约翰·克莱尔有一段这样的描写："每当一处自然的景物令我想起我喜爱的一些作家所描写的诗歌意象时，我总会欣喜不已……一个小丑也许会说他喜爱清晨，但是一个'有趣味的人'会在更高层次上感受清晨，他不禁想起了汤姆逊的美丽诗句'柔眼的清晨，露水的母亲'。"我是一个喜爱清晨的小丑，但我希望中国的作家和艺术家都来做一个"有趣的人"，因为他们是风景画的执笔者。

而且，安德鲁斯并没有看到这些"非主体或非主题的东西"具有丰富巨大的人文内涵——它是一件作品抵达艺术巅峰不可或缺的崎岖通道，尽管可能是羊肠小道，然而只要看清楚了这条道路抵达的目标，你就可能创造奇迹。

我们的作家和艺术家，睁开了那观察城市和自然风景边界线的天眼了吗？

高地风景

◎ 沉　洲

大千世界，缤纷多彩。

作为地球的一位匆匆过客，我见过黄山花岗岩垂直节理密集而凌空耸起的柱状峰林，见过克什克腾旗花岗岩经冰川侵蚀、水平节理密布而残留的叠式石林，我也见过武夷山的沉积岩在水蚀风侵、重力崩塌后的丹霞秀峰，我还见过黄海与东海相交处的南碇岛，火山喷发后于海面凝固成玄武岩的岛屿，俨然钢锭那样棱角毕现，冲天怒起……

曾经，在游览了将乐玉华洞之后，沿着天阶山一条人迹罕至的小径抵达山顶，低矮灌木丛中经过水蚀后的成片石灰岩依然呈现着徐霞客当年入闽游记里提及的情状："是山石骨棱厉，透露处层层有削玉裁云态。苦为草树所翳，故游者知洞而不知峰。"

这些千奇百怪、各显性情的地貌类型，是地球诞生以来不同时期大自然的手笔。它们构成了景观的骨架，形成风格迥异的自然风景，先后跻身世界级、国家级地质公园，成为慕名而来的游客认知地球历史的一扇扇窗口。

与这些纯粹的典型地貌相比，青藏高原广袤的大地上则异相纷呈，奇崛孑遗。每一次面对，都相见恨晚。在惊愕连连中，视觉神经承受着一浪浪集束炸弹爆炸般的冲击波，以至于终生难忘。

距今七千万年到三百万年之间，南半球的印度次大陆板块如脱缰野马般向北漂移，最终撞上了亚欧板块，如今的青藏高原饱尝一次次山崩地陷的沧海桑田，在无以复加的急剧抬升进程中，古大洋底部纷纷脱水成陆。所谓"撞上"，是今人快进了千百倍的说法，实际上是在人类完全无法感知的时间进程中，印度次大陆板块插入欧亚板块，然后彼此较劲，势均力敌，终有一天其中一方撑不住了，失去平衡，顽强抵抗的内部应力骤然释放。也许，那是一个安详、宁静的黄昏，猝然间地动山摇、火焰冲天、电闪雷鸣，等到许多年以后才尘埃落定，大地一片焦土，遍野残骸。其后的日子，狂风暴雨日复一日、来来去去，仿佛一只温存巨手，于悠悠时光中修残补缺，抚慰疮痍。水与火洗礼后的青藏高原，又经历了无数次剥蚀夷平，残块碎屑风化成土，苔藓地衣古蕨泊附。山体隐蔽处依旧裸露如初，质地坚硬的岩层成条成带亮凸出来，多姿多彩。它们自如地穿梭绕行，甚至戛然止步于悬崖绝壁。支离破碎的山体终难弥合拼齐，黢黑如骨的山石错位扭曲破碎，俨然就是万劫不复后伤痕累累的残躯断体。

有一年的六月间，与三位朋友自驾阿里小北线去狮泉河。印象尤深的是，在往日喀则西进的途中，219国道离开宽广的雅鲁藏布江河谷地带，穿行于喜马拉雅山脉与冈底斯山脉之间谷地时的所见。

与横断山脉相比，这里已经属于青藏高原腹地的夷平面。同为夷平面，这里与藏北一望无垠的波状草原、戈壁又有所不同。满目岭谷相间，国道两旁的山岭时常就贴着车窗。经高原罡风年复一年磨蚀的山岭，轮廓柔缓，在海拔四千多米的极地气候条件下，土层厚的地方附着着一层枯黄的野草和苔藓，偶有从丛簇簇贴地矮灌木丛墨晕那样点缀其间。山岭石壁基岩裸露，石骨棱棱，青筋毕现，一派焦黄黯涩。天光下摊展的地层露头处尽皆破碎凌乱，形状古怪，甚至可以用面目狰狞可怖来形容。

大家惊叹于自然造化孑遗的神奇笔触，纷纷停车拍摄。

很多时候，在山体裸露地表的截面上，像冈仁波齐神山那样的水平岩层或接近水平的平行岩层，信马由缰地依山势延伸，蔚为壮观。由于岩体构成不同，形成或深或浅的颜色带；由于岩层性质不同，形成忽凸忽凹的差异蚀化面，都非常惹人瞩目。那一层叠一层的样子，很像巨人揉面做出来的花卷，面皮撒上葡萄干、瓜子仁或黑芝麻什么的，然后叠上第二层面皮，再撒上一层馅料和油脂。这些层理构造明显的山岩显然属于沉积岩和变质岩，凑近细细审视会发现其间镶嵌有砾石或矿物碎屑，遇到含有云母的成片板岩，犹如镜面似的，停泊着高原灼目的强光。在如此干燥高寒之地，让人恍惚感觉有了水的滋润。

岩层流畅向前,有时遇到断层错位,依据岩层的形状和颜色,很快能在附近的山体续上。时常还会见到,好端端的岩层突然间被硬生生插入一把钢刀,另一种质地的次生岩带从山根纵向长驱直入,当壁嵌进岩层,似乎是一堵铜墙铁壁,将平行岩层拦腰斩断。这样的现象,应该是岩层形成后期,地壳又一次变动时,沿错位裂隙冲顶上来的岩浆岩造成的。岩层就这样爬着走着,经常是自己先失去了平衡,斜翘挺立,迎天举起,很快又在断崖处戛然而止,不知所终。这就是被高原地质工作者常常挂在嘴边的"逆冲断层"。

此情此景,让我想起很久以前看过的一部纪录片,北冰洋坚冰消融胀裂,洋流涌动中彼此碰撞、挤对,冰块就是这样横七竖八地被掀翻起来,上天无力,平卧亦无容身之处。将这个场景无限放大后,就有了点地壳板块运动的雏形了。

地壳板块超强的水平挤压,把陆地拱出一道道褶皱与断裂,这就是造山运动。岩层在压力和热熔作用下变形重塑,有的被挤压隆起,现出巨大的弧形,有的还被生生折成了直角、锐角,甚至复杂的 Z 字形⋯⋯仅从外形推想过去,当年的"事故"现场相当惨烈。千万年以后,地球第三极呈现于我们眼前的岩层,只是有点窘迫地翻了个身,然后什么事都没发生过一样,挟持着山势扬长而去。

在平坦谷地,碰巧还能邂逅史前巨兽。孤零零的一座山体被风雨剥蚀后,长条面包一般滚圆的坡脊上残余着一排质地硬挺、焦黑的嶙峋石骨,垂直节理发育,酷似趴着爬行的远古怪兽,耸起高低错落的粗粝甲脊,外形很是夸张。

留神的话,在越野车行进中还能看到一列列山冈,岩层走向错位相背,复又线性交缠,呈现纷繁复杂、乱麻无序的肌理。可以想象,千万年前,这些坚硬如铁的岩层面团一样被随意揉搓着,反复揉动后又匀和一体,于是,大自然神奇的魔力便穿越时空,款款走到了台前。

在驱车赶赴珠穆朗玛峰的路途中,我们看到这样一座山:整个黄褐色的山体有规律、有节奏地排列着岩层纹理,细腻而又具整体感,几近一色,远望误以为是层层叠叠的梯田,近看又似一波波浪涌,还好似宝书经卷一般可以翻阅。这是火山喷发后岩浆流溢,一次次重复冷凝的结果?抑或是叠加的沉积岩层抬升露头时被扭曲的结果?

在这样的地质地貌奇观之处,如果也能像某些景点那样,立块指示牌,上书介绍性文字,那么,目击者们的思绪便可能通过文字引导,驰骋回千万年前,粗略感知形成眼前奇崛地貌的由来,甚至简约了解人类祖先在其间的位置。

和藏北草原、阿里高原一样,印度次大陆板块与亚欧板块相撞,地壳一次次抬升隆起的海枯石烂过后,千万年来,同样历经了无数次雨蚀风侵的夷平时期,因何偏偏只有珠峰以北、雅鲁藏布江河谷附近这片地域屡屡呈现触目惊心的地貌奇观呢?

耿耿于怀于这样的问题,我求教一位地质学院的教授,他不假思索道:青藏高原的地质情况相当复杂,几句话很难概括,但有一点可以肯定,雅鲁藏布江是板块撞击的一条缝合带,地质上再怎么千奇百怪都事出有因。

茫然无措时,路标简洁却指明了方向。

二十世纪初以来,陆续诞生了大陆漂移说、海底扩张说、板块构造学理论,中国科学家们通过这些理论溯本逐源,经过梳理弄清了青藏高原的身世,初步勾勒出了它的素描轮廓。

大约在五亿年以前,地球上仅有一个环赤道泛大洋,西方科学家以希腊神话中的女性海神特提斯为之命名。那时,古海洋特提斯隔开了仅有的南北两块超级古陆,盘踞南极的为冈瓦纳大陆,扎根北半球的是劳亚大陆。后来,洋脊扩张使冈瓦纳大陆解体,分离出来的印度次大陆如脱缰野马,漂洋过海向劳亚大陆奔袭而来。时间定格在两亿多年前,在接二连三的碰撞下,青藏高原由北到南的五大块被逐一拼合成一块陆地。因为印度次大陆持续北移揪入,北面又受到刚性地块的坚决阻挡,七千万年前以来的造山运动,使喜马拉雅山脉日渐高耸,成为地球上最年轻、最高峻的褶皱山系。绵延无尽的冰甲雪袍、如海苍山,簇拥着珠穆朗玛峰一步步跃上了地球之巅。

珠峰地区沉积岩层中的古生物化石,泄露了那里地层海相、陆相交叠的隐秘,指证了这片地域数次脱海成陆又数次沉没海底的坎坷身世。当印度次大陆板块再一次迎头撞上来,最后的特提斯古海合上了一线蓝幽幽的目光,寿终正寝。浩瀚古海洋被压缩在雅鲁藏布江这条高原最年轻的缝合带里,一些形成于大洋底的物质——超基性蛇绿岩,不甘退出历史舞台的落寞,从板块连接缝中舍身挤出,并最终裸现于地表,成为缝合带的重要标志。

从日喀则西行,你只要看到山体上黑灰、墨绿的深色岩层,都可以大胆提出疑问:它们是否来自大洋中脊? 有体力的话,驻足它的跟前,也许还能感应到千万年前古海洋潮起潮落的澎湃涛声。这时候,倘若想感染自己,不妨悄悄哼上一曲《天上西藏》:"珠穆朗玛,是那古海的巨浪,我为你神奇的传说歌唱……"高海拔行走时缺氧的"太空步",肯定会让你平添更多的自信,身心愉悦。

回想初次开车从 318 国道盘上青藏高原时, 曾经在怒江峡谷看到一垄垄如墨山脊,倘若知道怒江也属于青藏高原其中的一条板块缝合带,当时,大家就不会去瞎猜那是否是不达品位而被放弃的煤山了。这回西行阿里,我们脱离新藏线又去了札达。那天,众人被阿伊拉山脉的五色山岭刺激得手舞足蹈,然而却只知其一不知其二。后来,看到《中国地理》杂志上刊载的文图,指证五色山岭中墨绿色、深紫色的山岩皆为超基性蛇绿岩,它们都千里迢迢来自史前古海洋的洋脊。而且,它还同属于印度河—雅鲁藏布江这条最晚近形成的缝合带。

当印度次大陆板块向北俯冲、深扎于亚欧板块之下,表层的沉积物被抵着的欧亚大陆削刮下来,形成大小悬殊、年代不同、岩性迥异的混杂堆积物,南北古陆特有的物质共存,血肉熔为一体。同时,还有那些因受阻向上翻卷、逆冲、滑移形成的外来岩块。经过海枯石烂的抬升、剥蚀,它们常常裸露于地表。最终,插入地下的板块也难逃"厄运",在地壳深处被熔融,生成的高温岩浆又向上熔蚀围岩,有的还喷射出了地表,这就是雅鲁藏布江河谷北侧冈底斯山脉的成因。我们此前拜访过的昂仁县达格架间歇喷泉群,地处雅鲁藏布江支流多雄藏布河源、冈底斯山脉的南麓,也是这一事件的注脚。

那一次次的海陆沉浮、沧海桑田，那一次次的山崩地裂、地火弥天，构筑起地球最撼人心魄的壮美奇观。从远古深处裹着一身冰火硝烟蹒跚走来，即便还经历了不知多少年的夷平时期，休养生息后，地球第三极在水与火的洗礼和熔炼中，脱胎换骨，涅槃重生，就是出现再惨烈骇人、再匪夷所思的情状，都不足为奇也不为过。它们像一枚枚金色的音符，奏响了我们这颗蓝色星球最为华丽的乐章。

　　喜马拉雅山脉的海陆变迁和崛起，在地球迄今为止的生命历程中仅仅是极为短暂的一瞬，有科学家做过一个趣味十足的比拟：假如观看一部两个小时的电影，从特提斯古海在地球上荡漾碧波开演，充斥眼球的画面始终是蔚蓝一色，景观单调无趣。喜马拉雅山脉脱海成陆、跃为世界屋脊仅仅用去了最后两分钟时间。那么人呢？遥望人类始祖，那些已经能直立行走、制造简单砾石工具的模糊身影，在地球舞台上被自称为早期猿人的智能动物，大约也就是在这个时段粉墨登场的。如今的地球主宰者紧赶慢赶，也只不过匆匆见证了一下喜马拉雅山脉的隆起罢了。

　　人类无休止的物欲追求，注定是以巧取豪夺地球资源为前提的。摆在我们面前的是：全球气候变暖、臭氧层被破坏、生物多样性减少、酸雨蔓延、森林锐减、土地荒漠化……与地球超强的再生机制相比，人类最终毁掉的极有可能仅仅是自以为是的"文明"。时光悠悠，向前再推移多少个代、多少个纪，说不准会出现另外一拨适应地球新环境的高智能生物，和今人第一次发现地层中奇形怪状的远古化石三叶虫一样，用毛刷在人类固化成石的胸廓上小心翼翼剥离去土屑，然后喜不自禁地宣告地球演化史上一个里程碑似的新发现。

樟子松随想

◎ 艾　平

　　它好像是一只小飞蚁,身体有一粒黑芝麻大小,尾部带着一片三四毫米宽的褐黄色薄翅。

　　那是四十四年前的夏末秋初,海拉尔西山的樟子松林郁郁葱葱,太阳的金箍棒从松针的缝隙捅下来,把满山的白沙打成了一片片银箔。樟子松虬结密布的外生根为我支撑起一个书桌,为了迎接决定命运的高考,我坐在温暖的浓荫里,心无旁骛,埋头复习。松香幽幽,鸟儿啁啾,都被我屏蔽在感觉以外。这小小的精灵古怪的小家伙,接二连三地打在我的书上,我抖落一下书本也就罢了,没工夫认真看它一眼。直到入学前整理物品的时候,我在衣服口袋里又一次见到了它。我将其放在掌心细看,发现它并非是我想当然的小飞蚁,而是一粒植物的种子,端的十分活泼好动。那黑芝麻样的脑袋和薄如蝉翼的尾翅,构成了一个会摇动的整体,一直在轻轻晃动。当然,如果我不好奇,这轻微的摇动是很难察觉到的。我怀疑是自己手心的热度影响了它,随手把它放在了一边。

　　我想象着它生根发芽的样子,想象着它长成一枝黄花的样子,想象着它繁衍成一片紫花海的样子,最终认定它的未来应该是一种构成绿野、喂养牛马羊的平凡牧草,从未把它和某种高大的植物联系在一起。

　　四十四年苍山如海,这枚小小的植物种子,已经被我尘封在生命的荒芜之中了。

一

　　说来有意也无意。

有意的是，自己多年来在呼伦贝尔大地上行走，渐渐地将这种行走演变成了走读，我和二十五万平方公里草原森林中的植物、动物，产生了同呼吸共命运般的亲近，每一天我都要默默地和它们对话，向它们讨教生存的微言大义，其中那些树，是我尤为重要的教科书。樟子松、落叶松、白桦等等，就像一个个千古之谜，活生生地在我眼前深邃着，让我百读不倦，学无止境。哪怕是一片凋零的黄叶，一组残缺的轮枝，一根长满苔藓和蘑菇的外生菌根，一段斑驳曝裂的树皮，都会让我产生种种的好奇。

无意的是，今年秋天，我到红花尔基樟子松自然保护区拜访樟子松专家葛玉祥先生，刚刚走近樟子松森林，就踩上了一枚樟子松的球果。那球果已经干裂，裂口里面空空如也，种子显然游离而去了。恰巧，这枚球果身上的一侧有两三个鳞片尚未完全打开，一只黑色的小脑袋，在半开的鳞片口中，露出了端倪，我把它取出来一看——竟然是你，久违了的芝麻脑袋薄翅小精灵！

你……你竟然……你原来是一颗樟子松的种子！你在我惊呼的一瞬间不翼而飞，我的眼睛追赶着你的飞翔，你却像一块无色的薄冰那样，瞬间融化在森林里。森林里色彩斑斓，到处都有你，到处都找不到你。

四十四年里，我不是没想过要观察一下樟子松的种子，可是每当我来到树下，仰脸一看，要么树上的球果已经炸裂，空空的松塔像多重的小伞挂在枝头上，你已经四散而去；要么那松塔紧绷着嘴脸，紧紧地包裹着你，不露出半点开口的意思。据说樟子松球果的成熟要三年时间，任何时候树上都呈幼果、成果和裂果同在的情形，而成熟球果炸裂只在很短时间内完成，一旦裂开，种子就会随风而去，开始为寻找新生之地流浪，人类的眼睛跟进你们的步履实在太难。换句话说，你一旦离开了果壳，就低调地隐身了，若干年以后，当人们在某处看到那些破土而出的小松苗，才能见证你的存在。在我的概念里，作为一种高大树木的种子，你绝对不应该是我眼前这般轻飘飘的模样，你应该是木质的、结结实实的、沉甸甸的、油汪汪的，像一枚久经鏖战的围棋子那样沉稳，像一位举止练达的智者那样从容，永不沉沦，永不消隐。你陷入潮湿的土壤，壳上会呈现锦缎一般的木纹，木纹开花，你探出新芽;你落在干燥的沙地上,稳稳当当地凿进沙土,耐心等待天地氤氲,而后生机勃发……因为我所知道的樟子松,扎根在贫薄干旱中,萌发在冰雪寒冷里,最高可达四十米有余,胸径最粗可达两米以上,那强韧的细根,可以入地四米,可以扩散到一个网球场大小的范围,你的未来,生就得苍然遒劲,挺然超拔,在树中超凡脱俗,在林中仪表堂堂。难以置信的事实是,你生命初始的样子,竟然如此微不足道,你这个芝麻脑袋薄翅小精灵,吓了我一跳。

二

　　樟子松,我在红花尔基樟子松自然保护区和俄罗斯赤塔的樟子松密林中,细细地端详你们,看到你们"千人一面",接踵而立,像彬彬有礼的仪仗队,也像亲如手足的多胞胎兄弟。在密匝匝的林中,你们囿于局促的空间,为保持主躯干内里的湿润鲜活,任由手臂般的轮枝不时干枯残断。你们的根从土壤里一滴滴汲取水分,在体内运化攀缘,送至冠顶,于是你们梢头的松针发力坚挺,就像无数执着的手指,苦苦索求着太阳的给予。太阳温暖地注入你们的针叶,汩汩延伸到你们通身的脉系肌理,致使你们的每一个细胞欢喜地跳动起来,丰沛起来。在拥挤的森林中,你们高挑而并不羸弱,雄劲而不豪横,就像一个个收紧了身子、立于队列中的士兵,每个人平分着阳光的恩赐。面对风霜雪雨,你们众志成城,用彼此相连的树冠,撑起冬季的重负,枝如铁,干如铜,硬是纹丝不动……春风徐来,你们如梦方醒,犹如一组复活的雕塑,约好了似的,猛然抖落树冠上的黑雪残冰。顿时,群山一片鲜明,你们针叶碧透,新枝澄黄,就这样成就了北方的传奇。

　　你也曾远离同伴,兀自成长。我穿行于大兴安岭北部的原始森林,在阿巴河北岸一座山的南坡上,远远就看到了你。那山并非一座高耸的山峰,辽阔的大兴安岭由无数鱼脊般起伏的缓坡组成,本不险峻,这些缓坡的北面是茂密的落叶松和白桦混生林,南面则完全不同,是阳光普照的开阔地,到了冬季也不积厚雪,没有高大的林木,只长着零星的灌木、倒伏的偃松和一些多年生草本植物,风景一览无余,唯有你独树一帜,挺立在这空旷的天地之间。这里是食草动物晒太阳的好去处，也是食肉动物的狩猎场。马鹿在你脚边踱步，野猪在你身上蹭皮上的油泥，猞猁常常栖在你的枝丫上，等待猎物出现，抽冷子跳到驼鹿或马鹿的身上，咬断那可怜动物的大动脉，断其首，食其肉。母棕熊会连跑带颠地从你身边走过，下山到阿巴河里捕捉细鳞鱼，捉到了也舍不得吃掉，叼着往坡上跑，因为她嗷嗷待哺的孩儿此时正藏身在灌木丛中，那灵敏的小鼻子已闻到了母体和鱼腥混杂在一起的气味。

茕茕一棵松，已是数百年。你脚下是地球于晚侏罗纪至晚垩纪造山运动留下的岩石，山地表层的腐殖土，只有四十厘米的厚度。正如水滴石穿，铁杵成针，年年岁岁，你的根茎一微米一微米地钻进了岩石的细纹，给自己开辟了长生的隧道，有岩石加持，你从此不可摇撼。我注意到你身上外溢的松脂，油润、黏稠、剔透、芳香，这种分子式庞大的物质，大约不只是拜腐殖土所赐吧，以我有限的植物地理知识，猜想你在岩缝里并非一无所获。

在山的远景中看你，你孤零零的不显高大，到了你跟前，若看你的冠顶，我则必须躺倒仰视，而拥抱你，两个人的手臂加起来不够用。我发现，离开了林间的拥挤，你的身体率性地横生逸出，你的轮枝疯也似的生发，朝向四面八方，同时一轮一轮地截留了树根向上运化的水分，蓬勃得就像千手观音的千臂，还加上了　重挥斥方遒的苍劲。光合作用在你的轮枝上升始了，你已经不再需要拔高头颅，一个劲儿地去和谁平分阳光了，你得天独厚，定于一尊。看着你不可撼动的样子，我不由得想起了那些拔山扛鼎的举重运动员，他们的个子往往并不高大，四肢却粗壮超凡，他们四平八稳地立于赛场之上，将人类的梦想举到极限。

你与山同在，面临一条日夜狂奔的大河，还有那河道彼岸望不尽的群山。春日的赤芍，入秋的柳蓝叶甲，把自己埋在雪里过冬的黑嘴松鸡，泅水逃命的驼鹿，拎着狐狸高飞的金雕，皆在你的眼前来了又去，那些比你年轻许多的白桦纷纷倒下，那些比你能屈能伸的偃松，在一道雷电中化作烈焰……斗转星移，白云苍狗，你历经风雪剥蚀，阅尽春秋明灭，形单影只而坚不可摧，就像饱读诗书的学子，十年寒窗，孜孜矻矻，终于走进了云淡风轻、波澜不惊的境界。

我满怀敬意退却，你远了，身影越来越小，直至还原成一粒芝麻脑袋薄翅小精灵。

三

樟子松，你的学名是欧洲赤松，为一度覆盖苏格兰喀里多尼亚森林的主要树种，在周边地域被俗称为苏格兰松。作为一个物种，人们认为你的祖地在英伦三岛，作为旅游推介品，我们尚可以在大不列颠北部的苏格兰高地依稀看到你古老的模样。一万多年以前，你的种子流落四面八方，向东北，跨过欧亚大陆到达东西伯利亚和中国；向西北，遍布美洲环北极圈及部分以南地域，其中零散的一些竟然跨过赤道，漂泊到了新西兰和非洲。光阴荏苒，凡你所到之处，皆有你衍生出来的生命变种，已达一百多个。因地而异，你获得了许多称谓——欧洲的苏格兰松、美国和加拿大西部的黄松、蒙古高原的蒙古松、德国的德国松……在中国黑龙江左岸的俄罗斯外兴安岭，在中国北部大兴安岭原始林区、海拉尔西山和红花尔基沙地，在辽宁的章古台，你被称为樟子松，到了长白山西坡你又有了更好听的名字——长白松、美人松。凡此种种，看上去大同小异，无疑的是，这些接地气的名字实质上赋予了你一种光荣，你已然成了人类文明视野中的一个符号。作为世界上分布最广的针叶树木，尽管形态各异，但在它们的基因里，都可以找到你的质感和你的身份记忆，这一切真是妙不可言。虽然我不能跟着你的种子回溯来路，但我的好奇无时不在——你是怎样从190公里宽、1600公里长的波罗的海沿岸，横侵9000公里长的俄罗斯大地，到达呼伦贝尔，到达鄂霍茨克海附近，一路上到处落地生根，入乡随俗，瓜瓞绵延；你又是怎样漂流过大西洋，甚至比哥伦布还要早7000多年登上了美洲新大陆的？既然你的基因之壳，只有芝麻粒大的躯体以及三四毫米宽的薄翅，那么事到如今，我只能这样猜想——冻土带的微微消融，大西洋的潮起潮落，波罗的海的暖流回环，蒙古高原的白毛风，额尔古纳河深深的潜流，还有那鹰嘴、鱼腹、走兽的毛皮与胃肠，都应该是你的助力媒介，让你走得很远很远，也任意地把你随处抛撒。尽管你的行踪貌似散漫无章，却让我发现了一个规律，那就是你绿树成荫的地方处处干旱贫瘠寒冷，除了沙地，就是山地，即使到了相对温暖的北纬四十度，你也在其最贫瘠的环境中屹立。难道这是你天生的喜爱吗？非也，而是你无可奈何的逃避。葛玉祥先生告诉我："但凡土壤和温度适合植物生长的地方，总是有生长迅猛的其他植物落脚，它们的繁衍非常迅速，很快就把生长缓慢的樟子松周边占为己有。"而贫薄之地，没有其他植物争夺阳光和雨露，你听凭天择，慢慢适应，正像一方水土养一方人那样，最终以适者的依附，把流浪之地变成了生存的家园。

我曾经从菲奥娜·斯塔福德的书中看到一个惊人的信息——1986年切尔诺贝利核灾难发生以后，乌克兰的一些松树表现出了顽强的生存能力，经检验，它们已经悄然改变了自身的DNA，以适应新出现的毒性环境，从而得以恢复生长。生命被动进化，这个消息解释了流落到四面八方的樟子松为什么会与世长存。

人们还发现，你们宜人的气味会刺激空气中的水微粒扩张，随着水微粒的上升，一片松林可以创造出自己的云层，形成一面巨大的天然镜子，将一部分太阳光反射回平流层。所以，当人们在不同的地方见到形态各异的你们，便不停地利用你们迥异的木质纤维、树皮颜色、鳞状形态、开花季节、花粉的颜色、一束松针的数量、松塔的大小等等，来洞察你们进化的奥秘。然而，四面八方的樟子松啊，不论你们此刻站在哪里，外在形象有哪些不同，同一个事实是，你们都正以自身的茁壮生长，减弱了地球的温室效应。

四

二〇〇三年，我在芬兰的西贝柳斯音乐公园与你们相遇。那是我第一次的欧洲之行，时时耳目一新。以前，关于西贝柳斯，我的记忆储藏间里只有早年芬兰马克上的那个神情忧愤的头像，一曲在朋友家聆听过的《芬兰颂》。

正值早春三月，伊拉克战争已经爆发，SARS病毒也开始传播，赫尔辛基依然安静祥和，天空剔透纯蓝，地上的白雪一尘不染。走进西贝柳斯音乐公园，我站在白雪之中，凝望着那座久负盛名的管风琴雕塑。关于这座由六百根钢管组成的雕塑，在资料上有两种说法，一说这是古老风琴的抽象演绎，表达音乐的永恒和美;一说为森林的象征,意味着西贝柳斯的音乐灵感来自于祖国古老的森林,在我看来,更像是一部音乐家的传记之书,让你走进一位音乐大师的故事。钢管风琴的旁边,是西贝柳斯的金属雕像,生动庄严,深深地打动了我。西贝柳斯的心灵孤独而高贵,那神情正停留在艺术家把自己的生命情感运化成昂扬旋律的瞬间,作为一个写作者,我有过类似的体验。

正是在仰望之时,我看见了雕塑后面的你们—— 一株株生机盎然的樟子松。你们伫立在雕塑的周围,云朵般的树冠清新地绿着,顶部的枝丫绽放出明亮的鹅黄,仿佛若有所思,却一动不动,就像在交响乐开始之前,位于指挥对面的一排排乐手,凝神等待着指挥棒猛然挥起的那一刻。我想,假如西贝柳斯音乐广场没有如此生机盎然的樟子松簇拥,两座雕塑会显得突兀孤单,极有可能失去撼人的魅力。据说作者女雕塑家艾拉·希尔图宁起初的想法并非如此,只在这片森林安置了钢管雕塑,后来很多拥有古典情怀的芬兰人并不接受,他们认为森林、音乐、西贝柳斯,密不可分,在他们的呼吁下,十年之后,艾拉·希尔图宁又在钢管雕塑的旁边置放了西贝柳斯的金属塑像。

我开始在周边的树下漫步,完全没有人在异乡的感觉。芬兰的樟子松和海拉尔西山公园的樟子松几乎一模一样,唯一不同的是,这里的樟子松已经走出了严寒的冬季,通身洋溢着春的气息,冒出了新轮枝的嫩芽。我感觉到周围萦绕着来自白雪和松脂的芳香,尾调很是清洌沁人。雪很纯,我弯腰去捧雪,竟然捧不起来,原来这里的雪远远看去与隆冬时形状无异,其实底层已经融化透了。北纬六十二度的芬兰湾,由于波罗的海暖流的影响,气温比北纬五十二度的中国大兴安岭北部原始林区要高起码十余度。故乡的白雪,此时应该像白砂糖一般硬朗。

海风徐来,奇妙的事情发生了。钢管雕塑发出低低的轰鸣,随之非常美妙的音乐突然从林间涌起,继而悬浮回荡。我被推回到遥远的图画中,满眼亦真亦幻的感觉,那一棵棵樟子松仿佛无数个西贝柳斯,演奏着小提琴迎面走来,碧绿的松枝随着乐曲轻轻舞动,风景漫卷,大地,群山,大海,海上一座座覆盖着樟子松的小岛……我倚于高大的树木，驻足聆听。

永恒的艺术总是和大自然一起呼吸。

五

我终于联系上了少年时代的同学大琴，一个越洋微信发到了伦敦，询问她是否去过苏格兰高地，是否亲眼看过苏格兰古森林，那里是不是和《森林的早晨》中描绘的状态差不多，其中还有多少原生态的欧洲赤松古树。伊凡·伊凡诺维奇·希施金是我们当初一起喜欢过的俄罗斯画家，为什么会喜欢他呢，因为我们确信画家的笔下就是自己的家乡呼伦贝尔。你看——一样透进夕阳的樟子松林，一样布满野花的河边草地，一样被绿雾和晨光笼罩的林间小径，并且，我们还第一次看到了长辈们传说的棕熊上树……当然，许多年之后，我才知道了画家叫什么名字，为何方神圣。大琴如今是个孤独而有闲的小富婆，我顾不上和她聊聊往事，就催着她回答我的问题。结果你猜怎么着，没过半个小时，她哐当一下给我发来了一串百度截图，历数英国森林公园的名字和面积。她说你怎么突然冒出来了……我哪里说得清这些事儿啊，看樟子松，你在家门口就可以看啊，海拉尔西山和红花尔基不是有的是吗？苏格兰的樟子松老树好像不多了……

英伦三岛虽然有十五个之多的森林公园，但是其中最大的加洛韦森林公园也不过七百八十平方公里左右，所有森林面积加起来，不足我们呼伦贝尔大兴安岭北部原始林区的三分之一。现在的苏格兰松森林大小不足鼎盛时期的百分之一。

这一切的始作俑者是人类。

自一〇六六年开始，一场延续了将近千年的猎鹿游戏开始了。那时的苏格兰高地丛林茂密，野生马鹿多得像鱼群一样到处游荡，它们臀部那块黄白色的毛皮，上上下下，左左右右，像无数个小灯笼一样，在幽暗的森林里跳跃闪烁，让林中那些食肉动物感到扑朔迷离，欲罢不能，同时，也让人世间的食肉动物血脉贲张，多巴胺难捺。于是，先有王公，后有贵族，他们把森林分割成八十块，作为私人狩猎领地，毫不节制地猎杀马鹿。一时间，森林里到处宝马金鞍,猎犬伺候,这种嗜血的娱乐,让整日挥金如土却依然空虚的狩猎者,获得了空前的刺激和足以炫耀的威武。马鹿的智慧当然也不可低估,它们学会了利用林木做盾牌,躲避射杀。于是,颐指气使的狩猎者,开始砍伐大树,一年年过去,森林变成了一块块光秃秃的开阔地,这下子,狩猎者的骏马可以纵情驰骋了,狩猎的游戏增加了竞马的戏份儿,果然愈演愈烈,不可收拾。悲哀的是,这些趾高气扬的狩猎人想都没想过,森林,这人类与万物的家园,将一去不可复得。

十七世纪大不列颠开始了工业革命,在苏格兰高地建起很多炼铁厂,初期炼铁使用木炭火炉,每年要消耗上百公顷的森林。第二次世界大战期间,大量苏格兰松被砍伐,做成弹药箱和战壕的支撑桩。尽管随着时代的进步,反对声此起彼伏,作为贵族陋习的猎鹿游戏,仍在英国持续到了二十世纪。二〇〇五年,英国立法禁止在狩鹿时骑马、使用猎狗。惶惶不可终日的马鹿,终于有了喘息的机会,数量逐年增加。情况又走向了另一个极端——英国的马鹿很快严重超载,曾达一百五十多万头。它们践踏林地,啃食幼树,森林和原野遭到了又一轮的浩劫。今天苏格兰高地的所谓猎鹿森林其实已经没有什么树木了,多半是沼泽地,或者是光秃秃的石头山地。

那么,为什么苏格兰松能在宏大的地理记忆中脱颖而出,并且久负盛名呢?究其原因,应该很多,一是英国近代以来剩下的小块森林大多属于贵族世家,几百年来人迹罕至,保持着神秘的面纱,因此越发博人眼球;二是得益于文学的记忆,罗宾汉、魔法森林、绿野仙踪的故事被植入了很多地球人的童年记忆,《简·爱》《傲慢与偏见》《皆大欢喜》《麦克白》等诸多英国文学名著里到处可见森林故事、森林背景;当然,还有一个很重要的原因,就是工业文明之后,苏格兰毕竟还剩有少量的老树,使这片土地获得了一种象征意义。以至于我们闭上眼睛,想象森林的样子,跳入眼前的形象,绝不是环绕赤道的热带雨林,或者一亿三千万年前孑遗的大漠胡杨等等,首先是以樟子松为主的松林。在人们的概念里,欧洲赤松和古老的欧洲文化连在一起,悠久而厚重,够得上森林鼻祖的尊贵。

生态与文化的相辅相成,就这样给地理带来了十足的魅力。

六

因为一块琥珀的出现,引起我对波罗的海的眺望。

改革开放伊始,呼伦贝尔对俄罗斯的自由贸易红红火火。一九九四年,我在满洲里互市贸易区的一个摊位上,第一次见到了那个手把物件,它看起来澄明凝重,拿起来却轻若云朵,搓一搓,还散发出了淡淡的芳香。把它冲着阳光举起,它顿时变成了一个被无数金箭穿透的蛋黄,又亮丽又剔透。细细观看,这枚蛋黄里,还包含着一些小小的闪光点,深咖色,金箔色,棕红色不一,大概是花叶、虫翅的碎屑。我越端详,越感觉这小小物件神秘而离奇,仿佛是造物者刻意留下的时光纪念。商贩说,你猜得对,它来自海洋,是的,这就是传说中的琥珀。

渐渐地我知道了,这块鸽子蛋大小、水滴状、闪闪发光的琥珀,原也比较常见。那小贩子是看透了我的心思,要价两百元不松口,记得我咬牙买下这块琥珀之后,口袋里只剩下一张十元钞票。后来我成了一个琥珀的低烧友,这第一块藏品,至今一直放在手边,被我一年年手抚,看上去更美了,但失重了 1.2 克。

偶翻书,得知欧洲一件轶事。普鲁士国王腓特烈一世为了效仿法国国王路易十四的奢华生活,命令普鲁士最有名的建筑师兴建了一座琥珀屋。这琥珀屋面积五十五平方米,共有十二块护壁镶板和十二个柱脚,全都由当时比黄金还贵十二倍的琥珀制成,重量达六吨。一七一六年,普鲁士国王威廉一世为与俄国结盟,就将这件稀世的琥珀屋赠给了彼得大帝。到了一九四一年,纳粹德军攻入圣彼得堡,将王官中的琥珀屋拆卸了下来,用二十七个箱子运回德国柯尼斯堡,从此下落不明。

建造一座五十五平方米的琥珀屋,需要六吨琥珀,那么形成六吨琥珀需要多少松树的树脂呢,提供这么多树脂又需要多大面积的森林呢?

地球自诞生之日起,气温的变化从未消停。波罗的海在四千万年之前,曾经是一片辽阔起伏的低山地。那里层峦叠嶂,河湖交错,到处覆盖着苍郁的森林。一万多年前,地球陡然升温,给这里的苏格兰松树带来强烈刺激,它们开始大量分泌树脂,一滴滴,一串串,汇聚成一团团,一块块,顺着苏格兰松独有的树脂道流到草地上、粘挂在树皮上。后来,地球上又出现了严寒,冰盖冻了化,化了冻,经历了陆地和水域的多次相互交替。在最后一次冰期结束时,冰川融化,形成了波罗的海,大片的森林被吞进海底,万年之中,经过地球高压高热的锻造和海水的浸润,松脂变成了化石,被海浪送上了岸,就是人类喜爱的琥珀。

我注意到,盛产琥珀之地,并不在苏格兰,而是在波罗的海东岸的波兰、立陶宛、拉脱维亚、爱沙尼亚以及俄罗斯沿海一带。

有两则消息为我这一联想提供了佐证。

二〇一四年的巨大风暴让英国的海岸面目全非。正如菲奥娜·斯塔福德描述的那样——当巨大的海潮开始退却,一段绵延的海滩从水中露出,布满了奇怪的东西,它们呈现深色且有棱有角,乍看上去像鱼鳍。渐渐地,它们更像是一大批从泥土里慢慢露出来的幽灵般的战马和盔甲,似乎刚刚从千百年的沉睡苏醒过来。其实,这是史前森林的遗迹。

二〇一九年俄罗斯卫星网报道,波兰和立陶宛的科学家曾经潜入立陶宛境内海域,对水下森林遗迹进行研究,得到了珍贵的影像资料。虽然那些丛林久经腐蚀,已经变得奇形怪状,又被厚厚的寄生物包裹着,但是一棵棵松树仍然以残桩断枝的模样存在着,给人以活生生的感觉。经检测证明,该遗迹已有一万年历史。科学家认为,森林在沉没以前曾十分茂密。报道并没有说明这片海底森林的面积有多大,但是根据海底地形资料来看,这样的海底森林,遍布波罗的海陆地时代的山地和平原。也只有如此庞大的森林体量,才能孕育出波及半个地球的种子阵容,仅仅囿于波罗的海西南岸一隅的苏格兰,哪怕加上英伦三岛的全部森林,也应该是力所不及的。

樟子松啊,在无以计数的春来秋去之间,你们一直在艰难地前行,那些芝麻脑袋薄翅小精灵,多少次起飞又折戟,多少次入土却不能萌芽……

七

在一九九四年五月十六日,红花尔基的樟子松林遭遇一场大火,过火林地达17006公顷。我目睹了大火刚刚熄灭的现场——半空中由松枝针叶织成的绿网被一扫而光,鲜花野果,通通化为乌有,天是铅灰色的,地是炭黑色的,空空荡荡中,几根被大火烧成了碳质的残断树干,冷冷地伫立着。风畅通无阻,掀起一阵阵黑雾。我犹如挨了当头一棒,顿时惊恐万状,好像跌入了智者们预言的末世。

那叽叽喳喳地从巢穴里探出头的乌林鸮幼鸟呢?它们已化作齑粉,连个模糊的轮廓都没有留下;那像整日在林海里滑翔的狍子呢?一具焦油色的残尸,一截没有烧透的犄角,让我看到,它们在逃跑途中倒下去的样子。用褐色的羽毛把自己伪装成树干的细嘴松鸡呢?驼鹿呢?野猪呢?正是万物葳蕤的季节,在过火后的樟子松林里,所有的希望变成了一场灰。

我在十八年之后,重返红花尔基樟子松林区。年轻的森林保护区职工和电视台记者走在我们前面,不一会儿就看不到他们的身影了。我和葛玉祥先生观察着林木,走走停停,突然,年轻人手提一篮鸡血蘑返回来了,蘑菇的气味醇厚馥郁,令人微醺。让我心头一热的是,这些年轻人后面的那句话——从过火的林子里采的。

眼前鲜活的蘑菇告诉我,十八年前的过火林,生态已经得以恢复。

红花尔基森林是国内最大的集中连片的沙地樟子松林带,长120公里,宽40公里,得天独厚,非常珍稀。我曾经开着车,一路追寻樟子松的足迹,在呼伦贝尔行走八百余公里,尽可能地勘察樟子松演替的秘密。黑龙江南岸的大兴安岭山地,海拔400~900米,是樟子松在境内的第一个落脚点,在绿海一样的泰加林里,它们和落叶松、白桦混生,没有落叶松长得快,没有白桦繁殖能力强,只好以退为进,借助种子的薄翅,走出泰加林,向外寻觅新的生存之地。途中,偶尔有几粒飘摇中的芝麻脑袋薄翅小精灵,落在某处,长出些松鼠尾巴般的小树苗,许多年之后,这些松鼠尾巴变成了挂满松塔的大树,再次放出一批批芝麻脑袋薄翅小精灵,又过了许多年,新一茬的大树以此类推……就这样留下了一片片苍翠的风景。樟子松,经莫尔道嘎自然保护区—金河—根河—伊图里河—免渡河—滨州铁路沿线的呼和诺尔—嵯岗—海拉尔西山,到了红花尔基沙地。

红花尔基夏季干燥暴晒，冬天酷寒，与樟子松祖地的温带海洋性气候大相径庭，和同在呼伦贝尔境内的大兴安岭原始林区比起来，仅年降雨量就减少了310毫米，樟子松的生存境遇变化很大。后来人们发现，红花尔基沙地樟子松的雌球花、球果种鳞的形状、小枝的色泽以及针叶的质地虽仍然和欧洲赤松基本相似，但是，微妙的变化无处不在，老树树干下部的树皮较厚，深纵裂，呈灰褐色或黑褐色，其上部树皮变成黄色至褐黄色，会裂成薄块脱落；针叶最长可达12厘米……如此，我们若不假思索地说樟子松在红花尔基找到了生存的风水宝地，不如说樟子松为了在沙地生存繁衍一点点改变了自己。

大火以后的这些年来，红花尔基护林人心里流泪，眼睛紧盯着林间的每一个细节。他们发现，在中轻度过火林下，落下不少没有烧透的球果，被包裹的种子得以幸存。由于高温，球果开裂，种子落于土壤，当年便顺利发芽生根。这种自然更新的樟子松株，达到森林饱和度的百分之八十以上。但是，红花尔基护林人仍然要用自己的双手，把那些四处彷徨的芝麻脑袋薄翅小精灵，送进大地的襁褓，弥补大火留下的空场。他们焦急地等待秋天的到来，在林中久久地仰着头，盯着那些即将成熟的球果。在获得了种子之后，他们又开始焦急地等待大雪封山。雪来了，他们将种子用雪拌匀，收入容器中，用雪盖严。为防止早春雪溶，还要在雪上覆40~50厘米的杂草。到播种前三五天时，将种子取出，消毒两小时，开始播种。

红花尔基沙地的人和树一样，坚韧不拔。

此时此刻，地球之北，山河寂静，冰雪逶迤，樟子松林，黛绿如墨，走笔在洁白的大地上，绘出了一幅幅壮丽的生态图画，而那些无以计数的芝麻脑袋薄翅小精灵，正沉睡在最寒冷的温暖里，和人类一起等待着播种季节。

盐道

◎ 刘惠春

这是一条在戈壁沙漠间前行的路。

从吉兰泰盐湖到老磴口，一百四十公里沙路，即是著名的阿拉善盐驮古道东线。

吉兰泰盐湖为捞盐之地，老磴口黄河码头为发运之所。

吉兰泰盐湖，是我国大型内陆盐湖之一，位于内蒙古阿拉善草原，被贺兰山北端的乌兰布和沙漠、西边的腾格里沙漠和西北边的巴丹吉林沙漠三面包围。早在公元前二百年的先秦时期，人们就已采此湖盐食用。唐时称其为温池，清乾隆四十八年（1783）开始使用吉兰泰淖尔的名称，一直沿用至今。

清朝年间，吉兰泰盐（简称吉盐）因其"洁白坚好，内地之民，皆喜食之"。山西、陕西神木等州县，除食用本地土盐之外，兼食吉盐。清时政策，不允许吉盐公开异地行销。奈何阿拉善草原辽阔无阻，私贩盐者络绎不绝，陆路盐道四通八达。

这种情形一直延续到乾隆元年（1736）。当时，晋北所产土盐时有脱销，食盐供不应求。山西巡抚石麟议准"吉盐入口行销大同、朔平两府及口外各厅，但不准销往内地"。乾隆五十一年（1786），阿拉善王旺沁班巴尔以"吉盐陆运无几，恳请水运"。经部复批，"水运至磴口为界，以下不许侵越"。

乾隆五十六年（1791），是吉盐外运的重要一年。朝廷允许阿拉善旗在黄河磴口渡口年造船五百只，用于吉盐水运。"食吉盐之口外各厅和大同、朔平两府及阳曲等四十四州县划归吉盐销岸。"并允许陕西神木、府谷等八个州县销售吉盐。

此后，吉盐销量大增，最高时可达七万吨，盐驮古道东线因此兴盛。

运盐的驼队多是每年九月、十月开始起场,到第二年二月左右收场。牧民家中剩余的劳动力均参与驮运盐业,以挣"脚价银"补贴生计。所谓"脚价银"就是用骆驼载运食盐所得的"运费"。每次到达老磴口后,驼户会用所得"脚价银"购买一些货物和日用品,然后原路返回。

秋冬两季,盐道之上,驼队络绎不绝。

旧时阿拉善旗,面积十八万平方公里,人口却只有三万多,地形多为戈壁沙漠,往往数百里不见人烟、水源,人行于路上,倒毙荒野者比比皆是。

行在这样一条危险、寂静、冰冷路途中的人,多为驮盐者、商贾路人、庶民,也有王公贵族和僧侣。这是他们进京的必经之路,路途艰险,"流沙塞途,气候寒冷,非独人烟稀少,水草亦多恶劣。沿途所经各站,且多不毛之地。每至一站,驼夫札帐幕既定,拾薪汲水,其宿也,大帮备有帐篷,或竟露天而眠"。

多少年来,外界对阿拉善荒野戈壁的生活依旧有着这样单一武断的看法:这里只有荒漠大风,这里没有植物可以生长,这里的时间一成不变,这里从不下雨……事实上,看似荒凉无物的荒漠深处,生长着数量众多的骆驼刺、柽柳、沙冬青、白刺等旱生、超旱生、盐生以及沙生植物,多达九百余种。随处可见沙地上爬行的黑甲虫、梭梭林中起落的鸟、奔跑的沙蜥蜴、湖边饮水的狐狸……荒漠生命有着自己独有的生存方式,一样充盈着生命的葳蕤和蓬勃。

孤独漫长的盐道之上,如果没有路途中的这些自然万物,没有作为驼队歇息地的梭梭林、神树和安久庙,海一样宽广未知的荒凉沙漠,必然会给路途中的人们带来巨大惊慌。盐道就这样把所有孤立的、四散的、各是各的天地万物联系在了一起,构建起一个属于阿拉善荒野的整体性存在。

我曾在冬夏两个不同的季节,沿着盐道前往吉兰泰盐湖。一路上,我深刻感受到荒漠深处顽强保存的生命品质古老珍贵的品质,还有曾经的驮盐人,他们广阔而艰辛的生活、坚忍且明亮的态度。每个盐道上艰难行走的人,都能向自然汲取力量,找到生活和生命的意义。他们听得懂自然的声音,也接收得到自然释放的能量。他们把自己放进自然之中,即使生命离开这个世界,也是自然的旨意,他们安然接受,让自身回归自然。

这些驮盐人,他们知道盐养活着他们,骆驼养活着他们,自然护佑着他们,所以他们平静地走在这条路上。人的心有了落处,一些辛苦和哀伤就从世间消失了,觉得世间万物的铺排都是有道理的,人哪里有一棵树孤独?哪里有一头骆驼受的苦重呢?

盐驮古道东线止于吉兰泰盐湖通火车的一九五八年。

那些曾经行走在盐道上的人,他们辛苦的一生,像盐化在水里,像沙吹向风中,没有痕迹,就像没存在过一样。

后来的人,或许在梭梭的根上,在蒙古扁桃的花上,会尝到那一丝若有若无的苦咸。

月光做的盐

冬天的吉兰泰盐湖,四野茫茫的白,具有某种致幻作用,恍若置身于一片月光做的盐中。

吉兰泰盐湖最初叫淘力淖尔,蒙古语,意为镜子一样明亮的湖。

在分布于贺兰山西边沙漠的大小五十八个盐湖中,吉兰泰盐湖的面积最大,共有一百二十平方公里。古兰泰盐池和贺兰山西侧的察汗布鲁克盐池、雅布赖盐池、和屯盐池等八处盐池合称阿拉善盐场。

《蒙古游牧记》称,吉兰泰盐有青盐、红盐、白盐三种。吉兰泰盐湖、通湖盐池的盐如雪一般洁白,被称为"白盐";察汗布鲁克盐池的盐颜色微青,所以叫"青盐";和屯盐池和昭化盐池的盐颜色微红,叫"红盐"。还有一种盐颜色发黑,被称为"黑盐",产自梧桐海盐池。

吉兰泰盐湖的盐最为人称道,"磴口西四日程,有盐海,蒙古吉兰泰,海之大,东西六十里,南北十里。入水四五寸,即见盐,洁白如水晶"。

那些时光并不古老,洁白的盐地,洁白的人工劳作,"凡积淀低洼之地,盐目皑之,几乎俯拾即是"。

盐湖附近人家大多以盐为生,捞盐晒盐均为手工操作。用镐或锹揭开盐盖,凿出长方形的一小片,清除掉表面泥沙,将盐层打碎,直至露出清澈的湖水,用耙摆洗至盐卤融合,再用长长的漏勺将盐卤捞出。捞出的盐卤不用熬煎,日光下晒干即成洁白纯正的吉盐。开掘后的这一小片盐坑,静置数月,泥沙澄清,湖水重变回蓝色。再生盐会一点一点生长起来,直到把盐坑填平,恢复到未开凿前的样子。

人在湖边慢慢捞着盐,盐在湖底慢慢生长着。

那时候的月亮真大啊,湖水真静啊,仿佛世界上只剩下这一个月亮、这一片大湖。

月光水一样从天上流泻下来,世上所有的月光全都流进了东经113度与北纬30度交会点的这片大湖里,大湖周围到处弥漫着恬静的、澄明的、轻飘的白。那些白蛊惑着骆驼们,让它们丢掉魂魄,疑惑地向着湖面走去,一步,一步,沉落进水里。

曾经那样辽阔的大湖像月光一样渐渐消散去了,找不到了。

现在的吉兰泰盐湖已经缩减了很多,风沙模糊了盐湖和湖岸的边线,盐湖能够开采的面积也在逐年减少。

吉兰泰盐湖于一九五三年成立国有盐场,依旧是原始的手工开采。一九六五年,来自江苏、山东、河北、辽宁四大海盐区的几千名建设者云集于此,开始了机械化扩建"大会战"。直到一九七五年,吉兰泰建成了中国第一家机械化湖盐企业。大规模采出的盐,经过沙漠铁路运输专线——乌吉线,行销全国十五个省区。

几十年来,盐湖周围的灌木、沙蒿、沙枣树都被砍掉用来当柴烧,直到盐湖外围三四十公里以内的梭梭林全部被砍光。植被破坏导致了附近草场的衰退,失去生态平衡的盐湖,沙化日益严重,流沙不断扩延进盐湖,西北方向的流沙以每年一百米的速度向湖内推进。盐层越来越薄,淤泥越来越多,由于清水补给少,卤源不足,吉兰泰盐湖渐渐干涸。二十世纪六十年代,吉兰泰盐湖尚有 0.1 至 0.2 米的湖表卤水,而现在,却演化到无湖表卤水的干盐湖发展阶段。

我向着盐场深处走去,远处是白的山,近处是白的路,人走在一个白的世界里。如果不是几台生锈的采盐机器提醒着我,我无法相信自己此时此刻是走在一百二十平方公里大湖的湖底。尽管远处盐巷积蓄的浅浅湖水依稀泛着淡绿色的光,却丝毫看不出这里曾经是一片无垠大水。湖底到处是大片大片白色的盐碱,在冬天的日光下泛着苍白刺目的光,极目远眺,也是无尽的白。四下里,只有我和几台沉默的机器立在一片白茫茫中,像是立于真实的月亮之上,只有荒凉、诡异、令人窒息的宁静。

这几台机器不知道用了多少年,它们曾经日复一日工作在盐湖上,不知疲倦,现在已经报废,被丢弃,被遗忘,孤零零地立在湖底。

一座废弃的死去的采盐场。

风吹起来的盐粒,白色的飞蛾一样,轻轻浮荡在空气中,盐粒打在机器上的细微声音,像是湖水的呼吸。

站在盐山上,冰冷的大风从贺兰山边吹过来,植物的气息瞬间浓郁起来。盐湖附近并不是我以为的寸草不生,这里到处生长着一种叫盐爪爪的矮小灌木,还有大蓬大蓬的碱蓬。盐生植物有着奇特的鲜艳的色泽,它们喜欢散生或者群集在草原、荒漠区盐湖的外围和盐碱上,属于盐湿荒漠群落的优势种。盐湖周边白色的盐碱地上,遍布着大丛大丛深红色浅红色的盐生植物,沉静而孤寂,像被月光抚摸过的梦。

吉兰泰盐湖在一点一点缩小,消亡。

盐湖不再是地面上的一片月光,那些月光或者只是想象,或者只是湖水的回忆,抑或只是时间的遗失物。

一片寂静落在湖面上。

旷野里的十万峰骆驼

"骆驼是最让人心动的东西之一,"福楼拜在漫游开罗后写道,"你很少能找到别的什么,比忧郁善良的骆驼更奇特、更优雅。你必须到沙漠中,看着地平线上,它们像士兵一样排成单列向前进。"

沙漠里行走的人,不会这么诗意地去描述一峰骆驼。对他们而言,骆驼是和自己相依相系的一条命,一个不能缺少的伙伴,有情感,有性格。他们对自己的骆驼有悉心的体恤,亦有珍重,心爱的骆驼老了,他们会将它送回自然中放生。

骆驼在沙漠中慢吞吞行走的样子，只能让人想到一个词，忍辱负重。事实上，骆驼的确负重能力极强，驮着三四百斤的货物，在极端的气候条件下仍可以长途跋涉。而且，它们在野外还能知泉源，识水脉，测风候。"驼日行六七十里，急行可三四百里，马不能及。虽冰雪在地，寻啮草根木枝，即可度日，不费草料。遇（戈壁）数百里，则灌盐一斤，缚其口，数日不饥渴。驼知泉脉所在，辄止不行，往往掘地得泉。"

干旱、半干旱的阿拉善荒漠草原有着五千年的驯驼历史，以驼乡著称。荒漠里数量众多的各种旱生、超旱生灌木牧草，为骆驼的生长提供了天然的栖息条件。据统计，阿拉善双峰驼在二十世纪八十年代时达到了有记录以来的最大数量，二十五万峰，之后，却因为环境等诸多原因造成了畜养量不断下降。近些年来，随着阿拉善盟生态建设力度加大，骆驼数量也在增长中。

阿拉善盐道所处地区多为沙漠，骆驼必不可少，甚至可以说是唯一的运输工具。

清末，吉兰泰盐湖年产盐约四万石（合六千吨），是阿拉善旗王府主要财政来源。不管是官员还是平民，家中有骆驼者皆去驮运食盐，骆驼多者雇人，骆驼少或者没有骆驼但是家中有剩余劳动力的会给他人驮运。阿拉善旗每年都有上万骆驼驮盐，最多时，聚集在吉兰泰盐湖边的役驼多达十几万峰。

深秋的风一起，驼队开始起场。

盐道中，沙漠一段最为难走，沙梁高，沙子虚，驼队必须绕行，哪怕多花些时间多绕些路也不敢走直线。有的沙地看起来坚硬，踩上去，板结的表面立刻破裂开来，背负三四百斤盐的骆驼，一旦陷进沙子里，就有可能折断腿骨。只有等到秋冬两季，沙漠里的路一点一点冻得硬了起来，人和骆驼走在上面才不会完全陷进去。

可怕的风和广袤的阿拉善荒野，就是骆驼的国度。沙漠，被一峰又一峰骆驼，被十万峰骆驼的脚印犁开，变成道路。负重的骆驼，蹄子深深地踏进沙子里,带着熟悉的记忆,走向荒凉的大漠、荒凉的大雪。

黄色的沙漠里,一条黄色的河流。

风沙和暴雪在不可知的地方,等待围猎这些疲倦的人。生与死悬在摇摇晃晃的盐道上,骆驼是人们唯一的依靠,他们对骆驼投以毫无保留的信任。

沙漠里,突然就会起风,骆驼们立刻停下来,站立不动,头转向一边,倾听着远处细微的风声。看到这种情形,人们赶紧牵着骆驼找一处避风的地方卧下。骆驼把口和鼻掩埋在沙中,人也用毡布把口鼻捂住。即便如此,当风以一百里的时速从沙漠深处席卷而来,立刻会形成诡异的黄色沙墙,潮水一般,浓雾一样,吞没了地面上的一切,把人与驼紧紧裹住。被沙尘疯狂击打的人们只能无助地倚着骆驼,闭上眼睛,任由大风撕扯。

暴雪则是悄无声息,就向天地敞了开来,雪中的沙漠有如深渊,隐秘的骇人的力量降下又升起,在天地之间浮动。四面的沙漠开始模糊,一张巨大的铺天盖地的网罩住了所有的人。大雪之中,温度骤然下降,骆驼卧下来,面对风雪,形成一堵围墙,把人们挡在风雪的另一面。没有帐篷的人会钻到骆驼肚皮底下,用骆驼的身体温暖着自己。

风雪劲切,人畜相依。

行走在沙漠里,很容易丧失界限感。天空空的,一朵云都没有,四面都是黄色沙浪,哪个方向都如此荒凉、死寂,铺陈着相同的景象,让人无端生出无尽的惶恐。脑子里什么都不去想,也无法去想,只能沉没在自然的浩瀚和伟力之中。

大风吹着盐道上的人,吹着沙漠里的风滚草,沙子都要把人淹没了。人们紧紧抓着骆驼的缰绳,像是骆驼在牵着他们走。有的人跌倒了,骆驼会停下来,用嘴拱他,人挣扎着站起来,再次拽紧绳子。

每个人都是一脸的疲倦,甚至麻木,梦游一般,沉在一场无法清醒的梦魇之中。只是双脚在走,大脑不知在哪里漂浮着,根本感受不到身体。耳朵却是醒着的,随时捕捉着驼铃的声音,那温暖单调的击打声,在无边的寂静中,一声又一声。突然,声音消失了,他们会惊醒过来,看自己是不是掉了队。

人与驼继续在沙漠上移动,长长的一列,像一根指针的影子。

白天的风已经平息了。

梭梭，自然的献祭

吉兰泰盐湖以东一直到黄河西岸，统称科泊尔地区。

科泊尔地区生长着世界上面积最大的天然梭梭林，共有两百多万亩，是黄河的天然屏障。野生梭梭高大葳蕤，一丛一丛像张开的手掌，骄傲地伸向天空，最粗的梭梭主干直径能够达到二三十厘米。这片绵延六十多公里的梭梭林，如沙漠中的海，向四外散发着清凉鲜活的生命气息。密林深处，即使长长的一列骆驼，也会被茂盛的梭梭林遮蔽，只有驼铃声回荡在林子中，惊起一群群的飞鸟。

每一种植物都具有地域性。

梭梭就是典型的荒漠沙生植物，古老子遗物种，喜欢阳光，喜欢沙地，对阿拉善生境有着极强的适应性和抗逆性。

梭梭身上有一种全然的牺牲精神，它需要的那么少，却向这世界奉献了几乎全部的自己。梭梭嫩枝是骆驼最喜欢的牧草；作为燃料，梭梭木质坚硬，是优质薪炭林，发热量稍逊于煤；牧区人家还用梭梭木来搭建精巧实用的牛羊圈；最重要的是，梭梭树气根上寄生的苁蓉是一味名贵的中药材，梭梭用全部的心血滋养着苁蓉，滋养着一场最终被人类掠夺而去的爱情。

机械化建设大潮中，吉兰泰盐湖地区人口剧增，大量梭梭包括红砂、霸王、珍珠等灌木，都被砍伐用来作燃料，或者搭建牲畜的围栏、圈棚。高强度的人为活动导致了科泊尔梭梭林急剧退化，面积缩减。近十多年来，阿拉善盟广泛推行人工种植梭梭，梭梭种植面积显著增长，有效阻挡了乌兰布和沙漠向东侵近黄河。

梭梭林附近矗立着著名的有着八百年历史的肯特敖包，这是世界上最大的用沙生植物堆成的敖包。

草原上的敖包多以石头垒成，但肯特敖包却是用梭梭木堆积而成。

向天生长的梭梭木，桀骜不驯的梭梭木，把它们横向放平，每一枝杈互相穿插叠加，盘成一座巨大的圆形敖包，比用石头垒敖包难度要大得多。肯特敖包用了钩、锁、搭、连等二十多种技术才搭建而成。无数梭梭的枝条，一枝接一枝，相互交错，严丝合缝，紧密地盘旋纽结在一起，像是它们彼此凝结为一体，将自己奉献给了长生天。这样庞大奇特的梭梭敖包，是自然的艺术品，更是自然的献祭。

因为日照、因为风沙、因为时间，梭梭枝条上了釉一般，散发着暗沉的亮光，摸上去有着微微的温度，像是枝干内部蕴含着一束束纯洁的火焰。它们从来没有死去，它们以另一种形式活着。

盐道上行走的人们，周边的牧民，他们最能领受肯特敖包的意义，无论多远，他们都会来到这里，向肯特敖包敬献上最虔诚的祭拜。

拜祭过肯特敖包，驮盐人会在梭梭林中找一片空地休息。

驼工们忙着给骆驼卸下盐，放任骆驼在附近的梭梭林里觅食。骆驼们在梭梭林中自由走动着，享受着难得的时光。

老驼工掏出一把蒲公英绒球，拿起火镰往脚底下的火石上打几下，蒲公英绒球冒出了烟，轻轻一吹火苗就起来了。加干草点起了一堆火，再捡棵枯干的梭梭木放上去。梭梭熊熊燃烧，火色明朗透亮，毫无烟气。人们围着篝火坐成一圈儿，喝着茶，还有酒，说着闲话。这是最放松的时刻。走出梭梭林后，将会进入广阔的、凶险未知的乌兰布和沙漠。

半夜起风了，篝火依然亮着，火焰在扑簌，草尖上分不清是冻霜还是盐粒的透明物随着火势明灭闪动着细微的光。满月升上了高高的天空，一只小鼠在火堆的阴影处搜寻食物残渣。月影晃动了一下，它就立刻跳开，把身体迅捷地藏进梭梭根下的洞里，里面的沙子，干燥而温暖。

星子、草木都悄然无声，只有梭梭安静的骨骼在夜色中燃烧，不摇曳，不呻吟，火苗直直向上。

树上住着神灵

乌兰布和沙漠，色彩鲜明单一，所见是大面积的蓝天、白云、黄沙。这样的颜色看久了，人会产生幻觉，以为世界就是这么简单明了，就由三种颜色组成。

突然出现的一小丛绿，简直是对眼睛的恩赐。

那就是神树。

神树是树，是一棵被自然之力毁坏过的老榆树。一望无垠的荒野戈壁之上，只有这一棵树，如此的突兀。没有比突然出现的事物更令人惊愕的了，它完全出乎人的任何预测和想象，孤立地站在那里，与世隔绝地站在那里，区别于周边的所有事物。

神树的根部几乎裂成两半，几枝粗大的树枝已经折断。一半树干没有树皮，呈现出一片颓败的灰白之色，另一半却绿油油的。一股泉水从绽开的老树干缝隙中汩汩涌出，形成一眼清亮的泉水。

老榆树旁边，分立着几棵小树，像是从它身体的内部分离出来的，仿佛它劈成两半，就是为了孕育和生出更多的小树。阳光在几棵小树枝上闪耀，青青的树枝吸纳着四野里的空荡，清凉的沙漠地气缓缓上升。

这是让牧民们惊叹的一棵树，也是让每一个路过的人惊叹的一棵树，这棵树怎么能够被雷电击中后，不仅没有死，还生出更多子树？

老榆树可怕的豁口，让同一棵树展现出完全对立的生与死。它的残破、它的重生，映射出自然美学的崇高感和神秘感。

四周是无边旷野，只有这一片自我繁衍出来的绿，让人无法不感到神灵的存在、天命的存在。

神灵，或许就是人与超凡的大自然交流而产生的幻象吧？

神灵的存在让人觉得不孤单，觉得被一个神秘的事物护佑着，他们就想把自己的心交给这棵树。于是，人们顺着神树的躯干和低垂的树枝，用梭梭木搭建了一个中空的敖包，里面放满了献给神树的砖茶、水果和烧酒，树枝上则挂满了哈达。

莫桑比克作家米亚·科托说："如果一个人开始向丛林与岩石致意，那些对夜晚的恐惧就能消散。"

盐道上行走的人深谙这一点，路过神奇的事物时，要向它们问好，这样他就能平静，就能在任何地方露宿了。初次上路的驼工，必然要来拜祭神树，他们还把骆驼的穿鼻棍挂在神树上。穿鼻棍是在骆驼鼻骨上穿的一截木棍,是驼工们驯养骆驼用的,多用具有清凉解毒作用的植物根(比如灌木根、拐枣根、白刺根等)做成。小小的一截木棍,对人对驼的驯养关系却甚为重要。

从行走意义上来说,神树脱离了树的本质,成为盐道上的一个地标。人们以神树作为地名来确定方位,确定沙漠之中的行走经验。神树,茫茫流沙中屹立的一座岛屿,安稳地站在荒漠里,站在明亮的出口前,让走在盐道上的人们感到安稳。

盐道的人们走过来,荒凉跋涉之后,这一小片绿,像雨水落下,清洗了路途上的疲惫和恐惧。

周边的牧民们走过来,他们每年都要来拜祭两次神树,三月十三祭西边,五月十三祭南边。

远处的野骆驼走过来,狐狸走过来,鸟儿也过来,它们站在神树旁边,什么都不说,一起看天上的月亮。

安久庙的星星

黄昏的时候,盐道上的人们听到了断续的诵经声,那些声音越过沙丘,远远地飘荡过来,骆驼也有些急躁起来,缰绳把人扯得一个趔趄。

安久庙到了。

安久庙是盐道上必经的一处关卡,集道口、驿站、税收于一身,往来的运盐驼队无不在此驻足。安久庙曾经每年要转运十五万担盐,平均每天大约有五百只骆驼在这里集散。阿拉善旗王公在赴京和回乡,也将这里作为歇息之地。安久庙还是阿拉善东部八个巴格传统那达慕的主要场地。

安久庙本名安济寺,又名色勒庙,是阿拉善著名的寺庙北寺(福因寺)的属庙,建于十九世纪末期,是清末阿拉善贵族勇士安久大人所建。百姓们就把这座庙称为安久庙。

安久庙建筑风格以藏传佛教建筑形式为主,高大的四方形院落,主殿院内共有十五间房子,僧房、伙房及院落总共一百多间,并建有十九米高的佛塔。西南部拴骆驼和马的桩子有二十多个,每逢庙会,用长绳连接上用来拴牲畜。安久庙最兴盛的时候,会有五百多个喇嘛来这里聚会念经,平时亦有一百多喇嘛常驻。

很久以前,安久庙就成了一片废墟。那么多的僧侣,那么嘹亮的诵经声,都湮没进漫漫黄沙。

我在五月的一个黄昏来到了安久庙。

沙冬青开得正旺,高大的枝条上布满了繁密的花朵。附近植被茂盛,白茨、柠条、霸王、梭梭杂乱生长着。一阵风掠过,空气里布满了沙蒿苦涩的香气。一丛丛的沙冬青后面,骆驼们悠闲的身影或隐或现。骆驼和沙冬青的后面,残破的安久庙孤零零地立在一片空旷的荒野里,看上去是那么孤单,像是世界上最后一幢房子。暮色慢慢落了下来,覆盖在金黄色的沙漠、淡黄色的沙冬青花朵、棕黄色的骆驼和土黄色的断壁残垣上,安久庙高高低低的断墙瞬间变成了暗紫色,如将熄未熄的火烛一般,立在空空荡荡的天地间。

走进庙中,曾经占地近两千平方米的殿堂和寮房都不见了,只剩下一段一段的土坯和垛土建筑,流沙还在不断地侵蚀占领着这些残破建筑。正殿的沙地上,居然摆着一张供桌,桌上散落着各种不再新鲜的供品,空的酒瓶、碎成粉末的点心、皱成一团的水果,仿佛在极力抵挡时间的无情冲击。

月亮升了起来,安久庙顿时陷入一片晦暗之中,巨大废墟的影子映在沙漠上,沙冬青也变成了一丛一丛的暗影。骆驼不见了,只剩下土墙、月亮和沙漠。人站在沙漠里,像是在深海中,那是一种很真切的幻觉,慢慢沉落进一种无人能把控的寂静。

摄影爱好者们说,安久庙是拍摄星空最好的地方。

这处残破颓败的沙漠庙宇,无数星星围绕着它平行运动。那是照过盐湖的星星,数过沙子的星星,一颗、一颗悬挂在夜空中,像沙子在大地上发光。整条银河出现了,人被漫天而落的光笼罩住,浑身上下散发着光芒,生命与自然的链接,缓缓降临。

这样的夜里,有月光,有星光,前面的道路异常通畅,一切都清晰可见。

成群结队的驼工在安久庙温暖的角落里说着话,身边是诵经的声音、骆驼喘息的声音、星子掉落的声音。四外是广大的黑暗,那些黑暗幽深,却又纯澈。

一弯月亮出现在天空，那是沙漠中的月亮，浮在黑夜的暗流之中，照着荒野里的这座小小庙宇、这群孤独的人。

众生如沙，心如盐。

世间的盐

黄河流到老磴口码头的时候，拐了一个大弯，水流缓慢下来。

吉兰泰盐运驼道东线的陆路终点到了。

老磴口码头现在叫巴音木仁苏木，巴音木仁在蒙古语里是"富饶的江河"的意思。

老磴口码头曾经是多种政治和商业势力角力的一方水旱码头，这也让它的行政区划屡有变动。一九二九年，老磴口码头单列出一个县，叫磴口县。二十世纪五十年代，包兰铁路修通后，不再有水运，磴口县就迁到了下游的巴彦淖尔盟，而巴音木仁则重新成为阿拉善左旗的一个乡。

年纪大的人将这里称为老磴口。

巴音木仁苏木早已不再是旧时模样了，有着旅游小镇的时尚和雅致。新建的房子、精致的雕花窗子、长满爬山虎的铁栅栏、寂寞开着的花朵。远处乌兰布和沙漠边缘的河滩地里长着大片大片绿色的庄稼，时而有水鸟从湖泊中展翅飞起。如果来的是时候，会看见白天鹅。

镇子里很冷清，几乎看不到人走动，只有黄河安静地在小镇边缘流淌着。

老磴口盐务所还在，一排排的盐仓也在，都重新进行了修缮。盐务所内部设计改造成了历史博物馆，里面陈列着盐驼古道种种历史照片，还有当时使用的各种工具等等实物。盐务所院子里有一棵枣树，这棵枣树不知道长了多少年了，树上结着新鲜的枣子，摘一颗尝尝，很甜。

老磴口码头的繁华已然不见。

当年，老磴口码头往来黄河之船，多在五六千艘以上，最盛期，每日有五百艘大船往来，东向包头，西往宁夏。船分高帮、七站、小五站三种名目。"高帮船，长三四丈，宽丈余，深三尺，平底，两头为尖形，吃水二尺。往来五方寺、宁夏、南海子、河口之间。七站船，长四丈余，宽约二丈，两头宽约一丈，深五尺，平底，吃水三尺半左右，能载重三万余斤。以其吃水较深，故只能通行宁夏、包头、河口间。宁夏以上水浅石多，行不利，行小站船，每船装盐九十担，每担重三百六十斤。"

大量盐包在老磴口码头卸下后，数百艘船将会顺流而下，把盐运往包头、归绥及山西碛口，运到允许吉盐销售的任何地方。黄河冰封期，盐包会先放入盐仓，等河水解冻再开始水运。

老磴口码头周边散放着成千上万头骆驼，河流之上往来着成百上千艘船。除了吉盐，这里每日还不停流转着皮毛、药材、煤炭、洋货、布匹、粮食等各类货物。

人声鼎沸，万驼嘶鸣，那真是无法想象的繁华。

走出沙漠的人，远远看见前面突然出现了灯火，月光下银色长链一般的河水，一排排盐仓房屋的影子……漫长的行走之后，仿佛重新回到人间。

人们急切地卸下货物，把骆驼交给阔大的月色和河水，把自己交给街铺里温暖的灯笼、匠人的喧哗、香料的气味、客栈的纵情、酒馆的恣意……夜深了，满月覆盖着所有人的脸，那是疲惫的脸，也是满足的脸。他们沉沉地睡去了，明天，他们又将带着各种货物，再次进入凶险的沙漠。

早晨，是渡口最忙碌的时候，船只装满了盐，将顺着河水东去。驼工们也买好了米、面、砖茶、酒、布等各种物品。

清晨，天空像裂开一条口子，纯白的光芒倾泻而下，盐一样，洒落成一条白茫茫的长路。

驼工们牵着他们的骆驼，返程了。

洁白的道路留在了身后。

珊瑚堂四帖

◎ 王祥夫

梅干菜帖

梅干菜和咸菜是两回事,但又是一回事,梅干菜是南方特有的一种干菜,叫它干菜好像没问题,但叫它咸菜也好像不怎么离谱,因为梅干菜一般都是咸的。也有一种梅干菜是淡的,淡的梅干菜几乎连一点儿咸味都没有,我不知道这种梅干菜是怎么做的?没用一点点盐,难道它就不坏?我认为淡的梅干菜不好吃,没咸的那种味道好。南方起码好像有几个省,生活中像是永远离不开梅干菜。我个人比较喜欢梅干菜包子和梅干菜粽子,在北方,概无梅干菜这一说,因为北方人不懂得做梅干菜。有人说梅干菜之所以叫梅干菜是因为和广东的梅县分不开,我认为此话未必对。梅干菜在南方分布极为广泛,江浙一带吃饭根本就离不开梅干菜。虽然是这样,但我认为梅干菜还是要数广东梅县的好,快递买来,打开包裹,那么一把一把的,不特别干,还有相当的水分在里边,放鼻子跟前闻一闻,可真是香。我个人吃过不少地方的梅干菜,但吃来吃去觉得还要数梅县的梅干菜味道好。梅县的梅干菜是用芥菜做的,别的地方有用大白菜做的,也有用油菜做的,当然还有一种看上去更加高级的梅干菜,是用笋丝所为。笋丝梅干菜,我认为是一种民间的方便食品,吃面的时候放一点儿在面里,再用朱漆筷子挑那么一朵雪白的猪油,这碗面味道不错。笋丝的梅干菜不用泡发,最多用水冲一下,这样感觉放心一些。我们长这么大,有些东西小时候未必吃过,随着年岁渐长,随着南下北上,什么好吃、什么不好吃,自己喜欢吃什么或者不喜欢吃什么,便会渐渐明了。一个人如果连自己喜欢吃什么都不知道,那可谓糊涂到家了,我看世上根本就不会有这种人。我来说说我自己,我就很清楚我喜欢吃什么：一是包子，如果是包子，最好的是冬菜馅儿的那种，而且包这个包子最好是用天津卫的冬菜，世界之大，好像到处有冬菜，但天津卫的冬菜是第一。然后就是梅干菜包子，我在温州街边小店里吃过一回梅干菜的包子，一气儿吃了五个，很大个儿的那种发面包子。这种包子在南方不多见，其味道之好至今不敢忘怀。朋友们一说起温州，我就总是忘不了这个梅干菜包子。另外忘不掉的就是哲贵，哲贵的酒量真是好，喝酒真是大气。哲贵喜欢围一个很小的小围脖，在脖子下打一个结，颇是好看。我喜欢吃的另一种吃食就是饺子，东北人就没有不喜欢吃饺子的，有的东北人家年夜饭的传统是只吃饺子，简单至极。正是简单至极而其味才得以突出。只此一点，我认为东北人是善于吃饺子的。如果动不动就先上一大堆菜，随后再上饺子，饺子的味道就会打折扣。我们东北人把这种吃法叫作吃"光屁股饺子"，好不好？很好。说到饺子以吃什么馅儿的最好，我认为是茴香第一，芹菜第二，韭菜第三。有人吃过梅干菜饺子吗？没听说过。

用梅干菜烙的饼叫"咸菜饼"，起码江浙一带是这么个叫法。这个咸菜饼里边还可以放一点儿肉，但我认为不放肉最好，只吃梅干菜的那种特殊的香。梅干菜的香味儿怎么个特殊，怎么个不一般？我还真是说不来，你去吃就行。梅干菜饼我现在会做，而且做得不错。最好是烫面：滚开的水，把面烫好，稍晾一晾，接着和好，然后放在案板上去擀。最好能擀多薄就擀多薄，然后把油抹在擀好的面上，最好用新炼的猪板油，那才叫香。然后再把泡好切碎的梅干菜撒上去，最好多放点，然后做剂子擀开烙。这个饼最好要一边烙一边趁热吃，盐要后加，可以用个胡椒面儿瓶子往刚烙好的饼上拧几拧，这样吃味道才会更好，味觉层次才更丰富。

梅干菜还可以用来做梅干菜肉，用新鲜的梅干菜把切好的一条一条生的五花肉缠好，缠得紧紧的，然后放起来，据我的朋友作家丁国祥的说法，最好把这样缠好的梅干菜与肉放在谷仓里用稻谷埋起来，什么时候吃再取出来。这个肉据说很香，但我没资格去说它，因为至今没人请我吃过。是为记。

焦雷帖

　　我是怕雷的,有时候半夜会给雷打醒,我二话不说爬起来就往床下钻,我认为床下安全。现在我还怕雷,天上雷声大作,我在屋里就会六神无主。我小的时候亲眼看到过一个雷从天花板的灯泡那里一下子垂直打落在地,我当时想,幸好当时我不在灯泡下边,如果正好站在那地方,我很有可能就完了。雷是什么样的?就是一个圆圆的火球,那个从电灯泡打下来的雷就是这么一个火球,落下来,忽然就地消失,真是吓人。我还看到过一个很大的雷,巨大的、白炽的、隆隆作响的雷。那是一天晚上,我在亭子里躲雨,随着一声巨响,就看到那个很大的白炽的火球随着雷声从西边隆隆然飘过来,直飘到我父亲待着的那间屋上,随即轰的一声巨响,雷就消失在那间屋的正上方。我马上没命地往那间屋跑,我担心我的父亲。直到进了那间屋,我看见父亲安然地待在屋里正在做他的事。我问父亲,刚才看没看到那个雷?父亲说只听见雷响,没看到有什么雷。我对父亲说有这么大个火球,从西边过来,一下子就砸在他待的这间屋子上了。那一次,可真把我吓坏了。看古典小说和听民间传说,知道雷是专门从天上下来打坏人的,打完坏人还会在他的后背批上字,把他的罪行一条一条批在他的背后肉身上,这真是吓人。道观的壁画上可见雷公的形象:鸟嘴,青脸,手里拿着两个铙钹。这种想象比较写实,他把手里的铙钹一撞击就是一个雷,一撞击就是一个雷。小时候常常听人们说"雷公电母风婆婆",他们原来居然是一个组合,是一个班子。风婆婆是双手拿着一个很大的口袋,里边装的不是别的东西,里边全是风。她把她手里的口袋打开,风便从里边吹出来。刮风闪电打雷总是连在一起的,他们三位一出现就都出现,不出现就都不出现。我曾经下乡挂职的那个镇的西边有个叫"北宋庄"的地方,那个村子里有个小庙,庙里的壁画画得可真是好,雷公电母风婆婆都在上边。我带朋友们去看,谁看了都说好。我离开那个镇子已经多年,不知道那个小庙现状如何。那上边的壁画我想应该是明代的,画得可真是地道,平面边施了泥金线,很有立体感。

　　关于雷,我在北戴河遇到过一件奇事。有一天我们在小酒馆里喝酒,有人冒着雨从外边进来,浑身湿漉漉地问店老板收不收麻雀。说着就从外边搬进三大筐子死麻雀来。好家伙,我们都感到吃惊,怎么会有这么多死麻雀?那人说刚才一个雷正好打在了一棵大树上,树上的麻雀给震落了一地,捡了整整三筐子。这真是奇事,时过多年,我总是忘不了这事。满树那么多的麻雀一雷击落。

关于雷声,在汉语里边有多种词汇,按程度可分为轻雷、闷雷、焦雷。我以为焦雷是雷里边最骇人的,咔嚓嚓地猛然一响,没人不惊,无人不怕。我没事练习写字喜欢写鲁迅先生的那首《无题》:"万家墨面没蒿莱,敢有歌吟动地哀。心事浩茫连广宇,于无声处听惊雷。"我想鲁迅先生笔下的这个惊雷就应该是焦雷,咔嚓一声,促人猛醒!人这种东西,说来也怪,越怕什么还越想听到什么,比如我怕焦雷,却偏偏又想听到焦雷,而今年虽大大小小下过许多场雨却始终没让人听到焦雷,这不免让人多少有些失望。广东音乐我是喜欢的,其中有一支曲名就叫作《旱天雷》,我很喜欢这个题目,曾用这个题目写过一个中篇小说发表在《上海文学》上。小说发表的时候周介人先生还健在。时光过得真快,周介人先生去了另一个世界已多年,想必那个世界的风雨没这个世界的风雨多,更没有焦雷。

夏天已经过去了,秋天会有焦雷吗?我等着,也许有。

地黄帖

我对毛地黄有一种说不出的好感,因为毛地黄是我最早认识的植物。那时候我家住在护城河边上,用现在的话说应该是城乡接合部的那么个位置。小的时候,因为弟弟生病,家里人几乎都顾不上我这个比弟弟刚刚大两岁的老三,所以我才得以整天能够在外边野——用母亲的话说就是野。"又野哪儿去了?"母亲会这么问我。小时候,我说的这个小时候大概是四五岁之间,我能记着的事就是从院子里出来往西边一直走,最终穿过那条白晃晃刺眼的马路,然后就站在了公园的花砖墙之外了。翻过那道砖砌的花墙,里边就是公园。花砖墙里边种满了玫瑰花。今年八月我去云南,执意要拉上周华诚去看看云南用来做鲜花饼的玫瑰,结果发现那边的玫瑰没我们这边的香,颜色也没这边的那么紫,像是有些偏红。而在我的印象中,玫瑰应该是紫色的才对。我现在住的那个小区院子里就种了不少紫玫瑰。玫瑰花开的时候,我在窗里朝下看,总是能看到不少人在下边偷偷摘花。玫瑰花可以用来做玫瑰卤,过端午节吃的那个凉糕是要蘸玫瑰卤的,那可真是又香又甜。前几年踢足球又写小说的陈鹏拉我们去昆明的"雪山书院"搞活动,其间我一个人从那个院子里出来,顺着那条街往北边走,过了那个小石桥(那桥可真小,一米来宽两米多长),桥那边有好几家店都在卖刚出炉的鲜花饼,我是被那香气吸引过来的。我一个人,买了一盒鲜花饼,站在那里不离地方一口气全吃完了,直撑得晚饭都没吃。昆明的玫瑰鲜花饼可真香,是天下第一,没有第二。

说到毛地黄,我是在护城河里最早认识的,那毛茸茸的喇叭状小紫花可太好看了。毛地黄不但叶子是毛茸茸的,花也是毛茸茸的,但我当时不知道它叫什么。我也没想起过要问一下家大人,但年年春夏之际我总是最先看到毛地黄。直到后来大了,得到了一本插图本的《本草纲目》,才知道它就是毛地黄。我对白石老人有点儿意见:他怎么就不画画毛地黄?毛地黄好像是宋画里边有,宋画是花鸟山水的高峰,你可以在宋画里边看到各种花和昆虫。宋人直是蛮有情趣的,他们的心境可真是静,蝴蝶啊蚂蚱啊螳螂啊蜻蜓啊,天上飞的地上跑的,都有。他们每天只顾在那里画画儿,才不管皇帝的事儿;他们的那个皇帝也天天在那画画儿,也不去做皇帝该做的事儿,所以那些蝴蝶蚂蚱现在还都活在他们的画里。宋画里有蜀葵、知风草、海棠花、菊花、梅花、牡丹、石榴、莲蓬、枇杷、牵牛花、葡萄、木芙蓉,还有很大的长白菜和一点儿黑的蚕豆花。我翻看宋画,心里就有个期待,我听见自己说:会不会有毛地黄?会不会有地黄?我忽然听我呀了一声。直到现在我都在想:什么时候查查有没有宋人没画过的花草昆虫。

我认为宋代可真适合我这个人,只是我们无论谁都没那个本事,让自己离开这个不招人喜欢的时代回到自己喜欢的那个时代里边去……

虾皮帖

小时候画虾,那时候已经吃过虾,当然不是个儿很大的对虾,而是很小的那种河虾,用面粉加鸡蛋团成一个一个的圆球下油锅煎,味道还不错。那时候家里经常吃的是虾皮。母亲是东北人,把虾皮叫作毛虾,毛虾买来要打开纸包晾一晾,我就去里边找大个儿的虾,有螯子的那种,有时候会找到几个,不吃,放在那里看。家里那时经常吃的一道菜是虾米皮熬白菜豆腐,虾皮最好用干透的那种,用油先把干透的虾皮炸一下。虾皮这东西很怪,用油一炸才香,如果不炸是另一种味儿。没干透的虾皮总有一股子腥味,炸也不会香。虾皮用油炸过,然后再放汤放白菜,豆腐则要晚点儿放。这道汤菜一直是我爱吃的,既有汤又有菜,最宜下米饭。冬天的午饭有这两样其实就够了。或者就是白水烫豆腐,把豆腐切块放开水锅里烫透了,然后蘸酱油吃。酱油里如果能加一点儿绿芥末会更好,绿芥末不妨多放一点儿,很刺激。这道菜最简单,三五分钟唾手可得。有时候读书写东西饿了,这时候差不多又都是半夜或后半夜,我便会给自己来一个开水豆腐。我把它叫作开水豆腐,下楼,去厨房用小锅把水坐开,把豆腐放进去,只需一小会儿工夫。热豆腐的时候可以给自己找个小碗倒一点儿酱油、放一点儿绿芥末。热豆腐蘸这个吃,挺好,比来几块小点心加一杯牛奶都好。我家常年都备有虾皮,好的鲜虾皮干吃也很好,用以下酒也不错,但一般都是放干了做汤菜吃。或者是包素包子馅儿里边会放一点儿。我们家素包子的馅儿常年不变的内容是粉丝、地皮菜,再来一点儿山药泥。干虾皮用油先炸一下,以去其腥气,然后和其他几样拌和在一起。这也是山西的素包子,也不能说是全素,因为有虾米皮。我在寺院里吃的这个包子,里边也有虾皮,我就问寺院里的长老,这是素的吗?长老是我的老朋友,他说:"你说好吃不好吃?"出家人的智慧在于他们在谈话中善于打岔,《五灯会元》里边有不少这方面的例子。没事读读《五灯会元》很有意思,我认为时下的那些外交家可以把《五灯会元》找来学习学习,这可以让他们说话不那么笨。

小时候我在那里画虾,父亲在旁边看得不耐烦,说虾可不是这么长的,遂坐下来画给我看,把虾的身子是几节几节的讲给我听。这一晃已经多少年过去了,但想想就像是在昨天:年轻的父亲坐在那里用笔在画一只虾,示范给他的儿子看。

碧螺春月令

◎ 叶　梓

　　圆圆,多朴素的一个名字。

　　她是二〇〇九年从杨湾嫁到双湾的。杨湾和双湾,都是东山镇的行政村,下面还有自然村。圆圆现在住在双湾的涧桥村,"涧桥"一词很是清新,让人能想起古老的新涧亭和白居易"烟萝初合涧新开,闲上西亭日几回"的好句子。

　　我跟圆圆相识有些偶然。有一次受朋友所托,给圆圆帮了点儿小忙,事成后她非要约我吃饭。我婉辞不得,就在石湖边的一家饭店见了面,算是正式认识了。此后,每年碧螺春上市,圆圆都会托朋友送来点儿自产的碧螺春。那次宴席上我们也互加了微信,朋友圈里的她,这段时间忙得也是一塌糊涂。

　　每次收到茶叶,我都会对朋友说:"一点儿小事,都好几年了,难为情啊。"

　　朋友回话:"东山人嘛,就这样。"

　　东山人的形象,立马在我心里更加高大。

　　东山是太湖边的一个古镇。二〇二二年的春天,苏州的疫情此起彼伏,人心慌乱。有一天我心血来潮,给圆圆微信留言说,要不要我来帮你卖卖茶?她回我,好啊。其实,也就是一句玩笑话。数日已过,疫情控制住了,我想出门透透气,就去她家的茶园浪荡了大半天。后来,我突发奇想,决定以她家的茶园为根据地,观察碧螺春一年的长势。现在,学着汪老头子《葡萄月令》的笔法,写写碧螺春的一年四季——也算是《碧螺春月令》。

　　一月,江南偶尔会落雪。去年就落了雪。落了雪的茶园更加寂静,更加美。别人踏雪寻梅,茶农的孩子雪天里到茶园里走走,也挺好。落了薄雪的太湖,茫茫无垠,真正的水天一色。茶树喜阴,这湿漉漉的空气最合适。偎着万顷碧波的太湖,碧螺春茶树的心里,高兴着呢。往小里说,是太湖水滋养了它;往大里说,太湖就是它一骑绝尘的绝对靠山。

二月,我总会抽空去茶园看看茶树的长势。

圆圆家的茶园有两大块,一块在山坞上,一块得从双湾码头坐自制的铁皮小船才能到达,那里算是滨湖低地。太湖的湖湾处,有不少这样的低地,是水稻和水产养殖区。她家的茶园,是她公公和婆婆在侍弄——公公1963年生人,有点儿南人北相,跟我很投缘;婆婆要稍小一两岁。这些年,山坞里的茶园我去得多了,所以就想去看看湖滨低地的茶园。在双湾码头,他站在船头,手一摇,突突突几声响,船就发动了。去茶园的水路,也就十来分钟,但其美景和意趣却如入桃花源。我越来越喜欢这片茶园,渐渐熟了,去的次数也多了,与他们相处得像老朋友似的。圆圆的老公开了一家外贸公司,经营得风生水起,平日爱喝些酒,偶尔我们还能一起喝两杯。

这个月,两位老人满怀希望,等茶树发芽,心里有期盼,也有忐忑。月底了,还要施一次肥,山浪人家叫"催芽肥"。山浪人家,是太湖边东山、西山人对自己的称谓,类似乡下人的意思,有那么一丁点儿的自卑。施肥得从茶行的上坡开沟,施的基本都是尿素,偶尔会有硫酸铵。

三月,采茶季到了,一个字——忙。

采茶季,圆圆总忙着发朋友圈,下单,打包,对接快递业务。圆圆说,这一个月的节奏,像是在打仗。好在这些年卖茶卖出了口碑,回头客越来越多,都会提前预订,茶炒好后直接邮寄,反而比以前简单了。有些客户家住在城里,她偶尔会开车上门送货。

月初,茶树上的芽,小而嫩,极可爱。这个时候,只要有一场雨,茶芽就疯长开了。开始采茶,就要没日没夜地忙。早出晚归,是茶农最真实的写照,常常是凌晨一两点从家里出发,午饭在茶园吃,下午两三点才回来。每年茶叶开采的具体时间也不一样,有时早,有时会晚几天,纯粹是看天吃饭。而且,不同品种的茶采摘的时间也不同:苏州本地产的碧螺春茶树品种,是群体小叶种,有线丝种、酱瓣头种、柳叶条种、楮叶种、鸠坑种、祁门种等等,一般在清明节前三四天开采,但从外地引进的乌牛种还要更早一些。就算是同一个品种,因为光照、位置不同,采摘时间也不同。圆圆家的茶,湖滨低地的熟得早,采完了,山坞里的刚刚好。采茶也真是一门大学问。

回到家也闲不下来,要炒茶。拣茶的人,大多是雇来的,工资日结;而炒茶是门手艺活儿,只有自己炒才放心。但愿意学这门手艺的年轻人越来越少了。

前些年,我还没有移居苏州,经一位朋友牵线,拜访了施跃文先生,地点就在他的东山茶业合作社。他是苏州有名的炒茶高手。我跟他交流了整整一个下午,也涨了不少见识。听他讲述、看他示范,才懂得制作碧螺春必须做到"手不离茶、茶不离锅、揉中带炒、炒中有揉、炒揉结合"——这个包括了杀青、揉捻、搓团显毫、烘干四道工序的过程,是碧螺春茶从叶到茶完美蝶变的关键。

圆圆的公公曾告诉我,当地茶农有句顺口溜:

铜丝条,
螺旋形,
浑身毛,
一嫩三鲜自古少。

说的就是检验碧螺春的标准。

如今我来苏州六七年了,竟然再没有见过施跃文先生——他现在已是碧螺春制作技艺的国家级"非遗"传承人。就在我写这篇文章的前两天,从万里之外的摩洛哥传来喜讯,联合国教科文组织正式批准"中国传统制茶技艺及其相关习俗"项目纳入《人类非物质文化遗产代表作名录》,这是中国的第四十三个人类"非遗"项目,也是苏州的第七个。其实,这是一个庞杂的系统性的项目,包含了15个省份的44个小项目,仅江苏就有苏州洞庭碧螺春制作技艺、南京雨花茶制作技艺和扬州富春茶点制作技艺入选。

其实在我看来，那些籍籍无名的炒茶人更是功不可没。这次入选"非遗"的"中国传统制茶技艺及其相关习俗"，贯穿了采茶、制茶、饮茶等各环节的传统制作工艺，以及这一过程中衍生的相关习俗。在这之中，传承人起到领头羊的作用，固然很重要，但普通茶农的作用也不可小觑。普通百姓与茶相联系的日常生活，代代传承、生生不息至今，才组成了意蕴深长的中国茶文化。

当我在电话里告诉圆圆公公这个消息时，他说：

山浪人家，不懂哉——

他把那个"哉"字拖得很长。

四月，继续采茶。

这个月采的茶，做炒青最好。碧螺春是卖给别人的，炒青是口粮茶，留着自己喝。在苏州，老茶客往往更加偏爱炒青。碧螺春太嫩，两三泡就没味了，炒青呢，一杯能喝一上午。但圆圆家很少做炒青，因为忙不过来——除非熟人和回头客有预订，才会照单制作。

忙活了一年，炒成的茶不足一百斤，给一个家庭贡献的收入也还不到十万元。茶，只是她家收入的一小部分。我问圆圆，以后公婆老了，茶园怎么办？她一脸茫然，说，没想好，也不知道自己愿不愿意干。过了好一会儿，她又说，边走边看吧，说不定过些年又喜欢上茶园呢。

五月，天渐渐热了。

茶农们还是要天天去茶园，修剪茶树。这是个技术活儿。圆圆的公公和婆婆都是行家里手，干了一辈子，早就了然于心了。这段时间最重要的一项工作是焖树，也就是把剪下的枝条就地铺在茶园里。如果你仔细观察一棵碧螺春茶树就会发现，茶树的根部比起其他树要粗壮，而枝条又很细，这就是一年又一年焖树的结果：根部一直在长，而枝条总是新的。只有新的枝条才会生长出鲜嫩的茶芽。二十多年前，茶农们会留着枝条，采夏茶，也采秋茶，现在生活条件好了，没人这样弄了，就让它烂在茶树跟前当肥料。这倒让我想起范成大《劳畬耕》里三峡深处"颇具穴居智，占雨先燎原"的做法。

六月，枇杷熟了。

去采枇杷,总能和茶树相遇,但就像村子里遇到熟人一样,顾不上多看一眼。碧螺春茶园是典型的茶果间作区。这个"果"字,可是一个庞大的家庭。圆圆家的茶园里,是清一色的枇杷。因为双湾这一带最宜种枇杷。去双湾的路上能见到一巨幅广告牌,上书14个大字:世界枇杷看中国,中国枇杷问东山。14个大红字的下方有3个小字:双湾村。苏州本地人都知道,双湾的枇杷品质最好,所以价格也要高一些。碧螺春茶园里,枇杷最多,其他还有银杏、青梅、杨梅、石榴、柑橘、板栗、桃子……我能记起名字的差不多就是这些。后来听朋友说,还有一种叫胜胜子的树,但我一直没见过,也许碰到过,但也认不出。

这种茶果间作种植还有一个更学术的名字:碧螺春茶果复合系统。这种茶果复合式的立体种植,恰好形成了梯壁牢固、梯度布局、水土保持良好的生长模式。碧螺春茶树喜阴,怕阳光直晒,也怕霜雪寒冻,而果树恰好喜光,又抗风耐寒,刚好为茶树提供了遮蔽骄阳、蔽覆霜雪的良好生长环境。碧螺春茶果复合系统因其既有悠久农耕文化历史,又具备经济与生态价值的高度统一,于二〇二〇年一月被列入了中国重要农业文化遗产名单,算是第五批。自此以后,我每泡一杯碧螺春,就像是阅读一次这方山水的家园观念和历史记忆。

古人有"近朱者赤,近墨者黑"之说,说的是交友之道,对碧螺春茶园来说,何尝不是这样呢?碧螺春的佳妙之处,就是滋味里藏着隐隐约约的果香。茶树和果树根脉相通,枝杈相连,果树的花粉、花瓣、果子、落叶等落入土壤,碧螺春茶可以从土壤养分中吸收到果香和花香。这些茶树天天跟让人垂涎欲滴的果子长在一起,怎能不香呢?苏州的老茶客,嘴刁得很,有的能尝出茶园里枇杷树多还是橘树多。只是这些年橘树越来越少了,因为橘子卖不上好价钱。有人说,整个东山,再也找不到张艺谋拍《摇啊摇,摇到外婆桥》时那么盛大的橘园了。

我不知真假。

七月,杨梅熟了。茶树的花芽儿渐渐成形。偶尔,我会去茶园,同他们一起锄锄草。

八月，溪水流过老茶树。水声潺潺，不知流往何处。圆圆带我去看山，我问她溪水从哪里来，她说不知道；问她流向哪里，她还说不知道。山坞里的夏风吹着，比城里清凉得多，人心也是舒畅的。环顾四周，纷红骇绿，满目斑斓，不禁想起范成大当年过永州愚溪时"我欲扁舟穷石涧"的冲动。此刻的我，最奢侈的梦想是踏遍东山西山的每一个山坞，跟每一株茶树说一句：你好！

而这个月的茶树，有时候会遇到高温天气。

二〇二二年的夏天，苏州迎来了连日高温，气温最高时达40℃，池塘干涸了，河道也干涸了，茶树和果树危在旦夕。旱情严峻，只能主动出击，原本的农闲季泡汤了。高扬程喷灌泵用上了，汽油机泵用上了，高扬程电泵也用上了，就连镇上调拨的绿化养护车和消防车也用上了。茶农们每天起早贪黑，顶着烈日干，就是为了救活一棵又一棵茶树和果树——往大里说，这是坚决打赢农业抗旱"攻坚战"；往小里说，这也是救活自己的命根子啊。

九月，施肥。最好的肥是人工肥。但现在生活条件好了，人工肥没有了，就施复合肥。圆圆回忆说，她小时候老父亲给茶园施的肥是菜籽饼，一种特制的人工肥，效果极佳。

十月，主要工作是防虫。

茶园里的虫，主要有茶尺蠖、茶叶瘿螨。尽量不用农药是果农的执念，所以用得最多的办法是物理除虫：设置一个诱灯，虫子趋光而动，迎光而来，然后用高压电网进行触杀。

十一月，橘子红了。

碧螺春的花也越开越盛。茶树的花初开极小，白色；第二天略微泛黄；第三天，黄色更重些。茶花花期长，到开败差不多要一个月。但碧螺春的花是要采掉的：得把茶树的力气留下来，还等着第二年长芽呢。茶树在开花，边上的枇杷树也鼓着花苞，跃跃欲试的样子。无须走近就能听到旁边蜜蜂嗡嗡嗡地在飞。再过些时间，就开始大批量熬制枇杷蜜。

二〇二二年十一月八日，为了拍摄碧螺春的花，我去了圆圆家的茶园。她的公公和婆婆带我在茶园里转了一大圈儿。他们一边跟我说话，一边忙着采花，手似乎从来没有停下过，采掉的茶花就顺手扔到茶树下。中午返回，我跟她公公喝茶，婆婆下厨烧饭。不一会儿，一桌菜就做好了。红烧塘里鱼、银鱼炒鸡蛋、太湖虾、蒸白鱼，汤是排骨冬瓜汤，凉菜是东山白切羊肉，说是早晨从东山镇上有名的矮马桶羊肉店买回来的。

喝不喝酒？不喝。

那就多吃菜吧。圆圆的婆婆又特意加了一盘油焖茭白，使劲劝我说现在正是吃茭白的时节。

十二月。茶树的花采完了，剩下光溜溜的枝条。这时候差不多也要施肥了。这次施的肥，是给明年的催芽肥打基础，山浪人家叫基肥。冬天天冷，但基肥也不敢少，少了，茶树翻过年就缺底气。这跟人的身体一样，底气不足，干啥也干不好。施完肥，才算真正闲下来了。

圆圆总是自嘲，说自己是半真半假的茶二代。其实她虽然不怎么去茶园，但骨子里是爱茶的。春天新茶上市，就卖茶，但一年中更多的时间她经营着一家茶餐厅，就在滨湖大道上，也算是开在了家门口。餐厅名字很独特，叫柒茶。柒，取的是苏州方言里"吃"的发音。茶餐厅很雅致，是她自己设计的，辟有两间独立的茶室，还有两个包厢对外营业，但不是客人来了就能吃到，而是需要预订。圆圆说，这样做是为了留出足够的时间，把最有特色、最时令的东山美食提供给客人。她是一个地道的"吃货"，对吃很感兴趣，现在还在挤时间上烹饪研修班，学习中式面点的做法——在原本忙碌的生活里把自己的日程安排得如此满满当当，内心是多么热爱生活啊。偶尔闲下来，圆圆也会读点儿跟茶有关的书，《茶经》她也翻过，似懂非懂地读。有关碧螺春的文化类书籍她也读过不少，也许是一知半解，但读了总比不读好。

人生在世，虚浮不定，所以也叫浮世。一年四季里的碧螺春，也是在虚虚浮浮中度过一日又一日。人呢，喝着喝着，一年也就过去了。

又一年，过去了。

如此而已。

一只鸟儿的名字

◎ 龙仁青

一

  孙频来青海，瞎聊，聊及我的童年，她很好奇，于是，我把我记忆里有关我童年的好多事儿讲给她听。人说，童年一如早晨，我就先给她说起了我童年时的早晨。

  那时我七八岁的样子。

  每天早晨，我都是在哗啦啦的水声中醒来的，而那哗啦啦的水声总是从梦中延续而来：正是湟鱼洄游季节，村边流往青海湖的小溪流里满是鱼群，它们密密麻麻地拥挤在一起，逆流而上，似乎比溪流里的水还要多。它们奋力摆动着灵动的身体，水面便沸腾起来，水花四溅，整个溪流就像是一条滚烫的沸水在流动——春日的暖阳点燃了它的激情，令它青春勃发。而我和我的小伙伴们比青春勃发的溪流更欢实。我们赤身裸体，扑腾在溪流中，与鱼群一起嬉戏着。鱼群不断撞在我们的腿上、肚皮上，我们的皮肤上不断涌起一阵阵麻酥酥的感觉，我们便快乐地尖叫起来。但哗啦啦的水声毫不费力地掩盖了我们的尖叫声，这让我们有些意犹未尽，于是我们提高声音，试图用尖叫声压住水声，哪怕只在某一瞬间高过水声，也好让世界听到我们的快乐。

  就在这时，我从梦中醒了过来。睁开眼睛的瞬间，河水不见了，鱼群消失了，我恍惚地看看周围，发现赤身裸体的我并不在溪流里，而是在被窝里，身上的被子被蹬到了一边，蜷缩在脚下。

  卧室外，已经穿戴整齐的阿妈正在洗手。

  其实，那哗啦啦的水声，是阿妈洗手发出的声音。

阿妈是家里最早起床的人，她起床后的第一件事，便是洗手——阿妈拿起家里的大铜勺，从水缸里舀上半勺水，把铜勺把儿牢牢夹在腋窝里，勺头微微上翘，她一弓腰，铜勺里的水便徐徐流了下来，阿妈用双手接住，不断地搓揉，哗啦啦的水声便响起来了。

阿妈洗手是为了挤牛奶，这也是她每天早晨要做的第一件事，也是她忙碌一天的开始。

这是一个叫铁卜加的小牧村，家家户户都养牦牛。白天在草原上放牧牦牛，天黑时分，把它们赶回家里，拴在离自家黄泥小屋不远的拴牛绳上。这种拴牛绳，藏语叫"当"：一条用牦牛毛搓成的牛毛绳抑或一条用牦牛皮切割做成的牛皮绳，足足有十几米长，它被两根粗大的木橛子或铁橛子从两头固定在草地上。在这"当"上，按照比例，每隔一二米又系着一根根一米左右的拴绳，拴绳的顶端做成了一个环，环眼直径三四厘米左右。与这个环眼相配套的，则是每头牦牛脖子上像项链一样系着的一条绳子，绳子下端又系着一个用木头或牛角做成的绊扣，藏语叫"恰如"，"恰如"始终向地面耷拉在牛脖子下。拴牦牛时，把它赶到属于它位置的拴绳处——每一头母牛都有它固定的拴绳——把"恰如"扣在拴绳上的环眼内，它就跑不掉了。需要解开它时，把它脖子下的"恰如"从属于它的那根拴绳顶端的环眼中退出即可——后来我知道，唐古拉山，藏语叫当拉，就是拴牛绳山的意思。偶尔查阅相关资料，惊奇地发现，唐古拉山绵延千里，主山脉高大粗重，纵横的沟壑以一定的规则分布在主山脉左右，像极了一根被我们叫作"当"的拴牛绳。我还发现，长江的南源叫当曲，此处的"当"与当拉山的"当"是同一藏语的汉语记音，即是牦牛绳河的意思。当曲河，纵横的溪流在一条主河道上形成了辫状河网，也像极了一条我们叫"当"的拴牛绳。

阿妈挤牛奶，我需要做一些辅助工作。所以，每天早上听到哗啦啦的水声，我就会醒过来，与鱼群嬉戏的美梦瞬间结束，留下一缕没有捕捉到鱼儿的遗憾和不甘隐约在心头。我的辅助工作就是把拴在"当"上的小牛犊解开，让它吃几口母牦牛的奶，接着再把它拴起来。

小牛犊们的"当"在离它们的母亲稍远一点儿的地方。

挤牛奶的时候，阿妈走到一头母牛前，我急忙把属于这头母牛的小牛犊解开，小牛犊便迫不及待地冲向它的阿妈，俯身在它阿妈的肚皮下开始吃奶。我站在一边，看着小牛犊，当它欢快地摇动起尾巴——这说明母牛的乳头开始下奶了，我便一把把它拽开，拖着它走到属于它的拴绳的地方，再把它拴起来。小牛犊意犹未尽而又无奈地看着它的阿妈。我的阿妈便蹲在它的阿妈的一侧，开始挤牛奶——贪婪的人类，便是这样掠夺着原本属于小牛犊的乳汁。

挤完牛奶，阿妈把牛奶集中在一只木桶里，收拾妥当，便把母牛解开，把它们赶到前方的草原上。它们的小牛犊这会儿还被拴着，母牛和小牛犊互相呼唤着，依依不舍地告别着。我和阿妈回身进了房屋。

阿妈用刚刚挤来的新鲜牦牛奶烧了奶茶。早饭几乎是一成不变的：在碗中抓一把糌粑，放些许酥油、一小撮颗粒状的干奶酪——我们把它叫"曲拉"，再在碗里注满滚烫的奶茶。食用时，一边将融化后漂浮在奶茶表面的酥油吹到一边，一边喝奶茶，直到碗中剩下适合把碗底的糌粑搅拌成团的奶茶时，伸出右手中指，把奶茶与糌粑搅拌起来，揉成一团，在空出来的碗中再添满奶茶，就着奶茶吃完糌粑。这种吃法，在我的家乡牧区叫"甲塞"，意思是以茶相迎，预示着新的一天的开始，极有仪式感。而在农业区，这种吃法则叫"豆玛"，不知何意。

等母牦牛走远，已经从视野中消失了的时候，我一天的工作便开始了——放牧小牛犊，这是在挤奶季节我每天一成不变的工作。就像刚才阿妈把每一头母牛从"当"上解开一样，我也把一头头小牛犊从"当"上解开，把它们赶到与它们阿妈相反方向的地方去吃草。我的工作重点便是谨防小牛犊与它们的阿妈见面——如果它们见了面，小牛犊就会冲上去吃奶，等晚上把母牦牛赶回来，阿妈也就无奶可挤。如果这样的事情真的发生，我就免不了挨阿妈一顿暴揍。

太阳睁着惺忪的眼睛坐在东方的山头上，刚刚起床的样子。与太阳一起起床的，还有那些麻雀，它们叽叽喳喳地叫着，飞到母牛和小牛犊们的"当"那里。这会儿，"当"的地方空空荡荡，留下了一堆堆牛粪。麻雀们便在牛粪里搜寻着,开始了它们的集体会餐。它们一边觅食,一边警觉地注意着我。而我对它们却是视而不见的,不断从它们觅食的地方走过,它们便在我走近时起飞,待我走远了又落下来。这其实是人与鸟之间的一种默契,它们知道人并没伤害它们的恶意,不断地起飞与落下,似乎只是以一种示弱的方式表达着对人的尊重。

麻雀是一种很黏人的鸟儿,但它同时对人类充满了高度的警惕。它们从来不接受人类的饲养,却始终活动在人类活动的区域。不论是城市还是乡村,总能看到麻雀在飞来飞去。在人烟稀少的草原,只要有村舍,或者搭起了几顶帐篷,那些不知道从哪里飞来的麻雀们便立刻出现在那里。一旦离开这些地方,走入旷野,麻雀便越来越少,取而代之的是百灵、云雀等,而更多的是雪雀。

我并不是个话痨,但孙频专注倾听的样子却让我有了倾诉的欲望。由童年,我又说到了故乡的鸟儿。在我童年的记忆里,充满了鸟儿飞翔的影子。远方、向往、想象,甚至孤独、忧伤,这每一个词,都与童年有关,也与鸟儿有关。于是,我说到了麻雀,也说到了雪雀。雪雀是我童年最熟悉的鸟儿。

二

雪雀,在环青海湖草原上有一个奇怪的名字:生活在当地的人们也称之为"邪乎儿"。在青海方言中,"邪乎儿"同时也指蜥蜴、壁虎等。一种鸟儿,何以与它们同名呢?后来我才发现,"邪乎儿"其实是蒙古语中"小鸟"之意。蒙古语谓小鸟音近"邪乎",而后面的"儿"则是儿化音。

后来我发现,雪雀的名字有很多很多,首先,我在已故著名藏学家南喀诺布所著《北方游牧志》(藏文)里找到了它的另一个名字。

《北方游牧志》中详细记述了一种叫"阿达嘎玉"的小鸟,我把相关段落的描述翻译成了中文。书中这样写道:令人惊奇的是,在被鼠兔所占据的地方,就会有一种叫"阿达嘎玉"的小鸟。这是一种全身灰色,长着黑色嘴喙和深灰色爪子的小鸟,身长比一种叫卡纳日(疑指麻雀,本文作者注)的小鸟略大一些。这种小鸟数以千计,它们分散地与鼠兔生活在一起,像鼠兔一样居于洞穴之中,鸟蛋也产在洞穴深处。平日里,这些小鸟从洞穴爬出时,便趴在鼠兔的背上让其代步;当鼠兔返回洞穴时,它们因为洞口的阻挡便从鼠兔背上滑落下来,看上去十分可笑。当地牧人说,这种叫"阿达嘎玉"的小鸟,会带着鼠兔翻山越河。虽然有这样的说法,但我却从未目睹。牧人们之所以这么说,是因为原本没有鼠兔的地方忽然会出现数以百万计的"鼠兔大军",随之也会出现数以百万计的鼠兔洞穴,使得一片新的草场很快变成一片不长草的黑土滩。牧人们因为牲畜没有牧草吃而不得不迁徙到别的地方。这些鼠兔从一个地方转移到另一个地方,依靠它们自己的身体和自身能力是做不到的,于是牧人们便认为,它们能够翻山越河到达另一个地方,是得到了小鸟阿达嘎玉的帮助。也多次听到一些牧人说,他们亲眼见过阿达嘎玉抓着鼠兔飞过山冈。总之,牧人把"鼠兔大军"看成是一个地方最大的灾难,只要有"鼠兔大军"到达,这个地方的牧人便将各地的喇嘛(禅师)邀请来,举行各种驱散、击退"鼠兔大军"的禳解仪式。我们看到的事实是,原野上有些牧场和草山尚没有一只鼠兔,而有的地方已遍地都是鼠兔;有的地方刚刚被鼠兔控制,而有的地方鼠兔已逾百万,变得满目疮痍;多年前已经变成黑土滩的地方,鼠兔越来越少,又开始恢复生机,长出了新的牧草。到了冬天,鼠兔不再走出洞穴,它们在夏秋季节就储备好了草料,特别是营养丰富的蕨麻和野胡萝卜,它们便享用着这些,在洞穴深处度过冬天。深秋季节,牧人们也会挖开鼠兔洞穴,寻取鼠兔储备起来的蕨麻和野胡萝卜。我一位牧人朋友家的一个牧童说,在一些大的鼠兔"储备库"可以挖到足有一驮子的蕨麻或野胡萝卜。

在青海湖畔采风,向家乡的一位老人聊及此事,老人说,此鸟名中的"阿达"二字是"鼠兔之马"之意,正是因为它驮着鼠兔飞行而得名。听后恍然又惊讶,心里赞叹民间真有高人。南喀诺布作为享誉世界的藏学大家,只用民间语言的发音拼写出了这一鸟名,却没有明了其意,因此出现了一个同音的别字。

在我的家乡环湖草原,雪雀的种类很多,常见的有藏雪雀、白腰雪雀、棕颈雪雀、棕背雪雀、褐翅雪雀等,但它们之间的区别很细微,几乎很少有人能够分辨它们。但草原上的牧民却能够区分它们,并给了它们不同的命名。比如白腰雪雀,藏语为"阿达"或"扎达",意思是鼠兔之马;棕颈雪雀,藏语叫"扎喜",意思是鼠兔之鸟——藏语里的这些名字,一下子让人联想到《尚书》《山海经》等古籍中记载的"鸟鼠同穴"。这一记载,显示出古人对西部大荒中雪雀与鼠兔同居一穴的现象感到甚为新奇,便写入了史册。其实,当地牧民早就发现了这种鸟儿与鼠兔之间的关系,并如南喀诺布先生所描述的一样,在草原上流传着关于雪雀与鼠兔的诸种传说。

古籍中的记载与藏族民间的传说高度重合,这样的巧合让我心生好奇,于是我在乡野间行走,在故纸资料里查询,寻找雪雀的踪迹,其结果让我大吃一惊——古籍与民间对这种鸟儿有着诸多的命名,而每一个名字后面都掩藏着一段历史。

先从一些史料说起,说说"鸟鼠同穴"这个词。

根据有关资料,"鸟鼠同穴"这个词最早见于《尚书》,该书中有"导渭自鸟鼠同穴,东会于沣,又东会于泾"的记载。在这里,"鸟鼠同穴"是一个地理名词,指的是一座山。那么,这座山在哪里呢?因为提到了渭河,又说明了这座山所在的位置是它的源头,由此人们推断它就在甘肃渭源一带,但此说一直有争议,至今,此山的确切位置一直是个谜。

在此前的古籍中提及这座叫"鸟鼠同穴"的山,但都没有说明为什么要把一座山叫作"鸟鼠同穴"。据专家考证,对这一叫法做出解释的,当属《洛阳伽蓝记》一书,在该书卷五中有"其山有鸟鼠同穴,异种共类,鸟雄鼠雌,共为阴阳,即所谓鸟鼠同穴"的记载,这种说法,虽然玄乎,但它指明了这座山之所以叫作"鸟鼠同穴",是因为在此地发现了"鸟鼠共居一穴"的现象。

再后来的一些文献里,还出现了"鸟鼠同穴"到底是一座山还是两座山的争议。有些记载认为,"鸟鼠同穴"是"鸟鼠"和其附近的"同穴"两座山的名字,却又有史料即刻纠正此说,如《禹贡锥指》便认为"'鸟鼠同穴'四字为一山之名"。

上述记载中,虽然已经有了"异种共类,鸟雄鼠雌,共为阴阳"这样充满想象力的说法,但都没有提及所谓"鸟鼠同穴"指的是哪一种鸟、哪一种鼠。

据史料,在《元和郡县图志·陇右道上》中,有"鸟鼠山,今名青雀山"的记载,可以说,这一记载首次提及"鸟鼠同穴"中的鸟叫作"青雀",那么,"青雀"又是什么样一种鸟呢?

在明顾起元《说略》中出现了这样一条记载:今鸟鼠同穴山在渭源县二十里,俗呼为青雀山,实有鸟与鼠同处于穴,又甘肃永昌卫山中亦有此异鸟,则灰白色,夷名本周儿——就在人们追溯青雀是什么样的鸟儿的时候,这条记载大致描述了它的样子,却又给它换了个名字。接着,这种被称作"夷名"的鸟的名字,又出现在其他史料中,却又是不同的叫法。清方观承《从军杂记》中说:"鸟鼠同穴,科布多河以东遍地有之。方午鼠蹲穴口,鸟立鼠背,鼠名鄂克托奈,译曰野鼠,色黄。雀名达兰克勒,译曰长胫雀。"

除了这些"夷名",在史料中也出现了端庄正式的汉语名字,例如在《尔雅·释鸟》中有"鸟鼠同穴,其鸟为鵌,其鼠为鼵",其中这两个笔画繁杂的汉字,似是专门为"鸟鼠同穴"之"鸟鼠"而创造。

如今的科考和田野调查愈来愈证明,《尚书》《山海经》中记载的"鸟鼠同穴"并非猎奇的怪谈,在青藏高原,这是一种普遍现象,只是其中的"鼠",是一种兔目动物,在青藏高原上有藏鼠兔、喜马拉雅鼠兔等。但在民间却好像认定这种兔目动物为"鼠"。鼠兔对草原造成了极大破坏,因此在青藏高原的草原上也一直进行着"灭鼠运动"——其实就是针对鼠兔的——即便是官方,也把它称为"鼠"。

如此,从"邪乎儿"到藏学大师南喀诺布提及的"阿达嘎玉",再到古籍中记载的青雀、本周儿、达兰克勒,还有藏语中的"扎达""扎喜"以及那个复杂的汉字"鵌",这种在青藏高原上极为普通的鸟儿,因为自己的一个不同于其他鸟类的"异常"行为而在人类中有了如此众多的说法与叫法。

三

翌日,陪孙频前往青海省贵南县沙沟乡石乃亥村去采风。头天晚上,收到了将与我们一同前往的央金发来的信息,是贵南县未来几天天气预报的截图:一连串滴着雨滴的云朵,云朵下方标出的气温只有几摄氏度。刚过立夏，微信朋友圈里不时看到南方或内地的朋友们对于炎热难耐的各种感叹、无奈和沮丧，同时也看到身处青海大地的人们对夏天的渴盼。一位西宁女孩儿发了一条文字消息：西宁的夏天什么时候来啊？后缀是几个流着眼泪的表情图标。的确，今年青海的夏季极为异常，在不该热的4月忽然热了几天，温度从摄氏几度一下蹿到三十多摄氏度，之后便又回落到了十几摄氏度的样子，并且阴雨连绵，一副南方梅雨季的样子，真正的"夏至未至"。看到央金发来的信息，便想到了微信朋友圈里的那个女孩儿，正是爱美的年纪，一直盼着穿上漂亮的裙子，可是，夏天却没有来，抑或说，已经来临的夏天却依然是高原初春的模样，似乎忘记了自己应该有的温度。就像一个发育期的少女，浑然不觉自己的身体已经悄然发生了许多变化，留着羊角辫，依然是满脸的天真。

第二天，果然是阴雨天，我们乘坐的汽车在大雨中行进，挡风玻璃上的雨刷器快速地挥动着，而车内也起了一层雾气，粘连在车窗玻璃上。被大家戏称韦小宝的司机不得不打开车窗，让雾气消散，同时也不得不让外面湿冷的空气窜入车内，甚至也有一些大胆的雨滴伺机钻进来，在他的衣领和肩膀上留下一小片湿痕。

我们的汽车带着一种逃离的心情驶出了西宁，沿着宁贵公路一路向西，进入了拉脊山的腹部。

拉脊山是横亘在青海省贵德县境内的一座大山，其主峰最高点海拔近5000米。据说，山头曾经有一座拉泽（藏地祭祀山神之所在），拉脊之名据说是拉泽的另一汉语记音，拉脊山由此得名，如今，拉脊山主峰上又重新修了一座拉泽，高大雄奇，叫"宗喀拉泽"。

拉脊山隧道是近几年修建贯通的，双线全长11公里，是青海省最长的公路隧道。我们的汽车进入隧道，像是一只蠕虫隐没在大山的身体里，穿肠而过，随即便从大山的另一头钻了出来。

过了拉脊山，眼前豁然开朗。阴雨不见了，明亮的天光预示着天气将放晴，我们一车人一下子心情大好。

果然，当我们的车行驶到贵德县城时，云开雾散。似乎是历经了一场突围的太阳显得有些疲累,拖着几缕云丝,出现在一小片蓝天上。云团感受到了太阳的执着与威猛,放弃了方才对太阳的合围,悄然四散。

出了贵德县,汽车开始爬坡,路畔的庄稼渐渐消失,取而代之的是一片草原。农牧过渡地带,刚刚脱离了农业风景的草原依然遗留着某些田野的样貌:平缓的斜坡,被风从田野上吹来的一些油菜籽儿落在了草丛间,长出了枝叶,开出了花儿。那花儿之前已经习惯了人类的栽培,忽然遗落在无人管护的野草中,显露出了几分惊恐和不适,在生机盎然的野草丛中小心又低调地摇曳着羸弱的金黄,不再是油菜花地里那种大片的妖冶和霸气。但很快,野花出现了,大片的狼毒花在无边的绿意中渲染出一片白色,淡粉或紫红的马先蒿则使草原有了色彩和层次,还有星星点点的蒲公英,就像是一个个黄金的星星,耀眼地闪耀着,让那原本就为数不多的油菜花更加显得没有底气,似乎不敢声张自己也是金黄色的。

孙频是第一次来青海,见到不时出现在车窗外的大片迥异于城市乡村的风景有些新奇,我们也有意让她欣赏到这些。在路过一片开满了狼毒花,还有一大群牦牛悠闲食草的草原时,我们停了下来。

太阳似乎懂得我们的心情,放射出一道道光芒,驱赶走了在它身边试图遮住它的几朵乱云,把一片阳光斜斜地洒在我们脚下的草原上,好似一个好客的牧民,把家里熬煮好的酥油茶端到了客人面前,滚烫而又热情。

在遍地野花与牦牛散布的草原上,牧牛的汉子斜倚在一片向阳背风的草坡上,从这里放眼望去,方圆几十里再看不到第二个人影,这使牧牛汉子污脏的圆顶遮阳帽下的那张黝黑的脸有了几分王者的威严。孙频走过去,与牧牛的汉子聊了起来。她是一个对待写作极为虔诚的作家,她深信只有生活才能够滋养写作。这次来青海,她是想跳出她惯有的写作范畴,尝试开拓新的写作领域。她几乎不放过任何一次了解这片土地的机会,从来到青海的当天起,便开始行走、访谈。她深知她将如何出发,又将如何抵达。

就在离孙频与牧牛汉子不远的地方,我拿起手中的相机,把镜头对准了一簇狼毒花,而就在此刻,从我的镜头的景深里,我看到一只鸟儿飞过的模糊身影,同时也听到了熟悉的鸟叫声,那是白腰雪雀的声音,也就是小时候我从家门前的"当"抛开那些觅食的麻雀，走向草原的时候，经常见到的鸟儿。于是，我拿起相机，寻着声音走去。

我很快发现了那只鸟儿，那只鸟儿也很快发现了我。只见它急促地鸣叫着，飞向远处，但很快它又飞到了离我不远的地方，扑棱着翅膀，做出各种惊恐状。它的行为也惊动了另一只鸟儿，这只鸟儿不知从哪里飞来，落在先前那只鸟儿的身边。它们似乎互相交换了一下眼神，后来的鸟儿便也紧张起来，它们鸣叫着，急切地点头、翘尾，动作默契。显然，它们是一对鸟夫妻，前者是丈夫，后者是妻子。或许是因为妻子的到来，丈夫想在妻子面前显摆一下，做出了一个意外的举动：它忽然向我靠近，不是飞，而是迈着碎步跑，瞬间就进入了我的镜头"打鸟"的射程，我即刻按下了相机快门，与此同时，我也意识到，这一对鸟儿的异常行为，是因为它们的幼鸟就在近处。于是，我停下来，稍稍后退了几步，开始观察它们。很快，它们飞向一个草原鼠兔的洞穴处，一只小鸟即刻从洞中爬了出来。小鸟显然以为是父母为它衔来了吃食，张开嘴喙迎向父母，这才发现它们的嘴喙里空空如也。我急忙蹲伏在地上，小心地迈动着步子，几乎以匍匐的方式慢慢靠近，并把相机架了起来。但警觉的鸟夫妻很快发现了我，我还没来得及按下快门，它们便飞走了，留下那只小鸟愣怔着，依然待在原地，好似方才它的爸爸闯入我镜头的样子，我急忙把这个画面拍了下来。而就在此时，奇迹出现了：一只鼠兔幼崽儿从方才小鸟爬出的洞中探出了头，原本站在洞口的小鸟从愣怔中回过神来，转头看了一眼小鼠兔。

"得来全不费工夫"，我大喜过望，轻松地按下快门，拍下了这个雪雀与鼠兔同框的画面。

在《尚书》《山海经》等古籍中频频提及"鸟鼠同穴"，古往今来，许多人认为这只是《山海经》这样的玄幻之书的猎奇之说，也有人以讹传讹，说它们是鸟鼠同体，或说它们是互为雌雄。其实，这只是大自然不同动物之间的一种共生现象，它们相互合作，达成了有关如何摄取食物、如何预防天敌的利益关系。我从小就看到雪雀和鼠兔之间的这种关系，可以说对这一现象熟视无睹。但当我向人们谈及此事时，许多人表示难以相信，于是，我也一直想拍下一张照片来证明。虽然雪雀与鼠兔形影不离，但真的拍一张它们同框的照片却也不是容易的事，而这一次，却就这样轻而易举地拍到了，所以我说"得来全不费工夫"。

那一天，拍到了雪雀与鼠兔同框的画面，我兴奋不已。上了车，我特地打开相机的显示屏，给孙频看我拍到的画面，并不厌其烦地给她讲"鸟鼠同穴"的故事，同车的伙伴们都听得入了迷，"韦小宝"还让我把照片发给他，说他要发朋友圈。

是夜，我们到了目的地——青海省贵南县沙沟乡石乃亥村，孙频要在这里进行采访采风，写一篇自己之前从未涉及过的高原藏族题材的小说。这样的写作尝试，是她向自己提出的挑战。她让我肃然起敬。我们在主人的带领下走进生了火炉、洋溢着温暖的屋子里。围坐在火炉旁，准备吃饭时，孙频告诉我，她已经通过网络查阅资料，基本了解了"鸟鼠同穴"的来龙去脉。

巫山大雨时

◎ 叶 梅

一

似乎是从六月以来,就有了雨。而到了七月,郁积在半空中的厚厚云层更像发酵的面团一样膨胀开来,大三峡巫山两岸的山峰渐渐被铺展的云雾遮挡,本来就是"除却巫山不是云",而此时的云不是那种轻柔的若隐若现的,却是沉甸甸,灰蒙蒙的,蓄积了多个夏日的雨水就在连天成片的云团包裹之中。雨和云的交织已经密谋多时,终于有那么一刻,在老天的撕扯下,强势的雨水破云而出。

大雨来了。

二〇〇三年夏天的大雨是从干旱多时的北方开始的,先是北京、保定、涿州,然后从北到南,从东到西,大雨受风云的驱使,而变幻的风云像是出自一支巨大的神笔,在天空中任意涂抹。

这的确是一张让人惊恐的云图。

雨哗哗地从天而降,像是有一道密令催逼,半点儿也不敢迟缓。在这秦岭和大巴山汇合之处的长江三峡两岸,万千生物仰头迎着这大雨的浇淋,任由它率性洒落。雨水迅速地渗入山林的隐秘处,化作一道道溪流,小蛇一般蹿走,然后汇入平日的潺潺小河,小河陡然间鼓涌起来,一转身就化作巨龙,不加喘息地裹挟起河边所有枯干的草根、杂枝、碎石,甚至顺势拔起半躺的树木,横冲直撞地奔腾而下。

鸟儿躲藏起来,它们在大雨将至的前夕,早已在从看似一动不动的云团中穿过时,嗅到了雨的各种气息:雨的大小,何时降临,降于何处,都在鸟儿们的掌握之中。毫无疑问,聪明的鸟儿是天地间的使者,它们从远古的祖先开始,一直到如今,自由地飞翔在赤手空拳的人类无法企及的高度,不需要任何仪器的探测,便自知路径地飞越千万里,从地球的一端飞到另一端。

每年随着季节变换既定远行,飞去再飞回,这对鸟儿们来说是重大而又平常的生命经历。巫山的一些鸟儿也是如此。它们的路线各有不同,长腿的白琵鹭自中国北方来,燕子却是从更远的地方,它们在异地的家园不知是何情状,但在这森林茂密的巫山,它们的巢可以建在树上,也可在冬暖夏凉的山洞里;它们会与河岸离得稍远一些,这样,即使再猛烈的山洪在山谷间咆哮,鸟儿们也仍可安稳地在巢里歇息。

但小魏和他的同事们不能像鸟儿一样只顾安歇,在这个大雨滂沱的七月,他们比平时更忙些。

二

小魏瘦瘦的:清瘦的身材,清瘦的脸。或许是常在山林间走动,生怕惊扰了鸟儿和河里的鱼儿,他说话总是细声细气的,但又是清亮的;又如他那双清澈的眼睛,专门察看山水,被绿树环抱的碧水一遍遍洗过,便也总是清亮的了。

小魏是重庆市巫山县生态环境监测站的副站长。

巫山与神女相伴,这片带有奇魅色彩的地方水资源丰富,是长江流域重要的生态屏障、全国水资源战略储备库。浩荡的长江干流自西向东横贯巫山,再经湖北巴东、秭归、兴山、宜昌,进入长江中下游。巫山县境内的大溪河、大宁河、神女溪、抱龙河、三溪河、小溪河等 6 条支流呈树枝状分布,将巫山的清泉抑或山洪逐一汇入长江。小魏和站里的同事每月上旬都会按时对长江干流及这 6 条支流开展水质常态化监测,每月上、中、下旬则会对各支流的回水段开展"水华"巡查及预警,每天都要对水质自动监测站的数据进行审核。可以说,他们时时刻刻都在关注着长江及其支流水质的变化,为的是保证流经巫山的一江清水向东流。

小魏做这些事已经长达 18 年。

作为"80 后"的小魏,二〇〇五年毕业于青岛理工大学,所学专业正是环境科学。离开那座美丽的海滨城市回到家乡巫山之后,他就进了生态监测站,开始跋山涉水野外监测采样。当年小魏刚开始乘船外出采样,在船上晃荡着工作一天,晚上回到家,躺在床上都还会感觉天旋地转,身体像是在随波摇晃。还有好几次,甚至从船上掉到了水里,但现在他已经身轻如燕,可以在船舷上健步如飞了。至于徒步行走山路,风餐露宿,风吹雨淋,那更是家常便饭。

当地俗话形容一个人走路走得多,会说"腿都走细了",小魏的腿确实也是走细了。18 年间,日复一日地,他走遍了巫山全县 26 个乡镇(街道),走遍了巫山的每一条小河、每一座水库。他每年都会去这些地方采样监测。"八千里路云和月",是一个漫长的概念,而小魏的足迹显然更加漫长,算起来,他至少已经走过了 8 万多公里的水路、陆路。

现在的条件和设备比 18 年前好多了,让小魏有些骄傲的是,在可以通航的水道上采样有了专门的监测船,不能通航的河流、水库,采样则有专门的监测车。监测车的外形和救护车差不多,白地红道,看来治理环境和治病救人有着相通之处。

采样看起来简单,其实规矩很严,小魏和他的同事得开车或乘船、步行到每条河流的采样定位点,近者十几公里,远者上百公里,戴着手套将消毒净化过的容器投入水中,取上水来,再按照不同的指标将水置入不同的容器,有透明玻璃的、有聚乙烯的、棕色玻璃瓶的不等,进行各项水质指标的实验分析。

按照国家地表水环境质量标准规定,分析指标共 28 项。重庆市生态环境监测中心又根据长江上游流域的情况增加了一个流速流量的分析,因此共有 29 项。在现场可以马上分析出 5 个参数,即 pH 值、温度、溶解氧、电导率、浊度的值;在实验室则主要分析水的总磷、总氮、氨氮、化学需氧量、五日生化需氧量、重金属和阴离子、阴离子表面活性剂等等指标。

难怪小魏和他的同事们看上去都文质彬彬的,要知道从样品的量取,药品试剂的称量、配制,到操作精密的分析仪器设备,都相当于"绣花"一般,既要有扎实的专业功底,还需要专心致志、心灵手巧,唯有准确、熟练地操作,才能分析出真实反映水质状况的数据。

小魏所在的生态环境监测站,每年取得的环境质量监测数据约有2万余个,为防治污染、精准治污、科学治污、保护长江提供了重要依据。

在这个风雨交加的7月,常规取样分析的工作仍然不能中断,小魏和他的同事们分成几组,分别到长江干道和支流去采样。小魏带人去的是神女溪和抱龙河。神女溪上游采样点距县城七十多公里,开车路途顺利时也得一个多小时,其间必经一条长约4公里、窄狭的挂壁公路。所谓"挂壁"就是挂在悬崖上,一边是百丈深涧,一边是随时可能会有石头掉落的陡岩。

挂壁公路上,逢多雨季节落石很常见,7月的连日降雨,陡壁上的岩石更为松动,车开到挂壁公路前方时,果然见路上一堆堆垮落的石头,不怀好意地躺在路中间。手扶方向盘的驾驶员忍不住说:"今天真的是有点儿恼火哟。"

巫山话中的"恼火"可以用于多处,这里指的是麻烦。小魏心里也明白:今天确实是有些麻烦,但再麻烦也得把采样样品取回来,况且这条窄路根本无法掉头。这时天空中的云层仍然灰蒙蒙的,一场接一场的暴雨过后,山间依然闷热,鸟儿低飞,预示着大雨将至。小魏和驾驶员身上都冒着冷汗,那4公里的路前方就是一个黑洞洞的隧道,他们相互打气,说:"没的事,开得过去。"

"是嘛,开得过去。"

绕过那些落石,悬崖下乱云飞渡,他们的车就像一艘云中船,又像一艘战舰,穿越危险的战火,冲往前线。小魏和他那些同事都还很年轻,但他们把眼前要做的事情看得很重,或许老天爷也知道应该照应这群为保护生态环境而付出的人。

祝他们一路平安。

三

神女溪就在神女峰下,那位美妙绝伦的仙子自古以来就亭亭玉立,于高山峡谷之巅含情脉脉地注视着大地江河。从她脚下流出的小溪是她飘拂的裙裾,人们一直小心呵护着。

但等小魏他们来到神女溪的源头、规定的取样点时，发现山上的落石已将去往河边的步道和栏杆全都打烂，他们只能避开滚落的乱石，迅速从灌木野草丛生的林间来到河边，用最快的手法程序一样不少地从河水中取样，装入各色瓶中。之后便不敢再做过多的停留，拎着水样箱赶紧撤退。

每到一个取样点，都是一场战斗，都是一次冒险。

在这个七月，小魏他们没有中断对任何一条巫山河流的取样分析，为的就是掌握山洪泛滥时节的水质量数据。神女溪、抱龙河的水都将在几十公里之外汇入长江，尽量到源头采样点去采样，然后做出分析，小魏和他们的监测站才放心。

驾车去抱龙河源头，走着走着发现路面整个都塌陷了，河岸成了一道陡坎，于是弃车绕道找水流稍平缓的地方下河。小魏想找到从前走过的一条弯曲小路，从农户家旁边绕过，再去到河边。但没想到那个农户已迁离，蒿草间的小路也全都被山洪冲毁，不知路在何方。

在坎上左看右看，小魏突然眼睛一亮，他发现乱石丛中露出铺设的防洪管道和水泥墩子，那是近些年兴建的设施，从山间直通到河里。小魏忙招呼同事们顺着管道往下爬，好在管道粗大坚实，也好在这些年的翻山越岭练就了敏捷身手，一阵手脚并用的爬行后，终于从陡坎下到河滩，再深一脚浅一脚蹚进混浊的河水，取出水样，这才松了一口气。

捧着那堆瓶子，就像捧了一堆宝贝。

当然，小魏他们的生态监测站要做的并不只是这些，除了每月对长江干流及支流开展常规水质监测，每月上、中、下旬开展"水华"预警及巡查，对城区污水处理厂、大昌镇污水处理厂、摩天岭污水处理厂开展监督监测外，还有其他很多业务。

就说今年吧，四月以来开展了国控及市控土壤的采样；五月开展了41家乡镇污水处理厂的监督监测；六月，配合开展国际环境日的宣传，配合巫山高中、三峡医专、北京林大等学校师生参与水质监测采样及分析，宣传环保知识；七月，配合完成大宁河入河排污口——雨洪排口、雨水冲沟、乡镇污水处理厂排口等的排查。今年还会对全县乡村进行监测，逐步削减农村面源污染,鼓励使用环保肥,加强对畜禽养殖业的监管,还有地质灾害创面修复、河面清漂和对消落带进行治理;同期还要进行站内技术人员个人持证上岗的考核……

这里面的每一项,做起来都不简单。

"水华"一词听来蛮顺耳,但对生态来说却是一种令人厌恶的灾难,它指的是水体中的藻类不受控制地增长,在水温、光照、营养盐成分(氮和磷)充足的情况下会长满整个水面。不同藻类,水的表观颜色也会不同,一般是绿藻,也有偏黑色的甲藻,就和海里的赤潮差不多,会导致水体富营养化,水质恶劣,鱼类死亡,一片恶臭。小魏说,二〇一五年,巫山大宁河就曾爆发了一次"水华",那怪模怪样的绿藻几乎吓退了游客。当年太湖、滇池也都曾有过骇人的绿藻出现,都经过了很长时间的治理才算清除。

为了防止"水华"再现,必须控制污染物的进入,降低氮、磷的浓度,所以河流两岸划分了禁养区,非禁养区内也要做好畜禽粪污干湿分离,污水规范处理。小魏他们为此每月至少要巡查三次,有时还与检察院一起配合进行。

巫山所有乡镇都已建立污水处理厂,随之建立了一到三级管网。普通人可能会觉得这些"管网"与自己不相干,殊不知它连接着千家万户,担负着城市小区、街巷、乡村的排水,不通则痛,污染更会形成顽疾。

这个道理其实一说就明白,生态环境的每一个细节与每一个人都息息相关。

四

七月在连续的大雨中忙碌,尽管格外艰辛,但好在大家都平安,没出什么大事。只是有一天,小魏他们来到一条布满青苔的小水沟旁,除了取样,他还要去查看排污口,特别是一些隐蔽的排污口,想一一查看仔细,没想到脚下湿滑,一不留神就摔倒在沟里。

同事们连忙问怎么样。

小魏从泥水里爬起来说:"没事,没事。"

等到夜晚回到县城家里之后，身上的湿衣也都干了，脱下衣裤时一番撕扯，火辣辣地疼，原来胳臂、腿都摔伤了。他不想让妻子儿女知道，忍住疼一声未吭。

小魏有一个幸福的家庭，漂亮的妻子和一双儿女，跟他一样，全家人的眼睛都清亮亮的。所以小魏在外一身泥一身水的，忙到再晚，心里也很笃定。

小魏曾因突出的工作业绩和生态学术研究，接受更多具有难度的工作，也受到过各种表彰，二〇二一年入选生态环境部生态环境监测"三五"人才技术骨干，获得二〇二一年度"感动重庆十大人物"称号，二〇二二年度被中国生态环境部授予"中国生态文明先进个人"荣誉称号等等。小魏在这些荣誉面前仍然眼睛清亮地干着他18年来一直干着的活儿。

小魏的名字叫魏崑。

就在瘦瘦的小魏在长江边检验水质的时候，日本那边的核污染水排海正式启动，一股股含六十多种放射性元素的核污染水开始不停地流向人们用最具有诗意的语言赞美的大海。

德国海洋科学研究机构采用计算机模拟发现，福岛沿岸拥有世界上最强的洋流。从排放之日起57天内，放射性物质将扩散至太平洋大半区域；10年后将蔓延至全球海域。

从事水质量检验的小魏懂得，核污染水虽然经过处理，但依然还有较高浓度的放射性元素氚、铯等无法清除干净，排入海洋后，氚还会产生低强度的 β 射线，有可能长期影响鱼类、浮游生物、底栖生物、鸟类等，这些生物体内所含碳14在数千年内都存在危险，并可能造成基因损害。核污染水排放30年，污染的是整个海洋生态系统，乃至整个地球。

一江清水向东流，流向东海之后，却将会遭遇核污染，18年来小心呵护这一江大水的小魏，还有他的同事们，望着滔滔东去的长江，怎能不深深地担忧？

这些天，巫山雨仍在下着，我想，那是神女的眼泪。

沙漠兽

◎ 王　族

白鼬

一次，一位朋友问我："虎鼬好玩，白鼬珍贵，如果有一只虎鼬和一只白鼬，你只能二选一，你选哪一个？"我一时为难，不知该做出怎样的决定。

之后便留意起白鼬，心想它们大概与虎鼬差不多，但很快又否定了自己的这一想法，因为我听到一个关于白鼬的说法：白鼬行无双。可见白鼬喜好独行，从不与同类结伴而行。这样的动物是从不凑热闹的，它们知道在热闹之外，还有更为美好的世界，而它们选择的独行方式，亦是对更为美好的世界的渴望与追求。

当然，白鼬也像虎鼬一样是颇为好玩的动物，民间有老话说：天不黑白鼬不出来，没食物白鼬不挪步。它们一旦露面就会成为猎捕对象，所以它们便不随意走动，多待在不会轻易被发现的地方。但它们活着就得吃东西，所以在肚子饿了后便谨慎出行，觅得一口吃食后就赶紧返回。

阿勒泰有一位猎人，为白鼬布下铁丝圈套，一只白鼬钻入圈套后，觉出不对劲，便绷直身体慢慢向前移动。它不碰圈套，圈套机关便无法启动。最后，它顺利将细长的身体移出圈套，那猎人上山得知情况后，气得直跺脚。

白鼬的身体细长，尤其是腰身和脖颈，显得颇为笔直，极具流线美感。但它们的四肢却很短小，在地上行走时几乎不见四爪动弹，只有笔直的身躯在快速移动。它们能那样迅疾而行，是靠了敏捷的四爪，其步履之快，肉眼是看不清楚的。

它们最奇特的地方是身上的毛会变颜色。阿勒泰的那位猎人在夏天看到一只白鼬，它们的背上是灰棕色，腹部为白色，便惊叹白鼬很漂亮，如果能抓一只当宠物养，该有多好。到了冬天，那猎人又看到一只白鼬，它全身都变成白色，远远看上去有一尘不染的感觉。那猎人后来又发现，那只白鼬只有尾端为黑色，但一点儿都不影响它身上的白。那猎人又动了将白鼬捉回家当宠物养的念头，但他尚未接近，白鼬已闪出一片白光不见了。那猎人又惊叹，白鼬太漂亮了，也许是神的宠物，人怎能轻易把它们抓住？后来他听说白鼬的白色毛皮昂贵，可做高档皮料，便又为两次错失白鼬而后悔：如果抓住白鼬弄一件鼬皮大衣穿，该是多么享受。

我有一年在阿勒泰的达尔汗碰到那猎人，经他讲述，知道了白鼬的一些情况。白鼬的适应能力很强，草原、草甸、沼泽地、河谷地、森林、半荒漠的沙丘以及耕作地等地带均有分布，它们主要吃鸟类和小型哺乳动物。白鼬不善于挖洞，大多以岩石裂缝、树根或倒木下、乱石堆、草垛、树洞以及鼠洞等为巢。它们的巢的结构较为简陋，常常把干草、苔藓、细枝条或猎物的毛及羽毛等铺垫进去，就是一个栖身之地。

那猎人在后来再次碰到了白鼬。有一天，他为兔子布下圈套，藏在石头后等待兔子出现。圈套旁有鲜嫩的野草，后来有一只兔子果然紧盯着野草出现了，但那猎人没想到，一只白鼬像他一样，也在等待兔子。兔子尚未进入猎人的圈套，白鼬便紧贴地面匍匐到兔子跟前， 跃扑过去咬住了兔了的脖子。兔子比白鼬大好几倍，它几次欲奋力挣脱，但白鼬死死咬着它不放。它们在地上翻滚，蹚起的尘土弥漫成一团。最后，白鼬发现旁边有一块石头，遂扯起兔子的头撞向石头，兔子惨叫一声，软软地瘫在了地上。白鼬遂用嘴扯着兔子到僻静的地方，开始吞噬。那猎人本来想趁白鼬不备，一把将它抓住带回家，但是看到那一幕后，便觉得白鼬不是那么好抓的，就放弃了这个想法。白鼬吃完兔子后慢悠悠地走了，完全是一副胜利者的样子。

说起来，那猎人有好几次都是眼睁睁地看着白鼬离去而未得，但他对白鼬了如指掌，所以他给我讲述白鼬时显得很兴奋，语气中流露出对白鼬的喜爱之情。他说，白鼬的动作十分敏捷，视觉和听觉也极敏锐，一旦发现猎物就抻长脖子，全身贴近地面，匍匐向前移动。抓住猎物后，白鼬会先将猎物头部咬碎，使其很快死亡。

我没有见过白鼬,以上所写皆为那位猎人所讲。所以今日将白鼬写到此,绕不过那猎人后来的命运突变。后来的一天晚上,他听到附近有类似于猫头鹰的声音,扰得他心烦,便出门欲将鸣叫者赶走。不料却看见一只白鼬蹲在栅栏边,见他出来便闪出一片白光离去。夜虽黑,但白鼬犹如一把刀子,把黑夜切出了一条逃生的路。更为离奇的是,当时没有任何征兆,但他一转身,脚腕咔嚓一声便骨折了。

难道白鼬夜叫,不祥?

长耳跳鼠

长耳跳鼠的身上有三怪。第一怪是两只耳朵,从脑门向上竖立而起,显得出奇的长。第二怪是它们仅有两条腿,看上去极像袋鼠。但千万不要小瞧它们的那两条腿,往往向下一蹲就能跳跃出去,等于跑了好几步。有了这二怪,它们便怪出了名,于是人们将它们的长耳和跳跃考虑在一起,称它们为长耳跳鼠。

最早听到长耳跳鼠,说是它们生存在塔克拉玛干沙漠中,便觉得难得一见。据说见到长耳跳鼠的人,都是偶然与它们不期而遇,他们看见不远处的沙丘上有两只长耳跳鼠,将身体一蹲,尾巴一甩,便从沙丘上跳跃了过去。他们小声嘀咕:"这两只长耳跳鼠是不是一直在观察我们,直到我们做出决定要返回才离开了? 如果真是那样,长耳跳鼠便不是一般的动物。"

我亲眼见到长耳跳鼠后仍是大吃一惊, 按说长耳跳鼠长得并不大,充其量像是一只发育健康的老鼠,但为什么会长有这么长的一条尾巴呢? 看来是找不出原因了,只能说是上帝的安排扑朔迷离,让小小的长耳跳鼠碰上,便长了一条颇为离奇的尾巴。后来细看,发觉这真是一条美得出奇的尾巴,其流线型极富美感,尤其是尾巴尖端的那一簇黑白相间的绒毛显得非常可爱。

有人说长耳跳鼠的尾巴不但好看,而且用处很大,它们在沙漠中行进时,会用尾巴把爪印扫去,所经之处便无一丝痕迹,谁也别想寻找到它们的踪迹。

我忍不住抚摸了一只长耳跳鼠的尾巴,虽它已被制成标本,但仍然光滑细腻,尤其是尾尖的绒毛,摸上去有极为柔软舒适的手感。

　　说到它们的尾巴,那就还得说说它们的另一奇事。它们跳跃而起时,仅用两只爪子支撑身体,腰一挺似乎要向后倒去。但它们的尾巴在此时绷得很直,起到不可思议的平衡作用,遂让自己或唰的一声向前蹿去,或垂直跳起,把空中飞动的昆虫吞进嘴里。它们跳跃时与袋鼠颇为相似,总是一跳一站。人们以为那样很费时间,却不料它们跳跃的频率很快,转眼就不见了影子。

　　聊到它们的耳朵,本以为仅仅只是比脑袋大出数倍,没有别的奇特之处。但是我很快就为自己的偏执后悔了。我并不了解它们的长耳,为何却固执地认为那只是摆设一样的两只耳朵呢? 其实,它们的耳朵是动物中最厉害的耳朵,如果周围有异常情况或者危险降临,它们的耳朵会骤然竖起,并迅速伏下身子,将长尾收拢成一团。如果这时刚好看到它们的正面,便只能看见其高竖的双耳,似乎它们用双耳在冷静判断所遭遇的情况。

　　有个人对长耳跳鼠的兴趣十年不减,有机会就往东疆和南疆的沙漠里跑,运气好的话能找到长耳跳鼠,悄悄拍一些照片;如果运气不好便一只也找不到,只能在沙漠中转转,在心里说几句祝福长耳跳鼠的话,然后默默离去。

　　有一年他听说,有人在火焰山下抓到了一只长耳跳鼠,便连夜从乌鲁木齐赶到吐鲁番,对那人讲解了一番长耳跳鼠的珍贵之处,劝那人将那只长耳跳鼠放回戈壁。那只长耳跳鼠几起几跳便不见了,那人颇为诧异,难道长耳跳鼠会飞?怎么转眼间就不见了影子?他遂又解释,长耳跳鼠身上的颜色,与沙土十分相似,只要它们一进沙漠,便与沙漠浑然一体,人便无法再发现它们。

　　那人与长耳跳鼠纠缠十余年,亦经历了不少趣事。有一次他碰到一只黄鼠狼抓长耳跳鼠,那长耳跳鼠极为聪明,从一条石缝中一跃而过。黄鼠狼不甘心,一头钻进石缝后被夹住,发出难听的叫声,而长耳跳鼠在另一侧舞动腰身,把一条长尾巴甩出极为柔美的曲线。

另有一事，一人安下捕兽夹欲夹长耳跳鼠。一只长耳跳鼠利用身小灵活的优势，在捕兽器中一动不动。那人以为它已被夹死，便伸手欲把它从捕兽器中拽出。它用尾巴一触捕兽器开关，迅速逃离而去。在它身后，那人发出一声惨叫，夹在捕兽器中的手，鲜血淋漓。

吐鲁番沙虎

吐鲁番沙虎是很像蜥蜴的一种爬行动物，因为只生存于吐鲁番盆地，又像壁虎，所以被叫作"吐鲁番沙虎"。

尽管这些小家伙犹如全身披鳞挂甲，但那些不同颜色的鳞片却很"娇嫩"，一经擦碰便破。有一人见过一只吐鲁番沙虎在惶恐逃窜时，不小心碰到了骆驼刺上，身上马上便是一层血色。那人以为它的尾巴会断，因为蜥蜴类爬行动物的尾巴很容易断掉，但他看见那只吐鲁番沙虎的尾巴甩了几下，便闪出一团血色光影跑远了。那人后来得知，吐鲁番沙虎的皮肤有很强的修复能力，如果伤得不重，一夜过后就会恢复得与先前一模一样。

吐鲁番沙虎虽然不好看，但却不凶恶，如果人们打消对它们的偏见，便可发现它们的优点。吐鲁番沙虎本性机警，反应灵活，爬行速度极快。如果碰到一只疾行的吐鲁番沙虎，人们会看见它们身上原本骇人的色彩，在那一刻似乎变成了幻影，迅速向前穿梭而去。它们动作的迅疾亦与众不同，你以为它们穿梭得那么快是四爪在起作用，细看后才会发现，它们的身体亦发挥出了张力，一扭便快速向前蹿出一大截。

某一年，一干人等游吐鲁番，见戈壁上有圆形口，询问乃得知是坎儿井。从井口向下张望，井身笔直且深不见底，便疑惑那水怎可流出？一小孩儿趴在井口边向里望，差一点儿掉进去。其母一把抓住，大惊失色。返回的车上，见那母亲紧抱其子，身子仍在发抖。育人子，母亲的负重无可比拟。

如此独特的地域，影响了吐鲁番沙虎的生存，亦让它们适应了更独特的生存法则。譬如有一个说法，吐鲁番沙虎是夜行者，在白天见不到它们的影子。究其原因，是因为吐鲁番的白天太热，它们在白天便不出洞，等到天黑后才出来觅食。戈壁沙漠有一个好处，白天酷热，但夜晚会凉下来，怕热的动物便在黑夜出来觅食和饮水。

到了七八月份，它们只能吃刺山柑果实。但戈壁沙漠中没那么多可结出果实的树，它们往往要经过长途跋涉，才能找到果腹的果实。吐鲁番一带的葡萄很出名，人人爱吃，吐鲁番沙虎也很喜欢，它们一旦发现农民的葡萄园，便在夜晚悄悄进去，沿葡萄藤爬上去开始啃吃。它们吃得不多，迅速吃几口便转身返回。

在火焰山下的戈壁上，有一个人在一天黄昏见到一只吐鲁番沙虎，它被他的脚步声惊扰，欲做逃离状，但旁边的一棵小草又让它停了下来。它转身望着那人，圆圆的眸子里似有乞求之意。那人遂明白，那小草上的颗粒果实，对它来说得之不易，它不想放弃。很显然它已多日没有进食，否则不会在黄昏便出洞。那人一笑离开，给它留下了一方安全地带。

黎明亦是吐鲁番沙虎活动的时间，它们在这一时刻出洞，主要是喝水。说是喝水，其实也就是从草叶上舔露水。沙漠一夜降温，至黎明时分，草叶上便有了露水，吐鲁番沙虎在这一时刻慢慢凑近草叶，伸出舌头舔吸上面的露水，舔完一片又去舔另一片，直至舔足了才离去。

有一个人在沙漠中碰到一只吐鲁番沙虎，它去舔骆驼刺上的露水，无奈骆驼刺太过尖利，它努力了好几次，都无法把舌头伸到那滴露水上。它观察了一下那根骆驼刺，弯曲下两只前爪，才让舌头舔到了那滴露水。

在那一刻，那个人看见那只吐鲁番沙虎像为了活命而跪下的人。

沙狐

顾名思义，沙狐多生存于沙漠。

沙狐在狐类中最小，大小与猫差不多。如果不识沙狐，突然碰到了猛一看，会以为它们是猫，只有细看才会发现它们的耳朵向上挺立，一双眼睛极富媚态。仅此两点，它们便与猫不一样。

曾听说过一件趣事。有一个人见到一只在沙漠中穿行的沙狐，嘴里叼着一枝枯花，像是要去做重要的事情。那人好奇，遂尾随其后观察。那只沙狐将枯花叼到一个洞口，用爪子猛抓花蕾，有花籽飘着弧线落到了洞口，然后它转身躲进了灌木丛中。那人不解,便躲在一边观察,不一会儿,从洞中爬出几只老鼠,争相抢吃花籽,沙狐窜出堵住洞口,老鼠们欲逃脱,但沙狐闪展腾挪,很快便让它们毙命于它的爪子之下。那人笑了,聪明的沙狐,在谋略方面是动物中的一绝。吃毕老鼠,沙狐弃老鼠洞而去。那人猜测,老鼠洞太小,容不下它的身体,对它没用。

沙狐擅抓老鼠,每天都可以抓五六只。有此举动,它们堪称平衡大自然生态链的功臣,但它们却活得很辛苦,因为没有固定的栖息地,只能四处流浪。到了冬天,觅食变得越来越困难,加之不能忍受寒冷的风雪,它们会向南迁徙。没有人知道它们会走到哪里,仅靠四爪又怎能走远?也许挨到一个暖和的地方,就凑合着过一冬。

相比其他狐属动物,沙狐更具群居性,甚至数只共居一个洞穴。沙狐主要栖息于草原、荒漠和半荒漠地带,从不进入人们的农田觅食,亦不进入森林和灌木丛。它们天生有管理才能,与其他穴居动物毗邻而居时,如附近有空置地穴,它们便主动接管,并合理分配给其他动物居住。时间渐长,它们便越聚越多,形成类似于部落的规模。人们称赞它们居住的地方是沙漠中的"沙狐城"。

沙狐蹿高捕食的习性,持之以恒便成为习惯。有一个人捉兔子,却被兔子耍得团团转,不但没抓住兔子,反而被骆驼刺扎破了手,抱着手甩下几句诅咒的话,跑回去包手了。那只兔子逃脱了人的视线,却逃脱不了沙狐的眼睛。一只沙狐从人的失败中吸取教训,悄悄攀上岩崖,爬到一根斜伸出去的树枝上,耐心等待兔子出来。等了一天一夜,那只兔子终于从草丛中露出了头,它不知一场博弈已暗自布置完毕。等它进入沙狐设伏的地带,沙狐像一团阴影倏然飘下,兔子尚未反应过来,便被沙狐按进了沙土中。

那人几天后又去了那个地方,看见地上有兔子的骨头,一时疑惑不已:难道那只兔子在前几天死了?自己在当时只顾着去包扎伤手,忽略了本该属于他的那只兔子。

他没有见过沙狐,不知道那是沙狐的壮举。

子午沙鼠

子午沙鼠这个名字起得很确切，它们喜欢在夜间活动，活动高峰为子夜零时，故得名"子午沙鼠"。

子午沙鼠有好几个别名，分别是黄耗子、黄尾巴鼠、中午沙鼠、午时沙土鼠等。从这些别名可以看出，它们多生活在沙地或沙漠地带，是西北特有的动物。

听一位见过子午沙鼠的朋友说，戈壁沙漠只是子午沙鼠披在身上的外衣，它们真正的栖息地，常常在戈壁的灌木丛、沙丘和沙地。它们是挖洞高手，一旦喜欢上一个地方，便会挖出一个又一个洞，细分下来有越冬洞、夏季洞和复杂洞。越冬洞是专门用于过冬的，它们常常把越冬洞挖到两米以下，任凭外面大雪纷飞，它们在洞中安然偃卧。

说起子午沙鼠，人们常常会兴致勃勃地说起它们洗脸。它们虽然身处干燥的环境，却很喜欢洗脸，而且是干洗。它们在每天早晨都会选择一个安静的地方，用两只前爪干洗脸庞。它们"洗"得缓慢而从容，常常耗时两三个小时。洗完脸后神清气爽，便与同伴互相举起爪子，一下一下地梳对方身上的毛；梳完后绕对方走两三圈，直至认为满意后，才开始玩耍。

子午沙鼠喜食种子，人们前一天把种子播种下地，第二天便痛苦地发现，子午沙鼠在一夜间已把田地翻了个遍。人们痛恨子午沙鼠，便把夹捕、封洞、陷阱、水灌、鼓风、剖挖或枪击等方法用到子午沙鼠身上，而子午沙鼠贪食，一有吃食便忘乎所以，常常被捕杀得倒下一大片。

我惊异于朋友对子午沙鼠那么了解，他说，人常说"吃一堑，长一智"，他挨过子午沙鼠的欺负，还能记不住它们的一点儿事情吗？细问之下才知道，有一次他抓了一只子午沙鼠，见它那么小，便捧在掌心玩耍。那只子午沙鼠似乎并不怕他，对挤眉弄眼的他不理不睬。他放松了警惕，不料子午沙鼠突然一口咬住他的手指头，疼得他一抖，子午沙鼠趁机跳到地上，一蹿便不见了。

后来又有一次，他把一只子午沙鼠堵住，想起上次被咬的事，便心生捉弄它的想法。那只子午沙鼠与他对视，一双小眼睛滴溜溜转，似乎在打什么鬼主意。他想对它大吼一声,嘴巴刚一张开,子午沙鼠一甩尾巴,他便闻见一股腥臭扑面而来。他赶紧用手捂住口鼻,子午沙鼠转眼间逃得不见了踪影。后来他才知道,子午沙鼠在那一刻把尿液撒到尾巴上,然后甩向他的脸,借以逃之夭夭。

子午沙鼠几乎一生不喝水,所以尿液奇臭无比,甩到人脸上,能把人熏得晕过去。

塔里木岩蜥

塔里木岩蜥,是蜥蜴类的一种。

它们的头像鲨鱼,如果正面碰到它们,刚好看到它们的脸,就会看到它们有几分凶煞之气。有一人在沙漠中碰到一只塔里木岩蜥,因为只看到它们的头长得像鲨鱼,对于其他地方,譬如鼻子、嘴巴和眼睛都没有看清,回家后便找到一本动物图集,仔仔细细把塔里木岩蜥研究了一番。研究后觉得它们仅是眼睛让人恐惧,而其他部位则显得很温和,让人心生将它们当作宠物的想法。

其实塔里木岩蜥的体形极小,看上去与普通蜥蜴没什么两样,大可不必怕它们。不仅如此,塔里木岩蜥只要觉察到旁边有人,就会迅速跑掉,以至于人发现有塔里木岩蜥,最多只能看见它们的影子。时间长了,便有了一个固定的说法:它们这么胆小,人还会怕它们吗?

有人在沙漠中碰到一只塔里木岩蜥,它看了那人一眼,一扭头便不见了。那人颇为疑惑,它看他的眼神幽幽的,像是一个无底深渊,它为何会那样看他?他没有看清它身上的颜色,但从它闪现的一团影子断定,它是一只榄棕色较多的塔里木岩蜥。

知道了它们的这一习性,无论是见到或见不到塔里木岩蜥,便都会知道它们的活动范围不大,一般都仅限于方圆数百米。但如果想沿着这一线索找出它们,却并非易事,它们在有限的范围内,常常构筑出好几条逃遁路线,即使被人发现也无大碍;它们在地底下逃遁,人在地面又怎能知道?

它们的另一厉害之处,是能让身体变色。如果从亮处进入暗处,它们身上的颜色马上便暗下去，直至变得乌黑一团。而一只从暗处走出进入强光下的塔里木岩蜥，则很快会变得与沙漠、石头和沙丘同一颜色。它们的这个本事在动物界独一无二，亦是它们一趴下便用来保护自己的法宝。

塔里木岩蜥虽然长得丑陋，但性情温驯，人们但凡看到塔里木岩蜥，只有三种情景：打盹儿、吃东西和晒太阳。塔里木岩蜥是素食主义者，专以青草、树叶、花瓣、水果为食。吃饱后，它们会懒洋洋地晒太阳，借助太阳的温暖一边消化食物，一边闭眼打盹儿。

在平时，塔里木岩蜥之间可平静相处，一旦到了交配季节，一石激起千层浪，众多雄蜥常为争夺雌蜥大打出手。最后，最强壮的雄蜥将争夺者击退，且占领大块区域，和成群的妻妾自在逍遥。而失败的雄蜥，如果没有超凡的力量，便无法击败称雄的雄蜥，只能把情欲压到体内的隐蔽角落。

除了变色外，塔里木岩蜥还会用自残的办法逃离危险。它们的尾巴长，人们抓它们时，常常一把抓住尾巴拎起。它们知道别无他法，便强烈挣扎让人分神，回头一口咬断尾巴逃脱而去。它们逃脱时不会再变换颜色，因为它们变不了断尾处的流血。但它们只要一落地便逃得很快，让抓它们的人手握一截断尾，惊讶得不知所措。

有一只塔里木岩蜥逃脱时，没有彻底咬断自己的尾巴，事后又长出另一条尾巴，从此便有两条尾巴在身后甩来甩去。看见它的塔里木岩蜥，都一一惊恐闪开，以为它们中间出现了怪物。

它们亦有从不屈服的性格，有一个人抓了几只塔里木岩蜥，它们不吃不喝，时时用头去撞击玻璃缸，撞得皮破血流也不停止。最后，一只塔里木岩蜥撞死了，另外几只去舔它的头，遂一一感染而亡。

另有一只塔里木岩蜥，被一个人自小抓去，与一只狗同养。后来，每当那人唤狗，它便和狗一起回应。那人起初没有在意，直到有一天，那只塔里木岩蜥突然发出像犬吠一样的声音，惊得那人细看，发现它并未变成狗，这才放下心来。

但蜥类发出犬吠声，实为奇事。

2024年

时代的转弯处

◎ 任林举

一

正午的阳光照在漓江的主河道上,河水湍急,跳跃复回旋,泛起一江荡漾的光波。曾经繁忙的渡口不再有船只停靠,清清爽爽的堤岸之上,生着茂密的芦苇。芦苇丛边,有几只锚定的排筏静卧其间,三四个钓鱼人,反反复复地向江水中投掷一种带轮子的鱼竿,间或有闪着银光的鱼儿被提上岸来。

"唉,如今的蚂蟥洲是已经空空荡荡啦!"落霞的出现仿佛从天而降,不知道她是沿着哪条路走过来的。但从她深沉的语调和惋惜的表情推测,她应该是从时间那端,另一条小径而来。

是的,这是空间维度里的蚂蟥洲,有些路并不是谁都能走过去的。就在常人无法进入的时间维度里,落霞可以自由出入,穿梭于往昔和现实之间,因为这个洲子上有她曾经的家,有她在世或不在世的亲人,有她走过千遍万遍的足迹,有她的童年和少年的往事……有太多太多情感和记忆的珍藏。转身或回眸的瞬间,如果她愿意,她就可以回到遥远的或并不算太遥远的往昔。

一九七〇年出生的落霞,已经算不上标准的"船家"了,但她是船家的后代,虽然小时候并没有像母亲、外公、外婆一样,生在船上,长在船上,但因为向来和"船家"在情感和生活上有着剪不断的关联,所以半生也没有真正远离过船家和漓江。

船家的生活苦啊!"行船走马三分命,为了生活硬打拼。"过去漓江流域一直流传着"有女莫嫁船上汉"的民谣。落霞的妈妈是船上人,爸爸一家人上岸早,算是岸上人。落霞曾经问过妈妈怎么会嫁给爸爸的。妈妈说以前生活在船上生活太艰苦,无法忍受。别的不说,单说拉纤吧。漓江河道复杂多暗礁、浅滩,船在河里过滩、上滩的时候都要拉纤,不管什么天气什么季节,人都要跳到水里去拉。妈妈说,她是太怕那样的生活了,所以立志一定要找个岸上人嫁出去,一辈子也不要再回到船上生活了。

说来也奇怪,也许是从来没有经受真正的艰难和困苦,也许骨子里生就一段特殊的情感,落霞对船家的感觉和态度和母亲完全不同。母亲上岸之后,外公、外婆和舅舅们仍住在漓江上,以船为家,漓江和落霞之间并没有两相遗弃,她因为"好玩"常常要回到船上,与外公、外婆、舅舅、舅妈、表哥、表姐们重温船家生活。船当车,水当床,竹筏当摇篮。耳濡目染,船民的生活风俗和习惯渐渐渗入她的血液之中。

每当她说得并不太流畅的"船上话"被船家人接受,并把她当作"一家人"热情地拉到船上时,一股暖流就会涌遍落霞的周身。她深深为自己也是个船上人而感到骄傲,也深深为那些一去难再的温暖时光而感伤。

船民也称疍民,他们没有土地,长期生活在水上,以船为家,被称为"漂着的人""河上吉卜赛人"。在中国古代,船家人社会地位低下,因有"逢水捕鱼,逢处泊船,至岸有三丈六尺晒网之地"约束,疍民不准到岸上居住和经营谋生,生为船上人,死为船上鬼,终其一生都只能在水上漂泊。代代相传,相因成习,后来船家人便适应、习惯并留恋起船上的生活。

二十世纪八十年代以前,由于渔业资源丰富,船民的收入水平相对于种地农民较好,甚至和城市工人相当。随着渔业资源的严重枯竭,水利工程建设的大量增加,许多传统渔场被挤占、捕捞产量锐减,渔民的捕鱼收入和生活水平逐年下降。传统的船家生活失去了社会基础,难以为继。

为了解决船民的生产生活出路的问题,从二十世纪七十年代初,政府便动员漓江岸边的船家们告别数百年的落后生活方式,上岸定居。很多船家人响应政府号召,纷纷上了岸。因为生活方式、思维习惯和理念的巨大差异,经过了一些年的岸上定居,一些人仍然适应不了岸上的生活,又回到了船上,重操旧业,过起了逢河打鱼,逢水湾船的生活。

改革开放之后,国家的土地和水利资源都经历了再次分配,岸上的土地在农民手里,江上水面也分属不同的个人和公司,重新上岸的船民们,由于失去了资源分配机会,常常只能选择一些三不管的水岸泊定自己的破船。

他们停泊的水域,一般情况下,卫生也很差,不是在工厂、居民区的排污口边,就是在垃圾堆积的岔河里。在他们狭窄的生活空间里,别人在往里排污或丢垃圾,他们自己也在制造着各种生活垃圾。尽管上了一些年岁的人对旧有的生活方式恋恋不舍,但却遭到了年轻人的无情遗弃,他们不再愿意留在破旧的船上,不再忍受那种杂乱潮湿的生活环境,纷纷选择了离开,有的上岸打工,有的撑起了竹排拉游客,有的为航运公司去开游船。

时代发展日新月异。对岸的小区又起了新楼,气息时尚的楼群看起来整洁又气派,尤显得江边这些船房灰暗、低矮;江上的船筏清理之后,旅游公司更换了四星、五星级的现代游轮,每天快速从江上驶过,尤显得岸边这些不会行走的"船"呆滞、破烂。其实,说是船,它们已经没有船的功能,只会摇晃而不能行走;说是屋,也没有屋的样子,那些丢在水中的锚链,那些拴在岸边树上的绳索,证明了它们的不稳定和不固定性,大约来一场洪水就能把它们冲走。与陆地城市边缘破烂的棚户区相比,它们更少了宽敞,多了阴暗潮湿。岁月的激流在飞速向前,它们却在不断地沉沦,沉沦为难以再一次拾起的弃物。

这些年,桂林市在不断地下发着保护母亲河漓江的文件、方案。治理风暴,一遍遍吹,逐个领域地吹,终于在二〇一四年这一年,吹到了漓江边上这些五花八门的船屋。

清理行动开始了,落霞敏感地意识到,随着漓江主江段上航运史的终结,船家这个被深深地打上时代印记的名词也即将在人们的生活中彻底消失。这个在她的情感里那么亲切、温暖和明亮的事物,即将如流星般逝去,不可挽留。她开始怀着极其复杂的心情,逐一敲开漓江岸边那些"住家船"的门,为他们拍下在船上生活的画面,拍下船上的细节,拍下那些船的样子,为了自己灵魂的安妥,为了时代,也为了历史,留下一份记忆。

二

　　春天以来,落霞就在龙船坪、訾州、泗州湾、安新洲、蚂蟥洲几个地方轮番跑,她已经不知道是第几次来蚂蟥洲了,每次来都觉得跑过这次以后就不来了,但每次告别之后都觉得意犹未尽,还是觉得有谁、有什么被遗忘了。

　　再一次来到蚂蟥洲,落霞依然感觉很陌生,从前拜访过的几个船家陆续搬走了,有的连"住家船"都被拖走了。看来,政府的清理工作也正在悄无声息地向前推进。

　　没有人和她打招呼,半年前她拜访过的一个老太太,还守在她的小船上,落霞上去和她搭话,问老太太还认不认识自己,老太太瞪着茫然的眼睛看了半天,摇摇头,表示不认识。老天天看上去比半年前瘦弱和苍老许多,老得和她的小破船一样锈迹斑斑。她没再继续提醒老太太自己什么时候来过,来干什么。对于一个老人来说,很多事情忘就忘了吧,记得和忘记又有多大的区别呢?提醒的越多,就证明她忘记的事情多,相当于当面揭穿她的苍老,这也很残酷。

　　落霞今天的运气不错,遇到一个大船的主人。前几次来,这条船一直没有人影,今天怎么突然就有了人呢?有时,落霞走在这些住家船中间,感觉就像走在蒲松龄的小说里,说不准什么时候就能遇到惊喜。是一个女人,岁数不算大,在众多船主人中算是很年轻的,大约在六十至七十之间。

　　落霞走过去,张嘴想跟对方搭个话,对方冷冷地瞧了她一眼,便低下头,继续劈柴,也不知她从哪里弄来了那么多截成尺把长的圆木。全没有搭理落霞的意思。

　　见此情景,落霞干脆厚着脸皮一屁股坐到了女人身边,用船家话对她说:"哎呀,阿姨,我走得太累了,在你这里坐一坐吧!"

　　见落霞说了船家话,阿姨立即停了手中的活儿,像遇到了远方的亲戚一样,满脸的惊喜:"你也是船家人?"

　　"是呀,我父母和外公外婆以前都住在船上。"落霞没想到两人的气氛会在瞬间升温,继续和对方套近乎,指一指江边的船,"这是你的船吧?蛮大,这是我见过民船中最大,最漂亮的一条了。"

阿姨姓黄,叫黄土秀,男人不用说,也姓黄,这漓江边上所有的船家人都姓黄,一百个人里找不出一个不姓黄的,打鱼的,行船的,400年前都是一家人,都是亲兄弟。黄土秀一家是从恭城那边过来的。10年前,兴坪那边的旅游公司为了扩大旅游,更新游船就把小一点儿的船只卖给了需要的船家。黄阿姨说,当初买这条船本想要天长地久的,所以在这条船上花了不少的心思和钱。说到这里时,黄阿姨的脸上突然掠过一丝乌云。看来,她也知道这船早晚都得拆,住不长。

落霞熟悉船上的情况,也知道船上的诸般规矩,所以行走说话都很得体,喜欢得阿姨眉开眼笑,完全处在放松状态。落霞见时机成熟便提议给阿姨拍一些片子,留着将来看看,回忆回忆。

"你是要帮我照相啊?我衣服好看吗?你看我的头发咧……"为了做照相前的准备,阿姨好一顿手忙脚乱。这让落霞感到欣喜,她喜欢别人因为自己要做的事情而高兴。船上的生活寡淡而简单,人的内心也没有太多的想法和欲求。可是,女人的天性就爱美,不管年纪大小,也不管容貌妍媸,都期盼着自己的形象比在镜子里看到的更好、更漂亮,黄阿姨也不会例外。落霞知道女人心里的愿望一旦被激发出来,就会很执着,所以临下船时答应第二天就把照片冲洗出来送给黄阿姨。

赶到江边,船外无人。今天,黄阿姨的精神状态看起来一点儿也不好,形容憔悴,一脸倦意。落霞猜出一定有什么变故,便随口问了一下:"要求搬迁的公文下来了?"

黄阿姨有气无力地回答:"是的,已经有人来量了船,但是还没有说赔偿标准。船那么大,没晓得赔多少。"一阵沉默之后,落霞开始拿冲洗出来的照片给黄阿姨看。一幅幅照片,有黄阿姨单独照的,有孩子单独照的,有大人和孩子组合的……几十张放大了的照片,一张张翻下去,黄阿姨脸上的阴云在一点点消散。

落霞赶上了一个好天气,夕阳西下,阳光从河岸上平射过来,像一支神奇的画笔,轻轻一扫,一切都不同于平时的庸常模样。只要是迎着阳光,就连那些破铜烂铁都会发出神圣的光泽。而那些杂乱的旧物经过暗影的遮挡已如无物。有那么一刻，落霞被眼前的景象震惊了，那些从破船边缘闪射出的明亮光晕，让她想起了这些船往日的光辉，这一刻，光与时光在这些旧物上产生了共振。

黄叔叔一家人的生活场景，又让落霞的心动了起来。她意识到，有一些瞬间很可能转瞬即逝，永远也不会在未来的生活中再现了。趁光线还好，落霞开始不停地拍。边拍，边在心里说："以后你们想看自己从前的家，就多看看这些照片吧！"咔嚓咔嚓不间断的快门声，传递着落霞内心的焦虑。

晚饭的时间到了，黄阿姨执意要留落霞和他们一起吃晚饭。黄阿姨的老伴黄叔叔喊来了家人，包括住在岸上的儿子。

夜幕降临，船里开了灯。大家吃着，说着，笑着，喝着，月亮升起来了，像一只好奇的眼睛，从船屋小小的窗子外凝视过来。大家喝得疯，一杯接一杯，话也说得开，想啥说啥，全无顾忌，但就是不说船屋拆迁的事情，似乎心照不宣，都在刻意回避。

黄阿姨见大家谁也不想控制自己的酒，就高声说，你们是专门想喝醉呀？大家笑笑，谁也没有回答她。黄阿姨也喝了酒，当一个话题停下后。她还是提起了这个敏感的话题："你们说，住在船上多舒服啊，在水边洗什么都方便，随便就洗两床被子，甲板上地方大，一下就晒干……"

就在这短暂的间隙，突然有人游泳过来，趴在竹排上在喊黄阿姨女儿的名字，她放下筷子跑了出去，坐在竹排上面和水里的朋友聊天。不知聊了些什么，许久才回来。落霞就想，这水上有一户人家，人家里有一个朋友，就是一份牵挂，有时甚至是美好的牵挂。如果没有了船，没有了朋友，那个游泳的人，还会在这里停留吗？

酒微醺，落霞问黄叔叔："搬家那天会不会哭？"

这个问题看似突兀，落霞觉得一点儿都不突兀，他通过这几年和船家人的密集接触，已经深深地了解了船家人和自己的船有多深的感情。去年，她在伏龙洲那边采访、跟踪了一户船家。船屋拆除时，老两口商量了一下，费了很大周折，把船上的地板全部起下来，搬迁到政府的安置房之后，他们把船上的地板又铺到新居。儿子激烈反对，觉得这老地板和新屋子太格格不入，老两口却执意坚持，说铺这些老地板，就是为了还有住在船上的感觉。儿子要的是变，老头儿、老太太要的是不变。二老每天蹲在地上擦擦地板，仿佛时光仍停在从前。

黄叔叔对落霞的这个问题确实也不觉得突兀。他很严肃地回答："不会。"

他似乎想得很开，喝了一杯酒接着说："不管是现在搬，还是以后搬，早晚都得搬。现在既然政府有这个工程，有这个补助，大家也都搬了，咱还能说个啥？顺其自然吧！人不能和政府过不去，也不能和自己过不去，更不能和环境过不去。江边这些破船啊，有时我自己看着都觉得碍事碍眼，也是到了拆除的时候。我们不愿意搬，主要还是留恋这条江，在江上生活了一辈子，有感情啊！以后啊，住进了新家，想看江，没事就到江边看看，啥时候走不动了，就骑车来。"

虽说黄叔叔嘴上说不难过，但说着说着还是有点儿哽咽了。

三

当落霞再度登上蚂蟥洲时，蚂蟥洲上所有的住家船都不在了，江边上空空荡荡，前些天还喝过酒的船屋已经不复存在，在那个地理坐标点上，只是一片平静的江水。一时间，落霞有些恍惚，仿佛置身于梦境。

许久，她才想起转身，赶往其他地方。她要抢在大拆迁结束前把手中积存的许多照片尽快地送出去。否则，很多人将看不到自己在船上最后的影像。

二〇一六年七月九日蚂蟥洲、龙船坪、安新洲、訾州的船只清理工作全部完成，落霞的照片派送工程也基本完成。她关注了很久的一条条船、那些在灯火下喝酒的人、洲上油刷铁船的人、河边织网打鱼的人，从此也将彻底消失在茫茫人海之中，由相识转为记忆。现在她手里只剩下了一个人的照片，不知还有没有机会送到她本人的手里。就是那个在小铁船里油船的老阿姨黄正英。

落霞也说不清楚，为什么对那个老阿姨的印象那么深刻，是因为在纷纷拆船的当口油船有一些行为独特,还是老人的经历、性情深深吸引了她。落霞也说不清楚为什么并不复杂的事情到了她这里,总显得很黏腻、很纠缠,想办利索,就是不能利索,这算是没有缘分,还是缘分太深呢?

第一次拍黄阿姨油船的照片,落霞完全是被油漆鲜红的色彩所吸引,她当时认为,褐色的江岸、蓝色的天空和江水以及红色的船是一种色彩的复杂组合,拍出来会很好看。于是便凑上去和老阿姨搭话。没想到,黄正英的耳朵有些背。跟她沟通的难度在于,一句话要大声说几次她才能听清。

黄正英说她虽就在这里住,一住就是 70 多年。江上发生的许多事她都知道,也都记得。这漓江过去啥样子,现在啥样子,发了几次大洪水,淹死了几个人,船家里出了几个有钱人,几个出去当了官等等她都能说清楚。她说,边看这漓江平时风平浪静的,温温柔柔,发起洪水来可凶了。一九五二年的河水最大的了,大水来的时候,什么都推了去,只能把船湾到树林里去。原来船家的船都湾在訾州尾,后来又都湾在訾州头,再后来湾到这里来,现在訾州尾没有船了,他们都去岸上住了。

看样子,黄正英很喜欢她的这条小船。她油船的样子聚精会神很像从事着某种神圣的事业。边干活儿边给自己当解说:"这船十几年了,老船,年年都要油,一年不油就生锈,露出了老相。这只船,只是过渡船……"落霞拍完照和她打招呼时,喊了两声,老太太也没有抬头,可能没有听清,也可能太聚精会神了。

过两天落霞给老人送照片时,她还在河滩上油船,船没有油完。落霞喊她,她抬起头却没有一下没认出来。落霞提醒她是来送照片的,她才像从记忆深处把前天的事情打捞出来,接连"哦、哦"了几声。

老太太拿着照片,笑了,露出了豁得厉害的牙齿。她笑,也正是笑自己照片里的样子,边笑边说,自己的牙齿只剩几颗了,那么难看。少顷,又说昨天有个人来想照她,她没给他照。落霞觉得老太太很可爱,就在两个人说话的过程,又抢抓了几张动态。此后,落霞来过訾洲岛两次,试图给黄阿姨送照片,却都赶上她不在。

转眼,半年的时间过去了,落霞也没有想到,船民的拆迁工作这么快就接近了尾声。如果这次仍然见不到老人,可能就再也见不到了。

说来很像是一个奇迹,在不抱太大希望时,反而遇到惊喜。当落霞赶到訾洲时,没想到黄姨竟然在她的棚子前站着,像事先有约一样。现在,在訾洲头一共就剩下 5 个简易棚屋了。在景区里搭棚居住的,都是既没有船,也没有房子的家庭。换句话说,也都更艰苦。

落霞往棚子里看了一眼,棚子里的床和家具都已经搬走了。原来黄阿姨也不在这里住了。她的船被拉走后,她住在施家园儿子的家里。每天早上、下午她都从施家园走过来,来到訾洲头,坐在漓江边。这是她生活了一辈子的地方,她说,一到这里她的心就安然了。

七月的桂林,天气仍然燠热,室外达到 38 摄氏度高温。老人穿着长袖厚外衣,衣服都湿了。落霞问她为什么不换短袖,她说习惯了,落霞猜测,老人是没有合适的换季衣服,岛上很多人都晓得老人是个苦命人,

正说话间,突然有两个男人匆匆跑过来,说黄阿姨的那艘小船,正在被拆,落霞和黄阿姨赶紧跑了过去。

拆船的临时场地就设在訾洲桥附近。整个訾洲桥底变成了个破烂场。工头站在河边桥下指挥着,一条船大概是 3 个人在拆,动作很快。从船顶棚开始,一路下来,人概一小时整个棚顶就揭开了。铁船被拖上岸后,被电焊分割成几块,工人们搬到大车上去,船上的木板被一块块拆下了,敲下来,然后抬到岸上被几个女人捡走,一起再拿到车上。

阿姨着急想从岸边走下去,她要亲眼看到自己的船是如何被肢解的。工人怕有危险不让她下来,她只好匆匆跑回去,撑了个竹排,从水路麻利地赶到拆船的地方。八十多岁的老人家了,还能有这样的举动,需要怎样的牵心、动魄呀!

黄阿姨和落霞从两个不同方向看工人们拆船,却从不同角度看到了一个共同的结果。火花在铁板上烧出缕缕青烟,半年前老人家在河滩上一遍又一遍刷油的小铁船,一会儿的工夫就不再是船,而是一堆需要当垃圾处理的废铁。

落霞转过头,看见有清理杂物的车辆从那边开过来,很麻利地将訾洲上

剩下的几个棚子拆除了。返身回来的黄阿姨,望着远去的卡车,一句话也没说。她就那么形单影只地站在棚子的遗址前,表情落寞而无奈。仿佛一个没有赶上列车的旅客,不知该转身离去,还是该继续等下去,一副失魂落魄的样子。

一切都已经结束啦!一个属于船上人家的时代已经终结了。时光突然在这里转弯。落霞沿着江岸往回走,她看见,在所有人迹消失的地方,江水开始荡漾,青草伸展开久被压抑的腰肢。

风在静静吹

◎ 李治本

车在沪渝高速上行驶，车速越快，风速也越快。风始终紧随着车，车也一刻不停地往后甩着风。风是人生的写照，人生是风的一生，风轻云净的日子，明丽古朴的三峡人家，在轻风中默数着每一寸时光放慢的日子，充塞着我的心湖。

一

季夏的风，裹挟着长江温润的气息，弥漫在山水间。自然山水有机组合的山里人家和水上人家，一见如故乡。山有山的巍然，水有水的灵秀，山水相连，朝云暮雨，清荣峻茂。去山里人家要经水路，到水上人家要走山路，"山水有相逢，来日皆可期"。

无论你是喜欢山还是欢喜水，三峡人家都会带给你，当然还有那和煦的风。风是三峡人家的常客，流动着空气，吹拂着万物，丝丝呼唤，息息生存。一年四季，风有从北方来的，有从南方来的，也有从别的方向来的。由于三峡人家与其他人家的地理属性不同，因而吹到这里的风也变得多样且多情，不乏冷风、热风、干风、湿风……在不同季节里调节着温度、湿度和柔度。一股东南风慢慢悠悠地从幽深的巷子里吹来，不一会儿，天空下起了毛毛细雨。有东南风的日子，天一般都会降雨，风和雨虽是两种自然现象，但都是由空气流动而形成的。滴落在石板路上的雨水溅起层层水花，透着一股清凉，夏日的三峡人家就是这般湿漉漉、凉爽爽。

通往三峡人家的栈道，蜿蜒曲折，跌宕起伏，"山塞疑无路，湾回别有天"。一湾清溪，曲涧铺展，映漾着古老的青瓦长廊石桥。石桥两侧爬满了藤蔓,枝条畅茂,翠绿葱葱,风吹藤摇,盈笑客欢,有着五百多岁高龄的石桥也显得生机勃勃,活力盎然。每当晨昏,青瓦长廊里挤满了人,他们操着不同的口音,说着所见所闻。

古街错落在悬崖之上,一座座民居悬若日月,安然无恙。栖息临溪而建的茶楼,在升腾的茶雾中细品着采花毛尖,任清清浅浅的苦涩甘甜在舌间荡漾,充溢在齿喉,甜润在心田。山水的坚韧与清秀,人文的隽永与含蓄,在这柔曼的空间里散发出特有的气质,茶韵浓浓,叶叶香气宜人。窗外溪水溶溶,精致的古帆船、乌篷船影帆点点,三两浣女泛舟水上笑意盈盈。迎风招展的帆船缓缓而行,渔夫挥动着双臂撒网捕鱼。灵敏的鸬鹚高昂着锐利钩形的嘴巴立在船尾,那双穿透水面的大眼睛如同黑宝石一般晶莹剔透,发出深邃光芒,一抹跃跃欲试的影子灵动则生,气运则发。两岸桃杏绽开,百草丰茂,宛如中国隋代绘画大师展子虔的《游春图》。一对祖孙石峭立山巅,左边形如慈眉善目的爷爷,右边形似酣睡的孙子,相视而笑,莫逆于心。传说捕鱼人每当看到祖孙石便会气定神闲、心安神定。祖孙石如同渔夫的定心神丸。

二

层层岩石铺展在长江两岸,构造出天然屏障,阻隔着江水的奔腾。水平岩层地貌经洪水冲刷、长年风化,陡峭险峻,苍凉雄浑。赤褐色的山,橙黄色的沙,在余晖的夕照下,沉郁凝重,壮阔绚烂。这些岩石,包括非构造变动成因的原生构造和构造变动成因的次生构造,分布在三峡人家崇山溪流峡谷之中。从非构造变动常见的变形现象来看,有卷曲层理、压模、滑塌断层、滑塌褶皱、碟状构造、沙岩墙等,构造变动的成因则体现在褶皱、断层上,但也可在沉积物尚未固结或半固结状态下发生。

风带着岩石特有的味道,触碰亿万年的真实,我们难以想象,这片美妙的岩体经历了多少磨砺和孤寂,历经了多少沧海桑田与斗转星移才雕琢出今天的模样。它们在特殊的地理环境和构造中,其形状、颜色、纹理和体现的韵味极其丰富,一个个酷似鹰、虎、兔、海龟动物和山峰、峡谷、河流、佛像图案,仿佛一座宏富的艺术宫殿。

民宿主人一边与我们喝茶,一边娓娓道来藏石缘由。他喜欢奇石源于儿时经常坐在石头上吹风,有时吹着吹着就进入了梦乡,还梦见过石头跟自己说话。奇石以其独特的造型和图案展露着大自然的精华,任凭风吹雨打,坚不可摧。

极目远望,山崖上四块灯影石活像唐僧师徒西天取经,传神逼真,奇妙无比。每当夕阳西照,晚霞浸染,灯影石就像我们儿时看过的皮影戏,形象生动,撩人心弦。四块天然灯影石中,最负盛名的是沙僧石,矗立在绝壁之巅,重达一百多吨,看似头重脚轻,摇摇欲坠,却稳如泰山。巨石底部的支撑面积仅有两百多平方厘米,也就是说每平方厘米要承载半吨重量。当年郭沫若顺江而下,瞭望灯影石,情不自禁赋诗:"唐僧师弟立山头,灯影联翩猪与猴。峡尽天开朝日出,山平水阔大城浮。"民宿主人告诉我们,景区为这块沙僧石投了两千万元的保险,奇石如金闻所未闻,我们可是开了眼界。

灯影石不远处,有个蛤蟆泉,生着一块巨大的石头,像一只张着嘴巴的蛤蟆,背上有口泉水,泉水在风中荡漾着灯影石的倒影。我们仿佛看到,蛤蟆石渴了,转过身去开怀痛饮。一个屁股一张嘴,两只眼睛四条腿,可爱极了,整天在那里胡思乱想,盼着游人来观赏,在它背上投硬币。就在这时,蛤蟆石对岸的擎天石柱似乎在向我们招手,高高在上却又平易近人,示意我们放慢脚步,与之畅叙,合影留念,风中的相视一笑,竟是人与自然的和谐共生。

三

徜徉奇石之间,与时光叙事,与建筑对话。但这里最能治愈人心的不只是山石,更是风和水,风含情水含笑,将心放任于风水间,所有的不知所措,都能慢慢释怀。无意间,我在书架上看到刘小东先生创作的史诗级油画巨作——《三峡大移民》。这部二〇〇四年出版的画作,缘何能在这里见到?

翻开泛黄的油画集,一幅幅作品真实地再现了三峡移民的状况。回想起当年一幕幕感人的画面时,民宿主人眼眶湿润了。他从箱底翻出一本《人民画报》。这本二〇〇一年第五期的画报,在层层油布的包裹中完好呈现。封面上是位身背包裹、怀抱酣睡婴儿的中年男子,一双饱含深情的目光,神情专注地回望着故园,一刹那,那份离乡的愁绪凝结心头。身后的油轮正拉响着起航的鸣笛,等待他的将是告别生养几十年的故土。

封面人物正是民宿主人儿时的伙伴,他们同一天从三峡库区云阳县乘游轮离开,之后再没有见面。时隔数日,当他看到儿时伙伴的照片登上画报时,喜出望外,遂将画报珍藏起来。当时这位儿时伙伴移民山东,自己落户广东,"两东"之地一南一北,音信全无。珍藏这本画报,是激起自己对这段岁月的追溯,感怀当年惊天动地的壮举,也是对儿时伙伴的牵念和对故土的眷恋之情。

时光的隧道里,总有些人、有些事给我们烙下深深记忆,这份记忆成了永远的乡愁和内心里永生的情结。每逢佳节,他时常翻出画报,独自坐在门前的石礅上朝着故土方向望去,儿时的梦境已无法醒来,内心怅然若失,唯有盈盈的清风拂去心中的尘埃,掸去心中的苦闷。清风仿佛是一剂聊以慰藉的良药,风干了眼泪,吹散了满腹的心酸。风在微微的飘荡中把乡愁留下,把思念放大。脑海里不断浮现,离开故土的那天,风整整刮了一夜,人离开了,风留下了,留在了日思夜梦的故土。当江水淹没那片深情的土地时,那股风便开始在滔滔的江面上悠悠地吹,带着乡愁与故土,与青山、与山石、与天空窃窃私语。

三峡人家的存在,有着生活的归宿、生命的意义。这份意义,从灵山秀水和婆娑风月中释放出来,仿佛悠悠的季风在山谷夹缝中游来荡去。四季分明的三峡人家,属于亚热带季风气候,雨量充沛,气候湿润,滋生着万物,催生着山野杜鹃。

四

一阵恰好的微风钻入鼻腔,随之裹挟而入的是淡淡清香,放眼山上,漫山遍野的杜鹃,无数个花骨朵在风中欣然绽放,花色似锦如霞,粉红似火,白得赛雪,美得妖娆。一条弯曲的石头路,在杜鹃的簇拥下向上延伸,来金刚山邂近一场浪漫花事,是三峡人家不可或缺的主题。我们或举首远望,或仔细观赏,从杜鹃动人的美景中找寻一份亲近自然的快乐。

脚下这条始建于明朝的古道,沿山坡蜿蜒,越险岭而下,狭窄的地方连两个人相对而过都会擦肩。当年人们昼行夜伏,风餐露宿,无数次地往来于此,用肩膀和双脚担负着物流交通,带来远古的文明,留下深深的印痕。

古道历经岁月洗礼,依然坚实。道路两旁的杜鹃仿佛是古道一排排守护者,守望着那一块块光亮的石头。我们不期而遇一位北方作家,她钟情古道,钟爱杜鹃,杜鹃的美丽与古道的壮观在她的字里行间深情抒发。杜鹃有神魂之美,叠锦堆秀,艳美缤纷,似一团粉霞飘在三峡人家的上空,顽强执着地展示着斑斓的色彩,紫色、红色、黄色、粉色、白色,花开无拘无束,飘落自由自在。

微风过处,淡淡的香气满盈着金刚山。"好酒不怕巷子深,花香自有蝶飞来。"一只只蝴蝶轻盈敏捷,翩跹空中追逐嬉戏,不管世间几轮回,今生相依相随。迎着风儿,风随心漾,暗送杜鹃,追着蝴蝶,我们如同纷飞的精灵醉在芳香中,美在古道旁。

古道几百年,高低错落地牵萦着,把三峡人家引向新的视角,一肩挑两坝,一江携两溪。溪是龙进溪和香溪,两坝自然是三峡大坝和葛洲坝了。对于长江三峡最美的一端,所有的想象都会在脑海里萦绕,所有的赞美都显得微不足道。

三峡大坝像一道城墙把滚滚长江横挡着,无论多么汹涌的江水,在这坚固的坝体面前也变得温文尔雅,多项科学创新让世人不得不对三峡大坝发出惊叹。许多年前,我途经三峡大坝时,体验了五级船闸水力学原理和机械原理的科学运用全过程。时隔数年,仍记忆犹新。五级船闸平均每级落差四十多米,有上行和下行两个河道,每个船闸可同时走四艘游轮。我走的是下行闸,油轮由第一级大坝船闸进入后关闭闸门排水,当水排到与第二级闸门持平时,打开第二级闸门将游轮驶入第三级船闸内,这样一级一级地下行。如果船是上行的话,道理是同样的,只是关闭闸门放水。经过大坝,需要两三个小时,但也有快速通道,乘升降机只需三四十分钟,只限于小型船只通行。

高山出平湖,白云幻化天青处,青山巍巍,江水滚滚,凉风习习。气势恢宏的三峡大坝、水天一色的三峡人家凝成一条线,系牵着灿烂的人文历史。目之所及,丹阳秭归(今湖北宜昌)一览无余。这里居住着屈姓人家,他们"能屈能伸"的谦逊智慧蕴蓄着"凡事阴极而阳,阳极而阴;衰极而盛,盛极而衰"的《易经》精髓。历史上屈姓名气最大的人当属屈原,就出生在这里。他一生主张变法图强,"路漫漫其修远兮,吾将上下而求索"的精神,成为后世仁人志士所信奉和追求的一种高尚精神。屈原遭人诬陷自沉于汨罗江以身殉国,每当农历五月初五,人们以各种方式纪念这位伟大的爱国诗人。

五

吟着唐代诗人李白、杜甫、王昌龄、杜牧对屈原与王昭君生命的赞颂,对三峡人家自然赞美的诗句,内心生发出一种深深情愫。山水是诗人心灵的寄托,也是诗人强烈情感的流露,人与天地相参,与精神往来,感知大自然的美妙,获得心灵的满足和宁静。

奇石、幽谷、洞群、甘泉是三峡人家生活的元素,是诗人灵感的源泉。一方方石印钤盖在三峡人家留白处,方寸之间见广阔,微小之力向阳生。穿梭于印石园,篆刻艺术与山水人文浑然一体,仿佛游走于精致而婉约的画卷之中。

三峡人家的版图上,山碧绿,水清澈,人淳朴,艳丽缤纷。一代代三峡人生息其中,繁衍其间,靠山吃山,靠水吃水。他们的生活不光有山有水,还有那纯净的风,吹在脸上,舒适、放松、愉悦,又清新、自由、宁静,间或也会打断我与他们的谈话。熏风是三峡人家夏天的特有味道,因而夏天来这里的人会像风一样不间断。

清风徐徐,暮云叆叇,坐在山顶民宿的凉亭里,漫不经心地放眼四方,山曲水练,一重一掩,厚厚的植被碧绿如洗,无垠的岩体绝巘多生怪柏,悬泉瀑布飞漱其间。江面上川流不息的游轮和货船,像一颗颗星星在长长的轨道上移动。幽深峡谷中升腾着神秘莫测的氤氲山气,笼罩着若隐若现的三峡人家，一栋栋建筑如同散落大地的种子，在水一方生根发芽，雾里开花。于山水沟壑间漫步，我们乘着清风穿透层层的迷雾，享受着云腾漫涌的情趣。

安静地坐着，整整一个下午。伴着午后阳光清净的淡暖，梳理着婉约的时光，内心的喜悦轻轻盈荡，那份闲散的心慵懒而惬意，清幽而淡雅。如果说每个人的内心深处，都有一个纯净的世界，那么三峡人家便就是我们心中的纯净之地。一只不知名的大鸟闯入我们的视线，莫非也是冲着这纯净世界而来？它轻快而舒展地飞舞着，自由的欢畅正如此刻我们优哉游哉的心情。听到空中大鸟的鸣叫，树上几只小鸟，也活跃起来。它们轻歌曼舞的样子煞是可爱，显然是几个尤物，叽叽喳喳的叫声传向空中。大鸟不住地回望着小鸟们，它一定是听到了小鸟们的歌唱。我搜寻着天空，发现大鸟高高地悬停于凉亭百米上方，然后迎风飞起，螺旋上升，优雅而悠闲地随风飘浮，在湛蓝天空的映衬下，它的腿部和脚爪显得格外粗壮矫健。它疾速向南飞去，一个优美的摆荡向上，紧接着是长长的翱翔盘旋。我的视线始终随着它，竟忘了小鸟们的存在，直至它消失在蓝色的天幕之中。

风是自然界声音的创造者，它的生命在于流动，在于对万物的拥抱。江水方落，杜鹃飘香，鸟儿鸣啾，峭壁屏列，人义历史，在水一方轻风张扬。我们仍然坐在那儿不愿离开，在等一场晚来的微风，等待黎明停在星辰，把那躁动的心安放起来。"清风满怀，朗月在抱；万虑皆息，一尘不惊。"

后套的沙枣树

◎ 秀英奶奶

二〇二三年春天,我要去上海二儿子永林家,想给他们带点儿葵花子,就和大女儿红梅去"山东大嫂炒货店"买瓜子。红梅说,再买点儿沙枣哇。我说,沙枣别带了,东西多了我也拿不了,还得带衣服。来到永林家,跟他们提起沙枣,我说现在临河卖的都是新疆产的,个儿可大了,不知是土质的关系还是甚原因,本地沙枣三颗也不如人家一颗大。二儿媳东莉听见,就从网上买了一斤新疆沙枣,说是要尝尝。没几天,快递就到了。我说现在的条件真好,只要有钱,想吃甚都能买上。

我们小时候,甚水果也没有,就连沙枣,我也是到一九六三年才头一回见。那年春天,我姐夫去刘召火车站拉了一车沙枣回来,路过我们家休息了一中午。姐夫在县农场工作,那时候,县农场搞种子培育研究。姐夫说,这些沙枣是从新疆运过来的,沙枣树能防风固沙,国家号召巴盟地区大量种植沙枣树,咱们五原县也要种沙枣树呀。我和弟弟妹妹是第一次听说沙枣,觉得很稀罕。我们去车上看,马车里拉着三四麻包沙枣。姐夫说,沙枣外面的果肉能吃了,里面的骨骨拿来种。我们一人抓了点尝了尝,沙甜沙甜的,挺好吃。就是吃完以后,嘴里稍微有点儿涩。我们把吃剩的沙枣骨骨种在地里,可是不知甚原因,一棵沙枣苗苗也没长出来。

一九七几年,队里不知从哪里弄回些沙枣苗,发给社员,我在院子里栽了一圈,可惜只有院子西北拐角活了一棵。小苗苗长得挺好,我怕牲口啃了,拿葵花秆子扎住围起来。冬天怕小苗苗不耐冻,我拿烂衣服把它裹住。过了几年,沙枣树长得有小碗那么粗了。

一九八〇年开始包产到户,家里分回来4只羊,我们把羊圈盖在了院子的西北角上,沙枣树刚好圈在羊圈里。羊可爱在沙枣树干上触痒痒,还爱啃树皮,我怕伤了沙枣树,就拿烂麻袋把树干一年四季裹住。

羊圈和房子一样,也是四堵墙,有1米多高。羊圈门开在东墙上,东墙和西墙正中间架了一根粗檩子,再把椽子架在檩子上,给羊圈搭了半截顶棚。顶棚中间留了个窟窿,把沙枣树漏出外面来。娃娃们站在羊圈顶上,就能探着沙枣了。摘的时候,沙枣掉下来,落在顶棚上,也好往起捡。

这棵沙枣树一年四季基本在羊粪里长着,小一年,羊圈里就能攒下一尺来厚的粪。我们每年春天掏一次羊粪,掏的时候,沙枣跟前还得留点粪,怕把沙枣树根伤了。我们从来也没给沙枣浇过水,因为羊喜欢干燥,环境湿了容易得皮肤病。虽然从来没浇过水,这棵沙枣树结的果实却比地里头其他沙枣树的果实都大,都甜,娃娃们就喜欢吃这棵树上的沙枣。

以前我也忙,不注意沙枣树甚时候开花,甚时候结枣,只记得每年沙枣树开花的时候,满院子都是香味。几十年以后,我开始做自然笔记了,不知道的东西就上网查,网上说,沙枣五月底开花,十月份成熟。今年四月二十一日,我和我五妹视频聊天,我让她去她家凉房后面看看,沙枣树开花了没有。五妹说,沙枣开花了,远远就闻见扑鼻香,哪用看了。沙枣每年要到五月底六月初才开花,花期不长,二十来天。后来,我去五妹家,也仔细观察了。她家的沙枣树又高又大,叶子颜色说灰不灰,说绿不绿。开花的时候,小花和桂花有点儿像,比桂花稍微大一点儿。我印象中,每年到了十月,树上结的果实,一小串一小串的,颜色说深黄哇还有点儿发红,说红哇还有点儿黄,我还摘来吃过,沙沙的,越嚼越甜津津的,像糖一样。五妹说,羊也可爱吃了,掉在地上的那些沙枣,羊一颗一颗地都会捡着吃了。

大集体的时候,娃娃们吃不上糖,就去地里、滩上找甜的植物吃。夏天,糜子出了穗,有的得了黑穗病,长出糜墨子,墨子有点甜味,娃娃们都爱吃。大人们也想吃,就是忙得没时间摘。有的玉米不结棒子,秆子是甜的,大人们掰玉米的时候,就砍下来别在腰里,带回家给娃娃们吃。野滩上,芨芨草的嫩芽芽和根,还有芦草根,也带点甜味,娃娃们就揪上、刨上,放在嘴里嚼着吃。再就是野胡麻花。野胡麻长着线一样的细叶子,开花很好看,紫蓝色,我们叫它紫花草。野胡麻的花筒比牙签粗一点儿，花瓣有点儿像南方的泡桐花，但是比泡桐花小得多。花筒里有点甜水水，就跟蜂蜜一样甜。野胡麻不像其他野草到处长，它喜欢长在地圪梁上，人们劳动时偶尔能碰到。只要碰上，不管是大人还是娃娃，就把花一个一个揪下来，吸里面的甜水水。一九七几年，营子里种上沙枣了，娃娃们到了秋天，就爱打沙枣吃了，沙枣比别的植物都甜。

除了可以吃，吃剩下的沙枣骨骨还可以用了。以前人们拿芨芨草秆子打门帘，后来有了沙枣树，有的人家就拿沙枣骨骨穿门帘。沙枣骨骨比黄豆大一点儿，也比黄豆长。沙枣骨骨上面有细细的黑纹纹，外壳很硬，中间可软了，可以穿过针线。用线把沙枣骨骨穿好，再拿清油漆一下，又亮又好看，挂在门上也不怕雨水淋。刮风的时候，门帘摆动，发出"沙沙沙"的响声，挺好听。沙枣木头很硬，打家具结实耐用。木头的颜色像咖啡色，自带花纹，上过清油以后，又亮，木纹也比其他木头的纹路好看。不过，沙枣树上长着不少刺，摘沙枣和砍树的时候，不小心会扎手。

有段时间，营子里沙枣树种得最多的地方，就是哈喇乌素渠旁边的那片空地。以前，这片地还不是地，是个小沙圪蛋。哈喇乌素渠在我们营子南畔，很早以前就有了，有一丈多宽，两米多深。这条渠是按西南—东北的方向，斜着走的，挨着渠畔，就是那个小沙圪蛋。挨着小沙圪蛋，北畔有个很小的庙，沙圪蛋和小庙中间有条小路。沙圪蛋在的时候，这里的草原沙蜥很多。沙蜥喜欢干燥的环境，太阳越晒，沙蜥越多。到了中午，我都不敢去沙圪蛋附近，就怕踩着了。从小，我最怕的就是蛇、沙蜥、虫子这些东西，软塌塌的，看见就怕。沙圪蛋周围几乎都是荒滩，长着些骆驼蓬、苦菜、蓼子朴和芨芨草，都是杂草，牲口也不爱吃，鸟啊，沙蜥、丽斑麻蜥啊，这些小动物倒是有藏身处了。离沙圪蛋百米左右，有个水圪洞，大概有四五亩大。一九五八年以前，营子里主要种麦子、糜子、豆子和其他杂粮。麦子费水，从麦苗两寸来高开始浇水，一直到麦子熟，至少需要浇四次水。因为要浇水，哈喇乌素渠就经常来水，用不完的水，就让流到水圪洞里，一年四季，水圪洞里的水总有一米多深。夏天，人们在水圪洞里耍水，到了八月，人们就在水圪洞里沤麻。晚上,蛤蟆不停地叫;白天,凤头百灵,还有一种我们叫"麻灵灵"的小鸟,在水圪洞边上的草林林里叫。"麻灵灵"的背是绿的,胸脯是黄的,声音可好听了。冬天,娃娃们在水圪洞结的冰上滑冰车、打毛猴、滚铁环,有的人嫌井水咸了,还到水圪洞里打冰,担回去吃了。

到了一九五八年,营子里开始种水稻了。地里经常泡水,地底下的盐碱泛上来,土地越来越盐碱化了。到了一九七几年,不记得具体是哪一年,上级指示不让种稻子了,又开始干保墒,地里不浇水,让晒着,往起晒碱。从这以后,地越干,风越大。到了春天,天天刮西北风,看见起云了,以为要下雨呀,结果一场风刮得云也散了。人们说:"天上掉下个蛤蟆来十八斤,一有云彩就刮风。"有的时候,会刮很大很大的旋风,旋风刮起来,从地面上一直通到天上,卷着一大片白色的灰尘,可吓人了。后来,让进行土壤改造,要把红泥地改造成"沙盖垆",就是让细沙跟红泥混合,说是有利于存水、保墒、保肥。营子里的人们就把沙圪蛋的沙子全拉到地里,把小庙的土坯也拆了。没有了沙圪蛋,渠畔的那片地就成了空地,沙蜥、丽斑麻蜥这些东西不知去了哪儿了,再也看不到了。

沙圪蛋的沙子拉完以后,人们把地铲平,栽了好多沙枣树。挨着沙枣地南畔,大渠下米又开了条小渠,接着沙枣树向西又栽了 大片柳树,沙枣地北畔,种的是庄稼。因为上面号召种树,队长也就重视,还派我大爹(大伯父)给看管着,平时负责浇水,不让牲口呀、人呀去作践。后来,沙枣树一年比一年长得高了,离远也能瞭见。到了夏天,绿莹莹的一片,有的已经开始结沙枣,等沙枣熟了,娃娃们就去摘着吃。到了一九八○年,沙枣树长得有一房高了,最粗的有盘子那么粗。

到包产到户时,上面给分土地了。连沙枣树带地一起往下分,沙枣树一户人家一棵,种沙枣的地,一人一分。沙枣树和地都分到各家了,人们觉得沙枣树占地,还是种庄稼收成高哇,就把前几年辛辛苦苦种的沙枣树全砍了,连渠畔的好多柳树也砍了。当时谁也没觉见沙枣树砍了可惜,就是以后再也没见着凤头百灵和其他好多动物了。再往后,原来小沙圪蛋旁边的水圪洞也开得种了庄稼,就连蛤蟆也很少看见了。

二〇〇六年,我搬到了临河,家附近看不见有沙枣树。直到二〇一六年春天,我骑着自行车去二黄河大桥和湿地公园,远远闻到二黄河畔上沙枣花的香味了,原来河畔上种了可多的沙枣树。那年秋天,我又去了,看见树上结了那么多的沙枣没人摘,掉了一地,好可惜。我摘了一把坐下来吃,想起大集体的时候,娃娃们跟前的沙枣打不着,还去永丰的渠畔打来吃了。现在树上的沙枣没人吃了,要吃,也是去干货摊子上买炮制过的新疆大沙枣吃。这天,我在二黄河畔上,又看见了草原沙蜥,还听见了鸟叫声。

夏日森林手记

◎ 邹　弗

声音

下午将要过去的时候，我顺着一条小路走回家。茂密的草丛像一片野火，在夕阳的光晕下燃烧着，向着低垂下来的天空以及一些陌生的来客喷出它们体内的炙热。

我听到一两声轻微的蝉叫，仿佛在远处——在某棵高大的柳树上，又仿佛近在咫尺——在我面前，与那些摇晃着的植被与流淌着的草地融为一体，连声音也是它们的，是海的梦幻在耳朵上打着旋涡。

脚步踩在地面上，沙石在底下交碰各自的肩膀，要碎了，要破了，要爆裂了，噼里啪啦的响声此起彼伏。沙石们的皇冠布满裂纹，并开始摇摇欲坠，可是，仍是那么坚不可摧。

外来的看不到的力量使一个部落向其他部落炮轰过去，火花飞溅，各种刀枪剑戟交碰在一起，巨大的撞击使它们发出嘶吼，马的迅疾与象的笨重。

外壳划出一道痕，显眼的残缺仿佛是一根琴弦突然间绷断的声音，绷断是外表的一瞬间，而蓄力则是内部长久的持续，内部的崩塌肉眼并不可见。那是一连串恍惚的"轰隆"，若有若无，若即若离，仿佛是夜涨昼退的湖面，昼夜交替之际的错觉，比如现在，所有动的与静的交缠着，似神光，捉摸不定而又显耀夺目。

连同草叶伸长的腰肢也在短暂的碰触之间，她们在惊呼、在呐喊，在一瞬间慌忙收束自己宽松的裙带。

每一株小草都是一个哨兵，它们的身后，是属于它们的族群。在那样绚烂的天光之下，牛羊已经跑在下山的路上了，小草们喘着劫后余生的气息，气息连着气息,夜晚的露珠就此形成,露珠是它们欢呼的晶莹,抑或是梦的连成。在千万棵小草的梦中,各种声音组成了一艘巨船,以月光为桨,驶向遥远的远方。

我没有停下脚步,在一些寂静的刹那,船桨"哗啦哗啦"的声音流进我的身体。我的身体也是一只飘荡的船,夜晚将要到来,我听到光线在奔跑,水花在歌唱,树林以及草丛在召唤,鱼啊虫啊鸟啊在扑腾在跳动,它们是一串没有文字的故事。

它们在诉说,它们在你的梦中梦见它们自己的梦就要醒了。

森林里有什么

下午时,照常去跑步,这次我选择一条稍微窄一点的路,这条路少有人走。路上有些枯枝和落叶,几枚落在地上的猩红的果实,茂密的枝叶间偶尔传来一两声鸟叫声,往更深处跑去,一棵巨大的松树顶端有一阵吵闹的鸟叫声,不同于前面的零星,在这里它们是集体的,也不是一种悠闲之中的鸣叫,更像是呼喊式的、紧张惊吓式的,乃至于是惨烈近乎求救似的,叫声中,还有清晰的剧烈可闻的拍打翅膀的声音。我脑海中闪过一个念头:可能是遭遇了蛇,那棵松树顶端或许有着一个鸟窝。

我曾经有过相同的经历,所以我有几分确定是蛇闯进了鸟窝。听听那些鸟的声音,那里面充满了气急、慌张以及无奈与绝望。我似乎已经看到一条全身蠕动着斑纹的大蛇正盘踞在松树之上,在它发着幽暗光泽的身躯之下,在它吐露着猩红的芯子与赤芒的气息之前,有着一窝鸟蛋,白色的、绿色的,灰褐色的,当然也可能是幼崽,才破壳的,长毛的和没有长毛的……想到这些,实际也一瞬间的事,那些鸟的叫声已经越来越惨烈了,我想,那窝鸟蛋或者幼崽已经遭遇了不测,不过应该还能补救,也许遭遇才刚刚开始,谁知道呢。

我从地上捡起一根大概有两三丈长的断枝,脚踩着松软的草叶堆积成的地面,一路小心翼翼——怕踩塌脚下的千层糕,也怕惊扰其他潜伏在底下像肉球一样卧着的蛇,有时候我想把动静弄得更大些,比如脚步声如雷,故意折断树枝以及用手中的断木狠狠拍打两旁腐朽的树干,以此把树上的大蛇惊跑,可是我最终什么也没有做。什么也没有。

古老的森林像是一道沧桑的叹息,里面夹杂着湿气以及各种动植物原始的气味儿。各种颜色的光线在这里交叉纵横,好像有什么在周围颤动,不过环顾之间又什么都没有,或许是水珠在滴落,也或许是一条白色细小的虫子在巨大的树干内部啃噬。幽远的气息总使我头脑发胀,时间在流逝,多少岁了?二十一还是三十五?没有年轮?怎么可能!

我已经走到那棵松树下了。不对,那根本就不是松树。树上没有蛇,没有鸟窝,甚至一只鸟也没有。

林下虫鸣

傍晚,我刚跑完步,走在一条沙石小路上,晚间的凉风吹拂着我燥热的身体,让人感到一阵舒爽。我放慢脚步,口里仍然喘着粗气,我不断做深呼吸,手臂向两边张开,小腿向前踢着,像对待足球般把路上的沙石踢得老远。这条小路偏僻、荒芜,通常是没有什么人影在这里走动的,因此也不用担心踢出去的沙石会误伤到人。路边只有两三个古老陈旧的路灯在风中佝偻地立着,路的左侧是一片草地,而右侧是一片树林,在如此深沉、寂静的夜色下,这样的场景不禁让人觉得凄清和悲凉,容易勾起人内心深处一些伤心的往事。

有一年,雪一团一团地下,像棉花在地面上、在房顶上越堆越高。雪是一道纯洁的陷阱,人脚踩上去,半个身子就不见了,在某个深夜,跟着大雪纷飞而去的人,再也没有回来。有一年,来了一些商人,他们种高粱,种药材,也栽一大片南瓜和西瓜,第二年他们走了就再也没有回来,而那些被挖土机挖平的山峦和草地全成了一堆被荒弃的黄土,在洪水中变得沟壑纵横,仿佛一道道伤疤。有一年,与我朝夕相伴的六只羊儿被毒死在一片庄稼地里,那天夜里的我也像今晚这般,那么孤独,那么无助……

突然,我听到树林中有什么东西在坠落,它们经过茂密的枝叶时发出"沙沙"的摩擦声,然后掉落在地上,像一块石头投入湖面时发出沉闷的响声。随后我知道那是树上的果子在坠落,它们在悄无声息中腐烂,然后重新回到地里。听,树林中某处又有果子在坠落,可能是梨、杏或者其他。在这一片大的寂静里,果子坠落的声音与路边虫的鸣叫给人一种格外欣慰的情绪,美好里带着几分"逝者如斯夫"的淡淡感伤。昏黄的灯光下一切都是空灵的,是一种不可捉摸的怀念与欢喜。又似乎很薄,薄到有隐隐的哀愁。

想起王维的诗:"雨中山果落,灯下虫草鸣。"——想着快要入秋了,人对季节的感知总要落后于虫鸟等物,人依赖于参照物,需要约定俗成的时间概念,不然,就是茫然无知的。原以为,王维的"山果落"与"虫草鸣"也是一种完全空虚无物的境界,无牵无挂,澄清透明的。现在想来,大概是我的茫然了,如果这里面没有一种对亘古逝去而又无可奈何的情绪感染着,这样的诗句反而是空洞的。王维也在感伤吗?下雨了,山果在坠落,微光之下,虫子在鸣叫。人在想些什么呢,有时候是连自己也不清楚的,天地之间,只有夜色如幻。

拥有的从不属于自己,到来的同时也在远去。

深处竹林

南方多的是竹林,或一小片竹林依着房屋而生,或一大片竹林在山地上形成竹海,风一吹,只看到辽阔的绿色海波在激荡,那样子是很壮观的。山下房屋四周的竹子则稍显小巧些,但也是繁密的、幽深的。竹旁往往有一条小小的溪流,在风中汩汩地流着,在某一处,被一片落叶轻轻地翻起银白色的水花。或遇枝条,则把激起的涟漪洒在两旁的草地上。

夜色里,每一棵竹子都在月光下做着美梦,竹子梦到的人间就是这一片小小的天地,是以小见大,这种小里通常是一个大而完整的世界,是"麻雀虽小,五脏俱全"的,在这片小小的天地里,藏下了多少美丽的故事以及那些晶莹的但是一碰就会碎的泪珠啊。且不说自古以来文人骚客的那股酸腐味儿,什么"梅兰竹菊"四君子;什么"宁可食无肉,不可居无竹"……竹是这样的吗?不,根本就不是,这样的竹太清高,太淡远,诗词中的竹、画中的竹,只能算隔山之火、水中之月,徒有其形,而不见其神。

真正的竹是有神的。是人世间的，是充满烟火味儿的，他们不是圣人，也非君子，他们会哭会笑也会闹，他们是一对对生于斯而又长于斯的痴男怨女，他们是属于爱情的，向来都是。去仔细看看南方那些竹子，只要一扯到什么圣人君子的高风亮节，必然是空洞无物，画在纸上或者粘贴在墙壁上，你见到有几双眼睛会停留在上面，大概是没有的，其作用也不过是一个装饰物，抑或是主人的笔墨虚荣，和过时的报纸有甚区别？至于说笔墨虚荣有时也是摆在明面上的事，跟人谈天吹牛，或是接待远方来客，也不失为一种门面而骄傲。我在南方，类似的事情是经常见到的。有一年陪父亲去另一个村子的亲戚家做客，见主人家新写了春联贴在门屋内外，一派红光，喜气洋洋，于是先称赞主人家的装饰好，然后是字写得好，自然字不是主人家写的，客人不点破，主人家也不言明，只点头称是，应答过去。若有竹画，却是不能随便乱说的，因为大多数人不擅画，只能远观几眼就走过去。这样的竹是观赏性的，久之，也就没有多大趣味了。

真正有趣味、能感染人甚或是催人泪下的，恰恰是那些关于竹的故事、传说等。黔北的仡佬族有很多关于野人婆和竹的故事，往往是一个巫婆般的女人手里拿了长长的竹竿在深夜去探别人的窗子，然后抓走在夜里哭闹的小孩；又说野人婆其实是怕竹的，特别是竹的响声会让她们感到恐惧。现在黔北的很多地方，经常会有庄稼人在自家地里制作一个竹筒挂在树上，利用风力使其发出响声，以此驱赶来地里偷吃庄稼的野兽、鸟雀等，这种东西叫响竿儿。当然这些故事多是零散的，真正完整且有名气的，是藏族的《斑竹姑娘》，顾名思义就是从斑竹里生出来的姑娘，她淳朴、聪慧、美丽又高洁，智斗恶少，最后和心爱之人过上了甜蜜幸福的生活，这是一段美好、圆满的爱情故事。而日本的《竹取物语》则可以算是凄美的爱情故事了，辉夜姬最后的奔月，又带点嫦娥奔月的意味，总体氛围却是空灵的，空灵又有一种淡淡的美丽、易碎且忧伤。这才是真正的竹，竹里面有人，有泪，有爱情，他们是世俗的，唯其如此，他们才是可以通神的。它们是存在于房前屋后的，人一眼就能看到，手一摸，竹叶就像雪花一样落满了头发。竹与人如此之近，那种被竹围绕的美妙感觉是最享受的，特别是在清晨。

人在清晨起来,推开门,满眼都是一片活的青翠。屋前地上已经铺上新一层的竹叶,白的青的交杂在一起,脚踩上去是松软而干燥的,仿佛一堆棉花或鸟的羽毛。人立在屋外,人与房屋都生活在竹林里,房屋是坐北朝南的,四面竹林,颇有点北方四合院的样子,但这"四合院"既不死板,也不让人压抑,因为它整个是活的。竹比人高,又多,人看不到外面的山峦与公路,听不到公路上嘈杂的车马声,只看到彩色的蝴蝶与竹林互相辉映,只听到鸟雀的鸣叫声,闻其声却少见其影,仿佛在竹林内又在竹林外,仿佛是从竹林地里长出来的,又仿佛是澄清的碧落里滴落下来的。在两处茫茫如海的宽阔繁密里皆找不见的,不过偶尔见到竹叶深深晃动处,则必是一群鸟在那里扑腾嬉戏。扔一粒细小的石子过去,一石惊飞千只鸟,不禁让人想起巴金《鸟的天堂》。如果仔细听的话,鸟的叫声也是各不相同的,有的长,有的短;有的高,有的低;有的疾,有的缓;有的深,有的浅。听得多了,辨音而识鸟也是寻常之事。人有时口技痒了,也仰着头跟着吹嘘一阵,鸟是迷糊的,偶尔也应和几声,人在其中,觉得好玩且怡然自足,心里也自得其乐。

在这样的清晨,你缓慢步入竹林,就能闻到空气里弥漫着竹林的清香,好闻却不腻,是一种新鲜感,这样的气味自有它的心思:你快乐时,它就捎带些稠湿,稠湿也是恰到好处的,绝不和你的快乐相冲突,遏制你的快乐。它只会防止你一味沉迷于快乐与纵欲之中,你闻到它了,也就清醒了半分,很快回过神儿来;当你悲伤时,它就是轻快而干爽的,有丝丝禅意。你闻到它,就会振作起来,就会清净淡泊,也不会为世俗之事而大喜大悲了。

扯云话

◎ 乔 叶

在我的长篇小说《宝水》里,第一章中有一小节的题目叫"扯云话"。小说里宝水村的人聊天不叫聊天,叫扯云话。这有来由,我豫北老家那边的人平日里就把聊天叫"扯云话"。写这个小说时,老家方言在我的记忆里被频频激活,当重温到"扯云话"时,我的鸡皮疙瘩都起来了。天马行空,白云苍狗,无主题闲聊可不就是如云一般?还有"扯"这个动词搭上"云",多么妙。

仔细琢磨琢磨,但凡是和云能扯上的,其实都有些妙。

云新闻

频频看云是近年来的事。自到了北京,自然而然地就经常看起了云。在这之前,我是不怎么看云的。因看云似乎是很多北京人的日常,也就入乡随了俗。

看云是闲事。闲事也是事。我渐渐发现,这闲事居然还是件经常能上新闻的事。顺手翻一下关于云的新闻,隔三岔五,比比皆是。

某年仅四月到六月期间,我刷到的就有这么些条:

四月二十九日:五一假期第一天,北京晴空万里。午后,天空出现一抹七彩云带,画面十分美好。

五月二十七日:震撼!北京出现大片乳状云。

六月四日:北京上空出现壮美放射云,开启周末美好的一天。

六月十日的题目是:北京的云彩好似泼墨画,天空如画布,美翻了。

这天的云确实是有些美翻了的意思,我亲眼看见为证。这天是周六,我和朋友们在通州宋庄约聚,先是在一家书店喝咖啡闲聊,我聊天聊得言不由衷,只因一直在留意着云。这店是整幅的玻璃幕墙,巨大的云在窗框里,如画一般。——形容漂亮的实景,就说美得像画一样。夸画的时候又说,看这画得像真的一样。我们是不是总是这般套话?

坐着坐着,我就坐不住了,想要到这云下。就走了出去。蓝天做底,这云美得很不真实。——云总是不真实的,美梦一般的不真实。想要这不真实趋近于真实,就只有去尽力地靠近真实。

在真实的云下,我拍了好些照片,后来再翻看,也还是觉得不真实。那天的云无论大小,都有着特别随意任性的毛边儿,大块云有大毛边儿,流苏一样。小块云有小毛边儿,仿佛细丝。总之主打的就是一个飘逸轻盈,是再高妙的丹青手也画不出来的那个劲儿。

曾读过一本有趣的书,叫《云彩收集者手记》,我对照了一下里面的描述,这种云应该叫毛状云,书中说:"毛状云就只是简单的、细条状的高空云。它能表明高空有持续不断的风,除此之外,并不会提供其他信息。"可能也觉出了这么判断缺点儿什么,作者又说:"也许它们存在的意义就只是长得好看。"

每每想起这句我就想笑。好看,这就是足够重要的意义。如果天上没有好看的云,那该是多么不可想象的事啊。

云这么好看,却也不妨碍它下雨。那天,我们在宋庄的街道上闲逛,走着走着雨就来了。雨来了,云还在,太阳也还在。这就是名副其实的太阳雨了吧?淋着这雨,我们都没有打伞。打伞会觉得辜负了这云的,也会辜负这雨,不是吗?

还有一条新闻是六月二十八日:受雷雨云团影响,北京天空出现浓墨般的乌云,犹如怒海生波,场面壮观。在雷雨推进前线,还出现了弧状积雨云。弧状积雨云由外流的冷空气和暖湿气流共同形成,一般是风暴降雨的前兆,意味着强降雨的到来……

这天我恰好在家。乌云也是好看的。某天下午四点多,突然乌云满天,打起了雷,然后就是大雨。还有大风。我家住在 25 层,从没有在这么高的地方看过下大雨。遥远的天边有亮色,中间暗的一团应该就是雨了。在明和暗的边缘,显见得一缕缕的雨云绸缎一般垂下来。雨就是这么从上往下走的吗?非常清晰。大风吹着,那雨云还飘摇起来,如巨大的丝带。近处,楼和楼之间,也有风挟持着一缕缕的雨云在飘,却是清亮的白色———这时就觉得云更近了。简直想扯一片下来。几个大雷过后,明暗处便渐渐模糊,混作了一团。云终于成了雨。

可怜的人类能怎么描述云彩呢

约翰·缪尔的《夏日走过山间》是我百看不厌的手边书,出差路上总带着。这本日记体散文集诞生于一八六九年,给了我极大的阅读享受。书虽薄小,天地却宽厚。很多语句抒情而不矫情,朴素鲜活,妙趣横生。

如"在山间我没见过任何真正死亡或者无趣的东西,也没见过被制造出来的垃圾和废品,一切都是那么清洁纯净,充满了圣洁的训诫。……当我们试着单独挑出一个事物的时候,我们发现它和宇宙中其他一切都有关联。

"山间的空气让我精神焕发,心中充满了野生动物般的原始喜悦,让我早上忍不住想大叫出来。"

……突然觉得这些句子被摘抄出来很孤单可怜,脱离了语境的它们,如同离开了大山的石头,亦如同被抛到了岸上的鱼。那就止于此吧。

相较而言,把写云的句子摘出来似乎要好一些,是因为云悬浮于大地之上的缘故吗?约翰·缪尔也算是一个不折不扣的云彩收集者,他特别爱写云,这书中可以说处处都是云。他很习惯用百分点来描述云。

如六月二十二日:今天的天气反常地多云。除了带来阵雨的积雨云外,头顶还有一片散开的薄薄的像雾的云彩,大概占天空的百分之七十五。

六月三十日:云彩特别的白。派勒特峰山脊顶上那些高高的松树在绸缎般的天空映衬下就像精致的小模型一样。今天的云彩平均覆盖率在百分之二十五左右。没有下雨。

七月二十九日那天:"明亮、清凉,令人振奋的一天。云只覆盖了天空百分之零点五的范围。"

七月三十日:"云的覆盖率今天达到百分之二。"

关于云,他还有很多哲思。

其中六月十二日中写道:

"我还从没见过造型和质地都如此结实的云彩。几乎每天快到中午的时候,它们就在空中飞快地生长,就像一个世界在眼前新生。它们带着爱意在花园和森林上空盘旋,带来舒爽的阴凉和雨滴,滋润每个花瓣每片树叶以健康快乐地生长。甚至可以设想这些云本身就是植物,在阳光照射下如沐春风般醒来,越长越美丽,直到盛开后,像莓果和种子一样散落成雨滴和冰雹,最后干枯死去。"

七月二十三日:"中午云中王国又显示出让人永远看不厌的力与美,这美丽无论是用文字还是图画都无法描述。可怜的人类能怎么描述云彩呢?正当你尽力去描绘它们巨大闪亮的穹顶和山脊,阴影中的鸿沟和山谷,带着羽毛般边缘的深谷时,它们就消失了,不留下一丝痕迹。无论如何,这转瞬即逝的云中大山与地面上更恒久的花岗岩的大山一样巨大真实。"

"可怜的人类能怎么描述云彩呢?"每当读到这里我就想笑。此话固然有道理,不过换个角度去想,可怜的人类常常在做不可能之事,所以也是可爱可敬的人类啊。

一九六〇年的云

一直记得小学时的语文课本里有一篇文章叫《避雨》,那大约是我最早从文字里去习得天气知识,因此印象很深。后来学习中国现当代文学史方才知道这文章其实是李凖先生的小说《耕云记》的开头。近日翻找了出来,只有八百字,全文摘录如下:

> 今年春天,我到玉山人民公社去,走在路上,雨稀稀拉拉地下起来。"春雨贵如油"。青青的麦苗有一筷子高了,正赶上拔节。麦苗痛快地喝着雨水,似乎可以看出它们又悄悄地抽出了两片嫩绿的叶子。
>
> 大路旁有个小草棚,人们都挤在下边避雨。大伙儿说着笑着,谈论着这场好雨。有人甩着伞上的雨水,有人脱下衣服迎风晾着。这个

小草棚顿时变得又拥挤,又热闹。

雨正下得紧,从大路上跑来一个姑娘,十八九岁,高高的身材。衣服被淋湿了,贴在身上,不时淌着水珠。一双很俊的眼睛,露出纯洁坚定的表情。她没有拧衣服上的雨水,也没有踩脚上的泥,只用手轻轻掠了一下额角几丝淋湿了的头发。她在草棚边上找了一块刚能避雨的地方,就不声不响地站在那里。

天上亮出了几块黄色的云,雨停了。大伙儿急着赶路,像放开闸门的水一样,一下子都涌到了路上。只有这个姑娘没有动。她抬头望了望天空,喊道:"同志们,还有雨!"大伙儿只顾挽着裤脚往前跑,听见的人不多。果然没跑二百步远,一阵急雨,像筛豆子一样又哗哗地下起来。

大伙儿都嘻嘻哈哈地笑着跑回来,又挤在小草棚下面,因为位置还没站好,草棚下面显得更挤了。那个姑娘又悄悄地向外让了让,仍然站在最边上。她没再作声,可是大家已经注意她了,就你一言我一语地和她攀谈起来。

"姑娘,刚才你怎么没有走?"

"我看到天上有两块黄云,那是下阵雨的'积雨云'。"

"春天雨就是多!"

"这里春天雨不多。"姑娘不同意地说,"去年四月一号到十二号就没下雨。十三号,也就是今天,只下了四指雨。"

"去年四月十四号呢?"一个青年故意问道。

"晴转多云。"

"十五号呢?"

"阴,下午有六级西南风!"

"十六号呢?"那个青年好像要打破砂锅问到底。

"晴。一直到六月七号才下了十毫米雨。"

姑娘记得那么清楚,答得那么流利。一年前的事情好像在她嘴边放着一样。多么有心计的姑娘呀!大家惊讶起来,问她的人就更多了。

有人问："姑娘，你是个气象员吧？"

"嗯，"她老老实实地回答，"我是公社气象站的气象员。"

　　《耕云记》是李準先生一九六〇年发表于《人民文学》的短篇小说，当时冰心先生还为这个小说写了评论。先生是河南人，成名后到了北京，历任中国现代文学馆馆长、中国作协副主席。一九五三年，他因发表了小说《不能走那条路》而一举成名，之后又有《老兵新传》《小康人家》《李双双小传》《龙马精神》等，他的笔底一向紧跟着时代风云。

　　一九七三年至一九七六年，李準先生历时四年写出了电影剧本《大河奔流》。一九七八年，电影上映，聚集了当时中国电影界最强大的阵容，却遭遇了惨痛的失败。原因很简单也很直接：作家正在埋头创作的时候，历史正在急转弯。此后，先生写作的节奏从容了下来，他开始反思自己创作的经验和教训，并自我评判："人未死，作品已经死了。"

　　《避雨》全文不过八百字，现在读来依然玲珑剔透，生动鲜活。如果一定要说美玉微瑕之处，我觉得可能是称呼。同为河南人，且是有些微乡村经验的河南人，我知道农人们一般不会称年轻女孩子为"姑娘"，多为"妞"或者"闺女"，还有，即便是在那样的年代和那样的场合，而姑娘称呼人们为"同志们"似乎也不合适，这应该出自作家的想当然。

云彩厂

　　某天下班时分，我坐网约车，和师傅说起北京的云——那天的云彩也很好看。

　　咱们这云呀，有时候是别处来的。他突然说。

　　从哪儿来的？

　　内蒙古有专门生产云的云彩厂，你不知道？

　　是吗？我惊讶了。

　　我也是听别人说的。说那边有厂子就是专门生产云彩的。根据风向，生产出来以后就能飘到咱们这里，跟赶羊似的。

好吧。我有些信了。他那口气,让我很愿意信。

我好想去那样的厂子里看看啊。

张老师说

关于云的消息基本来自《北京日报》。我有些怀疑是不是报社里有一份专门看云的工作,若果真如此,我简直都有些想要去应聘了。除了跟踪报道云,还有配套文章介绍云的相关知识。如近日的云是什么云,为什么会这么美之类的。时不时地,就会看到有位名叫张明英的气象专家被记者采访,他是北京气象台高级工程师,我一直以为是位女士,查了资料才知道是位男士。

以张老师的说法,北京夏季最常见的这种云叫对流云。如果低层中的空气温度明显高于高层的空气温度时,大气就处在一种不稳定状态,低层暖空气会做上升运动,从而形成对流。上升运动的暖空气温度不断降低,当达到凝结高度后,水汽就会凝结形成云,这就是对流云。一般来说,对流云根据对流强度分三个阶段,初期形成的是淡积云,这样的云特点是云体较松散,云顶向上凸起,底部又相对平坦,看上去很蓬松,好似朵朵棉花糖在天空中飘浮。如果对流不那么强烈,这种云朵出现时就是晴天,在蔚蓝天空的映衬下,看上去更加洁白无瑕。对流旺盛时的对流云就是浓积云和积雨云,云体如山似塔地层叠在一起,此时就预示着雷雨、冰雹等强对流天气要来。

从张老师这里我还知道了"东北冷涡",来自东北地区高空冷涡天气系统,被简称为"东北冷涡",它会使高空大气温度明显变低,从而使高低空气温差变大而造成大气的不稳定,在不稳定的大气层结条件下,极易产生空气上下的热对流,低层空气上升遇冷……云来了。

东北冷涡系统四季都有,初夏时节往往表现得更突出,极易产生强对流天气,表现在空中就是云层复杂,云的种类繁多,且此时的北京还没有进入三伏天,空气湿度小,所以大气也很透亮,能见度比较好,蓝天更蓝,云朵自然也更美。因此初夏可以说是北京观云的最好时节。

为什么有时候可以连续好几天看到多姿多彩、形态各异的美云?

张老师说，因为冷涡系统比较稳定，往往可以在原地维持三到五天。

看着伸手可摘的云到底有多低？

张老师说，看着很低的云其实也都在七八千米的高空，所以湿度和能见度特别重要。南方的淡积云美感就弱，那是因为水汽含量较大，轮廓不如北方的淡积云清晰，视觉效果自然也会差一些。

西山那一抹晚霞

对流云爱变且善变，往往是午后云层逐渐增加，太阳落山前后云层减弱，此时光线照在云体上就可能出现艳光四射的晚霞。这种光线也有说法，叫"丁达尔效应"。我惰性大，难得早起，没赏过朝霞。西山的晚霞却是经常看的。确实美极。曾听人说，徐志摩有言："北京的灵性，全在西山那一抹晚霞。"便上心去找出处，却怎么也找不着。后来便也作罢了。就当这话是他说的吧，确实也像是他说的，毕竟他写过那么多有云的诗句。如《再别康桥》里"我轻轻地招手，作别西天的云彩"。又如《偶然》里"我是天空里的一片云，偶尔投影在你的波心"。毋庸置疑，他一定是爱云的人。

突然又想起二十世纪七八十年代在乡间的日子，也有很多云。乡亲们走到路上，抬头看一看天，随口就能说出云句：

八月十五云遮月，正月十五雪打灯

白云黑云对着跑，这场冰雹不会小

早烧连阴晚烧晴，中午烧云雨不停

天上花花云，地上晒死人。

日落乌云涨，半夜听雨响。

黑云接驾，不阴就下。

扫帚云，三五日内雨淋淋。

云下山，地不干。

疙瘩云，冷临门。

…………

438

优美如诗。全都是。关键的是确实很准。

很多同龄女孩的名字——是的,在我心里,她们还是女孩的模样。有很多女孩的名字里都带有"云",在我的记忆里,七八十个女孩子里,必有一个名云。爱云、彩云、秀云、丽云、小云、巧云,而叫巧云的这个,大概率生在七月七前后。"七月七,看巧云。""巧云"七夕前后雨水丰沛,"七月七,眼泪滴",这雨就是织女在抹眼泪。雨由云成,云样便也丰富,谓之"巧云"。看巧云要找一个安静地方,比如躲在树下头,一边看着云,一边在心里想。心里想什么,云就会变成什么。我试过,果然如此。

松林往上

◎ 吉布鹰升

　　松林下松针枯黄，踏上去，窸窣轻响，寂静、美妙，犹如弹奏曼妙的乐曲，又像松软的毛毯，飘来一股股好闻的清香气息。一棵棵几乎光秃秃的落叶松直入苍穹，微风习习，一枚枚松针细雨般轻轻飘落，有的落于我的衣服上，有的落于头发，有的落于脚下，仿佛对我轻声问候，又似轻歌曼舞。寂静里，忽然传来几声鸟鸣。一只灰色小鸟，像是柳莺，慌慌张张地闪入一丛灌木，栖息枝上，探头探脑，又倏忽隐没了。

　　那绿的灌丛，在落叶松的衬托下，在日光照耀下，显得格外翠绿。松林疏朗，树上挂着稀疏、枯黄的松针。松林之上，天空淡蓝，白云飘浮。白云随风飘，如我漫步林间，无牵无挂，轻松自由和些许豪迈。林间，一枚枯叶飘落，一声鸟鸣，让人忘却尘世的喧嚣、烦扰。一切归于自在、宁静。新鲜的空气混杂着松针的清香扑面而来，仿佛让人变得畅快和年轻起来。

　　一个月之前，松林被秋日染成金黄一片，远远望去，几多绚烂。

　　春日，松林探出绿绿的针叶，犹如浮起一抹抹绿雾。夏日，一片郁郁葱葱而遮天蔽日。秋日，黄叶纷纷。冬日，一派萧条、死寂的景象，仿佛历经一场奇幻之旅。

　　我许多次穿过这一片山林，第一次踏足这里的时候，落叶松才高过一人。从这里可以望见树木的尽头连着一块块的坡地。这些坡地逐年荒芜，如今被松林覆盖了大片。落叶松生长的地方，几乎很难见到其他草木。松下，偶尔生长了零星的云南松、柳杉、川榛、胡颓子和稀疏的蕨草，那些喜阴凉、潮湿的环境生长的蘑菇，静静地腐败归于尘土了。

　　那几棵柳杉披绿，也许种子是风和鸟儿带来的。云南松、川榛、刺叶栎、大白杜鹃等,这些原生植物和落叶松在为生存而时时刻刻地竞争领地。落叶松大有让其他草木陷入绝境的趋势,甚至会灭绝。这事仔细想来让人不寒而栗。除了这事以外,落叶松的景致太单调和冬日的萧条、死寂,都是我不喜欢的原因。

大自然无时无刻不在变幻着,谁知道将来落叶松林又会被其他什么树木取代呢?在另外一座山,一位牧人说,从前为了防狼袭击羊群,把密匝匝的青竹林一片片烧毁,浓烟滚滚,火苗升腾,燃竹噼噼啪啪响,火势蔓延肆虐,鸟儿惊飞,野兔奔蹿。不一会儿,化为一片焦黑。过几年,这片土地被灌木杜鹃覆盖,从而取代了青竹林,引来了适合灌木丛里生活栖息的小鸟,如山鹪莺、噪鹛等。每当春夏,灌木杜鹃粉红、紫蓝色的花儿竞相绽放,犹如夜空的星星闪亮,又似粉红、紫蓝色的地毯铺展开来。天空碧蓝如洗,云雀鸣啭,鸮鹰盘旋,仿佛换了时空。狼已然消失于山林里。不知为何,人们又怀念狼了。

冬日,这片山林如同其他任何山林一样,萧条、死寂一般。伯劳、噪鹛、黄喉鹀等少数留鸟外,鸟儿大多销声匿迹,有的过着隐士般的生活,有的早已飞去温暖的南方。大雪纷纷,树林披上银装,小径隐没,雪地上留有清晰可辨的野物的足迹,如野兔、野猪、小鸟,还有几处像是小孩倒走的脚印。有人说,那是熊的脚印。然而,从未有人在此山林里见过熊,这是非常神秘诡异的事情。

在灰蒙蒙的雾里,在白雪皑皑的树林里,一个人漫步于林间,那种寂静笼罩一切,让人十分害怕。即使牧人也不敢造访树林,担心迷路或遇见凶猛的野兽。雾气缭绕,一阵寒风吹来,树上的积雪簌簌掉落,令人惊慌四顾。一只灰色的小鸟,无声地从树枝上惊飞,孤寂、勇敢的小鸟呀!大地又陷入死寂一片,人是那么卑微、渺小地存在着。一群山雀"吱吱"啼鸣,扑棱扑棱,积雪纷纷落下。这群山雀,过着群居生活,似乎抱团取暖,抵御严寒和寂寞。一阵风吹来,雾弥漫,天空露出了明晃晃的日光,仿佛让人看见了天堂。

春归大地,众鸟归来。山林里,草木吐绿,落叶松泛起了绿雾。雉鸡开始啼鸣,山里人说"野鸡挣扎了"。是啊!这是多么形象的比喻,雉鸡的叫声粗糙、嘶哑、几近挣扎声。然而，毕竟那一声声鸣叫带来了欢快、欣欣向荣的季节。柳莺轻声细语，扑棱扑棱，树梢上穿梭，轻盈如风，如跳动的音符。布谷鸟归来，从远处传来"布谷……布谷……"叫声，先是羞怯，仿佛试探，过几日，声音渐渐变为激越高亢。山鹪莺低飞，三五只聚集一起，交头接耳，轻声细语，缠绵缱绻。松鸦高傲地栖息于高高的树枝上，"哇……呢哇哇……"仿佛牧人打招呼。鹰鹃躲藏于树林，"瑟瑟洛……"那叫声一声高过一声，有时发出"咕咕……"如流水声。噪鹃"阿嘿……阿嘿……"叫声嘹亮、刺耳，听来令人心生惶恐。四声杜鹃"阿卜卜古……"地啼鸣，带来远古神秘幽远的气息。乌鸫鸣啭，时而低回，时而高亢，时而婉转，无论晨昏无休止地为树林演奏一曲天籁。太阳鸟轻盈如微风，一声声轻柔的啼鸣，如溪流涓涓。伯劳停栖树枝上，模仿着雉鸡、云雀等鸟儿的歌声，惟妙惟肖。松林边，杜鹃树木绽放粉红、雪白的花儿，灿烂山林。此时，漫步林间，芬芳的空气一阵阵扑鼻而来，令人心旷神怡。

现在，小径边灌木丛林大白杜鹃花儿早已凋谢。不再像四五月那样耀眼夺目，粉红、雪白的花儿纷纷绽放，散发浓郁的芬芳气息，蝶儿蹁跹，蜂儿采蜜。冬日，暖阳照耀，山岭里的杜鹃花兀自绽放，真是奇迹呀！那是花朵对暖阳的深情馈赠。荚蒾红艳艳的果实、枸子鲜红的果实，不时闪现，令人垂涎。

除了荚蒾、枸子，云南松、刺叶栎、竹子等四季常青的植物，和落叶松的光秃秃形成了鲜明的对比。火绒、山萩、刺蓟、鳞叶龙胆、肋柱、红花龙胆、牛至，初冬兀自绽放花儿，或浓艳或淡蓝或淡绿或紫嫣或淡黄，静静地诠释自然的魅力和造物主的不可思议。

忽然，一声鸟鸣悠然传来。举目仰望，一只红色的小鸟落于那高高的树梢上，那是山椒鸟吗？倏忽，又飞去了，把寂静还给树林。云南松绿绿的针叶，指向淡蓝的天空，仿佛为蓝天拂尘。另一棵云南松，果实累累，在蓝天下是绝妙的风景。山杨树上挂着金灿灿的叶片，随时乘风降落。

我担心遇见竹叶青蛇。从前，小径隐隐约约，竹林茂密，随时可能遇见这种蛇。它脾气暴躁，会主动攻击路过的动物，为了自卫。然而，这初冬时节，路上草丛稀疏，曾经隐约可辨的小径因为行人渐多又变得较为宽敞了。

星鸦叫声尖锐、刺耳,回荡林间,那是恐吓其他鸟儿。它那尖嘴如鹤嘴锄,敲击松果、榛子等,为不久大雪纷飞的天气储存粮食。几乎有松果的地方都有星鸦飞翔的身影。

远远地,橙翅噪鹛的叫声高亢、嘹亮,"哦……其阿哦……"那叫声是多么熟悉又亲切呀!这种鸟儿,生活于高寒地带,山里人都熟悉它的鸣声。它的一生钟情于山地,无论春冬。人们大多像是那流走的河水不复返,为了住进气候温暖、交通便捷的地方,为了把孩子送进先进的学校接受更好的教育。然而,橙翅噪鹛对高山家园乐此不疲,令人匪夷所思。当我走出树林来到垭口的时候,那"哦……其阿哦……"的鸣叫,仿佛是对我的造访一声声亲切问候,从对面的山岭远远传来,令山谷显得更加空旷、寂静。

我坐于草坡上,静静地聆听那久违的鸟鸣声一阵阵传来,仿佛回到了童年。那些清贫、快乐的岁月恍如眼前,历历在目,父母膝下,兄弟姊妹无忧无虑地生活。牧羊少年,放牧山坡,羊儿如白云悠悠,狗儿在奔跑,风儿习习,空气里混杂着草木芬芳的气息。云雀鸣啭,鹰在高傲地飞翔,三道眉草鹀在沟边啁啾啼鸣,朱雀叫声嘹亮。金色的麦浪随风起伏,金黄的苦荞秸垛远远地飘来好闻的清香气息,收获的洋芋地翻耕后播种的芜菁叶子青青一片……而今,土地荒芜,衰草连天,不见风吹麦浪摇的景象和金黄的荞秸垛了,农耕文化逐渐被遗忘消失。一个人静静地面对那些矮矮的棚舍和荒地,不禁默默地感慨道:"这是回不去的故乡。"

对岸的山岭,树林淡绿,草丛枯黄。湖泊静卧,赫然展露于眼前,湖中草丛一片枯黄,湖水微微碧绿。湖畔,西岸坐落几座矮矮的房舍,树木稀疏。从不同处望去,湖泊的形状、枯黄的草丛呈现不同的景致。西边,太阳高挂,阳光明澈,天空碧蓝如洗,天际散着薄薄的白云,似乎随时消失。一条碧蓝的溪水蜿蜒流向湖泊。溪水两边,草丛枯黄或淡绿,牛羊悠然觅食。西北,天空湛蓝蓝,一朵雪白的云似乎飘浮又似乎凝固了。

草丛泛绿,云雀、伯劳、黄喉鹀、乌鸫、山鹪莺、柳莺、朱雀、山雀等鸟儿叫声此起彼伏的春天,和眼前草丛枯黄一派、湖泊昏暗而萧条的初冬景象截然不同。那时,万物复苏而渐渐欣欣向荣,紫花地丁、鳞叶龙胆、夏枯草、大蓟、委陵菜、野草莓、枸子、刺蔷薇、倒提壶、狼毒、蕨、胡颓子、树莓、腋花杜鹃、刺叶栎、大白杜鹃等竞相吐绿,时不我待地生长,渐渐地,该开花的开花,粉红、雪白、紫蓝等色彩映入眼帘,格外夺目。蝶儿蹁跹,蜂儿嗡嗡,苍蝇嗡嗡,蚊子低吟,蟋蟀唧唧,蝗虫跳跃,蚂蚁忙碌。溪水涓涓,波光潋滟。羊羔蹦跳,牛犊撒欢儿,马驹欢蹦,不时传来羊儿咩咩、牛儿哞哞、马儿嘶鸣的声音。远处,布谷鸟、鹰鹃的叫声渐渐变得激越的时候,不觉间迎来了夏日。草木尽峥嵘,山林里大白杜鹃盛开,远远望去,犹如一群群白羊在漫游,就像山里人说:"真不知是白羊还是白花呢!"

天空里,云雀不知疲倦地鸣叫,处处回荡着它的歌声。倘若仔细观察,它突然从地上起飞,升空,一边飞舞,一边鸣唱,到了高空,自个儿画个圈儿,边飞边鸣,周而复始,久久不愿停息下来,时间大概持续了半个小时以上呀!为何它的喉咙不会干燥嘶哑呢?忽然,它俯冲而下,消失在草丛里。湖边漫步,脚下的草丛湿滑,不时吧唧吧唧响来,水浸湿了鞋袜。有的地方,脚踩上去,泥炭层颤颤巍巍,真是奇妙。从前,居住在这里的农人把泥炭挖来晒干,引火取暖煮饭,是很好的炭火。小孩在捉鱼,牧人在远处躺卧沐浴阳光,不时传来吆喝声。七月,草丛葳蕤,鸟儿的叫声不再是此起彼伏。八月,布谷鸟、鹰鹃的叫声沉寂了。远处,那山顶上洁白的火绒草、金灿灿的委陵菜、粉红的马先蒿、粉白的牛至、金黄的狼毒等花儿一片片绽放,绿绿的凤尾蕨迎风摇曳,令人无限留恋。绶草,这种野生兰花,顾名思义,如绶带,娇媚可爱,不时闪现于脚步边,小心别踩上了。但愿,后人能够看到如此美好的景象。

湖边,几个城里来的姑娘轻快地说笑着,时而拍照留影,时而沿着一条小径轻盈地奔跑,时而把手伸进湖水里嬉戏。

我起身,走了一截路,然后躺在草丛上。风儿习习,枯黄的蕨草散发好闻的气息。尼泊尔香青草安静而雪白,仔细闻嗅,一缕缕蜂蜜般的甜香气息扑鼻而来。

天空碧蓝如洗,我的心灵受到净化。是啊!置身于空旷、寂静的山野,仰望蓝莹莹的苍穹,一切烦恼、忧愁、抑郁,顿然消失了。我们为生活劳累、奔波,如蚂蚁般活着,却忘却了大自然的魅力。大自然无时无刻不在净化人的心灵,从尘世滚滚欲望里解脱出来,从而变得单纯自在和轻松愉悦。

我慢慢下坡,迈着轻松的步子,脚下的草丛簌簌作响,渐渐地走近湖畔。我知道,无论观赏者蹲下、站立,从不同角度望去,映入眼帘的风景是不同的,如同湖畔和不远处观望一样。西望,湖中的草丛一抹金黄里泛起微红,不远处草丛色彩斑驳,山岭投下浓重的阴影。北望,一汪湖水倒映着蓝天白云,几多明净,细瞧,原来山林的倒影清晰可见,简直是一幅绝妙的油画呀!于是,湖中倒映的山、树、蓝天、白云和山岭湖泊草丛的实景相映成趣。几只野鸭"嘎嘎"欢叫着起飞,落入不远处。一会儿,又有几只"嘎嘎"鸣叫着,在天空里不住地挥动翅膀,显得有些笨拙。顿时,让死寂的湖泊有了别样的生气。忽然,一只白鹭孤零零地飞翔,轻盈如风。不远处,喜鹊、乌鸦在叫嚷,时而起飞,时而落于稀疏树木上。

房舍矮矮,除了牧人住的瓦房,羊舍、牛棚是土坯墙或铁皮建造的,有牧人的说话声隐隐约约传来。屋旁,黑黑的羊粪蛋堆成了一座小丘。由于土地荒芜,不再耕种,珍贵的羊粪已然无人问津。

漫步湖畔,如闲庭信步。日光照耀下,湖泊水波粼粼。一群喜鹊静静地站立,有的在饮水。忽然,一只白鹭迎着日光飞翔,渐渐地,落入湖中。人雁还未飞来,据说它们往南飞要在这里停留一两天。忽然,喜鹊起飞,落于树上,静静地沐浴阳光,几只乌鸦叫嚷相继落于旁边,闲适、自得。

不久的时日,寒冬即将来临,气温骤降,湖泊冰封,晶莹闪亮。雾蒙蒙,几米之外的风景隐没了。大地仿佛死寂一片,偶尔野鸭"嘎嘎"叫声,让大地有了些微的生气,又让人想到鸟儿是多么勇敢。牧人卧于棚舍,或漫步湖上,或赶着羊群进了树林。树下,绿草点点,羊儿会找到吃的。太阳终于从迷雾重重里露出脸,树上的积雪簌簌掉落。云开雾散,雪地里,羊蹄印密密麻麻,如花瓣散落,铺展远处。

在碧蓝如洗的天空下,从远处北边的山冈望去,湖泊蓝莹莹,形状极像一只大雁在翱翔,真是奇妙呀!

云雀放开美妙悦耳的歌喉,鹞鹰在空中自由盘旋。

太阳花

◎ 邓文静

一

祖母蜷缩在父亲怀里，咽下了最后一口气。祖母伸出来想抚摸父亲脸颊的手，一下子落了下去——像一把铡刀，硬生生地剖开了人世间的黑与白、阴与阳。

父亲接住了祖母的手，一种暖便沿着身体的桥缓缓流淌开来。许久，父亲也伸出手来，一点点抚摸着祖母的额头、眉毛、脸颊，直到再也焐不暖那冰冷的身体，泪一滴滴滑落下来。

风，说来就来了，像一屋子人的呜呜咽咽。

父亲抱着祖母不肯松手，就像祖母抱着儿时的父亲那样。

无论是去田地里劳作，还是去后山坡捡拾干柴，祖母总是把年幼的父亲背在身上。

父亲喜欢把头贴在祖母的身上，搂着她的脖子，轻嗅着她身上熟悉的味道。祖母也感觉到了背上父亲均匀平稳的呼吸，她绕开地上的小石子，绕开小水坑和泥泞，走得很慢很稳当。

娘，我想和向日葵花瓣一样，把自己一分为二。路过一片向日葵地，父亲把手罩在祖母的耳朵上，小声地说。父亲小心翼翼的样子，好像在说着宇宙间的一个重大秘密。

你在说什么呀，幺儿？祖母听得云里雾里，只当是一个小孩子的胡言乱语。

一瓣给你，等我长大来照顾你，你以后就不用那么辛苦啦。

幺儿真乖——那另一半呢？

留给我自己，成为一个惩恶扬善的"大英雄"。

儿时的父亲有一个英雄梦,这大概是受了祖父的熏陶。平日里,祖父喜欢坐在摇椅上晒太阳。他手里拿着一本武侠书籍,看到精彩的地方,大喝一声,猛地站起身来,自顾自地读上一两段,然后在院子里来来回回地踱着步子。在扫盲班学习了两年的祖父,看遍了金庸、古龙、梁羽生等写的武侠故事,幻想着能像书里的侠客一样,骑白马挎长刀,优哉游哉地行走在长安街——或者,哪怕是闾巷草野路见不平拔刀相助,也是侠客所为呀!这种纯粹的喜欢,让祖父几乎用光了所有的积蓄,买了各种武侠书籍、一匹白马,还配了一把弯刀。

祖母总是由着祖父的性子。

在祖父的耳濡目染下,淘气的父亲常常把向日葵地当成"战场",葵秆当"枪",葵花子当作"子弹",和小伙伴们冲锋陷阵、"大杀四方",玩得不亦乐乎,从清晨到日暮。

这是一个小孩子的"千军万马",大人们自然不明白其中的奥秘。

听了父亲的话,祖母笑了,很柔很暖。在烈日底下,祖母像一朵刚刚盛开的向日葵花。

那就等我的幺儿长大,再开花——

花儿又开了。不远处的向日葵地,哗啦啦地响成一片。花瓣随风飘落,犹如山河破碎。

向日葵在剥着父亲的壳,枝干在一寸寸地砍着他的手,满天的父亲落在向日葵的花盘上——无数个父亲,像雕塑般一动不动,眼里只有干瘪冰冷的祖母。忽然间,父亲的泪水大团大团地落下来,洇湿了祖母的衣服,眼前的一切模糊起来。

父亲眼神恍惚游离,似乎祖母身体里的一部分剥离出来,钻进了父亲的身体里。刹那间,在父亲的身体里、语调里、神色里,我看到了祖母。

祖母第二日下葬。

二

后院的向日葵地上泊着一块云影。透过云影,一弯新月摇摇晃晃地挂在天边。

夜里，大伯父和父亲一左一右，身披麻衣守在灵柩前。灵堂在一进门的堂屋，摆放先人灵位的地方。

祖母的棺材在堂屋，祖父睡在隔壁正屋的床上。两个房间，一样的摆放，位置对称，好像他们不曾分离。

祖母躺在红松木棺材里，安详得仿佛睡着了一样。

祖母的红松木棺材早早地就预备下了，十几年前她忽然昏厥在田地里的时候，就让父亲差村东头的老木匠打好了棺材板。尽管这些年来，棺材就那样孤零零地立在厢房的角落里，忍受着虫叮鼠咬，忍受着月光反复雕刻。可是一看到它，祖母就觉得心安。族人执拗地认为，人活着的时候有一床铺盖足以暖身，可死后一定要隆重——在地下的那个家里，上好的木材盒子才能让一个人安心长眠。

祖母头朝西、脚朝东地躺下，她头前点着一盏暗淡的豆油灯。豆油灯的灯架由一节松竹做成。松竹的两侧掏空，留下一个握柄，铜制灯碗卧在松竹的上端，像小船一样静静地停泊着。

一根灯心草点燃在灯碗里，豆大的光芒燃烧着。油灯忽明忽暗，好似祖母起起伏伏的一生。这是满族葬礼的风俗，已经延续了几百年。

夜，静得可怕。风吹过向日葵地，一浪高过一浪。

风吹起了从前。

二十世纪五十年代，一切都是欣欣然刚张开了眼的模样，春水微漾，柳叶脉脉。从河套平原嫁过来的祖母，新婚第二天便开始劳作。在一片春光中，祖母拔掉荒草，平整土地，撒下肥料，在自家后院的空地上种瓜种豆，也种下了一片向日葵。

祖母在坡坡沿沿上都种了向日葵。围场村多缓坡、长坡，并不像河套平原那般平坦，庄稼可以连片无涯，祖母就"见缝插针"、跨沟过河，东一片、西一团地种植向日葵，大片的有三四亩地，小片的只有一张草席子大小，它们各自成片，又彼此呼应，成为一道金灿灿的风景。

祖父看着弯腰伏地的祖母，摇摇头，劝她别瞎忙活了，围场村的这片土地可以种麦子、种玉米,也可以种花生、种大豆,从来没有人种葵花。

祖母默不作声,她抬头看天。天边的那片云彩里,有着她的故乡。她的老家在黄河"几字弯"的上半部分,是河曲丰旷之野,中原王朝与游牧民族反复争夺之地。那里是向日葵的故乡。

祖母也要在围场的土地上,建立起属于自己的"王朝"。她把心思隐藏在大地里,暗暗地较着劲儿。春日,满天的云彩落不下一滴雨,祖母提着木桶拿着水瓢,一趟趟去月亮湾担水浇地。夏天,在大太阳底下,祖母松土、浇水、捉虫子……祖母一心一意伺候着这片土地。

后院的老梨树下,一群蜜蜂和几只蝴蝶一边飞舞,一边唱着一支自由的歌。小院里闹哄哄的。

祖母给被风吹倒的向日葵撑了细竹竿做支架,又绑了红绳,拔除了一些杂草。

玉米和小麦,它们绿的时候方方正正,黄起来的时候又锣鼓喧天。它们说着笑着,不肯承认这个世界上还有向日葵这种农作物——金黄是成熟的表现,你怎么早早地就黄得这么耀眼?

向日葵从不辩解,它像自己的主人一样默不作声,只是继续生长着。

几个月过去了,阳光从向日葵的花瓣中滑落,一闪一闪,结出了沉甸甸的果实。每一粒葵花子都看着祖母,怀着慈悲与怜悯。

那年秋天,老天爷开了眼,地里的庄稼多收了三五百斤。卖了玉米高粱,打了葵花子,大部分贴补家用,剩余三五十斤瓜子被祖母用大铁锅炒熟。热乎乎的炕头上,祖父母围坐在一起,嗑着瓜子,说着明天的天气,说着明年的收成……

祖母终是把河套平原的味道带到木兰围场村的餐桌上了。祖父看着祖母,不由得连连称赞,就像称赞武侠小说里的那些侠客一样。

祖母笑了,有些羞赧,有些骄傲。

那似乎是很久以前的事情了。

只是祖父母不知道,这一片向日葵地,到底隐藏了多少生活的秘密,又暗示了几许命运的转折。

三

时光寂静缓慢。几年后,孩子们陆续来到祖父母身边。祖母依然弓着身子在大地上讨生活,可日子越过越瘦——一间茅草房,几十亩地,一头毛发青灰的驴子还是生产队的。土房土炕,没有一件像样的家具,就连一口锅都没有。二十世纪五十年代末,个人与国家的命运紧紧依存。

就在最艰苦的时候,祖父要离开。那是一九六○年的初夏,祖父只身前往北大荒,支援祖国边疆建设。祖父身上好像有根弦,岁月的指针一拨动,深埋在心底的"武侠梦"就会在一刹那跳出来,像根鞭子一样,催赶着他快快行动。

临走前一晚,祖母把新衲的布鞋、热乎乎的饼子一个劲地往祖父那鼓囊囊的行李包里塞,什么也不说。屋子里很静,唯有祖父"吧嗒吧嗒"抽旱烟的声音。祖母一直坚信,祖父做的事总是对的。

第二天清晨,祖母把祖父送到了北上的火车上。她和坐在车厢里的祖父拼命地招着手,直到那辆绿皮火车冒着浓烟、轰隆轰隆地淹没于苍茫的远方后,祖母方才转身,悄悄擦拭眼角的泪水。

此后的两年,祖母一个人忙里忙外,家里、田间两头跑,伺候公婆,还要照顾三个年幼的孩子。每个月的日历撕到最后一页,是祖母最开心的日子。那天,她总会盘一个好看的发髻,穿上平日里舍不得穿的衣服,迎风伫立在黄昏的村口。夕阳从很远的地方漫过来,伴随着一阵清脆的"丁丁零零"的响声,一个身穿制服、皮肤黝黑的小伙子便下了车,他从自行车后驮着的绿布袋子里找出一封信,递给祖母:"来信了!"祖母接过信忙说谢谢,然后捧在胸口,乐颠颠地跑回家,只等上小学堂的大伯父归来后读信了。

每当大伯父读信时,祖母必要大伯父先洗净手方能拆信,而自己呢,不管多忙都放下手中的活计,端坐在椅子上,静静地聆听着,仿佛拆信、读信、听信是一件很神圣的事情。

大伯父一字一句地读着,祖母一字一句地听着。大伯父读完了,祖母问一句:"没有了?""没有了。"大伯父说。祖母便慢慢地站了起来,走到门口,目光追寻着祖父出发时的方向，好像祖父正在回来的路上。

秋天也在来的路上。地里的向日葵开得热烈奔放，几朵葵花摇曳着，慢慢低语，令人瞬间怦然心动："有你时，你是太阳，我目不转睛。无你时，我低着头，谁也不看。"

一个黄昏，祖母正坐在门槛上缝补衣裳，祖父风尘仆仆地赶回来了。因为一心急于赶路回家，汽车、火车、驴车几经颠簸，衣服、头发都蒙上了一层灰尘，背包又被剐破了，歪歪扭扭的线胡乱地缝补着，祖父顿时苍老了好几岁，像个乞丐一样。祖母望着这个"乞丐"似的人，笑了，她轻盈盈地接过祖父的背包，说了句："看这包破的，我给你重新缝几针。"已过而立之年的祖父，却像个小孩儿一样，扭头蹲在向日葵地里"呜呜"地哭了起来……

这是一片会说话的向日葵地。

向日葵花，也叫太阳花，花语是沉默而隐秘的爱。

四

时间飞快地走着，几十年过去了，孩子们庄稼般一茬茬地长大，祖父母添了孙子孙女……生活的跌跌撞撞磨平了祖父的棱角，让他早早地成了一个满脸皱纹、脾气暴躁的小老头儿，稍有不顺就摔盘子摔碗，甚至要抄起木棒打人……生活没有把忧愁种植在祖母的身上，祖母依然笑意盈盈，依然在大地上弯腰驼背，依然给孩子们做新衣衲鞋底，依然喂养着家里的鸡鸭鹅狗……岁月的风霜，染白了祖母的头发，她身上隐约的雪花膏味、淡淡的柴米油盐味，让她多了几分从容，几分安静，几分深沉。

为了让平淡的日子变得鲜活有趣，祖母拆掉了北墙的一截，把堂屋的一面改造成了一溜儿狭长的窗户，将远处的围场树林、近一些的月亮湾以及一片一片的向日葵地框在一个画面中。打开窗户，就仿佛打开了一幅山水画卷。

祖母说，当向日葵找不到太阳的时候，就会朝向彼此，做对方的太阳。

孩子们成为祖母的太阳。生活贫苦困顿，可祖母很少哭泣，她把泪水封存在向日葵的种子里。多年以后，空空荡荡的大地长出一株株向日葵，晶莹,耀眼。

风声越来越紧,向日葵自说自话。

月亮从云层里钻出来。一轮圆月像一朵刚刚绽放的向日葵,穿透云层把人世间照亮。

院子的门,"哐当"一声打开了,又"哐当"一声关住了,好像是谁回来了。黑漆大门铁青着脸,从不说一句好话。大铁门笨重,我和弟弟要两个人合力才能把它打开。风,是吹不开的。

一定是祖母回来了,她放心不下这个家,还要回来给孩子们交代一番才行。

堂屋隐隐约约传来说话声。

大儿、幺儿,地里的高粱、大豆都该收割了吧,眼瞅着就是阴雨天了,不能让庄稼烂在地里头……明年开春,北坡梁那十几亩地种玉米、高粱,西水坡那一亩半地种花生、大豆,南梁的三亩地就种西瓜、香瓜……

大伯父和父亲点点头,听着祖母的安排。庄稼就是农人生活的全部,理应要瓜有瓜,要豆有豆!

后院再种上几垄向日葵吧……

娘,你放心吧!

对了,晾在场院里的谷子,明天该翻个面了……

和大伯父、父亲交代完,祖母又去了向日葵地。祖母在花团间随意行走,伸手抚摸一个个花盘,轻声与它们交谈,让它们再使一把劲儿,结出更多的果实在这个秋天。

黑夜里,每一株向日葵都长成一束阳光,给大地上的生命带来温暖与力量。

还没来得及再多说一句话,祖母就急匆匆地离开了,好像是谁在呼喊着她快快赶路,不要耽误了时辰。

五

鸡叫了,它催促着祖母快快赶路。

大红公鸡仿佛得到了什么指令，它抖了抖身上的毛发，扑扇着翅膀一跃跳上土墙，又飞到鸡窝棚上面，稳住身子站了个漂亮的"军姿"，然后对着天上的几颗残星抻长了脖子，仰起头"喔喔喔喔"地叫着。

它的叫声把人一步步往天上引。

祖母平日里最爱这只大红公鸡。它的冠子红得像要滴血，尾巴又长又蓬松，还五彩斑斓的，好似驮着雨后的虹。祖母对它最用心，白天给它喂食拌了小虫子的米粒、细糠；夜里又为它的窝棚铺上干净温暖的稻草……要是大红公鸡的腿或者翅膀受伤了，祖母就用艾蒿泡水给它擦拭……

鸡一叫，天就亮了。

父亲一夜未眠，仿佛做了一个长长的、醒不过来的梦，他呼吸急促，略带沧桑，好像一整晚都在与人交谈，一整晚都在奔跑劳作。

父亲跑进了时间的旋涡里，走不出来，他的身子一点点变小，成为一个孩童模样，跳过矮矮的土墙，顺手折下一朵野雏菊别在耳后，脱了鞋子提在手上，一口气蹚过月亮湾，光着脚"噌噌噌"地爬上了一棵老榆树，再从老榆树的鸟窝里掏出一轮红月亮，抛给站在树下的十岁的自己。

孩提时，父亲跟着祖父母生活在木兰围场的一个小村子里，一个很美的地方。推开窗，四季有花，花里有果。春夏时节，从房子的北面向外看，可以一览被风吹拂的松树林和大片大片的向日葵花海；冬天，雪花开在岁月的枝头，白了屋顶，白了草原，白了山河——这朵洁白之花以一己之力统治了大地；路的尽头有一条碧绿清澈的小河，走着羊肠小道，一直向西，最终汇入月亮湾。

这里离狩猎场有十几公里的距离。木兰围场，几百年前清朝皇帝狩猎的地方，自古以来就水草丰美，禽兽繁衍。清康熙帝为锻炼军队，在这里开辟了一万多平方千米的狩猎场。

几百年后，祖母在这里开辟了一片向日葵地。

祖母还在田地里劳作，一如从前。

祖父背着手，他从不过问生活里的事，不过问田地里的事，一个人坐在半山坡，看日出日落，看花开花谢。

一只金龟子爬到正在拔草的祖母手上,祖母宠溺地让它爬上胳膊,再微微倾斜手臂,引它爬回到向日葵的叶子上。

它是来捉蚜虫的呢。

不远处的山坡上,是乡村孩子的乐园。孩子们奔跑着,嬉戏着,他们用草根拨弄虫子,把树叶含在嘴里,花瓣撒满田间小路。

时间走过,天很快就黑了。

踏着走一层暗一步的夜色,祖母从田地里回来了。

祖母把疲惫一层层脱下来,像扔掉了一件件旧袍子。她用鸡毛掸子拂去身上的灰尘,抖落帽子上的落土,洗净了双手,换了身衣服。祖母素爱干净。

顾不得休息,祖母快步走到厨房,蹲在炉灶前生火做饭。

没有柴火。孩子们也不在家。

祖母起身进了正屋,见祖父手里掐着一本书,歪在炕头上睡得正香,已经打起了鼾。

祖母已经习惯了。嫁给祖父——一个识文断字,从北大荒回来后,被国家安排在县城建昌营镇农业银行离休的夫君,祖母很知足。祖母包揽了家里大大小小的一切事务,从不让祖父插手地里的农活儿。他是文化人,有大事要干哩！祖母总是这样说。

祖母的娘家在河套平原一带,靠种植葵花子发了家。她从小被父母亲捧在手心里长大,曾经也是衣食无忧、生活富足的"大小姐",可是自结婚那天起,祖母就褪去华服,手脚陀螺一样忙个不停——在大地上劳作,在家里面操持。

祖父患有心脏病,心脏偶然间的停顿又跳动,让他更加感受到孤独的颤抖,那种感觉如同世界一般古老。祖父在四十九岁的时候就办理了病退,拿着微薄的退休金,享受着人生。

可是祖母,从十八岁开始相夫教子、生儿育女,一生从未退休。每日清晨五点,无须鸡鸣,祖母就准时起床。她是一个有着自己生物钟的人,时间也似乎总站在她这一边,将她生命的宽度徐徐拓展了。

祖父和孩子们还在沉沉地睡着,祖母就轻手轻脚地下了地,掏灰,抱柴,洗锅,生火……一刻不停地开始了一天的生活。时间总在身后追赶着她。

家里所有的门轴都被祖母涂上了菜籽油或者是铅笔芯屑,以免推动时发出"吱吱呀呀"的声音。

她像这世上千千万万个母亲一样,肩扛着生活赋予的一根巨大的缆绳,拖着全家老小踽踽独行,毫无怨言并乐在其中。

夜深露重,三个年幼的孩子还没有回来。

提着马灯,祖母在村口的那棵老榆树下伫望。孩子们下了学堂就去挖野菜、捡拾干柴去了。那一年,年龄最大的大伯父只有十三岁,大姑姑十一岁,父亲最小才十岁。

春夜的风,差不多要把人的骨头吹散架了。迎着风,祖母将满头的乱发捋一捋,手里的马灯举得更高了。祖母擎着的灯,像一颗闪烁的星,身后是一弯半旧不新的月儿。

祖母也是孩子们头顶上的那颗星。

不知过了多久,三个小黑点才慢慢在村口出现。

是自己的孩子们!祖母看见了,迈着小碎步迎了上去,一个趔趄险些绊倒——祖母穿着单鞋,长时间的站立让她的脚冻僵,有些不听使唤了。

大伯父身上背着一大捆干柴,左手提着半桶干牛粪,后面跟着抱着一捆细长树枝的大姑姑;父亲也背着一捆干柴,胳膊上挎着满满一篮子苦麻菜、灰菜等喂猪的野菜。

父亲的小脸儿冻得通红,手也伸展不开了。尽管大伯父把一顶旧毡帽戴在了大姑姑的头上,大姑姑那粉嫩嫩的小脸儿还是被山风吹皴了,淌着鼻涕,擦得衣服袖子上亮晶晶的一片。

在见到祖母的那一刻,三个孩子簇拥到母亲身边,叽叽喳喳地说个不停。天气很冷,可是孩子们的快乐隐藏不住,眉眼里都是笑意。

穷人的孩子早当家。

娘儿几个回了家。一根火柴在祖母的手里点着,小小的火苗扑闪着,燃着纸,燃着木屑,噼里啪啦,像夜空中跳跃闪烁的星星。孩子们围在灶膛边烤火,说着,笑着,像过年一样热闹。

火,越烧越旺。锅里的白粥咕嘟咕嘟,散发出清甜绵密的气息;趁着灰烬的余热,往灶膛里埋两根嫩玉米、三五个土豆和红薯,不一会儿,满屋子都是焦香的味道……

一家人的晚餐,简简单单。

那时候的父亲,对家里的贫困一无所知,却清楚地知道自己生活在祖母的庇护中,所以他很快乐,一直都快乐。

如果孩子们不长大,会不会一直这样快乐下去,祖母也就不会老去?

六

葬礼开始了。

父亲踱步到鸡舍,站在鸡群中看了又看,最后还是选择了那只大红公鸡。几年来,它已经被祖母养得肥肥壮壮,通身油亮。

这只大红公鸡,生性好斗,它以自己那高亢嘹亮的嗓音为傲,总是高高地昂着头,挺直了身子,迈着四方步,在院子里慢悠悠地走着。

围场村很多人家都养了鸡。盛夏的一天午后,一丝风也没有,太阳恹恹地躲在云层里,整个村庄的农人都在打盹儿。邻居家的公鸡突然鸣叫了起来,一声接着一声。趴在窝棚里休憩的大红公鸡听到了,一个激灵醒来,循着声音快速飞到矮墙上,对着邻居家的方向,抻长了脖子开始鸣叫,一声高过一声,一心想把对面那只鸡的声音盖过。

斗唱开始了。

邻居家的鸡唱了三遍,大红公鸡就跟着唱三遍;邻居家的鸡又唱,大红公鸡再唱……

邻居家的鸡不再唱了。少顷,大红公鸡斜着眼睛看了看,然后展开翅膀飞下来,又"喔喔喔"地鸣叫几声,像个得胜归来的将军。

整个村子都醒来了。

真是让人又好气又好笑。

父亲转身把鸡舍的门关住,左手拿一个大铝盆,右手握着一截干树枝,蹑手蹑脚地走向大红公鸡。

大红公鸡警惕性很高,它也斜着眼,好像知道父亲要来捉它似的,扑腾着翅膀,一跃就飞到南边的高墙上,高高地站立着,瞪圆了眼睛看着父亲,不肯下来。

父亲捉不到它。

大红公鸡这一跑不要紧,整个鸡群都扑棱棱地飞了起来,一时间灰尘四起,鸡毛乱飞。

大家都很紧张。大红公鸡好像不知道今天是个重要的日子。

还是大伯父有办法,他把鸡群都轰到了窝棚里,然后用树枝把大铝盆顶起来,在树枝上拴一根线,盆下撒上大红公鸡素爱的虫子拌小米,然后学着祖母的样子,"咕咕咕"地呼唤着它。

过了一会儿,大红公鸡放松了警惕,它从墙上飞下来,小心翼翼地在铝盆边转了几圈,然后抻长了脖子啄了两口小米,见没什么危险,这才大摇大摆地走到盆里,鸡头一耸一耸地大口地吃起来。

大伯父猛地一拉那根线,大红公鸡被扣住了。

绑了翅膀,大红公鸡站在了祖母的红松木棺材上。它有个很重要的任务——"引路人",它将带着祖母的灵魂向前走,直到祖母被抬至坟头安葬。听老人们说,公鸡是一种可以"辟邪"的灵物,是"凤凰的化身",尤其是大红公鸡,更被视为宝贝,族人们深信它可以给子孙后代带来好运和福气。

这并没有什么科学依据,只是一些"看不到、摸不着"的东西,但不可否认的是,正是这些习俗千百年来慰藉了活着的人们的心灵。

有了大红公鸡引路,葬礼才算正式开始了。

那天风很大。大伯父手举灵头幡走在灵车前头,大伯母、父母亲和姑姑、姑父们跟在后面,打着铭旌—— 一种细长的、像旗帜一样的布条,捆绑在长棍上,随着风飘飘摇摇,有时旗子会卷在脸上,让人迷失了前方的路。

祖上是镶蓝旗,父亲他们举的是蓝色镶红的铭旌。这也是祖上留下来的规矩,错不得。

大红公鸡也在风中踉踉跄跄,红线绳子把它两只脚绑在了棺材上,它又伸展了翅膀找平衡,这才没有掉下来。路上,大红公鸡迷迷糊糊地叫了几声,那声音懒懒的、哑哑的,与平日里雄赳赳的气势完全不同。

墓地很近,一群人很快就到了,尽管逆风而行。

木兰围场西南角的那片草甸子,野草长得密密麻麻的,不远处就是碧波荡漾的月亮湾。这个离老屋两三公里的地方,就是一个好去处。坟头和屋顶日夜相连,子孙后代的脚步声、说话声在田间地头响动着,鸡鸣狗吠也时时传来。

于祖母来说,住在这样的地方,不是生离死别,只是一次搬家。

纸钱烧起来了,哭声此起彼伏。大伯父、父亲和姑姑们为祖母地下的房子里准备了很多东西:衣服、鞋子、牛马、家具……还有大把大把的钱财。祖母生前未曾好好享受的东西,悉数烧给她了,但愿她在另一个世界中不再操劳,只为自己而活。

烟雾缭绕。父亲发现,无论自己站在哪个方向,烟火都会向着自己吹,烧得脸上红红的,疼疼的。

缭乱的风,在此刻拥有了形状和气味,那是已逝的祖母在以另一种方式抚摸着父亲,拥抱着父亲。

原来,这个世界哪里都有祖母,就是我们的身边没有。

祖母下葬了,大红公鸡又要隆重登场。

大伯父拿出来一把刀子,要把大红公鸡杀掉,将鸡血洒在祖母的坟头上。

刀子抵在大红公鸡的脖子上,它这次竟然没有反抗,好像大伯父抵过来的不是明晃晃的刀子,而是一条肥美的虫子。

鸡血一滴滴浸染在坟前的泥土上,好似开出了一朵红花。

大红公鸡倒下了,在它的眼睛里,盛着记忆中的整个葬礼,以至于在它倒下的一刻是那么的孤独绝望。

一年后的一个春日,我去看望过祖母,见她的坟头上开了一朵红艳艳的、叫不上名字的花儿,就在当时洒下鸡血的地方。

从墓地回来,大家还在失去祖母的沉痛中无法自拔——只是少了祖母一个人,屋子就空荡荡的,没有了生气。

　　院子里,微风徐徐,祖父竟然晒着太阳,躺在摇椅上睡着了。大伯父和父亲对望一眼,摇摇头,只有叹息。大姑姑还是转身去屋子里取了一条毛毯,轻轻地盖在祖父身上。

　　祖父也会想念祖母的吧。某天黄昏的某个时辰,我站在窗前,一阵风吹来了向日葵花的气息。我向窗外望去,只见祖父蹲在向日葵的花海里,肩膀抖动着,捂住脸哭泣。

七

　　其实,该哭泣的是祖母。

　　四十年前,大暑那天,阳光像碎玻璃片,劈头盖脸地砸下来。祖母深一脚浅一脚地走在去往县城建昌营镇的路上,一路的脚步踏得沉重而坚定,没有风,也没有蝉鸣,唯闻祖母呼呼的喘息声。祖母提着一个篮子,用白色的笼布罩住,里面是她刚做好的冰镇酸梅汤。祖母赶往车站,听说祖父要和情投意合的姑娘出远门,她要去截住他们。祖母知道,祖父对父母包办的婚姻不满意,他嫌弃只会埋头干活儿、大字不识一个、性格木讷的祖母,说他们之间没有共同语言;而他中意的是自己的同事——那个爱说爱笑、温文尔雅的姑娘。但祖母不认命,她攥紧了印有自己和祖父名字的结婚证,把腰板挺得更直了。

　　祖母把祖父和那个姑娘截在了半路上。姑娘看到气喘吁吁的祖母,低下了头,不住地揉搓着自己的衣角;待祖母端出一碗酸梅汤,递给祖父,又递给那个姑娘时,姑娘脸一红,转身跑了。

　　祖父回来了,他哆嗦着,脸上的肌肉抖动不止,不和祖母说一句话。

　　祖母一如既往地伺候着祖父,把一日三餐端到祖父面前,把高粱酒烫好,把洗得干干净净的衣服摆在祖父的床头。祖母始终停不下手里的活计,洗衣做饭,下田耕种,养鸡喂鸭,抚养孩子;而祖父阴沉着脸,每天朝九晚五,从单位回来就躲在屋里以书为伴。

　　…………

日子还是照旧过。所有受过的伤,都是祖母一个人的荣誉勋章。

祖母不言不语,却用树木、花朵、清风以及天上的月亮、地上的霜,包裹自己隐秘的现实生活。她深知,月亮湾的那些小溪流,不是推开石头,而是顺着石头的缝隙流淌。

除了沉默之爱,太阳花还有另一个花语——勇敢而热烈。

八

祖母下葬后的那个黄昏,雨来了,宴席跟着开始了。前来吊唁的亲朋们吃着、喝着,谈论着,脸上看不出一丝悲伤。

原来,亲人的悲伤也和外人一样,是不可靠的,而且转瞬即逝。

大红公鸡再一次被"请"了上来。这次,它成为餐桌上的一道菜——红烧大公鸡。肉质肥美,色泽红亮,宾客们纷纷伸出了筷子,赞不绝口。

倘若祖母还在,必不会伸筷子,她关心的是大红公鸡渴不渴,饿不饿,而不是要红烧还是清炖。

宴席结束后,偌大的房间里只有我和父亲俩人。

父亲盯着挂在墙头上的祖母照片,看了许久。照片里的祖母,笑得很灿烂。祖母的一生,只留下为数不多的几张照片,是弯腰弓背,向大地讨生活的模样。唯有这张黑白照片,她的笑容很美。

那笑容甜甜的,黏黏的,像长了钩子一样。

人的心也被钩起来。瞅着四下无人,一向隐忍的父亲忽然拉着我的手,号啕大哭起来,断断续续地说:"闺女……爸爸没有妈妈了……"

我抱着父亲——这个刚刚失去了母亲庇佑的孩子,眼泪噼里啪啦地掉下来。我知道,祖母走了,衰老和死亡的气息正一步步逼向父亲,父亲唯有以眼泪来抵御和反抗。

只是一瞬间,父亲明显地老了,好像失去了祖母这层屏障,死亡就一步步朝着自己走来了。

祖母走后,父亲接管了围场村那几十亩地,种高粱、种大豆、种花生、种玉米,也让一片向日葵花,一如既往地活在这个家族的宿命里。

又过了一些年,祖父去世了,父亲也两鬓斑白。我把父亲接到了城里。老家的地,就撂荒了。撂荒的土地,像一个落寞的老人,孤独地躺在木兰围场的脚下。

那些年,居住在城市里的父亲看过云卷云舒,看过花开花落,看过风霜也看过雨雪,唯独不见一个明亮的早晨。父亲身体硬朗,步伐矫捷,却总是心事重重的样子。

夏日里的一天,为了让父亲散心,我提出去祖母的故乡——巴彦淖尔的那个小村庄看看。话一说出口,我就有些忐忑,担心父亲不同意,可是没想到一向不爱出门的父亲,这次竟然爽快地答应了。

我们驱车去了河套平原,一路颠簸,可父亲的心情似乎很好,他总是透过车窗向外眺望着,好像在等待着什么事情。

河套平原,一个太阳升起来就不肯落下去,月亮升起来也不肯落下去的地方,在那个小村子,祖母度过了悠闲快乐的少年时光。我挽着父亲的手走在田间小路上,慢慢地走着,慢慢地看着。一个转角处,虽然只是一瞥,父亲的脚踝好像被什么东西绊住了。

父亲停了下来。我也惊呆了。

眼前是大片大片的向日葵地,一朵朵的向日葵在绽放,无边无际,声势浩大,它们见风就长,把蓝天和大地都遮挡住了。这与木兰围场的向日葵完全不同。

我看见小小的喜悦在父亲的眼里微微荡漾,荡漾成一片月亮湾。月亮湾里,一株株向日葵,在用力地拥抱着太阳。

身边的一切事物都在父亲身边静静地向前走着,只有他在后退,退到几十年前,那个向日葵花漫天绽放的夏天:一个母亲牵着孩子的手,仰起头来看着朵朵葵花,阳光透过枝叶洒落下来,晃得母子俩睁不开眼。闻着花香,谁都没有说话。他们站在几番命运的轮回里,看到的是另一个自己——母亲低下头,看到的是过去的自己;儿子仰起头,看到的是未来的自己。

两个自己慢慢走近,融为一体。

不是所有的向日葵,都能够在故乡终老。祖母生前想再回一次故乡,可因种种原因未能如愿。

这一次,在父亲的眼睛里,祖母佝偻着身子,活着回到了故乡,看到了年轻的太阳花。

只要我在拉依亚提坎

◎ 杨永康

一出托克逊就是一望无际的灰白色沙垄与沙丘。也有青绿色植物,比如盐爪爪、木地肤、小蓬、盐肤木等等,在沙垄与沙丘间留下青灰色的影。让人震撼的是一种"柴"类植物,灰白色的枝干骨头一样散落一地。太像骨头了,很细碎的骨头,无法拾起的骨头,深深镶嵌于沙垄与沙丘的细碎间,形成一道道弧线,一波接一波,到达弧线的极远处。常有不知名的小型爬行动物或生物留下神秘的印痕,宛若它们的脚与趾,宛若十字、剪刀、人形。是的,人形,侧身,由许多个小圆点连缀而成,有清晰的头、冠及下垂的流苏。手臂前伸,类似感叹号。两腿向前迈动,长长的尾巴拖在地上。一截木头在顶端兀立着,有黑色的孔洞,有大火焚烧之后留下的浓重投影。

再往前,开始出现人类的踪迹,几面暗红色的广告牌在 面山坡上有序排列着,周围全是裸露着的植物茎秆,背后是荒漠,太阳下泛着灰白色的光。沿灰白色的光再往前就是我们要去的拉依亚提坎。一阵嘈杂声之后我们就在这里住下了。一切都比想象得要快。又一阵嘈杂声之后我们差不多就走遍了整个村子。是的,除了一望无际的沙垄、沙丘,就是小小的拉依亚提坎。不用花太多时间就能走遍整个村子。我去得最多的是一个爱心超市,凡是拉依亚提坎的贫困家庭都可以在此领取生活用品,东西全由爱心人士捐助。包括衣服被褥、日用品、文具、儿童玩具、图书等。居中有一个并排靠在一起的白色货架,上面堆满了各种衣物,彩色衣物居多。印象深的是在一个不起眼的小角落里,摆放着一双海蓝色的小棉靴,使初来拉依亚提坎的我感到格外的暖,格外的温馨。

爱心超市旁边才是一个真正的超市,里面有三个货架,全是油盐酱醋之类的生活用品。每次去都可以看到一截橘黄色塑料管子从货架上面一直拖到了水泥地上。感觉是个网店，墙上有一张繁琐的价格对照表，第一栏就是特价三轮摩托车。经营者是两位分别戴黑绿色头巾与粉色头巾的大妈，来买东西的人不多，每次去都看到两位大妈坐在一起，低头绣制一件带花边的小马甲或者小坎肩。

这么说吧，没有几天我就熟悉了这里的一切，包括两位大妈与一个叫卡努尔的男孩。男孩一直安静地坐在一个快餐店门前的一张木床上，穿红色圆领绒衣，胸前有一个大大的白色字母，裤子是有卡通图案的花裤子，红色胶底鞋，两腿交叉着，膝盖上是一本识字课本，右手中是一支白色的圆珠笔。卡努尔身后是一辆停放在街边的红色蹦蹦车。蹦蹦车过去是一片灰绿色的玉米地，玉米地过去是一片叶子在"哗哗"作响的杨树林，杨树林过去就是一直变幻着的无垠沙海了。最好称它们为海，海才是沙漠真正的模样。傍晚的时候整个沙丘包括整个沙海都变成了一种青黑色，极像一个一直旋转不停的巨大"螺旋"，极具质感的"螺旋"，所有的纷繁一下子销声匿迹。只有一柱光莫名裸露在那里，像巨大的空洞。

早晨来临，沙海又是另一副样子，夜晚一度消失的那些植物又开始"哗哗"作响。只能这样称呼它们了，很难说那就是一种植物，实在太纤细了，甚至无法触摸到它真实的枝干，只能看到一种淡淡的影。淡淡的影消失之后，一切又重新回到纷繁的色调。黄昏来临，一切又重新被巨大的"螺旋"所淹没。走几公里、几十公里，都不会有例外。是的，走多远都不会有例外。偶尔会有一株小小的植物留下长长的影，这应该就是白昼止步的地方了。一场来自塔克拉玛干深处的寂静就此开始。寂静过后，又是新的一天。

沙海真正让人迷惑的就是这种不断变幻着的夜与昼，你很难界定它们的存在，也很难界定它们之间的秘密更替。幸运的话可以在它们的边缘地带碰上一片青绿，或者一片金黄。应该是小叶杨，从细碎的叶片看应该是小叶杨。确实金黄一片。开始我认为不过是一种幻象而已——因为太像幻象了，金色中突然出现一条灰白色的路，两侧全是叶子金黄的树。有一段极像一条干涸的河，太像干涸的河了，到处都是因干涸凝结成的暗灰色。暗灰色的尽头是一棵叶子婆娑的沙柳,沙柳下有一个灰色木头搭建的简易草棚子。

有时候真的搞不清它们何以会突然出现在这里,而它们确实出现在这里了。从外面看过去,是几间窝棚,有长长的木头围栏,中间向外敞开着。喊了几声没有回应。窝棚的一侧隐约有一辆暗红色的小汽车停在那里,上面覆盖着浅黄色的草。再过去是一片一人多高的灰白色高株牧草,牧草后是一个只搭建了半边的草棚子。喊了几声,也是空无一人。我有点泄气,正打算返回的时候竟然听到几声小羊羔的"咩咩"声。再听,好像又听不到了。

走几步又可以听到"咩咩"声了。这次听清楚了,绝对是小羊羔的叫声。循声走过去,是一个小小的篱笆围起来的简易窝棚,几面差不多都敞开着,外侧有简单的木头围栏,小羊羔应该就在里面了,我猜想。探头去看,围栏中是一只白色的成年山羊。看见有人过来,它抬起头,隔着木头围栏定定地望着我,可能是搞不太懂对面的这个陌生人何以要这么定定地看着它吧!确实是一头成年山羊。应该还有小羊羔,那叫声应该是一只小羊羔发出的。向里,出现一个透着光的简易棚子,稀疏的篱笆墙透着细碎的光,光的沐浴中静静站立着一只白色的小羊羔。因为光的缘故,小羊羔通体都被一种洁净照亮。

那会儿"咩咩"叫的应该就是这个小家伙了。小家伙见我看着它,又叫了两声。完全可以确定,就是它了。小羊羔身边有一个鼓鼓囊囊的白色塑料袋,应该是草料袋子。我打开看了,里面是一种青稞状的颗粒。我掬起几粒来,放在小羊羔的嘴里。估计小家伙饿了,竟然没有一点陌生与客气。吃饱了,打了个响鼻,应该是响鼻。我用手抚摸了一下小家伙红红的鼻子,小羊羔喉咙里发出一阵快乐的"咯咯"声,确实是"咯咯"声。

越过小羊,是一个只有半边篱笆墙的院子,墙下放着一辆土灰色平板车,上面是一个方形的木板,算是车厢部分,下面是结实的橡胶轮胎。平板车后面是一个沙柳围起来的棚子,柳枝更严实,并用泥巴抹了缝隙,有木头的门框。进去之后发现是一个鸽子的窝棚,里面的木架上有一个土灰色的塑料盆子,盆子向里倒立着,一只雪白的鸽子在盆子顶端站立着,地面上是几个满是灰土的塑料盆子。

绕过去两间土坯房子。一间外表很平整,一间是直接用泥巴垒起来的。应该有人住的,我向里喊了一声。应声出来一个穿长袍的大妈,袍子上全是密集的菱形图案,有深紫色的,也有深蓝色的。大妈怀里抱着一个光着头的小孩,小孩穿红色上衣,蓝色短裙,浅灰线裤,面无表情地望着我。村部给我们分发了常用的语言对照表,比如玉米叫阔那克、鸽子叫卡普托、棚子叫帕尔内克等等。我按对照表上的话说了一通,大妈一句也没有听懂。

大妈一直站在院子里对我微笑着,我当然不好意思去她家了。不过可以看到她家土坯房子前面褪了色的门框与浅紫色的纱式门帘,帘子上面绣有红色花朵。门的一侧是一个小金属牌子,另一侧是一个粉红色心形塑料框镜子。镜子下端是一个褪了色的小塑料凳,塑料凳子旁边是一小块菜地,里面种有白菜。应该是大白菜,因干旱叶子上有灰白的皱褶与纹理。我想仔细看看这里的白菜是不是与内地的白菜一样,院子外面传来一声咳嗽,随之出现一个穿方格衫的男子。男子嘴里刚点着了一支烟,猛吸了一口,然后向我站立的方向"嗨"了一声,算是跟我打了个招呼。应该是跟我打招呼。我正要上前打个招呼,一阵手机铃响了,那男子随即被什么人叫走了。院子里又重新空荡荡的了。大妈已经回到了自己的屋里,我决定独自走走看看。

绕过这户人家,出现一个更大一些的院子,这里绝对是一户人家,院中有砖块围起来的小小炉台。地上放着一把铝壶,因为烟熏火燎,已经完全变成了黑色。铝壶旁是一张很矮的木床,床上铺着绿色的毯子。我张了张嘴巴,就在我的喊声还没有完全散发出来之前,前面那个穿方格衬衫、抽烟的男子又转到了这户人家的院子里。

我问了这家人的情况,进了土坯房。这里确实是一位当地村民的家,共两间,一间靠窗有一张很大的床或者火炕,铺着深红色的毯子,底色是深红色的,繁复的花枝是浅绿色的,床头的一侧是一个浅褐色有好多小门的柜子,上面摆满了被褥之类的东西。另一间空着,有一扇木质的窗,向外打开着,可看到一棵枝干灰灰的树。窗子的另一面挂着一个桃红的挂毯,图案中有三个长颈花瓶,里面是枝干细长的花。共四重,底下一重的是绿色的,第二重是粉红的,第三重是绿色的,第四重也就是整个花枝的顶端,只有一朵花,是粉红色的。奇异的是另一个花瓶,整体呈浅绿色,中间有光芒似的叶子,花枝全是紫色的,两侧有风轮似的花朵,顶端的花朵更像一个巨大的风轮。

就在我仔细打量挂毯的时候,一阵"咕咕"声吸引了我的注意,循声看去,眼前出现一个更大的院子。确实是一个更大的院子,正面是一溜儿土坯土屋,土屋后面有一棵枝叶婆娑的杨树,泛着青青的绿。一侧是一溜儿水泥房。另一侧是一大堆木头,应该是从旧房子上拆下的。没有看到人,只有一群鸽子在院子里觅食。因为有人来了,它们都扑棱棱飞到了土屋顶上。有灰色的,有黑色的,也有白色的。有一只白色的在空中翻飞了好长时间,最后特意对我"咕咕"了几声,应该是对我,然后收拢翅膀落在一个土疙瘩伸出的部位上。

短暂的打量与凝视之后,我们即对彼此心中的向往与气息有了许多感知。我指的是土屋顶上的这群一直在对我"咕咕"叫着的鸽子。它们有惊人的感知力。还有惊人的捕捉力,每天我都要去一片金黄色杨树林的,小家伙们好像都约好了似的一大群在我头顶翻舞、翻飞。开始我以为它们只是偶尔才这样的,或者刚好被我碰见了,之后发现它们差不多在我每次经过树林的时候都这样,且每次都要在我头顶发出一阵好听的哨音。我能做的就是及时对这种美好做出回应,我专门买了一条红色的丝巾,这样就可以保证它们的眼睛能在塔克拉玛干大沙漠的极深处一下子发现我。

按利维的说法,鸽子的视网膜非常发达,荧光屏一般。尽管如此,我还是不能保证它们的眼睛在浩瀚的塔克拉玛干大沙漠中一下子就能发现并识别我。但有了红色头巾肯定会容易很多。

有一天我去一户人家做客,坐在主人的毯子上喝了一整天的奶茶。作陪的客人不少,有说有笑的,就忘了鸽子的事,也忘了佩戴红色丝巾的事。走出那户人家的时候,我惊喜地发现那群小家伙们居然就在这户人家门前的一辆褪色的拖拉机车厢顶端整整齐齐排列着。原来这些小家伙一直在外面等我。见我出来都兴奋地"咕咕"了起来。太难以置信了,个个精灵一般。

这一点我已经屡试不爽。只要我在拉依亚提坎。是的,只要我在拉依亚提坎,我们之间就一直保持着这种难以置信的默契。后来我也不用再佩戴什么红丝巾。无论戴与不戴,小精灵们都能在一望无际的沙漠深处准确捕捉到我,感知到我。我曾看到一项研究,近百种飞禽有穿越整个塔克拉玛干的非凡能力。但应该只有这群小家伙能在浩瀚的沙漠深处捕捉到我。是的,即便我短暂离开了拉依亚提坎去了阿其克考其克,我们心灵间的这种深深感知也从未有过改变。

阿其克考其克应该就是斯坦因考古笔记中的比勒尔孔汗,斯坦因在此发现了一座椭圆形古堡。

"这里,在一块红柳较少、仅有些小沙丘的平原上,我发现一块被泥墙环绕、挤满房屋,大致为椭圆形的地域。泥墙的痕迹多处可见,而房屋十分简陋,但全都保存完好。"(斯坦因《踏勘尼雅遗址》)

已经无法看到那个"保存完好"的椭圆形古堡了,到处都是触目惊心的废墟,已经崩塌的泥巴土墙,风化成条状的木头,已经衰朽很久的树的枝干,深陷沙中的屋顶。更多的人类痕迹深埋沙中。有一段篱笆墙只露出一段隐隐的基线,已经无法感知到完整的生命了。即便斯坦因再来也是如此。最震撼的是几棵树桩,已经被烧焦,还在夕光里裸露着当年焦炭色的风。它们应该被烧焦过多次的。那么我们看到的是不是同一个烧焦呢?

有一片废墟应该是一座塌陷的建筑,建筑的木头架子肋骨式的排成了长长的一行。有一个木架子还在等待进一步塌陷,在黑色的光里神灵般挺立着。后来者肯定没法像斯坦因那样幸运的,斯坦因有那么多的发现,我们只有肤浅的感触了。

斯坦因确实是幸运的,在这里发现了一块八英寸长、四英寸宽的佉卢文书,上面有佉卢文九行。还在此发现了一件奇异的物品—— 一张柔韧的树皮条,内面写着一行非常潦草的字,应该是婆罗谜文。斯坦因还发现了一座塔楼的残墙与一个泥制的火炉台子。塔楼高十八英尺,厚三英尺半。我看过残墙与残楼的照片,应该有一间房子那么高。泥制的火炉台子已经残缺,即便残缺也足以让整个比勒尔孔汗都是暖暖的。

比勒尔孔汗按地理方位应该就是后来的阿其克考其克。

凡是第一次去阿其克考其克的人都会被眼前巨大的虚无、巨大的毁灭给镇住了。我第一次去就是如此，当时确实非常震惊，也非常窒息，如此就没法欣赏古堡、废墟，包括虚无的美了。再去就能坦然面对了。是的，再去就能坦然面对了。坦然的时候那些让人窒息的废墟就会呈现出一种迷人的灰白色，每时每刻都在消亡着的灰白色。偶尔还会出现一些片状图案，有一块极像鳄鱼的头部，上颚下颚都张开着，眼睛是一个白白的圆点。有一块极像一只在水面腾跃着的恐龙，浑身灰白，有灰白色的头、灰白色的尾巴，尾巴部分差不多是身体的两倍还多，呈波浪形，腿部很短。奇异的是其周身因为风蚀与钙化形成鱼鳞般的肌肤。

深处又是另一番景象了，沙上的光影形成的一道道迷离的水波纹，是否就是专家所说的月形纹？水波纹中心是两头巨大的白鲸图案，有很清晰的鱼鳞，就好像刚刚汇聚到这里一样。一个因为海水浸泡太久已经身形破碎。再往里因为光线的作用，一切又变成一种青灰色的小小幻影，很像人类在浩瀚沙漠中对自我的感知与认知。

应该就在这时候，我再次看到了那群欢快的小精灵在我头顶留下美丽的印痕。原来它们一直在阿其克考其克上空翔舞着，翻飞着，为我。

那些日子我差不多迷上了这群欢快的小精灵，它们总是在我出现的地方欢快地温馨着我。

例外的时候也是有的。有一天我在一片很大的枣林里迷了路，突然起风了，很快就演变为遮天蔽日的沙尘暴，整树整树的大红枣儿在沙尘中飞舞着。这种枣树的树冠都不大，根本遮挡不住我。我只能躲在一棵稍大的树冠下了。好多枣子飞了起来，我也飞了起来，我感到我的双脚已经离开地面。好在旁边有两棵粗壮的胡杨并排挺立着，我幸运地被卡在了它们之间。这得感谢胡杨粗粝的皮及我的肩，它们硬是把我死死地卡在了那里。我的双脚、双腿一直在离开地面几英寸的地方飘浮着。

那天的沙尘暴确实让人惊骇。我查阅过拉依亚提坎的沙尘暴记录，这里因为位于西风与西北风的交会处，经常是风沙弥漫。年沙尘暴天数多达四十多天，浮尘天气多达一百五十多天。即便在整个塔克拉玛干，这里也是主要风口之一。看来遇上了也蛮幸运的。

随后我还去了塔克拉玛干深处的安迪尔兰干与亚通古孜兰干，曾有几条古老的河经过这里，现在已经干涸。这两条河的上游就是托格拉克河与吐朗胡加河，我希望它们能为拉依亚提坎，包括亚通古孜，提供更丰沛的径流量。我还反复研究过拉依亚提坎每年的降雨量，我希望拉依亚提坎每年雨水丰沛，气候湿润，这样拉依亚提坎及整个塔克拉玛干的大白菜会更鲜脆嫩绿。

之后就是离开拉依亚提坎的日子了。

离开之前我再次想起那片金色的杨树林，只是手头有事情要忙，没有再去那里。有一件事我要在这里对可爱的小精灵们说一下，我已经利用这段时间读完了两个考古报告，一个是关于安德悦的考古报告，一个是关于尼雅的考古报告，都是专业考古队撰写的。安德悦考古报告中一个温馨的物件引起了我的注意，是一把白色的小木梳。我脑海中当时即闪过一念，如果用这把白色的小木梳去梳理小精灵们白色的羽毛，那是多么美妙啊！是的，实在太美妙了。

二十世纪八十年代末九十年代初，塔克拉玛干"综考队"，对安德悦东、西遗址进行了考察发掘，西遗址发现的唯一一件遗物是一把白色的小木梳，形制不同于现在的木梳，两端都有梳齿，一端梳齿间距较大，一端梳齿较细密，中间有两个圆形孔洞。而尼雅考古队在尼雅也发现了几把小木梳，应该是三把，都是单面的，梳齿都残缺了。有一件小木梳的梳齿特别长。关于这把木梳，考古报告记录不详细。我真希望这把小木梳也是白色的，鸽子白。

为确定它是白色的，我决定去一趟尼雅。尼雅距离拉依亚提坎并不是很远，穿过亚通古孜河就是。我决定选择一个星夜，星夜最适合去神秘的尼雅。尼雅的星夜一定是亮亮的，我看过一张尼雅画片，画片中是两个在浩瀚星空下紧紧依偎在一起的"石人"，每个"石人"的脸上都满是数不清的小孔洞与沧桑，刚好有两颗流星从"他们"的头顶划过。这一幕让我非常动容。

我就这样悄然出发了。我一直没有忘记那群带给我那么多温馨的小精灵。我只有一个想法，在它们醒之前到达迷人的星夜，到达尼雅。

"自然写作"的探索与展望｜后记

◎ 阿 霞

二〇二一年,《草原》杂志率先发起"自然写作"倡议,并开设"自然写作"专栏。得到了张炜、阿来、施战军、鲍尔吉·原野等多位著名作家和评论家的积极响应。同时,《文艺报》和中国作家网集中报道,引发了文学界和读者的广泛关注。在此基础上,《草原》杂志通过组织"自然写作营"和"生态文学论坛"等活动,深入乡村、草原、沙漠和原始森林,激发了全国范围内自然生态文学的创作热情。

四年来,"自然写作"在"北疆文化"的滋养下结出了丰硕成果。它不仅为自然文学、生态文学提供了丰富的实践经验和样本,还促使众多作家重新思考人与自然的关系。这一过程和现象不仅是文学的觉醒,更是中国生态文明建设的文化自觉。越来越多的作家投身其中,"自然写作"已经成为文学创作的新的增长点。

今年,《草原》杂志携手百花文艺出版社出版《从房间走向荒野——"自然写作"2021—2024年精选集》,这是对自然生态文学实践的一次阶段性总结。这部选集精选了50位作家的50篇作品,还有评论家孟繁华、陈福民、兴安、项静四位评论家对自然生态文学的理论梳理和深入思考。这些作品和评论不仅展示了"自然写作"的丰硕成果,也为未来的创作和研究提供了重要参考。

在此,我由衷感谢全国各地的作家、评论家对"自然写作"的支持。过去四年中,众多作家将自己的优秀作品交予《草原》发表,这不仅是对我们的信任,更是对"自然写作"倡议的有力推动。同时,我们也感谢《文艺报》、中国作家网、《文学报》,还有百花文艺出版社的支持和帮助。

"自然写作"的探索之路仍在继续。我们希望通过这部作品集,让更多人关注自然生态文学,共同思考人与自然的关联。《草原》杂志将继续坚持和推动"自然写作",为作家们提供更广阔的平台。我相信,"自然写作"不仅是文学现象,更是文化的自觉,人类身心的洗礼,它将引导我们走向更加美好和谐的未来。

　　从房间到自然有多远? 走进自然,细心观察、体会,与大自然重新建立对话关系。现代人与自然之间的隔膜与疏远,不仅是物质的空间的距离,更是心理与情感的距离。我希望这本书不仅能成为一部优秀的文学作品集汇,更成为一部有关自然教育和生态伦理的启示录,唤起更多人对自然和生命的关注和敬畏。

　　最后,感谢所有支持"自然写作"的作家、评论家和读者。让我们携手共进,继续在"自然写作"的道路上探索前行。

人与自然的互相发明及"中国深度"

——生态文学简论

◎ 陈福民

　　近年来，"生态文学"的概念及其文学实践正在稳步推进，开始引发人们的关注和热情。这种状况显得有些意味深长。虽然学界也不乏一些围绕它所进行的理论探讨与分析，但如何确定定义和理解这种现象，似乎还没有令人满意的解决方案。目前来说，人们还只是满足于在它的旗帜下认领各自的位置与归属地，并借此完成自己的文学实践。至于它涉及的一些根本性难题，尚不够明了也无实质性进展。譬如：生态文学是传统文学的某种自然演化与延续吗？它是一种全新的文学类型吗？它是文学在现代社会发生根本的结构性变化之际的一种应激反应吗？抑或，它是文学的终极之地吗？

　　上述问题虽然可以归结为一种整体文学场域并给予一种整体性的描述，但它们其实都有不同的解释路径，并且各自指向不同的领域，需要以不同的视野和逻辑去加以引导与处理，尤其需要广阔的哲学、社会学思考方向，而不能将其视作是一个简单的文学史内部问题去理解。简言之，生态文学的出现以及对它的讨论方法，更接近文化研究的范畴，而不是对文学修辞和表达对象的过度强调。并非我们面对自然去书写就必然能创作出生态文学，同理，模仿现代派文学或者"西马"学者如马尔库塞对现代文明的猛烈批判，也难以克服我们在现代社会中遭遇的各种不适感和陌生感。如果不是这么看待问题的话，当我们面对陶渊明的归隐山林或王维的田园诗歌以及中国文学史上极为普遍存在的对大自然的放歌吟咏，就无法区分它们与当下生态文学的本质差异。

　　严格说来，生态文学是不是一种新的文学类型，还存在争议。也就是说，尽管它们可能带有一些鲜明的外部特征，但我们仍然无法从题材的层面上去确认它。用更通俗的表述说，要抵进生态文学的真相，作者写了什么固然很重要，但是看作者怎么写才更重要。究其实质，生态文学乃是欧洲工业革命与现代文明在意识形态方面的直接伴生物，它是在现代文明突破了人类生存的边界后才逐渐被意识到的一件事情，并且也仅仅是这种意识的一部分在文学方面的体现而已。而对现代文明的边界有怎样的理解和认知，绝不是依靠题材、修辞等等文学手段就可以解决的。它是一种哲学思想，有时在形式上表现为对于自然的亲近，有时可能被表现为对于历史运动的逆向思考。因此，人们把它的源头追溯到美国作家亨利·梭罗和他的《瓦尔登湖》是有道理的。

　　如果把梭罗和《瓦尔登湖》理解为生态文学的远景，那么发源并崛起于二十世纪七十年代从美国到欧洲的"绿色运动"则是它扎扎实实的近景。以今天的美学观点来看，梭罗的写作其实很难就其"文学性"价值进行深入讨论，他的写作及文本价值，在相当程度上是被"追认"的。这一点完全得益于"绿色运动"作为一种波及全球的思想建构与文化认同的出现。而活跃于当下令人瞩目的中国生态文学，其思想资源和理论支撑，与梭罗及《瓦尔登湖》的被追认其实出于同一逻辑。

　　厘清这些背景性因素，对于理解生态文学的理论内容和具体实践都是非常必要的。然而需要指出的是，中国生态文学有着非常特殊的不同于欧美文学的本土语境，因此它自身仍然包含着难以一言以蔽之的复杂性。中国生态文学如果希望在理论上获取清晰而有深度的阐释，其文学实践赢得具有说服力的高质量成绩，就不得不直面其自身所包含着的复杂关系，迎接各种复杂性的挑战。

　　挑战之一，是人如何能"像自然一样思考"。我知道这是一个充满诗意的说法，它的实质是提示人们必须重新思考人与自然这一古老的关系。这确实是个由来已久的老话题，至少，从卢梭与浪漫主义纠缠不清并且倡导自然崇拜时,这种关系就被定义过,并且影响深远。对于人与自然的关系,卢梭在其名著《爱弥儿》中曾咬牙切齿地说过:"出自造物主之手的东西,都是好的,而一到了人的手里,就全变坏了。"在卢梭看来,被锁进社会关系而脱离了自然情感的人,其人性是完全不可靠的。一直以来,由卢梭所奠定的这些二元论式的硬核思想,都是浪漫主义文学的源头之一。考察文学史和学术史就会知道,卢梭的这种简洁有力而极端的思想,对后世法兰西乃至全世界的文学认知与实践,都产生了直接或者间接的深刻影响,特别是经他这些思想,开辟出了一条后世哲学、文学理论对于现代主义/现代派予以反思和批判的思想路径。比如,法国学者安托万·贡巴尼翁在二〇〇五年写了一本《反现代派》,细数了法国一系列受到浪漫主义影响而反眼看世界的头面人物,并就此梳理出了一条重新思考现代性的反现代路径。

时至今日,我们可能都受到过这条路径的启发,但也能明显发现这条路径的致命局限,那就是它把"人与自然"做了一种二元式的切割。当年梭罗只是在瓦尔登湖生活了两年就返回了社会,而按照卢梭建造的思想性"瓦尔登湖"崇拜,它设定人们只有住在其中才能获得圆满的人性。事实上这是一种变形的美学思想牢笼,它的出现制造了肉眼可见的人性悖论——即只有远离乃至隔绝人性,才能拥有完美人性。我们完全可以假设,一定存在着不少如此生活的人,他们远远地离开了被他们所厌弃的世界,披星戴月风餐露宿,或者深宅高门离群索居,趋近于一种"绝对自然"的状态。但我们无法判断他们是否真的获得了卢梭所说的圆满的人性,尤其无法赋予其意义。生态文学在面对这样一种具有迷惑性的状况(无论这种状况是话语层面还是生存层面)时,需要拥有自己的哲学认知和人性理解。

迄今为止,在这个关系问题上,马克思主义的有关论述仍然是具有真理性的。马克思始终强调的一个纲领性论点是"人是社会关系的总和",人的所有行为只有在其与他人构成社会关系时,才能讨论并呈现出价值意义。而在《一八四四年经济学哲学手稿》中,马克思首次提出了"人化自然"的概念,认为人对自然的利用(包括认知、征服与改造)是社会进程中必然会出现的,但它并不是一种单向度的剥夺与攫取,而是在与自然的对话中重建了人与自然的关系。离开了人的自然，是一个无以名状的沉默的存在，无从谈论它的意义。假设有一种极端的声音说，那就让自然沉默好了，用不着人类来赋予什么意义。我觉得我无法反驳这种声音，我只能说这颗星球或这个世界与它所孕育的人类这个物种，本就是生存在这个关系中无法分割。因此，我们无法假设一种可以剥离自然的人的"纯粹社会"生存状况，同样也无法想象一种没有人参与的纯粹自然。人与自然，始终处在一种互相认知、互相发明的状态中。

在生态文学所呈现的世界中，我认为人是最重要的主体，在那些对山川河流原野风貌尽情讴歌描述的作品中，在那些对自然的倾倒式崇拜中，人始终是无法真正置身物外的。我自己是一个摄影爱好者，有时候我会带着器材去拍日出日落，拍群山之巅或者呼伦贝尔大草原，还有很多人迹罕至的长城，等等。久而久之，我突然会意识到似乎缺少了什么，那些看似丰富的风光美景渐渐被压缩成另一种重复性的单调。我们还会发现，这样一种看起来单纯的自然，只要它们是需要被表达被叙述的，就无处不包含了人类的眼光。因此，我觉得生态文学里最重要的一端仍然是人的元素。生态文学如果不是在人和自然的关系中透彻理解人的命运，它就只是一个单纯的背景画面。当然也不能说那不是生态文学，但是离开了人的关系要素，生态文学当中被高度期待的"自然"的价值含义不仅没有那么丰富，甚至也失去了被表达的机会。因此，我理解的生态文学是人与自然密不可分的文学。我会对某种状况始终保持警惕，即在生态文学当中把自然单极化、把自然去人化。

挑战之二，是在今天这样一个物质相对发达、生产力及生产效率极大提升的情况下，人与人的关系如何达到一种和谐并缓解突如其来的"现代性"压力。这仍然是我们生态文学中包含的重要母题。由于生态文学受到其逻辑起点的规约，往往偏向于自然环境的审美渲染，或者专注于因为受自然条件限制而低效简单的传统生产关系的描写，比较擅长表现简单环境中人性的态度和立场，同理，也就不容易在新文明条件下去呈现复杂的社会关系层面中人与人的精神状态。"现代性"是一场令所有人都特别难受又不得不面对的颠覆性革命,它所改变的,绝不仅限于生产方式与经济活动,更包括生产关系中的价值判断及人与人相处的基本方式。我们时常怀念在物质条件不够丰厚的时期,那时人与人之间的关系似乎较单纯。我们看到很多与此相关的文学描写,都倾向于以一种审美方式刻画过往的纯粹,并渴望回到那样的圆满状态。然而他们却不太知道或者不愿意去学习和面对当下复杂社会关系里的人性难题,甚至在遭遇挫折时表现出一种抗拒和回避的态度。就像那句网络梗所说的,"城市套路深,我要回农村"。

对于文学来说,这显然是一种考验,也更是用武之地。进而言之,生态文学尤其不能绕开这个问题去定义和表达自己。自从二十世纪九十年代改革开放在各个领域深入推进并成为历史大势之后,上述情形越来越彰显出了中国本土语境的特殊性与复杂性。相对说来,欧美的生态文学是在资本主义高度发达的历史条件下去思考一般性的环境保护问题,涉及欲望控制和材料甄别、消费降级等等,总体趋向是一种限制性思维,本质上是一种选择;而对于中国语境下的生态文学来说,需要面对的问题就复杂得多。绿色环保这类生产问题被提上政治实践日程之后,经济发展严重不平衡的现状会带来选择困难甚至没有选择的窘境。举例而言,环保政策在经济发展相对好的地方比较容易实施,而在经济上特别依赖某些企业的地方,选择起来会非常痛苦。生态文学当然解决不了也不必解决此类政策问题,但它却涉及一个写作者理解复杂问题的思想能力。这是生态文学的"中国深度"极富挑战也极富魅力之所在。

更为棘手的是,人们发现那句网络梗还有下半段:"农村路也滑,人心更复杂",或者"农村道路远,套路更加险"等等。虽然都是玩笑梗,但也能在一定程度上映射社会问题引发的进退两难的精神苦恼。这种隐喻式的玩梗,打破了对于传统观念舒适区的审美想象。改革开放的实质是解放生产力,同时也使得原有的生产关系发生动摇或解体。即便是在经济不够发达的社会结构里,原来简单平稳的劳动方式和分配方式都在变化,甚至更加激烈。以往延续久远的鲜明清晰的伦理情感与道德价值的边界,都在上述变化中模糊起来,这些变革必然给人们造成巨大的困惑,深刻影响人与人的交往模式和自身的道德态度。这个挑战尤其是体现生态文学"中国深度"的场域，因为"生态"绝不仅仅是自然、环保等绿色问题，而更涵盖着"人与人"的灰色问题，需要写作者更加仔细地观察和深入地探讨，从而建立起理解分析新的文明状况的思想维度。

最后一点，是自然与科技发展突变关系中所产生的生态问题。与前两种挑战相比，这是个不折不扣的"现代性"问题。这个意思是说，前两个挑战适用于所有的社会结构变迁带来的不同判断与感受，它们与历史仍然保持着缓慢的、有连续性的可以理解的关系。但是以工业革命为标志的"现代性"结束了过往历史的连续性，在文明的意义上，它释放出的能量既带有截然不同的性质，似乎又充满道德恶意。对这种边界感丧失的强烈危机意识，是生态文学的核心伦理价值之一。这个问题涉及技术升级与生产工具的迭代，它在极大提升劳动生产效率的同时，是否会带来"科学侵略自然"的风险，这是被人类所担忧和关切的，尤其是生态文学着力表达的。

何谓"生态"？如果我们把"生态"理解为人类与自然之间所保持的和谐平衡状态，那么我们就会知道，所谓的"和谐平衡"从来都不是绝对的，它们只是相对意义上保持阶段性的平衡。而在事实上，人类生存活动中每一次工具的发明和使用，都不可避免地带来原有生态的失衡与变动。哪怕是最简单的石器的发明与使用，也使得原始人群的狩猎效率大大提高。人类借此获得更多的食物，让自己得以更多繁衍，而代价则是野生动物更大数量的被捕获乃至死亡。人类历史上，经历过无数次因为新工具的出现而造成的生态失衡。有些失衡持续的时间较长，有些则很短暂，但无一例外，人们最终都会克服新工具造成的恐慌，重新寻找到让人与自然和谐相处的平衡状态，然后合理地利用工具，享受新文明的成果。

然而工业革命所引发的科学技术突变与动力燃料的进阶，无论性质还是量级，都远非此前历史年代的任何变化所能比拟。特别是大机器工业制造带来的生产成本下降和产量的几何级过剩增长，对国际贸易市场的扩张性需求，不仅彻底粉碎了原有的世界生态平衡，也带来了殖民和战争。当海洋霸权文化驱使着利炮坚船从海平线上陡然升起，那些黑洞洞的炮口让农耕文明惊恐地发现，他们引以为傲的天行有常、生态和谐、自然大美，都变成了一纸空文。他们无法再用奇技淫巧、失道寡助这类传统理论解释所发生的一切，也无法安慰自己。他们首先面临的是如何生存下来的问题。

其实最先站出来对这一切说"不"的，并不是被殖民被征服的弱势民族，而是欧洲人自己。早在那些"反现代派"理论出现之前，英国人就因为痛恨大机器制造剥夺了自己的土地和工作机会而爆发过著名的"捣毁机器"运动。然而，从工业革命到后工业时代，从信息时代到互联网时代，直至今天如火如荼的 AI 算法大模型时代，科技革命的逻辑仿佛奥运精神，信仰的是"更高更快更强"，至于康德关注的"合目的性"的哲学诉求，作为美好的教条只在理论层面被尊奉。人类对于自然生态的敬畏在科技革命带来的巨大效率和便捷面前，其实始终居于次一级的地位。

在逻辑上，被捣毁的机器显得那么无辜，就像今天的 AI 技术极有可能并且在事实上已经诞生了"杀死人类"的冲动一样，它们都是人类自我欲望的产物。可是我们发现，当 AI 发出了对人类的威胁后，人们宽容地笑了笑说，要警惕，要好好使用，然后转过身爆发了比从前更大的热情投入到夜以继日的研究中去。不可否认，在历史中，圣贤们对于欲望的深刻认知与控制的努力从没断绝过，人类希望规训它，让它变得乖巧可爱有利于自己，为此人类想了很多办法，诸如"小国寡民、弃智绝圣"的、宗教的、因果报应的以及审美教育的，等等。但今天看起来不能说毫无效果，但也都收效有限。

或者这就是人类的命运？也许，换一个思路就能天高地阔？如果"存天理灭人欲"的生活曾经是我们拼死反对的，人类为了争取到"欲望"的权利和自由而前赴后继不绝如缕，如果我们承认欲望是人类诞生繁衍的自我机能，而灭绝它既是不可能的也是无从想象的，那么，我们的选择就只有一个：与它和解。剩下的，也就只能是在何种程度上重建人与自然、科技与生态的关系了。

今天我们看到，在乡村和草原，传统的劳作方式正在被日新月异的技术工具改造着，人们取得了广泛的收获，似乎同时也在失去什么。换句话说，高效率的技术工具让传统的生态正在被动摇或者说正在被侵蚀，不过，一种新的生态正在悄然降临。中国人是世界上最聪明最没有"门户之见"的一群人,他们没有走上两百多年前发生在英国的"捣毁机器"的可笑路线,相反,他们热情地拥抱了新技术和新工具。一个最简单的现象,马在草原是多效能的劳动生产力,或战争或放牧,牧民喜爱这种高贵的动物。骑马在辽阔的草原自由驰骋不仅是劳作,更产生了与自然和谐统一的美感。然而,现在的牧民基本不再骑马了,他们用摩托车取代了马匹。当牧民骑着摩托车放牧的时候,是否显得滑稽?这是一种怎样的状态?这个状态是否破坏了我们所在意的生态?或者与自然构成了一种新的关系?

这些被新的科技时代所激发出来的问题,最终都会回到"自由与平等""效率与正义"等等传统范畴的无休无止的争论之中。前些日子新疆塔克拉玛干沙漠"锁边"大动作获得成功,乃是科技造福人类的壮举。同样的壮举还包括几千年前伟大的建筑——长城,以及"南水北调"这样伟大的当世工程……所有这些究竟应该怎样定义?是对大自然肆无忌惮的破坏,还是人与自然的双向奔赴,都是生态文学需要面对以及回答的问题。

总之,新的生态状况正在提出新的可能性。我始终认为,生态文学应该坚持一种人与自然互相发明的立场,既反对人类中心主义的霸权姿态,也要警惕把自然单极化、去人化的写作。作为生态文学的倡导者和实践者,我们应当具备一种迎接挑战的开放姿态,将关于人与自然、人与人、科技与自然等新课题放置于一种全新的时代关系中去观测,将生态文学放置到一个新的文明水平上去思考。如果生态文学意识不到上述关系,体验不到"中国深度",那么生态文学很可能会停留在原有的舒适区,很难为这个时代提供更有价值的文学思考与实践。

"自然文学"，就是面对现实的文学

◎ 孟繁华

"自然文学"如果按照现在的理解，是古已有之。比如中国最早的诗歌总集《诗经》的第一首诗《关雎》，写的是关关和鸣的雎鸠和栖息在河中的小洲。贤良美好的女子，是君子好的配偶；《蒹葭》写芦苇茂密水边长，深秋白露结成霜。我心思念的那人，就在河水那一方。这里的爱情和自然一直是被共同书写的。或者说，在古人那里，人与自然早就是和谐与共、不可分离的书写对象。"自然文学"在古时没有被提出，是因为在古时这不是个问题。换句话说，前现代的生活虽然多有不便，节奏缓慢，但自然生态完好，抬望眼便是风光无限。今天提出"生态美学""自然文学"，其实都是一个意思，这就是谭维维在《给你一点颜色》中唱的："为什么天空变成灰色，为什么大地没有绿色，为什么人心不是红色，为什么雪山成了黑色，为什么犀牛没有了角，为什么大象没有了牙，为什么鲨鱼没有了鳍，为什么鸟儿没有了翅膀。"人与自然界都发生了变化。或者说，人对自然的索取超过了自然的承受能力，人无限夸大的自我想象终于受到了惩罚。但人毕竟还是有反省能力的物种，适时地检讨和反省人类的行为，便有了《草原》杂志"自然写作"的提出。如果是这样的话，那么，"自然写作"首先是一种面对现实的文学创作。

人类曾有一种气吞山河的观念："人是万物的主宰""人定胜天""人是宇宙的中心"等。这些观念曾给人以巨大的信心，使人们认定人可以改变一切，一切都是为人类服务的。于是人与自然的关系改变了。当歌曲《给你一点颜色》中发生的一切出现的时候，慌乱的人类开始反省"现代"和它的后果，于是有了今天类似于"反现代"的现代性的"自然写作"。但是在我看来，这种形态的写作一直存在，也就是面对现实或环境状况的写作一直存在。

比如阿来的作品——无论小说、散文、诗歌还是电影，如果可以概括出一个特征的话，那就是"亲生命性"，也就是"人类与生俱来的与其他生物间的情感纽带"。这种亲生命性，首先是对人——也就是对同类的亲善，同时包括人与自然的联系，这一观念深深扎根于人类进化的历史进程中。《云中记》对生命的亲近感人至深。《云中记》就是要绝处逢生，就是要在死亡的废墟上歌唱生命的伟力和无限可能。我发现，小说中到处有声音响起，到处有不同的气味扑面而来，到处有五颜六色的颜色布满天空和大地。比如马脖子上的铜铃声、飞起的惊鸟、溪水飞溅声、阿巴和亡灵的对话声。在阿巴那里，是有如神助，妹妹的亡灵听到了阿巴的声音，阿巴热泪盈眶。在阿来那里生命无处不在，有生命就有诗篇；那各种味道，有野菜、蘑菇、牦牛肉、藏香猪肉、酸模草茎、酥油、干酪、茶、丁香花等等的味道；这些声音和味道的书写，使小说充满了人间性。声音和味道是有感知主体的，这主体就是人类的生命。因此，《云中记》的人物、情节、细节和场景，无不与生命有关。小说的情感深度，也盖因小说书写了对生命的尊重、敬畏和亲生命性。还比如《蘑菇圈》，蘑菇圈是一个自然的意象，它生生不息地为人类提供着美味甚至生存条件。它的存在或安好，就是人与自然和谐或相安无事。人生的况味，是对人生的一种体悟，它看不见摸不着，但又真实地存在于每个人的命运中。小说写了阿妈斯炯和小说中所有人的况味，应该说都是一言难尽。阿妈斯炯历尽了人间磨难，但她没有怨恨、没有仇恨；她对人和事永远都是充满了善意，永远是那么善良。她随遇而安。只要有蘑菇圈，有和松茸的关系，有她自己守护的秘密，她就心满意足，但是她的蘑菇圈最终还是没有了。生活对阿妈斯炯来说可有可无了。她最后和儿子胆巴说"我的蘑菇圈没有了"，这是阿妈斯炯的绝望。

人类与自然和谐相处的重要，不仅为"自然写作"倡导者所重视，而且在作家创作中一直没有中断。不同的是，当它被特别提出的时候，我们应该格外注意的是，人类确实到了警惕或克制对自然的无限掠夺的时刻，同时应该自觉捍卫自然的属性，让自然与人类和谐共存。在这个意义上，自然文学首先是一种面对现实的文学。我想这也是《草原》杂志提出"自然写作"的初衷吧。

"自然写作"：一种文学与生存的建设性选择

◎ 兴 安

不知不觉间，"自然文学"和"生态文学"已经成为文学界的"显学"，近几年尤为如此，这是非常好的文学现象。当然，二十世纪八十年代，以报告文学打头阵的揭示环境危机的文学创作已经彰显了作家对自然和生态的关注。这一点毋庸置疑。这是中国文学经过十年"文革"后，思想解放的年代，也是当代文学新时期肇始和最活跃的年代，"自然文学"和"生态文学"也正是在这个具有启蒙意义的年代，获得契机和释放。但是总体来考察，这个时期的创作多数还止于对环境问题的警示和批判，没有完全形成对自然及生态的认识和自觉，那时候，我们一般称之为"环境文学"，而这种提法现在理论界已经很少使用，因为正如英国生态批评家乔纳森·贝特所说："环境很可能是一个错误的用语，因为预设了人在中心且被万物环绕的意象。"①所以，"环境文学"实际上是"人类中心主义"的产物，其中包含着很强的功利主义色彩和以人类利益为价值判断标准的终极取向。而近几年开始繁荣的"自然文学"和"生态文学"则更多的是以"生态整体主义"为基础的新的创作观念。如果用现下时髦的名词前缀加以区别，我们是否可以将那个时期的"环境文学"称之为"前自然文学"或"前生态文学"呢？这个有待我们讨论。

当然，我们现在所谈的"自然文学"和"生态文学"也有争论，主要是两者的概念、命名以及两者之间的关系。李敬泽在最近的一次自然文学论坛发言时说，他比较倾向"生态文学"这个名号②。他是从"生态文明建设"的大局观来考量，自然有一定的道理。而陈应松在他的最近一篇文章里认为"自然文学"只是"生态文学"中很小的一部分，则是对"自然文学"理论的"不求甚解"③。我们知道，"自然文学"发轫于十八世纪的欧美，是启蒙运动和新兴工业革命的产物,而"生态文学"则滥觞于二十世纪六七十年代工业革命所裹挟而来的生态与环境危机。它既是"自然文学"的延续,也是"自然文学"的分支和深化。而且"生态文学",尤其是中国当下的"生态文学"依然有将人作为主体和中心的"现代人类中心主义"倾向④,而我所理解的"自然文学"应该是一个包括"生态文学"的大概念,所以我选择了"自然文学"或者"自然写作"的名称。

当然,我们所提倡的"自然文学",与十八世纪的"自然文学"也有所不同,它应该是建立在比尔·麦克基本⑤所说的"后自然世界"的基础之上。它已然不是以自我为中心的超验主义的"自然文学"概念,而是以"自然为中心"的"深层生态主义"的写作观。

"自然文学"在近两年发展突飞猛进,国内许多报刊都以此为题推出作品和评论,其中有《人民文学》《诗刊》《十月》《天涯》《光明日报》等等,而《草原》则更是在二〇二一年伊始,聚集国内十几位作家、评论家重新倡导"自然写作",并设置栏目以多版面重点推出自然文学作品,引起了文学界的普遍关注,掀起了自然文学写作的新热潮。但是,即便如此,不少国内重要的评论家对"自然文学"仍存不屑的态度,认为文学就是文学,没必要分"自然"或"生态",写出好作品最重要。这是当然,但什么是好作品呢?如果我们回溯中国古代的文学艺术,从先秦老庄的"道法自然""天地与我并生,万物与我为一",到晋代陶渊明的"久在樊笼里,复得返自然""暧暧远人村,依依墟里烟";从以李白为代表的唐诗,到北宋的山水画,无不表达了人对自然的观照。正是在人与自然的互动与交流过程中,作家、艺术家们将理想与心灵投射并寄托于山水自然之间,用文字和笔墨"创造出了中国的乌托邦"⑥。由此,中国古典文学和艺术的高峰才得以确立。但是,自十九世纪下半叶以后,世界文学总体上开始"向内转"⑦,即文学创作和批评转向主体和心理,转向本体和形式,而弗洛伊德的"精神分析"学说和"无意识"的发现更是将文学拉入了人类隐秘而又复杂深邃的心理世界,这便造就了影响至今的"现代主义文学"。对此,美国文学与环境学者斯科特·斯洛维克指出:"现代主义文学有种倾向,那就是轻视或者说忽视人类与人类以外世界的联系。"⑧

这种以"本我"为驱动的"内视"化的写作，也唤醒了人类内心的"欲望"，加剧了人与自然的疏离和对立，大自然变成了人类攫取、挥霍甚至毁灭的对象，最终威胁到了我们自身的生存。彼得·沃森的《思想史：从火到弗洛伊德》⑨在谈到现代主义文化兴起时说："它既是对现代和世界的庆贺，也是诅咒。"这句话深刻地揭示了现代主义文学的二元性。一九八〇年之后，中国当代文学也卷入了"向内转"这股洪流。⑩陈晓明在《中国当代文学主潮》⑪中对此有过总结："'向内转'可以说更加关注人的情感、心理，更注重文学的表现形式和语言风格，更注重作家个人的经验和记忆。总之，从原来中国现实主义文学极端强调反映外部现实的那种叙事方法，转向了探索人的内在情感和文学本身的艺术性。"我们当然不能由此怀疑甚至否定"现代主义文学"给世界文学乃至中国当代文学的发展带来的影响和变革，但是"向内转"确实让我们忽视了自然与人类之间的真实关系，以及作为灵长类物种的我们对自然的关怀、责任和义务。

阿甘本在《幼年与历史：经验的毁灭》⑫中有一句话，让我印象深刻："现代人的日常生活再也没有可以转化为经验的东西了。"罗伯特·迈克尔·派尔同样也表达了对"经验的灭绝"的担忧，他说："在现代都市环境中我们与自然接触的机会在急剧减少，由此将招致人们精神上和道德上的贫乏。"⑬他以童年记忆中与土地熟悉的特别"场所"和"空地"的破坏⑭，阐述了人的自然经验的消失，比如水边、岩石、丛林，还有草滩等，但"场所"已经盖成高楼，"空地"已经铺成道路。这些自然景观和情感地理的消失，减少甚至阻断了人们与自然的接触，而接触的丧失对人类心智的影响是非常可怕的，它使我们变成了"无地方"⑮的人，即环境中缺少了有意义的地方，回忆成了现实中的抽象几何，从而"剥蚀了地方中属于人的意义"⑯。又如罗伯特·迈克尔·派尔所说："多样性从视野中消失而始终处在单一的状态下，结果会产生不满、孤独和无力感，为环境考虑的活动就会消失。经验灭绝如果在各地继续下去，只会导致环境更加恶化，孤立更加深……最终导致道德的枯竭。"⑰

自然肯定与我们的精神世界是密切相关的，它甚至塑造了人的精神世界。"自然文学"抑或"自然写作"的出现和繁荣正是试图重新让我们审视和认识人类与自然的关系,还有人类在自然世界中的位置。 当然"自然写作"应该避免两种偏差,其一是只关注和描写自然界表面的"美",走马观花,而忽略对自然的本质和历史的探究与观察;其二是"自然写作"并非要求作家都投身到荒野之中,而是寻求一种身心的自我净化,找回已经被我们遮蔽或丢失的自然之眼和自然之心。比如,自然并不都是处于"美"的状态,它也会给人带来灾难和恐惧;又比如,我们探讨自然所遭受的毁坏和困境,必须将其放置于现代性文化的逻辑当中,包括消费主义的影响、自然与人之间的二元对立等等,在生态哲学和生态文化"整体性"[18]这个视野和高度来进行考察。关于"自然之眼和自然之心",我想引用蕾切尔·卡森在《生命之屋:工作中的蕾切尔·卡森》一书中的话,她说:"我们大多数人还没到成年就失去了清澈明亮的眼神,追求美和敬畏自然的真正的天性衰退甚至丧失了。"[19]因此,"自然写作"其实就是通过作家的眼睛、文字和情感,唤醒我们的各种感官,观察、触摸和倾听大自然的声音和形象,正如山里胜己在《自然和文学的对话》的序言中所说:"人类拥有抒发自我情感的声音与文字。但是谁来传达自然环境的声音呢? 谁又来描述与大自然神秘力量和美产生共鸣的人类的精神?谁来传达树木倒地、田地污染时的叫喊以及地球的呐喊?从文学上来讲,这是诗人、小说家、自然作家的职责。"[20]

　　诚然,自然并不只存在于"荒野",它还保留在古老的乡村之中,正如段义浮所说:"在农耕神话中,乡村是去平衡城市与荒野两个极端的理想中间景观。"[21]它介于城市和自然之间,可以说是自然的一种延伸。所以,相对于陌生的荒野,乡村是我们爱怨交织的故土和家园,而"这种所谓'中间景观'或许正是'自然写作'取之不竭的创作源泉。"[22]还有一点我要强调,城市与荒野虽然被传统自然文学作家视为二元对立的两极,但城市也并非完全都是钢筋水泥,了无诗意。当我们走在北京或者上海的某个街道,会忽然闻到鲜花和青草的味道,听到小鸟的叫声,偶尔还有蜻蜓和蝴蝶飞过。这些意料之外的气息、声音和视觉感受,如同"普鲁斯特效应"一样,让我们的心灵、情感和记忆产生置身自然和荒野的冲动。罗伯特·泰勒·安赛因在用生态学的理论解读美国小说家托马斯·沃尔夫的《蜘蛛网和岩石》之后,揭示了在城市这个所谓"无机的环境"中感觉和体验自然的可能性,他指出:"都市的四季变化给街道的风景注入了很大的活力,同时给季节的印象也带来了刺激。茶褐色大地很快被绿色覆盖,但是在灰色的道路、灰色的脸以及灰色的心里绿色复苏时会感觉到有一种特别的魔力。"㉓在中国作家皮皮的"自然写作"最新作品《大树来途》㉔中,我也印证了在城市中依然可以感受和书写自然的可能性。作品的发生地在一座城市的街心花园,一位老人与一棵老树相依为命,将其视作自己的亲人和生命寄托。为了保卫它以及躲藏在周围的各种小动物,她不惜与小区内所有的人为敌。在她的想象中,那棵树就是大自然。由此可知,自然其实就在我们身边,在我们内心深处的某个被遗忘的角落。

　　我曾多次强调,"自然写作"并不是一种过度边界化而画地为牢的写作,它应该更具开放性,在不断地扩大写作范围和主题中获得新的可能。这一点我们可以在它的写作方法和文学样式中得以引申和证明。我在"自然写作"倡导之初就说过:"自然写作"是一个"跨文体"的写作,它不应拘泥于一种文体,也不应纠结于体裁是散文还是小说,它应该包含文学的所有样式。最近看到两篇谈生态散文边界的文章㉕,我个人认为在我们的生态文学理论还不算成熟且生态(或者自然)文学创作正风起云涌之时,便开始制定"标准",擘画"边界",并"指认"哪些是生态散文作家、哪些不是,着实有些迂腐。文章轻率地将韩少功、张炜和刘亮程划拨到"生态或自然散文"的疑似作家之列,并声称有待"辨析""论证"和"商榷"等等,让人忍俊不禁。作者还将当代生态思潮,质疑人类中心主义、倡导敬畏生命的伦理总则、生命共享主义的价值观等与古典文明中的自然观相对冲,却不知当代西方的生态主义研究和生态文学批评与中国儒释道"天人合一"的哲学思想以及禅宗文化不少都有高度的契合和渊源关系。例如上面我提到的维托利奥·赫斯勒的"生态危机哲学",还有加里·斯奈德的"深层生态"理论等等。由此,我希望我们当下的"生态文学创作"和"生态文学批评","自然文学"抑或"自然写作"的创作和研究,多一些实实在在的理论建设和创作实践,少一些条条框框的束缚和刻板，因为毕竟文学创作并不是我们所预想的"规定动作"。

当然，"生态文学"也罢，"自然写作"也罢，它们总归是文学意义上的审美行为，它们对人和人类建构生态文明的影响总比不过国家层面的政策和号令，只能起到潜移默化的启示作用，或者为我们的未来和生存提供一种建设性的选择。正如乔纳斯·贝特所说："或许深层生态学的梦想在地球上将永远无法实现，但是我们作为一个物种生存可以依赖我们对它进行梦想的想象力。"⑳这恐怕就是"自然写作"的意义和价值所在。

注释：

①转引自王诺《欧美生态文学》，北京大学出版社 2020 年 6 月第三版。

②见李敬泽《人与自然、人民与生态：在〈十月〉生态文学论坛和〈诗刊〉自然诗歌论坛的发言》，《十月》杂志公众号 2022 年 1 月 21 日。

③见陈应松《生态，以及文学》，《天涯》2022 年第 1 期。

④见胡素清等主编《人与自然关系六讲》，石油工业出版社 2018 年 8 月第一版。

⑤美国环保主义理论家，著有《自然的终结》，吉林人民出版社 2000 年 1 月第一版。

⑥见西川《北宋：山水画乌托邦》，四川人民出版社 2021 年 11 月第一版。

⑦"向内转"这个概念最早出现于美国传记作家、文学批评家里恩·艾德尔的《文学与心理学》，见《比较文学译文集》，北京大学出版社 1982 年第一版。

⑧见斯科特·斯洛维克《汗水·纠缠·腐烂：美国南部文学中的感觉生态》，见《自然和文学的对话》，中国社会科学出版社 2014 年 4 月第一版。

⑨译林出版社 2018 年 1 月第一版。

⑩见鲁枢元《论新时期文学的"向内转"》，《文艺报》1986 年 10 月 18 日。

⑪北京大学出版社 2009 年 4 月第一版。

⑫河南大学出版社 2011 年 2 月第一版。

⑬与注释⑧同。

⑭见美国散文作家、生物学者罗伯特·迈克尔·派尔《经验的灭绝》，见《自然和文学的对话》，中国社会科学出版社 2014 年 4 月第一版。

⑮加拿大地理学家爱德华·雷尔夫语，见《地方与无地方》，商务印书馆

2021 年 2 月第一版。

⑯与注释⑮同。

⑰与注释⑭同。

⑱参见美国哲学家维托利奥·赫斯勒《生态危机的哲学》,生活·读书·新知三联书店 2021 年 8 月第一版。

⑲与注释①同。

⑳见山里胜己编《自然和文学的对话》,中国社会科学出版社 2014 年 4 月第一版。

㉑引自美国华裔地理学家段义孚《恋地情结》,商务印书馆 2019 年 11 月第一版。

㉒见拙文《繁花在天边处怒放》,《文艺报》2022 年 3 月 4 日。

㉓与注释⑧同。

㉔见《草原》2021 年第 8 期。

㉕见楚些《自然慷慨 人类节制:生态散文的认知与写作》,《黄河文学》2021 年第 8 期;刘军《关于"生态散文"的边界思考》,《光明日报》2022 年 2 月 9 日。

㉖见美国生态批评与生态想象理论专家劳伦斯·布伊尔《为濒危的世界写作:美国及其他地区的文学、文化和环境》,人民出版社 2015 年 5 月第一版。

从博物到非虚构：自然生态写作的一条路径

◎ 项　静

"中国当代的自然文学，尤其是生态文学研究，还处于初始阶段，论据和方法舶来品居多，自主者鲜少。所以，研究自然文学或者生态文学，我们应该立足于中国的文化传统和现实语境，也应该根植于真实的个体经验和国家经验，从而真正建构和完善中国自然文学与生态文学研究的理论体系。

"讨论还要继续，还有诸多高论将陆续推出，欢迎更多的评论家、作家以及热心读者参加这场讨论。"

自然写作、生态写作是近几年来中国当代文学中引起讨论的重要话题，议论的兴起有诸多理由，其中包括全球疫情下对人类生存、环境和生态的重新思考，长期以来笼罩全球的生态危机在文学中的反应，或许还有对以人类为中心叙事的日渐疲态。具体在中国文学的语境中，我比较认可苇岸在《大地上的事情》一书中的判断："在中国文学里人们可以看到一切：聪明、智慧、美景、意境、技艺、个人恩怨、明哲保身等等，唯独不见一个作家应有的与万物荣辱与共的灵魂。"在文以载道占据极大优势的社会环境中，以自然为取向的文学往往不是作家们的首要选择，尤其在危机重重的近现代历史发展进程中，鲜少看到自然万物显赫的存在。即使如此，我们仍然可以看到林语堂这样的作家，在生活中抽取出的中国人观山玩水、看云鉴石、养花蓄鸟、赏雪听雨、吟风弄月的欢愉和世情。由于关于中国生活艺术的写作初衷是介绍给西方社会，自然多了一层滤镜，但生活本身确有这些组成部分。万事万物有时候还是一种标明姿态的写作策略，比如周作人的《草木虫鱼》立在刚勇与空洞之间："我在此刻还觉得有许多事不想说，或是不好说，只可挑选一下再说，现在便姑且择定了草木虫鱼，为什么呢？第一，这是我所喜欢,第二,他们也是生物,与我们很有关系,但又到底是异类,由得我们说话。万一讲草木虫鱼还有不行的时候,那么这也不是没有办法,我们可以讲讲天气吧。"在博物和趣味的方向上,中国当代青年写作者非常自然地承接了"与万物荣辱与共"的面向,比如盛文强的《渔具列传》《岛屿之书》既有地方生活的记录,又有海洋动物科学知识和日常生活经验的考察;沈念的《大湖消息》记录了作家多次去往东洞庭湖湿地、集成长江故道的见闻与思考,描述了候鸟、鱼类、麋鹿、江豚等生物在时代变迁中的命运遭际,呈现洞庭湖区人与物的复杂纠葛,向人们描画大湖的过往与新貌;在豆瓣上成长起来的作家邓安庆的《永隔一江水》、沈书枝的《八九十支花》等作品,他们对树木花草,晨露夕阳与其间的人物付出同等的情感,人事与风景、动物、天气同体存在。

博物有时候就是回到生活本身,回到地方风物、微小的事物和日常的乐趣,发现日常的存在和肌理,去抵挡空洞和不确定性,构筑个人存在的价值和意义。在承平日久和物质丰裕的时代,生活的艺术和自然博物取向的写作的确有上升的趋势,精神生活和审美的问题越来越进入写作者的视野。文化与生态关系密切,韩少功在《一个人本主义者的生态观》中把本地的生态、地理看成是文化的成因与动力:"当我们看到很多文化创造者坚持多样性和原生性,用独特来对抗复制潮流,用深度来对抗快餐泡沫,他们总是会把目光更多地投向自己的土地、自己特有的生态与生活、自己特有的文化传统资源。一些被都市从自然生态中连根拔起的人,似乎正在重新伸展出寻找水土的根须。"韩少功的《山南水北》、阿来的《成都物候记》可以被看成是这种生态观的体现,作者突破中国文学中常见的城乡分野,在自然世界中借助地方性知识、日常生活、自然生态和民间传统智慧构筑和想象一种更健康的生活方式。

近年来我们看到图书出版市场诸多关乎自然生态的非虚构作品被翻译引进国内来,比如译林出版社的"天际线"丛书(《云彩收集者手册》《杂草的故事》《明亮的泥土:颜料发明史》《鸟类的天赋》《水的密码》《疫苗竞赛:人类对抗疾病的代价》《望向星空深处》《鸟鸣时节:英国鸟类年记》),图书品牌以"天际线"为名,寓意天空与大地、自然与文明的交会,取其广阔、辽远之意,表达人类望远而知新的渴望。这些书均以自然界或人类社会的某一个侧面为切入点,凭借广博的视角和生动的叙述,在看似平凡的事物背后钩沉丰富的历史,找到自然世界与人类文明各个层面的纽带。商务印书馆的"自然文库"旨在复兴博物学的传统,追溯人类对自然(也包括对自身)的认识历程,通过创作者的求知与实践,激发都市人重拾对有灵万物的信仰和谦卑,《寻鲸记》《寻找金丝雀树》《鲜花帝国》《看不见的森林》《流浪猫战争》等等以及后续的《寻蜂记》《寻蚁记》,以其丰富的题材和广阔的生态关注,不断冲击和提高着我们对自然生态的认知和理解。在科学认知和实践行动的参照系上,中国当代文学中的此类样本较为稀缺,与万物荣辱与共不仅仅是写作对象的问题,山水、动物、植物、地域这些,单就写作对象而言,我们的文学中并不缺少,反而有极其丰富的表达传统,比如发达的山水诗和景物自然书写,缺少的是系统与自觉性。自然山水的写作不是寄寓个人情怀和简单的方向转移,而是重视自然生态本身。自然山水不是以点缀、环境、背景、工具的角色出现,而是被表达的主体。比如胡冬林的《山林笔记》,作为一本原生态生活记录,呈现了作家二〇〇七年五月入住长白山区至二〇一二年十月的观察和思考。胡东林在二〇〇八年五月九日的日记中写道,"愈发明确了来林区的想法:确立自己今后的事业与方向;将终生喜好与理想融洽地结合;创造中国文坛前所未有的自然文学作品。"由此可见,在中国当代文学中此类写作仍属凤毛麟角。《山林笔记》并不是我们常见的游记散文,而是侧重对当地植物、动物等的记录和严谨科学的考察,间杂个人的生活起居,与猎人、山民、亲朋好友的交往。书中所涉及的鸟类有190种、哺乳动物有40种、节肢动物门昆虫纲有52种,后期出版的时候附有作者拍摄的动物、植物、菌类的大量照片等,更直观地展示了作家所挚爱的山林生态。在《山林笔记》中,万物存在与人类自我的存在合为一体。《文艺报》记者李晓晨记录过胡东林在山林中经历的重要"事件"。二〇〇七年,胡冬林发现一处距长白山保护区仅 300 米的山火,及时报警避免了山火蔓延;二〇〇八年,他举报当地主管部门在保护区砍伐树木、兴建别墅,带记者调查走访二十多天；二〇一二年，他发现国家濒危动物极北小鲵的栖息地，建议有关部门采取保护措施；他举报盗猎分子猎杀黑熊，配合公安机关迅速破案……胡冬林也把这些故事变成文字、照片。写作本身改变了写作者的生存状态，与传统意义上的"作者"拉开了距离，他变得越来越离不开山林，并作为一个行动者加入对山林的保护中去。非虚构写作特别强调的"在场感"和"行动性"，都可以在胡冬林的作品中感受到。写作对象不仅仅是审美对象，还是科学研究对象，是写作者的共存对象，在思想、情感和行动上与之融为一体。

在文学领域谈论生态写作，经常追溯到十八世纪的西方启蒙运动，其发轫之初建立在对启蒙现代性和现代科学技术和工业革命的反拨，并构造了一个基本认知框架。胡志红在《生态文学精讲》中将其概括为矫正社会主流发展范式、唤醒普遍沉睡的人类生态艺术、建构生态文明、推动社会生态变革。而生态文学的主要内涵也有一个大致范围，描写非人类自然生态及物种之间的关系、探究人之肉身和精神对自然生态的依存并反映它们之间千丝万缕的复杂纠葛，深挖生态危机的历史文化根源，开展对启蒙现代性和工业文明全面、深刻的批判、反思、纠偏及抗拒，探寻走出生态危机的文化路径，以重拾人与自然生态间本然一体共生的关系和永续和谐。每一个时代和社会中的生态写作各有差异，但在人与自然关系的整体框架和思想认知上看大同小异，并且已经刻入生态文学写作的骨髓，并无殊异新鲜之事。

在固有的意义上打转，容易让生态文学褊狭化为休闲娱乐和复归自然的代名词。关于生态写作公认的重要作家梭罗，苇岸认为，人们谈论梭罗大多数时候把他描述为一个倡导并身体力行返归自然的作家，其实这对梭罗可能是种误读，或者说不够准确和全面。梭罗的本质主要不在于对返归自然的倡导，而在于其对"人的完整性"的崇尚。梭罗不是我们熟悉的陶渊明式的隐士，也不是机械地不囿于某个职业和岗位，而是整体地表达写作者对世界的态度：是否为了一个"目的"或者"目标"而漠视或者牺牲其他。梭罗在自己特立独行的极简主义生活方式和著述之外，对美国当时的奴隶制度进行了不懈的斗争,拒绝为执行奴隶制度的政府缴纳人头税,组织营救南方奴隶抵达加拿大,帮助被捕的废奴主义的领袖,同情印第安人等。大部分人把两个梭罗孤立起来看待,固然可以塑造出一个更易被传播和接受的生态主义作家形象,但实际上是缩减了生态写作和一个作家的复杂性。

生态写作从来不应该等同于简单的山水意识、诗意生趣、人与自然和谐相处的同义反复和现代泛神论,生态自然写作如何深入是当下中国自然生态写作需要回应的问题。在生态与写作的关系问题上,有一个会议非常值得回顾。一九九九年十月由海南作家协会主办的"文学与生态"研讨会,国内关注生态问题的作家学者韩少功、张炜、李锐、苏童、叶兆言、乌热尔图、李陀、黄平、王晓明、陈思和、王鸿生、耿占春等人参加。在求同存异的原则下,与会者讨论了一系列问题。李少君根据发言人的观点和临近思路,整理出《南山纪要》,其基本观点是发展主义意识形态已经对中国和全球带来巨大的破坏,环境生态问题不仅仅是一个科学问题,而且是隐藏着深刻的社会政治和文化方面的原因,从性质上说环境—生态问题涉及对自然资源如何占有、如何利用和如何分配的问题,而这种占有、利用和分配总是在特定的社会体系、社会制度、社会意识形态下发生和展开的。对这些社会领域和社会过程的关注、反思、批评是人文—社会科学工作者、作家—艺术家与知识分子不可推卸的责任。传统的人类与自然和谐相处、山水自然之爱、对动物的尊重等等人文主义视角已经不足以面对当下的问题,一些自然生态非虚构写作的作品带来更有力量和深度的关注,社会学、历史学、政治经济学以及新兴科学的视角,让生态问题更加立体。《南山纪要》指出,人类/自然,市场/政府,社会/国家,现代/传统,资本主义/社会主义,增长/贫困,发展/环境等二元对立的简单模式和媒体流行话语,正在妨碍人们对历史和现实做出真切而准确的诊断。从这个问题上看,传统的小说、散文、诗歌固然还以人们熟悉的方式表达着相关内容,但面对新的形势都有捉襟见肘之感,因此需要混合的文体和表达方式的突破,也需要写作者的实践行动和认知框架的革新。

兴安在《自然写作：一种文学与生存的建设性选择》一文中重申"自然写作"开放性的特质，可以在不断地扩大写作范围和主题中获得新的可能。与此相对应，"自然写作"理应是一个"跨文体"的写作，它不应拘泥于一种文体，也不应该纠结于体裁是散文还是小说，而应该包含文学的所有样式。学术界对纯文学的诟病也恰恰来自日渐失去问题意识，失去发现问题和回应现实的能力，一个有效的文学话题，或者一种有效的写作，应该是可以容纳更多社会共情和核心关切的写作。在生态和自然的写作之中，固然博物、科学和实践性的方面能够让我们更容易辨认出它们的身影，我们还应该在其中看到国家、族裔、文明、政治、经济、信仰、阶级、性别、趣味和人性等等与今日生活息息相关的内容。而在文体方面，我们也可以看到问题意识带来的变化。美国生态批评学者墨菲的《自然取向的文学研究之广阔天地》以"自然取向"的文学指代庞杂的文类，并宣称其为"国际性的多元文化运动"。在这个多元化文化运动中，非虚构写作在其中显示了重要价值。在生态写作方面占有重要地位的蕾切尔·卡森的《寂静的春天》、奥尔多·利奥波德的《沙乡年鉴》都是与环境生态相关的非虚构作品，在其中我们看到了生态环境"事件"（DDT 的滥用导致环境失衡，过分关注经济发展导致环境失序）、事件使社会生活产生的改变，从作家们的视角还原出问题的产生。写作者带领我们去追根溯源，不停留在"诉苦"与哀悼的情绪类型中，而是抽丝剥茧地找到与更大事物的关联，引起世人警惕，甚至带来社会政策和认知的改变。自然生态写作在具有重大社会影响的环境生态问题上，基本都是以非虚构写作的方式呈现的，在这些写作实践中，写作是一种思考和改变世界的方式。

　　蕾切尔·卡森在《寂静的春天》中说，这是一个专家当道的时代，这些人出于无知或者褊狭，总是只盯着自己的专业领域，看不到背后反映出的整体问题。这也是一个工业化生产的时代，只要产品能赚钱，无论付出什么代价都不会有人质疑。公众看到了杀虫剂所致的灾难性后果而提出抗议，却只收获一些半真半假的安慰。我们需要戳穿虚伪的承诺，剥去那层糖衣，正视难以下咽的苦果。承担害虫防控风险的群体是人民大众，所以只有大众才有权决定自己是否还要沿着这条路走下去,而做出决定的前提是完全掌握事实。自然生态写作是多种多样的,也预示着新的突破,但非虚构写作对真实的诉求、强烈的问题意识、田野调查的方法,会对未来中国的自然生态写作提供深度支持。